BAB-

Ahmet Ümit 1960'ta Gazian...

Kamu Yönetimi Bölümü'nü bitirdi. 1985-1986 yıllarında, Moskova'da Sosyal Bilimler Akademisi'nde siyaset eğitimi gördü. İlk kitabı 1989'da yayımlanan *Sokağın Zulası* adlı şiir kitabıdır. 1992'de ilk öykü kitabı *Çıplak Ayaklıydı Gece* yayımlandı. Bunu 1994'te *Bir Ses Böler Geceyi*, 1999'da *Agatha'nın Anahtarı*, 2002'de *Şeytan Ayrıntıda Gizlidir* adlı polisiye öykü kitapları izledi. 1995'te hem çocuklara hem de büyüklere yönelik *Masal Masal İçinde* ve 2008'de yayımlanan *Olmayan Ülke* ile farklı bir tarz denedi. 1996'da yazdığı ilk roman *Sis ve Gece*, polisiye edebiyatta bir başyapıt olarak değerlendirildi. Bu romanın ardından 1998'de *Kar Kokusu*, 2000'de *Patasana*, 2002'de *Kukla* yayımlandı. Bu kitapları, *Ninatta'nın Bileziği*, *İnsan Ruhunun Haritası*, *Aşk Köpekliktir*, *Beyoğlu Rapsodisi*, *Kavim*, *Bab-ı Esrar*, *İstanbul Hatırası*, *Sultanı Öldürmek*, *Beyoğlu'nun En Güzel Abisi*, *Elveda Güzel Vatanım*, *Kırlangıç Çığlığı* ve *Aşkımız Eski Bir Roman* adlı kitapları izledi. Ahmet Ümit'in İsmail Gülgeç'le *Başkomser Nevzat Çiçekçinin Ölümü* ve *Başkomser Nevzat Tapınak Fahişeleri*, Aptülika (Abdülkadir Elçioğlu) ile *Başkomser Nevzat Davulcu Davut'u Kim Öldürdü* ve Bartu Bölükbaşı'yla hazırladıkları *Elveda Güzel Vatanım* adlı çizgi romanları yayımlanmıştır. Eserleri 27 farklı dilde yayımlanan yazar uluslararası bir okur kitlesine ulaşmıştır.

Ahmet Ümit sosyal medya hesapları:

www.twitter.com/baskomsernevzat
www.instagram.com/baskomsernevzat
www.facebook.com/yazarahmetumit
www.youtube.com/ahmetumityazar

Ahmet Ümit'in
YKY'deki kitapları:

Aşkımız Eski Bir Roman (2019)
Kırlangıç Çığlığı (2019)
Sokağın Zulası (2019)
Masal Masal İçinde (2019)
Kavim (2019)
İstanbul Hatırası (2019)
Sis ve Gece (2019)
Patasana (2019)
Bab-ı Esrar (2019)
Olmayan Ülke (2019)
Sultanı Öldürmek (2019)
Beyoğlu Rapsodisi (2019)
Agatha'nın Anahtarı (2019)
Beyoğlu'nun En Güzel Abisi (2019)
Şeytan Ayrıntıda Gizlidir (2019)
Ninatta'nın Bileziği (2019)
Kar Kokusu (2019)
Çıplak Ayaklıydı Gece (2019)
Kukla (2019)
Bir Ses Böler Geceyi (2019)

AHMET ÜMİT

Bab-ı Esrar

Roman

YAPI KREDİ YAYINLARI

Yapı Kredi Yayınları - 5472
Edebiyat - 1561

Bab-ı Esrar / Ahmet Ümit

Kitap editörü: **Kerem Oğuz Evrandır**
Düzelti: **Devrim Çakır**

Kapak tasarımı: **Davut Yücel**
Grafik uygulama: **İlknur Efe**

Baskı: Promat Basım Yayım San. ve Tic. A.Ş.
Orhangazi Mahallesi, 1673. Sokak, No: 34 Esenyurt / İstanbul
Sertifika No: 12039

1. baskı: Doğan Kitap, 2008
YKY'de 1. baskı: İstanbul, Ekim 2019
2. baskı: İstanbul, Mart 2020
ISBN 978-975-08-4596-3

Yapı Kredi Kültür Sanat Yayıncılık Ticaret ve Sanayi A.Ş.
İstiklal Caddesi No: 161 Beyoğlu 34433 İstanbul
Telefon: (0 212) 252 47 00 Faks: (0 212) 293 07 23
http://www.ykykultur.com.tr
e-posta: **ykykultur@ykykultur.com.tr**
facebook.com/yapikrediyayinlari
twitter.com/YKYHaber
instagram.com/yapikrediyayinlari

Yapı Kredi Kültür Sanat Yayıncılık
PEN International Publishers Circle üyesidir.

Sevgili büyüklerim **Zeynep Başaran** ile
Mehmet Ali Başaran'a en derin saygılarımla...

Bab-ı Esrar'ı yazarken Londra hakkında bilgilenmemi sağlayan Süheyla Uçum Morrissey ile Jasper Edwin Morrissey'e, Konya'yı tanımamda eşsiz katkıları olan Bülent Yıldız ile Celaleddin Kara'ya, bir Türk'le birlikte yaşamak hakkında değerli anekdotlar anlatan Elke Dixon'a, yaşayan Mevleviliği kavramamda değerli yardımları olan M. Sait Çörekçioğlu Amca'ya ve Oktay Okukçu'ya, sigortacılık konusundaki önemli ayrıntıları sunan Oğuz Atabek'e, neredeyse bütün kitaplarımda olduğu gibi bu romanda da her türlü eleştirel önerilerini benden esirgemeyen Figen Bitirim'e, Anna Maria Arslanoğlu'na, Kemal Koçak'a, Erhan Çekiç'e, Özlem Çekiç'e, Erdinç Çekiç'e, Alihan Arda'ya, Gökçen Esra Boduroğlu'na, Burak Boduroğlu'na, Hasan Gümen'e, Ayhan Bozkurt'a, Hüseyin Özkılıç'a, Erikli Baba Kültür Derneği Cemevi'ne ve bu metni oluştururken benimle birlikte yurtiçi ve yurtdışı gezilerine katılan eşim Vildan Ümit ile kızım Gül Ümit Gürak'a, Gürkan Gürak'a ve Rüzgâr Gürak'a sonsuz teşekkürlerimi sunuyorum. Bu insanların bana verdikleri karşılıksız destek olmasaydı bu kitap da olmazdı.

Dünya, rüya içinde rüyadır.

Hint atasözü

Taşta kan vardı, gökyüzünde dolunay, bahçede toprak kokusu. Ürkütücü bir serinlik içinde yüzüyordu ağaçlar. Kış güllerinin katmerlenme vaktiydi, nergislerin tazelenme demi. Yedi kişi girmişti bahçeye... Yedi öfkeli yürek, nefretin ele geçirdiği yedi akıl, yedi keskin bıçak. Yedi lanetli adam bahçenin sessizliğini yedi parçaya bölerek yürüdü kurbanlarının bulunduğu tahta kapıya...

Taşta kan vardı. Bahçede ürkütücü bir serinlik. Cinayetin tek tanığı dolunaydı. Hiç şaşırmadan, ürpermeden, korkmadan bakıyordu uzun boylu kavak ağaçlarının ölü yapraklarının arasından. Yedi kişiden en genç olanı vurmuştu kapıya. En yaşlı olanı çağırmıştı içeridekini. Yedi kişinin yedisi birden saplamıştı bıçaklarını içeriden çıkana.

Taşta kan vardı, insanların yüreklerinde nefret, dolunayda derin bir sükûnet. Bir bebek ağlıyordu uzaklarda bir yerlerde, bir bebek kıpırdanıyordu evlerden birinde. Genç bir kız uyuyordu uzaklarda, genç bir kızın bedeni ağır ağır çürüyordu toprağın altında. Yedi kişiden en genç olanı saplarken bıçağı adama, kıpırdandı mezarda çürümekte olan genç kızın körpe bedeni. Bir gülümseme yayıldı ölümün bile örseleyemediği yüzüne. Yedi kişiden en genç olanı, saplarken bıçağı, bir oh çıktı genç kızın boğazında düğümlenip kalmış son nefesinden.

Taşta kan vardı, yedi bıçak, yedi yara açmıştı. Yedi kızıl fıskiye. Yedi kez sarsılmıştı adam, yedi kez sarsılmıştı bıçağı saplayan yedi kişi. Ama yerin altındaki kızın körpe bedeni kıpırdamıyordu artık. Genç kızın bedeni gibi yerin üstü de sessizdi şimdi. Sanki dünyanın son vaktiymişçesine canlı cansız ne kadar mahlukat varsa susmuş, kıpırtısız kalmıştı. Taştaki kan kıpırtısızdı. Taştaki kanın içinde sönmekte olan dolunay kıpırtısızdı. Uzun boylu kavaklar, katmerlenen kış gülleri, tazelenen nergisler, toprak kokulu bahçe... Canlı cansız ne kadar mahlukat varsa hepsi susmuş, hepsi hapsolmuştu taştaki kanın içinde...

1
... bozkırın içinden bir şehir çıkıvermişti karşıma

Uçağın inişe geçmesine sadece yarım saat kalmıştı ama bu bile gidermiyordu içimdeki huzursuzluğu. Çok iyi biliyordum ki, indiğim yerde de bırakmayacaktı bu karamsarlık yakamı. Keşke bu işi hiç kabul etmeseydim. Kendini yeryüzünün en iyi yöneticisi sanan Simon'ın işgüzarlığı işte. Yok Türkçe biliyormuşum da, yok Türkleri tanıyormuşum da... Dava da herkese verilemeyecek kadar önemliymiş. Üç milyon poundluk bir poliçe söz konusuymuş. Keşke hiç tanımasaydım Türkleri, keşke bu kente daha önce hiç gelmeseydim. Sıkıntıyla ofladım ama oflamanın puflamanın hiçbir yararı yoktu, olan olmuştu; bu da ötekiler gibi sadece bir işti. Altı ay önce gittiğim Rio gezisinden ne farkı vardı ki? Üstelik Brezilyalılar hakkında hiçbir şey bilmiyordum. Ama en azından bu ülkenin çok da yabancısı değildim. Evet, artık kendimi işime vermeliydim. Bakışlarımı, dizlerimin üstünde duran bilgisayarımın ekranındaki sayılara çevirdim. Sayılar, hadi artık başla dercesine bana bakıyordu. Başladım; poliçe tutarına baktım, Yakut Otel yangını için ödenecek tazminatı hesaplamaya çalıştım ama ikinci işlemden sonra dikkatim dağıldı. Hayır olmuyordu, kafam karmakarışıktı, çalışamıyordum. Bilgisayarı kapattım. Çantama yerleştirdim. Çantayı koltuğun altına koymak için eğilirken birden hatırladım. Böyle iki büklüm eğilerek, bebeğe zarar mı veriyordum acaba? Daha neler... İki aylık bile yok... Ona bebek bile denemez. Zaten Londra'ya döner dönmez kurtulacaktım ondan. Böyle düşünmeme rağmen ona zarar veririm kaygısıyla hızla doğruldum. Ansızın yanımdaki orta yaşlı kadının meraklı gözleriyle karşılaştım. Uçağa bindiğimizden beri konuşmak için can atıyordu. Nereden geliyormuşum, nereye gidiyormuşum, kimmişim? Ama ben onunla sohbet edecek halde değildim. Gülümsemedim bile, başımı çevirip, pencereden dışarıya baktım.

Hava açıktı; ufukta batmakta olan kıpkırmızı bir güneş, aşağıda incelmiş bir bulut kümesinin binlerce metre altında koyu kahverengi bir toprak parçası uzanıyordu. Ağaçsız, ırmaksız, dümdüz, kocaman bir toprak. İlk kez otobüsle geçmiştim bu topraklardan. İlk kez babamla gelmiştim buralara. Yirmi beş yıl önce miydi, belki daha da fazla... O zamanlar Konya'ya uçak yoktu, Ankara'ya inmiştik. Sonra dört saatlik bir otobüs yolculuğu... Bir türlü bitmek bilmeyen bozkır. Ve uçsuz bucaksız bu kahverengi düzlüğün ortasında bir mucize; bembeyaz bir göl.

"Baba bu gölde balık var mı?" diye sormuştum.

Kara gözleriyle, bembeyaz göle baktıktan sonra yanıtlamıştı.

"Yok kızım, bu gölde hayat yok ama hayat için çok gerekli bir şey var: Tuz..."

Dokuz yaşında mıydım o sıralar, belki daha küçük. Annem yoktu yanımızda, sadece babam ile ben. Sıkılmıştım saatlerce uzanan dümdüz ovadan.

"Ne zaman varacağız baba?"

Babam gülümsemiş, sağ eliyle gözlerimi kapatmıştı. "İçinden on ikiye kadar say" demişti. Saymıştım; babam ellerini gözlerimin önünden çektiğinde yol bitmiş, bozkırın içinden bir şehir çıkıvermişti karşıma... Müthişti. Babama hayran hayran bakarak mırıldanmıştım:

"Sen büyücü müsün baba?"

Alnıma bir öpücük kondurmuştu.

"Sadece bu toprakların insanıyım, kızım."

O zamanlar çok etkilemişti bu sözler beni ama sonra... Babam bizi terk edip gittikten sonra... Babamı hatırlayınca içimdeki huzursuzluk iyice arttı. Zayıf, orta boylu bir adamdı. Kısa, kumral saçlar, dar alnında uyumlu iki çizgi gibi duran kaşlarının altında üzüm karası iri gözler, kemerli, sivri bir burun ve yüzünü çevreleyen bakıra çalan kırçıl sakallar... Ve ince uzun yüzünden hiç eksik olmayan o müzmin keder. Keder çoğu insana yakışmaz ama babamın yüzüne tuhaf bir güzellik katardı. Annem bayılırdı bu kedere. "Kederin bu kadar yakıştığı başka bir adam görmedim" diye söylenerek dudaklarından öperdi onu. Babam utanırdı galiba, aslında tam hatırlamıyordum. Ama onun ince, solgun yüzünü ve kara gözlerindeki kederi hiçbir zaman unutamadım. Üstelik unutmayı çok istememe rağmen... Çünkü babam hiçbir açıklama yapmadan, hem de başka bir erkekle çıkıp gitmişti yaşamımızdan... Hayır, onu hatırlamak istemiyordum. Babamla ilgili anıları kovmak için bakışlarımı pencereden aldım, yeniden önüme döndüm ama yanımdaki kadının hâlâ beni izleyen meraklı gözlerini görünce canım sıkıldı. Bu defa pencereye dönmek yerine gözlerimi kapadım. Şimdi sadece jet motorlarının gürültüsünü duyuyordum. Bir de içimdeki şu endişe olmasa... Düşünmemeye çalıştım. Ne her an, her dakika karnımda büyümekte olan bebeği, ne babamı, ne de hiç istemediğim halde gitmek zorunda olduğum onun şehrini... Geçmişten, bugünden, gelecekten kopmak istedim. Uykunun o simsiyah, o en derin, en huzurlu bahçesinde bir süre kaybolmak istedim... Bedenimi, aklımı ve yüreğimi hiçliğin emrine vermek...

2

Onun ismi Karen, Kimya değil

O anda duydum sesi... Bir erkek sesi... Yumuşak, sıcak, sevecen. Önce ne dediğini anlayamadım, kulak kesildim. Bir mırıltıya benziyordu, içten bir serzeniş, sevgi yüklü bir sitem. Derken hiç kuşkuya yer bırakmayacak kadar açık olarak işittim.

"Kimya... Kimya... Kimya Hanım..."

İrkilerek gözlerimi açtım. Önce yanımdaki kadına baktım, hayır, artık benimle ilgilenmiyordu; gözlerini yukarıdaki elektronik tabelaya dikmiş, yere ne zaman ineceğimizi öğrenmeye çalışıyordu. Merakla arkaya döndüm... Arkadaki iki koltuk boştu. Ön tarafa baktım... Genç bir kız ile erkek arkadaşı oturuyordu. Yok, etrafta bana "Kimya" diye seslenecek kimse yoktu. Galiba rüya görmüştüm. Ama ne zaman uyumuştum ki? Gözlerimi kapadığımda dalıp gitmişim demek. Aynı sesi yeniden duyar gibi oldum. Hayır, bu kez sadece hatırlıyordum. "Kimya... Kimya Hanım!" Çok uzun zamandır kimse bana böyle seslenmemişti... Babam bizi terk edip gittiğinden beri. Sadece babam, "Kimya" diye çağırırdı beni... Bir de Şah Nesim... Babamın arkadaşı, gönül dostu, onu bizden koparıp götüren adam. O da, "Kimya Hanım" derdi bana. Uzun boylu, uzun yüzlü, uzun parmaklı bir adamdı. Açık kahverengi, nerdeyse sarı renkli gözleri vardı. Sarı renkli gözleri her zaman sevgiyle bakardı. Ya da ben öyle hatırlıyorum. Zaten belleğimde ona dair hiçbir kötü anı yok; babamı bizden koparıp götürmesi dışında. Annem çok öfkelendiği anlarda, "Sarı gözlü şeytan" derdi ona. Ama zaman geçip yürek acısı durulunca daha az kötü konuşmaya başlamıştı. "Belki de onlar bizden şanslı" derdi, "Evet benciller ama daha şanslılar, çünkü uğrunda çok sevdikleri insanlardan bile vazgeçebilecekleri bir amaçları var." Bu amacın ne olduğunu tam olarak kavrayamasam da din olduğunu bilirdim, bir tür inanç. Babamdan duyduklarım, bana verdiği mistik kitaplardan okuduklarım, birbirinden renkli masallar, misaller, çoğunu unuttuğum dualar... Evet, bütün bunlar bir dinle ilgili olmalıydı. Gençlik çağına gelince, belleğimde yüzü hiçbir zaman silikleşmeyen babamı ve sarı gözlü şeyhini anlamaya çalıştım. Bir neden bulmak istedim. Beni deliler gibi seven babamın bir gün apansız çekip gitmesini gerektirecek haklı bir neden. Ama bulamadım. Annem onu bağışlamış olsa bile, ben işte bu yüzden babamı bağışlayamadım. Yine bu yüzden onun bana verdiği Kimya ismini hiç kullanmadım. Kimliğimde yazılı olsa da, babam gibi, bu ismi de unutmaya çalıştım. Zaten annem başından beri "Kimya" ismine sıcak bakmamıştı. Babamla mutlu günlerindeyken, Doğu kültürüne duyduğu hayranlık sürerken bile bir kez olsun bana "Kimya" diye seslenmemişti. Onun için hep Karen'dım ben. Ama babamın beni "Kimya" diye çağırmasına da aldırmazdı. Sadece bir defa Şah Nesim'i uyarmıştı. Babamın bizi terk etmesinden iki ay kadar önceydi. Sık sık yaptıkları gibi Şah Nesim ile babam odaya kapanmış, saatlerce dışarı çıkmamışlardı. Bir ara Şah Nesim kapıda görünmüş, "Kimya, Kimya Hanım" diye seslenmişti. "Allah rızası için bir bardak su verir misin?"

Annem ile ben salondaydık. Adamın su istemesine değil de kocasıyla saatlerce kapalı bir odada kalmasına sinirlenen annem sonunda patlamıştı.

"Onun ismi Karen, Kimya değil."

Ardından da kalkmış ağzına kadar su dolu sürahiyi kendi elleriyle götürmüştü odaya. En küçük bir alınganlık belirtisi göstermeyen Şah Nesim, sürahiyi kapının aralığından alırken, "Allah'ın inayeti üzerinize olsun" demişti sadece.

Annem çıldırmış gibiydi, kendi evinde, kendi kocasının odasına bile sokmamıştı adam onu. Ama öfkesini içine atmıştı annem, en azından ben okula gidinceye kadar. Sonra Şah Nesim bir daha evimize gelemez olmuştu. Belki de bu yüzden babam evi terk etmişti. Bunu hiç konuşmamıştım annemle. Çünkü hiçbir önemi yoktu. Gerçek ortadaydı. Nedeni ne olursa olsun, babam, bir başka adam için bizi bırakıp gitmişti. Bir daha da kimsenin bana "Kimya" diye seslendiğini duymamıştım; rüyalarımda bile. Ama şimdi bir an gözlerimi kapamışken... Yoksa rüya değil miydi? Babam ile Şah Nesim de bu uçakta mıydı? Bunun saçma bir düşünce olduğunu bile bile koltuğumda doğrulup, uçağın içine bakmaktan kendimi alamadım. Davranışıma anlam veremeyen yanımdaki kadın da benimle birlikte etraftaki koltukları kuşkuyla süzmeye başladı. Tabii ne babam, ne de Şah Nesim vardı uçakta.

"İyi misiniz?" diye sordu kendini daha fazla tutamayan kadın. "Kötü bir şey yok ya?"

Zoraki gülümsedim.

"İyiyim, iyiyim, hostese bakmıştım sadece."

Sakin olmalıyım, diye düşündüm yerime otururken. Belli ki bir rüya görmüştüm. Londra'dan İstanbul, oradan da hiç dinlenmeden Konya uçağına binince böyle oluyordu işte. Gece de doğru dürüst uyuyamamıştım. Yanımda Nigel olmasına rağmen bu bunaltı dün akşam da bırakmamıştı yakamı. Oysa alt tarafı kısacık bir geziydi. Birkaç gün sürecek bir iş. Hafta sonu yine Londra'da olacaktım. Annemi, Nigel'ı hatırladım. Londra'yı düşününce içim aydınlandı, sıkıntım azalır gibi oldu. Belki de uçak inmeden birazcık daha kestirsem iyi olacaktı. Yeniden gözlerimi kaparken kulaklarımda çınlayan bir sesle irkildim. Gözlerimi açtım, hayır, bu çağrı sadece benim için değildi, hostes herkese sesleniyordu:

"Sayın yolcularımız, lütfen koltuklarınızı dik konuma getirip kemerlerinizi bağlayın, uçağımız inişe geçmek üzeredir."

3

... sarıklı mezar taşları

Havaalanındaki insanlara bakıyordum. Yolcuları bekleyenler arasında, elinde adım yazılı bir karton, gülümseyen bir yüz, beni arayan bir çift göz yakalamaya çalışıyordum; yoktu. Karşılamaya kimse gelmemişti. Uçakta yanımdaki koltukta oturan meraklı kadın, onu almaya gelen iki kızına özlemle sarıldı; önümde oturan genç çift, yaşlı bir adamla kucaklaştı; bense elimde valizim, omuzumda bilgisayar çantamla ortalık yerde öylece kalakaldım. Ne yapacaktım şimdi? Böyle çaresizlik içinde sağa sola bakınmanın yararı yoktu, valizimi sürükleyerek çıkış kapısına yöneldim. Sevdiklerine kavuşmanın mutluluğunu yaşayan kalabalığın arasından sıyrılmak üzereydim ki, "Miss Karen... Miss Karen..." diyen cılız bir erkek sesi duydum. Döndüm, gri takım elbisesinin içinde orta boylu, şişmanca bir adam duruyordu. Nefes nefese kalmıştı, alnında pul pul ter damlaları vardı. Yetişmek için koşmuş olmalıydı. Ezilip büzülerek bozuk bir İngilizceyle sordu:

"Özür dilerim. Siz Bayan Karen mısınız?"

Adamın bu utangaç hali, telaşlı davranışı, bozuk aksanı beni iyice sinirlendirdi.

"Evet" dedim, "Evet, ben Karen Greenwood..."

Artık rahat bir nefes alacağına yüzü iyice kıpkırmızı oldu. "Özür dilerim, geç kaldım" diye açıklamaya çalıştı giderek daha da kötüleşen İngilizcesiyle. "Aslında dilinizi bilen bir arkadaş karşılamaya gelecekti sizi ama..."

Bunları duymak istemiyordum, adamın karşımda ezilip büzülmesini de istemiyordum. Sadece otelime gitmek, duş alıp kendimi yatağa atmak istiyordum. Sıkıntıyla iç geçirerek Türkçe konuşmaya başladım.

"İngilizce konuşacağım diye lütfen kendinizi zorlamayın, dilinizi biliyorum. Benimle Türkçe konuşabilirsiniz..."

Adamın gözleri sevinçle parladı, bir akrabasıyla karşılaşmış gibi ince dudaklarına geniş bir gülümseme yayıldı.

"Demek biliyorsunuz..." diye mırıldandı minnettar bir ifadeyle. "Çok güzel... Ben Mennan... Mennan Fidan... Konya'daki acentenin sahibiyim..."

Söylediklerimle ilgilenmediğimi fark edince, ona kızgın olduğumu düşündü.

"Geç kaldığım için tekrar özür dilerim..." diye açıklamaya çalıştı.

"Tamam Mennan Bey, tamam" diyerek sözünü kestim, "Önemli değil... Nereden çıkıyoruz?"

Telaşla etrafına bakındıktan sonra eliyle soldaki kapıyı gösterdi.

"Şuradan..."

Tekerlekli valizimi gösterdiği yöne sürüklemeye başladım. Ama Mennan ardımdan hızla yetişerek valizime yapıştı.

"Lütfen, ben taşırım."

Yüzünde öyle zavallı, öyle yalvaran bir ifade vardı ki, kıramadım, valizi ona bıraktım. Eliyle sırtımdaki bilgisayar çantasını gösterdi.

"Onu da bana verin."

"Teşekkürler, valizi taşıyın kâfi."

Havaalanının kapısından çıktığımızda yolculuk boyunca uçağımıza eşlik eden güneş, sanki görevini tamamlamış gibi ansızın yok oluvermişti ama ortalık karanlık değildi, tuhaf bir aydınlık çökmüştü her yere... Bozkırı kalender bir kederle kaplayan gümüşten bir aydınlık...

Oysa yıllar önce bu kente babamla ilk geldiğimizde tatlı bir ışık vardı her yerde... Öğleden sonraydı galiba, belki ikindi. Güneş batmamıştı henüz. Caddelerde, evlerin duvarlarında, pencerelerin camlarında, ağaçların yapraklarında, insanların yüzünde, her yerde bal rengi bir ışık. Hafif kızıla çalan bu altın sarısı ışık, kenti aydınlatmaktan çok parlak tozlarıyla önüne çıkan canlı cansız her nesneyi boyuyor, karşılaştığı her varlığı kendi rengine dönüştürüyordu. Konuşmayı söktüğünden beri bu tarihi kente dair öykülerle, efsanelerle, masallarla büyüyen benim gibi yabancı bir kız çocuğu için unutulmaz bir andı. Mucizeyi gözlerimle görür gibi olmuştum. Kocaman bir eve inmiştik; kerpiçten yapılma bir ev. Ne Londra'nın apartmanlarına benziyordu, ne de işçi mahallelerindeki iki katlı evlerine... Bir sürü odası vardı, ince bir oyma işçiliğiyle süslenmiş kanatlı ahşap kapılar, kafesli pencereler, ağaçlarla kaplı geniş bir bahçe, bahçede sarıklı mezar taşları. Üzerine Arap harfleri kazılmış yazılar. Önce heykel sanmıştım onları. Babam söylemişti mezar taşı olduklarını... Ona belli etmemeye çalışsam da korkmuştum aslında. Evin bahçesindeki mezarlar çok ürkütücüydü. Burası bir tür kilise miydi? Gülerek yanıtlamıştı babam: "Öyle sayılır, bir tür manastır..."

Ortada hiç rahibe olmaması tuhaftı. Hep erkekler vardı. Nihayet bir kadın gelmişti yanımıza. İri yarı, hep gülümseyen bir kadın... Adını da söylemişti, unutmuşum... Kadın hiç çekinmeden sarılıp öpmüştü iki yanağımdan. Vanilyaya benzer bir kokusu vardı. Hoşuma gitmişti bu koku. Belki de karnım acıktığından. Yine de kadının öyle teklifsizce sarılmasını yadırgamıştım. Öyle ya, ne akrabamızdı bu kadın ne de yakınımız... Ama babamın yüzündeki sakin ifadeyi, gözlerindeki memnuniyeti fark edince sesimi çıkarmamıştım. Demek ki normal bir davranıştı kadının yaptığı...

"Arabamız şurada..."

Mennan'dı seslenen. Siyah bir Mercedes'i gösteriyordu. Yanlış yere mi bakıyordum, yoo, işte arabaya doğru yaklaşmıştı bile. Son modellerden biri, E serisi. Arabayı süzerken, bu kadar kazanıyor mu bu adam, diye düşünmekten kendimi alamadım. Bildiğim kadarıyla Konya'da öyle geniş bir müşteri portföyümüz yoktu. En iyi müşterimiz İkonion

Turizm'di. Şu oteli yanan şirket. Evet, poliçe miktarları oldukça yüksekti, üstelik hiç aksatmadan düzenli olarak ödemişlerdi ama yine de Mennan gibi küçük bir sigorta acentesine Mercedes gibi lüks bir araba aldıracak kadar para kazandırmaları olanaksızdı. Yoksa hırslı müdürümüz Simon kuşkularında haklı mıydı? İkonion Turizm, sigorta acentemiz Mennan Fidan'ı satın alarak bize üç milyon poundluk bir tezgâh mı hazırlamıştı? Bu adamın yanında dikkatli olmakta yarar var, diye geçirdim aklımdan. Ne düşündüğümden habersiz olan Mennan, valizimle birlikte sağ arka kapının önünde durmuş, beni bekliyordu. Yaklaşınca, valizi bırakıp saygıyla kapıyı açtı.

"Buyrun Miss Karen."

"Teşekkür ederim" diyerek açtığı kapıdan arabaya girdim ama kibarlığının içten olduğuna inanmıyordum. Bu tür sahte nezaket gösterileriyle çok karşılaşmıştım. Özellikle hile peşinde olan müşteriler abartılı bir ilgi, şişirilmiş bir saygı gösterisinde bulunur, sigorta eksperini etkileyerek kimi önemli ayrıntıları gözden kaçırmamızı sağlamaya çalışırlardı. Aynı durumla burada da karşılaşırsam hiç şaşırmazdım. Bu ülkenin insanlarını çok sevmesine rağmen annem de hiç istememişti Konya'ya gelmemi. Şimdi nasıl da merak ediyordur beni... Kim bilir yolculuk sırasında kaç kez aramıştır? Onu daha fazla endişelendirmemek için cep telefonumu açtım. Telefon kapalıyken arayanların bıraktıkları mesajlar gelsin diye beklerken Mennan valizimi arkaya koyup bagajın kapağını gürültüyle kapattı. Arabaya binmeden o da cep telefonunu çıkarıp birileriyle konuşmaya başladı. Konuşurken arada bir kuşku dolu gözlerle bana bakıyordu. Birine geldiğimi mi haber veriyordu? Yok canım, durduk yerde paranoya yapmanın anlamı yoktu. Adamcağız belki de karısıyla konuşuyordu. Kendi işime baksam iyi olacaktı. Cep telefonuma döndüm. Hayır, mesaj gelmemişti. Yolculuk boyunca beni kimse aramamıştı. Ne annem ne de sevgilim Nigel. Yanılmıştım, demek annem beni merak etmemişti. Demek bu sorunlarla başa çıkabileceğimi düşünüyordu... Ya

Nigel'a ne demeli? Üç yıllık erkek arkadaşım, biricik aşkım, karnımdaki çocuğun babası. Hâlâ âşıktım Nigel'a, o da beni seviyordu. Ama dünyanın en rahat insanıydı. Onun bu rahatlığı beni çıldırtıyordu. Bir de şu sevimliliği olmasa, ışıltılı siyah gözleri, gülümsediğinde kalın dudaklarının arasından iki sıra inci gibi parıldayan beyaz dişleri, her zaman sıcacık teni. Nigel'ı düşünmek bile içimi ısıtmaya yetmişti. Ama o beni düşünmüyordu anlaşılan. İnsan yabancı bir ülkeye giden sevgilisini merak etmez miydi? Gergin olduğumu da biliyordu üstelik. Konya'ya gitmek istemediğimi de söylemiştim ona, hem şu planda olmayan hamilelik de vardı. Bakışlarım saatime kaydı. Altıya geliyordu, şimdi Londra'da saat dört. Sevinçle hatırladım. Tabii ya, dün akşam söylemişti, Nigel bu saatlerde bir kalp ameliyatına girecekti, o yüzden arayamamıştı. Ya annem? Ah, onun da iyi bir nedeni vardı: AIDS'lilerle Dayanışma Derneği'nin toplantısı. Her pazartesi bu saatlerde aynı toplantıya giderdi annem. Mercedes'in açılan kapısıyla bölündü düşüncelerim.

Mennan arabadan içeri girerken, "Kusura bakmayın beklettim biraz" dedi mahcup bir tavırla. "Ofisten arıyorlardı, acil bir durummuş."

İlgilenmez göründüm. "Önemli değil."

Mennan kapıyı kapattı. Göbekli bedenini oflaya puflaya direksiyon ile koltuğun arasına sıkıştırırken alnında yine ter damlaları birikmeye başlamıştı. Vites kolunun yanındaki kutudan çektiği kâğıt mendille alnını kuruladıktan sonra, "Evet, artık gidebiliriz" diye söylendi.

Kontak anahtarını çevirecekken durdu, sanki önemli bir konuyu unutmuş gibi dikiz aynasından endişeyle bana baktı. "Siz, rahatsınız orada değil mi?"

Adamın yeşil gözlerini ilk kez fark ediyordum; tombul yüzünde içten bir ifadeyle ışıldıyorlardı.

"Rahatım, rahatım, teşekkür ederim, gidebiliriz..." Mennan derin bir nefes aldı, "Bismillahirrahmanirrahim" diye fısıldayarak kontak anahtarını çevirdi.

4
Senin olanı sana getirdim

Dümdüz bir kentin içinde ilerliyorduk. İki yanı ağaçlı geniş caddeler, insanda ferahlık duygusu uyandıran boş alanlar, çok da yüksek olmayan bahçeli binalar. Hiç böyle hatırlamıyordum Konya'yı. Uçsuz bucaksız bir gökyüzünün altında gizemli eski evler, bilinmeze açılan dar sokaklar, yaşlı camiler ve adım başı, insanın içine tuhaf bir ürküntü yayan o sarıklı mezar taşları vardı belleğimde. Sahi babamla gittiğimiz, o bahçeli, kerpiç ev neredeydi acaba? Sanki görebilirmişim gibi arabanın camından dışarıyı izlemeye başladım. Yanımızdan geçen bir tramvay, rengârenk vagonlarıyla engelledi görüntümü. O kadar yakındı ki, içinde şakalaşmakta olan mavi önlüklü öğrencileri bile görebiliyordum... Tramvay aradan çekilince kaldırımın üzerindeki banka oturmuş yoksul giyimli, genç bir kadın gördüm. Kucağındaki battaniyenin altında bir şey tutuyordu. Dikkatle bakınca bunun bir bebek olduğunu fark ettim. Kadın bebeğini emziriyordu. Göğüsü görünmesin diye solgun battaniyenin ucuyla örtmüştü bebeğinin yüzünü. Birden gözlerimin nemlendiğini hissettim, boğazımda bir yumruk düğümlenmeye başladı. Ellerim kendiğilinden karnımın üzerine kaydı ama gözlerim hâlâ çocuğunu emziren genç annedeydi. Kadın başını kaldırdı, göz göze geldik. Gülümsedi, karşılık veremedim, istemediğimden değil, yapamadığımdan. Telaşlanarak, yabani bir davranışla başımı çevirdim. Neden böyle yaptığımı bilmiyorum. Hayır, kadını küçümsemiyordum, belki korkuyordum ama bu genç anneden değil, kendimden, karnımda büyümekte olan çocuktan. Ne yapacağıma henüz karar verememiş olmaktan. Sonra böyle kabaca başımı çevirmeyi kendime yediremedim, yeniden genç anneye döndüm, ona gülümseyecek, belki başımla selam verecektim ama kadın beni çoktan unutmuş, yeniden bebeğiyle ilgilenmeye başlamıştı. Telefonum işte o anda çaldı. Nigel mı? Heyecanla çıkardım çantamın içinden. Hayır, Simon'dı. Bizim müdür. Hayal kırıklığımı sesime yansıtmamaya çabalayarak açtım telefonu:

"Alo..."

"Alo, Karen... Yolculuk nasıldı?" diye sordu Simon'ın bir kadınınki kadar tiz sesi.

"İyi, iyiydi... Az önce indim... Mennan Bey beni karşıladı... Otele gidiyoruz..."

"Mennan karşıladı demek, güzel. Ama bak ne diyeceğim, o adama fazla güvenme." Sanki sesini duyabilirmiş gibi fısıltıyla konuşuyordu. "Onunla iki yıldır çalışıyoruz, nasıl biri olduğu hakkında çok fazla bilgimiz yok. Uyanık olmakta yarar var. Seni şunun için arıyorum. Ek bir sözleşme bulduk. Müşteriye oldukça büyük avantajlar sağlayan bir sözleşme. Yedi maddenin beşi yangınla ilgili. Bu ek sözleşme iyice midemi bulandırdı. Senden çok titiz çalışmanı istiyorum Karen. Lütfen, hiçbir ayrıntıyı atlama, İkonion Şirketi'nin sahibi çok kurnaz bir adam, iyi eğitim almış biri. Bu işleri bizim kadar iyi biliyor. Gözünü boyamak için her türlü hileye başvurabilir. Belki Mennan'ı bile satın almıştır."

Bakışlarım dikiz aynasına kaydı, ciddi bir ifadeyle aracı kullanan adama baktım. Masum görünüyordu... Ama sadece görünüyordu. Belki de İngilizceyi de çok iyi konuşuyordu da bilmiyorum diyordu. Bu meslekte şeytanın bile aklına gelmeyecek sahtekârlıklar, en zeki insanların bile düşünemeyeceği hilelerle karşılaşmıştım. Artık en saf sandığım kişilerin bile yeryüzünün en büyük dolandırıcısı olarak karşıma çıkması beni şaşırtamazdı. Mennan'a sezdirmemek için üstü kapalı konuştum Simon'la.

"Merak etme, her şeyin farkındayım, gerekenleri yapacağım."

"Tamam, ek sözleşmeyi e-mailine yolladım. Yarınki toplantıya gitmeden bakarsan iyi olur. Bir de yangında ölen şu iki garson. Onlar için Türk basınında çıkan haberler var. Gazeteler bu ölümlerin kaza değil, cinayet olduğunu iddia ediyor. Gazeteciler olayları abartmayı sever ama haberleri okumanda yarar var."

"Tabii... Kesinlikle okurum."

"İyi görüşürüz o zaman. Bir gelişme olursa hemen ara. Günün hangi saati olursa olsun fark etmez. Telefonum yirmi dört saat açık olacak."

"Anlaştık, ararım."

Telefonu kapatıp çantama koyarken, bir bakışın ağırlığını hissettim üzerimde. Başımı kaldırınca dikiz aynasından beni süzen Mennan'ın kısılmış yeşil gözlerini gördüm. Yarım yamalak bir gülümsemeyle karşılık verdim ama yetkili acentemize yetmedi.

"Londra'dan mı arıyorlar?" diye sordu ilgili bir tavırla.

Türklerin karşılaştıkları insanlarla öyle ölçüp biçmeden kısa sürede samimi olma özelliklerini biliyordum. Eğer Simon'ın uyarıları olmasa Mennan'ın sorusunu da bu özelliklerine yorardım ama ortada üç milyon poundluk bir tazminat vardı.

"Evet, Londra'dan bir arkadaş..." diyerek konuyu kapatmak istedim ama Mennan ısrarcıydı.

"Geçen yıl Londra'daydım" diyerek sohbeti derinleştirmeye çalıştı. "Konya'dan kalabalık bir arkadaş grubu, turla gitmiştik... Turist olarak diyorum... Thames Nehri, saat kulesi, Hyde Park, bir de şu ünlülerin balmumundan yapılmış heykellerinin bulunduğu müze..."

"Madame Tussaud Müzesi" diye hatırlattım.

"Evet işte o. Bir tek soldan akan trafiğe alışamadık ama çok sevdik Londra'yı. Yeşil bir şehir... Burası gibi değil... Ama biraz güneşi az."

Adamın konuşmasından sıkıldım, gözlerimi camdan dışarıya çevirdim. Bahçesinde sarıklı mezar taşları olan o evi aramaya başladım yeniden... Kentin ortasında bir yerlerde olmalıydı. Otobüs garında indikten sonra bir taksiyle gitmiştik. Dar bir sokaktan geçmiştik, kısa minareli taştan yapılma bir cami anımsıyorum, bir meydan vardı. Renk renk meyvelerin sergilendiği tahta tezgâhlardan oluşan küçük bir pazarın kurulduğu genişçe bir meydan. Ev, o meydanın yakınındaydı. Tek kanatlı geniş bir kapıdan girmiştik bahçeye. Bir adam karşılamıştı bizi, yaşlı bir adam. Babam uzanıp elini öpmüştü adamın. Akrabamız olmalı, diye düşünmüştüm. Babamın amcası... Gerçi babam hiç akrabalarından bahsetmemişti bize. Ama eğilip adamın elini öpünce, bize bahsetmediği bir amcası varmış, demiştim kendi kendime. Tuhaf olanı, adamın da eğilip babamın elini öpmesiydi. Türklerde büyüklerin elinin öpüldüğünü biliyordum ama yaşlı bir adamın genç birinin elini öptüğünü duymamıştım...

"Bir şeye mi bakıyorsunuz Miss Karen..."

İrkildim; Mennan'ın yeşil gözleri yine üzerimdeydi. "Evet, bir eve bakıyordum." Kendimden bahsetmenin yanlış olabileceğini düşünüp duraksadım, sonra bu kadarcık bilgi özel yaşam sayılmaz diyerek konuşmayı sürdürdüm. "Eski bir ev, kocaman bir bahçesi, bahçesinde sarıklı mezar taşları olan bir ev..."

"Dergide mi gördünüz?.. Evi diyorum... Bir gezi dergisinde filan mı?"

Yalan söylemeyi kendime yediremedim.

"Hayır" dedim, "Konya'ya daha önce de gelmiştim..."

Mennan'ın gözleri yeni bir merak dalgasıyla aydınlandı. "Öyle mi? Ne zaman gelmiştiniz?"

"Çok önce, çocukken... O zaman eski bir eve götürmüşlerdi bizi... Ev değil de dini bir bina gibi..."

"Cami mi?"

"Yok cami değil, içinde yaşayan insanlar vardı."

"Dergâh olmalı" diye tahminde bulundu. "Kim götürmüştü?"

Babam diyecektim, vazgeçtim.

"Bir tanıdık... Londra'da aynı mahallede oturuyorduk..." Dikiz aynasında Mennan'ın alnının kırıştığını gördüm, önemli bir sorunla karşılaşmış gibiydi.

"Valla Miss Karen, öyle yerler çok... Acaba hangisi?" Çözümü bulmuş gibi ansızın ışıdı gözleri. "Sokakların arasına girelim. Öyle büyük bir yer değil burası, belki tanırsınız..."

Karşı çıkmama fırsat bile vermeden direksiyonu soldaki ilk sokağa kırdı. Sadece bir aracın girebileceği kadar dar sokağın başındaki çirkin apartmanı geçer geçmez doku değişti, iki katlı sevimli kerpiç evler yan yana sıralanmaya başladı...

Evlerin dokusuyla birlikte sanki zaman da değişmiş, birkaç yüz yıl öncesine gitmiş gibiydik. Burası babamla geçtiğimiz o dar sokak olabilir miydi? Bu oymalı ahşap kapıyı, bu kafesli pencereleri, bu iki katlı kerpiç evleri daha önce görmüş olabilir miydim? Belki. Ama geçmiş yüzyıllardan kalan bu sokağa baktıkça belleğime duyduğum güven azalıyor, neyi görüp neyi görmediğinden emin olamıyordum. Zaten çok sürmedi, birkaç yüz metre sonra o güzelim evler sona erdi, aracımız bizi yeni binaların boy gösterdiği küçük bir caddeye çıkardı. Sokaktan ayrılırken sordu Mennan:

"Ne dersiniz, buralara benziyor muydu geldiğiniz yer?"

"Emin olamıyorum" dedim gözümün önüne düşen saçlarımı elimin tersiyle geriye atarken. "O zamanlar çocuktum, buralar çok değişmiş olmalı..."

Şimdi bir parkın yanından geçiyorduk, içinde küçük bir cami vardı. Hayır, bu parkı hiç görmemiştim. Ne bu parkı ne de küçük camiyi. Yine de ilgiyle camiye bakmaktan kendimi alamadım. Eski bir yapıya benziyordu. Caminin giriş kapısının alınlığındaki yazıyı okumaya çalışırken Mennan aniden frene bastı.

"Allah kahretsin..." Araba sarsılarak durunca sıkıntılı bir suratla bana döndü.

"Çok özür dilerim..."

Eliyle arabanın sağ tarafını gösterdi. "Lastik... Sağ, ön lastik patladı..."

Bir bu eksikti, diye geçirdim içimden Mennan bir şey söylememe izin vermeden sürdürdü sözlerini.

"Merak etmeyin, hemen bir taksiyle yollarım sizi otele..."

Taksiyle mi? Bavulu yeniden bagajdan çıkar, başka bir taksiye taşı. Gözümde büyüdü. Kararsız kaldığımı görünce açıkladı.

"Lastiği değiştirmek biraz zaman alır..."

"Önemli değil" dedim kararlı bir tavırla, "...Beklerim."

Emin misiniz gibilerden süzdü beni.

"Siz işinize bakın, nasıl olsa otele gidiyoruz. Geç ya da erken ne fark eder?"

"Tamam o zaman" dedi Mennan ceketini çıkartırken. "Elimden geldiğince çabuk değiştireceğim lastiği..."

Arabadan inerek bagaja yöneldi... O bagaj kaputunu açarken ben de çöken akşamla birlikte alacakaranlığa bürünen parktaki insanlara bakmaya başladım. Caminin önündeki çeşmede üniformalı iki polis aptes alıyordu. Bellerinden sarkan kocaman tabancalar dikkatimi çekti. Adamların yüzlerini iyi seçemiyordum ama az sonra Tanrı'dan bağışlanma dileyeceklerini biliyordum. İşte o günah çıkarma anı ile kemerlerindeki silahlar birbirlerine tam bir karşıtlık oluşturacaktı. Yok etmenin aracı olan tabancalarla Yaradan'ın huzuruna varmak. "Öldürmeyeceksin!" diyen Tanrı'nın huzuruna ölüm getiren araçlarla çıkmak. Bu konuyu, babam ile Şah Nesim'in konuştuklarını anımsıyordum. Odaya kapanmadıkları bir gündü, salonda oturmuş çay içiyorlardı, ben resim yapıyordum. Konunun nasıl açıldığını bilmiyorum ama, "Tanrı'nın cezalandırıcı olacağına inanmıyorum" diyordu babam. "Tanrı şefkat ve merhamet doludur. Onda şiddet yoktur." Sarı gözlerini babamın yüzüne dikerek bir süre öylece bakmıştı Nesim. "Yanılıyorsun" demişti sonra başını usulca sallayarak, "Tanrı merhametten de, şefkatten de daha büyüktür. Tabii, şiddet ve cezadan da. O'nda hepsi vardır, O'nda hepsi birdir. Bir olmak demek, çok olanı bir görünümde toplamak demektir ama farklılıklarını silmeden, aynılaştırmadan, birbirine benzetmeden. Çünkü her varoluşun bir anlamı, bir gereği vardır. Çoğu zaman mesele Tanrı'nın ne olduğu değil, bizim onda ne gördüğümüzdür. Sevgi dolu olanlar merhameti görür, zalim olanlar şiddeti. Zeki olanlar aklı görür, aptal olanlar kör inancı; âlimler bilimi görür, cahiller mucizeyi."

Mennan'ın bagajdan çıkartırken yere düşürdüğü lastikten yayılan gürültü dağıttı düşüncelerimi. Arkaya baktım; sürücümüz stepneyi yerden kaldırmış, iterek arabanın ön tarafına getiriyordu. Neşesi yerine gelmiş gibiydi, geçerken bana gülümsemeyi bile ihmal etmedi. Lastiği bıraktıktan sonra döndü, bagajdan krikoyu da alarak çalışmaya koyuldu. Krikonun arabayı yükseltmeye başladığını hissettim. Aynı anda uzun zamandır duymadığım bir ses yayıldı çökmekte olan akşam karanlığına. Camiden ezan okunuyordu. Babam da güzel ezan okurdu. Sanki kutsal sözcükleri değil de içli bir sevda şarkısı söyler gibi. Aslında Şah Nesim'in Pakistanlı Müslümanları gibi her gün beş vakit namaz kılmaz, arada bir odasına kapanır secdeye dururdu. Babamın ibadeti namazla sınırlı değildi; bazen hiç kıpırdamadan geceler boyunca otururur, bazen kendi kendine fısır fısır konuşur, bazen de sadece ney üflerdi. Kapandığı odadan çıktığındaysa iri kara gözleri nemlenir, yüzünde derin, tuhaf bir dinginlik olurdu. Şah Nesim'in babama, "Ölmeden önce ölmek gerek" dediğini duymuştum. Bu cümle korkutmuştu beni. Babamın öleceğini düşünerek odama çekilip ağlamaya başlamıştım. Sesimi duyan babam yanıma gelmişti. Boynuna sarılarak, "Sen ölecek misin baba?" diye sormuştum. Hiç beklemiyordu babam bu soruyu. "Nereden çıktı şimdi bu?"

Duyduklarımı anlatınca da kahkahalarla gülmüştü.

"Ben ölmeyeceğim kızım, Nesim Amcan da bana öl demiyor zaten. O sözlerin gizli bir anlamı var. Büyüyünce anlarsın. Şu kadarını söyleyeyim ki ölümle hiçbir ilgisi yok bu sözlerin."

Çok sevinmiştim babamın ölmeyeceğine. Ve büyümeden çözdüm, "Ölmeden önce ölünüz" sözlerinin anlamını. Babamın gözlerindeki kıpırtısız sükûneti anlatıyordu bu sözler. Başkaları için farklı anlamı olabilirdi ama bana göre bu sözler, yüzündeki o müzmin kedere rağmen, babamın hiçbir zaman kaybolmayan o derin huzurunu anlatıyordu. Ne zaman bu cümleyi duyacak olsam, sessiz, kıpırtısız, sanki sonsuzluğa uzanan dümdüz bir okyanus canlanır gözlerimin önünde. Büyük, güçlü, olağanüstü ama bir o kadar sakin, bir o kadar engin, bir o kadar da uysal. Babamın yüzündeki o anlamı, sınıfımızdaki Janet'in yüzünde de görmüştüm bir kriz sonrasında. Sara hastasıydı Janet; sınıfın en huysuz çocuğuydu. Bazen hastalık sınıfta yakalardı onu, fırtınaya tutulmuş bir yaprak gibi titrerdi zavallı kızcağız ama kriz geçince babamın siyah gözlerindekine benzer derin bir huzur olurdu Janet'in kül rengi gözlerinde. Büyük bir gerilimin ardından gelen dinginliğin insan yüzüne yansıyan yumuşaklığı. Yüreğin kabarmasıyla, insan benliğinde kopan o korkunç fırtınanın ardından gelen büyük huzur. Şu anda en çok istediğim ruh hali. Şu anda bana en uzak olan ruh hali. İşte yeniden kıpırdanmaya başlamıştı içimdeki o karabasan yine o derin huzursuzluk. Öyle bir an geldi ki nefes alamaz oldum, kapıyı açıp kendimi arabadan dışarı attım.

İndiğimi fark eden Mennan merakla baktı.

"Ben iyiyim" dedim soru sormasına izin vermeyerek. "Siz işinize bakın."

O işine dönerken ben de arabanın öteki tarafına geçerek, sıkıntımı azaltır umuduyla parkı izlemeye başladım. Çöken karanlık minarenin görüntüsünü iyice biçimsizleştirmiş, bu dini yapıyı, ince uzun bir silüet haline getirmişti. Ezan okuyan müezzinin dışında hiçbir ses duyulmuyordu meydanda. Yoldan geçen insanlar, ağaçların dallarında gezinen rüzgâr, her günkü gibi devinen şehir, sanki her şey, herkes sessizliğe bürünmüş gibiydi. Parkın ortasında yankılanan bu ezan sesi mi, başımızın üzerinde dönüp duran kuşlar mı, ağır ağır çöken akşam mı, nedenini bilmiyorum, birden yapayalnız hissettim kendimi. Sanki bütün sevdiklerim, bu tanımadığım şehirde beni bir başıma bırakıp gitmişlerdi. Aynı boğuntuyu yeniden hissettim içimde.

Keşke inmeseydim arabadan, diye düşünürken duydum Mennan'ın sesini.

"Sigara içer misiniz? Torpido gözünde bir paket var."

Sigara içmiyordum, hiçbir zaman sevmemiştim tütünü ama o kadar hoşuma gitmişti ki teklifi, düştüğüm karanlık girdaptan adeta çekip çıkardı beni.

"Yok, teşekkür ederim, kullanmıyorum" dedim.

Çömeldiği yerden başını uzatarak, "Ben de bıraktım" diye söylendi. "Paket de içtiğim günlerden kalma." Sonra başını eğdi, lastikle uğraşmaya devam etti.

Hayır, böyle olmayacaktı, kendimi toparlamalıydım. Bana bir şey olduğu yok, diye geçirdim içimden, gece çökerken, yabancısı olduğum bir ülkede hissettiğim yalnızlık, hepsi buydu işte. Bir tür melankoli. Ama artık bitmeliydi. Heathrow Havalimanı'ndan uçağa bindiğimden beri yakamı bırakmayan bu kötü duygudan, bu uğursuz karamsarlıktan artık kurtulmalıydım. Caminin önündeki çeşmeye gitsem yüzümü yıkasam. Fena fikir değildi. Bu niyetle geriye döndüm ve karşımda onu gördüm. Tepeden tırnağa siyahlar giyinmiş bir adam; ince, uzun boylu, saçı sakalı birbirine karışmış. Öyle sessizce duruyordu önümde, boş bulunsam çığlık bile atabilirdim. Ama o kadar şaşırmıştım ki sadece küçük bir, "Ah!" sesi çıktı ağzımdan.

"Korkma" diye fısıldadı. Sesi su gibi sakin, tene dokunan ipek gibi yumuşak, hafiften çöken serinlik gibi huzur vericiydi. "Korkma, kötülük için gelmedim."

Bakışlarım adamın uzun kirpiklerinin arkasındaki doğuştan sürmeli kara gözlerine kaydı. Tehdit yoktu bu gözlerde, kurnazlık yoktu, korku yoktu. Benden yardım ister gibiydi. Ne diyeceğimi bilemeden adeta büyülenmiş gibi öylece kalakalmıştım karşısında. Adım attığını görmedim ama yaklaştı. Kıpırdadığını fark etmedim ama yaklaştı. Sanki yürümüyor da uçuyordu, gece gibi, rüzgâr gibi, sessizlik gibi. Uzanıp sağ elimi tuttu, sol avucunun içine yatırdı. Elleri Nigel'ınkiler kadar sıcaktı. Karşımda başka biri olsaydı, elimi hemen çekmiş, bu dilenci görünümlü adamı azarlayarak çoktan kovmuş olurdum yanımdan. Ama yapmadım, yapamadım. Büyülenmiş gibi sürmeli gözlerine bakakaldım. Adam, saygıyla avucumu açtı, içine bir şey koydu, sonra parmaklarımı tek tek kapattı.

"Senin olanı sana getirdim."

Bir rüyada gibiydim, sağ elimin parmakları avucumdaki sert nesneye dokunuyordu. Parmaklarımı açtım, merakla sağ avucumun içine baktım. Alacakaranlıkta iyi seçemiyordum; elimi gözlerime yaklaştırdım. Avucumun ortasında bir yüzük duruyordu. Kahverengi taşlı, gümüş bir yüzük. Görür görmez sevdim yüzüğü, görür görmez içim ısındı ona. İyi de bu yüzüğü neden vermişti ki bu adam? Belki de satmak istiyordu. Gecenin içinden çıkan bu esrarengiz adam demek sadece bir satıcıydı. Anlamak, sormak, konuşmak için başımı kaldırdım ama adam yoktu. Nasıl olabilirdi? Daha birkaç saniye önce karşımda duran adam nereye gitmiş olabilirdi? Telaşla etrafa bakındım ama hayır, siyah giysili, uzun boylu adam yoktu; geldiği gibi kaybolmuştu gecenin içinde.

"Nerede?" diye söylendim. "Nereye gitti bu adam?"

"Buyurun" diyerek doğruldu Mennan. "Bir şey mi dediniz?"

Adamın az önce durduğu boşluğu gösterdim. "Burada biri vardı..."

Mennan'ın kaşları çatıldı, levyeyi sıkıca kavrayarak yaklaştı.

"Adam mı? Yoksa rahatsız mı etti?"

Derdimi anlatamamanın verdiği çaresizlikle başımı salladım.

"Hayır... Hayır, rahatsız filan etmedi. Ama birden kayboldu."

"Kayıp mı oldu?" diye yineleyerek etrafa baktı. Kimseyi göremeyince önemsemedi. "Kaçtı gitti herhalde. Çantanız, cüzdanınız yerinde değil mi?"

İşte bu aklıma hiç gelmemişti. Tabii ya, adam hırsız olabilirdi. Belki o beni yüzükle oyalarken ortağı da çantamı kapmıştı. Hemen arabanın kapısını açıp içeri baktım. Hayır, çantam da, cüzdanım da, dizüstü bilgisayarım da arabanın arka koltuğunda duruyordu.

"Yok" diye mırıldandım sevinçle. "Hiçbir şey çalınmamış, adam hırsıza benzemiyordu zaten. Üstelik bir de yüzük verdi bana."

Avucumdaki yüzüğü gösterdim. Çok ilgilenmedi, olaya kızmamış olmama sevinerek konuyu kapatmak istedi.

"Bir hediye" diye mırıldandı. "Güzelmiş, hayırlı günlerde kullanın."

Sözleri merakımı gidermemişti.

"İyi de o adamı tanımıyorum ki. Bana bu yüzüğü vermesi için bir neden yok."

Yüzüne iyimser bir gülümseme yayıldı.

"Bizim buraların insanı bir tuhaftır. Durup dururken iyilik yapacağı tutar. Sizin yabancı olduğunuzu anlayınca bir hediye vermek istemiştir."

"Tamam da niye kaçar gibi uzaklaştı o zaman?" H
iç duraksamadan yanıtladı.

"Utanmıştır. Bizim insanımız, yabancıdan utanır."

Mennan'ın sözleri ikna edici değildi. Yeniden etrafa bakınmaya başladım. Gözlerim, parkın karanlık köşelerini, gecenin henüz ele geçiremediği sokak girişlerini taradı yeniden. Yok, uzun boylu, siyah giysili, güzel gözlü adam ortalıkta yoktu. Peki kimdi bu adam? Sanki bu sorumun yanıtıymışçasına küçük caminin önündeki ışıklar ansızın yanıverdi ve kapının üzerindeki metal levhaya yapıştırılmış pirinç harflerden oluşan yazı ortaya çıktı. "Şems-i Tebrizi Camii ve Türbesi."

5
... *İnsanların kalbine elimle dokunabilmek*

Otel umduğumdan daha iyiydi. Alışıldık turistik konaklama yerlerinden değildi; sadeydi, temizdi, kentin merkezinde olmasına rağmen sessizdi. Lobi, insanı yormayan, yumuşak bir ışıkla aydınlatılmıştı. Mennan işbilir birinin aceleciliğiyle pasaportumu alarak resepsiyondaki görevliye yaklaştı. Birkaç adım geride durmuş, oteli tanımaya çalışıyordum. Köşedeki geniş koltuklarda iki genç adam oturuyordu. İçeri girdiğimizde ilgiyle süzmeye başladılar beni. İster Londra'da olsun ister dünyanın başka bir yerinde her zaman nefret etmişimdir ısrarlı, aç erkek bakışlarından. Başımı çevirip pencereden dışarı, artık puslu gecenin tamamen ele geçirdiği caddeye bakmaya başladım. Otelin önünden geçen asfaltın gerisinde ışıklandırılmış tarihi bir cami vardı. Biraz sonra caminin önündeki şadırvanı da fark ettim. Üzeri ahşap ve alüminyum ince bir levhayla kapatılmış, birçok yerinde musluğu olan bu tarihi çeşmeyi daha önce görmüş müydüm? Babamla bu şadırvana gelmiş miydik? Bu değilse bile buna çok benzeyen başka bir şadırvan olmalıydı. Bir öğleüzeriydi, suyundan içmiştik. Çok iyi hatırlıyorum, sarı muslukların yanında, tenekeden birer bardak sallanıyordu. Herkesin dudaklarıyla dokunduğu bu kabı kullanmak düşüncesi bile midemi kaldırmaya yetmişti. Suyu avuçlarıma doldurarak içmeye çalışmıştım. Babam hiç çekinmeden, bardağın kirli olup olmadığına aldırmadan kana kana içerek gidermişti susuzluğunu. Bu aynı şadırvan mıydı acaba? Mennan'a sormayı düşünürken duydum sesi.

"Kimya... Kimya Hanım..."

Bakışlarım hâlâ solgun ışıklarla aydınlanan şadırvandaydı. Bir an uçakta kapıldığım o tuhaf heyecanı yaşadım. Neler oluyordu? Başımı sesin geldiği yöne çevirince, gülümseyerek bana bakan resepsiyon görevlisini gördüm.

"Kimya Hanım... Kimya Hanım bakar mısınız?"

Seslenen oydu. İkinci adımı nereden biliyordu bu adam? Aptal bir suratla öylece baktığımı gören Mennan da araya girmiş, "Miss Karen... Miss Karen..." diye bana seslenmek zorunda kalmıştı.

"Kayıt fişini imzalamanız gerekiyor."

O zaman anladım görevlinin ikinci adımı nereden bildiğini, önünde pasaportum duruyordu. Resepsiyona yaklaştım.

"Tabii, nereyi imzalayacağım?"

Görevli kayıt fişini uzattı.

"Şurayı lütfen." Gösterdiği yeri imzalarken sürdürdü sözlerini. "Özür dilerim ama merak ettim... İsminiz Karen Kimya Greenwood..."

Başımı kaldırmadan yanıtladım. "Evet!.."

Galiba biraz sert çıkmıştı sesim. Görevli mahcup olmuş gibiydi ama merakına yenildiğinden midir nedir, konuyu deşmeyi sürdürdü.

"Yani ikinci isminiz diyorum, Kimya... İngilizler pek bu ismi kullanmaz da... Sizde Türklük var mı?"

Bu seni niye ilgilendiriyor diyemediğim için, "Hayır, ben İngilizim" diyerek kestirip attım.

Bozulduğumu anlayan Mennan da ters ters bakmaya başlamıştı ama adam pişkin çıktı, hiçbir terslik yokmuş gibi, sırıtarak aldı imzaladığım kayıt fişini.

"Teşekkür ederim Miss Karen" dedi Karen'ın üzerine basa basa. Anahtarı uzatırken açıkladı. "131 numaralı oda. Sultan Selim Camii'ne bakıyor. Balkonunuzdan Mevlâna Türbesi'ni de görebilirsiniz..." Mevlâna Türbesi... Tabii babam oraya da götürmüştü beni. Yan yana, arka arkaya sıralanmış üzerleri Arapça yazılarla kaplı garip mezarların bulunduğu bir kiliseyi andıran çok kubbeli bir mekân. Resepsiyon görevlisine sorsam daha fazla bilgi alabilirdim ama bu meraklı gençle yüz göz olmayı hiç istemiyordum, odama çıkmak, kendimi sıcak suyun altına atmak için sabırsızlanıyordum. Ama Mennan'ın beni bırakmaya pek niyeti yoktu.

"Akşam yemeği için ne yapalım? Çok güzel restoranlarımız var. Yerel yemekler yapıyorlar."

İyi bir ev sahibi olduğunu göstermek istiyordu anlaşılan. Onu reddetmek kabalık olacaktı ama çok az bildiğim bu şehirde, akşam yemeğini neredeyse hiç tanımadığım bir adamla yemek istemiyordum.

"Ben burada yesem" diyecek oldum.

Mennan'ın ay gibi yuvarlak yüzündeki ışıltı puslandı ama hemen teslim olmadı.

"Şey için diyorsanız, yani içki olmadığı için."

Ne demek istediğini anlamamıştım, yüzümdeki soru dolu ifadeyi görünce açıkladı.

"Hani diyorum, belki size Konya'daki lokantalarda içki olmadığını söylemişlerdir. Hepsinde değil. Gideceğimiz restoranda rahatça içki içebilirsiniz. Üstelik kimse de sizi yadırgamaz."

Kendimi tutamayarak gülmeye başladım, Mennan birden çok sevimli görünmüştü gözüme.

"Hayır, içki yüzünden değil. Çok yorgunum. Belki yemeği odamda yerim. Dinlenmek istiyorum. Yarın uzun bir gün olacak, kendimi toparlamam lazım."

"Anladım" dedi koca kafasını usulca sallayarak. "Tabii dinlenirseniz daha iyi olur... Yarın akşam misafirimiz olursunuz o zaman."

"Yarın akşam... Tamam, ben odama çıkayım artık." Elimi uzattım. "Yaptıklarınız için çok teşekkür ederim Mennan Bey."

Elimi sıkarken bakışlarını kaçırdı, yine genç kız gibi kızarıp bozarmaya başlamıştı.

"Ne demek Miss Karen, benim görevim. İyi akşamlar..."

"İyi akşamlar..."

Hâlâ saygıyla dikilmekte olan Mennan'ı öylece bırakarak, valizimi asansöre taşıyan görevli çocuğun peşi sıra yürüdüm. Asansörün kapısından içeri girecekken çalmaya başladı telefonum. Telefonun ekranında arayanın adını görür görmez bir heyecan sardı bütün bedenimi. Nigel'dı. Ne asansörün açık kapısı, ne elinde valizimle bekleyen görevli, ne de ben yukarı çıkana kadar otelden ayrılmamaya kararlı olan Mennan; hepsini unuttum. Sevinçle bastım telefonun açma tuşuna.

"Nigel... Alo Nigel, hayatım..."

Nigel'ın sesi her zamanki gibi neşeliydi, kendinden emindi.

"Merhaba tatlım... Nasıl gidiyor Türkiye maceran?"

Yaşadıklarımı bir çırpıda anlatmak, hissettiklerimi, düşündüklerimi açıklamak istedim. Ama bakışlarım birkaç adım önümde bekleyen görevliye ve hâlâ resepsiyonun önünden beni izleyen Mennan'a takılınca vazgeçtim.

"İyi" dedim aceleyle, "İyi gidiyor. Biraz bekler misin?" Görevliye döndüm. "Siz valizleri çıkarın, ben merdivenlerden yürüyerek geleceğim."

Görevli asansöre girerken, ben de Mennan'a el sallayarak merdivenlere yöneldim. Artık sevdiğim adamla konuşabilirdim.

"Nigel... Ah Nigel... Aradığına nasıl sevindim anlatamam..."

Nigel'ın sesindeki havailik kayboldu.

"Karen, sen iyi misin?"

Gözlerim nemlenmişti. Ağlamamak için kendimi zor tutuyordum. Karmaşık duygular basmıştı içimi. Bu yolculuğa çıkmamda en küçük bir sorumluluğu bile olmayan Nigel'a, beni neden engellemedin, demek istiyordum. Ama ne olmuştu ki? Nigel'a niçin sitem edecektim? Bir saldırıya mı uğramıştım, biri bana hakaret mi etmişti, kimse beni karşılamamış da koca şehirde bir başına mı kalmıştım? Hayır, huzursuzluk bendeydi, huzursuzluk aklımdaydı, kalbimdeydi, rahmimdeydi. Üstelik Anadolu'nun ortasındaki bu şehirde değil, çok daha önce, daha Londra'da uçağa binmeden kıpırdanmaya başlamıştı. Yanıt alamayan Nigel kaygıyla sordu:

"Karen... Karen neler oluyor? İyi misin?"

"Bir şey yok" diyebildim sonunda, yanaklarımdan süzülen gözyaşlarımı elimle kurulayarak. "Bir şey yok... Şu anda oteldeyim. Güzel bir yer..."

Nigel ikna olmamıştı, sesimin çatallaşması beni ele veriyordu.

"Huzursuz gibisin."

"Bilmiyorum Nigel" dedim, ağladığımı anlamasın diye elimle telefonun ses almacını kapatıp burnumu çekerek. "Evet, galiba biraz huzursuzum."

"Niye? Kötü bir şey mi oldu?"

"Kötü bir şey olmadı. İşler yolunda gidiyor aslında..."

"Yolculuk mu yorucuydu?"

"Yoo... Yolculuk da iyiydi..." Daha fazla saklayamadım. "Bilmiyorum, içimde bir sıkıntı var işte."

Nigel'ın neşesi kaçmıştı. "Nasıl bir sıkıntı?"

Onu üzdüğüm için iyice moralim bozuldu.

"Önemli değil, geçer herhalde... Haklısın, yol tedirginliği olmalı..."

Nigel'ın kaygısı geçmedi.

"Hasta filan olmuyorsun değil mi?"

Hasta derken neyi kastettiğini biliyordum. Nigel, hamilelikle ilgili bir sorun olabileceğini düşünüyordu. İki gün önce Soho'daki Jazz Club'da konuşmuştuk bu konuyu. Çocuğu aldıracaktım, öyle karar vermiştik. Daha doğrusu, Nigel öyle karar vermişti... Hayatımızın en güzel yıllarını bir çocuk peşinde harcayamazmışız. İkimiz de iyi kazanıyormuşuz, sağlığımız da yerindeymiş, henüz gençmişiz ve birbirimiz için deli oluyormuşuz. Üstelik dünyada gezilip görülecek o kadar çok yer varmış ki... Çocuk bize engel olurmuş. Belki haklıydı ama ben otuz yaşını çoktan aşmıştım. Biyolojik saat acımasızca çalışıyordu. Belki de çocuk sahibi olmak için bu son şansımdı. Kararsızlığımı fark etmişti Nigel, yine de umursamadı; aldığı kararın doğruluğundan emindi. Ben de ona boyun eğmiştim. "Tamam" demiştim, "Aldırırız." Bu işi hemen bitirmek istiyordu Nigel. "Yarın hastaneden gün alayım" demişti. Ama mümkün değildi, çünkü benim iki gün sonra Türkiye'ye gitmem gerekiyordu. Canı sıkılmıştı sevgilimin fakat uzatmadı. Siyahi tenine çok yakışan bembeyaz dişlerini göstererek gülümsemişti. "Merak etme, bir haftalık gecikmeden bir şey olmaz. Döner dönmez hallederiz." Çok sevdiği o Şili şarabından doldurmuştu sonra kadehlerimize. Doğacak bir yaşamı söndürme kararı alırken, "Hadi hayata içelim" demişti. Sadece kendisinin mutlu olabileceği bir hayata. Şarabını yudumlarken yüzündeki gerginlik kaybolmuş, iyice rahatlamıştı. Ama şimdi binlerce kilometre ötedeki sesi endişe içinde yüzüyordu.

"Karen, benden bir şey saklamıyorsun değil mi?"

Ne yalan söylemeli, Nigel'ın benim için kaygılanması hoşuma gitmedi değil ama onun daha fazla üzülmesine dayanamadım.

"Yok, hiçbir sorun yok. Sağlığım yerinde. Yabancı bir ülkede tek başına olmak hoş değil tabii... Ama sonuçta bu benim işim... Neyse, bırakalım artık bu konuyu. Ben iyiyim, gerçekten iyiyim. Senin ameliyat nasıl geçti? Zor olacak demiştin."

Nigel'ın sesindeki endişe hemen yok olmadı ama soruyu yanıtlamakta da bir sakınca görmedi.

"Zor oldu, sandığımdan da uzun sürdü. Hasta yetmiş yaşındaydı. Kalp kapakçığını değiştirdik. Çok riskliydi ama ameliyat iyi geçti, sanırım başardık. Kesin sonuç için biraz beklemek gerekiyor tabii..."

Saygıyla dinliyordum onu, bu kadar önemli bir iş yapmasına rağmen, hiç abartmadan son derece basit sözcüklerle dile getiriyordu yaptıklarını.

"Biliyor musun?" dedim hayranlıkla, "...Bazen seni kıskanıyorum."

Anlamamıştı.

"Ne? Ne diyorsun?"

"Muhteşem bir iş yapıyorsun diyorum, insanların hayatını kurtarıyorsun."

Nigel yine neşeli, boş vermiş halini takındı. "Sadece işimi yapıyorum, senin gibi."

Sanki o karşımdaymış gibi başımı salladım.

"Hayır, ben başkalarının parası için çalışıyorum, sen insanları yaşatmak için..."

Nigel'ın gülüşü çınladı telefonun öbür ucundan. "Abartma, ben de aziz değilim. Herkes gibi para kazanmak için çalışıyorum sonuçta." Sesinde şakacı bir tını belirdi. "Tek ayrıcalığım insanların kalbine elimle dokunabilmek. Ama tanımadığım insanların kanlar içindeki kalbine dokunmak yerine senin o muhteşem bedenine dokunmayı tercih ederim."

Yüzümün kızardığını hissettim. Bir tek Nigel'da böyleydi bu, daha önceki erkek arkadaşlarımda edepsiz bir kız gibi davrandığım çok olmuştur ama bu uzun boylu siyahi adama gelince iş değişiyordu.

"Dokunuyorsun zaten" diyebildim sonunda.

Kısa bir suskunluk oldu. Ne Nigel ne de ben tek söz edebildik. Merdivene dayanmış mor lalelerin eşit aralıklarla sıralandığı uçuk pembe duvar kâğıdına bakıyordum ama görmek istediğim sevdiğim adamın yüzüydü. Nigel'ın yanında olmak istiyordum. Onun göğsüne sokulmak, bir kedi gibi huzur içinde uyumak istiyordum. Sanki ne istediğimi anlamış gibi kederle fısıldadı Nigel.

"Keşke şu anda yanımda olsaydın. Seni şimdiden özledim."

Kısık, kederli bir ses çıktı ağzımdan. "Ben de..."

Neredeyse yeniden ağlamak üzereydim ki, Nigel konuşmayı sulandırdı.

"Eee ilginç bir şeyler görebildin mi bari Türkiye'de? Seni haremine almak isteyen bir şeyh filan çıkmadı mı karşına?"

Zoraki güldüm. Aynı alaycı havayla ben de ona takıldım.

"Cahil adam, burası Arabistan değil, burada ne harem var ne de şeyh..."

Tepeden tırnağa siyah giysili, o uzun sakallı adamın görüntüsü belirmişti gözlerimin önünde. Hayır, onu kovmaya çalışmadım, daha iyisini yaptım, onu da alaycı konuşmamızın içine kattım.

"Ama adamın biri çok güzel bir yüzük hediye etti bana."

"Rüşvet mi?"

"Hayır, şirketten biri değil, tanımıyorum bile. Gizemli biri..."

"Gizemli! Etkilenmiş gibisin."

Sesi ciddileşivermişti, sanki kıskanıyor gibiydi. Neredeyse inanacaktım buna ama Nigel gülmeye başladı.

"O gizemli adam için beni bırakmazsın değil mi?"

"Neden olmasın?" dedim acımasız bir tonla. "Belki de çok ilginç bir hayat sunacaktır bana... Egzotik, bilinmez, çekici..."

"Çekici ha, dur, ilk uçakla geliyorum oraya."

Şakayı daha fazla sürdüremedim, içimdeki özleme yenildim.

"Keşke öyle bir şey yapsan."

"Ben de çok isterdim." Onun da sesi değişmişti. "Ama yapamam. Yarın sabah bir ameliyata daha girmek zorundayım."

Kederle mırıldandım.

"Birinin kalbine daha dokunacaksın yani..."

Aynı kederle yanıtladı Nigel.

"Evet ama benim kalbim her zaman seninle olacak."

Şakayla karışık fısıldadım.

"Benimki de seninle, biliyorsun başka türlü atmıyor zaten."

6
... *Duvardaki buz mavisi kapı*

Karanlık otel odasında yatağıma uzanmış, bomboş gözlerle duvara bakıyordum. Ne artık iyice sakinleşen caddeyi izlemek için balkona çıkmak, ne odada dolaşmak, ne de televizyonu açmak geliyordu içimden. Oysa odaya ilk girdiğimde sıkıntıdan kurtulmuş gibiydim. Nigel'la konuşmanın verdiği mutlulukla kendimi duşun altına atıvermiş, banyonun ardından da iştahım açılmış, istekle bakmıştım otel restoranının başucumda duran mönüsüne. Yemek listesini karıştırırken de bir sürprizle karşılaşmıştım. Tanıdık bir yemek.

Sadece Konya'da yapılan bamya çorbası. Babam iyi bir aşçı sayılmazdı, öyle yemeye içmeye düşkün biri de değildi. Ama bamya çorbası deyince iş değişirdi. Belki de çok sevdiği şehriyle en güçlü bağı bu çorbaydı. Öyle ki Londra'da karşılaştığı hemşehrilerinden tek isteği Konya'dan gönderecekleri küçük kuru bamyalar olurdu hep.

Ne kadar olmuştu bu çorbadan tatmayalı? Yirmi yıldan daha uzun. Aslında çorbanın tadını bile tam olarak hatırlamıyordum ama ipe dizili kuru bamyaları kalbur gibi bir kapta ovduğumuzu hiç unutmamıştım. Çünkü şu ovma işini hep ben yapmak isterdim ama her defasında ölçüyü kaçırarak bamyaları fazla sıkıp görünümlerini bozduğum için bu görevden alınır, çorbaya konacak domatesleri yıkamakla yetinmek zorunda kalırdım. Bir defasında Londra'da annemin hâlâ oturmakta olduğu evin geniş mutfağında sormuştum babama:

"Bamya çorbası yapmayı nerede öğrendin?"

Babam çenemi okşamış, "Dergâhta" demişti.

"Nasıl yani, size dergâhta bamya çorbası yapmayı mı öğretiyorlardı?"

Gülümseyerek yanıtlamıştı sorumu:

"Sadece bamya çorbası değil, hayatın sırlarını da."

"Baba, bu dergâh nasıl bir yer?"

"İnsanın olgunlaştığı, güzelleştiği, arındığı bir yer."

"Arındığı" derken babamın neyi kastettiğini tam olarak anlamasam da bu sözcüğün sufilikle ilgili olduğunu biliyordum. Ama ne annemin gençliğinde kapıldığı hippiliğe, ne de babamın bütün bir yaşamını etkileyen sufiliğe hiçbir zaman ilgi duymamıştım. Hatta babamı hiç tanımamış olan Nigel'ın sufilik hakkında merakla sorular sormasına aldırmadan bu konuyu geçiştirmiş, babam hakkında konuşmak istemediğimi söylemiştim. Fakat, şimdi bu Anadolu şehrinde, bu otel odasında tek başıma kalınca babamı düşünmüş, onun sevdiği yemeği seçmiştim.

Bamya çorbası, babamın yaptığı yemeğe benziyor muydu bilemiyordum. Ama hoşuma gitmişti, içindeki yeşil biberin acılığını saymazsak salata da hiç fena değildi.

Yemeği bitirdikten sonra belki çalışırım umuduyla bilgisayarımı açmıştım. Simon'ın elektronik postayla yolladığı ek sözleşme ve Türk basınında çıkan gazete haberleri gelmişti. Önce Simon'ın yolladığı ek sözleşmeyi okudum. Gerçekten de İkonion Turizm'in yararlanabileceği önemli bir madde vardı. Eğer Yakut Otel'deki yangının sabotaj olduğunu kanıtlayacak somut deliller bulamazsak, sigorta şirketi en ufak bir kesinti bile yapmadan tazminat tutarının tamamını ödemek zorundaydı. İkonion'un yöneticileriyle toplantıya gitmeden önce dosya üzerinde çalışsam, bildiklerimi yeniden gözden geçirsem fena olmayacaktı. Bir de şu gazete haberleri vardı. Bakalım neler yazmışlardı? Haberlerden ilkini okudum. Başlığında, "İş kazası değil, iş cinayeti" yazıyordu.

Gazete, Yakut Otel yöneticilerinin gereken önlemleri almadığını iddia ederek, olayın kaza değil, cinayet olduğunu dile getiriyordu. Öteki gazetelerde de benzer görüşler yer alıyordu. Ama gazetecilerin elinde somut kanıt yoktu; olsaydı hemen açıklarlardı. İş başa düşmüştü, her zamanki gibi kendi araştırmamı kendim yapacaktım. Ardından sigorta poliçelerine bakmaya başladım, primleri kontrol ettim, eksik yoktu. İkonion Turizm kendi üzerine düşeni kusursuz olarak yerine getirmişti. Sanki şirket yöneticileri kendilerini olası bir kazaya hazırlamışlardı. Belki de Simon bu yüzden kuşkulanıyordu. Kusursuz bir müşteri olmaları onları zanlı haline getiriyordu. İtfaiye raporu olayın kaza olduğunu yazıyordu, savcılık da takipsizlik kararı vermişti. Belki de Simon yanlış düşünüyordu, adamlar dürüst oldukları için sözleşmenin kurallarına harfiyen uymuş olabilirlerdi. Tabii bizim müdür ilk olasılığın gerçek olmasını umuyordu. Yani tazminat ödemeyeceğimiz bir durumun ortaya çıkmasını. Bana gelince, elbette işimi en iyi şekilde yapmaya çalışacaktım ama önemli olan gerçekti. Eğer yangın bir kazaysa üç milyon poundluk tazminat da İkonion Turizm'in hakkıydı. Ama bütün bunların ötesinde, içimdeki o bıkkın ses, neden buradayım, diye sormaktan vazgeçmiyordu. Hayır, her zamanki kararsızlığım değil, daha derin bir şeydi bu. Midemin bulandığını hissettim, hamilelikten mi acaba? Doğruldum, kendimi dinledim; hayır, lavaboya gitmemi gerektirecek kadar şiddetli değildi ama yatağa uzansam iyi olacaktı. Bilgisayarı olduğu gibi bırakıp odanın ışığını kapatarak yatağa girdim.

O zamandan beri yataktaydım. Neden bir türlü kurtulamıyordum bu sıkıntıdan? Düpedüz bir depresyondu bu. Yanlış yapmıştım, bu şehre hiç gelmeyecektim, Londra'dan hiç ayrılmayacaktım. İyi bir gerekçe bulup Simon'ın önerisini reddedebilirdim. Bunu neden yapmadım ki? Belki de babamın şehrini bir daha görmek, eski günleri yeniden yaşamak istedim... Yoksa yanılıyor muydum, beni bu şehre sürükleyen başka bir neden mi vardı? Bakışlarım karnıma kaydı; hamile olduğumu gösteren hiçbir belirti yoktu henüz. Ama izin verirsem, izin verirsek olacaktı.

Birden anladım, Simon'ın önerisini kabul etmemin babamla hiçbir ilgisi yoktu. Konya sadece bir raslantı olmuştu, eğer Simon Kahire'ye git dese yine giderdim. Çünkü Nigel'dan uzaklaşmak istiyordum. Evet, bilinçli bir istek gibi görünmese de derinden derine ihtiyacım olan şey buydu. Nigel'dan kaçmak, yalnız kalmak, düşüncelerimi etkilemesine izin vermemek. Evet, bu sıkıntı, ne beni terk eden babamla, ne de onun yaşadığı bu şehirle ilgiliydi. Huzursuzluğumun kaynağı Nigel'dı. Nigel'ın yaşamasına izin vermek istemediği karnımdaki bebekti.

Evet, her şey onun varlığını öğrenmemle başlamıştı. Hamile olduğumu söylediklerinde bu bebeği doğurmak istediğimi biliyordum, işin tuhafı, Nigel'ın da onu kabul edeceğini sanmıştım. O yüzden hiç düşünmeden sevgilimi aramış, mutlu bir haber verir gibi söylemiştim hamile olduğumu. Nigel'ın sesi buz gibi soğuktu. "Öyle mi, buluşup konuşalım." Buluştuk, konuştuk. Daha doğrusu o konuştu. "Olmaz" dedi. Ben, olmasını istiyordum, "Bu çocuk benim için çok önemli, bu çocuk bizim için çok önemli, ilişki, sadece dünyanın güzel yerlerini gezmek, görmek değildir. İlişki, sadece güzel bir müziği birlikte dinlemek, enfes Şili şarabının eşliğinde yenilen Fransız soslu bilmem ne bifteği de değildir. İlişki Sevgililer Günü'nde çiçek göndermek, doğum günlerimizde birbirimize hediyeler almak, tanışma yıldönümlerinde pahalı publarda buluşmak, haftada beş kez seks yapmak da değildir. İlişki, iki farklı kişinin bilerek, isteyerek birlikte yeni bir yaşam yaratma arzusudur. Biz işte böyle bir ilişki kurmalıyız. Ya ben sana taşınmalıyım ya da sen bana. Bu çocuğu birlikte büyütmeliyiz, gerçek bir aile olmalıyız" demek istiyordum ama diyemedim. Neden? Nigel'ı kaybetmekten mi korkuyordum? Sanmıyorum, çünkü bir erkeği kaybetmenin en kolay yolunun tamamen onun dümen suyuna girmek olduğunu genç kızlık dönemlerinde yaşadığım acı deneyimlerle öğrenmiştim. Erkek arkadaşın gibi düşünmeye çalışır, onun gibi hissetmeye uğraşır, onun gibi davranmaya çabalarsan hiçbir ilginçliğin kalmaz. Sadece erkekler için değil, aynı durum, kadınlar için de geçerlidir. İnsan, hakkında kafa yormadığı, kaygılanmadığı, çözümlemeye çalışmadığı birini niye sevsin, ona niye değer versin? Sevmek bir anlamda sende olmayana ulaşmak, bunun için çabalamak değil midir? Senden farklı olmayan birine niye ulaşmaya çalışasın ki? O zaman neden Nigel'a karşı çıkmadım? Galiba emin olmadığımdan. Evet, bir yanım bu bebeği doğurmak istiyor ama öteki yanım bu isteğin çok aptalca olduğunu söylüyordu. Evet, aslında ben de ne yapacağımı bilmiyorum. Kafam gerçekten çok karışık. Kendime bile itiraf edemesem de galiba korkuyorum. Doğurmaktan değil, bebeğimi yeterince sevememekten, iyi bir anne olamamaktan, bu işi becerememekten korkuyorum. Beni deli gibi sevdiğini söyleyen babam bile bir gün hiçbir açıklama yapmadan çekip gidiyorsa, bu konuda kendime nasıl güvenebilirim. Al işte yeniden geldik babama...

İşte o an gördüm duvardaki buz mavisi kapıyı. Yanılıyor muydum? Gözlerimi kırpıştırdım, yoo oradaydı, duvarda gerçekten de bir kapı vardı. Ama bu nasıl olabilirdi? Heyecanımı bastırıp dikkatle baktım. Ve ne yazık ki olup biteni anlayıverdim. Masanın üzerinde bıraktığım bilgisayarın ekranından yansıyan ışık, nakışlı bir ahşapla çerçevelenmiş aynaya çarparak duvarda buz mavisi bir kapı oluşturmuştu. Bu sıradışı görüntünün basit bir yansıma çıkmasına, tuhaftır üzüldüm. Küçük bir kızken resimli kitaplarda okuduğum büyücülerle mücadele eden şövalyelerin öykülerine, babamın anlattığı mucizelerle dolu Doğu masallarına bayılırdım. Padişahlarını arayan otuz cesur kuşun yedi bilgelik vadisinden geçerek Kafdağı'na ulaşması, başı kesik şehzadenin halkını zalim devlerden kurtararak başını yeniden kazanması, Akıl Ülkesi'nin insanları ile Hayal Ülkesi'nin büyücüleri arasındaki savaş...

Bu masalların hepsi gizemli olaylarla, muhteşem kahramanlarla, mucizelerle doluydu. Gerçek hayatta hiçbir zaman karşılaşmayacağımız ama yaşanılan dünyayı daha güzel, daha heyecanlı, daha anlamlı kılabilecek olağanüstü olaylar. Nedense bir keder kaplamıştı içimi. Keşke bu buz mavisi kapı gerçek olsaydı da ben o çok sevdiğim masalların içindeki kahramanlardan biri gibi bu mucizevi geçitten geçerek sıkıntılarımdan, dertlerimden kurtulabileceğim bir dünyaya gidebilseydim. Aslında bu tür doğaüstü olaylara hiç inanmazdım. Bu konuda annemle aynı fikirdeydim; ben de kahramanların ve zalimlerin hayatımızın içinde olduğunu düşünürdüm. İyilik de, kötülük de basit birer gerçekti. Ama babamın bakış açısı farklıydı. Bir defasında, aynı anda hem Konya'da hem Bağdat'ta hem de Kâbe'de öğle namazını kılan bir dervişten söz etmişti. Ben bunun akıldışı olduğunu söyleyince de o kendinden emin gülümseyişini yüzüne yerleştirerek şöyle demişti: "Mucizeleri akılla kavrayamazsın." Onunla daha fazla tartışmamıştım ama çocuk aklımla şöyle düşünmüştüm: "Eğer bu mümkün olsaydı, babam aynı anda hem Londra'da hem de Konya'da yaşardı."

Kendi halime güldüm. Bir kez daha babama gelmiştik işte, bir türlü kurtulamıyordum ondan. Belki de Nigel haklıydı. Jazz Club'dan çıktıktan sonra kanal boyunca yürürken, "Bu gezi senin için fırsat olabilir" demişti. "Babanla, onun anılarıyla yüzleşmek için." Kanalın yanında durmuş, uzun silüeti karanlık sulara yayılırken ışıltılı gözlerini yüzüme dikerek vurgulamıştı. "Ya da onunla hesaplaşmak için." Oysa benim öncelikle Nigel'la hesaplaşmam gerekiyordu belki de. Belki de diyorum çünkü, bu hesaplaşmaya Nigel'la mı, yoksa babamla mı başlamam gerektiğini hâlâ tam olarak kestiremiyordum.

Böyle düşünerek, böyle düşündüğüm için kendime kızarak bilgisayarıma yaklaştım. Saatlerdir çalıştığı için artık iyice ısınmış olan bilgisayarı kapattım. Anlamsız gözlerle bir süre odaya baktım öylece. Aynı anda yanağımda bir serinlik hissettim. Bozkırdan kopup gelen, kurumuş ot, ıtır kokan bir serinlik. Hoşuma gitti bu dokunuş, yüzümü esintinin geldiği yöne çevirdim. Açık balkon kapısı duruyordu karşımda, esinti perdenin ince kumaşını havalandırarak tüm bedenime yayıldı. Balkonun kapısına yürüdüm. Şimdi rüzgârı daha iyi hissediyordum, gözlerimi kapadım. O anda duydum fısıltıyı.

"Kimya... Kimya Hanım..."

Ürküntüyle adeta kendiliğinden açıldı gözlerim. Odanın içinde biri mi vardı? Korkuyla etrafa baktım. Hayır, kimse yoktu. Ama sesi duyduğumdan emindim.

"Kimya... Kimya Hanım..."

Bugün üçüncü kez aynı şey oluyor, üçüncü kez aynı şekilde çağrılıyordum. Yoksa rüya mı görüyordum? Gözlerim açık ve ayaktayken mi? Dün gece sevişmeden önce, Nigel'ın evinde içtiğimiz şarap geldi aklıma. İçine uyuşturucu madde konulduğunu söylerlerdi. Hadi canım, şarabın içindeki birazcık otun etkisi bu kadar sürer mi? Belki de yanılıyordum. Aynı fısıltı yeniden yankılandı odanın içinde.

"Kimya... Kimya Hanım..."

Anlamı açık olmayan bir fısıltıydı bu, bir çağrı, belki bir yardım isteği, belki beni tanıyan birinin hayret dolu mırıldanışı. Evet, ses o hoş kokulu esintiyle birlikte gelmişti. Hızla geri döndüm. Kararlılıkla balkonun açık kapısına yöneldim, tül perdeyi kaldırarak dışarı çıktım. Küçük balkonda kimse yoktu. Köşede sessizce bekleyen bir iskemle dışında hiçbir şey göremedim. Yandaki balkonlar ile benimkini ayıran duvara baktım. Öteki odalardan biri mırıldansa duymam imkânsızdı. İyi de nereden geliyordu bu ses? Bakışlarım önce aşağıdaki küçük ıssız meydana, sonra solgun sarı bir ışıkla aydınlatılan Sultan Selim Camii'nin taş duvarlarına kaydı. Sarı ışığın altında kederli bir görünüm kazanmıştı bu eski tapınak. Caminin hemen ardındaki Mevlâna Türbesi ise karanlığın içinde rengini yitirmeyen bir yeşim taşı gibi umutla parıldamayı sürdürüyordu.

Balkonda esinti artmış, saçlarım uçuşmaya başlamıştı. Dağılan saçlarımı toplarken, caminin önündeki ağaçların sallanan dallarını gördüm. Dallarda gezinen rüzgârın sesini işitir gibi oldum. Rahatladım; işte buydu duyduğum ses, rüzgârın uğultusuydu. Başka ne olabilirdi ki? Yeniden

Mevlâna Türbesi'ne bakacakken, gördüm onu. Caminin köşesindeki şadırvanın önündeydi. Uzun sakalları, siyah giysileriyle, bana yüzüğü veren adamdan başkası değildi bu. Aramızdaki mesafe uzak olmasına, üstelik ışık yeterli olmamasına rağmen adamın sürmeli siyah gözlerini seçebildim, biçimli kırmızı dudaklarının aralandığını gördüm, o sesi yeniden duydum:

"Kimya... Kimya Hanım..."

Kanım çekilir gibi oldu, başım döndü, balkonun korkuluklarına tutunmasam yere düşecektim. Güçlükle toparlandım, doğruldum, yeniden baktım, adam yoktu. Gözlerim şadırvanı, caminin çevresini taradı. Küçük meydanda tek bir canlı bile görünmüyordu. Tıpkı ilk karşılaşmamızda olduğu gibi o gizemli adam ansızın kaybolmuştu yine. "Neler oluyor?" diye söylendim tedirginlik içinde. "Kim bu adam? Neden çıkıyor karşıma? O yüzüğü neden verdi bana?" Soru dolu bakışlarım Mevlâna Türbesi'ne takıldı. Yoksa yüzük de mi kaybolmuştu? Belki kimse yüzük filan da vermemişti bana. Nasıl yani, hepsi bir halisünasyon muydu? Telaşla, adeta panikleyerek içeri girdim. Nereye koymuştum şu yüzüğü? Odanın ışığını yaktım. Çantamı karıştırmaya başladım. Yok halisünasyon filan görmemiştim, aklımı da kaçırmıyordum. İşte yüzük oradaydı, pasaportumun hemen altında. Elime aldım, incelemeye başladım. Güzel bir yüzüktü, gümüşü incecik işlemelerle kaplıydı. Laleler, güller, nergisler, sarmaşıklar... Koyu kahverengi taşına dokundum. Taş, kan gibi ılıktı, yüzeyi buğulandı. Taşı bluzuma sürdüm, buğu kayboldu. "Ne özelliği var bu yüzüğün?" diye mırıldandım. Kimse bana yanıt vermedi ama bir karaltının varlığını hissettim karşımda. Korkuyla başımı kaldırdım, aynadaki kendi görüntümle göz göze geldim. Dağınıktım, gergindim, tedirgindim. Aynadaki aksime bakınca halime üzüldüm. "Yorgunum" dedim aynadaki kadının süzülmüş yüzüne bakarak, "sadece yorgunum, hepsi bu."

7
Muhammed Celaleddin'in suretini bana gösterir misin?

Yüzüme vuran ışık uyandırdı beni. Hayır, henüz gün ışımamıştı. Oda alacakaranlıktı, öyleyse nereden geliyordu bu ışık? Başımı kaldırıp ışığın kaynağını bulmaya çalıştım; aynadan geliyordu. Peki ayna nereden alıyordu ışığı? Yatakta doğrularak aynaya baktım, bilgisayarımı gördüm. Nasıl yani, uyumadan önce bilgisayarı kapatmamış mıydım? Demek yanlış hatırlıyordum. Yazık, boş yere açık kalmış saatlerce. Bilgisayarı kapatmak için yataktan kalkarken, bakışlarım duvardaki lekeye takıldı. Buz mavisi kapı yerli yerinde duruyordu. Bilgisayarı kapamadığıma göre kapının da orada durması normal deyip geçecektim ama kapının bir kanadının hafif aralık olduğunu fark ettim. Duraksadım, kapının kanadı da nereden çıkmıştı şimdi, bu sadece bir yansıma değil miydi? Anlamak için buz rengi kapıya yaklaştım. Tuhaf şey, yaklaşınca biçimi bozuldu; boyu uzadı, eni genişledi ve kapı aşağıya, tam karşıma indi. Ne yapacağımı bilemeden öylece durup olanları izlerken, mavi kapının aralık kanadı gıcırdayarak ardına kadar açıldı. Hayretler içinde kapının önünde dikilip kalmıştım. Tanımlayamadığım bir duygu ele geçiriyordu beni. Korku değil, merakla karışık bir heyecan. Başımı uzatıp kapının ardında ne olduğunu anlamaya çalıştım ama öyle koyu bir karanlık vardı ki hiçbir şey seçemedim. Bilinmeze açılan gizemli bir dehliz gibiydi. Daha fazla bekleyemedim, ayaklarım adeta kendiliğinden buz mavisi kapının açık kanadından içeri giriverdi.

İlk adımda bir serinlik çarptı yüzüme, ormanları yarıp geçen bir rüzgârın baş döndürücü uğultusu, ikinci adımımı attım ve kendimi bir bahçenin içinde buldum. Neresi burası? Babamla geldiğimde kaldığımız evin bahçesi mi? Çıkaramadım; her yer gümüşten bir ışıkla aydınlanıyordu. Önce çinili havuzu gördüm, kerpiç binanın hemen önündeydi. Havuzun ortasında bir dolunay vardı. Eğer her yanı basan şu ıtır kokusu olmasa çok şaşıracaktım ama bu koku beni sarhoş ediyor, gerçek ile hayali, hakikat ile görüneni birbirine karıştırıyordum. Ayılmak istedim, ayılmak için bu şaşırtıcı görüntüye dokunmak istedim. Eğildim, havuzu gümüşe boyayan dolunayın saydam tenine dokundum. Dolunay ürperdi, su ürperdi, havuz ürperdi; çiçekleri, kavakları, börtü böceğiyle, gece kuşlarıyla bütün bir bahçe ürperdi. Aynı ürperti benim de parmak uçlarımdan bütün bedenime yayıldı; kendimi bahçe gibi hissettim, suskun kerpiç ev gibi, çinili havuz, çinili havuza boylu boyunca uzanmış dolunay gibi. Sanki gümüşten bir serinliğin içinde yüzüyordum.

O anda duydum fısıltıyı; bir yakarış gibiydi, bir dert yanış, bir dilekte bulunuş. Sesin geldiği yeri tespit etmek için etrafa bakındım. Sağ taraftaki açıklıktan geliyordu. Oraya doğru yürüdüm. Yan yana dizilmiş uzun boylu kavak ağaçlarını geçince gördüm onu. Taş düzlükte dizlerinin üzerinde oturuyordu. Ellerini gökyüzündeki dolunaya kaldırmış mırıldanıyordu. Ne yüzünü görebiliyordum, ne de söylediklerini tam olarak işitebiliyordum. Onu görmesem de tanıdık geliyordu, yine de kendimi göstermek istemedim. Kavak ağaçlarının incecik bedenini siper ederek, adamın yüzünü görebileceğim bir yer aramaya başladım. Dolunayın bulutların arasına girmesini fırsat bilip adamın tam karşısındaki sarmaşık güllerden oluşan çalılığın arkasına geçtim. Dolunay ışığını yitirdiği için adamın yüzünü göremesem de ne söylediğini artık rahatlıkla duyabiliyordum. Ses tanıdık geliyordu ama sözleri daha ilginçti.

"Ey göğü ve yeri yaratan, ey olmazı olur kılan... Kendi gizli sevgililerinden birinin adını bana söyler misin?"

Kiminle konuştuğunu anlamak için bakındım, hiç kimse yoktu. Ama aynı anda bir uğultu çöktü bahçeye; kavak ağaçlarının yaprakları, laleler, sümbüller titredi, beni gizleyen sarmaşık güller usulca sarsıldı. Ve nereden geldiğini bilemediğim güçlü bir ses duyuldu.

"İstediğin can, herkesin gözünden saklı, güzel ve mağfirete nail olmuş, Belhli Sultanü'l-Ulema Baha Veled'in oğlu Muhammed Celaleddin'dir."

İşittiklerim karşısında ben hayretten donakalmışken, dizlerinin üzerinde oturan adam sanki kırk yıllık ahbabıyla sohbet ediyormuş gibi rahat ve doğal bir ısrarla sürdürdü isteğini.

"Ey umutların umudu, ey varlığımızın kutsal ışığı. O sevgilinin mübarek yüzünü, Muhammed Celaleddin'in suretini bana gösterir misin?"

Uğultu yeniden çalkaladı bahçeyi ve ses yeniden duyuldu.

"Buna teşekkür borcu olarak ne verirsin?"

Hiç tereddüt etmedi adam, eliyle gırtlağını göstererek yanıtladı.

"Başımı!"

O anda bulutlardan kurtulan dolunay büyülü bir fener gibi aydınlattı yüzünü. Bu oydu; evet, bana yüzüğü veren adam. Sakallı, siyah giysili adam, balkondan gördüğüm, şadırvanın önünden bana "Kimya" diye seslenen derviş. Ne yapıyordu bu adam burada peki? Konuştuğu kimdi? Bu sorular birbiri ardına aklımdan sökün ederken, adam bakışlarını bana çevirdi. Sanki başından beri orada olduğumu biliyormuş gibi gözlerini sarmaşık güllerin arkasındaki yüzüme dikti. Görünmemek için iyice çöktüm; ince dalların, narin gül yapraklarının arkasına saklanmak istedim. Ama dolunay sanki bir gece güneşiymişçesine inadına gündüz gibi aydınlatıyordu çalılığı. Adama bakmamaya çalıştım, bakmazsam o da beni görmez diye çocukça bir düşünceye kapıldım. Bir süre öylece kaldım, tuhaf adamdan hiç ses çıkmıyordu. Yeniden oturduğu taşlık meydana baktım. Yoktu. Gitmiş miydi? Gözümün görebildiği her yanı kontrol ettim. Yoktu, gerçekten de gitmişti. Çalılıktan doğruldum, usulca geldiğim yöne doğru yürüdüm. Hâlâ temkinliydim, kavak ağaçlarının altına sinerek küçük adımlarla ilerliyordum. Ama korktuğum gibi olmadı, kerpiç binanın önündeki çinili havuzun başına kadar rahatça geldim. Sakinleşmeye başlamıştım. Ağır bir ahşabın taşa sürtünürken çıkardığı gürültüyü duydum. Gürültünün geldiği yöne dönerken, odalardan birinin kapısı açılmış, içerideki ışığın cılız yansıması bahçenin taş zemini boyunca uzanarak çinili havuza düşmüştü. Açılan kapının önünde sarıklı bir adam duruyordu. Yüzünü göremiyordum ama birine bakındığı belliydi. Korkuyla geri çekildim, kavak ağaçlarına kadar ulaşırsam beni göremez diye düşünüyordum ki, güçlü bir el bileğime sımsıkı yapıştı.

"Kimya... Kimya Hanım..."

Döndüm, sakallı, siyah giysili adam karşımda duruyordu. Çekik gözlerinde öyle büyük bir öfke vardı ki, korkuyla bağırdım.

"Ahhh!"

Kendi sesime uyanmış olmalıyım. Yatakta doğrulmuş, gün ışığının hoyratça yayıldığı odaya bakıyordum. Kabaran yüreğimi yatıştırmaya çalışırken kendi kendime söylendim.

"Rüya... Rüyaymış."

Ellerime dayanmış öylece doğrulmuştum yatağın üzerinde...

"Hepsi rüyaymış" diye mırıldandım yine. Güya sakinleşmek için söylüyordum bu sözcüğü ama siyah giysili o tuhaf adamın gözleri aklıma gelince ürpermekten kendimi alamıyordum.

8
Tanrı'nın işleri gizemlidir

Kahvaltı salonunun duvarındaki resimde dönüyordu semazen. Sağ eli gökyüzüne, sol eli yere doğru açılmıştı. Bu hareketin bir anlamı vardı, biliyordum, babam anlatmıştı ama hatırlamıyordum. Resimdeki gökyüzü de, yeryüzü de karanlıktı, semazenin yüzü bile belli değildi, sadece beyaz giysileri ışık içindeydi. Sanki bütün sihir bu beyaz kumaştaydı; semazeni kutsal, büyülü bir varlığa dönüştüren de, resmi etkileyici hale getiren de bu kolsuz, yakasız, uzun ve geniş giysiydi.

"Güzel resim değil mi?"

Başımı çevirince Mennan'la göz göze geldik. Yeşil gözleri sanki kırk yıllık ahbapmışız gibi teklifsizce bakıyordu. Nasıl karşılık vereceğimi bilemedim; gülümsemeli miydim, merhaba mı demeliydim kestiremedim. Gösterdiği içtenliğe karşılık alamayan Mennan bozulur gibi oldu. Nazik ama alıngan bir tavırla mırıldandı.

"Özür dilerim. Rahatsız ettim galiba..."

"Yok, yok rahatsız etmediniz" dedim yaptığımdan pişman olarak. "Günaydın Mennan Bey, buyrun oturun."

Karşımdaki iskemleyi gösterirken gülümsemeyi bile başarmıştım. Adamın tombul yüzündeki gerginlik kayboldu.

"Günaydın" diyerek oturdu. "Geceniz nasıl geçti? İyi uyuyabildiniz mi?"

Yaşadıklarımı, gördüğüm rüyayı ona anlatacak değildim elbette.

"Uyudum, iyi uyudum."

"Burası iyi bir oteldir" dedi, sonra eliyle duvardaki semazen resmini göstererek sordu: "Demin resme bakıyordunuz galiba."

"Semazenin elbisesi ilgimi çekti. Bir elbise değil de dansçının bedeninin bir parçası gibi duruyor. Sanki kutsal bir giysi gibi."

Gözlerine tatlı bir ışık yayıldı.

"Tennure."

"Tennure mi?"

"Tennure" diye yineledi hevesle, "Adı bu."

Bakışlarımı resme çevirerek sordum:

"Bir anlamı var mı? Yani sadece bir dans giysisi mi?"

"Dans giysisi olur mu?" diye söylendi. Karşılaştığımızdan beri ilk kez eleştiren bir tını belirmişti sesinde. "Tennure, kefeni simgeler." Duraksadı. Kefenin ne olduğunu bilemeyeceğimi düşünmüş olmalı ki açıkladı. "Kefen, ölülerimizi gömmeden önce sardığımız beyaz kumaştır. Kul, Tanrı'nın huzuruna sadece bu örtüye sarınarak çıkmalıdır. Beyaz bir giysi içinde; saf ve tertemiz olarak."

Semazenin başındaki külahı gösterdim. "Ya şu?"

"Sikke..." diye mırıldandı. "Sikke de mezar taşını simgeler."

"Mezar taşı mı? Tuhaf" diye mırıldandım. "Niye bu kadar çok ölüm var? Niye her şey ölümle ilgili? Sonuçta sema bir dans, semazen de bir dansçı..."

Ne diyeceğini bilemeyen Mennan bakışlarını kaçırdı. Ama kararsızlığı çok sürmedi, anlatmaya çalıştı kendince.

"Yok... Yok, estağfurullah dans olur mu? Sema bir dans değil, semazen de dansçı..." Uygun sözcükleri bulmak için uğraştı. "Şimdi sema bir tür ibadet, yani namaz gibi..." Yine toparlayamadı. "Yani siz günah çıkartıyorsunuz ya... Hani kilisede... rahibin huzurunda filan. Onun gibi bir şey." Açıklaması kendisini de ikna etmemişti, yeniden denedi. "Sema ölümü anlatmaz, yaşamı anlatır aslında. Yani yeniden doğuşu. Günahlardan arınmayı, suretler âleminden hakikatler âlemine geçmeyi... Sema için meydana çıkan semazenler tennurelerinin üzerine siyah bir hırka giyerler. İşte o hırka, semazenlerin mezarıdır aslında."

Duyduklarım kafamı karıştırmaktan başka bir işe yaramamıştı.

"Benim de anlayamadığım bu işte" diye karşı çıktım. "Mezar, mezar taşı, kefen. Bunların dansla, yaşamla ne ilgisi var?"

Tıraşlı, geniş çenesini kaşıdı.

"Bu konuları çok iyi bilmem aslında" diye itiraf etti. "Ama bildiğim kadarıyla, semazen önce siyah hırkasını çıkartır. Yani mezarından çıkar, sonra semaya başlar."

"Yani döner mi?"

Zor bir durumda kalmış gibi sıkıntıyla soludu. "Dönmek değil, Mevleviler bu kelimeyi uygun bulmaz, sema etmek derler... Neyse işte, semazen hırkasını atınca mezarından çıkmış olur, semaya başlayınca da yeniden insan-ı kâmil olmaya doğru yol alır."

"İnsan-ı kâmil de ne demek?"

"Hakk'a ulaşmış insan demek. Yani Allah'la bütünleşmiş kişi. Ama o aşamaya erişmek dünyanın en zor işidir. İnsan dört ayrı mertebeden geçmek zorundadır. İşte semazenler sema boyunca bu dört ayrı mertebeden geçişi canlandırırlar. Dört ayrı mertebe, dört ayrı selamlamayla anlatılır. İlk kapı, şeriat kapısıdır. İlk selamlama bu kapıdan geçmenin zorunluluğunu anlatır. İkinci kapı tarikat kapısıdır; ikinci selamlaşma, kişinin bu aşamayı da tamamlaması gerektiğini söyler. Üçüncü kapı marifet kapısıdır, yani ilahi gerçeği kavradığımız an. Üçüncü selamlaşma, bu anı müjdeler. Dördüncü kapı ise hakikat kapısıdır. Artık insan-ı kâmil olan dervişin bilgilerini öğreteceği aşama. Dördüncü selam, bu mertebeye ulaştığımızı vurgular. Böylece semazenin yukarı açılan sağ eli Hak'tan alır, yere açılan sol eli ise halka verir. Ve böylece semazen yeniden doğumunu tamamlamış olur. Tabii ilahi bir doğuş..." Alnında beliren ter tanelerini elinin tersiyle sildi. "Dediğim gibi ben çok derin değilim bu konularda. Fakat isterseniz sizi dergâha götürebilirim. Oradaki insanlar daha iyi bilir bu konuları."

Aslında gayet iyi anlatmıştı ama yine de ikna olmamıştım, dergâha filan gitmeye de hiç niyetim yoktu. On iki yaşıma kadar babam anlatamadıysa dergâhtakiler nasıl anlatacaktı? Evet, bu konuları babamla konuşmuş olmalıydık. Tennure, sikke, hırka sözcüklerini daha önceden duyduğuma emindim. Mezar, mezar taşı, kefen... İyi de neden hiçbir şey hatırlamıyordum. Belki de babam, korkmamam için bu konudan bahsetmemişti. Belki biraz büyümemi bekliyordu. Ya da annemden çekinmişti.

Annem hiçbir zaman dindar bir kadın olmamıştı. Bırakın dindarlığı, kendini sıradan bir Hıristiyan gibi bile hissetmemişti. Bunu da açıkça söylemekten çekinmiyordu zaten. "Eğer bir Tanrı varsa" diyordu, "O sadece Hıristiyanların Tanrısı olamaz. Aynı zamanda Yahudilerin, Müslümanların, Budistlerin, Zerdüştlerin, Şamanların, hatta dinsizlerin bile Tanrısı olmalı. Ama anlamadığım şey, o yüce Tanrı, neden bu kadar duyarsız? Neden savaşa, açlığa, hastalığa çare bulmuyor? Neden bu kadar acıya, vahşete göz yumuyor?" Bir keresinde bu soruyu bir partide karşılaştığı Katolik rahibe de sormuştu. Rahibin bir çocuğunki gibi masum görünen iri mavi gözlerine bakarak, "Tanrı dünyadaki kötülüklere neden müdahale etmiyor?" demişti. İyi bir adamdı rahip. Yüzünde en ufak bir küçümseme belirtisi olmadan dinlemişti karşısındaki kadını, sonra içten bir gülümseyişle yanıtlamıştı. "Tanrı'nın işleri gizemlidir." Annem hayal kırıklığı içinde bakmıştı rahibe. "Keşke olmasaydı" demişti başını sallayarak, "Keşke Tanrı'nın işleri sizin şu iri mavi gözleriniz kadar berrak ve anlaşılır olsaydı." Mavi gözlü rahip ne diyeceğini bilememiş, boynunu büküp susmuştu.

"İsterseniz bu gece gidebiliriz" diyen Mennan'ın sözleriyle sıyrıldım dalgınlığımdan.

"Nereye?"

"Dergâha, merak etmeyin çok iyi insanlardır. Mevleviliğe meraklı yabancıları da severler. Neyi merak ediyorsanız hepsini anlatırlar size."

Eminim öyleydiler ama kimseyle görüşmek istemiyordum. Kesin bir dille bunu söylemeye hazırlanıyordum ki, cep telefonum çalmaya başladı.

"Özür dilerim" diyerek telefonumu açtım. Arayan annemdi. Sonunda kızını hatırlayabilmişti demek.

"Alo... Anne... Nihayet sesini duyabildim. Neredeydin?"

Annemin sesi üzgün, yanıtı kısaydı.

"Hastanedeydim."

Tedirginlik bir anda bütün bedenimi kapladı. Yoksa Nigel'a bir şey mi olmuştu?

"Hastanede mi? Ne oldu?"

"Öldü!"

"Kim?"

Ses yok. Beni çıldırtacaktı bu kadın. Panik içinde yineledim:

"Anne kim öldü?"

"Matt... Dün akşamüzeri..."

Oh, rahatlamıştım. Üç yıldır kanser tedavisi görüyordu Matthew Amca. İki aydır çok kötüleşmişti. İçten içe hepimiz, artık kurtulsun diye dua ediyorduk.

"Huzur içinde uyusun" diye mırıldandım. "Acıları son bulmuş." Annem susuyordu. Onu anlamak, onu rahatlatmak, belki de sadece konuşmuş olmak için sordum. "Karısı mı haber verdi?"

"Hayır, hastaneden çağırdılar."

Bu şaşırtıcıydı işte.

"Seni mi?"

"Ölürken benim adımı söylemiş..." Sesi titremeye başlamıştı. "Benim adımı Karen, anlıyor musun? Eşinin, kızının değil, sadece benimkini. Ölürken sadece Susan çıkmış dudaklarından."

Ağlamaya başlamıştı...

"Yapma anneciğim, üzme kendini... Kurtulmuş işte

adamcağız... Aylardır hastanedeydi... Ne kadar acı çektiğini sen söylemiştin bana."

Kısa bir suskunluk oldu, telefonun öteki ucundan annemin iç çekişleri duyuluyordu. Kendini toparlamış olmalı ki yeniden konuşmaya başladı.

"Haklısın kurtuldu..." Burnunu çekerek sürdürdü sözlerini. "Artık acıları dindi. Ben öldüğüne ağlamıyorum zaten, geçmişe ağlıyorum. Geçmişimize, kaçırdıklarımıza..."

Annemin ilk aşkıydı Matthew Amca, ta lise yıllarından. Uzaktan kuzen de olurlardı. Lise yıllığında Matthew Amca'nın bir fotoğrafını görmüştüm. On altı yaşında bir kolej öğrencisi. Kızıl saçların süslediği geniş bir alın, çillerle süslü yüzünde utangaç gri gözler, solgun dudaklarının altında uzun bir çene... Çok zengin bir ailenin oğlu. Zengin, aynı zamanda muhafazakâr bir aile. Kökleri bilmem kaçıncı kuşaktan kraliçeye uzanıyormuş. Anne tarafım da varlıklıdır ama Matthew'un ailesiyle boy ölçüşecek kadar değil. Boy ölçüşse ne olacak, annem ile Matthew Amca ateş ile buz kadar birbirine zıttılar. Annem, bana bu aşkı ilk anlattığında o dönemki halleri gelmişti gözümün önüne; Babasının Rolls Royce'undan inmeş, Richmond'daki malikanenin geniş bahçesinde yürüyen Matthew Amca ve Londra meydanlarında barış gösterileri yapan, hippi kıyafetleri giymiş annem... Ve daha o gün anlamıştım ki, annem ile Matthew Amca'nın bir araya gelmesi olacak iş değildi. Zaten annem de gençken benim gibi düşündüğünden Matthew Amca'yı terk etmekte hiçbir sakınca görmemişti. Ama şimdi yaşamındaki en önemli insanlardan birini yitirdiğinden, belki de bütün farklılıklarına rağmen Matthew Amca'yı kendince sevdiğinden acı çekmeye, pişmanlık duymaya başlamıştı.

"Belki de hep onunla kalmalıydım" diye mırıldandı yaralı bir sesle. "Sadece Matt olmalıydı hayatımda."

Bu yaşında bile yerinde duramayan annem gibi birinin asla gerçekleştiremeyeceği bir dilekti bu. Ama biliyordum ki, böyle düşünmek ona iyi geliyordu. Bütün kederine, yüreğinde taşıdığı gerçek yasa rağmen Matthew'un ölürken sadece onun adını anmış olması, annemin son yıllarda yaşadığı en anlamlı, en güzel anlardan biriydi. Şimdi gerçeklerden bahsedip bu güzel anı bozmanın anlamı yoktu.

"Belki de öyle olmalıydı anneciğim" dedim, "Ama olmadı. Hayatın kendi mantığı var. Neyse üzme artık kendini. Cenaze töreni ne zaman?"

"Bilmiyorum" dedi umutsuzca, "Artık ne önemi var. Matt sonsuza kadar bizden ayrıldı. Belki cenazesine bile gitmem." Törende Matthew Amca'nın karısı ile kızının gözyaşlarını, kederini görmekten kaçıyordu, ilk aşkının acısını sadece kendisi taşımak istiyordu. Bu büyük acıyı kimseyle paylaşmak istemiyordu. Ama emin değildim, sonradan pişman olabilirdi. "Senin için bu kadar önemli bir insanı son yolculuğuna uğurlamayacak mısın?"

"Ben onunla dün gece vedalaştım" dedi. Sesi kararlıydı. "Ötekiler gelip bizi ayırıncaya kadar... Onunla konuştum, dertleştim. Daha önce söyleyemediklerimi birer birer anlattım." Yeniden ağlamaya başlamıştı.

Artık onu teselli edemeyeceğimi biliyordum. Bekledim, ilk aşkıyla birlikte ilkgençlik yıllarının bütün anılarını da yitiren bir kadının telefonun öteki ucundan bir türlü yatışmak bilmeyen sesini yeniden duyuncaya kadar bekledim.

"Yok Karen, gitmeyeceğim... Cenazeye gitmeyeceğim."

Pişman olmayacağını bilsem bu kararını desteklerdim ama annemi tanıyordum, bir hafta geçmeden, "Matt toprağa verilirken ben yanında yoktum" diye kendini yiyeceğinden emindim. "Sen bilirsin ama ayıp olmaz mı?" diye ısrar ettim. "İnsanlar ne der sonra?"

"İnsanların canı cehenneme!" diye gürledi, "Onlar umurumda bile değil. Yasımı kimseyle paylaşmak zorunda değilim."

Israr etmek faydasızdı.

"Sen bilirsin anneciğim" diyerek konuyu kapatmak istedim. "Benim derdim sensin, kendini üzme yeter."

"Üzülme demesi kolay..."

Evet, işte başlamıştı; hep böyle yapardı. "Tamam anneciğim, sen haklısın" dersin, "Yok öyle konuşma, ben haksızım" der. "Peki, haksızsın" dersin, bu defa da alınır. "Zaten beni hep haksız bulursun" der. Ama şimdi onu eleştirecek zaman değildi.

"Elimden başka bir şey gelmiyor ki" diye mırıldandım. "Binlerce kilometre öteden ne söyleyebilirim?"

İstemesem de sesim sitemkâr çıkmıştı. İyi de oldu galiba, annem anladı.

"Haklısın" diye fısıldadı. "Ben ne söylediğimin farkında değilim. Artık kimse bir şey yapamaz tatlım." Sesi yumuşamıştı. "Neyse, sen beni takma kafana. Sahi ne zaman dönüyorsun?"

Oh sonunda sakinleşmişti.

"Henüz bilmiyorum" dedim derin bir nefes alarak, "Birazdan bir toplantıya katılacağım. Bugün netleşir herhalde."

"Umarım çok sürmez, bir an önce döner gelirsin..." Duraksadı. "Çok kalma oralarda."

Sanki bir şeyler daha söyleyecekti; babamla ilgili, kırk yıl önce geldiği bu kentle ilgili. Hayır, o günlere dair tek söz bile etmedi. O da babam hakkında hiçbir şey hatırlamak istemiyordu. Ama istememek başka, yapmamak başkaydı. Annem de benim gibi, hiç istemese de sık sık babamı düşünüyordu.

Tıpkı Matthew Amca'nın onu terk edip giden ilk aşkını hep sevmesi, son nefesini verirken yanına onu çağırması gibi, annem de kendisini öylece bırakıp giden eski kocasını hâlâ unutamamıştı. Ne var ki ilk aşkının ölümüyle yaşamını bir kez daha sorgulamak zorunda kaldığı şu anda ne babam, ne kırk yıl önce ona büyülü bir diyar gibi gelen Konya hakkında konuşmak istiyordu. Ben de konuyu uzatmak istemedim.

"Görüşürüz o zaman anneciğim."

Yine kısa bir sessizlik oldu. Yoksa konuyu açacak mıydı? Sanırım şu anda babamı düşünmeye başlamıştı, belki de Konya'ya gideceğimi söylediğim andan beri aklından çıkmıyordu. Ta ki Matthew Amca ölünceye kadar. Hatta

Matthew Amca'yı düşünürken bile, onun için üzülürken bile babam için kederleniyor, onun için ağlıyordu. Evet, annem, babam hakkında bir şeyler söyleyecekti ama yapmadı. Belki gururuna yediremedi, belki Matthew Amca'nın anısına saygısızlık olacağını düşünerek bu konuyu açmadı.

"Görüşürüz" dedi sadece üzgün bir sesle, "Kendine iyi bak Karen." Sonra da telefonu kapattı. Derin bir acı hissettim. Ne annem, ne de babam için, sadece son nefesine kadar ilk aşkını umutsuz bir tutkuyla sevmeyi sürdüren Matthew Amca için.

"Kötü bir haber mi?" diye sordu Mennan kaygılı bir yüzle. Karşımda oturuyordu ama onu unutmuş gibiydim. Yoksa konuştuklarımızı anlıyor muydu bu adam? Yok canım yüzünde hiç de öyle bir ifade yoktu.

"Aile meselesi" dedim üstelememesi için.

Üstelemedi. Fincana uzandım, canım istediğinden değil de alışkanlıktan, sütlü çayımdan son bir yudum aldım. Israr etmese de Mennan'ın meraklı gözleri hâlâ üzerimdeydi. Adamın kötü bir niyeti olmayabilirdi ama rahatsız oldum. Yine de rolümü başarılı bir şekilde sürdürdüm, dudaklarıma yapmacık bir gülümseme yerleştirerek sordum:

"Gidelim mi?"

Hemen toparlandı.

"Siz nasıl isterseniz. Gidelim."

Telefonumu çantama koyarken sordum:

"Vaktimiz var değil mi? Önce yanan oteli görmek istiyorum."

Tuhaf bir şey duymuş gibi, "Oteli mi?" diye söylendi. "Ne yapacaksınız orada? Her taraf yıkıntı, moloz."

Ne oldu, niye tedirgin oldu bu adam böyle?

"Kontrol edeceğim" dedim gözlerinin içine bakarak. "Yangın nasıl çıktı, anlamak için. Eğer bir sabotaj varsa saptamak için. Biliyorsunuz, benim işim bu."

"Sabotaj mı? Ama itfaiyenin raporunda kaza olduğu yazıyor."

Kimin adamıydı bu Mennan, sigorta şirketinin mi, İkonion Turizm'in mi?

"İtfaiyenin raporunu okudum" dedim. Sesim gerektiği kadar sert çıkmıştı. "Bugüne kadar itfaiyenin kaza raporu verdiği olayların en az yüzde otuzu sabotaj çıktı. Sadece sizin ülkenizde değil, benim ülkemde de. Bu yüzden ben, kendi raporuma inanırım. Raporumu hazırlamam için de olay yerini görmem gerek."

Sıkıntıyla soluyarak saatine baktı.

"Tamam, sizi oraya götürürüm ama vaktimiz yok, yarım saat sonra İkonion Turizm'in yöneticileriyle buluşacağız. Toplantıdan sonra gideriz. Hem belki onlar da gelmek ister."

"Tamam, toplantıdan sonra gideriz ama onların gelmesini istemiyorum."

"Neden? Onlar dürüst insanlar yakından tanıyınca siz de hak vereceksiniz."

Bu kadarı da fazlaydı artık, açık konuşmanın zamanı gelmişti.

"Ben kimseyi tanımak istemiyorum, sadece soruşturmamı doğru yürütmek istiyorum."

Bir an kızgınlıkla yüzüme baktı; bu Mennan gerçekten de bu kadar saf mıydı, yoksa soruşturmamı engellemeye mi çalışıyordu? Bir kez daha anlatmayı denedim.

"Bakın Mennan Bey, üç milyon poundluk bir poliçeden söz ediyoruz. Bu bizim gibi büyük bir şirket için bile çok para. Soruşturma sonuçlanıncaya kadar, İkonion Turizm bizim için zanlı sayılır. Tabii bunu adamların yüzüne söyleyecek değiliz ama kuşkularımız boşa çıkıncaya kadar da uyanık olacağız. Bizde prosedür böyle işler. Lütfen siz de buna uygun davranın, olur mu?"

Yüzü kıpkırmızı olmuştu, belli ki istediklerim hiç hoşuna gitmemişti ama artık patronun kim olduğunu da anlamıştı.

"Olur" dedi başını öne eğerek, "Siz nasıl isterseniz Miss Karen."

Derin bir nefes alarak iskemleden kalktım. Hep beni mi bulurdu böyle işler? Sakinleşmeye çalışarak çantamı omuzuma asarken, bakışlarım yine duvardaki semazen resmine kaydı. Ansızın Matthew Amca canlandı gözlerimin önünde. Yaşlılığı değil, yıllıkta gördüğüm on altı yaşındaki hali. Nedense bembeyaz tennurenin içinde hayal ettim onu. Başındaki kahverengi sikkenin altında anneme büyük bir aşkla bakmış olan gri gözlerini gördüm. Sema edişi canlandı kafamda. Yeniden yaşama döndüğünü varsaydım. Önceki ömründe gerçekleştiremediklerini artık gerçekleştirebileceği bir yaşama. İçimdeki öfke azalır gibi oldu, tedirginliğim sanki uçup gitmiş, kederim sona ermişti. Keşke bunları anlatsaydım anneme. Belki daha kolay yatışır, daha kolay alışırdı ilk sevgilisinin ölümüne. Ama belki de yanılıyordum, belki de semazenden bahsetmek, unutmadığı, unutamadığı babamı bir kez daha hatırlatmak anlamına gelecekti. Matthew Amca'yı babam gibi bir semazene çevirmek... Annemin bunu isteyeceğini hiç sanmıyordum. Aklımdan bu düşünceyi kovmaya çalışırken, dışarıda yükselen sabah güneşinin bal rengi ışığı perdenin aralığından süzülerek beyaz tennurenin üzerine düştü, resmin camından yansıyan ışık gözlerimi aldı, beyaz bir parlaklığın içinde kayboldum.

9
Onu değerli kılan, tarif edilemez oluşu

Geniş kanatlarından biri ardına kadar açık, ahşap bir kapının önünde durdu Mennan'ın siyah Mercedes'i. Eski bir mahalleydi, ahşap kapının iki yanından bej rengi kerpiç bir duvar sokak boyunca uzanıyordu. Neden durduğumuzu anlamamıştım.

"Ne oldu, yoksa lastik mi yine?"

El frenini çekerken yanıtladı Mennan.

"Yok, Miss Karen, her gün her gün lastik patlar mı öyle? Geldik; burası İkonion Turizm'in merkezi."

Şaşırmıştım. Müşterilerimizin merkezinin böyle bir binada olabileceği hiç aklıma gelmemişti. Ahşap kapının açık kanadından ağaçlıklı geniş bir bahçe, dışarıdaki duvar gibi kerpiçten yapılmış iki katlı bir bina görünüyordu. Elimle kerpiç binayı gösterdim.

"Şu otantik ev mi?"

"Evet." Soruyu yanıtlarken başını çevirerek bana baktı. "Eski Konya evlerini onarıp apart otel yapıyorlar. Çok turist geliyor buraya. Alışıldık oteller yerine, böyle evlerde kalmak istiyorlar. O dönemin ruhunu daha iyi hissediyorlarmış."

Turizmde yeni anlayış buydu. Simon'ın karısı Margaret da böyle düşünüyordu. Konforlu oteller yerine, gittiği ülkenin insanlarının yaşadığı evlerde kalmak istediğini söylerdi hep. O ülkenin gerçeklerini daha iyi anlıyormuş. Ama biri onu Mexico'daki teneke evlere buyur etse, hiç şüphem yok valizini, pasaportunu kaptığı gibi en yakın havaalanında alırdı soluğu. Ama Margaret'la aynı görüşü paylaşan çok kişi vardı. Demek İkonion'un yöneticileri de fark etmişti bu gerçeği. "İlginç müşterilerimiz varmış" diye mırıldandım. "Zeki ve zevkli."

Mennan'ın yüzünde soru dolu bir ifade belirmişti. Ne demek istemiştim şimdi? Müşterilerimizi takdir mi ediyordum, yoksa bunlar tehlikeli adamlara benziyor, dikkatli olmamız gerekir mi demek istiyordum? Benden bir açıklama gelmeyince, "Evet, ilginç insanlardır" demekle yetindi.

Anlaşılan artık o da bana karşı açık davranmaktan kaçınmaya başlamıştı. Bu da bir sonuçtu; içten gibi görünüp arkamdan iş çevireceğine, duygularını belli etmesini tercih ederdim. Arabanın kapısını açıp dışarı çıktım. Londra'da sık karşılaşamayacağım bir sıcaklığın içine düştüm. Mevsim henüz ilkbahar olmasına rağmen güneş daha şimdiden yakmaya başlamıştı. Uzun süren kuzey kışının ardından erken gelen bu güney yazı çok hoşuma gitti. Kollarımı bir kedi gibi açarak gerinmemek için kendimi zor tuttum. Arabanın kapısını kapatırken Mennan yetişti. Her zamanki saygılı tavrıyla, gri ceketinin önünü ilikleyerek kibarca elini uzattı.

"Bilgisayarı ben taşıyayım."

Zoraki gülümsedim.

"Sağ olun, o kadar ağır değil, ben taşırım."

Artık beni tanımaya başladığından olacak ısrar etmedi. Ahşap kapıya yöneldik. Kapının sol tarafındaki kerpiç duvarda eskitilmiş ahşap bir tabelanın üzerine kazınmış İkonion Turizm yazısı okunuyordu. Ahşabın eskiliği, yazının karakteri, yazılış biçimi o kadar ustalıkla tasarlanmıştı ki tabela sanki duvar yapıldığı ilk günden beri oradaymış izlenimini veriyordu. Kapıya kadar uzanan yol sarı, kahverengi küçük taşlarla döşenmişti. Birkaç adım sonra yolun üzerinde bir mozaik gördüm. Tam seçemedim resmi, eğilerek baktım. Önce kocaman bir papatya sandım. Gözlerimi kısarak baktım: Yok, bu bir baştı. Kıvırcık saçlı birinin başı. Hayır, hayır, bunlar saç değil birer yılandı!

"Medusa" diye söylendim. "Medusa'nın başı..." Yerdeki mozaiği incelemeye başladığımdan beri, "Ne yapıyor bu kadın?" diye yadırgayan gözlerle beni süzen Mennan'a döndüm. "Medusa ile İkonion Şirketi'nin ne ilgisi var?"

Sıkıntıyla yutkundu. Zavallı adamcağız, de hep bilmediği soruları soruyordum ona. Önce yerdeki mozaiğe baktı, söyleyeceği şey resimde yazılıymış gibi bir süre dikkatle inceledi ama sonra pes ederek ellerini yana açtı.

"Bilmiyorum Miss Karen" dedi utangaç bir gülümsemeyle, "Konya tarihiyle ilgili bir hikâye olmalı. Ziya Bey bu konularla çok ilgilidir. İçeride sorarız."

"Tamam, o kadar da önemli değil, sadece merak ettim."

Yeniden yürümeye başladık. Kapının eşiğine yaklaşınca ahşap alınlığa siyah boyayla yazılmış Arapça yazı dikkatimi çekti bu kez. Anlamını bilmesem de yazının güzelliği beni etkilemişti. Kavisleşerek yuvarlak hale gelen doğrular, dikeyle buluşarak tamamlanan kıvrımlar, elipsi andıran yuvarlaklar, öne doğru savrulup öylece kalan çizgiler. Bilmediğim bir kültürü anlatan, bilmediğim bir kültürün harfleri, sözcükleri, işaretleri... Babam da güzel Arapça yazılar yazardı. Tıpkı bu alınlıktaki yazı gibi. Kamıştan yontulmuş mürekkepli kalemleri vardı. Yazılanların hiçbirinin anlamını bilmezdim, bir keresinde babam adımı yazmıştı: "Karen Kimya: Tanrı'nın bize sunduğu cennet meyvesi." Arapça yazının ne anlattığını yine anlamamıştım. Babam tek tek açıklamıştı; hatta sözcüklerin, harflerin anlamını bile söylemişti. Hiçbiri aklımda kalmamıştı. Ama aramızda geçen konuşmayı çok iyi hatırlıyorum.

"Cennet meyvesi nasıl bir şey baba?" diye sormuştum.

Gülümsemişti babam.

"Tarifi mümkün olmayan bir güzellik kızım. Ne rengi bellidir, ne tadı; ne kokusu, ne de biçimi. Onu değerli kılan da tarif edilemez oluşudur zaten."

Şımarık bir tavırla itiraz etmiştim: "Ama beni görebiliyorsun işte."

Babam sevgiyle başımı avuçlarının içine almış, sanki hoş bir meyveyi koklar gibi saçlarımı koklamıştı.

"Üstelik koklayabiliyorum da. Ama sen bu güzel kokudan, bu güzel görüntüden, bu güzel sesten daha fazlasısın kızım." Yüzünde öyle duygusal bir ifade belirmişti ki o fazlalığın ne olduğunu sormaya cesaret edememiştim. Çünkü biraz daha konuşursa ağlayacağını hissetmiştim.

"Dikkat edin Miss Karen."

Mennan'ın uyarmakta geç kalmıştı, ayağım yekpare eşik taşına takılmıştı bile. Bereket, dengemi tümüyle yitirmedim, sendelesem de sol elimle kapının kanadını tutarak ayakta kalmayı başardım. Düşmeyeyim diye koluma yapışan Mennan'a minnetle baktım.

"Tamam, tamam ben iyiyim. Teşekkür ederim." Başımla alınlıktaki yazıyı işaret ettim. "Bir an yazıya daldım."

Kolumu bırakan iş arkadaşımın yüzüne zafer dolu bir ışıltı yayıldı, sanki sormuşum gibi sesine etkileyici bir anlam vererek okudu.

"'Doğu da Allah'ındır, Batı da' yazıyor. Yani bu anlama gelen bir şey işte."

Yazının anlamı değil de Mennan'ın Arapça okuyor olması ilgimi çekmişti.

"Arapça biliyorsunuz demek."

"Biraz. İmam hatip lisesinde öğretmişlerdi. Sonra unuttuk tabii... İmamlık yapmayınca..."

Vay, demek imamlıktan ticarete geçmiş bizim adam.

"Neden yapmadınız imamlık?"

"Aslında hoca olmam rahmetli babamın fikriydi. Ben lise son sınıftayken vefat etti. Biz de iş hayatına atılmak zorunda kaldık."

Hazır konu açılmışken onu biraz daha tanımak istedim.

"Peki sigortacılığı seviyor musunuz?"

"Seviyorum, temiz iş. Gerçi Konya'da insanlar sigortayı daha anlamadılar ya, anlayacaklar inşallah."

"Umutlusunuz yani..."

"Umutluyum tabii, İkonion Turizm gibi beş müşterimiz daha olsa hiçbir sorunumuz kalmayacak."

Sorumlu bir yöneticiyi taklit eder gibi şakayla karışık uyardım.

"Çok çalışmak gerek o zaman."

Yeşil gözleri kurnazca ışıldadı.

"Elimizden geleni yapıyoruz Miss Karen. Hem şirketimiz hem kendimiz için."

Yanıt vermek yerine gülümsemekle yetinerek yeniden yürümeye başladım. Ama kapıdan içeri adımımı atmıştım ki, olduğum yerde donakaldım. Bu kerpiç bina, önündeki laleler, sümbüller, güller, uzun boylu kavak ağaçları, ortadaki çinili havuz, bu ıtır kokusu...

"Burayı gördüm..." diye söylendim ürpererek. "Burası..."

"Daha önce geldiğiniz ev mi?" diye atıldı Mennan. "Hani yıllar önce... Dün anlatmıştınız ya."

Ona bakmadan başımı salladım.

"Değil, burayı dün gece gördüm, rüyamda..." Söylediklerimden kendim de ürktüm. "Ama bu imkânsız. Buraya geleceğimi bilmiyordum ki."

Mennan da şaşırmış görünüyordu. "Belki daha önce görmüşsünüzdür..."

Bakışlarım kavak ağaçlarına kaydı. Ne dün geceki adam, ne o tuhaf ses, hiç kimse yoktu.

"Yok" diyerek mırıldandım. "Daha önce nasıl görmüş olabilirim ki?"

"Belki bir dergide görmüşsünüzdür."

"Dergide filan görmedim" diye söylendim. "Tuhaf şeyler oluyor."

Neden bahsettiğimi anlamamıştı.

"Nasıl tuhaf şeyler?"

"Bilmiyorum, tuhaf şeyler işte" diye yineledim sesimi yükselterek. "Konya'ya geldiğimden beri tuhaf şeyler oluyor."

Yeşil gözleri hayretle açılmış Mennan'a heyecanla anlatmaya başladım.

"Dün bana yüzük veren adam... Gece otelin karşısındaki caminin önünde gördüm onu."

"Lastiğin patladığı yer ile otelinizin arası çok uzak değil. Adam oradan geçiyor olabilir."

"Oradan geçmiyordu. Ne gördüğümü biliyorum, çeşmenin önünde dikilmiş odama bakıyordu."

Yüzünde manidar bir gülümseme belirdi.

"Yapmayın Miss Karen, çeşmenin önünden sizin odanızı görmesi mümkün değil."

Onu dinlemedim bile, zembereğinden boşalan bir saat gibi yaşadıklarımı ardı ardına sıralamaya başladım. Mennan bile olsa benden başka birinin daha başıma gelenleri öğrenmesini istiyordum.

"Balkona çıkmıştım. Dün gece, saati tam olarak bilmiyorum ama epeyce geçti. O zaman gördüm. Hatta göz göze geldik. O siyah sakallı adam gözlerini balkonuma dikmiş, bana bakıyordu. Sanki balkona çıkacağımı biliyor gibiydi. Belki de lastiğin patladığı yerden beri izlemişti beni... Size saçma geliyor ama bunlar gerçekten de oldu..."

Birinin bana "Kimya" diye seslendiğini anlatacaktım ki Mennan'ın yüzündeki gülümsemenin açıkça alaycı bir ifadeye dönüştüğünü fark ettim. Ne yapıyordum ben? Bana deli diyeceklerdi. Düşeceğim durumun yaratacağı sonuçları bütün açıklığıyla kavradım. Yazdığım rapor geçersiz sayılacaktı. Sonuçta İkonion Turizm aleyhine ne kadar kanıt bulursam bulayım kimse beni umursamayacaktı. Birden ayıldım. Belki de bütün bunlar büyük bir oyunun ustaca hazırlanmış parçalarıydı. Akşam yediğim bamya çorbasına ilaç katmışlardı. Yemeğin nasıl yapıldığını görmedim ki. Odama getirdiler. Gördüğüm halisünasyonların, kâbusların nedeni buydu. Tabii ya, oteli de Mennan tutmuştu, İkonion Şirketi bu adamı satın aldıysa, komployu da birlikte kurmuşlardır. Sakallı adam da oyunun bir parçası. Neden olmasın? Geçen yıl Atina'da Alman bir eksperi kaçırmadılar mı? Türkiye'nin Yunanistan'dan ne farkı var? Bırak Türkiye'yi, Londra'da bile ne kadar çok sigorta sahtekârlığı oluyor. Karşımda durmuş, yüzünde o garip ifadeyle bakan iş arkadaşımı süzdüm yeniden. Bu masum görünüşlü Konyalı da onlardan biri olabilirdi. Üç milyon pound az para değil. Satın almışlardır onu da. Kuşku dolu bakışlarım Mennan'ın yüzündeki alaycı ifadeyi silip götürmüş, şimdi yeniden bana yardımcı olan sevimli sigorta acentemiz kimliğine bürünmüştü.

"Raslantı olabilir" dedi. "O adam muhtemelen bir dilenciydi. Dilenciler cami önlerini severler. İnsanların Allah'tan korkup onlara daha fazla sadaka vermesi için. Siz de balkona çıkınca..."

En iyisi onun varsayımına inanmış görünmekti.

"Bilmiyorum" dedim ısrar etmeyi bırakarak, "Belki de siz haklısınız. Belki değil, muhtemelen siz haklısınız. Ne de olsa buralısınız, benden daha iyi değerlendirebilirsiniz olayları..."

Eğer Mennan dürüst biri olsaydı böyle mantıklı konuşmaya başladığım için sevinir, hiç olmamış gibi meseleyi kapatırdı. Yapmadı. "Yalnız şu rüyayı anlayamadım" diyerek konuyu deşmeye çalıştı. "Gerçekten de gördünüz mü bu bahçeyi?"

Kurdukları komplonun meyvesini toplamak istiyordu anlaşılan.

"Aslında çok emin değilim" diyerek bahçeyi kararsız gözlerle yeniden süzdüm. Kerpiç bina, çinili havuz, kavaklar, çiçekler, ıtır kokusu; her şey ama her şey rüyamda gördüklerimle aynıydı ama yalan söyledim. "Hayır, hayır... Rüyamdaki bahçe farklıydı. Orada bir bina vardı ama taştı, çiçekler, ağaçlar da vardı ama bunlardan farklıydı." Yeniden çinili havuza baktım. "Havuzun yerinde ise bir çeşme bulunuyordu... Yok, haklısınız. Düşününce, burasının rüyamdaki bahçeden çok farklı olduğunu anlıyorum. Gereksiz yere heyecanlandım galiba..."

İnanmayan gözlerle süzüyordu beni. Ondan bir şeyler gizlediğimi kesinlikle anlamıştı. Yapmamam gereken bir şeyi yaptım. Anlamsız bir telaşa kapılarak açıklamalara giriştim.

"Yabancı ülke sendromu olmalı. Hiç tanımadığınız bir kentte her yeri birbirine benzetme yanılgısı. Farklılıkları zamanla ayırt edebiliyor insan. Fas'ta da iki camiyi birbirine karıştırmıştım."

Sessiz kalmayı sürdürünce üsteledim.

"Sahi sizin hiç başınıza gelmedi mi? Hani Londra'da sokakları, evleri birbirine benzettiğiniz olmadı mı hiç?"

Sakin bir tavırla yanıtladı.

"Otelleri karıştırmıştım."

İyi, durumu kurtardık diye düşünürken taşı gediğine koydu.

"Ama ertesi gün gideceğim bir yeri rüyamda görmedim hiç."

İkimiz de sustuk. Gergin geçen saniyeleri benim yapay gülüşüm bozdu.

"Ben de görmedim, sadece öyle sandım."

Mennan'ın yüzünde kıpırtı yoktu, ne yaptığımı anlamaya çalışır gibi bakıyordu.

"O zaman mesele yok." Eliyle dün gece sarıklı adamın çıktığı kapıyı göstererek ekledi. "Buyrun gidip müşterilerimizle konuşalım."

Yoksa görüşeceğimiz kişi, dün gece bileğime yapışan, o sakallı, siyah giysili adam mıydı? Yeni bir heyecan dalgası bütün bedenimi kapladı. Her türlü olasılığa hazır olmalıyım, diye geçirdim içimden. Mennan'ın gösterdiği kapıya yürürken artık son derece ustalıkla hazırlanmış bir komplonun içine düştüğümden emin gibiydim.

10

Sol elinde Medusa'nın kesik başını tutan savaşçı...

Korktuğum gibi olmadı, kâbuslarımın uzun sakallı, siyah giysili o gizemli adamı değildi bizi karşılayan kişi; kırk yaşlarında, orta boylu, düz saçları briyantinle taranmış gibi parıldayan dinamik biriydi. Gözleri gibi koyu renk, şık bir takım elbise giymişti. Elbise onu olduğundan daha uzun gösteriyordu. Geniş odasının kapısında karşıladı bizi. Sanki daha önceden tanışıyormuşuz gibi abartılı bir içtenlikle gülümseyerek elini uzattı.

"Hoş geldiniz Miss Karen. Ben Ziya, Ziya Kuyumcuzade. İkonion Turizm'in yönetim kurulu başkanı."

Amerikan İngilizcesiyle konuşuyordu ama etkileyici bir ses tonu vardı; omuzları dikti, bakışı, mimikleri, duruşu; her halinden kendine duyduğu güven okunuyordu. Aynı içtenlikle olmasa bile ben de ona gülümsedim. Uzattığı eli sıktıktan sonra nazik bir tavırla, "Mümkünse Türkçe konuşalım Ziya Bey" diyerek başımla Mennan'ı gösterdim: "Konya'daki acentemizin de neler konuştuğumuzu bilmesini istiyorum. Eminim onun da söyleyecekleri olacaktır."

Mennan hazırlıksız yakalanmıştı ama hoşuna gitti söylediklerim.

"Tabii, tabii" diye söylendi kendisinin de çok emin olmadığı bir güvenle. "Türkçe konuşursak daha iyi olur."

Ziya laubaliliğe varan bir samimiyetle usulca vurdu hemşehrisinin sırtına.

"Merak etme Mennancığım, Türkçe konuşuruz. Sen de anlarsın ne konuştuğumuzu."

Bu yakınlık artık beni şaşırtmıyordu; kuşkularının teker teker gerçekleştiğini gören bir kâhinin sükûneti içinde olacakları bekliyordum. Gerçek tümüyle ortaya çıkıncaya kadar da beklemeyi sürdürecektim. Soruşturmanın sağlıklı yürümesi için bunu yapmak zorundaydım. Müşterimiz ile yetkili acentemizin arasındaki bu sıcak ilişkiye hiç önem vermezmiş gibi görünerek odaya baktım. Ve şaşkınlık içinde kaldım, sanki tarihi bir konakta değil de bir bilimkurgu filminin setinde gibiydim. Dışarıdaki kerpiç duvarlar, eskimiş ahşaplar, bükülmüş demirler birden yok olmuş, yerlerini koyu plastikler, parlak metaller, siyah kalın camlar, parlak boyalarla kaplanmış nesneler almıştı. Odanın ortasında, gümüş renkli metal bir ayak üzerinde yükselen, siyah camdan yapılmış bir masa duruyordu, etrafında elips şeklinde, parlak deriyle kaplı koltuklar, ayna görünümünde pencere camları, çelik levhalardan yapılmış bir kütüphane, buz mavisi seramik bir zemin vardı. Sadece Ziya'nın masasının hemen arkasındaki duvara, binanın dışında gördüğüm Medusa mozaiğinin aynısı işlenmişti. Ama bu mozaikte sadece Medusa'nın başı değil, onu öldüren savaşçı da resmedilmişti. Ve dışarıdakinden çok daha etkileyiciydi. Savaşçı sağ elinde kocaman bir kılıç, sol elinde ise Medusa'nın kesik başını tutuyordu. Mozaiğe baktığımı gören Ziya açıklamaya başladı.

"Medusa'yı öldüren Perseus. Zeus'un oğlu..." Yüzünde kuşkulu bir ifade belirdi. "Efsaneyi biliyorsunuz değil mi?"

Baktığı herkesi taşa çeviren, saçlarında yılanlar oynaşan Medusa'yı biliyordum, dünyanın değişik yerlerinde heykellerini, resimlerini görmüştüm ama efsaneyi tam olarak bilmiyordum. Çok da umurumda değildi. Ben aslında bu mitolojik hikâyeyi değil, İkonion Turizm'in Medusa efsanesiyle bağlantısını öğrenmek istiyordum. Müşterimiz neden Medusa'yı logo olarak seçmişti? Neden bu mitolojik öyküyle ilgileniyordu?

"Biraz biliyorum" dedim ilgilenmiş görünerek. "Ama bir de sizden dinlemek ilgimi çeker. Bakalım hikâyenin Türk yorumu nasılmış."

Ziya küçük bir kahkaha attı.

"Merak etmeyin Miss Karen, Türk yorumu da aslından farklı değil." Eliyle masanın önündeki koltuklardan birini gösterdi. "Ama ayakta kaldınız, buyrun oturun, size ne ikram edeyim?"

Gösterdiği koltuğa yerleşirken, "Çay" dedim, uyarmama kalmadan, anlayışla mırıldandı.

"Tabii, sütlü..."

Gülümseyerek onaylamakla yetindim.

"Ben de açık bir çay içerim" diye mırıldandı Mennan boğazını sıkmakta olan mavi kravatını gevşeterek. "Demli içince çarpıntı yapıyor."

Alnında yine ter damlacıkları belirmeye başlamıştı. Anlaşılan gerginleştikçe terliyordu bu adam. Oysa her yanımın hilebaz adamlarla çevrili olduğunu bildiğim halde ben ne kadar da rahat görünüyordum. Arkama yaslanarak mitolojik öyküyü dinlemeye hazırlandım. Ziya da diyafondan sekreterine içeceklerimizi söyledikten sonra keyifle anlatmaya başladı:

"Bildiğiniz gibi Medusa her zaman çirkin bir canavar değildi. Aksine olağanüstü güzelliğe sahip bir genç kızdı. O kadar çekiciydi ki, güzelliği sadece biz ölümlülerin değil, tanrıların da ilgisini çekmişti. Ne yazık ki Medusa da kendi güzelliğine âşık olmuştu. Bu aşk başını döndürdü. Yapması gereken bir şeyi yaptı, kutsal yasayı çiğnedi. Çoktan beri ona hayran olan deniz tanrısı Poseidon'la Athena'nın tapınağında sevişti. Kimileri bunu gönüllü bir sevişme değil, Poseidon'un Medusa'ya açıkça tecavüz etmesi olarak nitelese de Athena kendi mabedinde gerçekleşen bu saygısızlığı hiçbir zaman affetmedi. Medusa'yı bir canavara çevirdi; saçlarını birer yılan haline getirdi, o güzel kız artık yüzüne bakanları taşa çeviren korkunç bir yaratık olmuştu. Ve bu canavar yaşadığı Toros Dağları'ndan sık sık kente inerek insanları öldürüyor, çevreye zarar veriyordu. Kent halkı bir kahramanın çıkıp bu canavarı öldürmesini bekliyordu ama kendisine bakanları taşa çeviren bir canavarı öldürmek hiç de kolay değildi. Bu belalı işe Zeus'un cesur oğlu Perseus talip oldu. Medusa'yı canavar haline getirmesine rağmen genç kıza duyduğu kıskançlığı hâlâ geçmeyen Athena da büyük bir hevesle Perseus'un yardımına koştu. Zorlu bir mücadelenin ardından Perseus, Medusa'nın başını keserek şehir halkını bu canavardan kurtardı. Halk bu kahramana duyduğu minneti şehrin her yanına onun ikonlarını dikerek gösterdi. Her yanı ikonlarla çevrilen bu kente de 'İkonion' adı verildi."

"İkonion" diye mırıldandım tatlı bir sürprizle karşılaşmış gibi. "Yani Konya..."

Sözlerimi tamamlamama izin vermedi Ziya.

"Siz çok zeki bir kadınsınız Miss Karen. Doğru, Konya ismi İkonion'dan gelir. Bazıları 'İkonium' da demiştir. Ama efsanede adı geçen kent burası."

Dünyadaki birçok kentin kendine böyle kuruluş efsaneleri yarattığını bildiğimden dudak büktüm.

"Bunu başka hiçbir yerde duymadım..."

"Duyamazsınız." Mesleki bir sır verirmişçesine büyük bir ciddiyetle açıkladı: "Turizm sektörü acımasızdır. Herkes pastadan pay kapmaya çalışıyor. Yunanlılar, İtalyanlar, Mısırlılar. Ne kadar efsane, ne kadar öykü varsa hepsi kapışılmış. Ama inanın, Konya'nın adının bir zamanlar İkonion olduğu bir gerçek."

"Siz de şirketinizin ismini İkonion koydunuz."

Yaptığının doğruluğundan kuşku duymayan birinin güveniyle baktı.

"Evet, Medusa'nın başını da logo olarak seçtik. Kentimizin yedi bin yıllık tarihini vurgulamak için. Eee, ne de olsa biz de turizm işindeyiz."

"Ben başka bir hikâye duymuştum" diyerek konuşmaya katıldı Mennan. Alnındaki ter damlalarını sildiği bez mendil hâlâ sağ elinde duruyordu. Ziya'ya dönerek sürdürdü sözlerini. "Yav kusura bakma Ziya amacım seni yanlış çıkarmak değil ama, dergâhtaki Mevlevilerden biri başka bir hikâye anlatmıştı."

Ziya benden daha çok meraklandı.

"Öyle mi? Neymiş bu hikâye? Anlat bakalım, belki ben de duymuşumdur."

Mennan elindeki mendille bir kez daha alnındaki ter damlalarını kuruladıktan sonra, "Efsane bu ya" diye anlatmaya koyuldu. "Horasan illerinden Anadolu'ya doğru iki derviş uçarak geliyorlarmış."

Uçarak derken neyi kastettiğini anlamamıştım.

"Yani uçakla mı geliyorlarmış..."

Mennan gülmeye başladı.

"Ne uçağı Miss Karen, binli yıllardan söz ediyoruz. Türklerin Anadolu'ya gelişinden. Uçak olur mu? Bu Allah erleri kendileri uçuyorlarmış."

Gülme sırası bana gelmişti. "Yani kuşlar gibi."

İnanmamış olmama hiç alınmadı.

"Efsane olduğunu söylemiştim. Ben başkasının yalancısıyım."

Ziya dayanamayıp sözünü kesti.

"Yalancı deme canım, mitolojik öyküler bunlar... Ee uçarak geliyorlarmış."

"Bu toprakların üzerine gelince, bakmışlar ki aşağısı bağlık bahçelik." Bana dönerek açıkladı. "O zamanlar yani bundan bin küsur yıl önce Konya'nın bugünkünden daha ağaçlıklı bir bölge olduğunu söylerler." Gülümsedi. "Yani Londra kadar olmasa da bağı bahçesi bol bir kentmiş. Neyse... Bizim iki dervişten biri aşağıdaki güzellikleri görünce yol arkadaşına sormuş. 'Ne dersin baba erenler konayım mı?' Öteki derviş de aşağıya bakmış, gördüğü manzara hoşuna gitmiş. 'Kon ya!' demiş. Böylece konmuşlar, kentin adı da Konya olmuş."

Ziya hatırlamıştı, sağ elini sağ dizinin üzerine usulca vurarak söylendi.

"Evet ya, ben de duymuştum bu hikâyeyi."

Acentemiz ile müşterimiz, yoksa iki kafadar hemşehri, iki suç ortağı mı demeliyim, hallerinden memnun birbirine gülümserken, ben kafamı kurcalayan soruyu dile getirdim.

"Bu efsane İslam kültürüne daha uygun değil mi? Neden logo olarak Medusa'yı seçtiniz?"

Yanıtı hazırdı Ziya'nın.

"Eğer İslam kültürüne yaslanmak isteseydik, elimizde bitmez tükenmez bir hazine vardı. Selçuklu Sarayı'ndan Karatay Medresesi'ne, Şems-i Tebrizi Camii ve Türbesi'nden Sadreddin-i Konevi Camii ve Türbesi'ne ve tabii paha biçilmez bir mücevher olan Mevlâna Celaleddin-i Rumî'ye kadar uzanan bir hazine. Hiç kuşku yok ki onu tercih ederdik. Ama bu iyi bir seçim olmazdı. Konya'da kebapçılar bile Mevlâna ve İslam figürlerini kullanıyorlar. Hem bizim hedefimiz iç turizm değil, yabancı müşteriler."

Şakayla karışık serzenişte bulundum.

"Çünkü parayı yabancı turistler getiriyor."

Koyu renk gözleri kurnazca aydınlandı.

"Ben yabancıların daha uygun müşteri profili olduğunu söylerdim."

"Fakat unuttuğun bir şey var" diyerek karşı çıktı Mennan. "Mevlâna'ya yabancı turistlerin ilgisi de çok büyük."

Oturduğu koltukta sıkıntıyla kıpırdadı Ziya.

"Mevlâna'yı dışladığımızı söylemedim ki." Sesi biraz sert çıkmıştı. Mennan'a haddini aşıyorsun der gibiydi ya da bana öyle geldi. Ama aynı ciddi tonda sürdürdü sözlerini. "Öyle olsaydı, eski Konya evlerini restore edip bu apart oteli açmazdık." Bakışlarını bana çevirdi, yüzündeki sertlik gitmiş gibiydi. "Üstelik benim babam da tıpkı Miss Karen'ın babası gibi Mevlevi'dir."

Önce Ziya'nın tam olarak ne dediğini anlamadım. Adımı söylemişti, baba lafı ağzından çıkmıştı. Eliyle siyah cam masanın üzerindeki saydam semazen biblosunu göstererek yineledi.

"Öyle değil mi Miss Karen? Babanız Poyraz Efendi de Konyalı bir Mevlevi'ymiş?"

Babamı nereden biliyordu bu adam? Demek hakkımda ayrıntılı bir araştırma yapmışlardı. Bu kadarı da fazlaydı. Soğukkanlı olmam konusunda yaptığım telkinlerin hepsi uçup gitmişti, içimden bu briyantinli züppeyi aşağılamak, ona hakaretler yağdırmak geliyordu. Ne hakla beni araştırıyorsunuz, demek üzereydim ki, Mennan'ın telaş içindeki sesi duyuldu.

"Kan, Miss Karen elinizde kan var!"

Şaşkınlıkla sağ elime baktım, karnımın üzerinde duruyordu, parmaklarımın altındaki beyaz bluzumda giderek yayılan kırmızı bir leke vardı. Önce âdet gördüğümü sandım, ardından hamile olduğumu hatırladım. Yoksa bebeği mi düşürüyordum? Panik halinde elimi kaldırdım, bakışlarım bacaklarımın arasına kaydı. Hayır, ne kan vardı, ne de ıslaklık.

"Eliniz" diye uyardı Ziya, "Eliniz kanıyor galiba."

Sağ elime baktım, evet yüzüğün olduğu parmağım kan içindeydi. Yüzük mü? Evet, gümüş bir yüzük vardı parmağımda, kahverengi taşı şimdi kıpkırmızı kana dönüşmüş olan bir yüzük, dün akşamüzeri siyah sakallı, siyah giysili adamın verdiği yüzük. İyi de ben bu yüzüğü ne zaman parmağıma takmıştım? Hatırlamıyordum ama şimdi onu düşünecek zaman değildi. Sol elimi kanayan parmağımın altına tutarak doğruldum.

"Lavabo nerde?"

Ziya çevik bir hareketle ayağa fırladı, odanın sağ arka köşesindeki metalik griye boyalı kapıyı açarak telaşla söylendi.

"Buyrun, buyrun burası."

11
Şems-i Tebrizi'nin karısının adı da Kimya'ydı

Su kanı yıkadı, parmağımı temizledi. Yüzüğü çıkardım, lavabonun üzerine bırakıp parmağımdaki yara izini bulmaya çalıştım. Yoktu; ne bir kesik, ne de bir çizik. Bakışlarım yüzüğü bıraktığım yere kaydı; lavabonun beyaz mermer zemini ağır ağır kızıla boyanıyordu. Bu da neydi böyle? Dikkatli bakınca anladım. Kanayan parmağım değil, yüzüğün taşıydı. Kırmızı damlacıklar yüzüğün taşından usulca mermere yayılıyordu. Ucuz bir yüzüğün eriyen boyası diye düşündüm ama akan sıvının rengi kana ne kadar da benziyordu! Ürpermekten kendimi alamadım. Ürpermek mi, adamların istedikleri de buydu zaten. Korkmam, ürkmem, paniklemem, aklımı kaçırmam. Onlara bu fırsatı vermeyecektim. Cesaretimi toplayıp parmağımın ucuyla kırmızı sıvıya dokundum, gerçek kan gibiydi; ılıktı, yoğundu. Bunu yapmayı nasıl becermişlerdi acaba? Dün gece o kâbusları görmemi nasıl sağladılarsa öyle... Bir an kuşkuya kapıldım, bütün bunları yapabilirler miydi? Yoksa yanılıyor muydum? Zaman zaman olduğu gibi yine paranoyak bir histeriye mi kapılmıştım? Hayır, paranoyaya kapıldığım filan yoktu, bütün bu olanlar başka türlü açıklanamazdı. Ortalıkta üç milyon poundluk bir para vardı. Adamlar bu parayı almak için ellerinden gelenin en iyisini yapıyorlardı. İyi de bu yüzüğü ben ne zaman takmıştım parmağıma? Sabah takmadığıma emindim. Belki gece takmışımdır. Çantamda bulduktan sonra, uyumaya karar vermeden önce.

Hayır, ben yüzük filan takmadım. Öyleyse... Tabii ya, yüzüğü de onlar geçirdi parmağıma, ben uyuduktan sonra. Odama girmişler, çıplak yatarken belki beni izlemişlerdi. Kan beynime sıçradı. "Alçaklar" diye söylendim, "Namussuz alçaklar."

Anında yanıt geldi dışarıdan.

"Miss Karen, Miss Karen iyi misiniz?"

Mennan'dı, sesi kaygılıydı. Ne dediğimi anlamamışlardı demek. Olsun, şimdi anlayacaklardı, dışarı çıkıp ikisinin de yakasına yapışmak, onları tokatlamak istedim. Ama aynada çakmak çakmak yanan gözlerime bakınca durdum. Onlara hakaret etsem, yüzlerine tükürsem ne olacaktı? "Bu kadın çılgın, gece gördüğü rüyalardan bizi sorumlu tutuyor, yazdığı raporu kabul etmiyoruz" diyeceklerdi. Üstelik iş yargıya dökülürse kesinlikle biz haksız çıkacaktık. "Alçaklar" diye söylendim ama bu kez sesimi kısmayı başarmıştım.

"Miss Karen, iyi misiniz?"

Yine Mennan'dı, sesi sahici bir endişe taşıyordu. "İyiyim" diye seslendim, öfkemi yenerek, "İyiyim, şimdi çıkıyorum."

Simon haklıydı, uyanık olmalıydım. Karşımızdakiler son derece kurnaz ve cüretkâr adamlardı. Cüretkârlıklarının sınırı nereye kadar uzanırdı bilmiyorum ama benim onlardan daha akıllıca davranmam gerektiği kesindi. Duygularımı, düşüncelerimi asla belli etmemeliydim. Daha önemlisi, soğukkanlılığımı hiçbir zaman yitirmemeliydim. Neyle karşılaşırsam karşılaşayım, ne pahasına olursa olsun sakin olmalıydım. Ama nasıl yapacaktım bunu? Daha şimdiden ellerim titremeye başlamış, öfkemin esiri olmuştum. Sinirden kızarmış yüzüme baktım. Kâğıt mendilleri deste yapıp musluğun altına tuttum. Islak mendilleri alev alev yanan şakaklarımda gezdirdim. Soğuk su iyi gelmişti. Gömleğimdeki lekeleri temizlemeye çalışırken aynadaki Karen'a baktım. "Sahi ne diyeceğim ben bu adamlara?" diye sordum. "En iyisi gerçeği anlatmak" dedi aynadaki gergin kadın. Haklıydı, en iyisi olanları, hiçbir şey eklemeden, çıkarmadan olduğu gibi anlatmaktı. Bir meczubun hediye ettiği ucuz bir yüzüğün taşının boyası akmış, ellerimi, giysilerimi batırmıştı. İşte hikâye buydu. Babamı araştırdıkları için Ziya'ya kızmaya filan da gerek yoktu. Hatta neler öğrendiklerini bilmek yararlı bile olabilirdi. Böylece kurdukları komplonun boyutlarını daha iyi kavrayabilirdim.

Verdiğim bu kararla toparlandım, ellerimi kuruladım, bakışlarım yine yüzüğe kaydı: Artık kanamıyordu. Güvenemedim, yüzüğü kâğıt havluya sararak lavabodan çıktım.

Odaya girdiğimde Mennan ayakta dikiliyordu, Ziya dirseklerini siyah cama yaslamış, masasının başındaydı; ikisinin de gözleri çıktığım kapıya çevrilmişti. Sakince gülümsedim. "Parmağım kanamıyormuş" diye söylendim kâğıt havludaki yüzüğü göstererek. "Yüzüğün taşındaki boya akmış."

Sanki olanlardan haberdar değilmiş gibi Ziya yüzünde şaşkın bir ifadeyle masasından kalkarak bana yaklaştı. Mennan ise ondan önce davranmış, yüzüğün sarılı olduğu kâğıdı teklifsizce elimden alıp incelemeye başlamıştı bile. Suç ortağı yaklaşmadan hayal kırıklığı içinde söylendi.

"Ama bunun üzerinde boya filan yok ki?"

Olayın etkisini kolayca atlatmam hoşuna gitmemişti anlaşılan.

"Çünkü sildim" dedim hiçbir alınganlık belirtisi göstermeden, "Fakat denemek isterseniz, bir süre elinizde tutmanız yeterli, eminim birkaç dakika içinde her yanınız boya içinde kalacaktır."

"Öyle adi bir yüzüğe de benzemiyor."

Beklediğim gibi Ziya Efendi de katılmıştı koroya. Yaptığım makul açıklama işlerine gelmiyordu tabii. Yüzük parmağımı gösterdim.

"Ama elim kanamıyor" dedim alaycı bir tavırla. "Elim kanamadığına göre, yüzüğün boyasının akmasından başka seçenek kalmıyor. Tabii birinin hiçbir yerim kesilmeden parmağımı kanatabilecek bir büyü yaptığını varsaymazsak."

"Büyü mü?" diye tekinsiz bir sesle sordu Mennan. "Onu da nereden çıkardınız?"

Ziya, ah salak ah dercesine başını salladı.

"Miss Karen şaka yapıyor" diyerek yüzüğü Mennan'ın elinden çekti, yalandan baktı. "Gerçekten de güzel bir yüzük. Nereden almıştınız?"

"Satın almadım, biri verdi."

"Onun adına üzüldüm, utanç verici bir durum, verdiğiniz hediyenin sorunlu çıkması."

Ne kadar da iyi oynuyordu rolünü.

"Tanıdık biri değildi" dedim ben de oyuna katılarak. "Daha önce hiç görmediğim biri. Siyah sakallı, siyah giysili bir adam."

"Bir dilenciydi herhalde" diye araya girdi Mennan. "Şu cami önlerinde dilenenlerden."

Ziya şaşırmış gibi baktı. "Sen de mi gördün adamı?"

"Bu olay dün akşam oldu. Miss Karen'ı oteline götürürken." Duraksadı. "Aslında adamı ben görmedim. O sırada lastiği değiştiriyordum."

"Görmedin de adamın dilenci olduğunu nasıl anladın?"

"Miss Karen'ın söylediklerinden çıkarıyorum. Saçı sakalı birbirine karışmış biri dedi. Aynı adam sonra otelinin önündeki camiye gelmiş."

"Hayır, hayır" diye kestim sözünü, "Aynı adam olduğundan emin değilim. Çok yorgundum, muhtemelen başka biriydi."

Mennan ihanete uğramış gibi baktı yüzüme. Bahçeye girdiğimizde, "Sakallı adamı otelin önünde gördüm demediniz mi" diye soracak sandım, sormadı.

"Yani artık böyle düşünmüyor musunuz?" demekle yetindi. Ama sesi buruk çıkmıştı. Hiç aldırmadım.

"Evet" dedim hiç çekinmeden yeşil gözlerine inatla bakarak, "Artık böyle düşünmüyorum."

Kapı vuruldu; sekreter kız içeceklerimizi getirmişti. Ziya gülümseyerek bir kez daha koltukları gösterdi.

"Buyrun, çaylarımızı içerken sohbet edelim."

Post uzay çağı dizaynlarına rağmen son derece rahat olan koltuklarımıza yerleştik. Mennan artık benden tarafa bakmıyordu. Komplo kurduğu kişi onun istediği gibi davranmadı diye bir de küsüyordu adam. Aldırmadan sütlü çayımı içmeye başladım. Ziya, şekerli Türk kahvesi söylemişti kendisine; o da bir yudum aldı fincanından. Sadece Mennan dokunmadı sehpada dumanı tüten açık çayına. Küskün, tombul bir çocuk gibi terleyerek öylece oturdu koltuğunda. Sessizliği, bu yaşadıklarımızın gizli senaristi olan Ziya bozdu.

"Nasıl, çayınız istediğiniz gibi olmuş mu?"

Aslında olmamıştı, sütü fazla kaçırmışlardı ama şimdi ağız tadını düşünecek halim yoktu.

"Güzel, güzel... Teşekkür ederim."

"İyi, sevindim beğenmenize. Her zaman İngiliz konuğumuz olmuyor. Çocuklar da sütlü çay yapmayı beceremeyebiliyorlar." Küskün hemşehrisine döndü. O da fark etmişti Mennan'ın burulduğunu. Belki de işine gelmiyordu böyle davranması. Şakayla karışık takıldı. "Ee niye içmiyorsun Mennan? Miss Karen'a beğendirdiğimiz çayı sana beğendiremedik mi?"

Mennan koltuğunda toparlandı, gözucuyla bana baktıktan sonra, "Yok Ziya" dedi mahcup bir tavırla, "Beğenmemek ne demek. Soğusun diye bekliyorum. Baksana durduğum yerde terliyorum zaten."

"Soğuk bir soda söyleyeyim mi?"

"Yok, yok istemez. Ben böyle iyiyim."

Konuyu değiştirmek için en iyi zamandı. Artık iş konuşmaya başlamalıydık ama kahvesinden bir yudum daha alan Ziya buna izin vermedi.

"Merak ettim, şu sakallı adamı ilk nerede gördünüz?"

Hiç yadırgamadım sorusunu. Elbette lafı ya sakallı adama ya da yüzüğe getirecek, konuyu yeniden açacaktı. Çünkü bu konuşmaların hepsi gerekirse ileride bana karşı kullanılacaktı.

"Bilmiyorum" dedim elimdeki fincanı sehpaya koyarken, "Bir parkın önünde. Bir de cami vardı."

Mennan konuşmaya hiç istekli değildi. Ziya sormasa belki ağzını bile açmayacaktı.

"Neresi orası Mennan?"

"Şems-i Tebrizi Hazretleri'nin türbesi."

Gizemli bir ifade belirdi Ziya'nın yüzünde.

"Şems-i Tebrizi ha" diye mırıldandı. Bakışlarını bana dikmiş, bir an olsun ayırmıyordu. "Şems-i Tebrizi'nin kim olduğunu biliyor musunuz Miss Karen?"

Düşündüm, dün caminin tabelasında bu adı gördüğümde de düşünmüştüm. Bu ismi daha önce duymuş olmalıydım. Tabii babam anlatmıştır. Başka kim anlatacaktı?

"Hatırlamıyorum" dedim omuz silkerek. "Bir derviş olmalı."

Düşünceli bir halde başını salladı.

"Bir derviş ama çok önemli bir derviş. Mevlâna'yı Mevlâna yapan adam da diyebiliriz."

"Büyük adammış. Peki neden Şems-i Tebrizi'yi tanımam gerekiyor?"

Bozulduğumu sanmış olacak ki hemen savunmaya geçti.

"Tanımanız gerekmiyor." Anlatacaktı, vazgeçti, kararsız kalmıştı. "Tanımanız gerekmiyor da..."

"Evet..."

Niye böyle tereddüt içinde bu adam?

"Bir raslantı olmuş aslında."

"Nasıl bir raslantı?"

"Şimdi sizin ikinci adınız Kimya ya... Bize gelen bilgilerde Karen Kimya Greenwood diye geçiyor adınız."

"Doğru."

"Şems-i Tebrizi'nin karısının adı da Kimya'ydı. Mevlâna'nın evlatlığı olan Kimya..."

Kanım donar gibi oldu. "Kimya, Kimya Hanım" diyen o ses yeniden çınladı kulaklarımda. Kendimi bıraksam dünden beri yaşadığım bütün o kâbuslar yeniden üzerime çullanacaktı. Onların amacı da bu olmalıydı. İkisi de gözlerini dikmiş merakla bakıyorlardı. Sözlerinin beni nasıl etkilediğini görmek istiyorlardı.

"Ne var bunda? Babam Kimya ismini çok sevdiği için bana da bu adı vermiş."

"Ben de bir şey var demiyorum zaten. Sadece tuhaf bir raslantı."

Raslantı filan değil, önceden tasarladığınız bir oyun, diye geçirdim içimden. Beni delirtmek için başvurduğunuz alçakça bir entrika.

Ben suskun kalınca, Ziya kuşkulandığımı mı düşündü nedir? "Orada ne işiniz vardı?" diyerek Mennan'a döndü. "Yolunuzun üstünde değil ki Şems Hazretleri'nin türbesi?"

"Miss Karen bir evi arıyordu. Bahçeli, büyük bir ev." Duraksadı. Yine onu yalanlayacağımı düşünmüş olacak ki bana onaylatma gereği duydu. "Yanlış bir şey söylemiyorum değil mi Miss Karen? Öyle bir yeri arıyordunuz."

Halimden çok memnunmuşum gibi gülümsedim. "Doğru söylüyorsunuz Mennan Bey. Geniş bir bahçesi olan büyük bir evi arıyordum." Ziya'ya döndüm. "Konya'ya ilk geldiğimde gitmiştik o eve."

"Babanızın evi mi?"

Babam hakkında konuşmasına bile öfkelenmemeyi başardığıma göre doğru yoldaydım.

"Bilmiyorum" diye sürdürdüm. "Aslında evden çok dini bir merkeze benziyordu."

O sinir bozucu güveniyle başını salladı.

"Mevlevi Dergâhı, isterseniz götürürüm sizi oraya."

"Çok memnun olurum" dedim, o evi görmeyi gerçekten istiyordum. "Siz nereden biliyorsunuz orayı?"

Hafif sararmış, iri dişlerini göstererek gülümsedi. "Söylemiştim ya benim babam da Mevlevi'dir. Belki babanız bahsetmiştir, adı İzzet... Kuyumcu İzzet Efendi derler, yıllarca gümüş işiyle uğraştı. Babanız Poyraz Efendi'yi tanıyan da o. Uzun yıllar aynı dergâhın kapısını aşındırmışlar, isterseniz babamla tanıştırırım sizi."

"Vaktimiz olursa" dedim, artık aile konusunu kapatıp işe dönmenin zamanı gelmişti. "Biraz da yangın hakkında konuşalım mı?"

İşaret parmağını kibarca havaya kaldırdı Ziya. "Konuşalım ama merak ettiğim bir konu var. Babanız hâlâ sizinle birlikte mi? En son yirmi küsur yıl önce karşılaşmışlar babamla. Bir daha hiç görmediğini söyledi."

"Niye sordunuz?"

Sesim tam istediğim gibi çıkmıştı; soğuk, uzak, resmi. Yüzündeki güven tuzla buz oldu.

"Özür dilerim" dedi, "Beni yanlış anlamayın lütfen. Aslında merak ettiğim kendi babam. Onu anlamak için babanızı soruyorum."

"Öyle mi?"

"İnanın öyle. Babam Konya'nın en usta kuyumcularından biriydi. Onun çırakları bile bugün şehrin en zengin insanları oldular ama o, kırk yıl önce nasılsa şimdi de öyle."

Manidar bir bakışla süzdüm.

"Ama gördüğüm kadarıyla sizin maddi durumunuz hiç de kötü değil."

Sağ eli, kusursuz kesimli ceketinin pahalı kumaşını okşadı usulca.

"Şükür değil, Osman Dedem sayesinde." Duraksadı. "Osman Dedem, annemin babasıdır. Babam tarafı hep çulsuz olmuş. Osman Dedem olmasaydı biz de yoksulluk içinde yüzüyor olurduk. Allah rahmet eylesin, çok akıllı bir adamdı Osman Dedem. Peynir ticaretiyle uğraşırdı. İyi bir işadamıydı. Ben onun geleneğini sürdürüyorum."

"İnsanların seçimleri" dedim, "Babanız dini seçmiş."

Hemen karşı çıktı.

"Olur mu canım, Osman Dedem de beş vakit namazında niyazındaydı. Biz de Müslüman'ız elhamdülillah. Yok, dinle ilgili değil, bu adamların mayası başka."

"Meşrebi" diye düzeltti bizim küskün Mennan. "Yani kişiliği, duygusu, düşüncesi, anlayışı, davranışı..."

Başıyla hemşehrisini göstererek alaycı güldü Ziya.

"Eski hoca ya, bizden daha iyi bilir bu konuları... Neyse merak ettiğim konu bu işte. Babam hâlâ eski evinde, eski koltuğunda oturur, hâlâ aynı kitapların sayfalarını çevirir, aşka gelince aynı şiirleri okur, hâlâ aynı dergâha gider. Tamam, kötü bir şey değil yaptığı ama her gün aynı şeyleri yapmaktan sıkılmaz mı insan? Bunu anlamak için babanızı sordum."

"Kendi babanıza niye sormuyorsunuz?"

Umutsuzca baktı.

"Sormadım mı zannediyorsunuz? Hem de defalarca. Hep aynı yanıtı verdi: 'Benden cevap bekleme güzel evladım' dedi. 'Cevaplar burnumuzun dibinde ama onları görecek göz nerede?'"

Mennan kendini tutamayarak kıkırdadı. Ziya ters ters baktı ama bir şey söylemedi, bana döndü yine.

"Babam ile Poyraz Efendi, tarikat arkadaşlığı yapmışlar, yol kardeşi olmuşlar. Merak ettim, acaba babanız da benimki gibi mi diye."

Tarikat arkadaşlığı, yol kardeşi derken tam olarak neyi kastettiğini bilmiyordum ama Ziya'nın sözlerini içten bulmuştum, yanıtlamakta sakınca görmedim.

"Muhtemelen o da babanıza benzer. Artık bizimle birlikte değil." Emin olmasam da inandığım şeyi onunla paylaştım. "Pakistan'da yaşıyor. Sağlığı yerinde, sizin babanız gibi her gün benzer şeyleri yapıyor ama o da gayet mutlu."

Alt dudağını aşağıya sarkıtarak dalgın söylendi.

"Acayip adamlar bunlar. Türlerinin son temsilcileri..." Çözümsüz bir sorunla karşılaşmış gibi bir süre öylece kaldı, çok sürmedi, kahvesinden son bir yudum alarak canlandı. "Evet, artık iş konuşmaya başlayabiliriz."

Bu kez ben durdurdum onu.

"Bir saniye lütfen." Çantamdan dizüstü bilgisayarımı çıkardım. Açtım. İkonion dosyasını buldum. "Evet, işte burada. Serhad Gökgöz, Nezihe Bostancıoğlu, Kadir Gemelek..."

Ziya'nın yüzü gölgelenmeye başlamıştı, aldırmadan sözlerimi sürdürdüm.

"Bu insanlarla görüşmem gerek." Nedenini sormasına fırsat vermeden açıkladım. "Yangını gören insanlar bunlarmış. Polis ifadelerini de okudum. Ama olayı yaşayan insanlardan öğrenmekte yarar var."

"Tabii" dedi Ziya arkasına yaslanırken, "Serhad ile Nezihe, Yakut Otel'in personelidir, onlarla görüşmenizi sağlarız. Ne yazık ki Kadir Gemelek artık bizde çalışmıyor. Yangından yaralı olarak kurtuldu. Tazminatını fazlasıyla verdik ama olay sırasında çok korkmuş. Nasıl söyleyeyim, aklı pek yerinde değil."

"Ben bulurum onu" diye atıldı Mennan. Hayret, dili yeniden açılmıştı. "Çocukluk arkadaşımdır, aynı mahallede büyüdük."

Ziya iğneleyici bir bakış attı Mennan'a.

"Bulursun, ben de bulurum. Onu demiyorum." Bana döndü. "Kadir ne söylediğinin farkında değil. Sözlerine fazla itibar etmemenizi öneririm. Saçma sapan konuşuyor."

Neler anlatıyor diye soracaktım ki Ziya kendiliğinden açıkladı.

"Yakut Otel'i uzaylıların yaktığını söylüyor. Kafasında antenler olan bir adamın çamaşırhaneye girdiğini, bütün ütüleri fişe soktuğunu söylüyor."

"Güzel hikâyeymiş" diye mırıldandım neşeyle. "Uzaylıların yangını niye çıkardığını da söyledi mi?"

"Söyledi. Otelin ışıkları onları yanıltıyormuş, ufolarını indirecek yer bulamıyorlarmış."

"Zavallı Kadir kendinde değildi" diyerek onayladı hemşehrisinin sözlerini Mennan. "Saçma sapan konuşuyordu hastanede. Ama doktorlar düzeleceğini söylemişlerdi. Ben de ne zamandır görmedim onu."

"Size de görüşmenizi önermem" diye akıl verdi Ziya. "Siz bilirsiniz ama onunla görüşmek vaktinizi boş harcamak olur."

Demek ki kesinlikle görüşmem gereken biriydi, bu uzaylıları gören Kadir.

"Öteki iki personel?" dedim bilgisayarıma yeniden göz atarak. "Serhad Gökgöz ile..."

Ziya tamamladı. "Nezihe Bostancıoğlu. İkisi de hâlâ bizim personelimiz. Ne zaman isterseniz onlarla görüşebilirsiniz."

"Teşekkür ederim." Ziya'ya minnetle baktım. "Bana çok yardımcı oluyorsunuz."

"Benim için bir zevk, hepimiz aynı gemideyiz. Ben kazanmalıyım ki siz de kazanasınız, siz kazanmalısınız ki ben de kazanabileyim."

Beğeni dolu bir ifade yerleştirdim gözlerime. "Profesyonelce düşünmeniz ne kadar güzel. Birçok müşteri bizden çekinir. Oysa sizin de dediğiniz gibi hepimiz aynı gemideyiz. Bu düşüncenizi takdir ettiğimi söylemek zorundayım. Ancak sizden bir ricam daha olacak, şu iki personelinizi olay yerine gönderir misiniz?"

Tıpkı Mennan gibi o da hayrete düşmüştü. "Olay yerine mi? Neden?"

"Gördüklerini, yaşadıklarını olay yerinde anlatmalarını istiyorum. Böylece olay gözümde daha kolay canlanıyor. Dolayısıyla yazacağım rapor da daha gerçekçi oluyor. Tabii Londra'dakiler de tazminat çekini daha kolay imzalıyor."

Memnuniyetle ışıdı Ziya'nın esmer yüzü.

"İlginize teşekkür ederim. Aslında bu mesele ne kadar çabuk çözülürse işimiz de o kadar kolaylaşacak. Koca tesis yıkıntıya dönüştü, yeniden hizmete sokulmayı bekliyor. Her an, her dakika para kaybediyoruz. Ne kadar çabuk hallederseniz, size o kadar minnettar kalırız."

Şimdi rüşvet teklif edecek diye düşündüm ama gülümseyerek, "Hiç merak etmeyin" dedi. "Serhad ile Nezihe'yi olay yerine göndereceğim."

12
Ölenlerin ruhuna, Allah rızası için El Fatiha

Yakut Otel, kentin kuzeyinde yeni açılmış geniş bir caddenin üzerindeydi. Bahçesi, yüzme havuzu, destek binalarıyla birlikte toplam üç bin beş yüz metrekarelik alan üzerine kurulmuş. Konya'nın bu en güzel oteli şimdi kavruk bir bina iskeleti gibi dikiliyordu karşımızda. Ahşapları kömür olmuş pencereler, siyah bir isle kaplanmış odalar, ısının etkisiyle eğilmiş metaller, erimiş boyalar, kararmış cam parçaları. Dokuz katın dokuzu da yanmıştı. Eğer otel tadilatta olmasaydı iki kişi değil, onlarca insan ölebilirdi. Malezya'da böyle bir otel yangını davası vardı. On bir katlı otelin sadece üstteki dört katının yanmasına rağmen on yedi kişi ölmüştü. Beşi yanarak, on ikisi dumandan boğularak. Yakut Otel'in tadilatta olması büyük şanstı. Serhad ile Nezihe gelmeden önce Mennan'la otelin yıkıntılarını dolaşmış ama bu mezbelelikte ne bir kanıt, ne de bir ipucu bulabilmiştik. İçerinin yanmış ahşap, boya, plastik karışımı ağır kokusuna daha fazla dayanamayarak kendimizi dışarı atmamızın üzerinden çok geçmeden lacivert bir Mercedes beş altı metre ötemizde durdu. İçinden iki genç adam ile orta yaşlı bir kadın indi. Genç adamlardan arabayı kullananı iri yarıydı, saçını tümüyle kazıtmıştı, gözlerinde dış camı ayna gibi olan bir güneş gözlüğü vardı ama daha ilginci, bu sıcak havaya rağmen ellerindeki süet kahverengi eldivenlerdi. Zaten yanımıza da yaklaşmadı, uzaktan el sallayarak selamladı bizi. Karşılık vermedim, Mennan başını usulca eğerek selamı aldı. Ardından adam tuhaf bir şey yaptı. Arka cebinden çıkardığı bezle Mercedes'in kapı kollarını temizlemeye başladı. Mennan dişlerinin arasından "Manyak" diye mırıldandı. Kendisine baktığımı fark edince fısıltıyla açıkladı. "Bu Cavit, temizlik manyağıdır. Eldiveni de o sebepten takıyor. Kir bulaşmasın diye."

Aslında fısıltıyla konuşmasına hiç gerek yoktu, bize yaklaşan öteki adamın gözü Mennan'ın arabasındaydı. Sağ eliyle siyah Mercedes'in kaportasına hayranlıkla dokunduktan sonra "Bu arabayı nereden buldun Mennan Bey?" diye sordu yılışık bir tavırla. "Pek afiliymiş. İşler yolunda ha?"

Nasıl yani? Mennan arabayı yeni mi almıştı?

Belki de bu araba, Ziya'nın, Memnan'a sigorta şirketine ihaneti karşılığı verdiği bir ödüldü. Bu konuyu da araştırsam iyi olacaktı. Mennan da rahatsız olmuştu genç adamın sözlerinden. Pisliğe bakar gibi bakarak "Seni alakadar etmez, işine bak" dedi, sonra bana döndü. "Bu arkadaş Serhad" diye tanıttı. "Serhad Gökgöz bu hanım da Nezihe. Nezihe Bostancıoğlu."

Zayıf, kara kuru bir kadındı Nezihe. Lacivert bir eşarbın çevrelediği incecik yüzünden yılların bezginliği, yorgunluğu akıyor, kestane rengi gözleri, çıkık elmacık kemiklerinin üzerinden bir parça ürkek ama daha çok kuşkuyla bakıyordu. Serhad gençti, yirmi beşlerinde filan. Kıvırcık saçlarını kısacık kestirmişti, gömleğinin açık yakasından tüysüz göğsünde sallanan muska şeklinde bir madalyon görünüyordu. Ellerini pantolonunun ceplerinde, griye çalan mavi gözlerinde umursamaz, neredeyse küstah bir ifadeyle, geldik işte, sor ne soracaksan der gibi dikiliyordu karşımda.

"Geldiğiniz için teşekkür ederim" diyerek başladım söze. "Sanırım niye geldiğinizi biliyorsunuzdur."

"Bilmiyoruz" dedi Serhad. Konuşurken sağ elini cebinden çıkarmıştı. "Ziya Abi, gidin dedi, geldik."

"He" diye başını öne doğru salladı Nezihe, "Allah ondan razı olsun, Ziya Bey gidin dedi, geldik."

Tam düşündüğüm gibiydi, ikisi de Ziya Bey'in ezberlettiği sözleri söyleyeceklerdi. Beni şaşırtan Mennan oldu. Gözlerini Serhad'ın suratına dikerek, "Artık Ziya Bey'i unutun" diye söylendi. Kısa bacaklarının üzerinde dimdik durmuş, ellerini beline dayamıştı. "Burada artık Ziya Bey yok, kanun var." Eliyle arkadaki yıkıntıyı gösterdi. "Şu otelin haline bakın. Cayır cayır yanmış güzelim bina. Milli servet bu. Üstelik iki de insan öldü. Evi, ailesi olan sizin gibi, bizim gibi iki insan... Miss Karen bu soruşturma için ta Londra'dan kalktı geldi. Bu iş çok ciddi. Bak, sizi peşinen uyarayım, eğer yalan yanlış bir şey söylerseniz..."

Neden bu kadar sert çıktığını anlayamadım, Serhad'ın Mercedes'le ilgili sözlerinin intikamını mı almak istiyordu? Ama Serhad öyle kolay boyun eğecek bir adama benzemiyordu. "Niye öyle söylüyorsun Mennan Bey?" diye kesti sözünü. "Ne zaman yalan yanlış konuştuğumuzu gördün? Ayıp oluyor ama yabancı hanımın önünde."

Tuhaf şey, yabancı hanım demesi ağırıma gitti, bunu yaptığıma kendim de şaşarak, "Ben yabancı değilim" dedim. Doğrudan Serhad denen oğlanın kirpiksiz, çipil gözlerinin içine baktım. "Ben de Konyalı sayılırım. Babam daha siz doğmadan bu sokaklarda dolaşıyordu."

"O Konyalı değil ki" diye beni destekledi Mennan. "Antalya'dan geldi buraya. Bizimle hiç alakası yok."

Serhad nefretle baktı Mennan'a, şimdi üzerine atlayacak diye korktum. Korktuğum gibi olmadı. Bakışlarını bana çevirdi.

"Kusura bakmayın Karen Hanım" dedi, gözlerindeki meydan okumanın yerini zorunlu bir saygı almıştı. "Size lafım yok. Mennan Bey yanlış konuştu, onu için öyle söyledim."

Mennan karşılık verecekti, kaş göz işareti yaparak durdurdum onu. Neden bu kadar sinirleniyordu, anlayamamıştım. Ortalıkta abartacak bir durum yoktu. Tamam, bu yeniyetme biraz terbiyesizdi ama şu ana kadar yanlış bir davranışta bulunmamıştı. Yoksa bu tartışma da bir düzen miydi? Mennan, beni savunuyormuş gibi yaparak özellikle bir gerginlik mi yaratmak istiyordu? Aramızda böyle bir anlaşmazlık doğarsa Serhad ile Nezihe, bizimle konuşmaktan vazgeçebilirdi. Ziya ile Mennan'ın yeni planı bu muydu? İyi de bu tezgâhı ne zaman kurmuş olabilirlerdi ki? İkonion Turizm'den ayrıldıktan sonra Mennan'ın ofisine gitmiştik. Eski Selçuklu hükümdarlarının sarayının bulunduğu Alaeddin Tepesi'nin yakınlarında, mütevazı bir apartman dairesindeydi yetkili acentemiz. Orada, Londra'ya gelmeyen belgelere göz atmıştım birkaç saat. Mennan yanımdan hiç ayrılmamıştı. Ardından da kaldığım otele dönmüş, yangın yerinde araştırma yapmak için uygun giysiler geçirmiştim üzerime. Yarım saat kadar sürmüştü bu. Evet, işte o arada telefonla konuşarak tezgâhlamış olabilirlerdi bu planı... Böyle inceden inceye tasarlayarak, bunu yapmış olabilirler miydi gerçekten? Hepsi mi oyuncuydu bu adamların? Mennan'ı süzdüm, benden çekindiği için şimdilik dışavuramasa da öfkesinin ilk fırsatta patlayacağı kesindi. Belki de Serhad'la kişisel bir meselesi vardı. Öyle ya da böyle, nedeni ne olursa olsun, bu soruşturmayı engelleyecek bir gerilime izin veremezdim.

Mennan'ın, nerdeyse yarı yaşındaki Serhad'la ağız dalaşına girmesine fırsat tanımadan: "Serhad Bey bize yardımcı olmaya çalışıyor" dedim.

Çatılmış ince kaşlarının altındaki açık renk gözlerini sinirli sinirli kırparak "Ben de onu diyorum Karen Hanım" diye atıldı muska madalyonlu yeni yetme. "Biz dürüst insanlarız. Bizde hile, hurda yoktur. Ne gördüysek, ne biliyorsak, hepsini anlatmaya hazırız. Yoksa gelir miydik buraya?"

Nezihe yine başını öne doğru salladı. "He, gelir miydik hiç?"

Serhad tartışmanın heyecanına kapılmış sözlerini sürdürüyordu.

"Yok kanunmuş, yok bilmem neymiş, bunlarla bizi korkutmaya ne gerek var?"

Belki de haklıydı, daha konuşmanın başında tehdit etmeye başlamıştık onları. Anlamsız yere sert çıkmıştı Mennan. Yok, yok bunlar Ziya'yla bir entrika çeviriyorlardı. Bundan sonra inisiyatifi asla yetkili acentemize bırakmamaya karar vererek, "Haklısınız, bunlara hiç gerek yok" diyerek toparladım. "Demek ki birbirimizi yanlış anlamışız. Ama İngilizlerin bir lafı vardır, sonu iyi gelsin. Sorunu çözdüğümüze göre işimize bakabiliriz."

Kimseden itiraz gelmeyince çantadan el kamerasını çıkardım. Nezihe kamerayı görür görmez irkildi.

"O da ne öyle?"

"Kamera, konuşurken sizi kameraya alacağım. Anlattıklarınızı unutmamak için."

"Filme mi çekecen beni?"

"Evet, öyle de diyebiliriz."

Sanki çekime başlamışım gibi eliyle yüzünü kapatarak kameradan uzaklaştı.

"Aman yok, beni filme neyin çekmeyin."

"Çekinecek bir şey yok ki, merak etmeyin televizyona filan çıkmayacaksınız. Sadece ben bakacağım..."

"Yok, ben heyecanlanırım. Ben ona konuşamam."

"Korkma bacım" diyerek Mennan yetişti yardımıma. "Bildiğin kamera yav. Fotoğraf makinesi gibi bir şey. Sen konuşmana bak."

"Olmaz" dedi başını inatla geri atarak. "Vallahi olmaz. Öyle kameraya neyin konuşamam ben."

Serhad bile kadının anlamsız nazlanmasına dayanamadı. "Uzatma abla" dedi yatıştırmak için. "Altı üstü bir kamera. Neyinden çekiniyorsun?"

"Olmaz dedim Serhad, ben kendimi bilmiyo muyum? Geçen sene şu sakallı televizyoncu abi geldiğinde de konuşamadım ya... Otelimizi tanıtacaktı da çamaşırcı Hasibe konuşmuştu hani."

Kadın kararlıydı, çekim yaptırmayacaktı.

"O zaman şöyle yapalım" dedim onu daha fazla ürkütmemek için. "Sizi kameraya çekmeyelim ama sesinizi kaydedelim."

Hemen kabul etmedi, yoksa onu kandırıyor muydum.

"Yani görünmeyeceğim değil mi?"

"Görünmeyeceksiniz, sadece konuşacaksınız."

Bana güvenmiyordu, yardım dileyen gözlerle arkadaşına baktı.

"Merak etme Nezihe Abla" dedi Serhad. "Filme filan çekilmeyeceksin. Karen Hanım söz verdi işte."

"İyi o zaman." Yine de endişesi geçmemişti. Bana bakarak söylendi. "Ama bak çekerseniz..."

"Çekmeyeceğiz. İzniniz olmadan kameraya çekemeyiz."

"İznim yok" diye tekrarladı. "Beni çekmeyin."

"Sadece sesinizi kaydedeceğiz."

"Teybe mi?"

"Teybe."

Uysalca başını yana eğdi. "Tamam, teybe olur."

Kamerayı yerine koyup kayıt cihazını çıkardım. Sonunda işe başlayabilecektim. Kayıt tuşuna basarak "Konya Yakut Otel Yangını Davası" diye dosya başlığını söyledim. "Yanımızda iki görgü tanığı var. Serhad Gökgöz ile Nezihe Bostancıoğlu."

Nezihe'nin yine sorun çıkarmasından çekindiğim için kayıt cihazını önce Serhad'a uzattım.

"Oteldeki göreviniz?"

"Alt katların güvenlik amiriydim."

"Yangın çıktığında otelde miydiniz?"

"Oteldeydim. Resepsiyonda çay içiyordum."

"Yalnız mı?"

"Yalnız, tek başıma. Otel tadilattaydı, ertesi gün boyacılar gelecekti. Otelde beş kişiydik. Kadir Abi, rahmetli Mecit ile Hüseyin, bir de Nezihe Abla."

Kadın yine başını öne doğru sallayarak onayladı onu.

"He, beş kişiydik."

Kayıt cihazını kapattım. Olan biteni anlayamadılar, önce bana sonra birbirlerine baktılar. Şaşkınlıkta Mennan'ın da onlardan kalır yanı yoktu. Ne yapmak istiyordu bu yabancı kadın böyle? Niyetimi basit sözcüklerle açıkladım.

"Binanın içine girebilir miyiz? Yangın sırasında yaşadıklarınızı yerinde göstererek anlatırsanız daha iyi olacak."

Serhad'ın gözlerinde soru dolu bir ifade belirdi. Karşı çıkamayacağı iki sözcüğü söyleyerek sürdürdüm ricamı.

"Ziya Bey'le de böyle konuşmuştuk zaten. Otelin içine girerek anlatacaktınız başınıza gelenleri."

Yılışık bir gülümseme belirdi Serhad'ın kansız, ince dudaklarında.

"Bizim için sorun yok. Ama bina moloz, cam dolu. Bir yerinizi kesmenizi istemem."

"Bir yerinizi" sözcüklerinin üzerine basa basa konuşmuştu. Kendini mafya sanan bu zibidinin ne demek istediğini anlayacak kadar Türkçeye hâkimdim. Londra'da bir Türk şirketinde sekreterlik yaptığım sıralar, birlikte çalıştığımız Türkân Abla öğretmişti bu dilin gizli anlamlarını, argolarını. Türkân Abla'nın ağzı o kadar bozuktu ki, 'Erkek Türkân' derlerdi ona. "Bir dilin küfürlerini bilmiyorsan, o dili öğrendim sayma kendini" derdi. Eğer bugün Türkçeyi İngilizce kadar iyi konuşup, yazabiliyorsam, bunu babamdan çok Türkân Abla'ya borçluyum.

Serhad denen dallamanın -bu lafı da Türkân Ablam öğretmişti bana, ki Türkçenin en hoşuma giden argo sözcüklerinden biridirne demek istediğini bal gibi anlamama rağmen cahil İngiliz kadınını oynamak işime geldi.

"Teşekkür ederim, beni düşündüğünüz için" dedim ciddiyetimi bozmadan. "Çok kibarsınız ama ben böyle yerlerde gezmeye alışkınım. Mesleğin cilveleri işte. Sizin için sorun olmadığına göre, sohbetimize içeride devam edebiliriz."

Girmem filan diye tutturur diye Nezihe'ye sormadım bile. Onun da peşimize düşüp gelmesini umuyordum. Yaptı. Ama yangın yerine girerken durdu. Bakışları üçümüzün yüzünde gezindi.

"Allah rızası için ölenlerin ruhuna El Fatiha" dedi. Nezihe ile Mennan Arapça sözcükler fısıldamaya başladılar, Serhad duayı bilmiyordu ama biliyormuş gibi dudaklarını kıpırdatıyordu. Ben avuçlarımı onlar gibi usulca yukarı çevirmekle yetindim. Çok kısa bir duaydı, üçü de ardı ardına "Âmin" diyerek ellerini yüzlerine sürdüler, ben yapmadım.

"Huzur içinde uyusunlar" demekle yetindim.

Metal parçacıklarına, cam kırıklarına basmamak için büyük bir dikkatle, adeta parmaklarımızın ucunda yeniden yürümeye başladık. Bir zamanlar otelin lobisi olan geniş bir alana geldiğimizde, üzgün gözlerle etrafa bakınan Mennan, daha biraz önce burayı görmüş olmasına rağmen kederle mırıldandı.

"Yazık be, çok yazık. Cânım otelin haline bak." Resepsiyonun bulunduğu yer olduğunu tahmin ettiğim metal yığınını gösterdi. "Defalarca gelmiştim buraya. En son da Mr. Simon'la gelmiştik." Şimdi bana bakarak açıklıyordu. "Yemeklerine bayılmıştı Mr. Simon, gece de burada konaklamıştı zaten." Yeşil gözleri yeniden yanmış lobiyi taradı. "Yazık be, çok yazık."

Mennan'ın sızlanmasıyla kaybedecek vakit yoktu. Dışarının sıcağı mı, ağzımıza burnumuza dolan küller mi, genzimizi yakan şu pis koku mu, belki hepsi birden havayı ağırlaştırıyor, soluk almamızı güçleştiriyordu. Kayıt cihazını açarak Serhad'a uzattım.

"Evet, yangın anında nerede oturuyordunuz?"

Yanıt yerine eliyle başımızın üstünü gösterdi. "Burada durmayalım, avize düşebilir."

Başımı kaldırınca tam tepemizde lambaları patlamış, camları simsiyah olmuş devasa bir avizeyle karşılaştım. Serhad haklıydı, her an üzerimize düşebilirdi. Birkaç metre sağa kaydık.

"Sanırım burası güvenli" dedim kayıt cihazını yeniden uzatırken. "Evet, olay sırasında nerede oturuyordunuz?"

Sanki yangın çıkmamış da lobi eski halindeymiş gibi hiç duraksamadan, eliyle sağ tarafı gösterdi.

"Şurada, koltukların olduğu yerde."

Koltukların olduğu yerde şimdi sadece yanmış plastiklerin eriyerek üzerlerine yapıştığı metal çubuklar vardı.

"Yani resepsiyon masasının tam karşısında. Yangın çıktığını nasıl fark ettiniz?"

Komik bir şey söylemişim gibi güldü. "Nasıl fark etmeyeyim. Bomba gibi patladı."

Olayın ayrıntılarını raporlarda okumuştum ama bir de ondan duymak istiyordum.

"Ne patladı?"

"Tiner bidonları."

"Tiner bidonlarının ne işi vardı otelde?"

"Anlattım ya, otel tadilattaydı. Boya yapılacaktı, tiner bidonları, boya kutuları hepsi aynı odadaydı. Hepsi tutuşmuş. Patlama o kadar şiddetliydi ki deprem olmuş gibi oturduğum koltuk öne doğru savruldu. Sarsıntının şiddetinden elimdeki çay bardağı yere düştü, tuzla buz oldu."

Nezihe'ye döndüm.

"Ya siz, patlama olduğu sırada siz neredeydiniz?"

Hazırlıksız yakalanan kadıncağız:

"Ben... ben mi?" diye kekeledi.

"Evet, siz. O sırada oteldeymişsiniz..."

Kahverengi gözlerini kaçırarak yanıtladı.

"Oteldeydik. Ütü odasında. Rahmetli Mecit, Hüseyin, bir de ben. Kadir Abi yoktu yanımızda. Ütülerin, masaların üzerini naylonla kaplıyorduk. Ertesi gün boya yapacaklardı ya, ortalık batmasın diye."

"Nasıl fark ettiniz yangın çıktığını?"

Deminden beri benden kaçırdığı gözlerini nihayet yüzüme çevirdi, konuşmanın verdiği heyecan nihayet utangaçlığını bastırmıştı.

"Mecit kokuyu aldı. 'Bir şey yanıyor' dedi. Hüseyin ile ben önce anlamadık, sonra biz de duyduk kokuyu. Nur içinde yatsın, Mecit gençti, ayağına tezdi. 'Gidip bir bakalım şuna' diyerek yan odaya seyirtti, Hüseyin de peşinden, tam kapıyı açacakken kıyamet koptu. Öyle böyle değil. Sanki toprak yarıldı da yerin altı üstüne çıktı. Yığılıp kalmışım.

Mecit ile Hüseyin orada rahmetli olmuş, benim üstüme çamaşırhanenin kapısı düşmese ben de sizlere ömür."

"Peki sizi kim kurtardı yangından?"

Gözlerinden mahcup bir parıltı geçti; sanırım ölmediği için hem seviniyor hem de utanıyordu.

"Kadir Abi kurtarmış. Patlamayı duyunca yetişmiş, sırtlayıp çıkarmış beni dışarı."

Raporlarda bu bilgi yoktu işte. Yanlış anlamadığımdan emin olmak için sordum.

"Kadir Gemelek mi? Yangında yaralanan diğer kişi."

"He, Kadir Abi bizim ekibin başıdır. Bu işi de o bulmuştu bana. Allah ondan razı olsun, çok iyi adamdır. Eğer Kadir Abi olmasaydı, ben de Mecit ve Hüseyin gibi Hakk'ın rahmetine kavuşmuştum çoktan."

"Kadir de yaralanmış. Sizi dışarı taşırken mi oldu bu iş?"

"Bilmiyorum ki abla" dedi Nezihe incecik boynunu bükerek. "Ben bayılmışım, bir şey görmedim ki."

Benden en az yirmi yaş büyük bir kadının saygı gereği bana abla demesi içime dokundu. Bu kadını sevmeye başlamıştım galiba.

"Yok, taşırken olmadı" diyen Serhad'ın sözleriyle yeniden döndük konuya. "Nezihe Abla'yı çıkardıktan sonra Kadir yeniden içeri daldı, işte o zaman yaralandı."

"Yani Nezihe Hanım'ı dışarı çıkardığında siz Kadir'i gördünüz?"

"Gördüm tabii. Hatta, 'Abi girme' dedim. Dinlemedi, 'Sen Nezihe'ye bak, Mecit ile Hüseyin'i çıkaracam' dedi."

"Gözü kara adamdır Kadir" diyen Mennan da katıldı konuşmaya. "Çocukluk arkadaşım diye söylemiyorum, mangal gibi bir yüreği vardır Kadirimin."

Sesi titriyordu, duygulanmış gibiydi, yanlış mı algılıyordum. Yok gerçekten de etkilenmişti Mennan. Neredeyse nemlenmiş gözlerinden ilk damlalar düşecekti yangın yerinin toz ve külle kaplı zeminine. Yetkili acentemizi duygusallığıyla baş başa bırakıp Serhad'a döndüm yeniden.

"Siz ne yapıyordunuz o sırada?"

Onu suçlamak gibi bir niyetim olmamasına rağmen alındı. "Ne yapacağım" dedi azarlar gibi bir sesle. "Nezihe Abla'ya yardım ediyordum. Kadın başından yaralanmıştı, yüzü gözü kan içindeydi."

"He" dedi Nezihe yine başını sallayarak, "Yüzüm gözüm kan içindeydi."

"Hemen itfaiyeye haber vermediniz yani?"

"Başta biraz şaşırdım tabii, insan böyle olaylara alışık olmayınca."

Fırsatını buldu ya Mennan yine soktu lafı. "Panikledim desene şuna."

"Evet panikledim n'olmuş? Sen olsan ne yapardın acaba?"

Yine ağız dalaşına başlayacaklardı, fırsat vermedim.

"İtfaiyeyi ne zaman aradınız?"

"Kendimi toparlar toparlamaz aradım. Çok geçmedi yani. Zaten Nezihe Abla da kendine gelmeye başlamıştı."

"Ama itfaiye yetkilileri, yangının çıkışından bir saat sonra bize haber verildi diyorlar."

İnce kaşları iyice çatıldı, bizim Mennan'ınkinden daha iri ter damlaları belirdi alnında.

"Çünkü" dedi yutkunarak, "Çünkü patlama yangından çok sonra olmuştu."

Olanı biteni ayrıntısına kadar bilmeme rağmen, yüzüme meraklı bir ifade yerleştirerek sordum: "Öyle mi? Bunu bilmiyordum işte."

Raporları okuduğumu bildiğinden yalan söylediğimin farkında olan Mennan yadırgayan gözlerle beni süzdü, şimdi açık verecek ya da Serhad'ın işine yarayacak bir laf edecek diye düşündüm, hayret yapmadı. İstifini bozmadan dinlemeyi sürdürdü.

"Tabii" diye açıkladı Serhad, önemli bir iş yaptığından emin olarak. "Yangın depo bölümünde çıkıyor. Yani boya ile tinerlerin konulduğu odanın hemen yanında. Prizdeki elektrik kontağından. Önce yerdeki halı tutuşuyor, sonra perdeler, yatak örtüleri filan. Oradan da boya ile tinerlerin bulunduğu çamaşır odasına sıçrıyor. Ve tutuşan tiner bidonları bomba gibi patlıyor. Yani yangının çıktığı oda başka, tinerlerin patladığı yer başka. Aradan epeyce bir zaman geçmiş. İtfaiyeciler yangının çıktığı saati hesaplayarak bize geç bilgi verildi diyorlar."

"Koku filan duymadınız mı? Yani patlamadan önce."

"Yok nasıl duyayım, yangın bir kat altta."

Sinirleri bozulmaya başlamıştı. Evet, bu iyiydi işte, üzerine gitmek yararlı olacaktı, biraz daha öfkelenirse kontrolü kaybeder, gizlemek istediği bilgileri de ağzından kaçırabilirdi.

"Ne bileyim, koku havalandırmadan filan sızabilir de."

Kesin bir tavırla reddetti.

"Hayır, ben koku filan duymadım."

"Yine de itfaiyenin olay yerine gelmesi epeyce uzun sürmüş."

Gri gözleri alev alev yanmaya başlamıştı.

"Gecenin o saatinde Konya'da trafik varsa benim suçum mu?"

"Ben sizi suçlamıyorum ki" dedim sakin bir ses tonuyla. "Sadece olayın nasıl olduğunu anlamaya çalışıyorum. O yüzden öğrenmek istiyorum ayrıntıları. Bu kadar ince eleyip sık dokumamın nedeni bu." Soran bakışlarımı terden sırılsıklam olmuş yüzüne diktim. "İtfaiyeye haber verdikten sonra ne yaptınız?"

"Ambulansı aradım, yaralılar var dedim."

Öyle olmadığını bildiğim halde özellikle sordum: "Kadir'i içeriden çıkarmıştınız yani?"

Gri gözlerindeki parıltı gölgelendi.

"Kadir'i ben çıkarmadım, itfaiyeciler kurtardı."

"Yani Kadir'i öylece bıraktınız mı içeride?"

Bakışlarını kaçırarak kendisinin de inanmadığı bir yanıt verdi.

"Nezihe Abla'yı yalnız bırakmak istemedim."

"Yüreğim yemedi desene şuna."

Uyarılarıma rağmen Mennan dayanamayıp araya girmişti yine. İyice sinirlendirip kaçıracaktı bu insanları sonunda.

Hayret, Serhad bu defa bozulmadı, kendini suçlu hissederek savunmaya geçti.

"Ardından gitmeye gayret ettim, her tarafı alev sarmıştı, giremedim."

"Ama itfaiyeciler girdi" dedi Mennan, eline güçlü bir koz geçirmenin verdiği cesaretle. "Senin giremediğin yere girdiler. Bizim Kadir'i sağ salim dışarı çıkardılar. Belki sen daha önceden girsen, Kadir şimdi daha iyi olacaktı."

Köşeye sıkışmış gibiydi Serhad.

"Onlar işi biliyorlar... Ben nereden bileyim yangından adam nasıl kurtarılır?"

Küçümseyen gözlerle baktı Mennan.

"Tüh ulan kalıbına" diye söylendi, "Bir de delikanlıyım diye dolaşıyorsun."

Bu sözler bardağı taşıran son damla oldu, Serhad öfkeyle dikildi Mennan'ın karşısına. "Ne diyorsun lan sen!" diye gürledi. "N'olmuş benim delikanlılığıma? Yaşına hürmeten bey deyip duruyorum, bak fena olur sonra."

Mennan gerilemedi; iri gövdesinden beklenmeyen bir çeviklikle kavgacı bir horoz gibi dikildi bu delibozuk gencin karşısına.

"N'aparsın lan? Elinden geleni ardına koyma. Gel lan, gel bakalım, ne yapacaksın?"

Biraz daha geç kalsam gireceklerdi birbirlerine.

"Ne yapıyorsunuz siz?" Sesim yeterince güçlü değildi ama etkili oldu. Konya'nın göbeğinde bir İngiliz kadından böyle bir tepki beklemiyor olacaklar ki ikisi de durdu. "Kendinize gelin." Mennan kem küm edecek oldu, ilgilenmeden ötekine döndüm. "Bana bakın Serhad Bey. Sorularımı doğru dürüst cevaplayacaksanız cevaplayın, yapmayacaksanız gidin. Ziya Bey'den öğrenirim olayın gerisini nasıl olsa."

Ziya Bey lafını duyunca sıkılı yumrukları açıldı, omuzları düştü.

"Kusura bakmayın" dedi bakışlarını kaçırarak, "Benim hiçbir suçum yok bu işte. Ama herkes beni suçluyor. Ziya

Bey bile üstüme geldi. Ben nasıl fark edeyim ki depoda çıkan yangını? Elimden geleni yaptım işte. Herkese haber verdim. Daha ne yapayım? Kadir Abi'ye gitme dedim, gitti. Ben de içeri girip ölse miydim?"

İsyanı içtendi, lobinin moral bozan görüntüsü, boğucu havası sadece onu değil, hepimizi gerginleştirmişti.

"Sakin olun" diyerek herkesi yatıştırmaya çalıştım yeniden. "Birbirimize bağırıp çağırarak bir sonuç alamayız. Birbirimizi dinlemeyi öğrenelim."

İtiraz genç oğlandan değil, bizim mülayim görünüşlü Mennan'dan geldi.

"Nasıl sakin olalım Miss Karen?" dedi kan çanağına dönmüş gözlerini yüzüme dikerek. "Adam, en yakın arkadaşımı ölüme terk etmiş."

Yok, artık anlamıştım, kesinlikle soruşturmayı sabote etmek istiyordu bu adam.

"Neden anlamıyorsunuz Mennan Bey!" diye bağırdım. "Şu anda arkadaşınız için yapabileceğimiz bir şey yok. Bir soruşturma yürütmeye çalışıyorum burada. Lütfen dilinizi tutun artık. Tutmayacaksanız da buyrun bizi dışarıda bekleyin."

Suratı kıpkırmızı oldu ama yanımızdan ayrılmadı. Ziya ne olursa olsun, onları yalnız bırakmayacaksın diye uyarmış olmalıydı. Yeniden Serhad'a döndüm.

"Evet, Serhad Bey, siz kaldığımız yerden..."

"Yok" dedi kararlı bir tavırla başını sallayarak, "Ben artık konuşmak istemiyorum." Mennan'ı işaret etti. "Biraz daha burda durursam başım belaya girecek... Ziya Abi'ye de ne söylerseniz söyleyin."

Döndü, çıkışa yürüdü. Uzaklaşmakta olan Serhad'ın ardından baktım çaresizce. Birkaç adım attıktan sonra durdu, başını çevirdi. Ne yapacağını bilemeden öylece dikilen Nezihe'ye seslendi:

"Geliyor musun abla?"

Nezihe göz göze gelmekten kaçınır gibi yüzüme baktıktan sonra, "He, geliyorum" dedi aceleyle. "Geliyorum ya."

Başını öne doğru sallamayı unutmamıştı yine.

13
Tatlı bir ömür gibi gitmeye niyetlendin

Elimde kayıt cihazıyla öylece kalakalmıştım otelin yıkıntılarının arasında, içerisinin sıcağı daha da artmış gibiydi, sanki koku genzimi daha çok yakıyor, uçuşan kül zerrecikleri soluk almamı iyice güçleştiriyordu. Alnında biriken terleri kurulamayı bile unutarak karşımda dikilen Mennan'a baktım.

"Tebrik ederim" dedim öfkeyle soluyarak. "Başardınız. Sonunda soruşturmayı yarıda bıraktırdınız." "Ama... ama ben böyle olsun istemedim."

Onu dinlemeye katlanamıyordum.

"Lütfen bir de açıklama yapmaya kalkmayın."

Biraz daha konuşursam kendimi kaybedeceğimden, bağırıp çağırmaya başlayacağımdan, "Ziya'yla ne işler çeviriyorsunuz?" diyerek, bildiğim bilmediğim kuşkulu ne varsa sayıp dökeceğimden korkuyordum. Döndüm, çıkışa yürüdüm.

"Bir dakika, bir dakika Miss Karen" diyerek yetişti ardımdan. "Bakın, yanlış bir şey yaptıysam özür dilerim. Ama o Serhad denen iti gördünüz. Daha arabadan iner inmez sataşmaya başladı bana."

Yüzüne bile bakmadan başımı salladım.

"Boşuna konuşuyorsunuz. Artık bu konuyu tartışmak istemiyorum."

"Ama..."

Cep telefonum tam zamanında yetişti yardımıma. Mennan'ın söyleyeceklerini beklemeden telefonumu çıkardım. Arayan Nigel'dı. İçimden ona teşekkürler ederek dokundum açma tuşuna...

"Alo Nigel... Alo... Merhaba."

Konuşurken yürümeyi de sürdürdüm, hemen kurtulmalıydım bu yangın yerinden.

"Merhaba tatlım. Nasıl gidiyor?"

"Eh işte" diye söylendim. Bir adım geriden beni izleyen Mennan'a gözucuyla baktım. İngilizce anlıyorsa da anlasındı, açıkça şikâyet ettim. "Ben toparlamaya çalışıyorum, birileri dağıtıyor."

Nigel hemen anladı ses tonumdan.

"Oo sinirliyiz bakıyorum. Kim kızdırmış benim dişi kaplanımı?"

"Boş ver şimdi... Sen ne yapıyorsun?"

Neşeyle fısıldadı:

"Şiir okuyorum."

Duyduğuma inanamadım. Bizim Nigel, Harley Street'teki kliniğinde oturmuş bir şiir kitabının sayfalarını çeviriyor.

"Sen şiir sevmezsin ki!" diye söylendim.

"Sevmediğimi nereden çıkardın?"

"Bana hiç şiir okumadın."

Bir süre suskun kaldı. Hatırlamaya uğraşıyordu.

"Emin misin?

Okumadım mı?"

Sitem dolu bir sesle yanıtladım.

"Okusaydın unutmazdım. Aldığın ilk çiçeği, verdiğin ilk hediyeyi unutmadığım gibi."

"Hıım, eşeklik etmişiz." Duraksadı. "Ama sana hiç şiir okumamış olmam, şiir sevmediğim anlamına gelmez."

Ciddi gibiydi ama karşımdaki Nigel olunca inanmak zordu. "Nigel, dalga geçmiyorsun, değil mi?"

"Niye inanmıyorsun yahu, sahiden şiir okuyorum. Sabahki ameliyattan sonra başka işim kalmadı. Ayağımı masamın üzerine uzattım, kitabımın sayfalarını çeviriyorum."

"Ne kitabı?"

"Seçme şiirler."

"Anladım da yazan kim?"

Bir an suskunluk oldu.

"Önce şiiri okuyayım" dedi gizemli bir sesle. "Belki sen bilirsin yazanı."

Şu absürdlüğe bakın, birkaç saniye önce iş nedeniyle bir adamı azarlamışken, şimdi Londra'daki sevgilimin sesinden şiir dinleyecektim. Üstelik sonunda şairini de bilmem gerekiyordu. Aslında Nigel'a daha sonra ara desem kırılmazdı. Ama şu anda çok güzel bir ruh hali içindeydi. Şiir okurken aklına gelmiştim. Belli ki duygulanmıştı, beni hatırlamıştı. Daha sonra ara dersem bu ruh halini kaybedecekti. Ona bunu yapamazdım.

"Tamam" dedim kaçan neşemi toplamaya çalışarak, "Dinliyorum ama bir saniye bekle. Şu anda bir yıkıntının ortasındayım. Birkaç adım sonra dışarıda olacağım. Sen şiiri okurken gökyüzünü görmek istiyorum."

"Vay!" diye haykırdı heyecanla, "Demek gökyüzünü görmek istiyorsun. Bak sen de şiir gibi konuştun şimdi."

"Dalga geçme, bulunduğum yer korkunç, dünyanın en güzel şiiri bile etkisiz kalır burada.

Kahkahalarla gülmeye başladı Nigel.

"Ömürsün Karen, seni bunun için seviyorum işte. En kötü anlarda bile şaka yapabildiğin için."

"Sadece bunun için mi?"

"Hayır, öfkelendiğin anda gerçek bir yırtıcıya dönüştüğün için de. Hem de hiç kimse senden bunu ummazken. Bir de çok güzel öpüştüğün için. Bir de..."

"Tamam, tamam anladık."

Sonunda adımımı dışarı atabilmiştim. O boğucu havadan, iğrenç kokudan kurtulur kurtulmaz derin bir nefes aldım.

"Çıktın galiba?" diye sordu zeki sevgilim, "Şimdi görüyor musun gökyüzünü?"

Aslında bakışlarım gökyüzünden önce geniş caddede uzaklaşmakta olan lacivert Mercedes'e takılmıştı. Dönüp işte marifetin der gibi Mennan'a baktım. Başını öne eğdi. Ondan uzaklaşırken sesime tatlı bir tını katarak mırıldandım.

"Görüyorum. Masmavi, yer yer beyaz bulutlar var. İnanmazsın bulutun biri senin yüzünün silüetine benziyor."

Kocaman bir kahkaha attı.

"Kar gibi beyaz bir bulutu, bir zenciye benzetmek."

Kendine zenci demekten çok hoşlanırdı Nigel. Özellikle de Anglosakson kökenli Londralıların yanında.

"Rengin benziyor demedim ki, silüetin benziyor."

"Hepsi aynı kapıya çıkar. Anlaşılan burayı çok özlemişsin. Ama bugün daha iyi geliyor sesin."

Şaşkınlıkla mırıldandım:

"Daha mı iyi geliyor?"

"Daha iyi" dedi söylediğinin doğruluğundan emin olan birinin güven veren sesiyle. "Tamam öfkelisin ama dün gece yıkılmış gibiydin. Yalnız, kimsesiz kalmış bir çocuk gibi."

Ne kadar da iyi tanıyordu beni.

"Şimdi ne istediğini bilen ama amacına ulaşamadığı için sinirlenen güçlü bir yetişkin gibisin" diye açıkladı. "Hatta hırslı bir yetişkin gibi."

Sesinde eleştirel bir tını belirmişti. Zaman zaman işime kendimi fazla kaptırmakla suçlardı beni. "Değmez" derdi, "Aklına, yüreğine yazık. Kendini bu kadar yıpratma. Biz çalışmak için değil, eğlenmek için geldik bu dünyaya." Nigel'a hak verirdim ama yine de işe kaptırmaktan alamazdım kendimi. Şimdi de öyle oluyordu galiba. Daha dün, beni Konya'ya getirttiği için lanetler okuduğum bir soruşturma uğruna bugün kıran kırana bir mücadeleye girişmiştim. Nigel haklıydı, abartmamakta yarar vardı. Öte yandan görevimi de yapmak zorundaydım. Galiba bütün mesele sınırını bilmekteydi.

"Ne oldu, niye sustun?" dedi Nigel. "Alındın mı yoksa?"

"Yok canım, niye alınacağım. Doğru söylüyorsun. Sustum, çünkü senin şiiri okumanı bekliyorum."

"İyi, dinle o zaman ama şairini sen bulacaksın sonunda. Başlıyorum:

Tatlı bir ömür gibi gitmeye niyetlendin
Ayrılık atını eğerledin inadına.
Git, yeni ülkeler gör, büyülü diyarlarda gez.
Ama benimle eğleştiğin toprakları da unutma, hatırla e mi!

Gittin ey sevgili şimdi yollardasın
Ayın değirmisini başına yastık yapmış uyumaktasın
Güzel uykular, renkli düşler seninle olsun
Ama bir zamanlar dizlerimde yattığını da unutma, hatırla e mi.

Şiir o kadar güzeldi ki, nefesim kesilmişti. Öylece kaldım. Nigel'ın da sesi çıkmıyordu. Belki de ayrılıkla ilgili olduğu için ikimizi de derinden çarpmıştı şiir.

"Çok güzelmiş" diyebildim sonunda, "Olağanüstü bir şiir."

"Muhtemelen orijinali daha güzeldir."

"Yani şair İngilizce yazmıyor. Dikkat et, ipucu veriyorsun."

Küçük bir gülüş yuvarlandı telefonun öteki ucundan.

"Bence şairini de biliyorsun."

Ne ima ediyordu bu şimdi?

"Hayır, bilmiyorum, ilk kez duyuyorum bu şiiri."

"Olamaz. Mutlaka bilmen gerek."

Niye öyle düşünüyordu?

"Yoksa Türk mü bu şair?"

Sesini yarışma sunan spikerlerinkine benzeterek tüyolar vermeye başladı.

"Orası tartışmalı. Etnik kökeninin Türk olduğu söyleniyor, üstelik çocukluk yılları hariç Türkiye'de yaşamış, daha doğrusu Anadolu'da. Ama eserlerini Farsça yazıyormuş."

"Farsça mı? Ömer Hayyam mı?"

Düş kırıklığına bulanmış bir sesle söylendi:

"Anadolu'da yaşamış diyorum hanımefendi. Anadolu'nun göbeğinde."

Bakışlarım az ötemde dümdüz uzanan Konya'ya çevrildi. Ansızın gözümün önündeki perde kalktı: "Yoksa Rumî mi?"

"İşte bu kadar. Bravo bildiniz, evet, şairimizin adı Mevlâna Celaleddin Rumî!" diye bağırdı sunucu rolünü sürdürerek. "Ama itiraf etmeliyim ki bayan, daha şiirin ilk dizesinde onu tanıyacağınızı sanmıştım. Eminim, babanız size ondan bahsetmiştir."

Bahsetmişti, hem de defalarca. Bazı şiirlerini de hatırlıyordum üstelik. Ama en yaygın olanlarını. En çok sevdiğim şiiri ise annemle babamın üzerinde saatlerce tartıştıkları şu dizelerdi.

Her gün bir yerden göçmek ne iyi
her gün bir yere konmak ne güzel
bulanmadan donmadan akmak ne hoş
dünle beraber gitti cancağızım
ne kadar söz varsa düne ait
şimdi yeni şeyler söylemek lazım.

Annem de çok severdi bu şiiri ama "bulanmadan, donmadan akmak" kısmına katılmazdı. "Yeryüzünün bütün akan suları bulanır, geçtiği yerlerin kiri, pası, çamuru, suyun saydamlığını bozar. Kış güçlüyse donar. Önemli olan bulanmamak, donmamak değil, akmaktır. Su akabildiği sürece, yeniden temizlenmek, soğuğun donduruculuğundan kurtulmak umudu vardır. Kimse saf, kimse masum değildir. Yaşayan kirlenir; önemli olan safiyeti, masumiyeti yaşamın amacı haline getirmektir. Aslolan yaşamdır. Yaşam olduğu sürece saf olmak, masum olmak umudu da vardır." Babam bu düşünceye karşı çıkmıştı. "Suyun özü temizdir" demişti, "İnsanın özü de. Önemli olan, bunca kötülüğe, bunca zalimliğe, açgözlülüğe karşı özümüzü koruyabilmek. Dünyanın en zor işi bu. Gündelik hayat acımasızlık çarkı üzerinde dönüyor. Bizi o masum özümüzden uzaklaştırmak için hayat birbirinden parıltılı ilişkiler sunuyor: Yalanla, sahtekârlıkla, bencillikle cilalanmış ilişkiler. Nefsimizin iştahını kabartacak renkli oyuncaklar. Ruhumuzu köle edip aklımızı bedenimizin emrine sokmak için. İşte buna karşı uyarıyor bizi

Mevlâna Hazretleri. Ve kirlenmemiş olana, bulanmayana, donmayana övgü düzüyor."

Tartışma, uzlaşma olmadan sona ermişti. Ben kime hak verdiğimi hatırlamıyorum ama o günden sonra bu şiir hep aklımda kalmıştı. Benim bu şiiri hatırlamam normaldi, asıl ilginç olan Nigel'ın Mevlâna'yı keşfetmesiydi.

"Şimdi söyle bakalım" diye seslendim telefonun mikrofonuna. "Nereden geldi aklına Mevlâna?"

"Nereden gelecek, senden. Dün geceki konuşmamızdan sonra internetten Konya'yı araştırdım. En az Konya kadar Rumî bilgisiyle karşılaştım. Merak ettim, Camden'daki şu büyük kitapçıya gittim, *Seçme Şiirleri*'ni aldım."

"Gerçekten şaşırttın beni. Seçtiğin şiir de çok güzeldi."

İğneleyici bir sesle yakındı.

"Bir de şiir sevmediğimi söylüyordun." "Ne bileyim, sevdiğini söylemedin ki."

"Her şeyin bir zamanı vardır."

İkimiz de sustuk. Bakışlarım arabasının başında telefon konuşmamı bitirmemi bekleyen Mennan'a kaydı. Baktığımı görünce toparlandı, gülümsemeye çalıştı. Ona hâlâ kızgındım ama bu kez kaçırmadım bakışlarımı, gülümser gibi bile oldum. Sonra yeniden telefonuma döndüm.

"Teşekkür ederim Nigel. Gerçekten çok iyi geldi. Hep böyle güzel sürprizler yap, her zaman şiir okumasan da beni sık sık ara, emi."

Hemen havaya girdi, başladı şiirdeki gibi konuşmaya. "Yaparım. Ama sen de sigorta poliçeleriyle uğraşırken, arada bir de olsa beni hatırla, bu zenci sevgilini unutma e mi?"

Sevinçle mırıldandım:

"Merak etme, istesem de unutamam. Seni çok seviyorum Nigel."

"Ben de seni seviyorum Karen Kimya Greenwood."

Kimya mı? Tanıştığımızdan beri ilk kez Kimya diyordu bana.

"Niye öyle söyledin?"

Şaşkın mırıldandı.

"Nasıl?"

"Neden Kimya dedin?"

"Adın öyle olduğu için. Yoksa yanlış bir şey mi söyledim?"

Nigel'a, tuhaf bir adam da beni Kimya diye çağırıyor, diyecek halim yoktu.

"Sadece tuhafıma gitti biraz. Sen bu adımı hiç kullanmazdın da. Mevlâna'yı okuyunca etkilendin herhalde."

"Etkilenmemek elde değil ki. Neyse seni daha fazla tutmayayım, sanırım bir tartışmanın ortasındaydın. Artık kavgana dönmelisin. Ama beni dinlersen fazla önemseme. Hatta Rumî'nin kitaplarından birini al, okumaya başla. Eminim, çok iyi gelecektir."

"Denerim" dedim, telefonu kapatacaktım ki, annemi hatırladım. "Nigel biliyor musun, Matthew Amca ölmüş."

"Kurtulmuş" dedi doktorlara özgü o katı tavırla. "Yaşadığı her an, her dakika acı çekiyordu. Kurtulmuş zavallı."

"Ben de anneme öyle söyledim ama onun kabul etmesi zor tabii. Dün çok üzgün geliyordu sesi. Kaygılandım. Ben de yokum, çok yalnız hissediyordur kendini. Şey diyorum Nigel, annemi bir arasan. Seni sever, sesini duymak hoşuna gidecektir."

"Tabii canım, hiç merak etme hemen ararım. Hatta gelirse bu akşam yemeğe çıkarırım onu."

Annem çok hoşlanırdı Nigel'dan. Erkek arkadaşlarım arasında en çok sevdiği kişi kesinlikle oydu. Siyahi olmasından değil, ki bu da önemli bir ölçüttü annem için. Aykırı olan ne kadar davranış varsa, kadın hepsine meyilliydi. Kendisi gibi Anglosakson kültürüne taban tabana zıt kültürden gelen bir Türk'le evlenmemiştim belki ama dedeleri Karayipler'den köle olarak getirilmiş bir siyahi de fena seçim değildi. Ama Nigel'ı sevmesinin gerçek nedeni, bu uzun boylu siyahinin onunla yakından ilgilenmesiydi. Gerçekten de annemin abuk sabuk konuşmalarına saatlerce dayanabilen tek erkek arkadaşım Nigel'dı. İşin tuhafı bunu kibarlıktan yapmıyordu, gerçekten de ilginç buluyordu annemin anlattıklarını. Çok iyi anlaşıyorlardı hatta Nigel'la ayrılsak bile onların iki dost olarak görüşmeye devam edeceklerine inanıyordum. Tabii annem bebek konusunu öğrense tavrı ne olurdu bilmiyorum. Çünkü son iki yıldır en büyük hayali torununu kucağına almaktı. "Simsiyah gözleri senin gibi derin derin bakan bir kız çocuğu istiyorum" diyordu. Evet, çocuğun cinsiyetini de kendisi belirlemişti. Bebek mutlaka kız olacaktı. Ama şimdi hamile kaldığımı öğrense, Nigel'ın da çocuğu istemediğini duysa bunu nasıl karşılardı, kestirmek zordu. Büyük olasılıkla Nigel'a kızar, "Boş ver o hedonist cerrahın söylediklerini, sen kızı doğur" derdi. Belki de orta yolu bulmak için Nigel'ı iknaya çalışır, "Karen doğursun, ben bakarım, siz de istediğiniz yerde gezer tozarsınız" derdi. Evet, galiba böyle derdi. Böylece hem torunu ona kalır, hem de bize yardım etmiş olurdu. Ama şimdi yardıma ihtiyacı olan oydu. Nigel'ın sözleri beni rahatlatmıştı.

"Teşekkür ederim Nigel. Annemin yemeğe çıkacağını sanmıyorum ama sen yine de teklif et."

"Merak etme, ben Susan'la ilgilenirim. Hadi, sen artık işine dön. Ama sinirlenme, tamam mı? Hoşça kal."

"Tamam, hoşça kal."

Telefonu kapatırken, otel yıkıntısında yitirdiğim huzuru yeniden bulmuş gibiydim. Mennan'a duyduğum kızgınlık bile azalmıştı. Zaten kızarak neyi çözecektim ki? Olanları yeniden gözden geçirmeli, belki yeni bir başlangıç yapmalıydım. Ama hep kendime telkin ettiğim gibi soğukkanlılığımı yitirmeden, gerginlik ve korkunun aklımı ele geçirmesine izin vermeden. Konya'nın kuru, sıcak havasını içime çekerek, Mennan'ın önünde tedirginlik içinde beklediği devasa otel iskeletine yürüdüm yeniden.

14

...O tuhaf adam ateşten bir Medusa haline geliyordu

Her adımda biraz daha artıyordu koku. Kulaklarımda giderek yoğunlaşan bir basınç hissediyordum. Yangın yerindeki duvarlar üstümüze üstümüze geliyor, sanki tavan usulca aşağı doğru iniyordu. Belki de bu yüzden adımlarımızı hızlandırarak, yangının paçavralara çevirdiği halıların üzerinden geçip dar bir merdivene ulaştık. Her tarafta kırmızı bir ışık vardı. Güneş ışınları kararmış camlardan geçerken kızıla dönüşüyor olmalıydı. Bir adım önümde yürüyen Mennan'ın bütün bedeni bu kırmızı ışık tarafından ele geçirilmiş gibiydi. Dalgalı saçları, gömleğinin yakasından taşan tombul ensesi, gömleğinin yakası, iri elleri, sağ avucunda tuttuğu nemli mendili, bedenine bir numara büyük olduğunu düşündüğüm pantolonu, rugan ayakkabıları, Mennan'ı Mennan yapan ne varsa hepsi kızıla boyanmıştı.

"Buradan" diyerek hafifçe döndü. Geniş alnı, basık burnu, kaşları, yarı aralık ağzında parıldayan dişleri, gamzeli çenesi yani bütün yüzü kızıllar içindeydi. Dışarıdaki güneş, yangın yerini yeniden alevler içinde bırakmıştı. Mennan'ın kırmızı tombul parmağı aşağıya inen merdivenleri gösteriyordu.

"Buradan ineceğiz" diyerek yineledi.

Ahşabı yanmış tırabzanları, delik deşik halı parçacıklarıyla kaplı basamakları, duvarları kırmızı, dar merdivenlerden inmeye başladık. Camları puslanmış pencereler, sırları açığa çıkmış aynalar, boyaları akmış tablolar, sıcaklığın tuhaf biçimler verdiği plastik çiçekler, her tarafta alevlerin izleri. Her basamakta biraz daha artıyordu sıcaklık. Gözlerimin yanmaya başladığını hissettim. Sanki alt katlarda bir yerlerde yangın hâlâ devam ediyordu. Mennan hiç etkilenmemiş gibi büyük bir gayretle iniyordu merdivenlerden. Onun kadar hızlı ilerleyemediğim için arada bir dönüp bana bakıyordu. Her dönüp baktığında yüzündeki eziklik biraz daha azalıyor, kırmızı gözlerindeki parıltı daha ürkütücü bir hal alıyordu.

Merdiven uzun bir koridora indirdi bizi. Vişneçürüğü rengindeki halıya adımımı atar atmaz kırmızılık bitti. Şaşkınlıkla çevreye bakındım. Hayret, alevler bu koridora hiç uğramamış gibiydi. Ne çağla rengi duvarlarda bir is, ne yerdeki vişneçürüğü halıda bir yanık. Sanki otelin yangın çıkmadan önceki haline geri dönmüştüm. Gözlerim, uzayıp giden koridorun sonunu görmek için boşuna uğraştı. Yok, bu koridor sonsuza kadar uzanıyor gibiydi. Belki de otelin altını boydan boya kateden bir geçitti burası. Nasıl olmuş da yangından kurtulmuştu acaba? Aklımdan bunlar geçerken, karşılıklı duvarlara eşit aralıklarla yerleştirilen siyah lekeler dikkatimi çekti. Yaklaşınca anladım, leke değil, fotoğraftı bunlar. Bakışlarım soldan ikinciye takıldı. Big Ben'i görür gibi oldum. Yaklaştım, evet bizim tarihi saat kulesi. Bu ilginç işte. Konya'daki bir otelin koridorlarında bir Londra fotoğrafı. Hayır bir değil, yandaki fotoğraf da benim şehrimde çekilmişti. Trafalgar Meydanı değil mi burası? Evet, üstelik fotoğraf yeniydi. Arkada bir ay önce açılan bir resim galerisinin tabelası görünüyordu. Fotoğrafların siyah beyaz olması sanatçının seçimiydi demek. Yanındaki fotoğrafa geçtim. Ama burası Muswell Hill'di. Benim yaşadığım semt. Yürümeyi bırakıp resmin yanında durdum. Tabii, işte şu soldaki de oturduğum apartman. Binanın önünde dikilen kişi de yan komşum yaşlı Scott'tan başkası değil. Neler oluyordu anlayamamıştım, ayaklarım beni bir sonraki resme taşıdı. Aman Tanrım, bu benim dairemin fotoğrafıydı. Sokağa bakan odalarımın perdeleri kapalıydı, mutfak hariç. Fotoğraf çok netti, mutfağımın içi olduğu gibi görünüyordu. Ben de oradaydım; tezgâhın başında ayakta duruyordum, büyük olasılıkla yemek yapıyordum, geride bir kişi daha vardı, Nigel olmalıydı. Resme yakından baktım, seçemedim, yüzü gölgede kalıyordu. Belki ötekinde... Yanılmamıştım, öteki fotoğraf sadece mutfağımı gösteriyordu. Hayır, yemek yapmıyordum, tezgâhtaki bulaşıkları toparlıyordum. Yemek sonrası olmalı, Nigel da geride içkisini yudumluyordu. Ona baktım. Hayır, arkamda duran kişi Nigel değildi. O adamdı; siyah giysiler içindeki, siyah sakallı adam. Bana yüzüğü veren adam.

"Niye şaşırdın?" diye bir ses geldi arkamdan.

Önce Mennan soruyor sandım. Döndüm, değildi, o adamdı. Gözleri yüzümde, yine dimdik duruyordu karşımda. Ama artık siyahlar içinde değildi, giderek koyulaşan bir kızıllık kaplamıştı her yanını.

Saçı, sakalları, uzun giysileri, çekik gözleri bile kıpkırmızıydı.

"Yangını arıyordun, işte buldun."

Ellerini bana doğru uzatmıştı, parmakları alevler içindeydi. Korkuyla geri çekildim. "Korkma" dedi, "Gerçeği arıyordun, onu sana getirdim."

Sanki beni ikna etmek istermiş gibi artık bir meşaleye dönüşmüş sağ eliyle yüzüne dokundu, sakalları tutuştu, ardından saçları. Tutuşan saçlar, sakallar alevden yılanlara dönüşüyor; o tuhaf adam ateşten bir Medusa haline geliyordu. Kendisine bakan herkesi taşa çeviren Medusa. Dehşet içindeydim; kaçmak istiyordum, bu lanetli koridordan çıkmak istiyordum ama yapamıyordum. Yüzüme dikilen ateşten gözler beni büyülüyor, bırakın adım atmayı, kıpırdamama bile izin vermiyordu. Böyle çaresiz, böyle eli kolu görünmez iplerle bağlanmış bir halde beklerken o alevden Medusa ağır ağır bana yaklaşıyordu. Vişneçürüğü halı, duvardaki ahşap çerçeveler, fotoğraflardaki Londra, çağla yeşili duvar... Geçtiği her yer tutuşuyor, koridor bir cehenneme dönüşüyordu. Yüzümdeki ter kurumaya, derim gerilmeye, gözlerimin akları buhar olup uçmaya başlamıştı. Kulaklarımdaki basınç dayanılmaz bir hal almıştı, yangının uğramadığını sandığım bu koridor da o tuhaf kırmızılığın egemenliğine girmişti artık. Ateşten Medusa alevler içindeki parmağını yüzüme uzatırken duydum sesi.

"Allahu ekber, Allahu ekber..."

Gözlerimi açtığımda kan ter içinde kalmıştım; yangın, kızıllık kaybolmuştu ama ses, odamda yankılanmaya devam ediyordu.

"Allahu ekber, Allahu ekber..."

Kâbus bitmiş miydi, yoksa sürüyor muydu, anlayamadım. Kulak kabartıp dinledim. "Eşhedü enla ilahe illallah..."

Hayır, bu gerçekti. Ses karşıdaki Sultan Selim Camii'nden geliyordu, dün lastik patladığında sakallı adamı görmeden önce duyduğum Arapça sözlerdi bunlar. Müslümanları akşam ibadeti için camiye çağıran ezan. Demek ki dün sakallı adamı bu saatlerde görmüştüm. Ortalık karardıktan sonra, evet onu hiç gündüz görmedim. Hep geceleri karşıma çıkmasının bir anlamı mı var? Çoktan unutmuş olmam gerektiği halde, babamın kim bilir hangi tarihte söyledikleri geldi aklıma. "İki âlem vardır: İlki varlık âlemi, ikincisi mana âlemi. Varlık âlemi gündüz gibidir, olanı biteni açıkça görürsün, kendini kolayca ele verir. Mana âlemi ise gece gibidir, onu bulmak için mutlaka gönül ışığını yakman gerekir." Gönül ışığını değil, tam tersine akıl ışığını yakmam gerekiyordu. Ziya ile Mennan açıkça oynuyordu benimle. Hepsi, her şey ustaca düzenlenmiş bir tezgâhtı. İyi de rüyamı nasıl belirleyebilirlerdi ki? Bugün yiyeceklerime ilaç katabilecekleri fırsatları bile olmadı. Mennan'la gezerken, benim seçtiğim lokantada yemek yedik. Sadece İkonion Turizm'deki çayıma bir şeyler karıştırmış olabilirler ama onun da bu kadar etkili olabileceğini sanmıyorum. Son gördüğüm kâbus, gün boyu yaşadıklarımla ilgili olmalı. Tabii yangın yeri, Medusa, Mennan'a duyduğum kuşku, hatta Nigel'ın Londra'dan araması, hepsi birleşerek tuhaf bir kâbusa sürükledi beni. Belki de içime atmamalıydım, hakkında ne düşünüyorsam Mennan'ın yüzüne söylemeliydim... Söylemeli miydim? Böylece bir çuval inciri berbat etmiş olurdum. Hayır, ketum olmam gerekiyordu. Şu aşamada kimseye bir şey söyleyemem, daha değil. Şimdi sabırlı olma zamanı. Güçlü olmam gerekiyor. Bugün de doğru olanı yaptım. Yangın yerinde araştırma yapmamak doğru bir karardı. Yorulmuştum, düşünmeye, yalnız kalmaya ihtiyacım vardı. Otelime dönmek çok mantıklıydı. Mantıklıydı da yine de kurtulamamıştım kâbus görmekten. Sahi o sakallı adam, "Gerçeği arıyordun onu sana getirdim" demekle neyi anlatmak istiyordu? Yangını kendisinin çıkardığını mı söylemek istiyordu? Çok mantıksız, uykunun denetimsiz bıraktığı bilinçaltımın bana oynadığı bir oyun işte. Ya dün akşam olanlar? Onu gördüğümde uyumuyordum. Yüzüğü bana verirken, "Senin olanı sana getirdim" demişti. Dün de, bugün de söylediği ortak bir sözcük vardı: "Korkma." Bugünkü kâbusumun bütün dehşet verici atmosferine rağmen sakallı adamın ne sesinde ne de gözlerinde bir tehdit vardı. Ondan korkmuyordum ama yaşadıklarım korkunçtu. Kimdi bu adam? Ya da kim olmaya çalışıyordu? Dün önünde lastiğin patladığı cami Şems-i Tebrizi diye bir dervişin adına yaptırılmış. Sadece cami değildi, ne yazıyordu tabelada: "Şemsi-Tebrizi Camii ve Türbesi." Hem camiymiş hem de mezar. Ne yani, o sakallı adam, kendini Şems-i Tebrizi mi sanıyor? İyi de Şems-i Tebrizi kim? Mevlâna'nın hocasıymış. Ziya öyle demedi mi? Şems-i Tebrizi olmasaymış, Mevlâna sıradan bir din âlimi olarak kalırmış. Ne demek şimdi bu? Babam olsa hepsini anlatırdı ama yok. Kim bilir nerede? Ve beni asıl ilgilendiren mesele, Şems'in Mevlâna'nın hocası olması değil de, Kimya'nın kocası olması. Kimya da Mevlâna'nın evlatlığıymış zaten. İyi de bütün bunların benimle ne ilgisi var? Bir ilgisi yok da şu Şems denen adam, "Kimya, Kimya" diye seslenip duruyor bana. Hepsi tezgâh, hepsi beni korkutmak için? Ya, uçakta beni "Kimya" diye çağıran ses? Ne Konya'ya inmiştik, ne Mennan'la tanışmıştım, ne de Ziya'yla... Tamam kâbus işte, babamla ilgili yıllardır bastırdığım duyguların bir anda uyanıp zihnime hücum etmesi. Evet, mutlaka böyle oldu, böyle olması gerekiyor; çünkü mantıklı olan bu. Bir sonuca ulaşmış olmak beni rahatlatmalıydı ama olmadı. Kendimce bir açıklama bulmuş olmama rağmen kafamda sorular uçuşmayı sürdürüyordu.

Yataktan kalktım, bilgisayarımı açtım. Şu Şems-i Tebrizi'yi bir de ben araştırsam fena olmayacaktı. Birkaç dakika sonra Şems-i Tebrizi hakkında onlarca dosya belirdi bilgisayarımın ekranında. Asıl adı Şemseddin Muhammed'di. Tebriz'de doğmuştu, Konya'dan yüzlerce kilometre ötede. Doğum tarihi hakkında bilgiler kesin değildi ama yazarların çoğu 1185 yılında doğmuş olabileceğini söylüyordu. Daha çocukluk çağlarında mistik düşüncelere eğilim göstermeye başlamıştı. Metinlerden birinde çocukluk dönemi kendi ağzından şöyle anlatılıyordu.

> Henüz ergenlik çağına girmemiştim. Aşk deryasına daldım mı, kırk gün kırk gece bir şey yemez, her türlü istekten kesilirdim. Günlerce, gecelerce açlığa susuzluğa katlanırdım. Bu durumu gören zavallı babam kaygılanmaya başlamıştı.
>
> "Oğlum deli değilsin ama halin bir tuhaf, senin bu davranışlarından hiçbir şey anlamıyorum. Bunun sonu nereye varacak?" diye bana çıkıştı.
>
> Ona şu cevabı verdim:
>
> "Baba, bizim ilişkimiz şu hikâyedeki misale benziyor. Bir tavuğun altına tavuk yumurtalarıyla birlikte bir de kaz yumurtası koymuşlar. Vakit erişmiş civcivler çıkmış, biraz palazlanınca analarının ardına düşerek göl kenarına inmişler. Öteki civcivler eşelenirken, kaz yumurtasından çıkan yavru hemen kendini suya atmış, bunu gören ana tavuk, eyvah yavrum boğulacak diyerek çırpınmaya başlamış. Halbuki kaz yavrusu, neşe içinde suda yüzmekteymiş. İşte sen ile ben de böyleyiz. Ey babacığım, ben yüzebileceğim bir deniz arıyorum. Benim yurdum işte o denizdir, halim de denizsiz yapamayan deniz kuşunun halidir. Eğer sen

benim gibiysen gel birlikte yüzelim ama değilsen git kümes hayvanlarına karış."

Ne kadar da kendine güveniyordu bu adam. Babasını nasıl da küçümsüyordu, üstelik bunu söylemekten de çekinmiyordu. Bana yüzüğü veren sakallı adamı gözümün önüne getirmeye çalıştım. Nazik olmaya çalışıyordu ama onda da vardı aynı güven. Dünyanın bütün sırlarına ermiş gibi sakin, artık beni hiçbir olay, hiç kimse şaşırtamaz dercesine umursamazca bakıyordu insana. Aslında bu ilgisiz yüz ifadesini, bu aldırmaz tavrı tanıyordum: Babamın arkadaşı, can yoldaşı, uğruna bizi terk edip gittiği Pakistanlı Şah Nesim de böyleydi. Hayır, asla kaba davranmazdı kimseye, hatta ilgi gösterirdi. Her karşılaşmamızda mutlaka gülümserdi, yakınımda duruyorsa saçlarımı okşardı, derslerimi sorardı ama bir şey vardı, sesinin tonu mu, gözlerindeki solgun pırıltı mı, davranışlarındaki çekingenlik mi, ne yapar eder, aramızdaki uzaklığı hissettirirdi bana. Sanki bizden biri değildi, başka bir dünyadan gelmiş gibi hareketlerimize, alışkanlıklarımıza, davranışlarımıza, hissettirmemeye çalışsa da küçümseyerek bakardı. Babam onun gibi değildi, birine gülümsediğinde gerçekten gülümserdi, sarıldığında bütün içtenliğiyle sarılırdı, sevgisini araya hiçbir engel koymadan gösterirdi. Ama yine de Şah Nesim deyince akan sular durur, babamın bütün ilgisi onun üzerinde toplanır, ne ben ne de annem umurunda olurdu. Hiçbir zaman anlayamadığım bir ilişkiydi bu. Sanırım Şah Nesim de Şems-i Tebrizi gibi biriydi ya da öyle olmaya çalışıyordu.

Bakışlarım yeniden bilgisayarımın ekranına kaydı. Şems-i Tebrizi'nin Arapça ve Farsça bildiği, bu iki dilin de edebiyatını yakından tanıdığı, ayrıca simya, astronomi, mantık, felsefe ve tabii din eğitimi aldığı yazıyordu. Şems'in ilk mürşidi yani öğretmeni sepet ören, Ebubekir adlı bir şeyhti. Şems'in aklı, gönlü, gözü mistik bilgiye öylesine açtı ki, öğrendikçe öğrenesi geliyor, bildiklerinin yerine yenilerini koymak için yanıp tutuşuyordu. Kısa sürede büyük bir olgunluk derecesine ulaştığından halk ona "Kâmil-i Tebrizi" adını vermişti. Yani Tebriz'in örnek insanı. Ama Şems öğrendikçe, şeyhinin bilgileri ona az gelmeye, Ebubekir ona yetmemeye başlamıştı. Bu durumu da şöyle anlatıyordu Şems:

> O Şeyh Ebubekir Sellebaf'ın sarhoşluğu Tanrı'dandı. Ama o kutsal sarhoşluktan sonra gelen ayıklık onda yoktu.

Şems sadece sarhoşluk anını değil, ayık zamanları da dahil, her anını mistik aşkın denizinde yüzerek geçirmek istiyordu. Sanırım bir tür doyumsuzluk ya da uyumsuzluk durumu. Annem de babam için aynı şeyi söylememiş miydi? "O müzmin bir uyumsuz. Sadece bizim yanımızda değil, nereye giderse gitsin yaşadıkları ona yetmeyecek, asla doyum bulamayacak. Ama daha kötüsü o bunun farkında değil." Babam nasıl bizi bırakıp gittiyse, Şems de sonunda şeyhinden ayrılıp kendini yollara vurmuştu. Yaşamı boyunca gezgin bir derviş olmuş, bu yüzden ona Şemseddin-i Perende yani Uçan Şemseddin demişlerdi. İranlı bir tarihçinin yazdığı makalede Şems'in arayışının Mevlâna Celaleddin Rumî'yle karşılaşıncaya kadar sürdüğünü söylüyor. Konya'da bulduğu Mevlâna, bu gezgin derviş için yaşamının doruk noktası ve finali olmuştu. Dün gece rüyamda geçen bir ismi hatırladım: Muhammed Celaleddin. Evet, dolunayın altında ellerini açmış, dilekte bulunan sakallı adamın sorusunu yanıtlayan ses, "İstediğin can, herkesin gözünden saklı, güzel ve mağrifete nail olmuş, Belhli Sultanü'l-Ulema Baha Veled'in oğlu Muhammed Celaleddin'dir" diyordu. Yani Mevlâna'dan söz ediyordu. O zaman bu sakallı adam gerçekten de Şems miydi yani?

Yine kafam karışmaya başlamıştı. Ziya, Şems'i anlatırken "Mevlâna'yı Mevlâna yapan kişi" dememiş miydi? Oysa, Şems hakkında bulduğum bütün yazılarda Mevlâna öne çıkıyordu. Herkes Mevlâna'ya övgüler yağdırıyor, Şems ise hep gölgede, hep ikinci adam gibi kalıyordu. En iyisi bu konuyu Ziya'nın babasıyla konuşmaktı. Ne yani buluşacak mıyım adamla? İyi olmaz mı? Adam bu konuda uzmanmış, merak ettiğim soruların yanıtlarını bulmuş olurdum. Şems hakkında mı, babam hakkında mı? Evet, asıl mesele buydu işte. Şems'i mi merak ediyordum, yoksa babamı mı? Anadolu'nun göbeğindeki bu eski şehirde bir otel yangınını mı soruşturuyordum, yoksa yıllardır tek bir satır mektup, bir tek haber bile yollamayan babamın başına gelenleri mi öğrenmeye çalışıyordum? Şems sandığım adamla ilgili gördüğüm rüyalar, halisünasyonlar... Yoksa bunların Ziya ve Mennan'la bir ilgisi yok muydu? Ya şu kanayan yüzük? Bu soruların yanıtları yoktu.

Yeniden bilgisayarımın ekranındaki "Şems ile Mevlâna Buluşması" başlıklı yazıya dönecektim ki odadaki telefon çalmaya başladı. Eyvah, Mennan olmalı. Ayrılırken kendimi iyi hissetmediğimi söyleyerek, bu akşamki yemekten kurtulmak istemiştim ama ikna edememişim demek ki. Bugün canımı sıktı ya, bir tür özür dilemek istiyor. Ama benim onunla uğraşacak halim yok. Telefonu açmasam, iyice meraklanıp otele gelir. Çaresiz ahizeye uzandım.

"Alo..."

"Alo Miss Karen."

Hayır, bu Mennan'ın sesi değil, tanıdık biri ama hemen çıkaramadım. Anlamış olacak ki açıkladı.

"Benim Ziya... İkonion Turizm..."

"Ziya Bey? Nasılsınız?"

"Teşekkür ederim, iyiyim. Siz nasılsınız?"

"İyiyim, iyiyim. Buyrun nasıl yardımcı olabilirim?"

"Rica ederim. Bizim Serhad bugün kabalık etmiş biraz. Görüşmeyi yarıda bırakmış. Az önce duydum, çok sinirlendim."

"Önemli değil ama neden öyle davrandı anlayamadım."

Manidar bir gülüş duyuldu telefonun öteki ucundan.

"Sizinle ilgili değil, Mennan'la aralarında bir sorun var."

Yine ne numaralar çeviriyordu bunlar? Meraklanmış gibi sordum:

"Öyle mi? İşle ilgili bir konu mu?"

"Yok canım, işle değil, aşkla ilgili."

Şaşkınlıkla mırıldandım.

"Aşk mı?"

"Serhad geçen yıl Mennan'ın kızı Hülya'yla evlenmek istedi. Kız da Serhad'ı seviyormuş ama babası vermedi. 'Ben kızımı üniversiteye yollayacağım' dedi. O gün bugün, birbirlerinden hiç hoşlanmazlar. Yani olan bitenin ne yangın soruşturmasıyla, ne de sizinle ilgisi var."

Sözleri her zamanki gibi kuşku vericiydi, yine de güldüm.

"Anlıyorum, ben de Serhad'ın biraz kaçık olduğunu düşünmeye başlamıştım."

"Serseri gibi görünür" dedi kısa bir sessizliğin ardından, "Deli doludur ama iyi biridir aslında. Çok beceriklidir, çok da sadık. O yüzden tutuyorum yanımda."

"Lütfen" dedim şakacı bir ses tonuyla, "Açıklama yapmak zorunda değilsiniz. Şirketimiz, müşterilerimizin personel politikasıyla ilgilenmiyor."

Yüksek sesle güldü.

"Teşekkür ederim, çok anlayışlısınız."

"Rica ederim, sadece yetki alanlarım içinde kalmaya çalışıyorum. Ben de sizi arayacaktım. Babanızı ne zaman görebilirim? Hani tanıştırırım demiştiniz ya."

"Elbette, ne zaman isterseniz, mesela yarın sabah?"

Yarın Kadir Gemelek adındaki tanığı görmeye gidecektim, hani şu yangını uzaylıların çıkardığını söyleyen kişiyi.

"Öğleden sonra desek."

"Güzel, üç gibi benim ofisimde."

"Anlaştık. İyi akşamlar."

"İyi akşamlar."

Telefonu kapatırken yanılmış olabilir miyim, diye geçirdim aklımdan. Serhad ile Mennan'ın kapışmasının görüşmeyi sabote etmek için tezgâhlanmış bir oyun olduğunu sanmıştım. Oysa çatışmanın nedeni Mennan'ın kızıymış. Bu kadar basit olabilir mi? Eğer öyle değilse Ziya'nın bu kadar küçük ayrıntıları bile planlayacak kadar karmaşık bir komplo kurduğuna inanmak zorundaydım ki, aslında bu da pek akla yatkın değildi. Mesleki deformasyon yine kendini göstermeye mi başlamıştı? Strese dayalı paranoya. Herkesten, her şeyden kuşku duymak, her gelişmeyi yürüttüğüm soruşturmaya bağlamak. Sigorta şirketinin psikoloğu ve aile dostumuz Oliver'ın sözleriydi bunlar. İki yıl önce Manchester'daki bir elmas hırsızlığı olayını soruştururken işi iyice abartmış, adamın karısını öldürmüş olabileceğini iddia etmiştim. O kadar çok inanıyordum ki söylediklerime, kadın bir hafta sonra Mayorka'dan çıkıp gelince şaşkınlıktan donakalmıştım. Ama yine ikna olmamıştım, bıraksalar kadının, adamın karısı olmadığını kanıtlamaya çalışacaktım, bereket Simon davayı uygun bir şekilde toparlamış, beni de sevgili psikoloğumuz Oliver'ın muayenehanesine yollamıştı. Tatil yapmamı önermişti Oliver ama istersem hafif bir antidepresan da verebilirmiş. Aldım ama kullanmadım, Nigel'la çıktığımız Tunus gezisi bütün sorunlarımdan kurtarmıştı beni. Hayır, şimdi de ilaç kullanmayacaktım. Kendimi gayet iyi hissediyordum. Nigel'ın söylediği gibi dünkü karamsarlıktan kurtulmuştum, tamam hâlâ biraz gergindim, şu kâbus gibi rüyalardan olmalıydı ama kesinlikle artık daha iyiydim. Belki de bu kâbusların çocukluğumla ilgisi vardı. Dokuz yaşına kadar uykumda yürüdüğümü söylerdi annem. Bir keresinde bahçedeki havuzun kenarında bulmuşlar beni, bir keresinde de babamın Konya'dan getirdiği rahlesinin başında; sanki okuyormuş gibi Kuran'ın sayfalarına bakarak dudaklarımı kıpırdatıyormuşum... Bunlar da gösteriyordu ki öyle kaya gibi sağlam sinirlere sahip filan değildim. O güçlü görüntümün arkasında belki de zayıf bir kişilik yatıyordu. Anneme söylesem asla katılmazdı bu görüşe ama neyse. Sanırım şimdi de aynı şey oluyordu. Uyanıkken yaşadığım gerginliğin etkisi gözlerimi kapayınca kâbus olarak çıkıyordu karşıma. En doğrusu Oliver'ın söylediği gibi rahat olmaya çalışmak, olabildiğince kafayı takmamaktı. Sonuçta bu bir işti, başarısız olsam bile dünyanın sonu değildi. Daha önce başarılı olduğum sayısız işe saysındı şirket. Böyle düşününce karnımın acıktığım hissettim. Oda servisini arayıp yemek istemek geçti içimden. Hemen vazgeçtim, tamam geçici bir paranoya yaşıyor olabilirdim, yine de işi sağlam tutmakta yarar vardı. Bu gece yemeği dışarıda yiyecektim.

15

Çünkü sırlar sabır denizinin dibinde saklıdır

Fırın kebabı oldukça lezzetliydi; bamya çorbası gibi Konya'nın özel yemeklerindenmiş. Hiç duymamıştım adını; zaten babam, etli, yağlı, ağır yemekleri pek sevmezdi. Fırın kebabı da öyle hafif bir yemek sayılmazdı. Ama daha kötüsü yemeğin yanında sadece kuru soğan vermeleriydi. Fırın kebabı böyle servis ediliyormuş. Neyse ki ısrarlarıma dayanamayan genç garson, Türkçe konuşan bu İngiliz kadına bir ayrıcalık yapıp domates, salatalıktan oluşan söğüş tabağı hazırlatma inceliğini gösterdi. Salatayı silip süpürsem de fırın kebabının yarısı tabağımda kalmıştı. Ama yemeğin ardından gelen Türk kahvesine diyecek yoktu. Dumanı üstünde, köpüğü yerinde, telvesi kıvamında, zarif bir fincanın içinde, yanında çifte kavrulmuş lokumla, akşam yemeğinin gerçek armağanı gibiydi. İçmeden önce enfes kokusunu içime çektim. Annem çok sever Türk kahvesini, babam ise kendi ülkesinin geleneksel içeceği olduğu halde pek hoşlanmazdı. Onun tutkusu, yemekten sonra içtiği demli çaydı. Tabii tek damla süt koymazdı içine. Annemin otuz altı yıl önce geldiği bu şehirde pek çok şey ilgisini çekmişti. Selçukluların taş, ahşap işçiliği, eski medreseler, kerpiç evler, ney, sema, Türk kahvesi ve tabii bunların hepsini sevmesine neden olan bir adam: babam. Ziya'nın deyimiyle semazen Poyraz Efendi.

Zamanla neyden bıkmıştı annem, semadan da, artık babamı da sevmediğini söylüyordu ama yalandı. Ne ondan vazgeçebilmişti, ne de Türk kahvesinden. Selçuklu motifleriyle süslü, turkuvaz renkli fincanlar getirtirdi İstanbul'dan, bakır cezveler, nakışlı küçük tepsiler. Az ateşte ağır ağır pişirirdi kahvesini. Köpüğü, kokusu, telvesi mükemmel olmalıydı. Olmazsa, hiç duraksamadan döker yeniden pişirirdi. Ta ki kıvamını tutturuncaya kadar. Annemi, çok sevdiği teyzesinden miras kalan mor berjer koltukta sağ ayağını altına alarak kahve içerken gördüğümde, onun bir İngiliz değil de Anadolulu bir kadın olduğunu düşünürdüm. "Birini sevmek onu kültürüyle birlikte sevmektir" derdi annem. Bu sözlerin doğru olmadığının kanıtı ise bizzat kendisiydi. Her ne kadar Türk kahvesine hâlâ bayılıyorsa da ney ve semadan artık nefret ediyordu. Oysa babama yıldırım aşkıyla vurulmasının nedeni, şimdi nefret ettiği ney ve semaydı. Otuz altı yıl önce, tükenmiş, ilginçliğini yitirmiş, kendini tekrar eden Avrupa kültüründen kaçmak, kadim inançlardan yeni bir yaşam doğar mı sorusuna yanıt aramak için çıktığı Hindistan-Nepal yolculuğundan dönerken bir arkadaşının aklına uyarak Konya'ya uğramıştı. Katmandu'daki eski Budist ve Hindu tapınaklarından sonra Anadolu'nun göbeğindeki bu güneşli kentte gittikleri Mevlevi dergâhında gördükleri sema töreni onları derinden etkilemekle kalmamış, annem gönlünü sema dönen zayıf, orta boylu genç adama kaptırmıştı.

"Dans etmiyor, neyden çıkan o zarif sesin rüzgârına kendini bırakmış, sema alanında adeta uçuyordu. Ama beni etkileyen babanın kusursuz dansı değildi, göz kapaklarının bir an aralanmasıyla gördüğüm o kederdi."

Ancak aradan yıllar geçmişti, artık annem ney sesi duymaya dayanamıyordu. Babam, yanından ayıramadığı bu müzik aletine uzandığında, kendini hemen evin dışına atıyordu.

"Evet, ben de seviyorum neyin içli sesini ama yeryüzünde başka müzik enstrümanları da var. Tam on iki yıldır bu müziği çalıp duruyor baban, tam on iki yıldır bu müziği dinliyor. Sadece ney çalıp, ney dinleyerek yaşanmaz ki!"

Bir zamanlar, bu enstrümanın sesini duymak için yanıp tutuşan eşinin, artık değişen müzik zevki karşısında babamın ne dediğini hatırlamıyorum. Büyük olasılıkla hiçbir şey söylememiştir ama ney çalmaktan da hiçbir zaman vazgeçmemişti. Geçemezdi, çünkü babam için ney, sadece bir müzik aleti değil, inancının ayrılmaz bir parçasıydı. Neyin ilk insana, Âdem'e benzediğini söylerdi babam.

"Allah Baba, Hazreti Âdem'i topraktan yarattı. Önce bir heykel gibi cansızdı Âdem, ne zaman ki Tanrı Baba onun burnuna yaşam nefesini üfledi, o zaman canlandı. Ama sadece canlanmadı, içine üflenen nefesle birlikte tanrısal ruh ona geçmiş oldu. Ney de öyledir işte, sıradan bir kamış olan bu alet eğer usta bir neyzen tarafından üflenirse muhteşem güzellikte kutsal bir ses çıkartır. Tıpkı içindeki Tanrı ruhunu keşfeden insan gibi."

Ama annem artık ne bu muhteşem sesi duymak istiyordu, ne de içindeki Tanrı ruhunu keşfetme mertebesine ulaştığı varsayılan Şah Nesim'i evimizde görmek. Babamı seviyordu sevmesine -belki o sıralar bundan bile emin değildi ama artık onun kültürüne eski bağlılığı duymuyordu. Otuz küsur yıl önce geldiği Konya'dan artık sevdiği bir tek şey kalmıştı: Türk kahvesi. Bazen annem Türk kahvesinden bıktığında babamı sevmekten de vazgeçecek, diye düşünürdüm. Ama bugüne kadar vazgeçmedi, bundan sonra da biraz zor gözüküyor. Bana gelince annem gibi tiryaki olmasam da arada bir Türk kahvesi içmek hoşuma gidiyor. Hele fırın kebabı gibi yağlı bir et yemeğinin ardından içildiğinde enfes oluyor doğrusu.

Restoranın önündeki tartışmayı kahvemden ikinci yudumu alırken fark ettim. Genç garson elinde bir tabak yemekle dükkânın önünde dikilmiş bağırıyordu.

"Ne biçim bir adamsın sen ya! Kötülük mü ettik, çorbanın içine biraz et koyduk. Karnın doysun, yüzüne biraz kan gelsin diye."

"Senden et koymanı isteyen mi oldu" diye yanıtladı adam. Kapının önünde, sırtı bana dönük olarak duruyordu, üzerinde uzun, siyah pardösüye benzer bir giysi vardı. Şalvarı andıran koyu renkli, eski bir pantolon giymişti, ayaklarına ham deriden kahverengi bir çarık geçirmişti. Sokaklarda yatan bir evsiz ya da bir dilenci olmalıydı. Ama konuşması hiç de onlara benzemiyordu.

"Sen kimsin ki!" diye çıkıştı garsona. "Sana kim söyledi çorbamın içine et koy diye?"

Kasanın başında oturan, restoranın asık suratlı sahibi de rahatsız olmuştu tartışmadan, kalın camlı gözlüklerini kaşlarına doğru iterek kalktı yerinden, iri bedenini kısa ayaklarının üzerinde sürükleyerek kapıya çıktı.

"N'oluyor burada?" Garsona mı, yoksa adama mı bağırdığı belli değildi. "Mesele ne?"

Garson öfkeden kızarmış yüzünü patronuna çevirdi.

"Bir şey yok Rahmi Usta" diye açıklamaya çalıştı. Patronunun kapıya kadar gelmesi iyice canını sıkmıştı. Tartıştığı adamı eliyle göstererek açıklamaya çalıştı. "Bu ihtiyar her akşam elinde bu tabakla gelir, bizden çorba alır. Yağsız, etsiz en ucuzundan. Bu akşam acıdım, çorbasının içine biraz et koydum. Kıyameti kopardı."

Patron hışımla müşterisine döndü.

"Baba" diye söylendi, "Daha ne istiyorsun? Çocuk iyilik etmiş sana. Niye mesele çıkarıyorsun dükkânın önünde?"

"Ben senin baban değilim" diye gürledi adam, "Kimsenin de iyiliğine ihtiyacım yok. Paramla çorba istiyorum, canım çekse et de isterdim. Sizin vazifeniz müşteriye hizmet etmek. Çorbam etsiz, yağsız olacak diyorsam, öyle olacak."

Patron şimdi müşteriyi azarlayacak diye bekledim, yok yapmadı, adamın yüzüne baktı, bir adım geri attı. Sanki gördüğü bir şey öfkesini söndürmüştü. Adama bir daha bakmamaya özen göstererek garsona döndü.

"Tamam, uzatma, ne istiyorsa ver gitsin."

Ama adam öfkeyle homurdandı.

"İstemiyorum, çorbayı boşalt, tabağımı ver yeter."

Garson, ya sabır gibilerden başını salladı. Patron konuşmasına izin vermedi.

"Ne istiyorsa yap. Dövüş, dava istemiyorum dükkânın önünde."

Garson sıkıntıyla oflayarak elindeki tabakla içeri girdi. "Ey Allahım, bütün deliler de gelir bizi bulur."

Gösterişsiz ahşap masaların arasından geçip mutfağa yöneldi. Bakışlarım kapıdaki adama takılmıştı ama hâlâ yüzünü göremiyordum. Sırtı dükkâna dönük, sessizce tabağının boşaltılmasını bekliyordu. Garson boş tabağı getirinceye kadar da öylece kaldı. Hâlâ sinirle kendi kendine söylenen garson yeniden kapıya gelip boş tabağı uzatınca, "Bak delikanlı" dedi adam, "Sadece kendi bildiğini doğru sanma. Ne kadar acayip görünse de başkalarının isteklerine saygı göster. Anlamasan da bir bildiği var elbette. Kimseyi düşkün sanma."

Yatışmış gibiydi, bilgisini paylaşmak isteyen bir yetişkin gibi yumuşak çıkıyordu sesi ama zaten öfkesi burnuna gelmiş olan garsonu zıvanadan çıkarmaya yetti bu sözler.

"Şuna bak yav, bir de akıl veriyor. İyilik yapalım, bize hakaret et. Sonra da karşıma geç ahkâm kes!" Sertçe uzattı tabağı. "Al şunu da git buradan. Bir daha da sakın uğrayayım deme."

Hayret hiç kızmadı adam, sadece üzülmüş gibi başını salladı.

"Ne dediğini bilmiyorsun. Ben yüzyıllardır bu dükkândan çorba içerim."

Evet, evet yanlış duymamıştım. "Ben yüzyıllardır bu dükkândan çorba içerim" demişti, zavallı gerçekten de keçileri kaçırmış olmalıydı. Ama son derece sakin bir tavırla sürdürüyordu konuşmasını.

"Eğer ben buraya uğramazsam ne betiniz kalır, ne de bereketiniz." Tabağı alırken hafifçe döndü ama hâlâ yüzünü tam olarak göremiyordum. Garson karşılık verecek oldu ama yaşlı adam sesini yükselterek susturdu onu. "Sakın ağzını açma, sakın bana kızma. Senin kızgınlığın benim öfkemi uyandırır. O zaman, ne küfür kalır, ne hayır, ne sen kalırsın, ne de bu dükkân."

Tıpkı patronu gibi garson da bir adım geriledi. Yüzünde korkuya benzer bir ifade belirmişti. Genç gözlerindeki ışık solgunlaştı, tenine ince bir gölge düştü. Birkaç adım daha geriledi, adama bir kez daha baktıktan sonra tek söz etmeden döndü, restorana girdi. İki yetişkin adam, üstelik biri restoranın sahibi, sokakta yatan yaşlı bir meczuptan korkuyordu, iyice merak etmeye başlamıştım bu yaşlı adamı. İşte tam o anda başını çevirdi. Ve onun doğuştan sürmeli siyah gözlerini gördüm. Evet, oydu, daha bir saat önce rüyamda gördüğüm uzun sakallı, siyah giysili, gizemli adam. Gözlerini yüzüme dikmişti, az önceki öfkeden eser yoktu yüzünde; yine yardım dilermiş gibi bakıyordu. Şimdi yanıma gelecek diye düşündüm heyecanla. Yapmadı, sanki beni hiç tanımıyormuş gibi başını çevirdi, dükkânın önünden uzaklaştı. Karar vermem çok sürmedi. Şu ana kadar hep o peşimden gelmişti, belki de sıra artık bendeydi. Hâlâ dumanı tüten kahvemi öylece bırakıp kasaya yöneldim. Restoran sahibi ile garsonun şaşkın bakışlarına aldırmadan aceleyle hesabı ödeyerek dışarı fırladım. Adam sokağın sağına yönelmişti, ben de o tarafa döndüm. Hızlı adımlarla yürümeye başladım. Bir yandan da kaldırımdaki kalabalığın arasından onu görmeye çalışıyordum. Ama hareket eden insanların arasında onun kırçıl saçlı başını göremiyordum. Caddenin öteki tarafına mı geçmişti yoksa? Karşıda Alaeddin Tepesi denen park alanı vardı. Ama gizemli adam oradaki kalabalığın içinde de yoktu. Adımlarımı biraz daha açtım. Kaldırım sağa dönen bir caddeye bağlandı. Caddeye girdim, işte oradaydı. İnsanların arasında öfkeli adımlarla yürüyordu. Biraz daha hızlandım, nerdeyse koşmaya başlamıştım ama gözlerim onun üzerindeydi; durduğunu gördüm. Öylece olduğu yerde kalmıştı. Ben de durdum. Döndü, kara gözlerini yeniden gördüm, aramızda en az on metre olmasına rağmen, ona doğru çekildiğimi hissettim, aynı anda büyük bir parlama gözlerimi yaktı. Sanki sessiz bir patlama olmuş gibiydi. Apansız kararmıştı ortalık. Sokak lambaları, dükkânların ışıkları, caddeden akan otomobillerin farları, ne kadar ışık varsa, o büyük parlama tarafından emilmiş, her yer zifiri bir karanlığa bürünmüştü. Kaybolan sadece ışıklar değildi, sesler de gitmişti. Az önce şakalaşan iki genç, müşterilerini içeri buyur eden tombul yanaklı tatlıcı, dükkânını kapatan kırtasiyecinin aşağı indirdiği kepengin sesi, otomobillerin gürültüsü, şehrin uğultusu, hiçbiri yoktu artık. Her yerde derin bir sessizlik. Durduğum yerde öylece kalakalmıştım. Ne nereye gideceğimi kestirebiliyordum, ne de kime sesleneceğimi. O anda fark ettim ışıltıyı. Gecenin karanlığında kömürlerin arasına sıkışmış bir elmas parıltısı gibi minicikti, güneşini yitirmiş gökyüzünde, ben buradayım diyen küçük bir yıldız gibi inatla ışıldıyordu. Ona doğru yürüdüm. İlk ışık, ilk insanı nasıl kendine çektiyse, ben de aynı çekim gücüyle ilerledim. Her adımda ışık biraz daha belirginleşti, her adımda ışık biraz daha beni kendine çekti, her adımda merakım biraz daha depreşti. Kaç adım attığımı bilmiyorum ama artık gözlerimin önündeydi. Kıpırtısız, sessizce, ışımayı sürdürerek sanki beni bekliyor gibiydi. İyi de neydi bu? Gözlerimin yetmediğini anlayınca elimi uzattım; dokununca bu ışığın ne olduğunu anlarım sandım. Önce bir ele dokundu elim. Sıcak, derisi kırışmış, kemikli bir ele. Hemen geri çektim. Ses o anda geldi.

"Korkma. Senin olanı sana getirdim."

Evet, bu onun sesiydi; yüzünü göremesem de karşımda yine o vardı. Cesaretimi toparladım, ışığa yeniden uzandım. Parmaklarım sert bir nesneye dokundu, sanki canlıymış gibi ılık bir taşa. Görmesem de anladım, bu o yüzüktü. Kahverengi taşlı, gümüş yüzük. Yaralanmış bir insan gibi kanayan yüzük. Tuhaftır, yüzüğe dokununca kendimi daha iyi hissettim, daha bir güvenli, daha bir özgür. Onu aldım, sağ elimin yüzük parmağına taktım. Karanlık açılmaya başladı.

"Senin olanı kimseye verme. Senin olan, başkasına haramdır."

Başımı kaldırdım, aydınlanan karanlığın içinde gizemli adam duruyordu. İlk kez ürkmeden, heyecanlanmadan, dimdik baktım o tuhaf adamın yüzüne.

"Senin olandan ayrılma Kimya Hanım" diye sürdürdü sözlerini. "Senin olan sana aittir."

"Ben Kimya değilim" diye söylendim.

Keder yüklü bulutlar geçti siyah gözlerinden.

"Biliyorum." Sesi kısılmış, kötü bir anıyı hatırlamış gibi teninin rengi solmuştu. "İstesen de olamazsın zaten."

Rahatlamam gerekirdi ama aşağılanmış gibi hissettim kendimi.

"Neyse" diye geçiştirerek parmağımdaki yüzüğü gösterdim. "Bu yüzüğü niye veriyorsunuz bana?"

Gözlerini yüzüğe dikerek mırıldandı.

"O yüzük sana hakikati öğretecek."

"Hakikati? Yani yangını kimin çıkardığını mı?"

Derin bir hayal kırıklığı belirdi gözlerinde, bunu nasıl düşünebilirsin dercesine sarktı alt dudağı.

"Yangını kimin çıkardığı hakikatle ilgili değil."

"Ya neyle ilgili?"

Ağzına değdiği için tiksinmiş gibi söylendi.

"Parayla ilgili. Sen, iblislerin cirit attığı o yangın yerinde hakikati aramıyorsun, parayı arıyorsun. Hakikat paradan daha değerlidir."

Zaten allak bulak olan kafam çorba kazanına dönmüştü, açıkça sordum:

"Peki hakikat nedir o zaman?"

Duraksadı, öğrencisini anlamak isteyen bir öğretmenin deneyimli gözleriyle süzdü beni. "Öğrenmeye hazır mısın?"

"Hazırım."

Şimdi dudaklarında sahiden o gizemli gülümseme belirmişti.

"Hiç kimse tam olarak hazır değildir. Hazır olup olmadığımızı hakikatle karşılaştığımızda anlarız ancak."

Ne söylesem karşı çıkıyordu, canım sıkılmaya başlamıştı.

"Başkalarını bilmem ama ben hazırım" diye söylendim inatla. "Buyrun, sizi dinliyorum."

Konuşmadan önce azarlar gibi baktı yüzüme.

"Sabırsızsın." Sanki söylediklerini anlamam çok zormuş

gibi açıklamaya başladı. "Oysa bütün mahlukat sabrın ipliğiyle bağlıdır birbirine. Dünya sabırla döner. Çünkü güneşin de, ayın da zamana ihtiyacı vardır. Sabırlı ol. Büyük sırlara ermek için sabır denizinde yüzmeyi öğrenmen lazım. Çünkü sırlar, sabır denizinin dibinde saklıdır."

"Tamam, sabırlı olacağım" dedim boyun eğerek, "En azından deneyeceğim."

Yüzü aydınlandı, sağ eliyle sakalını sıvazladı.

"Aferin, uyumlu ol" dedi. "Uyum güzelliktir. Uyum, suyun özelliğidir. Su, sabrın simgesi, istiridyenin yurdudur. Su olmasaydı inci de olmazdı. Sabırlı ol ki istiridye gibi inciler yapasın."

Tuhaf bir Türkçeyle konuşuyordu, Shakespeare İngilizcesi gibi ama her şey o kadar olağandışıydı ki, bu gizemli adamın takılacağım en son özelliği dili olurdu.

"Merak etmeyin, uyumlu olacağım. Evet, buyrun sizi dinliyorum."

Hayretle yüzüme baktı.

"Dinliyor musun?" Anlamaya çalışır gibiydi. "Hakikati benim sözlerimle öğreneceğini mi sanıyorsun?"

Bütün içtenliğimle sordum:

"Başka türlü nasıl öğrenebilirim ki?"

Sen bu işi öğrenemeyeceksin, der gibi baktı.

"Sözler hakikat değildir, ağzımızdan çıkan seslerdir. Yeryüzünün gelmiş geçmiş en yetenekli söz ustaları dahi yaşamın en basit anlarını bile bize gerektiği gibi anlatamaz. Renkleri gösteremez, kokuyu duyuramaz, dokunuşun verdiği hazzı hissettiremez, sesleri işittiremez, yiyecekleri tattıramaz; diyelim ki bir mucize oldu bunları yaptı ama insanların ruhunda olup biteni aktaramaz. Belki akıl yürütür. Belki gürbüz düşüncesini aklın üç ayağından biri olan mantığın üzerine bindirip zihnin sonsuz ufuklarında keyfince gezdirir ama insan ruhunun anbean değişen halini asla gerektiği gibi anlatamaz."

Bedenimi ele geçiren umutsuzluğu fark etmiş olacak ki, "Ama karamsarlığa kapılma" dedi, "sözün anlatamadığını yaşam anlatır. Hakikati öğrenmek için söze değil, yaşamaya ihtiyaç vardır."

Artık ipin ucunu iyice kaçırmıştım, gözlerindeki o yargılayan, eleştiren, öğreten bakışla karşılaşmamak için soru bile sormak istemiyordum ama sormadan da anlamam olanaksızdı.

"Yani bütün bunları yaşamam mı gerekiyor?"

"Evet" dedi hüküm bildiren bir sesle. "Yaşaman gerekiyor."

Gözlerimdeki soru dolu ifadenin kaybolmadığını görünce daha fazla uzatmadı, gülümsedi. İlk kez bir çocuk gibi hiçbir anlam, hiçbir ifade, hiçbir kaygı yüklemeden geniş ve rahat gülümsedi. O gizemli, korkutucu adamın dudaklarının arasından bir çocuğunki gibi minik dişleri görünüyordu. Ben de gülümsedim, hiçbir şey söylemeden elini bana uzattı.

"Mademki hazırsın. Mademki vaktidir, gel. Gel ve yaşa."

Uzattığı eli tuttum, ortalık ansızın aydınlanıverdi.

16
Gözlerimin siyahında dans eden dostumun hayalini gör

Hayır, ışıklar gelmemişti, gün doğmuştu kentin ortasına. Tıpkı yıllar önce babamla ilk kez geldiğimiz gündeki gibi tatlı bal rengi bir ışık vardı her yanda. Sanki güneş daha insaflıydı, daha sevecen. Sadece güneş mi, rüzgâr da öyle; ince bir esinti uzak dağların eteklerinden topladığı yağmur kokusunu savuruyordu her yana. Ahşap payandalarla güçlendirilmiş kerpiç duvarların arkasındaki bahçelerden kuş sesleri geliyordu. Evet, duvarlar kerpiçtendi ya da taştan, yollar topraktı; ne asfalt vardı ne çimento. Sokak sakindi, tek bir araç bile göze çarpmıyordu; karşıdaki hanın önüne bağlanmış biri kahverengi, öteki beyaz iki at sağrılarına konan sinekleri kovalamak için kuyruklarını oynatıp duruyorlardı, yandaki ahşap kapının önünde yaşlılıktan tüyleri dökülmüş bir çoban köpeği uyuyordu, yükle dolu heybelerin altında ezilen kırçıl tüylü bir eşek ve başları sarıklı, çoğu yakasız gömlek ve koyu renk şalvarlar giymiş yaşlı mı, genç mi olduğu anlaşılamayan erkekler.

İyi de burası neresiydi? Ne olmuştu? Ben nereye gelmiştim? Şaşkınlık ve telaş içinde etrafa bakarak olan biteni anlamaya çalıştım. Bakışlarım sağ taraftaki tepede heybetle dikilen kalın duvarlı saraya kaydı. Nakışlı taş kapısının önünde uzun mızrakları, zırhlı giysilerinin kemerlerindeki enli kılıçlarıyla sekiz askerin beklediği bu kale, Selçuklu sarayı mıydı? Yani az önce önünden geçtiğim Alaeddin Tepesi miydi bu görkemli saray? Panik içinde etrafa baktım. Neler oluyordu? Selçuklu dönemine geri mi gitmiştim? Yanıtı, arkamdaki bakırcı dükkânının duvarına dayanmış, kalaylı büyük tepsinin içindeki bizim siyahlar giymiş, tuhaf dervişin görüntüsü verdi.

"Hakikati öğrenmeye hazırım diyenin şaşırmaya hakkı yoktur."

Haklıydı, kendi sözlerimle vurmuştu beni. Aslında şaşırmazdım ama eğer Selçuklu dönemine gittiysem, bu insanlar yedi yüz küsur yıl sonrasından gelen benim gibi bir kadını nasıl karşılayacaklardı? Üzerimdeki deri ceket, kot pantolon, çantam...

"Korkma" dedi kalaylı bakır tepsideki sakallı adam, "Artık ne Karen var, ne Kimya. Unut artık onları. Allah'ın gizli sevgililerinden biriyle buluşmak için binlerce fersah yoldan gelen Şems-i Tebrizi var sadece."

Ama tuhaf olan o konuşurken benim dudaklarımın da kıpırdamasıydı. Sanki o değil de ben konuşuyordum. Korkuyla giysilerime baktım, kara bir keçe vardı üzerimde, ayağımda ham deriden yapılma bir çarık, ellerim esmerleşmiş, irileşmişti. Doğru söylüyordu; bedenim Şems'e dönüşmüştü ama o ruhumu da istiyordu.

"Unut" diye yineledi saçlarımda dolaşan esinti gibi yumuşak bir sesle, "Unut ne varsa bu yaşlı dünyadan aldığın. Bilmediğin bir hayat bekliyor seni, yedi yüz küsur yıl daha genç bir dünya. Benzersiz bir tecrübe yaşayacaksın bu evliyalar kentinde, görülmeyeni görecek, bilinmeyeni bileceksin, izin ver, yedi yüz yıl daha az kirlenmiş bu şehir öğretsin sana olanları, izin ver yeni bir ruhla kaplansın için. Karen yahut Şems ne fark eder, aynı çamur değil mi hepimizin mayası, aynı nefesle can bulmadı mı bedenimiz? Artık Londra'dan gelen o kadını unut, tatlı bir gülümseyiş gibi arala gönlünün kapılarını Tebrizli bu yoksul dervişe."

Ve onun dediği oldu, bakır tepsideki görüntüme yeniden baktığımda, kara keçeler içindeki, gözleri doğuştan sürmeli, siyah sakallı adamı yadırgamadım. Çünkü ben oydum. Çünkü ben artık Karen Kimya Greenwood değil, Melek Dad oğlu Ali'nin oğlu Muhammed Şemseddin'dim. Çünkü ben namı diğer Şems-i Tebrizi, namı diğer Kâmil-i Tebrizi, namı diğer Şems-i Perende'ydim. Ben gezgin bir dervîştim ki, ömrümü o büyük sırrı bulmaya adayayım, buldukça yeniden kaybedeyim, kaybettikçe eskisinden daha büyük bir tutkuyla yeniden peşine düşeyim. Ben gezgin bir dervîştim ki; Tanrı sırrını bulmak için yakaladığım ipucunun peşinden günler geceler boyunca yürümüş, çölün sıcağına, dağın sert rüzgârlarına dayanmış, Konya'nın sarı düzlüğüne inmiştim. Bana muştulananı görmek, bana vaat edileni bulmak, yıllar süren hasreti dindirmek için.

Onu bana vaat eden demişti ki:

"Aradığın sevgili herkesin gözünden saklı, güzel ve mağfirete nail olmuş can, Belhli Sultanü'l-Ulema Baha Veled'in oğlu Muhammed Celaleddin'dir."

Ben de onu, bana vaat edene demiştim ki:

"Ey göğü ve yeri yaratan, ey kadir ve mutlak olan. O sevgilinin mübarek yüzünü bana göster!"

Onu bana vaat eden demişti ki:

"Buna teşekkür borcu olarak ne verirsin?"

Hiç düşünmeden uzatmıştım boynumu.

"Başımı!"

Onu, bana vaat eden demişti ki:

"Mana budur işte. Aşk budur. Aşkın tek bedeli vardır, o da candır. Ölümle kutsanmayan aşk, aşk değildir. Bundan böyle Baha Veled'in oğlu Muhammed Celaleddin sana helaldir. Git ve onu bul. Git, onu bul ama bize verdiğin sözü de unutma."

Onu bana vaat eden böyle deyince, silkindim kalktım yoksul odamdaki eski seccademin üzerinden. "Bizim her sözümüzde bir hikmet vardır" deyişine uyarak düştüm yollara. Ama hep engeller girdi araya; dağlar, denizler, şehirler, medreseler, dergâhlar, insanlar. Uzadıkça uzadı ayrılık. Ve onu bana vaat eden hatırlatmak için andımı, bir kez daha karşılaştırdı bizi.

Şam şehrinde bir vakit, kendini bilmez halkın arasında kendimi bilmez bir halde gezerken, bir el dokundu elime. Baktım renksiz giysiler içinde ışıklar saçan bir beden. Baktım, Baha Veled'in oğlu Muhammed Celaleddin. Ellerimi avuçlarının arasına aldı, "Ey dünya sarrafı beni anla" diye fısıldadı. Yekpare bir kayaya dönüşmüş gibi kımıldayamadan öylece kaldım karşısında. Bir kez daha açtı mübarek ağzını. "Ey mana âleminin sarrafı, beni bul" diye fısıldadı. Hoş kokulu ılık nefesi yüzümün pasını sildi, gözlerimin yorgunluğunu aldı, tenimi bahar yağmuru sonrası tazelenen gül yaprakları gibi dinçleştirdi. Onun yüzü, onun sözleri bir çocuğa çevirdi beni, ruhumu arıttı, saflığımı mübarek kıldı. Bu hoş rüya âleminden gözlerimi açıp da kendime gelinceye kadar, o güzel yüzlü, güzel sözlü Tanrı dostu kaybolup gitmişti. Ama artık kaybolup gideni bulma vakti gelmişti. Bana vaat edilen yerine gelmeliydi ki, verdiğim sözü tutmam için yaşanacak olaylar da ardı ardına sıralansın. Heyecanını yitiren bu dünya yepyeni bir manayla yeniden çoğalsın.

Gözlerimi Pembe Füruşan Medresesi'nin yönüne çevirdim ve bekledim. Bekledim çünkü bize, "Gözlerimin siyahında dans eden dostumun hayalini gör" denmişti. Bekledim, çünkü bize vaat edilen güzel dost, Muhammed Celaleddin bu vakitlerde verdiği dersi tamamlayarak Pembe Füruşan Medresesi'nden ayrılıp bu yoldan evine gidecekti. Beklerken bir gölge düştü yüzüme.

"Allah'ın huzuru ve saadeti üzerine olsun."

Baktım, önünde durduğum bakırcı dükkânının sahibi.

Sağ elimi kalbimin üzerine koyarak hafifçe öne eğildim. "Allah'ın bereketi ve zenginliği de senin üzerine olsun."

Bakır kalaylamaktan kararmış eliyle dükkânın önündeki iki küçük ahşap kürsüden birini gösterdi.

"Ayakta dikilme yabancı, gel şöyle otur."

Onunla gevezelik edecek vakit değildi.

"Misafirperverliğin için sağ ol" dedim edeplice. "Ama oturacak halim yoktur. Beklediğim gelmek üzere."

Gülümsedi, ablak yüzünde derin bir bıçak kesiği gibi duran ağzı aralandı, alttan ikisi eksik sarı dişleri çıktı ortaya.

"Ayakta durursan daha mı tez gelecek sanırsın beklediğin?"

Belli ki tecrübesiz bir seyyah sanmıştı beni. Adam azarı hak etmişti doğrusu, yine de anlayacağı dilden konuştum.

"Tez gelmez elbet" dedim ben de gülümseyerek, "Ama eğer gösterdiğin kürsüye oturursam onu beklemenin zevkini seninle paylaşmış olurum. Oysa o zevk sadece bana bahşedilmiştir."

Kirpiksiz, Moğol gözleri merakla ışıldadı. Eyvah, bu zevzek peşimi bırakmayacaktı.

"Kimdir acaba beklediğin?"

"Ben de bilmiyorum" diye tersledim, "Geldiğinde öğreneceğiz kim olduğunu."

Onunla eğleniyor muydum?

"O nasıl iştir öyle, kişioğlu kimi beklediğini bilmez mi?"

"Aklını başında taşıyan, kimi beklediğini bilir ama aklını gönlüne hapseden, kimi beklediğini nereden bilsin?"

Bakırcı kahkahalarla gülmeye başladı.

"Sevdim seni yabancı" diye söylendi. "Eğlenceli adamsın vesselam."

"Sen daha eğlencelisin ama farkında değilsin."

Onu övüyor muydum, yeriyor muydum, anlamamıştı. Canı sıkıldı.

"Var git artık yabancı" dedi suratını asarak, "Suyun üstüne nakış çizdiğin yeter. Oyalama, var git buradan."

"Gidemem" dedim kararlı bir tavırla. "İstesem de yapamam. Dükkânının önü de, dükkânın da, sen de, ben de, şu gökyüzünde ışıldayan güneş de, hepsi onu bekliyor. Herkes, onun için burada bulunuyor."

Kirpiksiz çekik gözlerin öfkeyle parladığını gördüm. "Bre densiz" diye gürleyecek oldu, birden bakışları uzakta bir noktaya takıldı, söyleyeceği sözleri gizlemek istercesine yutkundu. "Bre divane, git belanı benden bulma..."

Baktığı yöne döndüm ve onu gördüm. Geliyordu. Bir katırın üzerine binmişti, başında gösterişsiz bir sarık, sırtında koyu renk ince bir cüppe vardı. Ağır ağır ilerleyen katırın üzerinde hafifçe öne doğru sallanıyordu. Etrafı yedi kişilik genç bir mürit topluluğu tarafından çevrilmişti. Ona bir zarar gelmesinden korktukları için mi, yoksa onun nurlu yüzünden biraz daha istifade etmek için mi, bilinmez, katırın adımlarına ayak uydurmuş, şeyhlerinin etrafında dönerek ağır ağır ilerliyorlardı. Bizim sinirli bakırcı ustası, Tanrı'nın saklı sevgilisi Muhammed Celaleddin'i görünce kötülükten düşmüş, küfrünü içine gömmüştü. Beni unutmuş, küçük bir kovuğu andıran ağzı hayranlıkla yarı yarıya açılmış, Konya'nın en mübarek evladının önünden geçişini izliyordu. Onu saydığımı bilsin diye, ayrılırken omuzuna dokundum.

"Gördün mü işte geldi beklediğim, onu görmeseydim, onu beklediğimi nereden bilecektim?"

Biçare bakırcının dur demesine fırsat vermeden katırın önüne attım kendimi. Yedi müridin yedisi de dikildi karşıma. "Kimdi bu kara keçeler giymiş, kara saçlı, kara sakallı, kara gözlü adam? Eğer gönlü de karaysa, giyitleri, teni, saçı sakalı gibi, vay halimize" diyerek genç bedenlerini duvar ettiler pirlerinin önüne.

Celaleddin durgun ve duru bir su gibi sakindi. Şöyle bir baktı yüzüme, bir nur şavkıdı geçti günün ortasından. Celaleddin baktı yüzüme, açılmak için ertesi sabahı bekleyen sonbahar goncaları gümrah birer gül haline geldi Konya'nın bahçelerinde. Celaleddin baktı yüzüme, yanaklarına birer gamze düştü ana karnındaki çocukların. Celaleddin baktı yüzüme ve ellerini kaldırarak müritlerine, "Bırakın" dedi sadece.

Çünkü görür görmez bilmişti beni, görür görmez anlamıştı niye geldiğimi ama ne gülümsemiş ne tatlı bir söz dökülmüştü dudaklarından. Sadece "Bırakın" demişti müritlerine. Çünkü dünya bir imtihandır diye buyrulmuştu. Cahillik engelinden atlayamayan, bilgi yükünü taşıyamaz.

Yedi müridin kenetlenmiş genç gövdesi çözüldü, Ermeni ustaların yaptığı duvarlar nasıl çözülürse birbirinden. Aşılmaz bir kale kapısından geçer gibi yürüdüm aralarından. Gözlerim Celalleddin'in gözlerinde, yaklaştım Allah'ın yeryüzündeki en umutlu dostuna.

"Ey Müslümanların imamı" dedim saygıyla yakalayarak katırının yularını. "Sana bir sualim var. Ben çözemedim. Horasan'ı, Semerkand'ı, Şam'ı gezdim, Bağdat'ı gezdim, çözen birini de göremedim. Seni salık verdiler. Belki sen çözersin diye şehirlerin en eskisine geldim."

"Buyur seyyahların piri" dedi ince sakalını sıvazlayarak, "Mademki onca şehir içinde bizimkini seçtin, mademki uzun yolların kahrını çekerek bize eriştin, o zaman biz de saçalım sana gönül kuyumuzdaki bilgi dağarcığını. Neymiş bakalım, sor sualini."

Sözler dudaklarından dökülürken yüzünde ne bir tereddüt vardı, ne de bir şüphe. Sanki daha ben ağzımı açmadan biliyordu, hem soracağım suali hem vereceği cevabı. Ben de ona uydum, aklımdaki sualin cevaplanması dileğiyle, "Şimdi söyle bana mana âleminin sarrafı" dedim bütün saflığımla. "Tanrı dostu, büyük âlim Bistamlı Bayezid mi büyüktür, yoksa Hazreti Muhammed mi?"

Güzel kaşları çatıldı Celaleddin'in. Yok, bu kadarını tahmin etmemişti, benden başka hangi deli kalkışırdı bir din âlimi ile yeryüzünün müjdesi Muhammed Mustafa'yı kıyaslamaya.

"Bu nasıl sualdir?" diye gürledi her daim doğruluk buyuran sesi. Bir titreme aldı beni gün ortasında, güneş altında. Al bastı kara yanağımı, tutuştu kafatasımın içindeki et parçası, ürkek bir serçeye dönüştü iman tahtamın altındaki yürek. Korktum, hiç kimseden korkmayan ben. Kuşkuya düştüm kendimden, şeyhlerin en büyüğü Muhiddin İbn-i Arabi'nin sözlerine bile gönül indirmeyen ben.

Celaleddin hiç aldırmadı halime.

"Bu nasıl sualdir?" diye yineledi. "Kuşku yok ki, Allah'ın elçisi Muhammed Hazretleri yaratılmışların en büyüğüdür. Burada Bayezid'in lafı mı olur?"

O açıklarken zaten bildiklerimi ben de bir parça toparladım. Korkumun sesimi ele geçirmesine müsaade etmemek için hemen itirazımı yetiştirdim.

"Öyle diyorsun da Peygamber bu kadar büyüklüğüyle, 'Ey Allahım, biz seni tam anlamıyla bilemedik' derken, Bistamlı Bayezid, 'Kendimi tenzih ederim, benim şanım ne kadar büyüktür ki, bilinmesi gerekenleri tıpkı gerektiği gibi bildim. Ben sultanların sultanıyım' diyor."

Celaleddin'in gözlerindeki öfke kayboldu, beni anladı ve bakışları cennet ışıltılarıyla doldu. Artık mutluluğunu gizleyemez bir hale gelmişti ama cevabı vermekten de geri durmadı.

"Bazı insanların gönül dağarcığı küçüktür, bir testi suyla doyar; bazılarınınki ise sonsuzdur, okyanuslar bile onların susuzluğunu gideremez. Bayezid susuzluğunu bir yudum suyla giderdi ve övünerek suya kandığından dem vurdu. Hazreti Mustafa'ya gelince (selam onun üzerine olsun) o müthiş bir kanmazlık hastalığına tutulmuştu. Sular içinde susuzluktan kavruluyordu. O her gün, daha çok görüyor, daha çok anlıyor, daha çok biliyordu ama gördükçe görecekleri artıyor, bildikçe bilmedikleri çoğalıyor, anladıkça anlamadıkları büyüyordu. Bu sebeptendir ki, 'Biz seni layıkıyla bilemedik' diye buyurmuştur."

Gözlerimden süzülen yaşları silmeye bile fırsat bulamadım. İşte buydu Âdem Hazretleri'nden bu yana aradığım âdem. İşte buydu dört iklim, yedi kıtada bulamadığım. İşte buydu bana vaat edilen. İşte buydu Allah'ın gizli sevgililerinin en kutsalı.

"Allaaah!" diye bir çığlık yükseldi. Gırtlağımdan mı? Aklımdan mı? Gönlümden mi? Benden mi? Yoksa kimden?

17
İki denizin buluştuğu yer

"Kimya... Karen Kimya... Miss Karen..."

Karanlıkta biri adımı söylüyordu. Ses uzaktı, derin bir kuyunun içinden gelirmiş gibi uğultuluydu. Göz kapaklarımı araladım, beyaz bir ışık çarptı yüzüme. Beyaz, çiğ bir ışık yaktı gözlerimi. Kapadım.

"Miss Karen... Miss Karen..."

Ses artık uğultusundan kurtulmuştu, uzaktan değil yakından geliyordu, üstelik tanıdıktı.

"Kendine geliyor" dedi hiç işitmediğim başka bir ses. "Çekilin nefes alsın biraz."

Yeniden araladım kirpiklerimi. Işık bu defa daha az yaktı gözlerimi. Başucumda beyaz önlüklü bir adam vardı, hemen ardında Mennan'ın endişeli yüzü görünüyordu. Adamın uyarısına aldırmadan yaklaştı tombul iş arkadaşım.

"Miss Karen... Miss Karen iyi misiniz?"

Yüzü gibi sesi de gergindi. Beyaz ışığın egemen olduğu odaya baktım. Resimsiz, dolapsız, dekorsuz çırılçıplak kül rengi duvarlar. Ağır bir ilaç kokusu geliyordu bir yerlerden. Baktım, sağ koluma bağlanmış bir serum şişesi.

"Nerdeyim ben?"

"Polikliniktesiniz, baygınlık geçirdiniz" dedi önlüklü adam aksanlı bir İngilizceyle. Neden İngilizce konuşuyordu bu adam? Gerçekten burası neresiydi?

"Ne polikliniği, ne baygınlığı? Nereye getirdiniz beni?"

Sözler ağzımdan çıkarken ben de İngilizce konuştuğumu fark ettim. Ayılırken kendiliğimden anadilimde konuşmaya başlamıştım demek.

İri parmaklarını çaresizce birbirine geçirerek anadilinde açıkladı Mennan:

"Küçük bir hastanedesiniz. Kaldırımda baygın yatarken bulmuşlar sizi. Ne kadar baygın kaldığınızı bilmiyoruz."

O konuşurken, yaşadıklarım yeniden gözümün önünde canlanıverdi. Restoranın önündeki ağız dalaşı, sakallı adamı görmem, peşi sıra koşturmam, elektriklerin kesilmesi ve Şems'e dönüşmem. Evet, gerçekten de kendimi onun gibi hissetmiştim. Hissetmek mi, hayır bizzat Şems-i Tebrizi olmuştum, ne Karen kalmıştı, ne bugünkü dünya. Tuhaf olan şimdi de Şems'in yaşadıklarını olduğu gibi hatırlamamdı. Katırın üzerindeki adamın insanı bilinmeyen bir güzelliğe çağıran ışıltılı gözleri aklımdan hiç çıkmıyordu. En son, "Allah!" diye çığlık atarak bayılmıştım ya da Şems bayılmıştı ya da ikimiz birden. Ondan sonrası karanlıktı işte.

"Kimse saldırganı da görmemiş" diyen Mennan'ın sözleriyle irkildim. "Her taraf karanlıkmış tabii."

"Ne saldırganı?" diyerek yattığım yerden doğrulmaya çalıştım. Artık ben de Türkçe konuşuyordum. "Ne diyorsunuz siz?"

Önlüklü adam, usulca omuzlarımdan yakalayarak engel oldu bana. Doğrulunca yüzünü yakından gördüm; solgun yeşil gözleri vardı ve burnunun sağ kanadının hemen dibinde kocaman kahverengi bir et beni. Son olarak beyaz önlüğünün cebinin üstüne asılı kimlik kartını okuyabildim. Dr. Bülent Aslan.

"Ani hareketler yapmazsanız iyi olur" dedi. Artık o da Türkçe konuşuyordu. "Yavaş hareket edin lütfen."

Yeniden yatağa uzandım ama içimde büyüyen paniğe engel olamıyordum.

"Ne oldu bana? Neyim var?"

Mennan'a bakarak sormuştum, Doktor Bülent ondan önce davrandı.

"Önemli bir şeyiniz yok aslında. Sadece düşmüşsünüz, başınızın herhangi bir yerinde yara bere de yok. Boynunuz incinmiş biraz. Bebek de gayet iyi. Hiçbir sorun yok."

Evet, artık düşünmem gereken bir de bebek vardı değil mi? Hâlâ alışamamıştım hamile olduğuma. Ama bebeğin iyi olduğuna sevindim.

"Aslında bayılmış olmanız tuhaf" diye sürdürdü Doktor Bülent. "Belki bir şoka girdiniz. Gerekli tetkikleri yaptık, kaygılanacak bir durum yok. Serum bağladık, birazdan kendinize gelirsiniz."

Gerçekte ne olmuştu bana? Kendine Şems diyen o adamla yedi yüz küsur yıl öncesine gitmiş miydim? Yoksa gittiğim lokantada yediğim fırın kebabına, salataya bir şeyler mi katmışlardı? Daha neler! Bütün Konya sözleşmiş gibi yediğime, içtiğime ilaç katarak halüsinasyon görmemi mi istiyordu? Paranoyanın bu kadarı da fazlaydı. Fazlaydı ama, ya yaşadıklarım hangi akla mantığa sığardı? Bir de saldırıdan bahsediyorlardı, öyle bir şey hatırlamıyordum.

"Saldırı dediniz" diye Mennan'a baktım. "Ne saldırısı?"

Tombul yüzü sıkıntıyla karardı.

"Elektrikler kesildiğinde birinin size saldırmış olabileceğini düşünüyoruz."

"Elektrikler" diye söylendim heyecanla. "Gerçekten de elektrikler kesildi değil mi?"

Yine tuhaf tuhaf konuşmaya başladı bu kadın der gibi baktı yüzüme.

"Kesildi tabii, şehir trafosunda büyük bir arıza çıkmış. Konya'nın büyük bir kısmı karanlıkta kaldı. Herhalde o sırada ayağınız bir yere takıldı düştünüz. Ya da..."

Sözlerini ben tamamladım.

"Ya da karanlıkta biri bana saldırdı."

Sanki bu düşünce ona ait değilmiş gibi gözlerini iri iri açarak sordu:

"Öyle mi oldu?"

Ne söyleyecektim şimdi bu adama? Neler olduğunu ben de bilmiyordum ki. Yedi yüz küsur yıl öncesine giderek, Şems-i Tebrizi ile Mevlâna Celaleddin Rumî'nin buluşmasına tanıklık ettim, üstelik bir ruh göçü yaşayarak, bu buluşmada Şems-i Tebrizi'ye dönüştüm desem, hiç duraksamadan bu kadın kafayı yemiş derdi. Doktorumuz da hemen onaylardı; normal, kafasını çarptı ya, travma geçiriyor diye.

"Hayır" dedim başımı sallayarak. Kıpırdayınca derin bir acı hissettim ensemde. "Ahh."

"İyi misiniz?"

Doktor Bülent'ti soran. Sakindi, mesleki bir ilgiyle bakıyordu yüzüme.

"İyiyim." Hareketsiz kalınca acı geçmişti. "Şimdi daha iyiyim."

"Canınızın yanması normal. İyileşmesi birkaç gün sürer. Size ağrı kesici bir hap verdim."

"İlaç bende" diyerek araya girdi Mennan ama sağlık durumumdan çok başıma neler geldiğiyle ilgiliydi. "Miss Karen, nasıl düştüğünüzü hatırlıyor musunuz?"

"Hatırlamıyorum" dedim başımı kıpırdatmamaya özen göstererek, "Elektriklerin kesildiğini hatırlıyorum sadece. Ansızın bütün dünya karardı. Hiçbir şey görmedim, düştüğümü ya da birinin bana vurduğunu bile hissetmedim. Gözümü açtığımda buradaydım."

Mennan bir günlük sakalın gölgelediği çenesini kaşıdı, "Sizi baygın buldukları yer de ilginç" dedi. Aklının bir konuya takıldığı belliydi. Ama konuya nasıl gireceğini bilemiyor gibiydi.

Yine de kendini tutamayarak açıkladı: "Oraya Merec-el Bahreyn diyorlar."

"Ne?"

Heyecan içinde, adeta kutsal bir sözcük söylermiş gibi, "Merec-el Bahreyn" diye yineledi. "Yani iki denizin buluştuğu yer. Aslında bu deyim Kuran'da geçer. 'Yaradan, acı ve tatlı sulu iki denizi buluşturdu' denmektedir. Kuran'dan esinlenenler de Şems-i Tebrizi ile Mevlâna'nın Konya'da ilk karşılaştığı noktaya 'Merec-el Bahreyn' demişler."

Eğer o buluşmayı bizzat yaşamasaydım, yine bir numara çeviriyor bunlar diyerek akla dayalı bir neden arardım ama kahretsin, o saçmalıkların hepsini gözlerimle görmüş, kulaklarımla duymuş, olan biten her şeyi ta içimde hissetmiştim. Yaşadığım sıra dışı olayın gerçek olduğunun kanıtını sunan Mennan'a bu yüzden karşı çıkamadım. Benim yerime beyaz önlüklü doktorumuz yaptı bu işi.

"Ne ilgisi var?" diyerek ters ters baktı. "Yüzlerce yıl önce olmuş bir olay ile Miss Karen'ın bayılması arasında nasıl bir bağlantı olabilir?"

Mennan'ın yine inadı tutmuştu, adamı ikna etmeye çalıştı.

"Öyle demeyin Doktor Bey, Miss Karen Konya'ya ilk geldiğinde Şems-i Tebrizi Hazretleri'nin türbesinin önünde lastiğimiz patladı."

Doktorun dudaklarında küçümseyen bir ifade belirdi. "Lütfen" diye kesti sözünü, "Hangi çağda yaşıyoruz? Kendi kendinize hayaller kurarak hastamızın da kafasını karıştırmayın." Bana bakarak sürdürdü sözlerini. "Bunlar saçma sapan laflar Miss Karen. Olayın açıklaması son derece basit. Belli ki elektriklerin kesilmesini fırsat bilen bir kapkaççı çantanızı çalmak istedi. Çantayı çekerken dengeniz bozuldu, yere düştünüz."

Çanta mı, ne diyordu bu adam? Kaygıyla etrafa bakındım.

"Çantam, çantam mı çalındı?"

Sanki kendisi almış gibi yüzü kıpkırmızı oldu Mennan'ın.

"Çantanızı bulduk. İplikçi Camii'nin bahçesine atılmış ama..."

"Ama..."

"Ne yazık ki, cüzdanınız ve pasaportunuz içinde yoktu."

İşte bu şahaneydi. Yabancı bir ülkeye gittiğimde en çok korktuğum şey sonunda başıma gelmişti, pasaportsuz kalmıştım. Bir an önce İngiliz Konsolosluğu'yla bağlantı kurup yeni pasaport ya da bir uçuş belgesi istemeliydim. Belki hemen aramalıydım onları. Cep telefonum neredeydi acaba? Aklıma gelen olasılık fena halde canımı sıktı. Endişeyle söylendim.

"Cep telefonum, yoksa o da mı?"

Mennan güzel bir haberi verir gibi çocukça gülümsedi. "Merak etmeyin, telefonunuzu ceketinizin cebinde bulduk."

Derin bir "Oh!" çektim. "Bu iyi haber işte."

Hiç değilse telefonum yanımdaydı ama pasaportu düşününce yine panikledim. Doktorun uyarısını unutarak doğruldum.

"Ama pasaportum, onu bulmamız gerek."

"Polis araştırıyor" diye yatıştırmaya çalıştı beni Mennan. "Şu anda şehri didik didik arıyorlar. Zaten bana da onlar haber verdi. Çantanızda kartımı bulmuşlar."

İş polise kaldıysa durum kötüydü. Çalınanların bulunması günler sürebilirdi, hemen otele gidip İngiliz yetkililerle temasa geçmeliydim, belki de Simon'a haber vermeliydim, evet o, daha kolay hallederdi bu işi. Bakışlarım serum takılı sağ elime kaydı. Parmaklarım çıplaktı. Yüzük. Evet, yüzük de yoktu. Belki de serum bağlarken çıkarmışlardı yüzüğü. Umutla doktora döndüm.

"Yüzük, sağ elimde gümüş bir yüzük olmalıydı."

Doktor Bülent ne dediğimi anlamamıştı bile, Mennan ise anında pür dikkat kesilmişti.

"Şu kanayan yüzük mü?"

Nasıl da kaptırmıştı kendini olayın akışına, az önce başıma gelenleri yaşamamış olsam, tıpkı bu sabahki gibi o yüzük kanamıyor, boyası akmıştı derdim ama artık bunu söyleyemiyordum.

"Evet, yüzük parmağımdaydı."

Kanayan yüzük, iki denizin buluşması, Şems-i Tebrizi; bizim doktorun kafası iyice karışmıştı.

"Siz iyi misiniz?" diye sordu asık bir suratla. Kibarlığından, aklınızı kaçırmış gibi konuşuyorsunuz diyemiyordu. "Başınız filan dönmüyor değil mi?"

"Yok, yok iyiyim. İyiyim de yüzüğüm... Çok sevdiğim bir yüzüktü, onu da çalmışlar."

"Üzüldüm" dedi doktor, artık benden de Mennan'ın tuhaf konuşmalarından da sıkılmıştı. "Bana ihtiyacınız yoksa odama geçeceğim."

"Teşekkür ederiz" dedim dudaklarımda minnettar bir gülümsemeyle. "Tabii gidebilirsiniz, peki ben ne zaman çıkacağım?"

Sanki bakışlarıyla durumumu anlayacakmış gibi şöyle bir süzdü beni.

"Kendinizi iyi hissediyorsanız, serumunuz bitince çıkabilirsiniz. Ama dışarıda ifadenizi almak için bir polis memuru bekliyor. Otelinize gidince de lütfen yavaş hareket edin." Cebinden çıkardığı kartı uzattı. "Eğer mideniz bulanırsa ya da kendinizi kötü hissederseniz hemen arayın."

Benim yerime Mennan aldı kartı ve benim yerime yanıtladı doktoru.

"Merak etmeyin, inşallah bir şey olmayacak ama olursa hemen sizi ararız."

Odada ikimiz kalınca, "Neyse ki bir şeyiniz yok Miss Karen" dedi Mennan.

Gerginliği odadan çıkan doktorla birlikte kaybolmuş gibiydi. Hani yabancılar gider de yakınlarınızla birlikte kaldığınızda içinizde derin bir rahatlık hissedersiniz ya, sanırım o da şu anda öyle hissediyordu. Benim de aynı halde olduğumu düşünüyor olmalı ki, sırrımı onunla paylaşacağımı sandı. "Sahiden ne olup bittiğini hatırlamıyor musunuz?"

"Hatırlamıyorum. Hatırlamam mı gerek?"

"Hayır... Yani belki size saldıran kişiyi görmüşsünüzdür. Belki tanıdığınız biridir."

Ne ima etmek istiyordu bu şimdi?

"Nasıl tanıdık biri? Bildiğiniz bir şey mi var?"

"Yok canım, nereden olsun?"

Ama bildiği, en azından aklını kurcalayan bir şey olduğundan emindim. Yanılmıyordum, çok bekletmeden açıkladı.

"Aslında birinden kuşkulanıyorum. Bu öğleden sonraki konuşmayı hatırladım da."

"Hangi konuşmayı?"

"Yangın yerindekini... Yakut Otel'e gittik ya öğleden sonra."
"Eee..."
"Serhad denen şu serseri, hani bize sinirlendi ya."
"Yani, o mu saldırdı bana diyorsun?"
Alt dudağını çiğnemeye başlamıştı.
"Ziya Bey dürüst insandır, ona sözüm yok ama bu Serhad tam bir pisliktir. Yanındaki Kel Cavit de öyle." Hatırlamadığımı sanarak açıkladı. "Hani Mercedes'in kapı kollarını silen şu temizlik manyağı. İkisi de güvenilir adamlar değiller. Her şey beklenir onlardan. Yani diyorum, size sinirlenince..."
Beni de bahane ederek Serhad'dan intikam almaya mı çalışıyordu, yoksa gerçekten inanıyor muydu söylediklerine? Ayrıca hiç de mantık dışı değildi sözleri. Her ne kadar hâlâ Ziya Bey'i korumaya çalışsa da bu geceki saldırıyı, -tabii böyle bir saldırı olduysa Serhad ya da öteki adamın yapmış olması pekâlâ mümkündü. Beni korkutup Konya'dan uzaklaşmamı sağlamak istemiş olabilirlerdi. Bu durumda onun Ziya'nın adamı olmadığını kabul etmem gerekiyordu. Dönüp Mennan'a baktım. Başından beri boş yere mi kuşkulanmıştım bu adamdan? Karar vermek zordu.
"Sanmıyorum" diye yanıtladım Mennan'ı. "Öyle olsa bile ben kimseyi görmedim. Ne Serhad'ı, ne de yanındaki Cavit'i. Neler olup bittiğini bilmiyorum. Ve çok yorgunum. Artık bir şey düşünmek istemiyorum."
Bakışlarım son damlaları düşmekte olan serum şişesine kaydı.
"Şu meret bitse de gitsek" diye mırıldandım. Konunun değişmesinden hoşlanmamıştı. Serhad'ı suçlasaydım eminim çok memnun olacaktı. Ama onu mutlu etmek için birilerine iftira atacak halim yoktu.
"Sahi, polikliniğin ücretini nereye ödeyeceğiz?" diye sordum.
Yüzünde yaramazlık yapmış çocuklarınki gibi muzip bir ifade belirdi, iş bilir birinin özgüveniyle sağ elini usulca kaldırarak yanıtladı sözlerimi.
"Merak etmeyin, o iş halledildi."

Türklerin hiç anlamadığım özelliklerinden biriydi bu. Hiç gereği yokken sizin için fedakârlık yapacak, bir şey ikram edecek ya da burada olduğu gibi illa faturayı o ödeyecek. İçlerinden gelen bir iyilik dürtüsü mü? Yoksa gösteriş için yapılan sahte bir bonkörlük mü? Mennan'ın yeşil gözlerindeki masum ifade, sanki ilk seçeneğin doğru olduğunu söylüyordu; öyle ya da böyle benim tedavi masraflarımı onun ödemesine izin veremezdim.

"Olmaz Mennan Bey" dedim kesin bir tavırla. "Kabul edemem. Hem masraflarımın hepsi şirket tarafından ödeniyor. Siz sigorta şirketinden daha mı zenginsiniz?"

Alnındaki ter damlalarını mendiliyle kurularken yanıtladı. "Ama, siz benim misafirimsiniz."

Olanlar sinirlerimi bozmuştu, hiç gerek yokken çıkışmaya başladım.

"Hayır, ben kimsenin misafiri değilim." Kaşlarım çatılmış, yüzüm gerilmişti. "Ben buraya bir iş için geldim. Teşekkür ederim, bana çok yardımcı oldunuz ama siz de işinizi yapıyorsunuz."

Bakışlarını kaçırdı, uysalca teslim oldu.

"Peki, faturayı sonra veririm size."

Al al olmuş tombul yanakları üzüntüyle yana sarkmıştı. Üzüldüm kaba davrandığıma.

"Sağ olun Mennan Bey. Zaten şu anda istesem de ödeyemem. Biliyorsunuz cüzdanım çalındı. Sonra hesaplaşırız."

Gülümseyerek omuzuna dokundum.

"Hem bana hâlâ bir akşam yemeği borcunuz var. Unuttum sanmayın sakın."

Hemen geçti alınganlığı, yüzü ışıdı.

"Ne zaman isterseniz." Gözlerindeki parıltı arttı, iyice uçarılaştı. "Hatta açsanız şimdi..."

"Yok, yok teşekkür ederim, karnım tok. Daha sonra."

Her zamanki ivecenliğiyle toparlandı.

"Ben gidip dışarıdaki polis memuruyla bir konuşayım. Sizi yormadan şu ifade işini halledelim. Sonra da otele döneriz."

18
İnsanoğlunun en büyük sırrı beyindir

Karanlığa bürünmüş Konya'nın insanlardan, araçlardan arınmış, sessiz caddelerinden geçerek otele vardığımızda vakit gece yarısını bulmuştu. Arabada cep telefonumdan Simon'ı aramış, durumu anlatmıştım. Kaygılanmıştı; ses tonunda bir parça suçluluk duygusu bile hissetmiştim.

"Merak etme" demişti, "Yarın sabah başkonsolosluğu arar, sana yeni bir pasaport hazırlamaları için başvuruda bulunurum... Sen iyisin değil mi?"

"İdare eder" demiştim, "Doktor gerekenleri yaptı."

Eğer kendini kötü hissediyorsan işi bırak gel, demesini beklemiştim ama söylemedi. Hiçbir zaman söylemezdi. İş işti; yapılması gereken yapılmalıydı. Gerçi Simon, "Bu iş tehlikeli olmaya başladı, hemen Londra'ya dön" dese yapar mıydım, bilmiyorum. Evet, garip olaylar dönüyordu etrafımda, evet, neler olup bittiğini anlayamıyordum, evet, korkuyordum. Yine de olanlar tuhaf bir şekilde ilgimi çekiyordu, bütün bunlar nereye varacak diye merak etmekten kendimi alamıyordum. Üstelik, nasıl olduğunu henüz çözemesem de bu yaşananların bir şekilde babamla ilgisi olduğunu hissediyordum.

Otelin kapısında Mennan'ın, "İsterseniz ben de bir oda tutayım, ihtiyacınız olursa yanınızda olmamda yarar var" demesine aldırmadan, onu evine yolladıktan sonra resepsiyona yöneldim. Dün geceki meraklı görevli vardı yine.

"Hoş geldiniz Miss Karen" dedi gözlerini ilgiyle yüzüme dikerek. "Umarım gününüz iyi geçmiştir."

Soğuk bir gülümsemeyle, "İyi geçti, teşekkür ederim" diyerek aceleyle asansöre yöneldim. Yukarı çıkıp koridorun alacakaranlığında anahtarı odamın kilidine sokarken bir ürperti dalgası kapladı bedenimi. Ya içeride o siyahlar giymiş dervişin sesini yeniden duyarsam, ya yine aynı kâbusları görürsem? Odaya girsem mi, girmesem mi? Kararsız kaldım; keşke Mennan'ı göndermeseydim diye düşündüm. Yok daha neler, oldu olacak adamı yatağıma alıp yatsaydım. Kötü düşünceleri kafamdan uzaklaştırmaya çalışarak çevirdim anahtarı. Sessizce açıldı kapı. Oda karanlık değildi; Sultan Selim Camii'den yansıyan sarı ışık, içeriyi belli belirsiz aydınlatıyor, yemeğe çıkarken öylece bıraktığım dağınık yatak, simsiyah bir boşluk gibi görünen ayna, üzerinde bilgisayarımın durduğu küçük masa olduğu gibi seçiliyordu. Yine de kapıyı kapatmadan önce ışıkları yaktım. Bütün ıssızlığı ve kederiyle ortaya çıkıverdi oda. Ne kadar gösterişli, ne kadar iyi döşenmiş olsa da bütün otel odalarının ortak yazgısıdır bu ıssızlık, bu insanın içine işleyen keder. Ama şu anda bu tatsız atmosfer umurumda bile değildi. İçimdeki korku o kadar yoğundu ki, odanın ışıklarını yakmış olmam beni rahatlatmadı, banyoya geçtim, hemen elektrik düğmesine dokundum. Bomboştu, duvardaki beyaz fayanslar kadar soğuktu, duyulan tek ses, kim bilir hangi odada banyo yapan bir müşterinin kullandığı suyun borulardan akan boğuk gürültüsüydü. Banyonun ışığını kapatmadan odaya döndüm. Artık kendimi güvende hissediyordum. Bir de şu boynumu her kıpırdatışımda bütün bedenime yayılan ağrı olmasa. Başım da dönmeye başlamıştı. Hemen yatağa uzandım. Şimdi kendimi daha iyi hissediyordum. Ama çok sürmedi yine Şems'i hatırladım. Bu gece onunla yaşadıklarımı ya da onun bana yaşattıklarını. Sakince düşünmeye çalıştım. Gerçekten de öyle mi olmuştu? Her şey elektriklerin kesilmesiyle başlamıştı. Her tarafın zifiri karanlığa büründüğü an, benim kendimden geçtiğim andı. Çantamın çalındığı, benim düşüp bayıldığım an. İşte o baygınlık anımda da hayal dünyamda Şems ile Mevlâna'yı buluşturuvermiştim. Bunu nasıl yapabilirdim ki? Onların ilk kez nerede, nasıl buluştuklarını, birbirlerine ne söylediklerini bile bilmiyordum. Bilmiyor muydum? Babam anlatmış olamaz mıydı? Belki de kullanmadığım için bu bilgileri unutmuş ama Konya'ya gelince de öğrendiklerimi yeniden hatırlamıştım. Bayıldığım anda da babamın anlattıkları belleğimde yeniden uyanmıştı. İnsan beyninin gizeminin tümüyle çözülememiş olduğundan söz etmiyor muydu annem?

"İnsanoğlunun en büyük sırrı beynidir. Beynin çalışma biçimi ve kapasitesi tümüyle bilinmemektedir. Genlerimizden gelen bilgiler, duyularımızla algıladıklarımız, deneyimlerle öğrendiğimiz milyonlarca bilginin ne kadarının farkındayız? Duyduğumuz, gördüğümüz, hissettiğimiz, tattığımız, dokunarak farkına vardığımız bilgilerden sıkça kullanmadıklarımız nerede duruyor? Zihnimiz bunların ne kadarını siliyor, ne kadarını depoluyor? İşte büyük bulmaca."

Ne geçmişten gelen Şems-i Tebrizi, ne otel yangınından yüklü tazminat koparmak peşinde olan Ziya ve adamları, ne de bizim sinirlendikçe şıpır şıpır terleyen Mennan, belki de olanların tek sorumlusu bendim, benim şu karmaşık beynimdi. Beynimizin ne kadarı bilincimizin denetimindeydi ya da bilinçaltımızın veya güdülerimizin? İşte annemin bahsettiği büyük bulmacanın ayrıntıları. Birden rahatladım. Çünkü artık mantıklı bir açıklama vardı elimde. Ama bir dakika... Bu durumda Ziya masum mu oluyordu? Elbette hayır, o başka bir konu. En ince ayrıntısına kadar soruşturulması gerekiyordu. Hatta bizim Mennan bile suçlu olabilirdi. Yarın, yangını uzaylılar çıkardı diyen şu Kadir adındaki işçiyle görüşmek bu yüzden çok önemliydi. Aklını kaçırmış olsa bile Kadir artık Ziya'nın adamı değildi. Nezihe ile Serhad'ın saklamaya çalıştığı bir bilgi varsa ondan öğrenebilirdik.

Bakışlarım, çamuru kurumuş toz içindeki kot pantolonuma kaydı, deri ceketimin de ondan farkı yoktu. Yavaşça yataktan doğruldum, üzerimdekileri çıkardım. Banyoya geçtim, duş almak niyetindeydim. Ya kendimi kaybeder de düşersem diye çekinerek vazgeçtim. Duşu sabah alırdım; sadece yüzümü, ellerimi, ayaklarımı yıkamakla yetindim. Yeniden odaya döndüm, pijamalarımı giydim ama uykum yoktu. Doktorun verdiği ağrı kesici haplardan uyumama yardım ederdi. Çantama uzandım, ilaç şişesini çıkardım, hapları avucuma döktüm, ansızın bebek aklıma geldi. Ya ağrı kesici ona zarar verirse? Hiç düşünmeden hapları yerine koydum.

Ne yapıyordum ben? Sahiden doğuracak mıydım bu bebeği? Bebek derken bile kendimi yabancı hissediyordum, öte yandan kürtajı düşünmek korkunçtu. İlk kürtaj olduğumda da kendimi çok kötü hissetmiştim. Bacaklarımın arasında, karnımda, kalbimde, kafatasımın içinde kocaman bir boşluk. Çok gençtim o zamanlar, çok deneyimsiz ama daha güçlü. Şimdi daha fazla yaralanacakmışım gibi geliyor bana, daha fazla incinecekmişim gibi. Belki de bu yüzden daha çok korkuyorum. Fakat önünde sonunda bir karar vermem gerekiyor. Londra'ya döndüğümde Nigel'a açıklayacağım bir karar. Belki de ilişkimizi derinden etkileyecek bir karar. Telefonun sesiyle bölündü can sıkıcı düşüncelerim. Mennan mı arıyordu? Açtım; annemin neşeli sesi çınladı kulaklarımda.

"Alo Karen?"

"Alo anne, iyi misin?"

"İyiyim, iyiyim. Uyandırmadım değil mi?" Sorusunu yanıtlamama fırsat bile vermeden sürdürdü sözlerini. "Senin şu Nigel muhteşem bir insan. Bak söylüyorum, onu kaçırırsan seni asla affetmem."

"Merak etme anneciğim, kaçırmaya niyetim yok. Tabii o beni istemezse..."

"Saçmalama, sana deli gibi âşık. Akşam üzeri beni aradı. Bil bakalım ne dedi?"

Aferin Nigel'a, vakit geçirmeden yemeğe çağırmış olmalıydı annemi, tabii bilmezden geldim.

"Ne dedi?"

"Yemeğe davet etti. Hem de şu çok sevdiğim kulübe götürecek. Hani en son seninle gitmiştik ya..."

"Kulüp 606 mı?"

"Evet, şu Chelsea'deki yer. Hâlâ o Fransız aşçı var değil mi mutfağın başında?"

"Epeydir gitmedik ama sanırım orada."

Neşeyle kıkırdadı.

"Yokluğunda seni de çekiştiririz biraz."

Ne olmuştu anneme böyle? Nerden geliyordu bu neşe? Çok sürmedi anlamam.

"Anne kafayı mı çektin sen?"

Yaramaz bir çocuk gibi kısık sesle güldü.

"Kim? Ben mi? İftira etme yaşlı annene."

"Hani içmeyecektin? Doktor yasaklamıştı sana."

Sesi ansızın ciddileşti.

"Doktorların canı cehenneme" diye gürledi. "Matt'e bir sürü şeyi yasakladılar. Ne oldu? Üç ay fazla yaşadı. Ona da yaşamak denirse. Hastane köşelerinde süründü zavallı. Ama o çok sevdiği purosunu bile son bir kez içemeden gitti. Bana doktorlardan söz etme Karen. Onların bir bok bildikleri yok. Hem fazla içmiyorum ki, iki kadehçik..."

Pek öyle iki kadehlik bir sarhoşluğa benzemiyordu bu. Şeker hastasıydı annem, üstelik yüksek tansiyonu da vardı. En son kalp büyümesi teşhisi koymuştu doktorlar.

"Anneciğim niye böyle yapıyorsun? İntihar etmek gibi bir şey bu. Kendini ağır ağır öldürüyorsun."

Küskün, kırgın mırıldandı.

"Belki birden yapamadığımdandır."

Bu halimde bir de onunla uğraşmak zorundaydım. "Böyle konuşma lütfen" diye çıkıştım. "Niye intihar edecekmişsin? Ne derdin var?"

"Ne derdim olacak?" Sesi isyan yüklüydü. "Görmüyor musun, sevdiğim insanlar birer birer bırakıp gidiyor beni. Önce baban, sonra Matt, tek başıma kaldım şu koca dünyada."

"Tek başına olur mu? Ben varım ya?"

"Sen... Sen şahane bir kızsın ama senin kendi hayatın var. Onu yaşamalısın. Artık ta Konyalar'dan beni düşünmeyi bırak."

İyice duygusallaşmıştı sesi, neredeyse ağlayacaktı. Nesi vardı bu kadının?

"Ne demek istiyorsun anne?"

"Nigel'a yemek davetini ben söylemedim deme sakın. Bunu anlamayacak kadar yaşlanmadım daha."

"Tabii söylemedim..."

"Karen yapma! Yalan söylemeyi bile beceremiyorsun. Hiç beceremedin zaten. Bu tarafın babana çekmiş. Nigel'a beni aramasını sen söyledin. Üstelik iyi de yaptın. Aklına gelse eminim Nigel kendiliğinden çağırırdı. Ama erkekleri bilirsin, biraz hıyar olurlar. Hatırlatmak gerekir, sen de hatırlatmışsın. İnkâr etme şimdi. Hem hoşuma da gitti teklifi. Bilirsin, senin yakışıklı zencini severim. Şaka bir yana iyi adamdır Nigel. Günümüzde az bulunur türden bir adam."

"Anneciğim lütfen içme" diye yalvardım. "Kendin için yapmıyorsan benim için yap. Bak, çok üzülüyorum."

"Üzülecek bir şey yok tatlım" dedi sesine metin bir ton vermeye çalışarak. "Ben iyiyim. Çok da içmedim. Gerçekten, hepi topu iki bardak. Tamam, dört diyelim. Daha fazla değil. Ve artık içmeyeceğim. Telefonu kapatınca kafayı vurup yatacağım. Ee sen ne yapıyorsun? Nasıl gidiyor Konya maceran? Çok değişmiş mi o mistik şehir?"

Sesi özlem yüklüydü, eski günleri hatırlamış olmalıydı.

"Değişmiş galiba. Geniş caddeler açmışlar, bazı yerlerde yüksek binalar var."

"Her şeyi öldürüyorlar" diye mırıldandı umutsuzca, "Eskinin bütün güzelliklerini öldürüyorlar. Üstelik bunu dünyanın her yerinde yapıyorlar. Hoyratça, acımasızca, barbarca. Birileri çıksa da dünyayı insanlardan kurtarsa diye düşünüyorum bazen. Biri çıksa da şu güzelim yeryüzünü elimizden alsa."

"Yok, Konya o kadar kötü değil aslında. Eski yapıların önemli bir kısmını korumuşlar. Geniş, aydınlık caddeleri var. Mevlâna Türbesi'ne sahip çıkmışlar, önündeki camiye de."

"Dergâh duruyor mu?"

Babamla birlikte gittiğimiz, bahçesinde sarıklı mezar taşlarının bulunduğu evden bahsediyor olmalıydı ama onu konuşturmak için anlamamazlıktan geldim.

"Hangi dergâh?"

"Hatırlamıyor musun? Babanın evi olan dergâh. Mevlevihane. Babanı ilk orada görmüştüm. Orada dans ederdi."

Mennan'ın sözlerini hatırladım: "Mevleviler semaya dans denmesini sevmezler" demişti.

"Sema mı demek istiyorsun?"

Yapmacık bir tavırla beni taklit ederek söylendi.

"Sema demek istiyorum." Sesinde tatlı bir sevinç belirmişti. "Babasının kızı. Poyraz da bozulurdu semaya dans dememe."

"Ben de o dergâhı gördüm mü anne? Ciddi soruyorum, hatırlamıyorum da."

"Görmedin mi? Ne bileyim tatlım, biz birlikte Konya'ya hiç gitmedik ki. Ama baban mutlaka götürmüştür seni. Çünkü onun evi orasıydı."

"Evi mi?"

"Evet, onun gerçek evi orasıydı. Bunu da hatırlamıyorum deme sakın."

Suskun kalınca yapmacık, küçük bir çığlık attı.

"Ay Karen, sen benden önce bunayacaksın kızım. Hani babanı küçük bir bebekken o dergâhın kapısına bırakmışlar... Hatırladın mı?"

Hayır, gerçekten hatırlamıyordum, galiba bilinçaltım babama ait kimi bilgileri silip atmıştı ya da o kadar derinlere itmişti ki ancak bilincimi yitirdiğimde su yüzüne çıkabiliyorlardı.

"Belki biraz anlatırsan aklıma gelir."

Sesimden samimi olduğumu anladı.

"Tuhaf" diye mırıldandı şaşkınlıkla, "Nasıl hatırlamazsın? Defalarca konuşulmuştur bu konu. Babanın ismi de oradan gelir."

"Nereden gelir?"

"Sahiden hatırlamıyorsun. Tuhaf!"

Öyleydi ama bunu duymak hiçbir sorunu çözmediği gibi, hiç de hoşuma gitmiyordu.

"Tuhaf ama unutmuşum işte" diye söylendim. "Nerden geliyormuş babamın ismi, anlat da öğreneyim bari."

"Tamam, tamam anlatıyorum."

Sanki ayılmış gibiydi. Belki de doğru söylüyordu, gerçekten de çok içmemişti.

"Şimdi, baban daha bebekken, ailesi kim bilir hangi nedenden dolayı, onu bir sepetin içinde dergâhın önüne bırakmış. Aralığın son günleriymiş. Korkunç bir soğuk varmış dışarıda. Eğer talihsiz bebek bir saat daha kalsa donup ölürmüş. Ama nereden bilinmez, bir poyraz çıkmış. Ve başlamış dergâhın tahta kapısını dövmeye. Acele yardım isteyen biri gibi telaşla ve sertçe vuruyormuş kapıya. İçerideki dervişlerden biri sesi duymuş. Gerçekten de kapıda biri var sanmış. Kapıyı açmış ki, sepetin içinde minicik bir bebek. Yani senin baban. Derviş hemen almış bebeği içeri. Olayı duyan dergâhtakiler, 'Bu bebek bizim uğurumuzdur' demişler. Hikmet adında bir şeyh babana sahip çıkmış, onu oğlu gibi büyütmüş. Ve onu kurtaran rüzgâra saygılarını göstermek için de babanın adını Poyraz koymuşlar."

Evet, hayal meyal bir şeyler hatırlar gibi oldum, hatırlamak değil de bölük pörçük fotoğraflar geçti gözümün önünden. İncecik yağan karı bir kamçı gibi savuran sert bir rüzgâr. Yaptığı işten utandığı için yüzünü sadece insanlardan değil, kardan da, rüzgârdan da saklayan bir adam; bebeğin babası. Sepetin içinde, bu acımasız dünyadan da, onu terk etmeye hazırlanan babasından da, kendi çaresizliğinden de habersiz uyuyan bir bebek. İnsanların yaptığı kötülüğe öfkelendiğinden midir, yoksa bebeği kurtarmak istediğinden midir, bütün gücüyle kapıya saldıran deli bir rüzgâr. Küçük Poyraz'ı kurtaran, bir anlamda bana bu hayatı armağan eden rüzgâr. Kapıyı açıp ayaklarının ucundaki sepette bir bebek bulan aydınlık yüzlü bir derviş.

"Babam büyüyüp olanları öğrendiğinde kim bilir nasıl üzülmüştür" diye söylendim.

"Üzülmüştür herhalde" diye onayladı annem. "Ama bu meseleyi dert ettiğini hiç görmedim. Hatta şakaymış gibi söylese de biraz övünürdü galiba. 'Ben, Musa Peygamber gibi sepet içinde keşfe çıkmışım dünyayı, sizin gibi ana kucağında değil.' Belki de böyle söyleyerek başa çıkmaya çalışıyordu acısıyla. Terk edilmek kötü tabii."

Annem sarhoşken bunu söylememeliydim, kendimi tutamadım.

"Ama" dedim, "Sonunda o da bizi terk etti."

Kısa bir sessizlik oldu; derin, ürkütücü, umutsuz bir sessizlik.

"Öyle yaptı... Tanrı'nın cezası herif bizi bırakıp gitti..."

Bir şey demedim, istemediğimden değil, ne diyeceğimi bilemediğimden.

"Yine de kötü düşünme" dedi burnunu çekerek. İşte sonunda ağlatmayı başarmıştım kadını. "Kötü şey söyleme, eminim kendince bir nedeni vardı."

"Evet vardır" dedim içimde baş kaldıran öfkeyi bastırmaya çalışarak, "Eminim onu bebekken dergâhın kapısına bırakanların da kendince bir nedeni vardı."

19
Kendini bilen Allahını bilir

Annemin telefonundan sonra uykum iyice kaçtı. Bilgisayarımı açtım, bugünkü görüşmelerimin notlarını yazdım. Kayıt cihazını çalıştırıp Serhad ile Nezihe'nin neler söylediklerini dinledim. Aslında önemli bir çelişki yoktu. İki nokta dikkatimi çekmişti; ilki, Kadir'in Nezihe'yi yangından kurtarması, ikincisi ise yeniden yangın bölgesine giren Kadir'i, Serhad'ın değil de itfaiyenin kurtarması. Bu iki olay da ifadelerde yer almıyordu. Önemli olmayabilirdi ama araştırmakta yarar vardı. Gizem, çoğu zaman önemsizmiş gibi görünen küçük olayların bir araya gelmesiyle çözülürdü. Yarın sabahki görüşmede Kadir Gemelek'e bu iki konuyu sormak yararlı olabilirdi. Tabii sorularımı anlayabilir ve mantıklı yanıtlar verebilirse. Kayıt cihazını susturdum, bilgisayarımı kapattım, artık dinlenmeliydim, yarın zorlu bir gün beni bekliyordu. Ama uyku nerede? Işıkları kapatıp yatağa uzandım. Şems ile Mevlâna'nın buluşması beliriverdi gözlerimin önünde. İkisi için de bu bir raslantı değil, önceden ayarlanmış bir buluşma gibiydi. Buluşmayı ayarlayan da Tanrı'dan başkası değildi. Ama ilk dilek Şems'ten gelmişti. Dün gece rüyamda gördüğüm gibi Şems, Tanrı'dan gizli sevgililerinden birinin yüzünü kendisine göstermesini istemişti. Üstelik bedel olarak da ortaya kendi başını koyarak. Öte yandan Mevlâna da habersiz değildi bu işten. Öyle olsa buluşmadan yıllar önce Şam'da Şems'in karşısına çıkar, "Ey mana âleminin sarrafı, beni bul" der miydi? Bir yazgıya benziyordu. Her adımı, her bölümü ve finali önceden belli olan; değişmeyen, değiştirilemeyen, sadece boyun eğilen bir yazgı. Şems, Mevlâna'ya bakarken nasıl büyük bir sevgiyle, nasıl büyük bir mutlulukla, nasıl uçarı bir coşkunlukla dolmuştu yüreği. Ben bile Nigel'a bakarken onun kadar etkilenmiyor, onun kadar heyecanlanmıyor, kendimden geçmiyordum.

Nasıl bir sevgiydi bu? Ya Mevlâna Celaleddin Rumî, o neler hissediyordu acaba? Katırın üzerindeki adamın ışıltılar içindeki gözlerini hatırladım. Onun hali Şems'ten daha beterdi; bir tür kendinden geçmişlik, bir tür esriklik yaşıyordu. İki adamın birbirine hissettiği bu güçlü duyguyu nasıl adlandırmalıydı? Nasıl bir bağlılıktı bu, nasıl bir tutku? Tıpkı babam ile Şah Nesim gibi. Şah Nesim'i görünce tıpkı Mevlâna'nın gözlerindeki parıltıya benzer ışıltılar geçiyordu babamın gözlerinden. Ne bana, ne de anneme bakarken öyle tutkuyla parlıyordu gözleri. Şah Nesim'le konuşurken duyduğu heyecanı hiç kimse veremiyordu ona. Evet, Şah Nesim, Şems-i Tebrizi'ydi, babamsa Muhammed Celaleddin. Bu hikâyede ne annemin, ne de benim herhangi bir önemimiz vardı. O yüzden içi sızlamadan bırakıp gitti bizi. Kim bilir Şems ile Mevlâna da nelerden, kimlerden vazgeçtiler aşkları için? Örneğin şu Kimya, Mevlâna neden evlendirmişti evlatlığını Şems'le? Daha da önemlisi, yaşamını Allah'ın sırlarını bulmaya adayan Şems gibi bir sufi, nasıl olmuştu da evlenmişti gencecik bir kızla?

Sorular, yanıtsızlığı kadimleşerek lanetli sırlara dönüşmüş sorular; bildiğim ne varsa hepsinden kuşku duymama yol açan sorular, beynime üşüşerek aklımı karıştıran sorular. Yok, bu gece sorulardan kurtaramayacaktım kendimi. Bu gece uyku yoktu bana. Yatakta doğruldum. Bir yerlerden uğultu halinde açık bir televizyonun sesi geliyordu. İyi fikirdi, ben neden televizyon izlemiyordum? Komodinin üzerinde duran kumanda aletine uzandım. Önce birbirine karışmış renkler belirdi televizyonun ekranında. Görüntünün normal rengini alması için bir dakika kadar beklemek zorunda kaldım. Tanımadığım kadınlar, tanımadığım erkeklerin görüntüsü belirmeye başladı ekranda. Galiba bunlar Türkiye'nin şarkıcıları, aktörleri, aktristleri yani ünlüleriydi. Üst üste dizilmiş bardakları düşürmeden, alttan birini çekmeye çalışıyorlardı.

Arkada da heyecanlı bir gerilim müziği çalıyordu. Hemen değiştirdim; belki bin kere izlediğim *Yurttaş Kane* filminin çok kötü bir kopyası çıktı karşıma. Onu da geçtim. Bu kez bir dizi film vardı ekranda. Kamera öyle hareketliydi ki biraz daha izlesem başım yeniden dönmeye başlayacaktı. Yine bastım kumanda aletinin tuşuna. Önce bir ney sesi doldurdu odayı, sonra görüntü belirdi. Şu anda yattığım yatağın en fazla iki yüz metre ötesindeki bir görüntü: Mevlâna'nın türbesi. Kamera türbenin kapısından geçerek içeri girerken, atmosfere uygun olsun diye sesine ilahi bir ton vermeye çalışan erkek sunucu şiire benzeyen sözler mırıldanmaya başladı:

Ey sırrı araştıran kişi
Can var can içinde, kalbine in de ara
Sen kendi özünü kendinde ara
Ey sırrı araştıran kişi her yerde ara
Lakin o değil dışarıda kendi içinde ara

Şiirle birlikte kamera da türbenin içine girmişti. Sarı kırmızı ışıklarla aydınlanan türbede yan yana, ardı ardına üzerlerine birbirinden güzel yazılar nakşedilmiş mezarlar uzanıyordu.

"O sırrın ne olduğunu ikisinden başkası bilemedi" diye anlatmaya başladı şiirin ardından sunucu. "İkisi de yıllardır birbirini arıyordu. İkisi de yıllardır buluşmanın ateşiyle yanıyordu. Belki sırlarını paylaşmak için, belki iki parçaya ayrılmış tek bir sırrı birleştirerek hakikati öğrenmek için."

Şimdi kamera, türbeden çıkmış, Konya'nın karanlık kaldırımlarında adım adım ilerliyordu. Bir yere geldi durdu.

Durduğu yerde sabah oldu. Ben burayı tanıyordum. Burası Mennan'ın Merec-el Bahreyn yani iki denizin buluştuğu yer dediği noktaydı.

"Şems'in Allah diyerek yere yığıldığı yer" diye anlatısını sürdürdü televizyondaki sunucu.

Uyandığında başucunda Mevlâna Hazretleri vardı. Allah'ın gizli sevgililerinden birinin dizlerinde açmıştı gözlerini. İki büyük derviş, iki Allah dostu birbirlerine sımsıkı sarıldılar. Dünyanın kirinden, gürültüsünden, zulmünden ışıksız bir odanın ıssızlığına sığındılar. Günler, haftalar, aylar boyunca bir odada iki kişilik yalnızlığı yaşadılar. Günler sonra kapı açılıp ikisi de dünyaya merhaba dediğinde ne Şems eski Şems'ti, ne Celaleddin eski Celaleddin. Namazı, vaazı, medresedeki derslerini bıraktı Mevlâna. Aşka bulanmış, içmeden sarhoş olmuş bir halde karşılaştığı canlı cansız herkese aşkı anlatmaya başladı. Yağmur bekleyen kuru otlara, gökyüzündeki yağmura, yağmurun ıslattığı incir ağacına, incire tırmanan tırtıla, tırtılın peşindeki serçeye, serçenin yuvasını yaptığı kâgir evlere, kâgir evleri süsleyen güllere, gülün derdine düşen bülbüle, bülbülün peşindeki atmacaya, atmacayı evcilleştiren beylere, beylerin konuk olduğu saraya. Ne varsa gördüğü, dokunduğu, tattığı, kokladığı, işittiği, hepsine aşkı anlattı. Yürümeyi yeni öğrenen bir çocuk nasıl yeni yeteneğini göstermek için yanıp tutuşursa aynı coşkuyla döküldü dilinden aşka dair sözcükler. Aynı coşkuyla emekleye sendeleye, yepyeni bir heyecanla dolaştı bu eski şehrin sokaklarında."

Kamera yeniden hareketlenmişti, bir parkın içinde dolaşıyordu şimdi. Çok büyük değil ama açık, ferah bir park. Burayı daha önce görmüştüm. Derken kamera parkın içindeki küçük camiye yaklaştı. Tabii ya, burası Şems-i Tebrizi Camii ve Türbesi'ydi. Her şeyin başladığı yer. Kamera caminin kapısına doğru ilerlerken, sunucu iyice duygusallaşmış bir sesle anlatıyordu:

"Şems de ayrılmıyordu Mevlâna'nın yanından. Evliyalar şehri büyük bir dervişe daha kavuşmuştu."

Televizyondaki görüntü bozulur gibi oldu, yeniden düzeldiğinde caminin kapısında siyahlar giyinmiş bir adam belirmişti. Kamera siyahlar giymiş, sakallı adama yaklaşırken sunucunun ağzından, "Onlar mutluydu, insanlar mutluydu, bütün bir şehir mutluydu." Sesleri duyuldu.

"Bu yalan!" diyerek sağ elini havaya kaldırdı televizyondaki siyahlı adam. Aynı anda sesi kesildi sunucunun. Artık kamera siyah giysili, siyah sakallı adamı gösteriyordu. Oydu, Konya'daki kâbuslarımın değişmeyen kahramanı: Şems-i Tebrizi ya da benim sevdiğim unvanıyla Şems-i Perende. "Yalan söylüyorlar" diye gürledi. "İnanma onlara, öyle olmadı." Evet, bana sesleniyordu. Gözleri gözlerimin içindeydi, elleri bana doğru açılmıştı. Ne yapmış etmiş, milyonlarca insanın izlediği televizyon yayınını bana seslenmek için kullanmayı başarmıştı. Ve tuhaftır, korkmuyordum, ürpermemiştim bile. Daha az önce beynin sırlarıyla ilgili yürüttüğüm tahminler, bu hayalleri neden gördüğüme dair bulduğum gerekçeler bir anda yok olmuştu. Aklım adeta gönüllü olarak kenara çekilmiş, meydanı bilinçaltımın egemenliğine bırakmıştı. Artık güdülerim yol veriyordu düşüncelerime. En önde yürüyen güdüm ise meraktı. Bu yüzden büyük bir ilgiyle dinledim Şems'in sözlerini.

"Kimse mutlu olmadı" diye sürdürdü kaşlarını çatarak. "Ne sultan, ne askerler, ne ulemalar, ne de halk. Gördükleri andan itibaren hoşlanmadılar benden. Hepsi nefret etti, hepsi Konya'dan gitmemi istedi. Ellerinden gelse bir kaşık suda boğarlardı beni. Hüdavendigâr ile bir de büyük oğlu Bahaeddin hariç."

Kendi cesaretime kendim de şaşarak sordum: "Hüdavendigâr da kim?"

"Kim olacak, Muhammed Celaleddin."

"Onu Hüdavendigâr diye mi çağrıyordunuz?"

"Ben değil, babası Belhli Muhammed Bahaeddin Veled, namı diğer Sultanü'l-Ulema. Babasının söylediği ne varsa, unutmasını salık verdim ona. Ama babasının seslendiği gibi seslenmekten de geri durmadım. Çünkü ben de sevmiştim

Hüdavendigâr adını." Geçmişi hatırlamak sanki onu dalgınlaştırmıştı. Türbesinin önünde bir süre öylece sessiz durdu.

"Neden?" diye sordum kederini paylaşan bir sesle, "Neden istemediler sizi?"

Bakışlarını yüzüme dikti. Sanki bu olaylar daha bu sabah olmuş gibi taze bir hüzünle gölgelenmişti esmer yüzü.

"Anlamadılar. Onlar anlamadıklarını kötü sayarlar. Ulemalarını ellerinden alacağımı sandılar. Oysa ben Celalleddin'i dünyanın sultanı yapmaya gelmiştim. Babası gibi sadece o zamanın değil, gelmiş geçmiş bütün zamanların sultanı. Ama anlamadılar, çünkü onların din diye bildikleri küfürdü. İbadet diye bildikleri günah. İnsan eti yiyorlardı, insan kanı içiyorlardı, üstelik bunu Allah adına yapıyorlardı. Din zannettikleri, kitapta yazılanları harfiyen yerine getirmekti, sanki yaradanın gönüllü kölelere ihtiyacı varmış gibi. İbadet zannettikleri hoşgörüsüzlüktü, sanki Yaradan nefretten hoşlanırmış gibi. İnanç zannettikleri onların kurtuluş garantisiydi her iki cihanda, tövbe tövbe, sanki Yaradan tüccarmış gibi."

"Ya Mevlâna? O ne diyordu olanlara?"

"Hüdavendigâr mı? Onun meşrebi başkaydı. Onun toprağı yumuşak yerden alınmıştı, suyu göllerin en tatlısından, soluğu rüzgârların en uysalından; onda umut vardı, kuşku yoktu, onda hoşgörü vardı, öfke yoktu, onda sevgi vardı, düşmanlık yoktu. Gönlümde kendi görüntüsünü görünce aklı başından gitmişti. Yıllardır sandıkta beklemiş bir isyan bayrağı gibi rüzgârı görür görmez dalgalanmaya başlamıştı bu eski şehrin taş sokaklarında. Ne sarayı umursar olmuştu, ne ulemaları, ne de halkı. Aklını, mantığını bir kutuya gizleyerek, savurup atmıştı uçurumların en derinine. Sadece gönülden ibaret bir adama dönüşmüştü. Bu yüzden her sözü şiirdi, her adımı güzellik, her dokunuşu keramet."

"Ya sizin meşrebiniz?"

Yanıtlamadan önce düşünceli bir halde sakallarını sıvazladı.

"Hüdavendigâr'ın sadece güzelliği vardır, benim ise hem güzelliğim hem çirkinliğim. O benim sadece güzelliğimi görmüş, çirkinliğimi fark etmemişti. Ona hiç ikiyüzlülük etmedim. Hem iyi tarafımı hem de kötü tarafımı gösterdim ki beni tanıyabilsin. Bizim buluşmamıza Merec-el Bahreyn derler. Arapça bir deyimdir. Allah'ın kitabında Furkan suresinde şöyle anlatılır. 'İki denizi buluşturduk ki birisi tatlı, susuzluğu giderir, diğeri ise tuzlu ve acıdır. Aralarına da görünmez bir perde koyduk ki birbirlerine karışmasınlar.' İşte bu yüzden Celaleddin ile ben kavuşuruz ama kendi meşreplerimizi koruruz. Eğer, Celaleddin ile benim aramdaki farkı anlamak istiyorsan, babalarımıza bakman lazım, daha doğrusu onlarla ilişkilerimize. Celaleddin, babasına büyük bir saygı duyuyordu. Belki de hayatı boyunca onun sözünden dışarı çıkmadı. Onun söylediği her sözün doğru olduğuna inanıyordu, her yazdığının kanun. Baha Veled, örnek alacağı kişiydi onun için. Oysa ben daha ergen olmadan anladım babamın yetersiz olduğunu. Onun gibi düşünürsem, onun gibi davranırsam Tebrizli sıradan bir Müslüman olacaktım. Evet, sıradan bir adamdı babam, çölde milyonlarcası bulunan kumlar gibi sıradan bir Müslüman. Beni anlamadı, üstelik kendisinden farklı olduğum için beni yargılamaya kalktı."

Şems'in kibri canımı sıkmıştı. Biraz da eleştirmek için manidar bir ses tonuyla sordum:

"Siz de onu küçümsediniz?"

Kurnaz bir ifade belirdi yüzünde.

"Şu tavuk yumurtasından çıkan kaz yavrusu meselesini kastediyorsun. Küçümsemek değildi yaptığım, sadece kendimi anlatmaya çalıştım. Onun gibi olmadığımı açıklamaya uğraştım."

Yeniden ciddileşti, bir öğretmen gibi değil de anlaşılmadığını bilen, hatta hiçbir zaman tam olarak anlaşılmayacağının farkında olan birinin durumunu kabullenmişliği içinde sakince sürdürdü sözlerini.

"Herkes kalenderi sayar bizi ama benim meşrebim zordur. Toprağım kıraç yerden alınmıştır, her bitki büyümez üzerimde, suyum, ekşimiş şarap gibi tatsızdır, soluğum yalçın kayaları parçalayan rüzgârlar gibi delidir. Umuttan çok kuşku vardır yüreğimde, hoşgörüden çok öfke vardır, nedensiz düşmanlık gütmesem de olur olmaz şeye sevgi beslemem ben. Haktan yanayımdır ve de hakikatten. Bu yüzden sevginin hak edenin hakkı olduğuna inanırım. Hak etmeyene sunulmayacak kadar değerlidir sevgi."

"Mevlâna'nın hakkı mıydı?"

Hiç duraksamadan yanıtladı.

"Hakkı ne demek, benim sevgim başından beri zaten onundu. Başağın buğday vermesi gibi normal bir olaydı bu; bebeğin anne sütüne yönelmesi, canın candan beslenmesi gibi. Ama evvelce Hüdavendigâr da layıkıyla bilemedi bunu. Anlayamadı."

"Ya siz, başından beri biliyor muydunuz ne aradığınızı?"

Gülümsedi, üzüm karası gözleri hafifçe çekildi.

"Onunla karşılaşıncaya kadar ben de bilmiyordum. Onu görünce bildim. Evvelce hayaller vardı sadece, belli belirsiz görüntüler; renkler vardı renk içinde, kokular vardı koku içinde, sesler vardı ses içinde, tatlar vardı tat içinde, dokunuşlar vardı dokunuş içinde ama nerede gizlenmişti bunlar, hangi suretin içinde, anlamıyordum. Onu görünce anladım. Allah'ın selamı onun üzerine olsun Muhammed Mustafa'nın mübarek dudaklarından dökülen, 'Kendini bilen Allah'ını bilir' sözü uyarınca, Celaleddin'i görünce yıllardır aradığımın aslında kendim olduğunu bildim."

"Onda kendinizi mi gördünüz?"

Durdu, çaresiz gözlerle baktı yüzüme.

"Anlamıyorsun değil mi? Kolay değil, çünkü bildiğimiz ne varsa, değişiyor. Tanrı değişmez diyorlar ya, külliyen yanlış. Değişir. Onun hikmetinden sual olunmaz ama bu kadar çok değiştiği için anlamakta güçlük çekiyoruz. Bildiklerimiz bilinmeze dönüşüyor, yanlışlar doğruya, sevaplar günaha, helaller harama, yalanlar gerçeğe. Böylece ulaşılmaz oluyor o yüce varlık, büyük sırrını işte böyle koruyor."

"Nedir o büyük sır?"

Gözleri kısıldı, esmer, uzun yüzünde parıldayan iki gizemli ışığa dönüştü. Televizyonun ekranı şimdi sadece gizemli iki ışığı göstermeye başlamıştı. Dudaklarının oynadığını görmedim ama sesi, "Bilmek istiyorsan gelmelisin" dedi.

"Nereye?"

Ekran açıldı, kemikli yüzünde davetkâr bir gülümseme belirdi.

"Yanıma, bu gece ilk karşılaştığımızda ne söylediğimi unuttun mu yoksa? Bilmen için yaşaman gerek. Yaşamak için cesaret."

Bir kez daha çağırıyordu beni kendisi olmaya, bir kez daha çağırıyordu yaşadıklarını yeniden yaşamaya. Hayır, diyemedim, kaptırdım kendimi onun sözlerine, bir kez daha uzandım kim bilir kaç yıllık gün ışığının esmerleştirdiği uzun parmaklı ellerine.

20
... *nefsine yenilen, iblise de yenilir*

Benim olmayan bir erkek bedeninin içinde, kendimi yitirdiğim o bahçedeydim yine. Kerpiç binanın hemen önündeki toprak çiçeklikte laleler, sümbüller, güller dünyanın hâlâ güzel bir yer olduğunu anlatmak istercesine rengârenk kokuyorlardı. Ortada beyaz taşlarla çevrili, içi mavi çinilerle kaplı havuz. Havuzda tatlı tatlı ışıldayan öğle güneşi. Bahçe duvarının dibinde yavaşça salınan uzun boylu kavak ağaçları, arkada devasa bir ceviz. Kimdim ben şimdi? Londralı Karen mı? Tebrizli Şems mi? Çinili havuzun suyuna yansıyan görüntü yanıtladı.

"Seninkinden yedi yüz küsur yıl daha genç bu güneş. Seninkinden yedi yüz küsur yıl daha yaşlı bu beden."

Baktım havuzda yine o siyahlar içindeki, sakallı gölgem.

Unutmadan önce Karen'ı, sudaki görüntüme sordum.

"Bu ev Mevlâna'nın mı?"

"Hayır, Allah'ın" dedi görüntüm suda usulca kıpırdanarak. "Arının kovanı, kartalın kayası, karıncanın kovuğu, ayının ini, sultanın sarayı gibi burası da yüce Yaradan'ındır. Ömrü yettiği sürece, hem otursun konak olsun hem okutsun medrese olsun diye Allah eliyle Sultan Keykubat tarafından hediye edilmiştir Hüdavendigâr'ın ailesine."

Başımı çevirip kerpiç eve baktım. Bu evin ilk kez bu kadar büyük olduğunu fark ediyordum, bu kadar geniş. Kaç oda vardı bu iki katlı binada? En üst kat Hüdavendigâr'ın odasıydı. Köklü bir Rum ailesinden gelen Kira adındaki güzel hatunla paylaşıyordu odayı. Celaleddin'le evlenmeden önce Müslüman olmuştu kadın. Öteki odalar çocukların ve hizmet verenlerin. Alt kattaki mutfaktan yemek kokuları geliyordu. İçim kalktı, nefsimi terbiye etmek için yemekten uzak dururdum. Mutfaktan uzaklaşmaya çalışırken, az kalsın biriyle çarpışacaktım.

"Destur" diyerek kenara çekildim. Baktım Hüdavendigâr'ın ortanca oğlu Alaeddin, arkasında da günbegün serpilen, günbegün güzelleşen Kimya. Hüdavendigâr'ın öz çocuğu olmadığı halde, öz kızıymış gibi bu evde başı dimdik gezen Kimya. İnsanın yüzüne korkmadan, utanmadan, çekinmeden bakan Kimya. Ne arıyordu bu kız, bu oğlanın yanında?

"Yavaş olsana biraz" diye azarladım Alaeddin'i. "Az kaldı yıkacaktın beni avlunun orta yerine."

Alaeddin hiç konuşmadan yabani bir hayvan gibi baktı yüzüme. Belki yanında Kimya olmasa aldırmayacaktı ama belli, ağırına gitmişti kızın yanında azar işitmek.

"Görmedim" dedi alttan almayan bir sesle, "Az kaldı ben de yıkılacaktım yere."

Boyun eğmeyen bir çocuktu Alaeddin; bendine sığmayan, döküldüğü kabın şeklini almayan bir çocuk. Şeytanın ateş kızılı gözlerine bile bakmaktan çekinmeyen ben, ürperdim bu yeniyetme oğlanın bir bıçak gibi keskin bakışlarından. Biraz da bastırmak için korkumu, söylendim öfkelenmiş gibi.

"Evin içinde ne bu koşu? Kumandanına haber yetiştiren Moğol çerisi gibi. İnsan bir özür diler."

"Kusura bakma" dedi yarım ağız. "Ders var, Karatay Medresesi'nde; ona yetişecem de."

Öylece çekti gitti, sanki onu uyarmamışım gibi bilhassa koştura koştura; Kimya da kopmadı, seyirtti peşinden. Hiç sevmemişti bu çocuk beni. Buraya geldiğim ilk günden beri gözlerindeki o düşmanca parıltı hiç eksilmemişti yüzünden. İyi bir dersi hak ediyordu ya, sabra sığındım, "Lahavle" deyip yürüdüm. Birkaç adım atmadan yetişti Bahaeddin. Hüdavendigâr'ın büyük oğlu. Alaeddin ateşse, Bahaeddin suydu; Alaeddin fırtınaysa, Bahaeddin sükûnet; Alaeddin öfkeyse, Bahaeddin huzur; Alaeddin isyansa, Bahaeddin boyun eğiş.

"Bağışlayın Şeyhim" diyerek elime sarılıp öptü, "Kardeşim yabanidir, kıymet bilmez. Babam ne yaptı, ne ettiyse bir türlü terbiye olmadı bu çocuk. Bağışlayın yanlış yaptıysa. Üzerinize alınmayın sakın, size değildir, meşrebi bozuk onun."

İnce bir sakalın çevrelediği yüzü olgunlaşmaya başlayan ham elmalar gibi hafifçe kızarmıştı. Usulca dokundum bu cismi güzel, ruhu güzel, sözleri güzel çocuğun yanağına.

"Babana bakıyordum" diye sordum. "Bilir misin nerededir?"

"Hücrededir Şeyhim. Gece yarısı yanına girdim, yoktunuz, sizi sordu. Sabah namazında girdim, yoktunuz, sizi sordu. Az evvel ekmek ve su götürdüm, yine sizi sordu. Sanırım o da sizi merak ediyor."

Döndüm, bu kocaman evin en dar, en ışıksız, en gösterişsiz, en küçük ve en mübarek odasına yürüdüm. Bahaeddin de peşim sıra geliyordu. Durdum, o da durdu.

"Sen dışarıda kal. Bizim babanla konuşacaklarımız var."

Baş eğdi, el bağladı.

"Nasıl münasip buyurursanız Şeyhim."

Onu dışarıda bırakarak girdim kemerli ahşap kapıdan içeri. Celaleddin rahlenin önünde bağdaş kurmuş kitap okuyordu.

"Allah'ın selamı üzerine olsun."

Beni görür görmez doğruldu.

"Allah'ın sevgisi de senin üzerine olsun."

Uzandı elimi öpmek istedi, önce davranıp ben onunkini öptüm ama bırakmadı o da dudaklarını, ellerimin solgun derisine dokundurdu.

"Şükür geldin Pirim" dedi heyecan dolu bir sesle. "Şükür bugün de buradasın."

Bakışlarım rahlenin üzerindeki kitaba kaydı. Babası Baha Veled'in kaleme aldığı *Maarif*'ti. Ona daha önce, "Artık babanın yazdıklarını okuma" demiştim. Demek hâlâ okuyordu. Biliyordum alışkanlık, bağlılıkların en kötüsüdür. En zor vazgeçilenidir. Ama alışkanlıklarını yenemeyen bir derviş kendi nefsini nasıl yenecekti? Alak suresinde, "Yaradan Rabb'inin adıyla oku" denmişti, ben Celaleddin'in yüzüne üç kere tersini haykırdım.

"Okuma, okuma, okuma!"

Bir çocuk gibi sarardı yüzü. Suskunluk ağır bir nem gibi kapladı çilehaneyi. Suçluluk bir dağ gibi çöktü omuzlarına Celaleddin'in. Titreyen elleriyle *Maarif*'in kapağını kapattı. Kitabı yandaki rafa koydu. Baktım rafta başka kitaplar da vardı: Feridüddin Attar'ın *Esrarname*'si, Muhyiddin ibnü'l-Arabi'nin *Füsusü'l-Hikem*'i, Ebu'l Ferecel-İsfahani'nin *Kitabü'l Agani*'si, Kuşeyri'nin *Risale*'si, Gazali'nin *İhya-i Ulumi'd-Din*'i, *Kelile ve Dimne*, *Binbir Gece Masalları*... Hadi bunlar neyse de o kendini peygamber sanan Mütenebbi lakaplı Kûfeli şairin *Divan*'ını görünce bir kuşku kapladı içimi. Yoksa yanılmış mıydım, yoksa bana onu vaat edeni yanlış mı anlamıştım? Yoksa Belhli Baha Veled'in oğlu Muhammed Celaleddin değil miydi Allah'ın o gizli sevgilisi? Yoksa boş bir hayalin peşi sıra mı sürükleniyordum, rüzgârın önünde savrulan kuru yaprak misali?

Celaleddin yüzümün karardığını gördü, Mütenebbi'nin *Divan*'ına baktığımı fark etti, ruhumdaki değişimi anladı. Bir çocuk gibi titredi çenesi. Öyle savunmasızdı ki az kalsın benim de yüreğim titreyecekti. Ama izin vermedim, ne benim yüreğimin yumuşamasına, ne onun gururunun uyanmasına.

"Ne zamana kadar başkalarının kitaplarını okuyacaksın Muhammed Celaleddin?" diye çıkıştım. "Nereye kadar başkalarının sözlerinde arayacaksın kendi sırrını? Baban gibi ulemaların da olsa, sözü kuyumcu gibi dokuyan şairlerin de olsa, ruhun buzdan ince tabakasının üzerine kelamdan binalar kuran âlimlerin de olsa bırak eski sözler, eskide kalsın. Sen kendi sırrını, kendi sözlerinin içinde bulabilirsin ancak."

"Fakat..." diye aralandı mübarek dudakları, "Fakat..."

Tebriz'in keskin kış rüzgârı gibi kestim lafını.

"Fakatla olmaz Celaleddin. Duraksamayla, beklemekle, ayak sürümeyle olmaz. Beklenecek vakit değildir. Gece aralanmıştır, gün ışımış, yol görünmüştür, ya şimdi geçilecek ya da hiçbir zaman."

Uykusuzluktan mest olmuş gözleri nemlendi, solgun yüzünü incecik bir keder kapladı. O an öyle güzel, öyle masum, öyle mübarek görünmüştü ki gözüme. Tövbe tövbe, eğer bir sureti olsaydı yüce Allah'ın "İşte budur" derdim, "İşte Celaleddin'in yüzüdür o." Ama dağladım içimde uyanan hayranlığı. Yapmam gerekeni hatırlayıp kuşandım sertliğimi. Çünkü hayat bir köprüdür denmişti, sırra erenler bu dünyada geçer onun üzerinden, sırra ermeyenler ahirette. Celaleddin bilmiyordu ama yeni bir imtihan vardı önünde.

"Kalk" diye buyurdum, "Yekin hele, miskinlik sırası değil şimdi. Üç dileğim var senden. Mademki konuğunum senin, yerine getirmelisin dileklerimi."

Silkinip kalktı hemen oturduğu minderden. Avludaki oğlu Bahaeddin gibi baş eğdi, el bağladı. Sevinçle ışıldayan iki kandil alevine benzeyen gözlerini yüzüme dikti.

"Konuğum değilsin sen" dedi titreyen bir sesle, "Bu ev, bu medrese senin. Eğer bir konuk varsa senin cennetinde, işte o benim. Buyur dünya sarrafı, senin buyruğun benim zevkimdir."

Onun kalktığı mindere oturdum. Kekliği avlamak için tuzağını kuran bir avcının kurnazlığıyla sakalımı sıvazlayarak, "Bilirsin günler oldu Konya'ya geleli" dedim. "Bilirsin er kişinin ihtiyaçları vardır. Hülasa bana bir kadın gerek Muhammed Celaleddin. Öyle sıradan değil, güzel bir kadın. Bana böyle bir kadın bulabilir misin?"

Bunları söylerken onu izliyordum. Bakalım, gözlerindeki ateş sönecek miydi, bakalım yüzü gölgelenecek miydi, bakalım bana güvenecek miydi? Bir an gölgelenmedi yüzü, bir an duraksamadı, bir an düşünmedi. Sadece aynı cümleyi tekrarlamakla yetindi.

"Senin buyruğun, benim zevkimdir."

Başka bir söz söylememe fırsat vermeden çıktı gitti hücreden. Sevinçle bakakaldım ardından. "Ama acele karar verme demişti" Allah'ın rahmeti üzerine olsun, ilk şeyhim Ebu Bekir-i Tebrizi Sellebaf. "Mürit seçerken de, mürşit seçerken de bekle. Çünkü güneşin vakti ayrıdır, ayın vakti ayrı, dünyanın vakti ayrı. Karar vakti gelene kadar bekle." Sevincimi, kuşkunun derin kabrine gömdüm ve bekledim.

Çok sürmedi, Celaleddin'in eliyle açıldı hücrenin kemerli ahşap kapısı. Öteki eli başka bir eli tutuyordu, içeri girince gördüm. Yanında Konya'nın en güzel kadını, Kira Hatun duruyordu; Celaleddin'in karısı. Sadakat buydu işte, inanmak buydu, teslimiyet buydu, kendinden geçmek buydu. Celaleddin'in boynuna sarılmamak için zor tuttum kendimi. Ama güneşin vakti ayrıydı, ayın vakti ayrı, dünyanın vakti ayrı, kuşkunun karanlığı yüreğimden silininceye kadar beklemeliydim. Kaşlarımı yıktım.

"Kira Hatun benim can kız kardeşimdir, bu olmaz" dedim. Saygıyla karısının önünde eğildim. "Sen çıkabilirsin Kira Hatun."

Ne olup bittiğini anlamayan kadıncağız, bir süre şaşkın şaşkın baksa da yüzümüze, sonra emrime uyup çıktı dışarı. Celaleddin'e döndüm yeniden.

"İkinci isteğime gelelim" dedim bütün ciddiyetimle. "Bana hizmet edecek güzel bir erkek çocuk getir. Öyle ki beni üzmesin, bir dediğimi iki ettirmesin. Dileğimi anlasın, hemen yerine getirsin."

Yine gölgelenmedi yüzü, bir an duraksamadı, bir an düşünmedi. Aynı cümleyi tekrarlamakla yetindi sadece.

"Senin buyruğun, benim zevkimdir."

Ardından yekinip çıktı hücreden. Artık kuşku duymam için bir neden yok diye seslense de yüreğim, aklım engel oldu onun isteğine. Daha açılan kapı kapanmadan Celaleddinim yeniden girdi içeriye. Yanında güzelliği ancak Yusuf Peygamber'inkiyle kıyaslanabilecek büyük oğlu Sultan Veled'le. Daha ben ağzımı açmadan, "Umarım" dedi saygıyla eğilerek, "Bu çocuk, senin hizmetine ve ayakkabılarını çevirmeye değer bir kul olur."

Çığlıklar atıp avaz avaz Celaleddin'in ellerini öpmemek için zor tuttum kendimi. Çünkü güneşin vakti ayrıydı, ayın vakti ayrı, dünyanın vakti ayrı, kuşkunun gölgesi kalkıncaya kadar umudumun üzerinden beklemeliydim. Suratımı astım. "Sultan Veled benim oğlumdur" dedim, "O benim hizmetimi göremez. Gönder delikanlıyı, gitsin."

Ne olup bittiğini anlamayan Bahaeddin Veled, babasının karısı gibi şaşkın bakakaldı yüzümüze. Celaleddin başıyla oğluna çıkmasını işaret edince de arkasını dönmeden geri geri yürüyerek çıktı hücreden. Ve ben kaçırmadan gözlerimi üçüncü dileğimi söyledim Celaleddin'e. "Susadım, Konya'nın suyu kesmiyor susuzluğumu. Hararetim sonsuz, şarap istiyorum, onsuz yapamam ben. Yahudi mahallesine git, bana şarap getir."

Yeter artık, demedi Celaleddin. Ben, bu şehrin en tanınmış ulemasıyım, ne demek Yahudi mahallesinden şarap almak, demedi. Neden onurumla oynuyorsun, demedi. Neden bana düşmanlık yapıyorsun, demedi. Sanki ben onun süt isteyen yavrusuymuşum o müşfik bir anneymiş gibi sevgiyle gülümsedi.

"Hemen getiriyorum Şeyhim" dedi. "Senin buyruğun, benim zevkimdir."

Az kalsın kendimi tutamayacak, "Dur Allah'ın gizli dostu, dur her iki âlemin sarrafı, asıl sen benim şeyhimsin, asıl sen benim pirim" diye haykıracaktım. Ama nefsine yenilen, iblise de yenilirdi. Kendimi tuttum. Bekledim.

Bu kez bekleyişim uzun sürdü biraz, gün devrildi, ufukta karanlık belirdi. Yoksa Celaleddin utanmış mıydı? Yoksa Şeyh Evhededdin-i Kirmani gibi ününü, şanını düşünmüş, şarap almaktan vaz mı geçmişti? Senelerce evvel Bağdat'ta karşılaştık Şeyh Kirmani'yle.

"Bütün arzum ve dileğimle sana kul olmak istiyorum" dedi.

Ben de ona dedim ki:

"Sen, benim arkadaşlığıma tahammül edemezsin."

"Beni kulluğuna ve arkadaşlığına kabul et" diye ısrarla yapıştı kara keçemin kara yakasına.

Ben de ona dedim ki:

"Tamam. Ama Bağdat'ın ortasında, herkesin gözü önünde benimle birlikte hurma şarabı içmelisin."

Hurma gibi sarardı rengi: "Bunu yapamam."

Onlara kolaylık gösteriniz, çünkü kolaylık bizim yolumuzun ışığıdır sözü uyarınca ben de ona dedim ki:

"O zaman benim için hurma şarabı bulup getirebilir misin?"

"Hayır, bunu da yapamam."

Ben de dedim ki:

"Ben içerken benimle arkadaşlık eder misin?"

"Hayır, edemem."

Ben de dedim ki:

"Erlerin huzurundan uzak ol. Sen, bunu yapacak adam değilsin. Çünkü Tanrı senden bu gücü esirgemiş. Tanrı eri odur ki, aşkı için, bütün müritlerini, bütün namusunu, bütün şerefini bir kadeh şaraba satabilmelidir. Sen bu yolun yolcusu değilsin. Tanrı erlerinin huzurundan uzak dur."

Şeyh Kirmani'yi, bu sözde Tanrı dostunu hatırlayınca umudum kırılır gibi oldu. Yoksa kuşkularım haklı mıydı? Yoksa Bağdat'ta olan Konya'da tekrar mı edecekti? Celaleddin de Kirmani gibi benliğini daha mı önde tutuyordu aşkından? Kötü düşünceler geçerken aklımdan aralandı hücrenin kapısı. Celaleddin'in inanç içindeki ışıklı yüzü göründü, elinde şarap dolu bir testi tutuyordu.

"Geciktim, kusura bakma" dedi en tatlı gülümseyişiyle, "Şarabın en iyisini bulmaya çalıştım, en lezzetlisini. Şeyhimin diline, dudaklarına, dişine dokunmaya layık olanını..."

Artık tutamadım kendimi. Güneşin vakti tamamdı, ayın vakti tamam, dünyanın vakti tamam.

"Asıl şeyh sensin" diyerek ayaklarına kapandım. "Asıl Tanrı dostu sensin. Ne olur beni müritliğine kabul et."

Hemen o da kapandı yere, ellerimi tuttu, ellerimi öptü. Yanaklarımdan yaşlar yuvarlanıyordu, yanaklarımdaki yaşları öptü, sonra ayağa kaldırdı beni.

"Şeyh inanan değil, inandırandır, şeyh anlatan değil, gösterendir, öğreten değil, perdeyi kaldırandır. Sen benim gözümün önündeki perdeyi kaldırdın. Sen bana, bendeki beni gösterdin. Şeyh sensin, pir sensin, hakiki dost sensin, hakikat sen..."

21
Hırsızlık yapanların elleri bilekten kesilir...

Gözlerimi açtığımda, ellerinde yalın kılıçları, başlarının üzerinde dalgalanan üç hilalli bayraklarıyla Türk akıncıları, haç bayraklı Bizans atlılarını kovalıyordu. Bir an neler olduğunu anlamakta zorluk çektim. Yatakta toparlanırken kavradım olanı biteni, televizyon açıkken uyumuştum. Türk akıncılarının "Allah Allah" sesleriyle kendime geliyordum. Ağızları köpük içinde koşan atların nal sesleri odanın içinde yankılanıyordu. Ne kadar çok açmışım televizyonun sesini böyle. Hâlâ kucağımda duran kumanda aletinin düğmesine basarak kapattım televizyonu ama ses kesilmedi. Hayır, atların nal sesi değildi odada çınlayan, birileri kapıyı yumrukluyordu. Televizyonun sesini o kadar açmıştım ki oteldeki müşteriler sonunda kapıma dayanmıştı demek. Hızla kalktım yataktan, odanın ışığını yaktım. Aynada kendime çekidüzen verip kapıya yöneldim. Kapının önünde iki erkek konuşuyordu. İlkinin sesini hemen tanıdım, resepsiyondaki meraklı görevliydi.

"İçeridedir, eminim, gece yarısına doğru geldi otele. Durun, durun, televizyonun sesi kesildi. Evet, bizi duydu galiba."

"Duysa iyi olur" diye çıkıştı öteki ses. "Yoksa müşteri mahremiyeti filan takmam, yedek anahtarla açar, gireriz içeri."

Meraklı görevlinin yanıtlamasına gerek kalmadan araladım kapıyı. Üç kişi vardı karşımda. Görevlinin dışında, elindeki telsizi cızırdayan iri yarı bir adam ile saçlarını arkasında topuz yapmış genç, güzelce bir kadın. İri yarı adam öfkeyle söylendi kapının arasından:

"Açın polis! Sizinle konuşmamız lazım."

İşte bunu beklemiyordum, polislerin benimle ne işi olabilirdi? Sakin görünmeye çalışarak kapıyı iyice açtım.

"Buyrun, nasıl yardımcı olabilirim?"

İri yarı polis söylenmeyi sürdürdü.

"Dakikalardır size ulaşmaya çalışıyoruz hanımefendi."

Hanımefendi lafının üzerine basa basa konuşmuştu, azarlar gibi.

"Karen" dedim tepki olarak. "Adım Karen Greenwood."

Sesim soğuktu, mesafeliydi, karşınızda canınızın istediği gibi davranamayacağınız biri var dercesine, güven içindeydi.

Hiç aldırmadı, cebinden bir kart çıkarıp baktı.

"Kimya'sı da yok mu?"

"Efendim?"

"Kimya diyorum. Elimdeki kartta Karen Kimya Greenwood yazıyor. Yanlış kişiyle konuşmak istemem de."

"Haklısınız, Karen Kimya Greenwood."

Yapmacık bir saygı belirdi bıkkın yüzünde. "Ben de Başkomser Ragıp."

Sesi alaycı mıydı, bana mı öyle geldi, kestiremedim.

"İçeri girebilir miyiz? Böyle kapı önünde olmuyor. Zaten öteki müşterileri yeterince rahatsız ettik."

"Önce konuyu bilmek istiyorum" diye ayak diredim.

Zorunlu olduğu için açıklama yapan birinin memnuniyetsiz tavrıyla, "Kapkaç" diye söylendi, "çantanızdan çalınanlar. Konu bu." Bu mesele sabahı bekleyemez miydi? Belki de bilmediğim bir şeyler olmuştu. Aşağıda bekleyin geliyorum diyebilirdim ama gizleyecek neyim vardı? Yanlış bir iş yapmamıştım. "Olur" dedim memnuniyetsiz bir tavırla. "Ama izin verin de odayı bir toparlayayım."

"Bir yere kaçmazsınız değil mi?"

Şaka yapıyordu aklınca, yanıt yerine sert bir bakış fırlatarak kapıyı kapattım. Odam çok dağınık değildi aslında ama düşünmeye ihtiyacım vardı. Ne olmuştu da böyle sabaha karşı dikilmişlerdi kapıma? Belki de bu ülkede polislerin çalışma tarzı böyleydi. Hiç aklıma yatmasa da bu düşünceye inanarak, yatağıma çekidüzen vermeye çalıştım. Öylece çıkarıp attığım kot pantolonumu, ceketimi aldım, portmantoya astım. Yeniden aynada saçıma, başıma baktım. Yorgundum, gözlerimin altı morarmıştı, yüzümde bir türlü silemediğim o şaşkınlık vardı yine. Artık silmeye uğraşmadım, kapıyı açtım.

"Buyrun, girebilirsiniz."

Başkomser Ragıp, ayı gibi paldır küldür içeri dalarken yanındaki genç kadın, "Kusura bakmayın" diye söylendi mahcup bir tavırla. "Gecenin bu saatinde sizi rahatsız ettik."

Ben de nazik olma gereğini duydum.

"Rica ederim, siz işinizi yapıyorsunuz."

Ragıp, neler oluyor orada der gibi ilgiyle baktı.

"Tanıştırmayı unuttum" dedi yüzündeki sırıtmayı yitirmeden, "Bizim Zeynep, Komser Zeynep." Küçümseyerek baktı meslektaşına. "O benden daha kibardır. İstanbul'dan geldi de."

Duymazdan geldim:

"Kapkaç meselesinde bir gelişme mi var?"

Soruyu Zeynep'e sormuştum ama Ragıp kızın yanıtlamasına izin vermeden bütün kabalığıyla araya girerek konuşmaya başladı. Hem de sorumla ilgisi olmayan bir konudan bahsederek.

"Çok güzel Türkçe konuşuyorsunuz Miss Karen. Dilimizi nerede öğrendiniz?"

Bunları söylerken bir an yüzüme bakmış sonra gözleri büyük bir dikkatle odamı taramaya başlamıştı. Keşke onları odaya almasaydım diye geçirdim içimden ama olan olmuştu. "Londra'da" diye yanıtladım.

Abartılı bir heyecanla çarpıldı suratı.

"Londra'da mı? Londra'da Türkçe mi konuşuluyor?"

Sevimli olmaya çalışıyordu zevzek, hiç sinirlenmeden açıkladım.

"Bizim evde babam Türkçe konuşurdu."

"Niye, babanız Türkçe öğretmeni miydi?"

"Hayır, babam Türk'tü."

Hayranlıkla mırıldandı ama samimiyetinden hâlâ emin değildim.

"Türk ha!" Kendisi gibi odayı inceleyen komser Zeynep'e döndü. "Duydun mu Zeynep, Miss Karen Türk'müş."

Zeynep pek umursamadı başkomserini, odanın içini araştırmayı sürdürdü. Meslektaşından umduğu ilgiyi görmeyince yeniden bana döndü Ragıp.

"Dilimizi öğrenmeniz ne güzel. Babanızın da hakkını yemeyelim, iyi öğretmiş size Türkçeyi."

Yanıt vermesem ayıp olacaktı. "Teşekkür ederim."

"Siz de yetenekliymişsiniz."

Artık bana bakmıyordu, elindeki telsizle yarı açık valizimin kapağını kaldırmaya çalışıyordu. Eğer çamaşırlarımı karıştırırsa müdahale etmeyi düşünüyordum ki, kapağı bırakarak bana döndü. "Valla bir Türk kadar iyi konuşuyorsunuz Türkçeyi." Birden yaklaştı, yüzündeki ifade değişmişti. "Fakat bizi çok uğraştırdınız. Ne kadar ağır uykunuz varmış Kimya Hanım!" Sigara kokan nefesi yüzümü yaladı. Yine o yılışık gülümseme belirdi ince, kansız dudaklarında. "Size Kimya Hanım desem bana kızmazsınız değil mi? Türkçeyi bu kadar güzel konuşan biri, eminim Türk ismiyle anılmaktan gurur duyar."

"Gurur duyarım da Kimya, Türkçe değil, Arapça bir sözcük."

Zeynep kıkırdadı, Ragıp ters ters baktı genç kadına ama kızgınlığını içine atıp yine bana döndü.

"Olsun, Müslüman ismi ya."

Eyvah şimdi bana dinimi soracaktı, kısa kesmek için uyumlu davrandım.

"Sorun değil, bana Kimya diyebilirsiniz. Babam da öyle çağırırdı zaten."

Sahiciliğinden emin olamadığım bir hayranlık belirdi gözlerinde.

"Babanız büyük adammış. Yurtdışında yaşayan Türklerin hepsi onun gibi olsalar, bu memleket şimdi çok başka yerlerde olurdu."

Portmantoda ceketimi inceleyen Zeynep'in sorusuyla kesildi konuşmamız.

"Ceketinizin kolu çamur olmuş Miss Karen, biriyle mi boğuştunuz?"

"Kapkaççının marifeti olmalı" diye tahmin yürüttüm. "Çantamı çekerken yere düşmüşüm."

Sözlerim Zeynep'i ikna etmişti ama Ragıp önemli bir ipucu bulmuş gibi atıldı.

"Düşmüşüm de ne demek? Düştüğünüzün farkında değil miydiniz?"

"Elektrikler kesilmişti" diye açıkladım sabrıma kendim de şaşarak. "Sonrasını hatırlamıyorum, ayıldığımda her şey olup bitmişti."

"Yani kapkaç yapan şahsı görmediniz?"

"Hayır, kimseyi görmedim."

"Garip bir durum. Biri elinizden çantanızı çekiyor, siz adamı fark etmiyorsunuz." Yanıt vermemi beklemeden meslektaşına döndü. "Sen ne diyorsun Zeynep bu işe?"

Genç kadın boş gözlerle baktı amirine, anlaşılan adamı pek iplemiyordu, bunu fırsat bilerek gergin bir tavırla açıklamayı sürdürdüm.

"Her şey birdenbire oldu. Söyledim ya bayılmışım. Hem niye bu soruları soruyorsunuz bana?"

"Sakin olun, sakin olun kızmanıza gerek yok. Aslında sinirlenmesi gereken biri varsa biziz. Dakikalarca kapıda bekledik sizi."

"Yorgun olmak da mı suç?"

Tepeden tırnağa süzdü beni.

"Açıkçası yorgun olduğunuzu düşünmemiştik kapıda beklerken. Bizi kuşkulandırdınız. Öyle değil mi Zeynep?"

Belki de bu kaba adamın konuşmalarına daha fazla dayanamadığı için kendisini banyoya atan Zeynep'ten yine yanıt gelmeyince, Ragıp yeniden bana çevirdi bakışlarını.

"Sahi niye açmadınız kapıyı? Zanlı olduğunuzu düşünsek içeride kanıtları ortadan kaldırıyorsunuz sanırdık."

Artık bu kadarı da fazlaydı, neredeyse suçlu sayacaktı adam beni.

"Ne zanlısı, ne kanıtı?" diye çıkıştım. "Ne demek istiyorsunuz siz?"

Sinirlenmem hoşuna gitti, keyifli bir ifade belirdi yorgun yüzünde.

"Sözgelimi diyorum canım. Hemen üzerinize alınmayın."

Alttan almaya hiç niyetim yoktu.

"Öncelikle sizin canınız filan değilim, benimle konuşurken doğru konuşun. İkincisi, ben suçlu değil, kurbanım. Saldırıya uğrayan, eşyaları çalınan kişi benim."

Sözlerimi umursamadı bile, sadece biraz uzaklaştı benden. Çekindiğinden filan değil, yatağın dibinde duran botlarım ilgisini çekmişti.

"Biliyoruz" dedi botlarımı incelerken. "Size kapkaç yapmışlar. Çantanız, paranız, yüzüğünüz çalınmış."

"Pasaportum da."

Duraksadı, başını çevirip banyodan çıkan Zeynep'e baktı.

"Pasaport var mıydı bulunan eşyaların arasında?"

Öfkem, gerginliğim kayboldu.

"Ne, eşyalarımı buldunuz mu?" Sevimli olmaya çalışarak doğruldu.

"Bulduk." Ama kafasını kurcalayan bir mesele vardı. "Üç yüz yetmiş sterlin, sekiz yüz yirmi yeni Türk lirası, kahverengi taşlı gümüş bir yüzük ama pasaport yok."

"Belki" dedi Zeynep iyimser bir ses tonuyla, "Olay yerinin yakınlarında bir yerdedir. Olay Yeri İnceleme Ekibi çevreyi araştırmayı sürdürüyor. Yakında bulurlar."

"Belki de" diyerek Başkomser Ragıp karşıma dikildi. Artık ne alaycılık vardı yüzünde, ne yılışıklık. Açıkça suçlar gibi bakıyordu. "Belki de pasaportunuz sizdedir."

"Bende mi? Yani pasaportum hiç çalınmadı mı?"

"Çalındı ama kapkaççınızı öldüren kişi pasaportunuzu size iade etmiş olabilir."

"Kapkaççıyı öldüren mi?" Neden bahsediyordu bu adam böyle? "Kapkaççı öldü mü?"

"Ölmedi Kimya Hanım, öldürüldü."

"Nasıl yani? Nerede olmuş bu olay?"

Tuhaf bir şey söylemişim gibi kuşkuyla yüzüme baktı.

"Çok güzel bir soru. Evet, kapkaççınızın cesedi garip bir yerde bulunmuş. Tam sizin gasp edildiğiniz yerde."

"Merec-el Bahreyn" diye mırıldandı dudaklarım kendiliğinden. Ragıp önemsemedi ama Zeynep'in ilgisini çekti söylediklerim.

"Pardon, ne dediniz?"

Şansım vardı, ne dediğimi anlayamamıştı.

"İlginç dedim, gerçekten de ilginçmiş. Demek hep aynı noktada kapkaç yapıyormuş adam."

Zeynep bir şeyler gizlediğimi anlamıştı, belki üzerime gelecekti ama Ragıp kurtardı beni. "Ne kapkaçı Kimya Hanım?" diye homurdandı. "Gecenin üçünde orada in cin top oynar."

"Yani başka bir yerde öldürülüp oraya mı atılmış?"

Hâlâ gözleriyle beni süzmekte olan Zeynep usulca başını salladı.

"Öyle olduğunu sanıyoruz."

Kafam karışmaya başlamıştı.

"Benden ne istiyorsunuz? Adamın ölmesiyle benim ne ilgim var?"

"Bilmiyoruz."

Polislerin o anlayışsız, soğuk tavrı belirmişti Zeynep'in yüzünde.

"Anlatmanızı istiyoruz."

"Neyi?"

"Bildiklerinizi."

"Yazılı ifademi bu gece hastaneye gelen polis memuruna verdim."

Neden anlamak istemiyorsunuz dercesine baktı. "O, kapkaççınız hunharca öldürülmeden önceydi."

İçimdeki tedirginliğin korkuya dönüştüğünü fark ettim. "Hunharca ne demek?"

"Bilmiyorsunuz değil mi?" diye yeniden Ragıp dikildi karşıma. "Olan bitenlerden haberiniz yok yani?"

"Nasıl olsun? Odamda uyuyordum."

Sıkıntıyla üfledi yüzüme, ne kadar kötü kokuyordu bu adamın nefesi. Genç kadına döndü.

"Zeynep, şu olan biteni hanımefendiye bir anlatır mısın?"

"Tabii Başkomserim" diyerek toparlandı genç kadın. "Biraz tuhaf bir olay Miss Karen. Adamın sol elini bilekten kesmişler."

Ragıp dayanamayıp araya girdi. "Neden sol elini biliyor musunuz?"

"Bilmiyorum" dedim gözlerimi iri iri açarak. "Nereden bileyim?"

"Çünkü adam solaktı. Konya'nın en namlı kapkaççılarından biri; Solak Kâmil. Asıl adı Kâmil Tenekeci. Sol elini büyük bir ustalıkla kullanırdı."

Adamın solak olması ile sol elinin kesilmesi arasındaki bağlantıyı anlayamamıştım.

"Peki niye sol elini kesmişler?"

"Cezalandırmak için" diye söylendi hiç duraksamadan. Yüzümdeki tek bir kıpırtıyı bile kaçırmamak için büyük bir dikkatle izliyordu beni. "Eskiden hırsızlık yapanların elleri bilekten kesilirdi."

"Şeriat yasası" diye onayladı amirini Zeynep ama yanlış anlamamdan korktuğu için hemen ekledi. "Şimdi öyle bir şey yok tabii."

Ne şeriat, ne de bu ülkenin yasaları beni ilgilendiriyordu, aklım cinayete takılı kalmıştı.

"Kan kaybından mı ölmüş?"

Benden böyle bir soru beklemiyor olacaklar ki ikisi de şaşkınlıkla birbirlerini süzdüler. Yanıt Zeynep'ten geldi:

"Hayır, boğularak ölmüş."

"Gırtlağını mı sıkmışlar?"

"Daha vahşice bir yöntem kullanmışlar. Kesilen elini, adamın boğazına sokmuşlar."

Eli ağzının içine sokulu, bilekleri dışarıda, gözleri yerinden fırlamış bir yüz canlandı kafamda. Görüntü korkunçtu ama, aklımdaki soruyu gölgeleyemedi.

"Ama bu biraz zor değil mi? İnsanın eli ağzına nasıl sığar?"

"Bilmiyoruz" dedi Ragıp iri kafasını sallayarak. "Ceset Adli Tıp'ta, yarın anlarız nasıl sığdırdıklarını."

"O zaman kesinlikle başka yerde öldürmüş olmalılar adamı."

"Biz de öyle düşünüyoruz zaten" diye bir kez daha onayladı Zeynep. "Sadece cesedin olduğu yerde kan izleri var. Etrafta tek damla kan bulamadık."

"Ustaca düzenlenmiş bir iş olmalı."

Ragıp'ın küçük kestane rengi gözleri takdirle baktı yüzüme: "Beni şaşırtmaya devam ediyorsunuz Kimya Hanım."

"Niye? Ne yaptım ki?"

"Bizim gibi konuşmaya başladınız." Yine meslektaşına seslendi. "Öyle değil mi Zeynep?"

"Öyle."

Alaycı bir gülümseme belirmişti biçimli dudaklarında.

"Miss Karen analitik düşünüyor."

Ragıp yadırgayan gözlerle baktı Zeynep'e, sanırım analitik düşünmenin ne olduğunu tam olarak anlayamamıştı ama ben övgü olarak aldım bu sözleri.

"Bir anlamda benim mesleğim de sizinkine benzer. Sigorta eksperiyim. Bazen ben de sizin gibi bilinmeyen olayları çözmek zorunda kalırım. O zaman da ister istemez polis gibi düşünürüm. O yüzden ustaca düzenlenmiş bir iş dedim. Organizasyon gerektiren bir cinayet."

"Hıım" diyerek sırtını duvara dayadı Ragıp. "Neden organizasyon gerektiren bir cinayet olsun?"

"Çünkü adamı yakalayacaksın, sol bileğini keseceksin sonra da boğazına sokarak öldüreceksin. Tek başına kimse yapamaz bunu. Mutlaka birkaç kişi ve kimsenin onları fark edemeyeceği bir mekân gereklidir."

Sırtı duvarda, gözleri yüzümde sürdürdü akıl yürütmeyi.

"İntikam olamaz mı? İki yıl önce Ankara'da görev yaparken bahtsız bir gaspçı, bir bayan sivil polise saldırmıştı. Kendini kaybeden bayan polis de silahındaki bütün kurşunları boşaltmıştı herifin üzerine."

Zeynep de benim gibi dudaklarında alaycı bir gülümsemeyle dinliyordu amirini. Ama Ragıp kendini kaptırmış, olasılık üzerine olasılık açıklıyordu.

"İnsanlar bu gibi durumlarda çok kolay çıldırabilirler. Yani siz de..."

Artık bu kadarı da fazlaydı.

"Nasıl yani!" diye gürledim. "Biri çantamı çaldı diye aklımı yitirip onu öldürdüğümü mü söylüyorsunuz? Hem de şeriata uygun olsun diye adamın sol elini kesip gırtlağına sokarak..."

Yorgun gözlerini uysalca kırptı.

"Tamam, diyelim ki haklısınız. Bu işi sizin yapmanız imkânsız. Ama ya sizi tanıyan biri öldürdüyse onu?"

"Beni tanıyan biri yok ki Konya'da."

"Mennan... Hani size hastanede refakat eden adam?"

"Ne? Siz ne diyorsunuz? Daha dün tanıştık onunla. Bizim şirketin Konya acentesi, benim için bir kapkaççıyı öldürecek. Hem de bir seri katil gibi inceden inceye çalışarak."

Zeynep artık kendini tutamamış sessizce, gülmeye başlamıştı. Ama Ragıp aldırmadı.

"Ya babanız?" diye mırıldandı. "Babanız Konyalıymış. Nerede o şimdi?"

"Bilmiyorum, babam yirmi küsur yıl önce bizi bırakıp gitti."

"Ne?" Yüzünde sahici bir hayal kırıklığı belirmişti. "Babanız, yani sizi Türk geleneklerine göre yetiştiren adam?"

"Öyle bir şey söylemedim, sadece Türkçe öğretti dedim."

"Neyse işte, yani o adam, sizi küçük bir kızken bırakıp gitti, öyle mi?"

Sana ne benim babamdan demek geçti içimden ama "Öyle" diye söylendim uzatmamasını umarak. "Hayat işte."

"Nerede şimdi o?"

Sanki vicdansız bir katilden söz ediyormuşuz gibi sertçe sormuştu.

"Bilmiyorum. Umurumda da değil. Daha önemlisi o da benim Konya'da olduğumu bilmiyor. Bilse de babam insanları öldürecek biri değildir. Biri yanağına tokat atsa, öteki yanağını da çevirir."

Sözlerimden hiç etkilenmedi.

"Kızını küçükken bırakıp giden bir adam..." Kaşlarımın çatıldığını fark edince açıklama yapmak gereğini hissetti. "Biliyorum aile meseleniz ama benim de kızlarım var. Öyle değil mi Zeynep? Böyle şey olur mu?"

Zeynep, bu konunun beni gerginleştirdiğini sezinlemişti, konuşmak yerine elden ne gelir dercesine başını hafifçe yana yatırmakla yetindi. Fakat Ragıp sakinleşecek gibi değildi.

"Yav ben kızlarımın saçlarının teline zarar gelmesin diye üstlerine titriyorum. Valla böyle nöbetçi olduğum gecelerde aklım evde kalıyor. Yani bir baba kızını..."

Amma da bozulmuştu Ragıp, doğrusu hiç beklemezdim bu katı yürekli polisten böyle bir tepkiyi.

"Boş verin" diye adamı yatıştırmayı denedim. "O günler eskide kaldı."

"Sizin için üzüldüm." Yorgun yüzünü keder basmıştı. "Çok üzüldüm ama haklısınız boş verin, öyle bir baba için üzülmeye değmez..." Gözlerini hızlı hızlı birkaç kez kırptıktan sonra eski haline geldi. "Neyse, biz işimize bakalım. Hastaneden çıktıktan sonra neler yaptınız, anlatın da bitirelim şu işi. Oraya kadar olanları zaten ifadenizde okumuştuk."

"Bir şey yapmadım. Hastaneden ayrılınca Mennan Bey arabasıyla beni otele bıraktı. Ben de odama çıktım, yatağa uzandım, uyumadan önce biraz televizyon izlemek istemiştim ama uyuyup kalmışım. Sonra da siz geldiniz işte."

"Kimseyle görüşmediniz mi?"

"Annemle görüştüm. Londra'dan aradı, telefonla konuştuk." Alay etme sırası bana gelmişti. "Üstelik, belki gelir, hırsızı boğar diye kapkaça uğradığımı bile söylemedim ona."

Artık hiç eğlenmiyordu.

"Anlıyorum" dedi, bu iş burada biter dercesine umutsuz çıkmıştı sesi. "Sabah emniyete uğrayın, eşyalarınızı alın. Bize anlattıklarınızı yazıya da dökmemiz gerekecek."

Elindeki telsizle beni izle diye Zeynep'e işaret ederek kapıya yürüdü. Kapının önüne gelince döndü. Yüzünde hâlâ o üzgün ifade vardı.

"Rahatsız ettiğimiz için özür dileriz. Ama madem bizim gibi düşünüyorsunuz anlarsınız, görev."

"Önemli değil" dedim bu kadar hoşgörülü olmama kendim de şaşarak. "Bana iyilik etmek istiyorsanız pasaportumu bulun yeter."

22

Galiba cinayeti kimin işlediğini biliyorum

Bir cinayet soruşturmasına bulaşmadığım kalmıştı, sonunda o da oldu işte. Raslantının böylesi de bulunmazdı doğrusu. Çantamı çalan kapkaççının öldürüleceği tutsun, üstelik cesedi de bana saldırdığı yerde bulunsun. Başkomser Ragıp'ın kuşkulandığı kadar da var. Onun yerinde olsam, benim de ilk gideceğim adres kendiminki olurdu. Mennan ne yaptı acaba? Mutlaka onun da kapısını çalmışlardır. Belki de karakola götürmüşlerdir zavallıyı. Beni gören tanıklar var, Mennan otelden sonra evine gittiyse ailesinden başka tanık yok. Onlara da kuşkuyla bakar polis. Arasam mı acaba? Yok canım, durduk yere Ragıp'ı kuşkulandırmayalım şimdi, sabahı beklemekte yarar var.

Perdeyi aralayarak dışarı baktım. Karanlık açılmaya başlamıştı, Mevlâna Türbesi'nin arkasında gökyüzünü ağır ağır ele geçiren bir kızıllık vardı. Sabah ezanı tam o anda başladı. Güzel okuyordu müezzin, içli bir sesi vardı. Balkona çıkarak bir süre ezanı dinledim. Ne dediğini anlamasam da kederlendim. İnsanı melankoliye sürükleyen bir yan vardı bu ezgide. Belki de bana öyle geliyordu. Bakışlarım sabah ibadeti için Sultan Selim Camii'ne giden insanlara takıldı. Hepsi erkekti, bir tek kadın yoktu aralarında. Caminin önündeki şadırvanda aptes alan üç kişiye baktım. Birisi siyahlar içindeydi. Beni mi izliyordu ne? Bir ürperti dalgası geçti sırtımdan. Yoksa Şems mi? İlgiyle bakmaya başladım ama adam başını çevirmişti, sadece yandan görebiliyordum onu. Üstelik ortalık henüz iyice aydınlanmadığından tam seçemiyordum. Eğer o Şems ise demek ki yaşadıklarım da birer hayalden ibaret değildi. Büyük bir dikkatle izlemeye başladım adamı. Bir dakika, bir dakika kalkıyor galiba. Ellerini yıkarken omuzlarına aldığı ceketi şimdi giyiyordu. Sanki yine bakışlarını üzerime çevirdi. Heyecanla sarsıldı bedenim. Şems mi gerçekten? Dur, bana doğru dönüyor. O mu? Yok, değilmiş. Kesinlikle Şems değil bu adam. Sakalları yok, üstelik en az bizim Mennan kadar besili. Tam düşündüğüm gibi bilinçaltımın, bilincimi ele geçirmesi durumu yaşıyorum. Bizim psikolog Oliver'e anlatsam, eminim bunun bir hastalık olduğunu söyler bana.

Bakışlarım yeniden Mevlâna'nın yeşil türbesinin ardındaki kızıllığa kaydı. Güneş hızla yükseliyordu, çok sürmez sarışın ışıkları, türbenin yeşil kıvrımlarında gezinmeye başlardı. Bulutların ardındaki güneşe bakarken Sunny'i hatırladım. Hayali çocukluk arkadaşım. Benim yarattığım bir oyun kahramanı. Sarı, kıvırcık saçlar, boncuk gibi iri mavi gözler. Zayıf bir çocuk olduğunu düşünürdüm onun, hep benim yardımıma ihtiyaç duyan bir oğlan. Onu uyutur, yemeğini yedirir, hasta olduğunda ilaç verirdim. Babam ve annem dışında hep onunla konuşur, hep onunla oynardım. Babam yadırgamaya başlamıştı bu durumu, hayali bir arkadaşa olan düşkünlüğümü anlamıyordu, psikolojik sorunlarım olabileceğini düşünüyordu. Hatta bu yüzden tartıştıklarını anlatmıştı annem yıllar sonra bana.

"Baban çok kaygılanmaya başlamıştı senin için. Bizim yanımızda otururken bile o Sunny adındaki çocukla sohbet ediyordun. Bazen de odanda onunla kavga ediyordun. Sunny'i uyutmak için söylediğin ninnileri saymıyorum bile. Bazı çocuklarda görülen normal bir davranıştı bu. Kimi pedagoglara göre son derece de sağlıklı bir davranış; daha çocukken olmayan karakterler yaratmak güçlü bir hayal dünyasının varlığını gösterirmiş. Ama baban bunu anlamakta zorlanıyor, senin anormal bir durum içinde olduğunu düşünüyordu.

'Kızımızı doktora götürmeliyiz' diye tutturdu.

'Buna gerek yok' dedim, 'Karen dünyayla ilişki kurmaya çalışıyor sadece. Varoluşuna anlam katmak için uğraşıyor.'

'Bu nasıl anlam katmak, gece gündüz var olmayan bir çocukla konuşuyor.'

Babanla biraz eğlenmek istedim.

'Sunny'nin gerçek olmadığını nereden biliyorsun?' diye sordum.

Benim saf Poyraz'ım, 'Gerçek mi?' dedi mucizelere inanmaya hazır bir tavırla, 'Yoksa sen de mi gördün?'

'Hayır, görmedim ama belki de Tanrı o sarışın çocuk olarak görünüyordur Karen'a. Sen demedin mi Tanrı ancak en saf ve masum olanlara görünür diye.'

Aklı karışmış, üzüm karası gözlerinde tuhaf bir parıltı belirmişti.

'Yani o hayali çocuk sence...'

'Niye olmasın? Sen Tanrı'yı bulmak için aklın ve bedenin isteklerinden vazgeçmeye, en masum haline dönmeye çalışmıyor musun? Bir anlamda çocuk olmak için çabalamıyor musun? Karen zaten öyle. Tanrı da onunla böyle bir iletişim kurmuş olamaz mı?'

'İyi de' diye karşı çıktı. 'Tanrı niye Karen'ı seçsin ki?'

Yine kendi sözlerini hatırlattım.

'Tanrı ona gerçekten ihtiyaç duyanların yanına gider. Belki de bizim Karen'ımızın ona çok ihtiyacı var.'

Hayır, kafasına yatmıyordu söylediklerim.

'Sanmıyorum' dedi başını sallayarak, 'Bu psikolojik bir problem. Onu bir doktora götürsek iyi olacak.'

Canımı sıkmaya başlamıştı.

'Niye?' diye çıkıştım, 'Sana hiç görünmemiş, hiç seslenmemiş ilahi bir varlıkla gece gündüz konuşuyor, ona yalvarıyorsun sende psikolojik problem olmuyor da neden Karen'da oluyormuş?'

Abuk sabuk bir şey söylemişim gibi alıngan bir tavırla bakmıştı yüzüme. Çünkü o öfkelenmesini bilmezdi.

'Ne demek istiyorsun Susan? Benim Allah'a yalvarıp, yakarmamla Kimya'nın Sunny diye olmayan bir arkadaş yaratması aynı şey mi?'

Onu çıldırtan o soğukkanlı tavrımı takınıp, 'Bilmiyorum' dedim gözlerinin içine bakarak. 'Sen de bilmiyorsun.'

Usulca başını salladı.

'Bu kadar basit değil. Küçük bir çocuğun kafasında yarattığı bir hayal ile Allah'ı bir tutamazsın.'

Kendimden emin gülümsedim.

'Tutarım, bence ikisi birbirine çok benziyor. Senin Tanrı'yla yaptığın konuşmayla Karen'ın Sunny'yle yaptığı konuşma arasında hiçbir fark yok; ikisi de masum, ikisi de saf, ikisi de anlam arayışı sadece. Ya da yalnızlığımıza çare bulma arayışı.'

Baban daha fazla dayanamadı.

'İnsanların inançlarını böyle değerlendiremezsin. Dini sadece akılla kavrayamazsın.' Sanki benim için üzülüyormuş gibi baktı yüzüme. 'İnanç meselesinde nasıl istersen öyle düşünebilirsin ama Kimya hasta olursa seni uyardığımı unutma.' Sonra da odasına kapanıp ney üflemeye başlamıştı. Ama bir daha da bu konuyu açmamıştı. İlkokula başlayınca sen de Sunny'i unutmuştun zaten."

Aslında ilkokula başlayınca unutmamıştım Sunny'i. İlkokulda Tony adında bir sıra arkadaşım olmuştu. O da sarışındı ama ne saçları kıvırcıktı, ne de gözleri mavi. Saçları düzdü, seyrekti, yarı kapalı göz kapaklarının altındaki gözleri ise yeşildi, elaya yakın açık yeşil. Yine de onu hayali arkadaşımın yerine koymuş olmalıyım ki, birkaç kez uyarmıştı beni. "Bana Sunny deme Karen, benim adım Tony" diye. İlk öpüştüğüm oğlan da Tony olmuştu. Ne yaptığımızın farkında olmadan utangaç bir şekilde dudaklarımızı birbirine değdirmiştik. Sonra rahip oldu Tony. Ailesi Katolik'ti, Vatikan'da okudu. İki yıl önce ölüm haberini aldık. Galapagos Adaları'nda Darwin'in Evrim Teorisi'ni çürütmeye yarayacak kanıtlar ararken dev bir kertenkele tarafından ısırılmış, hayvan zehirli olmamasına rağmen açık yara mikrop kapmış ve zavallı Tony kangrenden ölmüştü. Cesedi Vatikan'a gömüldü. Darwin'in laneti demişti annem. Şaka yapmıyordu bunu söylerken, son derece ciddiydi. Tony'nin ölüm haberini aldığımda çok üzülmüştüm ama tuhaf şey, Sunny'i o zaman bile hatırlamamıştım. Ne büyük vefasızlık. Oysa hiçbir arkadaşım yokken yalnızlığımı onunla gidermiş, belki ilk oyunlarımı onunla oynamış, çocukluğumun bütün sırlarını onunla paylaşmıştım. Gerçi Sunny'le konuştuklarımızı bile hatırlamıyorum. Hepsi aklımdan uçup gitmiş ama onun yanında kendimi neşeli, güvende ve özgür hissetmiş olmalıyım. İnsanın her istediğinde yanında bulabileceği böyle bir arkadaşı olsa hayat ne kadar güzel olurdu. Ama bu imkânsızdı, gerçek yaşamda, gerçek kişilerden hiç kimse, hiç kimseye böyle kölece bir bağlılık göstermezdi. Ya Mevlâna? Nasıl da hiç itiraz etmeden, hiç şikâyet etmeden dileklerini yerine getirmişti Şems'in. Üstelik onurunu, gururunu hiçe sayarak. Sahi bunu niye yapmıştı? Şems'i sevdiğinden? Nasıl bir sevgidir ki bu, karşısındakini sürekli sınamak gereğini hissediyor? Sadece sınamak olsa iyi, en çok sevdiklerinden bile vazgeçmeni istiyor. Mevlâna sevdiklerinden vazgeçti mi? Eğer Şems kötü niyetli olsaydı, ne karısı Kira Hatun kalırdı, ne de oğlu Bahaeddin. Mevlâna'ya kadar gitmeye gerek yok ki; babam, Şah Nesim için bizi bırakmadı mı? Evet, gerçekten ne kadar da benziyor babam ile Şah Nesim'in ilişkisi Mevlâna ile Şems'inkine. Belki de onlardan esinlenmiştir babam. Esinlenmek mi, açıkça öğrenmiştir desene şuna. Belki de dinsel bir ritüeldir bu. Ziya Bey'in babası İzzet Bey'e sormalı buluştuğumuzda. Babamın çocukluk arkadaşıymış, üstelik aynı dergâhta büyümüşler, ondan iyi kimse bilemez bunu.

Çalan telefonun zili böldü düşüncelerimi. Yine polisler mi? Aceleyle girdim içeri. Ardı ardına ısrarla çalmayı sürdüren telefonun ahizesini hızla kaldırdım.

"Alo... Buyrun..."

"Alo Miss Karen... Miss Karen siz misiniz?"

Kısık sesle konuşmasına rağmen Mennan'ı tanımıştım.

"Alo... Mennan Bey. Buyrun benim."

"Miss Karen, polisler gittiler mi?"

Birileri bizi dinliyormuş gibi fısıltıyla konuşuyordu.

"Gitti. Bana geldiklerini nereden biliyorsunuz?"

"Çünkü önce bize gelmişlerdi. O Ragıp denen başkomseri katil muamelesi yaptı bana. Sizinle de sabah konuşmaları için ne kadar ısrar ettiysem dinlemedi beni."

Heyecan içinde bir çırpıda sayıp dökmüştü yaşadıklarını.

"Önemli değil" dedim sakinleşmesi için. "Sorularını yanıtladım oldu bitti. Ama kapkaççının öldürülmesi gerçekten de tuhaf."

"Tuhaf, hem de çok tuhaf Miss Karen."

Sesi incelmiş, tiz bir hal almıştı.

"Üstelik ceset de tam çantamın gasp edildiği yerde bulunmuş."

"Merec-el Bahreyn" diye fısıldadı. Sanki büyülü bir cümleymiş gibi sesi titremeye başlamıştı. "İki denizin buluştuğu yer. Tam sizin düştüğünüz yer."

Anlamsız bir korkuya mı kapılmıştı, yoksa bildiği bir şey mi vardı?

"Gerçekten tuhaf" dedim kafasındakileri benimle paylaşması için. "Raslantı olmalı."

"Raslantı mı? Sizin eşyalarınızı çalan adamı öldürüyorlar, sonra da cesedini saldırıya uğradığınız yere bırakıyorlar. Böyle raslantı mı olur?"

Sinirlerim bozulmaya başlamıştı, gerginliğimi belli etmemek için işi alaya vurdum.

"Başkomser Ragıp gibi konuşmaya başladınız Mennan Bey. Böyle giderse katil diye suçlayacaksınız beni."

"Estağfurullah Miss Karen, o ne biçim söz. Benim sizi suçlamak gibi bir niyetim yok."

"Biliyorum, biliyorum" diye yatıştırdım hâlâ nasıl biri olduğuna karar veremediğim Menan'ı. Ama artık ne düşündüğünü de öğrenmek istiyordum. "Sahi beni niye aramıştınız?"

"Şey için, size şeyi söyleyecektim."

Sesi o kadar kısıktı ki duymakta güçlük çekiyordum.

"Biraz yüksek sesle konuşur musunuz, hiçbir şey anlamıyorum."

"Tabii..." O kadar gergindi ki konuşurken yutkunduğunu telefondan bile duydum. "Miss Karen" diye yeniden denedi. "Miss Karen, galiba cinayeti kimin işlediğini biliyorum."

Sözlerinin anlamını tam olarak kavrayamamıştım. "Cinayeti kimin işlediğini biliyor musunuz?" diye yineledi dudaklarım kendiliğinden.

"Evet, katili biliyorum."

"Ne dediğinizin farkında mısınız Mennan Bey?"

"Farkındayım, hemen konuşmamız gerek."

Tüylerim diken diken olmuştu. Mennan ciddi görünüyordu. Yoksa bu işte İkonion Turizm'in sahibi Ziya Bey'in parmağı mı vardı? Onunla işbirliği içinde olan Mennan şimdi pişman olmuş, günah mı çıkarmak istiyordu?

"Peki kimmiş katil?" diye sordum aceleyle.

"Yavaş konuşun lütfen" dedi yine sesini kısarak, "Telefonda anlatamam."

"Nerdesiniz şimdi?"

"Otelin yakınındayım."

Hiç düşünmeden atıldım.

"Tamam, beş dakika sonra lobide buluşalım."

23

Mevlevilikte ölünmez, sadece susulur

Beti benzi atmış bir halde, lobinin en kuytu köşesindeki geniş koltuklardan birinin ucuna oturmuş, beni bekliyordu Mennan. Sanki izleniyormuş gibi gergin bir tavırla birkaç kez kapıya baktığını gördüm. Ne olmuştu bu adamcağıza böyle? Asansörün kapısını kapatıp ona yürürken resepsiyondaki görevli beni fark etti. Başını eğerek küçük bir selam verdikten sonra uykulu gözlerini ovuşturup büyük bir ilgiyle bizi izlemeye hazırlandı. Fikrimi değiştirip resepsiyona yöneldim. Üzerine doğru geldiğimi fark edince hemen toparlandı. Bu gece yaşananlar için kendisini suçlayacağımı düşünmüş olmalı ki heyecandan resepsiyon masasının üzerindeki kalemliğe çarptı, kalemler yere yuvarlandı. Ayaklarımın dibine kadar gelen siyah bir tükenmez kalemi eğilip aldım. Yeniden doğrulduğumda görevli yanımda bitivermişti.

"Zahmet etmeseydiniz, ben toplardım Miss Karen."

"Önemli değil" dedim kalemi ona uzatarak. "Konuğum var, bize çay hazırlatır mısınız?"

"Çay mı?"

Sabahın köründe nereden çıkmıştı şimdi bu çay?

Asılan suratına aldırmadan öteki isteklerimi de sıraladım:

"Yanında biraz bisküvi, kurabiye gibi şeyler olursa iyi olur."

Meraklı görevlimiz kolayca mutsuz bir adama dönüşüvermişti işte.

"Çay, yanında da bisküvi öyle mi?"

Sanki bir felaketi haber verir gibi sıralamıştı sözcükleri.

"Bayat olmasın" diye uyardım. "Eğer tazesi yoksa, hazır bisküvi paketlerinden birini açarsınız."

"Tamam, anladım" diye söylendi güçlükle. "Ama görevliler uyuyordur, yani benim hazırlamam lazım."

Gözleri yardım dilercesine bakıyor, "Ya öyle mi, o zaman boş verin" dememi bekliyordu.

Elbette beklentisini yerine getirmedim, "Minnettar kalırım" dedim gülümseyerek. "Ha bu arada unutmayın lütfen, benim çayım sütlü olacak."

"Tabii, tabii..." Suratı iyice asılmıştı. "Unutmam."

Onu yere dağılan kalemleriyle baş başa bırakıp Mennan'a yöneldim.

Ayakta bekliyordu, beni görür görmez oturduğu koltuktan kalkmış olmalıydı. Elinde deri ciltli, kalın bir kitap tutuyordu. Bu kitap da neyin nesiydi? Yoksa Kuran mı getirmişti yanında? Eğer işimiz kutsal kitaplara kaldıysa Mennan'ın bildiği bir şey yok demekti. Katili bulduk diye boş yere mi heyecanlanmıştım?

Gözlerini bana dikmiş, özür diler gibi bakıyordu. Bu adam titriyor muydu yoksa bana mı öyle geldi? Onu biraz toparlasam iyi olacaktı. Gülümseyerek elimi uzattım.

"Hoş geldiniz Mennan Bey." Hiç sesini çıkarmadan, elimi güçsüzce sıktı. "Buyrun, oturun lütfen."

Sakin halime şaşırmış gibiydi ama söylediğimi de yaptı.

"Çay söyledim, biraz da yiyecek bir şeyler..."

"Ne?"

Sanırım ne dediğimi tam olarak anlamamıştı ama, kibarlık olsun diye, "Teşekkür ederim" dedi. Gözleri sabırsızca kıpırdanıyor, sanki hemen konuya girmek istiyordu. Aslına bakarsanız benim ruh halim de ondan farklı değildi. Bildiklerini duymak, söylediklerinin ne kadarına inanabilirim anlamak istiyordum. Bakışlarım, sanki kutsal bir hazineymiş gibi kucağında sımsıkı tuttuğu kitaba kaydı.

"Şu kitap" dedim cilt kapağın üzerindeki yazıları okumaya çalışarak. "Sizin kutsal kitabınız mı?"

Onun da bakışları anında kitaba döndü.

"Yok, Kuran değil. *Ariflerin Menkıbeleri.*" Gözlerimdeki soru dolu ifadeyi görünce açıkladı. "Mevlâna Hazretleri'nin yaşadığı dönemi anlatıyor. Tabii yaşamına girmiş insanları da."

Rumî'nin yaşamındaki insanlar ha. Demek ki Şems'ten de bahsediyordu bu kitap. Yine dönüp dolaşıp Şems'e gelmiştik işte. Mennan buraya kadar boşuna taşımamış olmalıydı bu kitabı.

"Kim yazmış?"

"Ahmed Eflaki adında tasavvuf ehli bir yazar."

Hiç adını duymamıştım. Bu kadar önemli biriyse, babam mutlaka kitaplarını okumuştur. Belki bana da bahsetmiştir, eğer öyleyse bu bilgi de ötekiler gibi aklımın karanlık bahçesinde kuruyup kalmış olmalı.

"Mevlâna'yla aynı dönemde mi yaşamış bu Eflaki?"

"Daha sonra olmalı. Bu kitabı Hazreti Mevlâna'nın torunu Ulu Arif Çelebi'nin anlattıklarına dayanarak yazmış."

"Mevlâna'nın öz torunu mu?"

"Tabii, Bahaeddin Veled'in oğlu. Hatta Eflaki'nin Sultan Veled'i gördüğü bile söylenir."

Sultan Veled, Şems'e şeyhim diyen şu saygılı genç olmalı, peki Kimya'nın yanında gördüğüm, gözlerinde öfke bulutları gezen o isyankâr delikanlı kimdi? Emin olmak için sordum.

"Sultan Veled'den biraz küçük bir oğlu daha vardı değil mi Mevlâna'nın?"

Suratı gölgelendi.

"Ortanca oğlu Alaeddin. Pek muteber biri sayılmazmış aile arasında."

Şems de hiç sevmiyordu bu genç adamı.

"Neden acaba?"

"Tam bilmiyorum ama uyumsuz bir çocukmuş. Şems'le de sorunlar yaşamış. Şems'in karısı Kimya Hanım'a saygısızlık yaptığını söylüyorlar."

Rüyamda gördüğüm kadarıyla Alaeddin ile Kimya birbirlerine pek yakındılar, onlara uzak olan bizim siyahlar içindeki dervişti. Tamam Alaeddin'e kızıyordu ama Kimya'yla da ilgilenir gibi bir hali yoktu. Neyse, artık işin aslını öğrenmenin zamanı gelmişti. Elimle kitabı göstererek sordum.

"Peki bu kitabın kapkaççının öldürülmesiyle ilgisi ne?"

Yutkunarak kitaba baktı.

"Tek başına ilgisi yok" dedi titreyen ellerini ciltli kapağın üzerinden kaldırarak. "Ama başımıza gelenlerle bu kitabın içindeki bilgileri birleştirince..."

Tahmin ettiğim gibi boşuna heyecanlanmıştım, Mennan'ın katili bildiği filan yoktu. Birtakım mistik olaylardan bahsedecekti. Hayal kırıklığı içinde arkama yaslanarak alaycı bir dille sordum.

"Ne oldu, bilgileri birleştirince katil mi ortaya çıktı?"

O kadar gergindi ki alay ettiğimi bile anlamadı.

"Evet" dedi tutkuyla. "Sizin Konya'ya geldiğinizden bu yana yaşadıklarınızla kitaptaki bilgileri karşılaştırınca katilin kim olduğunu buldum."

Söyleyeceklerinin akla hayale sığmayacak saçmalıklar olacağını bilmeme rağmen, belki de işin içine beni de kattığı için heyecanlanmaktan kendimi alamadım.

"Kimmiş?" diye sordum merakla.

Katili açıklamak yerine, "Euzubillahi mineşşeytanirracim" diyerek sadece şeytan kelimesini anladığım bir dua okudu. Ardından sanki görünmeyen birileri bizi izliyormuş gibi sağa sola baktı. Davranışı mantıksızdı, dahası komikti ama bütün bunları o kadar büyük bir ciddiyet içinde yapıyordu ki, tüylerimin diken diken olmasına engel olamadım. Cinleri, şeytanları kovduğuna ikna olduktan sonra, kulağıma doğru eğildi.

"Katil Şems" dedi korku ve saygının birbirine karıştığı bir sesle. "Şems-i Tebrizi Hazretleri."

Yüreğimin hızlı hızlı çarpmaya başladığını hissettim. Ondaki gerginlik bana da geçmişti. Neler oluyordu bana? Bu akıldışı sözlere gerçekten de inanıyor muydum? Kimdim ben, mistik olayların ışığında yaşamının anlamını arayan babamın kızı Kimya mı, yoksa bütün olaylara son derece mantıklı bir şekilde bakmaya çalışan annemin kızı Karen mı? Galiba ikinci olmak istiyordum; bu yüzden, Mennan'ın ne söylediğini çok açık bir şekilde işitmiş olmama rağmen, belki de biraz daha düşünmek için onaylatma gereği duydum.

"Şems, yani Mevlâna'nın gönül dostu Şems mi?"

"Ta kendisi" dedi gözlerindeki, neredeyse dehşete varan o tuhaf ifadeyi yitirmeden. "Mekânı cennet olsun Şems-i Tebrizi Hazretleri."

İnanmayan hatta biraz da küçümseyen bir ifade takındım.

"Lütfen biraz mantıklı olun Mennan Bey."

Aslında uyarı kendimeydi. Zaten sözlerim de Mennan'nın üzerinde hiç etkili olmadı. Nasıl bu kadar aymaz olabilirsiniz der gibi bakmaya başladı. Aldırmadan sözlerimi tamamladım.

"Lütfen biraz akla yakın konuşun. Söylediğiniz şey, ancak masallarda olur ya da korku filmlerinde. Hiçbir cinayet davası böyle çözülmez. Bize Şems gibi yedi yüz küsur yıl önce ölmüş hayali suçlular değil, gerçek zanlılar lazım."

Acıyarak bakıyordu bana.

"Hiçbir şeyin farkında değilsiniz Miss Karen" dedi. Sesi üzüntü içinde yüzüyordu. "Hiçbir şey bilmiyorsunuz. Mevlevilikte ölünmez, sadece susulur. Ölenler ise sadece susmuş kişilerdir. Onlar aramızda yaşamaya devam ederler. Şems gibi büyük sırlara ermiş Tanrı erleri ise Kıyamet Günü'nü haber veren İsrafil Aleyhisselâm borusunu öttürünceye kadar kim bilir kaç kez seçilmiş kullara yardım etmek için bize görünürler. Suskunluklarını bozarak bizimle konuşurlar." İri iri açılmış gözlerini yüzüme dikerek, "Anlamıyor musunuz Miss Karen?" diyerek sesini yükseltti. "Şems Hazretleri size yardım ediyor."

Bana yüzüğü veren kişinin Şems olduğunu düşünmeye başladığımdan beri zihnimde hep bir seçenek olarak duran ama inanmak istemediğim bir varsayımdan söz ediyordu. Bedenim korkuyla ürperse de aklım direnmeyi sürdürdü.

"İmkânsız" diyerek karşı çıktım. "İmkânsız ama diyelim ki bir mucize oldu da sizin Şems Hazretleri bana yardım etmeye geldi. Diyelim ki mezarından çıktı ya da sizin deyiminizle suskunluğunu bozarak dünya işlerine müdahele etmek istedi. Ama söyler misiniz, o kapkaççıyı öldürerek bana nasıl bir yardımda bulunmuş oldu? Üstelik, onun gibi insanlığın en olgun mertebesinde olan bir derviş, karşısındaki adi bir hırsız bile olsa, cana kıyar mı? İnsan öldürür mü?"

Eliyle kitabın üzerine usulca vurarak, "Başlarda ben de sizin gibi düşündüm" dedi. Yine sesini kısmıştı. "Mesela Mevlâna Hazretleri karıncayı bile incitmekten kaçınırmış. Bırakın şiddet uygulamayı, en rezil insanlara bile kötü söz söylemek yerine, onlarla karşılaşmamaya çalışırmış. Ama Şems-i Tebrizi Hazretleri başkaymış."

Şems'in sözleri yankılandı kulaklarımda. "Ona hiç ikiyüzlülük etmedim. Hem iyi tarafımı, hem de kötü tarafımı gösterdim ki beni tanıyabilsin." Ama hemen kovdum bu sesleri kulağımdan. Ne düşündüğümden habersiz olan Mennan kendini kaptırmış anlatıyordu, o kadar çok inanıyordu ki söylediklerine, neredeyse gözleri yaşlarla dolacaktı. İmam hatip okulunda okuduğu günlerdeki genç Mennan olup çıkıvermişti anlaşılan.

"Hepsi bu kitapta yazıyor. Şems Hazretleri'nin bir unvanı da Seyfullah'mış. Yani 'Allah'ın Kılıcı'. O kendisine ve sevdiklerine saygısızlık edenleri hiçbir zaman bağışlamamış."

Kalın parmakları kitabın sayfalarını araladı.

"Bakın burada yazıyor işte: 'Kalbi uyanık bazı büyükler Şems-i Tebrizi'ye Seyfullah (Allah'ın Kılıcı) derlerdi; çünkü o kimden incindiyse, ya onu öldürür ya da ruhunda yaralar açardı.'"

"Bu sözler hiçbir şey kanıtlamıyor."

Neden anlamıyorsunuz dercesine başını salladı.

"Şems-i Tebrizi Hazretleri asla sıradan bir derviş değildi. Size bu kitapta yazan birkaç olayı anlatmak istiyorum. Şems-i Tebrizi Hazretleri bir gün Kayseri'den Aksaray'a gelmiş. Oradaki bir mescitte konaklamış. Yatsı namazından sonra caminin müezzini kaba bir şekilde onu kovmaya kalkışmış. 'Buradan git, başka yerde konakla' demiş. Şems Hazretleri adamı iknaya çalışmış. 'Beni mazur gör, buralarda yabancı bir adamım, kimseyi tanımıyorum. Bırak şurada rahat edeyim' demiş. Ama müezzin işi terbiyesizliğe kadar vardırmış, Şems Hazretleri'ne hakaretler yağdırmış. Bunun üzerine Şems Hazretleri, kalkmış mescitten çıkmış ama giderken de müezzine dönmüş. 'Dilin şişsin' demiş. Anında müezzinin dili şişmeye başlamış. Şems Hazretleri de hiç aldırmadan Konya'nın yolunu tutmuş. O sırada camiye gelen imam, müezzini yerde can çekişirken bulmuş. 'Ne oldu, ne bu halin?' diye sorunca müezzin, 'Beni bu hale getiren o gezgin derviştir. Git onu bul, yoksa öleceğim' demiş. İmam hemen yola koyulmuş, Kulkul Suyu'nun oralarda Şems Hazretleri'ne ulaşmış. Bu büyük dervişin ayaklarına kapanmış, 'Aman, o miskin sizin ne kadar büyük bir adam olduğunuzu bilemedi, ne olur onu bağışlayın' demiş. Özürler dilemiş, ricalarda bulunmuş ama Şems Hazretleri başını sallamış. 'İş işten geçmiştir ve hüküm çıkmıştır, ben bir şey yapamam ama onun imanla ölmesi ve ahiret azabı görmemesi için dua ederim' demiş. Şems'in sözünden dönmeyecek kadar kararlı biri olduğunu anlayan imam, ona inanmış ve mürit olmuş. Yeniden camiye döndüğünde bakmış ki, zavallı müezzin boğularak çoktan Hakk'ın rahmetine kavuşmuş."

Bu gerçekliği kuşkulu söylentilerle Şems'in kişiliği arasında nasıl bir bağ kurmuştu Mennan anlamıyordum.

"Bunlara inanıyor musunuz?" diye sordum. "Daha çok bir efsaneye benziyor."

Büyük bir mucizenin içinde yaşayan birinin yatıştırılamaz hayretiyle açıklamaya başladı.

"Efsane değil, bunlar gerçek. Ahmed Eflaki Dede bunları Mevlâna'nın eserlerinden, oğlu Sultan Veled'in yazdıklarından, o dönem yaşamış insanların tanıklıklarının yer aldığı kaynaklardan yararlanarak kaleme almış. Tamam belki biraz abartmış olabilir. Ama Şems Hazretleri'nin kudreti hakkında o kadar çok hikâye var ki. Mesela bir de Bağdat'ta geçen bir olay var."

Dinlemek isteyip istemediğimi sormadan başladı anlatmaya.

"Şems Hazretleri bir gün Bağdat'ta bir sarayın kapısından geçiyormuş. Bir müzik sesi duymuş, dinlemek için içeri girmiş. Sarayın efendisi onu görünce kölesine emretmiş. 'Şu dervişe vur da gitsin.' Köle kılıcını çekerek Şems Hazretleri'nin üzerine saldırmış, fakat kaldırdığı elini indirememiş, çünkü koluna felç gelmiş. Efendi, öteki köleye emretmiş. Ama onun da Şems Hazretleri'ne vurmak için kalkan kolu donup kalmış. Şems Hazretleri de saraydan çıkıp gitmiş. Sarayın efendisi arkasından asker yollamış ama ona kimse yetişememiş. Sarayın efendisi de iki gün sonra ölüp gitmiş."

Yüzü heyecanla parlıyordu; alnındaki ter damlaları, gözlerindeki ışık, yanaklarını basan ateş, mimikleri, ağzını açışı, hepsi gösteriyordu ki, Mennan bütün benliğiyle inanıyordu anlattıklarına. Ama o anlattıkça ben korkularımdan, o mistik saçmalıklardan kurtulmuş, bedenimi, ruhumu, beni ben yapan ne varsa hepsini aklımın emrine sokmuştum yeniden.

"Üzgünüm ama Mennan Bey, anlattıklarınızın hiçbiri Şems'in yedi yüz küsur yıl öncesinden gelip cinayet işlemiş olduğunu kanıtlamıyor."

Çok önemli bir sır söyleyecekmiş gibi etrafına bakındıktan sonra, "Mesele cinayet değil" dedi fısıldayarak. "Hâlâ anlamıyor musunuz; Şems Hazretleri, size yardım etmek için burada."

Yine bir ürperti dalgası yaladı sırtımı. Mennan da susmuş, sözlerinin anlamını kavramam için bekliyordu. Yüzünde çok önemli bir fırsatı kaçırıyorsunuz diyen bir ifade vardı.

"Bunun kıymetini bilin" diye başladı söze. Artık sesi biraz daha yüksek çıkıyordu. "Şu Konya'da binlerce insanın dileğidir bu. Sizin ayağınıza gelmiş, geri tepmeyin. Yapmayın, Şems Hazretleri'nin size yardım etmesine izin verin."

Kötü bir şey söylemiyordu aslında, üstelik son derece nazik bir üslupla konuşuyordu ama yine de canımı sıktı sözleri.

"Benim yardıma ihtiyacım yok ki" dedim ilgisiz bir tavır takınarak. "Oteldeki yangın kaza mı, sabotaj mı, onu mu söyleyecek bize? Bu gerçeği mi açıklayacak?"

Ağzımdan bu sözler çıkarken, Şems'in sesi yine çınlamaya başladı kulaklarımda. "Yangını kimin çıkardığı hakikatle ilgili değil... Parayla ilgili. Sen iblislerin cirit attığı o yangın yerinde hakikati aramıyorsun, parayı arıyorsun. Hakikat paradan daha değerlidir."

Sanki aynı sözleri işitmiş gibi: "Şems Hazretleri'nin hakikati, oteldeki yangını kimin çıkardığı gerçeğinden daha büyüktür" dedi Mennan sakin bir tavırla. "Hangi konuda yardım edeceğini bilmiyorum ama lastiğin tam da Şems Hazretleri'nin Türbesi'nin önünde patlaması bir raslantı değildi, size o yüzüğün verilmesi de." Gözleri çakmak çakmak olmuştu. Alnındaki ter damlacıkları neredeyse kaşlarının arasından yüzüne süzülecekti, aldırmadan sürdürdü. "Evet, Miss Karen o yüzükten akan da boya filan değildi, kesinlikle kandı. Ve size saldıran hırsızın sol elinin kesilerek boğazına sokulması da raslantı değildi. Çünkü hırsız, Şems-i Tebrizi Hazretleri'nin size verdiği yüzüğü de çalmıştı. Üstelik bu işi Şems-i Tebrizi Hazretleri ile Mevlâna Hazretleri'nin ilk buluştuğu yerde yapmıştı. Bundan büyük saygısızlık olur mu? Şems-i Tebrizi Hazretleri bu saygısızlığa hiç göz yumar mı? Hırsızlık yaptığı için, Kuran'daki Maide suresinde söylendiği üzere, 'Hırsızlık yapanın suçu sabit oldu mu, Allah tarafından ceza olarak ellerini kesin' buyruğunca, önce kapkaççının elini bilekten kesti ama size verdiği kutsal emaneti yani kanayan yüzüğü çaldığı için, üstelik bu işi, gönül yoldaşı Mevlâna Hazretleri'yle buluştukları yerde yaptığı için de adamın elini boğazına sokarak öldürdü. Çünkü ödül gibi ceza da haktır diye buyurulmuştur."

Doğru fikir yürütüyordu, olayları gayet zekice birbirine bağlamıştı, vardığı sonuç da mantıklıydı ama varsayımının üzerinde yükseldiği zemin tümüyle hayali, tümüyle gerçek dışıydı. Yine de onunla tartışma gereği duydum.

"Diyelim ki söyledikleriniz doğru. Diyelim ki yedi yüz küsur yıl önce ölen bir derviş bir konuda bana yardım etmek istiyor. Bunu niye yapsın? Ben onun nesiyim ki? Daha Londra'dan geleli iki gün oldu. Üstelik Müslüman bile değilim."

Mennan'ın yanıtı hazırdı.

"Babanız Poyraz Efendi. O da bir Mevleviymiş, Tanrı eri olma yolundaymış. Gerçi dergâhı bırakıp Londra'ya gitmiş, sonrasını bilmiyoruz ama..."

Sonrasını bilmiyormuş, herife bak, bir de ima yapıyor. Bir babam kalmıştı bu işe bulaştırılmayan.

"Babamı bu işe karıştırmayın."

Emir verir gibi çıkmıştı sözcükler ağzımdan. Katı, kesin, sinirli. Sinirlendiğimi fark etmemiş olamazdı Mennan, fakat olaya öyle kaptırmıştı ki kendini, büyük bir cesaretle beni ikna etmeyi sürdürdü.

"Ama olanları anlamak için..."

"Yeter!" Artık sesim azarlar gibi çıkıyordu. "Yeter, babamın bunlarla bir ilgisi yok."

Nerede yanlış yaptığını bulmaya çalışır gibiydi.

"Niye sinirlendiğinizi anlamadım."

"Nasıl sinirlenmeyeyim" diye çıkıştım. "Sabahtan beri bana abuk sabuk hayalet hikâyeleri anlatıyorsunuz, sizi sabırla dinledim. Akla hayale sığmayacak senaryolar yazdınız yine sesimi çıkarmadım ama buraya kadar. Ailem hakkında konuşamazsınız. Babamdan bahsediyorsunuz, tanımadığınız bir insan hakkında nasıl fikir yürütürsünüz?"

Ne diyeceğini bilemeden ardı ardına yutkunduktan sonra konuşabildi:

"Özür dilerim amacım ne babanıza dil uzatmak, ne de sizi üzmekti."

"Üzdünüz ama" dedim uzlaşmaz bir tavırla. Babam hakkında konuşması gerçekten de zoruma gitmişti, fakat beni asıl çileden çıkartan ileri sürdüğü görüşlerle, gece rüyalarımda gördüğüm kâbusları gündüzlere taşımasıydı. Korkularımın gerçek çıkacağı kehanetinde bulunmasıydı. Öfkeme engel olamıyordum.

"Siz" diye suçladım onu acımasızca, "Siz, olmasını umduğunuz şeyleri olmuş gibi gösteriyorsunuz. Bakın Mennan Bey, insanların inançlarına saygı duyarım ama başkalarına dayatmadıkları sürece. Bu olayın Şems'le ilgisi yok, olamaz da. Sakın polisin yanında böyle konuşmayın. Deli muamelesi yaparlar size."

Karşılık verecekti ki meraklı resepsiyon görevlisi yüzünde sıkıntılı bir ifade, elinde çay tepsisiyle lobide belirdi. Onu görünce sustu Mennan. Konuşsa ne olacaktı ki, artık beni inandıramayacağını biliyordu. Boynunu bükerek, kucağında duran yedi yüz yıllık kitabı saygıyla kapattı.

24
Kuşku yok ki hüküm onundur

Odama döndüğümde güneş hâlâ puslu bulutların ardından çıkmamıştı. Emniyete saat onda gideceğimizi söylemişti Mennan. Ona bıraksam önümüzdeki dört saat boyunca benimle Şems konusunu tartışacaktı. Bu fırsatı kaçırmak istemiyordu. Yıllardır kitaplarda okuduğu, ondan bundan duyduğu ama gerçekleştiğine bir türlü tanık olmadığı mucize, Londra'dan gelen bir kadınla birlikte karşısına çıkıvermişti. Kesinlikle inanıyordu buna. İnanmasa mistik bir dedektif gibi gece boyunca yaklaşık yedi yüz yıl önce yazılmış bir kitabın içinde gerçek bir cinayetin katilini aramaya kalkışır mıydı? Eminim gözünü hiç kırpmamıştır. Eve gider gitmez okumaya başlamış olmalıydı *Ariflerin Menkıbeler*'ni. Başkomser Ragıp'ın ziyaretiyle kesilmiştir okuma süreci. Polisler gider gitmez de heyecanına engel olamayarak beni aradı işte. Kim bilir şimdi nasıl mutsuzdur. "Evinize gidip uyuyun" dedim ama sözlerim hiçbir işe yaramayacak. Sanırım ofisine giderek, yeni kanıtlar bulmak için yeniden karıştırmaya başlayacak o kitabın sayfalarını. Belki başka kaynaklarda arayacak tezinin kanıtlarını. Kan çanağına dönmüş gözlerindeki o çılgın ifade neydi öyle? Zavallı adamcağız aklını kaçırmasa bari... Mennan'a söylüyordum ama benim halim de ondan çok farklı değildi. Üstelik o, geçmişi kitap sayfalarında okuyor, ben rüyalarımda birebir yaşıyorum.

Sahi ne oluyordu bana? Dur, dur... Bana bir şey olduğu filan yok. Raslantılar, sadece birbiri ardına gelen raslantılar. Eğer Mennan'ın şu dinle ilgili takıntısı olmasa, o da yaşananları raslantı olarak değerlendirirdi. Belki de başımıza gelen bu tuhaf olayları otel yangınıyla ilgili soruşturmamıza bağlardı. Örneğin, dün gece bana yapılan saldırının arkasında İkonion Turizm'in olduğunu düşünürdü ki, bu hiç de uzak bir olasılık değil aslında. Londralı kadın, bir gece hiç bilmediği bir kentte saldırıya uğrar. Amaç onu korkutmak, Yakut Otel'de çıkan yangının bir kaza değil, sabotaj olduğunu araştırmaya kalkışmasını önlemek, patronunun parasını değil, kendi canını düşünerek hemen Londra'ya dönmesini sağlamaktır. Son derece makul bir varsayım. Evet, mistik duyguları güçlü olmasa Mennan tam da böyle düşünürdü. Tabii İkonion Turizm'in tertiplediği bu tezgâhın içinde kendisi de yer almıyorsa. Yok canım, bu geceki halini gördükten sonra Mennan'ın böyle bir planın içinde yer almadığını artık kesinlikle söyleyebilirim. O kadar emin olma, şu yeni satın alınmış Mercedes meselesini öğrenmedin hâlâ... Bilmiyorum, bana bu işlere bulaşacak biri gibi gelmiyor. Belki başlarda bu entrikanın içinde yer alıyordu da kapkaççı cinayetiyle birlikte pişmanlık duymaya başlamıştı. Yüzündeki dehşetin nedeni de buydu. Düşmanlarımla işbirliği yaptığı için Şems tarafından cezalandırılacağını düşünerek büyük bir korkuya kapılmıştı. Öte yandan Şems'e dair anlattıkları, daha doğrusu onun değil de kendisi de bir Mevlevi olan Ahmed Eflaki'nin yazdıkları çok şaşırtıcı. Şems gerçekten de bu kadar acımasız biri miydi? Eflaki'nin verdiği örnekler öyle olduğunu söylüyor. Aslında bunu tam olarak bilmek imkânsız. Yazar birebir gördüklerini, yaşadıklarını kaleme almamış ki. İkinci ya da üçüncü kişilerden duyduklarını, okuduklarını yazmış. Yazarken de doğal olarak kendi düşünce ve duygularını da katmış işin içine. Yazdıklarının ne kadarı gerçek, ne kadarı kurgu kestirmek zor. Ama Şems gibi, Mevlâna Celaleddin Rumî'nin yaşamında büyük önemi olan bir dervişin mezarının aynı türbe içinde yer almıyor olması bile manidar. Mevlâna'ya kendi ailesinden bile daha yakın olan bu derviş, sanki birileri tarafından ondan uzaklaştırılmış, yok sayılmak istenmişti. Mevlâna'nın dışından bakıldığında bile gerçek bir sanat yapıtı olduğu anlaşılan o yeşil kubbeli türbesinin yanında, Şems'in mütevazı türbesi ve camii, sıradan binaların arasında unutulmuş küçük bir mescit gibi kalıyor. Bunu neden yapmışlardı ki ona? Yaşamının son dönemlerinde yanlış bir davranışta mı bulunmuştu? Mevlâna'nın ailesinden birini mi incitmişti? Bilmediğim ne kadar çok şey vardı bu adam hakkında. Ama en önemlisi nasıl öldüğüydü. Böylesine ilginç bir insanın yaşamı nasıl, ne şekilde son bulmuştu acaba? Bu soruyu kendime ikinci kez sorduğumu hatırlayınca canım sıkıldı. Aslında yanıtı bulmam çok kolaydı. Bilgisayarı açsam, Google adındaki sanal cin hemen söylerdi nasıl öldüğünü. Ama şu anda bunu yapacak enerjiyi kendimde bulamıyordum. Saate baktım, henüz altıyı yirmi üç geçiyordu.

Biraz uyusam. Bakışlarım aceleyle toparlanmış yatağıma kaydı, yok, yeniden oraya uzanmak gelmiyordu içimden. Oysa bu gece doğru dürüst uyuyamamıştım bile; başım zonkluyor, boynum ağrıyor, gözlerimin içi yanıyordu. Belki ılık bir banyo iyi gelirdi. Banyoya geçtim, küvet pek öyle ahım şahım değildi ama işimi görürdü. Sıcak ve soğuk su musluklarını açarak istediğim ısıyı elde ettikten sonra küvetin dolması için öylece bıraktım. Pantolonumu çıkartırken, sol bacağımdaki morartıyı fark ettim. Kalça kemiğimin hizasındaydı, dokununca için için ağrıyordu. Düştüğümde çarpmış olmalıydım. Aynada sırtıma baktım, derin olmasa da çizikler vardı. Yine de ucuz atlatmıştım, sert bir düşüşle başımı çarpabilir, beyin kanamasından ölebilirdim. Döndüm, bakışlarım karnıma kaydı, bebeği de kaybedebilirdim tabii. Neyse ki bir şey olmamıştı. Ne kanama vardı, ne de bir ağrı. Ellerimi karnımın üzerine koydum. Ne bir kıpırtı, ne içerideki canlının varlığını gösteren bir duygu. Ama biliyordum bebeğim oradaydı. Nasıl biri olacaktı acaba? İyi biri olacaktı, emindim bundan, onu iyi yetiştirirsek, kötülüğün kol gezdiği bu dünyada az sayıdaki iyi insandan biri olacaktı... Bu kadar emin konuşma, ya annemin nefret ettiği, kendini dünyanın göbek deliği zanneden egosu şişkin manyaklardan, başkasının görüşlerine tahammül edemeyen züppelerden, empati duygusu gelişmemiş insan görünümlü ilkel varlıklardan biri olursa? Neler geçiyordu aklımdan böyle? Yerimde başka bir hamile kadın olsa, çocuğun kız mı, erkek mi olacağını düşünürdü. Benim aklım ise nelere çalışıyor. Ee ne de olsa eski hippi, her zaman muhalif Susan'ın kızıydım.

Sahi bizim bebek kız mı, yoksa erkek mi olacaktı? Kime benzeyecekti, bana mı, Nigel'a mı? Siyahi bir bebek! Nasıl şeker bir şey olurdu kim bilir? Annem mutluluktan kafayı yerdi herhalde. Bebeğin melez olmayacağı ne malum? Ya da benim gibi beyaz. Ama bunların yanıtını öğrenmek için önce bebeği doğurmaya karar vermem gerekiyordu. Benim mi? Nigel'a sormayacak mıyım? Sordun ya, istemediğini söyledi. Sen de kuzu kuzu kabul ettin. Hayır, sadece sessiz kaldım, kendi fikrimi söylemedim. Çünkü karar vermiş değildim, hâlâ da ne yapacağımı bilmiyorum. Zaten şu anda bebek hakkında karar vermekten daha önemli sorunlarım var. Vakit yitirmeden şu Yakut Otel yangını hakkındaki raporumu yazıp buradan gitmeliyim. Nasıl gideceksem, artık pasaportum da yok.

Küvetin yarıdan fazlası dolmuştu, elimle suya dokundum, tam istediğim gibiydi, ne çok sıcak, ne de soğuk. Daha fazla beklemeden küvete girdim, boylu boyunca uzandım ılık suyun içerisine. Oh, çok iyi gelmişti. Parmaklarımın ucundan, saçlarımın dibine kadar bir rahatlama yayıldı. Küçükken annemle birlikte girerdik küvete. Bunun gibi değil, nerdeyse üç kişiyi alabilecek kadar genişti küvetimiz. Daha jakuzi icat edilmeden önce büyükbabam Ken özel olarak yaptırmıştı. Annem küvete girmeden önce bütün ışıkları kapatır, mumları, tütsüleri yakar, lavanta, ıhlamur çiçeği ve doğadan topladığı kimi otları, yaprakları, bitki köklerini suya atar ve tabii huzur verici bir de müzik koyarak, banyomuzu eski zaman kavimlerinin ayin odasına çevirirdi. Bazen kendi yaptığına kendi de güler, bazen de bilimsel açıklamalara girişirdi. "Bütün canlılar sudan geldiği için, su bizi rahatlatıyor. Çünkü aslımıza, ana kucağına dönüyoruz. Bu, ana kucağına dönüşümüzü kutlama törenidir." Annemin kızıla çalan sarı uzun saçlarını suyun üzerine salışını, sanki bir tanrıçaya bakar gibi merakla, büyük bir saygıyla izlerdim. Her ne kadar annem şu anda benden binlerce kilometre ötede de olsa onu düşünmek bile bana güven veriyordu. Kendimi ana kucağındaki bir çocuk gibi doygun ve huzurlu hissediyordum. Ilık su bedenimdeki bütün ağırlığı alıyor, zihnim tatlı bir uyuşukluğa doğru usulca kayıyordu. Piyano eşliğinde söylenen bir blues şarkısı çınlamaya başladı kulaklarımda: Amerika'dan gelen Kızılderili bir caz şarkıcısının bestesiydi. Şarkının ismi: "Genç Dağ Rüzgârının Bahçedeki İlk Gezintisi"ydi. Bahçeyi ilk kez gören bir rüzgârın gözünden ağaçların, çiçeklerin, otların ve insanların anlatılması. Bu şarkıyı ilk kez nerede dinlediğimi hatırlamasam da gözlerimi kapatarak ben de katıldım rüzgârın bahçedeki gezisine. Bir çiçektozunun, rüzgârın saydam kanatlarına binerek ağaçların arasına dalmasına benziyordu bu gezi. Kestane ağaçlarının, kavakların, meşelerin farklı tonlardan oluşan yeşil yapraklarının arasından geçiyordum. Ilık, nemli bir buğu yüzümü yalıyordu. Yere yaklaşınca güzel bir sürpriz gibi sarı, pembe, mor, kırmızı, beyaz renkli kasımpatılar, ortancalar, menekşeler belirdi gözlerimin önünde. Renkleri o kadar canlı, çiçekleri o kadar narindi ki, güzellikleri başımı döndürüyordu. Ansızın onu fark ettim, taze çimenlerin arasında ağır ağır ilerleyen bir kaplumbağa. Yaklaştım, sırtının sağ tarafında bir papatya resmi vardı, sol yanında ise barış işareti. Bu bizim Cornelius'tu; annem sekiz yaşındayken dedemin ona arkadaş olsun diye aldığı kaplumbağa. Sol taraftaki barış işaretini annem çizmişti, babamla tanıştığı Doğu gezisinden döndükten sonra, sağ taraftaki papatyayı ise ben çizmiştim babam bizi terk etmeden önce. İyi de Cornelius ölmemiş miydi? Annemle birlikte onu dev çınar ağacının altına gömmemiş miydik? Eğilip ailemizin belki de en eski üyelerinden biri olan bu yaşlı kaplumbağanın sert sırtını sevgiyle okşadım. Sanki hissetmiş gibi o komik kafasını dışarı çıkarıp beni selamladı. Aynı anda tanıdık bir sesin söylediği tanıdık bir tekerleme çalındı kulağıma.

> Hu, hu, hu derviş / Derviş bir dergâh açmış / Eteği sırlar saçmış /Ama kimse bilmemiş / Hu, hu, hu derviş / Başı göklere ermiş / Sakalı yere değmiş / Dudağı sırlar saçmış / Ama kimse duymamış...

Bu, bebekken babamın beni uyutmak için söylediği bir tekerlemeydi, tıpkı ninni gibi. Aradan yıllar geçtikten sonra da bu tekerlemeyi unutmadığımı söylerdi annem. İlkokula gidene kadar bebeklerimi uyutmak için ben de mırıldanır dururmuşum. İyi de şimdi kim söylüyordu bu tekerlemeyi?

Başımı sesin geldiği yöne çevirdim, bulutsuz bir gökyüzü kadar mavi bir çift göz karşıladı beni. Kıvırcık sarı saçları sabah güneşinin ışıkları altında parıldıyordu.

"Sunny" diye mırıldandım şaşkınlıkla. "Sunny sen misin?"

Soruma hiç şaşırmamış gibiydi.

"Benim" dedi her zamanki masum tavrıyla. "Yoksa seni unuttuğumu mu sanmıştın?"

Sesindeki sitem fark edilmeyecek gibi değildi. Sen beni unuttun ama ben seni aklımdan hiç çıkarmadım der gibi bakıyordu mavi gözleri. Boğazımın düğümlendiğini, gözlerimin yaşardığını hissettim, kollarımı açarak kucakladım onu.

"Sunny! Seni çok özlemişim."

O da bana sımsıkı sarıldı.

"Ben de seni."

Hayali arkadaşım artık soyut bir varlık değil, sesiyle, bedeniyle gerçek bir insandı.

"Hiç değişmemişsin" dedim birbirimizden kopunca. "Hâlâ çok güzel bir çocuksun."

Tepeden tırnağa süzdü beni.

"Sen değişmişsin." Buruk bir ifade yerleşmişti mavi gözlerine. "Annen gibi olmuşsun, ben eski halini daha çok seviyorum."

Etrafa bakındım, evet annemin bahçesindeydik. Ben büyümüştüm ama ev hiç değişmemişti; tıpkı o günlerdeki gibiydi. Bakışlarım yeniden ilk sırdaşım, ilk arkadaşım Sunny'e kaydı.

"Ne yapıyorsun burada?"

"Seni bekliyorum."

"Beni mi? Niye?"

"Çünkü beklememi söylemiştin. Hatırlamıyor musun, havuzun başında oynuyorduk hani..."

Havuzu şimdi fark ediyordum; Sunny'nin hemen arkasındaydı. Bizim saklı bahçemiz. Yeşil yosunların arasında kırmızı balıkların yüzdüğü, üzeri beyazlı sarılı nilüferlerle kaplı, çevresi taşlarla çevrili geniş havuz. Karanlık basınca bir kurbağa korosunun neşeli şarkılar söylediği gizli oyun yerimiz.

"Baban seni çağırmıştı" diye sürdürdü Sunny sözlerini. "Gitmek zorunda kaldın ama giderken, 'Sakın bir yere kıpırdama, hemen döneceğim' demiştin. O günden beri seni bekliyorum."

Çok utanmıştım, uzanıp çocukluk arkadaşımın minik ellerini tuttum.

"Özür dilerim Sunny" dedim pişmanlık dolu bir sesle. "Seni unutmuşum."

Bağışlayan bir gülümseme belirdi yüzünde.

"Senin suçun değil, bütün yetişkinlerde oluyor. İnsanlar büyüyünce hislerine duydukları güven azalıyor. Görmedikleri, dokunmadıkları, işitmedikleri, koklamadıkları, tatmadıkları şeylere inanmıyorlar. Hayal kurma yeteneğini kaybediyorlar. Mucizelerin gerçek olamayacağını düşünüyorlar. Sen de öyle oldun."

Ne kadar güzel açıklıyordu her şeyi.

"Bunları nereden öğrendin?"

Senin bana bıraktığın kitaplardan demesini bekliyordum.

"Bir arkadaşımdan" dedi yüzünde gizemli bir gülümsemeyle. "Senin gibi bir arkadaşımdan. Seni beklerken yalnızlığıma ortak olan bir yetişkinden."

"Yetişkin! Yani büyük biri."

"Evet, kocaman biri ama o büyüyünce de hayal kurma yeteneğini kaybetmemiş."

İçimde kıskançlığa benzer kıpırtılar uyanmaya başladı.

"Kimmiş bu arkadaşın?"

"Onu tanıyorsun." Sözlerinin doğruluğundan emin biri gibi konuşuyordu. "İstersen ona götürebilirim seni."

Ne söyleyeceğimi bile beklemeden elimden tutarak eve doğru sürükledi. Kime götürüyordu beni? Anneme mi, babama mı? Öyle olsa söylemez miydi?

"Onun isminin anlamı da benimki gibi güneşle ilgili" diye mırıldandı. Bir zamanlar onunla oynadığımız bir oyunu hatırlamıştı Sunny. Aklımızdan birinin isimini tutar, ötekinin bilmesini isterdik. Tabii aklından isim tutan kişi, tıpkı şimdi Sunny'nin yaptığı gibi arada bir ipuçları verirdi. İsminin anlamı güneşle ilgili kim vardı bizim evde? Çocukluk yıllarımda evde çalışan hizmetçilerden biri mi? Kimlerdi onlar, Helen, Emily, Kate, hayır onlardan biri değil. Yoksa bahçıvan mı? Yaşlı Alec mi, değil. İyi de kim bu?

"Biraz daha bilgi istiyorum" dedim ben de oyuna kendimi kaptırarak. "Bizim evde mi yaşıyor bu kişi?"

Dudaklarındaki gizem, gözlerine geçti, mavi gözleri bir sırrı saklıyormuş gibi harelendi.

"Şu anda burada."

"Daha önce neredeymiş?"

"Onu söylemedi ama seni de, beni de çok iyi tanıyor."

İşte bu hayret vericiydi. Beni tanıyabilirdi ama hayalimdeki arkadaşımı tanıması imkânsızdı. İkimizi birden tanıyan bir yetişkin! Kimdi bu?

"Aileden biri mi?"

"Değil ama aileyi de çok iyi tanıyor."

Sağ elinin işaret parmağını usulca havaya kaldırdı. "Uyarmam gerekiyor, sadece bir soru kaldı."

"Ne?"

"Unuttun mu yoksa" dedi hayal kırıklığı içinde, "Bu oyunda sadece beş soru sorabilirsin."

Haklıydı, üstelik kuralı da ben koymuştum, sadece beş soru sorma hakkım vardı.

Onu üzmemek için, "Unutmadım" diye yalan söyledim. "Unutur muyum hiç? Tamam, son soru geliyor. Bizi tanıdığını söyledin, o da bizimle birlikte oyun oynar mıydı?"

Açık vermek istemiyordu, bakışlarını kaçırdı: "Evet ama tek tek."

"Ne demek tek tek?"

"İkimizle birlikte hiç oynamamış. Ama seninle de, benimle de oynamış."

"Yani üçümüz birlikte hiç oyun oynamamışız, öyle mi?" Kıvırcık saçlı başını, "evet" anlamında salladı.

Sorduğum soruların hiçbir yararı olmamıştı, ne bir yüz canlanıyordu gözlerimin önünde, ne de aklıma bir isim geliyordu. Evin dar koridorlarından geçerken oyunu kaybettiğimi anlamıştım.

"Tamam pes ediyorum" dedim boşta kalan elimi yana açarak, "Bilemedim. Söyle bakalım, kimmiş bu kişi?"

Yaramazca ışıdı yüzü.

"Söylemem, kendi gözlerinle görmelisin."

Israr etmem yararsızdı; çünkü oyunun kurallarından biri de tahminde bulunan oyuncu doğruyu bulamazsa, aklında isim tutan oyuncu, doğru kişiyi açıklamak zorunda değildi. Canı ne zaman isterse o zaman söyleyebilir ya da onu göstermekle yetinebilirdi. Sunny ikinci seçeneği tercih etmiş olmalıydı. Onun seçimine saygı göstermek zorundaydım.

Koridorun bittiği yere kadar gittik. Koridorun sonunda karşılıklı iki kapı vardı. Sağdaki benim yatak odam, soldaki babamın Şah Nesim'le kapandığı çalışma odası. Yatak odama gideceğimizi düşündüm ama hayır babamın odasının kapısını açtı. Koridorun loş aydınlığından sonra açık kapıdan vuran güneş ışığı gözlerimi aldı ama Sunny bundan hiç etkilenmemiş görünüyordu. İçeride her zaman Şah Nesim'in oturduğu, kütüphanenin önündeki yer minderinde bağdaş kurmuş biri vardı ama gözlerim henüz ışığa alışamadığı için onu seçemiyordum. Sunny elimden çekerek, oturan kişinin tam karşısına getirdi beni.

"Karen'ı sana getirdim."

Oturan kişiyle konuşuyordu. Söylediği sözler son derece basitti.

"Karen'ı sana getirdim."

Ama sesinde bugüne kadar hiç duymadığım bir duygu vardı. Mistik bir titreyiş. Kutsal bir iç çekiş.

"Artık üçümüz birlikte oynayabiliriz."

Sunny sözlerini tamamlarken gözlerim güneş ışığına alıştı. Yerdeki minderde oturan kişinin dalgalı siyah saçları, sürmeli siyah gözleri, siyah sakalı ve giysileri iyice belirginleşti. Evet, Şah Nesim'in minderinde Şems-i Tebrizi oturuyordu.

"Merhaba Kimya Hanım" dedi siyah gözlerinde hınzırca bir ifadeyle. "Demek kim olduğumu bilemedin?"

Şaşkınlık içinde mırıldandım. "Siz... Siz burada ne arıyorsunuz?" Sakalını sıvazlayarak gülümsedi. "Unuttun mu, beni sen çağırdın?"

Sinirlenmeye başlamıştım:

"Hayır" dedim sert bir sesle. "Sizi ben çağırmadım."

Ne bir alınganlık, ne kızgınlık belirdi yüzünde. Döndü, Sunny'e seslendi.

"Kimya Hanım ne diyor Sunny? Bizi o çağırmadı mı?"

Sunny'nin yanıtlamasına izin vermedim:

"Onu karıştırma, o sizin gibi biri değil."

Sağ elini sakalından çekti, kalın kaşları çatıldı.

"Ben nasıl biriymişim peki?"

"Biliyorsunuz" dedim geri adım atmayarak. "Ölümü hak edecek ne yapmıştı o kapkaççı?"

Siyah gözlerindeki öfke dağılır gibi oldu, yine o üzgün ifade belirdi yüzünde.

"Hiçbir şeyin farkında değilsin. Gözlerinin önünde kalın bir perde var."

Artık bu laflardan da sıkılmaya başlamıştım, ne zaman yanıtlayamayacağı bir soru sorsam, ya gördüklerini anlamayan cahil biri oluyordum, ya da hakikati öğrenmeye hazır olmayan bir insan.

"Her şeyin farkındayım, gözümün önünde perde filan da yok. O adamı siz öldürdünüz."

Benimle değil de görünmeyen kişilerle konuşuyormuş gibi siyah gözlerini boşluğa çevirerek mırıldandı.

"Var eden de, yok eden de Allah'tır. O adaleti sever. Kuşku yok ki hüküm onundur."

"Hayır, hükmü veren sizdiniz, cezayı uygulayan da. Tanrı'yla bir ilgisi yok bunun."

Hiç üzerine alınmadı, ne bir suçluluk duygusu vardı yüzünde, ne de bir utanç.

"Tanrı içimizdedir" diye söylendi. Dua eder gibiydi, kendi içine dönmüştü. "Kadim olan, şimdiyi kuran, gayibi bilen odur. Kapkaççının ölmesinde bir hayır olmasaydı buna izin vermezdi."

Artık dayanamıyordum bu sözlere.

"Benim bildiğim Tanrı cezalandırmaktan değil sevmekten hoşlanır. Bana onun iyi olduğu öğretildi."

Siyah gözleri çaresizlik içinde yeniden yüzüme dikildi.

"O İsa Aleyhisselam'ın Tanrısı, Allah'ı bilmek için Musa Aleyhisselam ile Muhammed Aleyhisselam'ın Tanrısını bilmek gerekir. Tanrı rahman olduğu kadar, 'kahhar'dır. Kuşku yok ki, yeri geldiğinde kimse ondan daha acımasız olamaz."

"Beni korkutmaya mı çalışıyorsunuz?"

"Bana ihtiyacı olan birini asla korkutmam."

"Benim size ihtiyacım yok" diye kestirip attım. "İkide bir tekrarlayıp durmayın bunu."

"Öyle olsaydı bizi çağırmazdın."

"Siz kimsiniz?"

Çocuksu bir gülümseme belirdi dudaklarında.

"Ben, bir de Sunny." Yeniden hayali arkadaşıma döndü. "Öyle değil mi Sunny, bizi o çağırmadı mı?"

Ben de Sunny'e baktım, az kalsın hayretten donakalacaktım. Sunny'nin teni esmerleşmiş, kıvırcık sarı saçları kuzgun siyahına dönüşmüş, mavi gözleri, üzüm karası rengini almıştı.

"Evet" dedi Sunny siyah gözlerinde tıpkı Şems'inki gibi hınzırca bir ifadeyle.

"Bizi sen çağırdın."

"Sizi, ben çağırmadım" dedim ama konuşmakta güçlük çekiyordum. Midem bulanmaya başlamıştı, sanki ağzıma sular doluyor gibiydi. "Neler olduğunu bilmiyorum ama sizi ben çağır..."

Öksürerek doğrulmaya çalıştım. Bedenim su içindeydi. Başımı yukarıda tutmayı beceremedim, kayarak yeniden boylu boyunca suya gömüldüm. Sonunda iki elimle küvetin yanlarından tutarak doğrulabildim. Öksürdükçe öğürüyordum, öğürdükçe daha çok öksürüyordum, ağzımdan sular boşalıyordu. Kendimi güçlükle küvetin dışına attım. Küvetten çıktıktan sonra da kendime gelinceye kadar dakikalarca öğürüp durdum. Aynadaki bembeyaz olmuş suratıma baktığımda yaptığım salaklığa gülmemek için kendimi güç tuttum. Az kalsın bir küvette boğulma becerisini göstererek, yeryüzündeki acayip kazalarda can veren aptal kurbanlar arasındaki yerimi alacaktım.

25

Onlara cehennemden bir döşek serdik...

Yazılı ifadelerimiz tamamlandıktan sonra kalktı Ragıp Başkomser, masanın üzerinde duran sarı zarfı Zeynep'e göstererek:

"İçinde üç yüz yetmiş sterlin var" diye hatırlattı. "Sekiz yüz yirmi de Türk Lirası... Miss Karen saysın, sonra da alındı makbuzunu imzalatırsın."

Zarfı önüne çeken Zeynep.

"Başüstüne Amirim..." dedi resmi bir tavırla. "Siz çıkıyor musunuz?"

Anlayış bekler gibi baktı astına. "Gidip biraz uyuyayım Zeynep. Takatim kalmadı valla." Gülümseyerek bana döndü. "Eskiden üç gün kesintisiz vazifeye çıkardım, yorgunluk filan bana mısın demezdi. Şimdi yirmi dört saat bile dayanamıyorum, yaşlandık mı, nedir?" Toparlandı. "Neyse, Zeynep Komserim sizinle ilgilenir. Akşamüzeri ben de burada olurum zaten. Hadi cümleten eyvallah."

Başkomser Ragıp iri gövdesini sürükleyerek kapıdan çıkınca, Zeynep Komser önündeki zarfı açıp içine baktıktan sonra bana uzattı.

"Buyrun Miss Karen, paranızı sayın lütfen."

Gecekinden daha güzel görünüyordu. Eve gitmiş, bir duş almış, giysilerini değiştirip yeniden Emniyet'e gelmiş olmalıydı. Siyah deri ceketinin altında lila rengi bir bluz vardı, bacaklarına rahat bir jean, ayaklarına topuksuz bir ayakkabı geçirmişti. Yüzünde en küçük bir yorgunluk belirtisi yoktu. İnce kaşlarının altındaki iri kahverengi gözleri zekice bakıyor, rahat beden hareketleri kendine duyduğu güveni sergiliyordu. Uzattığı zarfı aldım, içindeki paraları çıkartırken, "Bir de kahverengi taşlı gümüş yüzük var" diye mırıldandı hayranlıkla. Çok güzel bir yüzük, buradan mı aldınız, Londra'dan mı?"

Yüzük konusu açılınca Mennan'la göz göze geldik. Eyvah, şimdi yine olayı mistik meselelere bağlayacaktı. Kaşlarımı çatarak sertçe baktım. Anladı, gözlerini kaçırdı. Zeynep de bir şeyler döndüğünü sezinler gibi olmuştu ama olanı biteni anlamasına fırsat vermeden sorusunu yanıtladım:

"Konya'dan aldım. Mevlâna Türbesi'nin yakınlarındaki şu hediyelik eşyalar satan dükkânlardan."

Hayır, onu inandıramamıştım.

"Daha özel bir yüzüğe benziyor. Yapan kişi epeyce uğraşmış olmalı."

O konuşurken ben de zarfın içine baktım, gümüş yüzük, dağılmış Türk ve İngiliz banknotlarının arasında masumca duruyordu. Zeynep Komser'in önünde kanamasından ya da boyasının akmasından korktuğum için zarfı aceleyle katlayıp çantama koydum.

"Saymadınız" dedi nazik bir tavırla, "Belki paranız eksiktir."

"Eksik olacağını sanmıyorum. Polislere güvenirim."

Tatlı bir gülümseyiş yayıldı ince yüzüne.

"Teşekkür ederim, bizim vatandaşlarımız pek güvenmez de."

Mennan gecenin yorgunluğundan sıyrılmak istercesine,"Olur mu öyle şey Zeynep Komserim" diyerek kıpırdandı oturduğu yerde. Sözcükler zoraki çıkıyordu ağzından. "Polis bizim göz bebeğimizdir."

Zeynep de inanmamıştı ama ısrar etmedi.

"Umarım hep böyle düşünürsünüz."

Mennan'ın mahmurlaşmış gözlerinde pek inandırıcı olmasa da kararlı bir ifade belirir gibi oldu.

"Öyle düşüneceğiz tabii" dedi sesini yükselterek. Sesini yükseltince daha inandırıcı olacağını sanıyordu. "Allahın izniyle hep polisimizin yanında olacağız."

"Teşekkürler." dedikten sonra bana döndü Zeynep. "Şunu da imzalar mısınız lütfen? Eşyalarınızı aldığınızı belgelememiz gerek."

Uzattığı evrakı imzalarken sordum.

"Pasaportum ne olacak? Bulunma ihtimali var mı? Yoksa başımın çaresine mi bakmalıyım?"

"Ne yazık ki pasaportunuzu hâlâ bulamadık Miss Karen" dedi benimkinden biraz daha koyu kumral saçlarını geriye doğru atarak. "Maktulün evindeki aramada da ortaya çıkmadı. Aramayı bizzat ben yaptım ama yoktu. Belki katiller almıştır."

"Katiller pasaportu neden alsın ki?" diye atıldı Mennan. Uykusuzluğun verdiği dalgınlıktan kurtulmuş gibiydi. "Maktulden aldıkları her eşya onları suçlayacak bir delil sayılmaz mı?"

Son derece mantıklı bir soruydu. Aslında hiç de aptal bir adam değilmiş şu bizim yetkili acente, tanıdıkça ortaya çıkıyordu.

"Haklısınız" dedi Zeynep güzel gözlerini iş arkadaşıma dikerek. "Pasaportu almak bir risk tabii ama katillerin kim olduklarını tam olarak bilmiyoruz. Dolayısıyla hangi amaç ya da dürtülerle hareket ettiklerini de kestirmek zor."

Yine "katiller" demişti. Yoksa bu kadın polisin bildiği ama bizimle paylaşmadığı bir şey mi vardı?

"Zeynep Hanım, dikkat ediyorum, suçlulardan bahsederken iki defadır katiller diyorsunuz. Sanırım onlar hakkında kimi bilgilere sahipsiniz. Yoksa yanılıyor muyum?"

Yüzünde manidar bir ifadeyle bana döndü.

"Evet, katiller diyorum, çünkü Solak Kâmil cinayetinin, zincirleme işlenen suçların son halkası olduğunu düşünüyoruz."

Mennan'ın yüzündeki yıkımı görmeliydiniz. Ne yani, şimdi Şems-i Tebrizi Hazretleri katil değil miydi? Yedi yüz küsur yıl öncesinden kalkıp bana yardıma gelmemiş miydi? Bu anın zevkini kaçırmak istemedim, bakışlarımı yetkili acentemize çevirdim. Ama yanılıyordum, Mennan ezik bir ifadeyle boynunu eğmek yerine, "Şüphelendiğiniz şahıslar da var o zaman" diyerek olayı eşelemeye çalıştı. Yeşil gözleri bu sabah bana Şems'in katil olduğunu açıkladığı andaki gibi alev alev yanıyordu. "Belki de onları izliyorsunuzdur?"

Zeynep Komser sağ elini usulca havaya kaldırdı.

"O kadarını açıklamaya yetkili değilim." Sınırı geçmememizi hatırlatıyordu. Bunu yaparken de nezaketinden hiçbir şey yitirmemişti. "Ama son altı aydır bu şehirde tuhaf olaylar olmaya başladı. Bir kadın ve kocası Konya-Afyon karayoluna iki kilometre uzaklıkta bir taş ocağında ölü bulundu. İkisi de taşlanarak öldürülmüşlerdi. Katiller sanki yaptıkları iş anlaşılsın diye, maktullere attıkları taşları da üzerlerindeki kan izleriyle, deri parçacıklarıyla birlikte orada bırakmışlardı."

"Recm" diye mırıldandı Mennan. "Recme uğramışlar. Birileri Kuran'ın hükmünü yerine getiriyor."

Yorgun yüzü aydınlanmış, sönmeye başlayan heyecanı yeniden canlanmıştı. Belki de Şems, seri cinayetler işlemek için bir çete kurdu diye geçiriyordu aklından. Ama ağzının payını güzel komserimiz hemencecik verdi.

"Kuran'da fuhuş yapan kadınlara recm uygulayın diye bir hüküm yok. Meryem suresinde taşlanma diye bir konu geçiyor ama o da fuhuş yapan kadınlarla ilgili değil. Recm cezası İncil'de var. Fahişe bir kadının öldürülmesiyle ilgili bölüm, ilk taşı atması için İsa Peygamberi zorlarlar, o ise 'İçinizde günahsız olan ilk taşı atsın' der. Tabii kimse taşı atamaz, çünkü günahsız insan yoktur. Taşlayarak öldürme Yahudilerde ve daha önce Pagan topluluklarda da var. Kimi Müslüman tarikatlar onlardan esinlenerek bu korkunç cezayı kullanmış olabilirler."

Mennan'ın yüzündeki bozgun kayboldu:

"Bunları nereden biliyorsunuz?" diye hayranlıkla mırıldandı. "Yoksa siz de mi ilahiyat okudunuz?"

"Hayır" dedi genç kadın, "Bu cinayetleri çözmek için uğraşırken, kutsal kitapların sayfalarını karıştırmak durumunda kaldım sadece."

"Valla çok iyi araştırmışsınız. Bu konuları herkes bilmez."

"Başka cinayetler de var mı?" diye araya girmek zorunda kaldım. Yoksa sevgili yetkili acentemiz konuyu iyice dağıtacaktı. "Yani böyle dinsel kaynaklı?"

"İki meyhaneyi yaktılar. Birisi ağır, üç kişi yaralandı. Ertesi gün yangın yerinin karşısındaki duvara, Arapça olarak, 'Onlara cehennemden bir döşek serdik, üzerlerine de ateşten bir yorgan örttük' yazdılar."

"Araf suresi" diye mırıldandı beti benzi atan Mennan. İçimden keşke şu adamı yanımda getirmeseydim diye geçirirken, "Araf suresi 41. ayet" diye onu doğruladı Zeynep. "Böyle birkaç olay daha var. Solak Kâmil'in öldürülmesi de bu fanatik grubun işi olabilir."

Radikal İslami bir grubun bir kapkaççıyı cezalandırması bana pek mantıklı gelmemişti.

"Bunu neden yapsınlar ki? Solak'ın onlara ne zararı var?"

"Onlar kendilerini şeriatın uygulayıcıları olarak görüyorlar. En azından şu ana kadar yaptıkları eylemler bunu gösteriyor. Yoldan çıkan insanları dini kurallara göre yargılayarak cezalandırmayı seçiyorlar."

Hazır söz ilgilendiği konudan açılmışken daha fazla suskun kalamayan Mennan, "Hem kötü insanları uyarmak için" diyerek kendi yorumunu yapmaya başladı. "Hem de iyi insanları korumak için."

"Cezalandırmak için de toplumun bildiği tanıdığı suçluları seçiyorlar" diye kaldığı yerden sürdürdü sözlerini Zeynep. "Eylemlerini herkes duysun, yaptıkları iş ses getirsin diye. Solak Kâmil'i de bu yüzden seçmiş olabilirler."

Bu hayret vericiydi işte.

"Solak Kâmil bu kadar ünlü bir kapkaççı mıydı?"

"Kapkaççı olarak değil" dedi ellerini masanın üzerindeki kahverengi sümene dayayarak. Saçları yeniden yüzüne düşmüştü ama aldırmadı.

"Aslında Solak, çok becerikli bir yankesiciymiş. Hem solak olduğu, hem de sol eli sağa göre çok daha küçük olduğu için. Zaten bu yüzden katiller elini kestikten sonra ağzına sokmayı başarabilmişler. Fakat Kâmil'in ünü yankesicilikle ilgili değil. Konya, Kâmil'i annesini ve iki kardeşini doğrayan azılı bir katil olarak tanıyor."

"Evet, evet" diye destekledi onu Mennan. "Hatırladım. Gazeteler günlerce bu olayı yazmıştı. O canavar, Solak Kâmil miymiş? İki erkek kardeşi ile annesini satırla parçalamıştı."

"Sonra da yangın çıkarmış" diye önemli bir ayrıntıyı açıkladı Zeynep. "Cinayetlerini örtbas etmek için. Arşivde o günün gazetelerini okudum; cenazede feryat figan ederek gözyaşları dökmüş, üstünü başını yırtmış. Onu zor yatıştırmışlar. Amacı üzgün görünmek, dikkatleri üzerinden uzaklaştırmak tabii."

Şems'in sözleri bir kez daha yankılandı kulaklarımda: "Sen o kapkaççının nasıl biri olduğunu biliyor musun?" Nasıl biri olursa olsun, yargılanmadan ölmeyi kimse hak etmez, diye sessizce yanıtladım hayalimdeki Şems'i, sonra güzel komserimize döndüm.

"Peki yakalanmamış mı bu adam?"

"Yakalanmaz mı? Cinayetlerinin üzerinden bir hafta bile geçmeden Kâmil'in katil olduğu ortaya çıkmış. Polis arkadaşlar onu tutuklayarak içeri atmışlar. Mahkemede suçu sabit görülerek müebbet hapse mahkûm edilmiş."

Şaşkınlıkla bir Zeynep'e, bir Mennan'a baktım: "O zaman nasıl dışarı çıkmış?"

Buruk bir ifade belirdi komserimizin yüzünde.

"Afla serbest bırakılmış, mahkûmlara verilen genel bir afla."

Mennan'ın alnı yine terlemeye başlamıştı, cebinden mendilini çıkartırken öfkeyle söylendi.

"Bu afla çıkan mahkûmların çoğu da tekrar suç işleyerek hapse döner."

"Bu defa farklı olmuş" diye söylendi Zeynep. "Kâmil hapisten çıktığından bu yana hiç suç işlememiş. Ya da yakalanmadığı için biz bilmiyoruz."

Elindeki mendille alnındaki terleri kurulayan Mennan'ın yüzünde manidar bir ifade belirmişti.

"Alınmayın ama Miss Karen, sizde de ne şans varmış. Adam yıllar sonra suç işlemeye kalkıyor, karşısına siz çıkıyorsunuz."

Haklı olabilirdi ama yine de aklımı kurcalayan konuyu dile getirdim.

"Belki de şanssızlık değildir. Belki de Solak Kâmil özellikle beni seçti."

İkisi de anlamak ister gibi yüzüme bakıyorlardı. Zeynep'e dönerek sordum:

"Kâmil'in sabit bir işi var mıymış? Yani kimin yanında çalışıyormuş?"

"Varmış... Durun dosyaya bakalım, orada yazıyordu."

Arkasındaki rafta sıralanan mavi, kırmızı dosyalardan en uçtakini aldı. Yeniden masaya döndü, dosyanın kapağını açtı, kâğıtları karıştırmaya başladı.

"Şoförmüş" dedi gözlerini kâğıtlardan almadan. "Ama hapisten çıktıktan sonra hemen gelmemiş Konya'ya. İki yıl Ankara'da kalmış, orada ne iş yaptığı bilinmiyor. Son bir yıldır burada çalışıyormuş. Ama gerçek ismini kullanmıyormuş. Süleyman dedirtiyormuş kendisine. Bıyık sakal bırakmış, saçlarını boyamış."

Mennan karşısında Solak Kâmil varmış gibi hınçla söylendi.

"Boyar tabii, saçını da boyar, kaşını da boyar. Millet öğrense kim olduğunu, iş mi verir ona."

"Aslında işlerini yoluna koymayı başarmış. Bir minibüsü varmış. Kaderin cilvesine bakın, öldürdüğü anneden kalan tarlayı satarak almış. Konya'da servisçilik yapıyormuş."

"Nasıl yani?" diye kükredi Mennan. "Okul çocuklarını mı taşıyormuş?"

"Hayır, turizm işindeymiş. Konya'ya gelen turistleri filan gezdiriyormuş."

Bu ilginçti işte.

"Turistleri mi gezdiriyormuş?" diye sordum heyecanla. "Hangi firmalarla çalıştığı belli mi?"

Sesimdeki heyecanı anında fark etmişti Zeynep, dosyadan başını kaldırarak bu neden önemli der gibi baktı yüzüme.

"Bakın Zeynep Hanım" diyerek açıklamaya başladım. "Benim Konya'ya geliş nedenim, bir otel yangınını soruşturmak."

"Yakut Otel yangını" diye onayladı Mennan. "İki kişi yaşamını yitirmişti."

Elleriyle saçlarını arkada toplayan Zeynep, "Duydum" diyerek koltuğuna yaslandı. Galiba söylediklerimiz ilgisini çekmeye başlamıştı. "Ben İstanbul'daydım. Haberlerde dinlemiştim. Kaza demişlerdi."

Yüzümdeki kuşkulu ifadeyi fark edince merakla sordu: "Değil miydi? Kundaklama olduğunu mu düşünüyorsunuz yoksa?"

"Emin değiliz" dedim ama sesim eminiz der gibi çıkmıştı. "İşin içinde üç milyon pound var. Eğer kundaklama olduğu kanıtlanmazsa Londra'daki şirket otel sahiplerine tam üç milyon pound ödeyecek."

"Üç milyon pound" diye yineledi Zeynep. "Büyük para." Hesap yapar gibi göz bebeklerini usulca kıpırdattı. "Yüzde onuyla şahane bir kriminoloji laboratuvarı açardık Konya'da."

"İkonion Turizm, yani yanan otelin sahibi olan şirket ise apart oteller yapmak istiyor. Eski Konya evlerini onararak, gelen yabancı turistleri orada ağırlamayı planlıyor."

Zeynep yaslandığı koltuktan ne düşündüğünü belli etmeyen bir ifadeyle bakıyordu bana.

"Hayırlı bir işmiş" dedi ama sesinde takdir ettiğine dair hiçbir belirti yoktu. "Parayı kötü bir işte kullanmayacaklar desenize."

Açık konuşmayı seçtim.

"Evet ama parayı gerçekten hak ettilerse" dedim ne düşündüğümü bilmesini isteyerek. "Üstelik otel yangını bir kaza değil de kundaklamaysa, ortada iki ölü olduğuna göre konu sizi de ilgilendirir."

Düşünceli bir halde sordu. "İtfaiye raporu ne diyor?"

"Kaza."

"Hıım... Savcılık ne diyor?"

"Aynı fikirde, bu yüzden takipsizlik kararı vermiş."

Ellerini yana açtı.

"Üzgünüm, bu durumda kaza olduğunu düşünmememiz için bir neden yok. O zaman konu da bizim alanımıza girmiyor demektir."

Umutla ısrarımı sürdürdüm.

"Ya bir kanıt, bir tanık, ipucu bulursam?"

Sevecen gülümsedi.

"O zaman yeniden konuşuruz. Ama şimdi haklarında soruşturma yürütüyorsunuz diye otel sahibinin Solak Kâmil'i başınıza bela ettiğini söylemek haksızlık olur."

Aklı bir konuya takılmış gibi duraksadı. Uzandı, bir kalem aldı.

"Yine de şu şirketin adı neydi, söyleyin de bir araştıralım."

"İkonion Turizm" dedim harflerin üzerine tek tek basarak. "Sahibinin adı da Ziya Kuyumcuzade."

Önündeki deftere not alırken Mennan dayanamayıp atıldı: "Valla Ziya Bey suçlu mu bilmiyorum ama orada Serhad adında bir herif var. Serhad Gökgöz. İşte o herif çok karanlık biri."

Zeynep, başını kaldırıp iş arkadaşıma baktı.

"İyi" dedi gülümseyerek, "Serhad Gökgöz'ü de araştırırız o zaman."

26
Bu cinayeti çözmek bizim işimiz değil

Emniyet binasından çıktığımızda vakit öğleyi bulmuştu. Bugün güneş dünkünden daha yakıcıydı. Yaz aylarını düşünemiyordum bile, daha şimdiden bunalmaya başlamıştım. Ceketimi çıkartıp elime alırken Londra'nın yağmurlarını özlediğimi hissettim, hatta o solgun gökyüzünü bile. Londra'yı hatırlayınca birden aklıma geldi, derhal Simon'ı aramalıydım. Pasaport meselesini halletmeden bu ülkeden ayrılmam olanaksızdı. Çantamdan telefonumu çıkarırken, "Kadir'in evi bir sokak arkada" diye uyardı Mennan. "İsterseniz yürüyerek gidelim."

Biraz hareket iyi gelirdi.

"Tamam, öyle yapalım."

Yürürken telefonumu açtım, Simon'ın ismini seçip tuşa basarken, "Ne diyorsunuz Zeynep Komser'in söylediklerine?" diye sordu Mennan sabırsızca. "Şu fanatik grup meselesi mantıklı geldi mi size?"

Telefonla konuşmak isteğime bile izin vermediğine göre aklı fena halde bir şeye takılmış olmalıydı. Ama benim konuşmaktan vazgeçmeye hiç niyetim yoktu. Telefonu kulağıma dayadım, henüz çalmaya başlamamıştı.

"Olabilir" dedim Mennan'a dönerek. "Eğer gerçekten böyle bir fanatik grup varsa, Solak'ı da neden onlar cezalandırmış olmasın?"

"Ama Solak suç işlemiyormuş artık." Önüne çıkan küçük çukura basmamak için hafifçe sıçradı. "İş güç sahibi olmuş adam."

Simon'ın telefonu çalmaya başlamıştı.

"Zeynep'i duymadın mı?" diye yanıtladım aceleyle. "Konya'da bilinen bir suçluymuş. Siz bile tanıdınız adamı."

"Tanımaz mıyım, adam öz annesini kesti ama şu fanatik grubun Solak'ın izini bulması yine de garip geliyor bana..."

"Neyse, bu cinayeti çözmek bizim işimiz değil zaten. Biz kendi soruşturmamıza bakalım."

Son sözcüğü tamamlamadan açtı Simon telefonu.

"Alo Karen... Ne dedin?"

Elimle Mennan'a bir saniye izin verir misin işareti yaptıktan sonra patronuma karşılık verdim.

"Merhaba Simon, yok sana demedim. Nasılsın?"

"Ben iyiyim, asıl sen nasılsın? Toparladın mı?"

"Toparladım, biraz ağırlık var başımda ama idare eder. Polis paralarımı da buldu ama pasaportum hâlâ kayıp."

"Merak etme, elçilikle temasa geçtim, gerekeni yapacaklar."

"Yapsınlar, pasaport veremeseler bile bir uçuş belgesi hazırlasınlar. Dönmek için ihtiyacım olacak."

"Dönmek için mi?" dedi umutsuzluk dolu bir sesle. "İşin bitti mi?"

"Henüz değil ama ömrümün sonuna kadar Konya'da kalmamı istemiyorsun herhalde?"

Rahatlamıştı, yüksek sesle gülmeye başladı.

"Yok canım, senin gibi zeki, çalışkan, özverili bir elemanı oralarda bırakır mıyım? Hemen dönmek istediğini sandım da..."

"Aşkolsun Simon" dedim manidar bir sesle. "Bugüne kadar hangi işi yarıda bırakıp döndüm."

"Yanlış anlama öyle demek istemedim. Sen dönmekten filan bahsedince, şaşırdım işte. Neyse... Soruşturma nasıl gidiyor. Bir şeyler çıktı mı?"

Sokağın gölgeli kenarında kalmaya özen göstererek yürürken açıklamaya başladım.

"Dün İkonion Turizm'in sahibi Ziya Bey'le görüştüm. Genç, hırslı bir adam. Ardından Serhad ile Nezihe adındaki iki tanığı sorguladım. İkisi de hâlâ Ziya Bey için çalışıyor. Sanki onu korumak ister gibi bir halleri vardı. Bir şeyler saklıyorlar gibi geldi bana. Ama emin değilim. Şimdi de başka bir tanıkla görüşmeye gidiyorum. Kadir Gemelek adında biri. Yangın sırasında oteldeymiş. Daha önemlisi patronla arası pek iyi değil. Üstelik Mennan Bey'in de çocukluk arkadaşı. Ondan işe yarar bilgiler edinmeyi umuyoruz. Birkaç gün içinde görüşüm netleşir. Bir gelişme olursa sana haber veririm zaten."

"Lütfen dikkatli ol Karen" diyerek kapattı Simon.

Telefonumu çantama yerleştirirken, Mennan'ın meraklı gözlerini üzerimde hissetim.

"Mr. Simon mıydı?"

"Evet, Simon'dı."

Yanıtım kısaydı; ona telefon görüşmelerimin ayrıntılarını aktarmak niyetinde değildim ve bunun da farkında olmasını istiyordum. Oldu da, bir daha Simon'dan bahsetmedi. Bir süre sessizce yürüdükten sonra, "Acaba yanlış mı yaptık Miss Karen?" diyerek başka bir kaygısını dile getirdi. "Acaba Şems Hazretleri'nden bahsetse miydik Zeynep Komsere?"

Evet, tam düşündüğüm gibi aklı hâlâ bizim siyahlar giymiş dervişteydi.

"Ne diyecektik Zeynep'e?" diye tersledim. "Aslında bütün bu cinayetleri Şems-i Tebrizi işliyor. Ama bu adam yedi yüz küsur yıl önce yaşadığı için onu yakalamanız imkânsız. En iyisi siz bu soruşturmadan vazgeçin mi diyecektik? Bunu mu istiyoruz biz?"

"Ama gerçek..."

"Gerçek değil Mennan Bey. Bunların hepsi birer efsane, gerçek olan bizim yaşadıklarımız. Yakut Otel gerçekten yandı, Solak Kâmil gerçekten öldürüldü. Unutun Şems-i Tebrizi'yi. Lütfen kendinize gelin artık."

Hiç itiraz etmedi, yine sessizce yürümeye başladı yanımda.

"Yalnız mı yaşıyor bu Kadir?" diye konuyu değiştirdim. "Ona bakan birileri filan var mı?"

"Var tabii" diyerek canlandı. "Karısı Nimet çok iyi bir kadındır. Evlenmek üzere olan bir de oğlu var, Zaim. Bizim Hülya'yla yaşıt."

Bizim Hülya dediği kızı olmalıydı. Yeri gelmişti, sormadan edemedim.

"Şu Serhad'la aranızdaki mesele nedir?" Damarına basılmış gibi irkildi. Doğru iz üzerindeydim. "Ondan hiç hoşlanmıyorsunuz."

Kızından bahseder etmez Serhad'ı sormam Mennan'ı kuşkulandırmıştı. Bildiğim bir şey mi var diye yan gözle süzdü beni. Hiç renk vermedim.

"Dün bıraksam dövecektiniz adamı."

Suratı öfkeyle kızardı. "Döverdim tabii" diye söylendi nefretle. "Böyle konuştuğum için kusura bakmayın Miss Karen ama o herif itin biri. Anlamadığım, Ziya Bey gibi bir adam onu niye yanında çalıştırıyor?"

"İtler de işe yarar" dedim alaycı bir ifadeyle. "Eğer birilerini korkutmak istiyorsanız, keskin dişleri olan yırtıcılara ihtiyaç duyarsınız."

Hayır, görüşlerime katılmıyordu.

"Siz hâlâ Ziya Bey'den kuşkulanıyorsunuz ama bugün babasıyla tanışacaksınız, o mübarek adamın oğlu kötü biri olamaz."

"Anlayacağız" dedim dükkânlarla dolu bir sokağın dar kaldırımına çıkarken. "Neyse, şu Serhad'la meselenizi anlatın bakalım. Niye bu kadar sinirlendiriyor bu adam sizi?"

"Bu herif..." Sıkıntıyla iç geçirdi. "Bu herif, geçen sene bizim Hülya'nın aklını çeldi. Kız daha lise son sınıfa gidiyordu. Cahil, dünyadan haberi yok. Bu Serhad da böyle havalı havalı dolaşıyordu ortalıkta."

"Nasıl karşılaşmışlar peki?"

Kendine kahredercesine başını salladı.

"Benim yüzümden, Hülya yazları benim yanımda çalışır. Bir evrakın imzalanması için onu Ziya Bey'in yanına yollamıştım. Orada görmüş bu Serhad benim kızı. Hemen düşmüş peşine. Altında da İkonion Turizm'in son model arabaları. Etkilenmiş tabii kız. Biz de rahat büyüttük Hülya'yı. İlk iki çocuğumuz altı aylık olmadan ölünce biraz şımarttık kızı. Ne dediyse yaptık. Her istediğini elde etmeye alıştı. Ama bu sefer olmaz dedim. Serhad denen herifin ne mal olduğunu anlattım. İnanmadı tabii. İnanacağı da yoktu, bunun üzerine onun nasıl rezil biri olduğunu gözleriyle görmesini sağladım."

Sanki o günleri yeniden yaşıyormuş gibi heyecanla anlatıyordu. Kızına sahip çıkan bir baba vardı karşımda. Dinledikçe daha çok sevmeye başlıyordum bu tombul adamı.

"Nasıl yaptınız bunu? Birlikte Serhad'ı mı izlediniz?"

Muzır bir parıltı geçti gözlerinden.

"Daha iyisini yaptım. Serhad'ın dostuyla konuşturdum kızımı."

"Dostu? Hani Serhad'la Nezihe'yi yanan otelin önüne getiren kel adamla mı? O sıcakta ellerine eldiven takan kişi. İsmi Cavit mi demiştiniz ne?"

Kaldırımın ortasında birdenbire durdu.

"Yok Miss Karen." Ben de ona uyarak karşısında durdum ama bir türlü açıklayamıyordu. "Şimdi dostu derken..." Yüzü kıpkırmızı olmuştu, tabii alnında ter damlaları da belirmişti "Yani şey... Hani şu kadınlar var ya, hayat kadınları."

"Fahişe mi demek istiyorsunuz?"

Yüzündeki kırmızılık, lacivert bir kravatla sıkıştırılmış beyaz gömleğinin geniş yakasının kapladığı boynuna kadar indi. Bedeninin geri kalan bölümünü göremiyordum ama eminim her bir santimetrekaresi kırmızıya kesmişti.

"Evet" dedi yutkunarak. "O söylediğiniz kadınlardan."

Kendimi tutamayıp gülmeye başladım. Sonra da ona güldüğümü anlamasın diye,: "Demek Serhad'ın öyle marifetleri de varmış" diyerek kurtarmaya çalıştım durumu.

"Olmaz mı?" Yeniden yürümeye başlamıştık. "İçki onda, kumar onda, kötü kadınlarla düşüp kalkmak onda!" diye adamı karalamaya başladı. "Neyse, dostu olan Dilber Hanım, kötü kadın filan ama altın gibi kalbi varmış aslında. Derdimi anlatınca, 'Yazık size' dedi halimize acıyarak, 'o şerefsiz herif kızını da, aileni de mahveder. Kızını bana getir de anlatayım o herifin ne mal olduğunu' dedi."

İşte bu gerçekten de hayret vericiydi.

"Nasıl yani!" dedim yanlış anlamadığımdan emin olmak için. "Kızınızı götürüp bir fahişeyle mi konuşturdunuz?" Suçladığımı hissedince, utandı.

"Başka çarem yoktu."

Onu kınamıyordum, aksine davranışı çok hoşuma gitmişti, üstelik çok da eğlenceliydi. Açıklamaya hazırlanıyordum ki,

"Evine götürmedim zaten" diye sürdürdü sözlerini. "Öyle bir yere götürür müyüm kızımı? Bir pastanede buluştuk. Dilber Hanım bir bir anlattı, bu Serhad itinin marifetlerini. Kadının parasını nasıl yediğini, nasıl esrar içtiğini, sarhoş olup mahallede nasıl rezalet çıkardığını, bu yüzden bir yılda nasıl dört kez ev değiştirdiklerini sayıp döktü. Zavallı kızım gerçekleri öğrendikçe yıkıldı, kahroldu. Daha fazla dinleyemedi, kaçtı gitti pastaneden. Günlerce odasından çıkmadı ama Allaha şükür sonra toparladı. Böylece Serhad itinden kurtulmuş olduk. Semra, yani benim hanım, akıllı kadındır. Bana dedi ki: 'Biz bu kızı nazlı büyüttük. Bu kızın gözü yükseklerde, bir de merakı var, lüks arabalar. Onun bunun arabasına özeneceğine gel, biz kendimize lüks bir araba alalım.' Söylediği doğru, erkek çocuklarda olur bu merak ama Allah'ın takdiri işte bizim kızımızda çıktı. Daha ilk arabamı aldığımda, beş yaşındayken kurulmuştu direksiyonun başına. Kurulsun bir diyeceğim yok da bir de lüks araba hevesimiz var. Tamam, ona da bir şey dediğimiz yok, fakat biz de lüks araba alacak para nerede?"

"Ama siyah Mercedes'i almışsınız sonunda" diyerek ne zamandır merak ettiğim konuyu dile getirdim. "Epeyce pahalı bir araba olmalı."

"Çok pahalı Miss Karen" diye yakındı. "Benim kazancıma kalsa almamız imkânsızdı. Allah, rahmetli kayınpederden razı olsun, onun bıraktığı tarlayı satarak aldık." Terli yüzü neşeyle ışıdı. "Tabii, bizim iki kayınbiraderin yaptığı salaklık da işimizi kolaylaştırdı."

Yüzünde öyle hoş bir ifade vardı ki sormaktan kendimi alamadım.

"Niye salak diyorsunuz kayınbiraderlerinize, adamlar size iyilik etmişler, daha ne istiyorsunuz?"

"Evet" dedi neşesini hiç yitirmeden. "Karımın kardeşleri istemeden de olsa iyilik ettiler bize. Olayın aslı şu Miss Karen. Bizim hanım Mersinli'dir. Gözü açıktır, girişkendir, daha rahattır. Laf aramızda, imamlık yerine bu işlere atılmamı da hanım istedi aslında. Günahımız varsa Allah affetsin, biz de uyduk ona... Ne anlatıyordum ben? Hıı, tamam hatırladım. Kayınpeder rahmetli olunca, iki kayınbirader, 'Biz köydeki portakal bahçelerini almak istiyoruz' diye tutturdular. Deniz kenarındaki sazlıklarla kaplı verimsiz tarlayı da bizim hanım almalıymış. Dövüş, kavga çıkmasın, ağzımızın tadı bozulmasın diye kabul ettik. Benim zaten kadın malında gözüm yoktur. Tamam, ölüm hak, miras helaldir ama erkek milleti kendi ekmeğini kendi kazanmalıdır. Biz babamızdan böyle gördük. Uzatmayalım, hakkımıza razı olduk. Bu halimiz Cenabı Hakk'a hoş gelmiş olmalı ki, bir mucize yarattı."

Eyvah, bu Mennan yine mistik olaylara girecek diye beklerken, "Rusları bize yardımcı gönderdi" diyerek şaşırttı beni. "Evet, bir Rus turizm şirketinden aradılar beni. Bizim para etmeyen tarlamızı satın almak istediler. İşin aslı sonradan anlaşıldı. Ruslar bizim arsanın yanına dev bir tatil merkezi yapmak istiyorlardı. Böylece bizim arsa birden değerlendi. Tabii kayınbiraderlerin ikisi de bin pişman. Ama yine de iyi adamlarmış, mesele çıkarmadılar, onlar da haklarına razı oldular. İşte o arsadan gelen paranın yarısıyla bir ev aldık, kalanını da siyah Mercedes'e yatırdık. Tek kızım mutlu olsun, gözü Serhad gibi itlerde kalmasın diye."

Sözlerini bitiren Mennan mendilini çıkarmış yine alnını siliyordu. Birden bambaşka biri gibi göründü gözüme. Bir akraba, içten bir dost, sırlarımı paylaşabileceğim sıkı bir arkadaş. Bakışlarımı hissetmiş olmalı ki başını kaldırdı. Göz göze geldik; gülümsedim, yine kıpkırmızı oldu. Hemen kaçırdı bakışlarını. Eliyle karşı sokağın köşesinde, bahçe içindeki tek katlı evi gösterdi.

"İşte geldik Miss Karen. Bizim Kadir'in evi burası."

27

Uzaylı gibi giyinmiş bir adam gördüm

Sokaktaki sıcak havanın aksine Kadir'in evi oldukça serindi; yoksul ama tertemiz küçük bir daire. İnce uzun, tren vagonuna benzeyen bir salona buyur ettiler bizi. Tren vagonuna benzeyen diyorum çünkü salonun karşılıklı iki uzun duvarında yan yana sıralanan pencereler vardı. Pencerelerin altında rengi solmuş bir divan ve koltuklar. Salonun tam ortasında büyük ekran bir televizyon yer alıyordu. Beni şaşırtan televizyonun üzerindeki dantel örtülerdi. Sergilenen dantel örtüler miydi, yoksa televizyona mı dikkat çekilmek isteniyordu, önce anlayamadım. Aynı örtülerin koltukların üzerine serilmiş olduğunu görünce kavradım, Nimet Hanım el becerilerini göstermek istiyordu. Güzel bir kadındı Nimet. Kınalı saçları, pazen elbisesinin altında dimdik duran omuzlarına dökülüyor, yuvarlak yüzündeki ela gözleri ışıltıyla parıldıyordu. Dolgun dudakları her zaman gülümsemeye hazırdı. Ne yalan söyleyeyim, eve ilk girdiğimizde Nimet'in bu mutlu halini yadırgamıştım; kocası ciddi bir yangından canını zor kurtarmışken, üstelik adamcağız hâlâ ağır bir travma yaşarken böyle sevinç içinde olması biraz tuhaf gelmişti bana. Ama kocasını görünce yanlış düşündüğümü anladım. O kadar sağlıklıydı ki, önce başka biri sandım.

Mennan kollarını açıp, "Vay Kadirim, Goca Gonyalım" diyerek arkadaşına sarılınca emin oldum bu iri yarı, kıvırcık saçlı adamın bizim tanığımız olduğundan. Kadir'in geniş kolları da bir anda sarmıştı bizim Mennan'ı.

"Hoş geldin Goca Gonyalı" diye seslenmişti o da arkadaşına. Demek ki "Goca Gonyalı" burada bir hitap şekliydi.

Bize gösterdikleri koltuklara otururken bakışlarım hâlâ Kadir'in üzerindeydi. Şimdi tuhaf bir şey söyleyecek, bir acayiplik yapacak diye bekliyordum ama adam hiçbir anormal davranışta bulunmuyordu. Mennan'la kısa bir süre şakalaştıktan sonra, "Nasılsınız Karen Hanım?" diyerek bana döndü. "Konyamızı beğendiniz mi?"

"Beğendim, beğendim, çok güzel."

"Mennan sizi gezdirsin." Arkadaşına bakarak sordu. "Mevlâna'ya götürdün mü?"

Mennan yanıt veremeden Nimet lafı sokuşturdu.

"Önce hanımdan izin alması lazım." Sanki kırk yıllık ahbapmışız gibi hiç çekinmeden anlatmaya başladı. "Bu bizim Mennan biraz kılıbıktır Karen Hanım. Evden izin çıkmazsa kılını kıpırdatamaz."

"Niye öyle diyorsun Nimet Yenge" diye söylendi onların kılıbık ama hiç de alınmış gibi bir hali yoktu. "Hanımın sözünü dinlemek kötü mü?"

"Kötü değil de sen iyice avrat evli oldun be Mennan Abi" diyerek şakayla karışık iğnelemeyi sürdürdü. "Artık bize bile gelmiyorsun."

Pişkin pişkin sırıttı iş arkadaşım: "Geldik ya işte."

"Gelmişmiş... Allah Karen Hanım'dan razı olsun, o istemeseydi yine gelmeyecektin."

Yalancıktan isyan eder gibi bir tavır takındı bizimki.

"Haksızlık ediyorsun Nimet Yenge, hastaneye gelmedim mi?"

Ela gözlerini iri iri açtı:

"Bi de gelmeseydin" diye sokrandı. "Çocukluk arkadaşın ölümlerden dönecek, sen de uğramayacaksın! Valla bi daha kapına uğramazdım Mennan Abi. Hoş, bi geldin, bi daha görünmedin ya..."

Kadir kötü kötü bakmaya başlamıştı karısına.

"Tamam Nimet, tamam" diye azarladı. "Bırak da bir soluk alsın adam ya!"

Ne çekildi ne de geri adım attı kadın.

"Aman Kadir, ne dedik şimdi!" Işıltılı gözlerini bana çevirdi. "Böyledir bunlar, birinden birine laf söyledin mi, hemen öteki alınır."

Başka bir yerde olsa böyle bir tartışmaya asla karışmazdım ama kadın o kadar samimiydi ki kendimi tutamadım.

"Çok iyi arkadaşlar desenize." Yarasına dokunmuş olacaktım.

"Çok iyi arkadaşlar da Mennan Abi'nin hanımı biraz sosyetiktir. Bizi kendilerine layık görmez. Bi kere bile evimize gelmedi."

"Niye öyle söylüyorsun Nimet Yenge?" diyerek savunmaya geçti Mennan. "Semra seni de Kadir'i de çok sever."

"O kadar çok sever ki bizi, oğlumuzun nişanına bile gelmedi."

Artık alaycılığını yitirmiş kırgın bir ifade belirmişti kadının yuvarlak yüzünde.

"Mazeret bildirdik ya Nimet Yenge. Hani büyük kaynım kaza geçirmişti? Hatırlasana Semra Mersin'e gitmişti Hülya'yla birlikte."

Nimet sakinleşecek gibi değildi ama Kadir sert çıktı. "Ayıp oluyor Nimet... Karen Hanım'ın önünde. Bunları konuşacak sıra mı şimdi?"

Tartışmanın içinde olmak hiç hoş değildi.

"Yok, benim için sorun değil" dedim ama daha ağzımdan bu sözcükler dökülürken pişmanlık duydum; benden cesaret alan Nimet Hanım şimdi zavallı Mennan'ın canına okuyacaktı. Korktuğum gibi olmadı.

"Başınızı şişirdiysem kusuruma bakmayın Karen Hanım" dedi kırgınlığını bastırmaya çalışarak. "Böyle söylediğime de bakmayın. Mennan, öz abimden daha yakındır bize. Semra Abla'yı da çok severim. Hülya ise bizim kızımız gibidir. Ben dellenip konuşurum arada bir böyle. Maksat muhabbet olsun." Oturduğu koltuktan kalktı. "Ben mutfağa geçeyim, sizin konuşacak meseleniz vardır."

Nimet, pazen elbisesini dalgalandırarak uzaklaşırken, Kadir ters ters baktı karısının ardından, sonra arkadaşına döndü.

"Alınmadın değil mi? Biliyorsun, bizim Nimet biraz çatlaktır."

Alınmamıştı Mennan, yüzündeki sıkıntı benim burada bulunuyor olmamdan kaynaklanıyordu sadece.

"Yok be alınır mıyım hiç? Ne kadar çok iyiliğini gördüm Nimet Yenge'nin."

Yeşil gözlerini bana çevirdi. "Pırlanta gibi bir insandır. Biraz asabidir, sözünü sakınmaz ama içinde kötülük yoktur. Dost düşman ayırmaz herkesi sever, herkes hakkında hayırlısını düşünür."

Salondan çıkan kadının arkasından gülümseyerek baktım. "Nimet Hanım'ı ben de çok sevdim, içten bir insan."

Kadir'in mahcubiyeti hemencecik geçmişti. Sağ eliyle arkadaşının dizine usulca vurdu.

"Kız ne yapıyor?"

"Hülya mı? İyi, iyi üniversite sınavına hazırlanıyor. Bu sene şeytanın bacağını kıracak inşallah." Sözlerini tamamlarken göz ucuyla bana baktı; gülümsemediğimi fark edince, artık konuya girmenin zamanı geldiğini anladı. "Yav Kadir" dedi koltuğa yaslanarak. "Buraya niye geldiğimizi biliyorsun. Miss Karen'ın sana şu yangın hakkında soracakları var"

Kadir'in sakin yüzünde bir dalgalanma oldu, dar alnındaki kalın kaşları birbirine yaklaştı.

"Zor olmayacaksa" dedim son derece yumuşak bir sesle. "Olanları bir de sizden dinlemek isterim Kadir Bey."

Bakışlarını kaçırdı, birkaç saniyeliğine alt dudağını çiğnedikten sonra cesaretini toplamış olarak döndü.

"Zor olmaz" dedi ama yüzündeki endişe olduğu gibi yerinde duruyordu. "Niye zor olsun. Yalnız ben başını sonunu toplayamam, en iyisi siz sorun ben anlatayım."

"Tabii, nasıl kolayınıza geliyorsa" dedim ama kayıt cihazını çıkarmadım. Çünkü Kadir'in ruh hali değişmeye başlamıştı. Şansımı daha fazla zorlamanın âlemi yoktu. Öğrendiklerimi aklıma yazmakla yetinmeliydim. Dikkatimi toplayarak sordum.

"Olay günü, yani yangının çıktığı salı günü otele niçin gitmiştiniz?"

"İş için." Elleri titremeye başlamıştı. Belki de titremelerini önlemek için ellerini dizlerinin üstünde birleştirdi. "Biz, alt katların temizlik işini yapardık."

"Biz derken kimler yani?"

"Biz işte, rahmetli Mecit ile Hüseyin, bir de Nezihe Bacı."

"Her gün mü gidiyordunuz?"

"Otel açıkken altı gün gidiyorduk, tek pazarları çalışmazdık. Tadilat yapıldığı dönemlerde sadece üç gün çalışırdık; pazartesi, çarşamba ve cuma."

Yanlış mı duymuştum acaba?

"Ama bu defa salı günü gitmişsiniz" diye hatırlattım.

Yanlışı açığa vurulmuş gibi kızardı.

"Pazartesi günü bizim Zaim'in nişanı vardı, yani benim oğlanın" dedi bakışlarını kaçırarak. Yüzü gölgelenmişti. "O gün bütün ekip nişana geldi. Rahmetli Mecit ile Hüseyin, Nezihe Bacı... Hepsi çoluk çocuğuyla beraber." Eliyle televizyonu gösterdi. "Videoya çekmişler, hepsi nişanda gülüyor, oynuyor, eğleniyorlar. Onları görünce içim yanıyor. Keşke nişanı o günü yapmasaydık diyorum."

Arkadaşının mutsuzluk içinde kıvrandığını gören Mennan, "Niye Kadir?" diye sordu. "Niye üzülüyorsun anlamadım?"

"Anlamayacak ne var Mennan? Pazartesi çalışmaya gitseydik başımıza bu iş gelmeyecekti. Mecit ile Hüseyin de ölmeyecekti."

Mennan teselli etmek için arkadaşının omuzuna dokundu. Türkler, özellikle de erkekler konuşurken birbirlerine dokunmadan yapamıyorlardı galiba.

"Yapma Kadir, kendini boş yere suçlama. Takdiri ilahi, olacakların önüne kimse geçemez."

"Ben de onu diyorum" diye pişmanlıkla mırıldandı Kadir. "Yalan söyledik, Allah'ın takdiri de işte bu yangın oldu."

"Ne yalanı yav? Sen yalan söylemezsin ki."

"Dilim tutulsaydı da söylemeseydim Mennan, lakin söyledim. Bizim halaoğlu Veyis var ya. O, çarşıdaki düğün salonunda çalışıyor. Pazartesi günleri kimse düğün yapmıyormuş. 'Eğer nişanı pazartesi yaparsanız patron salon parasının yarısını alacak' dedi. Biz de pazartesi yaptık nişanı."

Mennan da benim gibi yanlış bir yan görmüyordu olanlarda.

"İyi yapmışsın, ne var bunda?"

"Ama Serhad'a söylemedim. Otelin tadilat işlerinden o sorumluydu. Kimse farkına varmaz, ha pazartesi gitmişiz, ha salı, ne olacak dedim. Zaten temizlik de yapmayacaktık, çarşamba günü boyacılar gelecekti, eşyaların üstünü örtecektik. Hatta Serhad beni aradı. 'Yarın gidiyorsunuz, değil mi?' diye sordu. Ben de, 'Gidiyoruz' diye yalan söyledim. Serhad'ın araması bile Allah'ın bir işaretiymiş. Vakit varken bu işten vazgeç diyormuş bana. Vazgeçmedim, paraya tamah ettim, yalan söyledim, Hak Teala da bana bu cezayı verdi işte."

Arkadaşının gereksiz yere kendini yiyip bitirmesi Mennan'ı sinirlendirmeye başlamıştı.

"Yanlış düşünüyorsun Kadir." İçten bir dost, bir abi gibi konuşuyordu. "Tamam yalan söylemekle kötü yapmışsın. Ama yangını sen çıkarmadın. Üstelik Mecit ile Hüseyin'i kurtarmak için canını da tehlikeye attın, Nezihe'yi alevlerin içinden çıkardın. Boşuna kendinle uğraşıyorsun, senin bu işte bir suçun yok. Kaza işte, elden ne gelir?"

Mennan, arkadaşını ikna etmeye uğraşırken benim aklım başka bir ayrıntıya takılmıştı.

"Kadir Bey" dedim merakla yüzüne bakarak. '"Siz bu otelde ne kadar zamandır çalışıyorsunuz?"

Uysalca yanıtladı sorumu.

"Önümüzdeki ay, üç yıl olacaktı. Ama biliyorsunuz, yangından sonra işten çıkardılar. Tazminatımı bile ödemediler. Şirketin durumu kötüymüş."

İkonion Turizm zor durumda demek, bu bilgi de önemliydi işte, aklıma not ederek öteki soruya geçtim.

"Peki otel her tadilata girdiğinde Serhad mı sorumlu olurdu bu işten?"

Hemen yanıtlamadı, biraz düşündükten sonra, "Yok" dedi iri kafasını sallayarak, "Müdür bakardı, İrfan Bey, o yoksa yardımcısı Orhan Bey."

"Onlar neredeydi?"

"Ziya Bey izne yollamış. Tadilat işinin başına da Serhad'ı getirmiş."

Mennan'a baktım, onun da gözlerinde kuşku bulutları gezinmeye başlamıştı, bir parça da utanç vardı; bunları sorup öğrenmediği, raporunda belirtmediği için. Ama yetkili acentemizi suçlayacak zaman değildi, önemli bir ipucu yakalamış olabilirdik.

"Tadilat sırasında otelde başka insanlar oluyor muydu?" diye sordum. "Yani siz pazartesi günü işinizi yapmış olsaydınız, salı günü otelde kimse bulunacak mıydı?"

"Kimse olmayacaktı" diye dertli dertli söylendi. "Belki Serhad ile kankası Kel Cavit, bir de onların adamları. Güvenlikçi ya bunlar, otelde bulunmaları lazım. Ama onlar lobide olacaklardı, yani yangında kimse ölmeyecekti." Gözleri nemlendi. "Sebep olduk Mecit ile Hüseyin'e."

"Hayır, olanların sizinle ilgisi yok" diyerek yatıştırmaya çalıştım. "Hatta yangının çıkış sebebi düşündüğüm gibiyse sizin hiçbir suçunuz yok."

Yüzündeki keder birden kuşkuya dönüştü. "Kimin suçu var? Yoksa biri mi çıkarmış yangını?"

Mennan'da Kadir gibi bana bakıyordu. İçerisi serin olmasına rağmen yine ter damlaları belirmeye başlamıştı alnında.

"Araştırıyoruz" dedim sakin bir tavırla. "Eğer bize yardım ederseniz, gerçeği çok daha çabuk ortaya çıkartırız. Ama bir mesele daha var. Ziya Bey, yangını uzaylıların çıkardığını söylediğinizi iddia etti. Böyle bir şey dediniz mi?"

Yardım ister gibi Mennan'a baktı, arkadaşından fayda gelmeyeceğini anlayınca, "Uzaylı gibi giyinmiş bir adam gördüm" diye çekinerek açıkladı. "Parlak, alüminyum gibi bir elbisesi vardı."

"Yüzünü görebildiniz mi? Neye benziyordu bu adam?"

Alay etmediğimi anlayınca, "Başlığı vardı kafasında" diye söylendi hevesle. "Yüzünü göremedim. Her tarafı o elbisenin içindeydi."

"Ne zaman gördünüz bu adamı?"

"Nezihe'yi çıkardıktan sonra, ikinci aşağıya inişimde..."

Bir şeyleri kaçırmaktan korkuyordum, sözünü kestim. "Nezihe'yi Serhad'ın yanına bıraktıktan sonra mı?"

"Bıraktıktan sonra..."

"Peki Serhad sizi görünce şaşırdı mı?"

Alnını kırıştırarak hatırlamaya çalıştı.

"Galiba şaşırdı, 'Burada ne arıyorsunuz' gibi bir şeyler de söyledi ama onu dinleyecek halde değildim. Mecit ile Hüseyin aşağıdaydı."

Evet, gerçek yavaş yavaş ortaya çıkıyordu işte.

"Sonra aşağıya mı indiniz?"

"Öyle yaptım, Mecit ile Hüseyin'i kurtarmam gerekiyordu. Aşağısı çok sıcaktı, duman gözlerimi yakıyordu. Merdivenlerin altına geldiğimde bu uzaylı gibi giyinmiş adamla karşılaştım. Dumanların arasından çıktı. Ama beni görünce ürktü, geri geri gitmeye başladı. Ne yalan söyleyeyim ondan korkmuştum, ben de geri geri gitmeye çalışırken, biri arkadan başıma vurdu."

İşte eksik bir parça daha ekleniyordu kafamda ağır ağır tamamlanmaya başlayan fotoğrafa.

"Başka biri daha mı vardı?"

"Vardı ya, aynı onun gibi giyinmişti. Ayılırken gördüm ikisini de. Ellerimden ayaklarımdan tutmuş beni götürmeye çalışıyorlardı."

"Kadir, itfaiyeci olmasın bu gördüğün adamlar?" diye kendi kafasındaki ihtimali dile getirdi Mennan. "Uzay kıyafeti dediğin itfaiyecilerin giydiği yangın elbisesine benziyor."

Söylediklerinden son derece emindi Kadir.

"İtfaiyeci benim başıma niye vursun? Adamların bana ne garezi var?"

"Yav vurmamıştır da sen duman yuttun, korktun, öyle zannetmişsindir."

"Yok..." dedi Kadir sinirlenerek, "Ben öyle zannetmedim. O herifi gerçekten gördüm. İtfaiyeci filan da yoktu ortalıkta. Zaten başıma vurmasalar, Mecit ile Hüseyin'i kurtarırdım." Arkadaşına kırılmış olmalı ki bana bakarak açıklamaya başladı. "Ben ne söylediğimi biliyorum Karen Hanım. İtfaiyeci filan değil, orada acayip kıyafetli iki tane adam vardı, biri de başıma vurdu."

"Size inanıyorum" dedim sakin bir ses tonuyla. "Mennan Bey de inanıyor ama eksik ya da yanlış bir şey kalmasın diye bu kadar çok soruyoruz."

"Söylediklerimde tek bir yanlış yok. Allah şahidimdir yalan hiç yok. Bu yangından sonra bir daha da hiç söylemem zaten."

Mennan üzgün gözlerle süzüyordu Kadir'i. Arkadaşının hâlâ kendine gelemediğini, gördüğü halisünasyonları gerçek diye anlattığını düşünüyordu.

"Yalan söylemediğini biliyoruz Kadir. Yalan söylemediğini biliyoruz ama hastanede yangını uzaylılar çıkardı demişsin."

"He öyle söyledi" diyerek Nimet de katıldı tartışmaya. Elinde kek, kuru pasta dolu iki tabakla birkaç adım ötemizde durmuş bize bakıyordu. Ne zaman salona girmişti bu kadın, ne zaman bu kadar yakınımıza kadar gelmişti? Konuşmanın heyecanından hiçbirimiz fark edememiştik.

"Doktorlara öyle demedin mi Kadir?" diye yaklaştı. "Kafasında uzun çubuklar olan bir adamın çamaşırhaneye girdiğini, ütüleri fişe soktuğunu söylemedin mi?"

Karısına bir de seninle uğraşacağız şimdi, der gibi baktıktan sonra, "Dedim" diyerek itiraf etti. "Başınıza öyle vursalardı, siz bırak uzaylıları, tövbe tövbe Allah'ı bile gördüm derdiniz. Yav vicdansız kadın, doktor, 'Kafasına fena darbe almış, şansınız varmış, adamcağız ölümden dönmüş' demedi mi? Kafamıza yemişiz sopayı, o kadar saçmalama olacak artık."

Kendimi tutamayarak gülmeye başladım. Gülmek bulaşıcıydı, önce Mennan, ardından Nimet, en son Kadir de katıldı bana.

İlk ciddileşen Mennan oldu.

"Şimdi Kadir, şu meseleyi bir daha düşün. Hani daha önce başıma kalas düşmüştü dedin ya..."

"Kalas malas düşmedi benim başıma!" diye isyan etti Kadir. "Mennan niye anlamıyorsun? Başıma vurdular diyorum yav. Başıma vurulmadan önce neler olup bittiğini çok iyi hatırlıyorum. Tamam mı?"

"Ne böğrüyon be!" diye azarladı kocasını Nimet. Elindeki tabakları sehpanın üzerine bırakmış, öfkeyle Kadir'e bakıyordu.

"İnsan misafirine bağırır mı?"

Kadir de en az Nimet kadar sinirlenmişti.

"Bağırmıyom be!" diye çemkirdi. "Hem senin ne işin var burda, görmüyor musun konuşuyoruz daha. Git çayına bak."

Hemen gitmedi Nimet, bir süre daha öfkeyle süzdü kocasını, sonra belki de biz burada olduğumuz için uzatmak istemedi.

"Ben çayıma bakarım" dedi mutfağa yönelirken. "Ama önce sen konuşmayı öğren."

Kadir de utanmıştı yaptığından ama bağırdığı Mennan'a değil de bana baktı.

"Kusura bakmayın Karen Hanım" dedi boğuk bir sesle. "Ama ben ne dediğimi biliyorum. Ben o acayip kıyafetli adamı, aklım yerindeyken gördüm. Sonra da biri kafama vurdu işte."

Düşündüklerimi onunla paylaşmanın tam sırasıydı.

"Peki, diyelim ki siz o tuhaf giysili adamı gerçekten de gördünüz. Sonra başka biri arkadan gelerek başınıza vurdu. Kendinizden geçtiniz. Gözünüzü açtığınızda aynı giysilerden giymiş iki kişi sizi dışarı taşıyorlardı."

Başını sallayarak beni onayladı.

"Hah, aynen böyle oldu işte."

"Güzel, o zaman şöyle diyebiliriz. İlk gördüğünüz kişi yangın giysileri giymiş kundakçıydı. Yani yangını çıkaran kişi."

Anlamaya çalışıyordu.

"Tamam, yangın çıkaran kişi."

"O kişi sizin orada olmayacağınızı düşünüyordu. Çünkü temizlik işinin bir gün önce yani pazartesi günü yapılması gerekiyordu. O yüzden karşısında sizi görünce çok şaşırdı, hatta korktu, geri geri gitti. O sırada arkadaşı da sizi fark etmişti, arkadan gelip başınıza vurdu. Bayıldınız. Bir ara kendinize gelir gibi oldunuz, gözleriniz aralandı, sizi taşıyan acayip giysili iki kişi gördünüz. Onları da ilk gördüğünüz kişiler sandınız. Oysa onlar sizi kurtarmaya gelen itfaiyecilerdi. Sizi yangın yerinden çıkardılar, hastaneye götürdüler."

Başını hafifçe geri atarak düşündü.

"Ama ilk gördüğüm adam gerçekti" diye mırıldandı. "Başıma vuran da..."

Yangının sabotaj olabileceğini kabul etmeye hâlâ hazır değildi Mennan.

"Ya sonrakiler?" diye hatırlattı, "sonradan gördüğün o kişilerden emin değil misin?"

Duraksadı Kadir, kafası karışmıştı.

"Onları da gördüm ama başıma vurulduktan sonra. O sebepten çok ısrar etmiyorum. Tamam, belki de hayal görmüş olabilirim. Lakin ilk gördüğüm hayal filan değildi."

Ben öğreneceğimi öğrenmiştim, otel yangınına dair kafamdaki fotoğraf nerdeyse belirginleşmişti. Ama eksik olan birkaç parça vardı. Onları da tamamlamak istedim.

"Sizin, yani temizlik ekibinin otele girdiğini kimse gördü mü? Serhad'la ya da Cavit'le karşılaştınız mı?"

"Karşılaşmadık. Biz arkadaki servis kapısından girdik otele. Serhad bizden birini fark etmesin diye kimseyi lobiye de bırakmadım. Çünkü adama yalan söylemiştik."

Mennan'ın da aklı karışmıştı ama belki de kafasındaki gerçekle yüzleşmeye hazır olmadığı için soru sormak istemiyordu. Salondaki sessizliği elinde çaydanlıkla içeri giren Nimet bozdu.

"Daha bitmedi mi diyeceğin?" Doğrudan kocasının gözlerinin içine bakarak konuşuyordu. "Yeter artık topla dilini, misafirleri açlıktan öldüreceksin Goca Kadir."

28
Buraya noksan gelen tamamlanır

Saatlerdir güneşin altında bizi bekleyen arabanın içi cayır cayır yanıyordu. Isınmış metalle plastiğin ağır kokusu sinmişti her yere. Mennan klimayı açana kadar ben de onun gibi ter içinde kalmıştım. Soğuk hava arabanın içinde dolaşmaya başlayınca ne boğucu sıcaktan eser kaldı, ne de o içimi kaldıran pis kokudan.

"Otele mi bırakayım sizi Miss Karen?" diye sordu terini kâğıt mendille kurularken. "Saat daha bir, İzzet Amca'yla buluşmamıza iki saat var. Belki biraz dinlenmek istersiniz."

Fena fikir değildi ama gece boyunca çok az uyumuş olmama rağmen şu anda gözlerimde uykunun kırıntısı yoktu. Mennan'ın ofisine gitmek de içimden gelmiyordu. Galiba en doğrusu Kadir'in söylediğini yapmaktı. Mademki vaktim vardı, rüyalarımın ilginç kahramanı "Şems Hazretleri"nin gönül dostu, babamın kadim şeyhi Mevlâna'nın türbesini neden ziyaret etmiyordum ki? Ama yeniden Şems konusunu açmasını istemediğimden, daha da kötüsü ben de gelirim demesinden çekindiğimden Mevlâna Türbesi'ne gideceğimi Mennan'dan gizleyerek önerisini onaylamış gibi göründüm.

"Haklısınız, beni otele bırakırsanız iyi olur."

"Doğru olanı yapıyorsunuz Miss Karen." Sanki bana özenir gibiydi. "Aslında fırsatını bulup bir yarım saat ben de gözlerimi kapasam iyi olacak ama nerede, yapmam gereken o kadar çok iş var ki. İki müşteriyle görüşülecek, poliçeler imzalanacak, bankaya gidilecek. Üstelik bunlar iki saat içinde yapılacak."

Üzüldüm durumuna, bu kadar sıkışmasına hiç gerek yoktu. Üstelik onun yanında İzzet Efendi'yle babam hakkında konuşmayı da pek istemiyordum.

"İkonion Turizm'e gelmeseniz de olur. İzzet Efendi'yle sohbet edeceğiz sadece. Görüşme, işle ilgili değil..."

Dikiz aynasından beni süzen yeşil gözlerinin yorgunluğu anında silindi.

"Sizce sakıncası yoksa, yanınızda olmak isterim" dedi hevesle, "İzzet Amca hikmet sahibi bir insandır. Onunla konuşma ayrıcalığına her zaman erişemiyor insan."

Anlaşılmıştı, Mennan'dan kurtulmak imkânsızdı.

"İyi, sorun yok o zaman."

"Saat üçe doğru sizi otelin önünden alsam?"

"Ama gelmeden önce beni ararsanız iyi olur. Sizi bekletmek istemem."

Aslında türbeye gittiğimi anlamaması için kendimce önlem alıyordum. Ama otele girişte de aynı sorunu yaşamaktan kurtulamadım. Bizim nazik Mennan, "Olmaz, illa sizi otelin kapısında indireceğim" diye ısrar edince, mecburen lobiye girmek zorunda kaldım. Bereket, akşamki meraklı görevli ortalıklarda yoktu. Onun yerine bakan kıza, yasak savmak için, "Bana mesaj var mı?" diye sordum, tabii yoktu. Dönüp kapıya baktım, Mennan'ın arabası çoktan gitmişti. Gönül rahatlığıyla çıkışa yürüyecektim ki güçlü bir bulantı hissettim. Karnımdaki bebek beni unutma diye kesin bir dille uyarıyordu. Elimi ağzıma tutarak kendimi lavaboya zor attım. Ardı ardına gelen öğürtü dalgasıyla bedenim sarsılmaya başladı. Biraz çıkarınca rahatladım. Ağzımı çalkaladım, ensemi, şakaklarımı soğuk suyla ıslattım. Hamilelikte ne kadar sürerdi acaba bu bulantı dönemi? Dokuz ay boyunca devam etmeyeceğini biliyordum ama kaçıncı ayda sona ereceğini bilmiyordum. Eğer bebeği aldırırsam, onunla birlikte bulantılar da yok olacaktı. Ama aldırırsam... Sahi, ne yapacaktım bu bebeği? Aynadaki yüzüme baktım, benzim sararmıştı. Gözlerimde yorgun bir ifade vardı. En iyisi bu konuyu hiç düşünmemekti. Şu anda çözmem gereken daha önemli sorunlarım vardı. Yeniden yüzüme baktım; hâlâ solgun görünüyordu, hafif bir makyaj iyi olacaktı. Çantamı açtım, rujumu çıkaracaktım ki Komser Zeynep'ten aldığım zarfı gördüm. Bunu tümüyle unutmuştum. O tuhaf yüzük de paralarla birlikte zarfın içindeydi. Yüzüğü çıkardım, sağ avucuma koyarak ışığa doğru tuttum. Gerçekten güzel bir yüzüktü, gümüş halkasındaki incecik işlemeler büyük bir ustalığı gizliyordu, kahverengi ile kızıl arasındaki taşında insanın ilgisiz kalamadığı bir derinlik vardı. Hayır, ucuz bir yüzük değildi bu. Ama neden boyasını akıtmıştı? Yüzüğün taşını musluğun altına tutarak suyla yıkamaya başladım, parmaklarımla sertçe ovdum, hayır, bırakın boyasının akmasını, bir leke bile oluşmamıştı lavabonun bej rengi zemininde. Yeniden parmağıma taksam? Ya yine kanarsa? O kadar da şık görünüyor ki, dayanamadım, yüzüğü yeniden parmağıma geçirdim. Elimde de çok güzel duruyordu. Belki de bir kez daha denemek istiyordum. Dudaklarıma hafif bir ruj sürerek, çantamı toplayıp çıktım.

Sultan Selim Camii ile küçük bir parkın arasından geçip türbenin kemerli dış kapısına ulaştım. Önümde on kişilik bir turist grubu vardı; gişede küçük bir bilet kuyruğu oluşturmuşlardı. Aralarında hiç genç yoktu, yaklaşınca İngilizce konuştuklarını fark ettim; hem de "Queen's" İngilizcesi. Evet, bunlar İngiltere'den gelen vatandaşlarımdı. Teni güneşten yanmış, gümüş rengi saçları omuzuna düşen, mavi gözleri yaşam dolu bir kadın onlara rehberlik ediyordu. Kadın Türk müydü?

"Hey Angelina" diye seslenen saçsız bir adam yanıtlamış oldu sorumu. Elinde kâğıt Türk paraları tutuyordu. "Bunlardan hangisini vereceğiz görevliye?"

Angelina vermesi gereken banknotu adamın elinden nazikçe çekerek gruptakilere gösterdi. "İşte bunu, şu kırmızı olanı." Bu kez saçları kısacık kesilmiş, sıcaktan yanakları al al olmuş şişmanca bir kadın eliyle duvardaki afişi gösterdi. "Angelina, şurada ne yazıyor? Evet, şu işte, üzerinde Rumî'nin resmi olan posterde diyorum."

Angelina hiç yüksünmeden gözlerini kısarak afişe döndü. Onunla birlikte ben de Mevlâna'nın resmine dönmüştüm. Şems'in yanında gördüğüm Muhammed Celaleddin'den oldukça farklıydı afişteki adam. Ne rüyalarımdaki Mevlâna'nın gözlerindeki ateş vardı bakışlarında, ne yüzündeki heyecan. Yaşlı, dertop olmuş bir ermişti resimdeki kişi. Bu nur yüzlü derviş, şeyhi için Yahudi mahallesine giderek şarap alabilecek birine hiç ama hiç benzemiyordu. Resmin hemen yanında şiir biçiminde alt alta sıralanan sözcükler yer alıyordu. Ama şiirden çok özdeyişleri andırıyordu bu cümleler. Angelina hiç duraksamadan çevirmeye başladı. Belli ki ilk kez karşılaşmıyordu bu sözcüklerle; yoksa bu kadar hızlı, bu kadar doğru çeviremezdi.

> Ya olduğun gibi görün / Ya göründüğün gibi ol / Şefkatte, merhamette güneş gibi ol / Ayıpları örtmekte gece gibi ol / Keremde, cömertlikte akarsu gibi ol / Tevazuda, mahviyette toprak gibi ol / Hoşgörüde deniz gibi ol / Öfkede, asabiyette ölü gibi ol / Ya olduğun gibi görün, ya göründüğün gibi ol.

Çeviriyi bitirince huzurlu bir gülümseme belirdi dudaklarında. "Hatırladınız mı, daha önce de okumuştuk Rumî'nin bu sözlerini."

Gruptakiler başlarını sallayarak onayladılar onu. Elinde işlemeli baston tutan, şık giyimli top sakallı bir adam, dizeleri göstererek sordu:

"Yazı Türkçe mi, Farsça mı?"

Anlayışlı bir öğretmen gibi sabırla açıkladı Angelina.

"Türkçe, Fars alfabesi farklıdır. Ama metnin orijinali Farsça olmalı. Rumî şiirlerini Fars dilinde kaleme aldırırdı."

Angelina sadece bir rehber değildi galiba. Sanırım bu küçük grubun bir tür dinsel önderiydi. Baksanıza kadın çeviri yapabilecek kadar iyi biliyordu Türkçeyi. Muhtemelen Farsça da çalışmıştır. Tuhaf, Rumî hâlâ Batılıları etkilemeyi sürdürüyordu demek. Ben ondan etkilenenlerin sadece Müslüman mistikler ya da annem gibi bir zamanın isyancı hippileri veya marjinal kişiler olduğunu sanırdım. Oysa karşımdakiler İngiliz orta sınıfına mensup durmuş oturmuş insanlardı. Grubun en arka sırasında yer alan iri yarı, kızıl saçlı adamın da biletini aldığını gören Angelina, yavrularının kaybolmasından korkan anaç bir tavuk gibi ilgiyle çevresine bakındı.

"Tamam mıyız, herkes aldı mı biletini?"

İngiliz yaşlılar grubu, ilkokul çocukları gibi biletlerini havaya kaldırdılar. Angelina durumdan memnun, eliyle geçiş turnikelerini gösterdi.

"Şimdi bu kapıdan bahçeye gireceğiz. Ama önce kısa bir bilgi vermek istiyorum." Eliyle kapıyı gösterdi. "Buranın adı 'Dervişan Kapısı'dır. Gördüğünüz gibi müzenin ana girişi olan bu kapıdan bir zamanlar dervişler girdikleri için bu adı almıştır. Ayrıca bunun gibi üç kapı daha var. 'Çelebiyan Kapısı', 'Küstahan Kapısı' ve 'Hamüşan Kapısı.' Çelebiyan Kapısı adını Rumî'nin soyundan almaktadır. Rumî'nin erkek tarafından gelme erkek evlatlarına 'Çelebi', haram tarafından gelme evlatlarına da 'Ünas Çelebi' denilmektedir. Rumî'nin bu türbeye defnedilmesinin ardından aile bu çevrede konaklar, evler almıştır. Çelebi Kapısı bu evlerin bulunduğu yöne bakan kapıdır. Küstahan Kapısı ardı ardına yanlışlar yapan, kendini düzeltmek için çaba göstermeyen dervişler için yapılmıştır. Onlar, dergâhtan uzaklaştırıldıklarında, kimse görmesin diye akşam namazından sonra karanlık çökünce çıkarlarmış bu kapıdan. Hamüşan Kapısı ise bu sabah gezdiğimiz bin yıllık Üçler Mezarlığı'na bakar. Mevlevilikte mezarlığa Hamüşan yani suskunlar mekânı denir. Bu yüzden o kapının adı Hamüşan olarak anılmaktadır."

Bu kadar ayrıntıyı bildiğine göre Angelina kesinlikle bu grubun ruhani önderiydi. Şu anda da grubuna kutsal bir gezi yaptırıyor olmalıydı. Belki ben de bilgilerinden yararlanabilirdim. Biraz peşlerine takılsam iyi olacaktı. Gişedeki görevliden tek kişilik bilet isteyinceye kadar hızla geçti bu fırsatçı düşünce aklımdan.

Gişedeki ince bıyıklı, genç görevli biletimi uzatırken onlar çoktan bahçedeki tarihi şadırvanın önünde yerlerini almışlardı. Yer yer ikili üçlü mezarların bulunduğu, zemini beyaz mermerlerle kaplı bahçe oldukça kalabalıktı. Anadolu güneşinin yakıcı sıcağına aldırmadan sabırla Angelina'nın yapacağı açıklamaları bekleyen bizim İngilizlerin dışında tespit edebildiğim kadarıyla biri Alman, öteki Japon iki turist topluluğu daha vardı, ayrıca ikişer üçer kişilik küçük gruplar halinde dolaşan Türk ziyaretçiler. Bahçenin kalabalık olması işime yaramıştı. İngiliz gruptaki İrlanda kökenli olduğunu tahmin ettiğim iri yarı, kızıl saçlı adamın arkasına gizlenerek Angelina'yı dinlemeye başladım.

"Şimdi bu türbenin bulunduğu alanı bir gül bahçesi olarak düşünün."

Vatandaşlarımın hepsi başını çevirip türbeye baktı.

"Her yanda renkleri gözlerinizi alan kırmızı, pembe, sarı, beyaz güller; rüzgârın üzerinize savurduğu mis gibi kokuyu içinize çekin."

Kalabalıktan, sanki gerçekten de kokularını duymuş, renklerini görmüş gibi hayranlık belirten bir ses yükseldi. Angelina, ekibinin duyarlılığından memnundu.

"Evet, yedi yüz küsur yıl önce burası Selçuklu Sarayı'nın gül bahçesiydi. Mevlâna Celaleddin'in babası Sultanü'l-Ulema Bahaeddin Veled yaşama gözlerini yumunca, bu gül bahçesine defnedildi. Babasının ölümünün ardından onu sevenler Rumî'nin huzuruna vardılar.

'Sultanü'l-Ulema Hazretleri'nin mezarının üzerine bir türbe yaptırmak istiyoruz' diyerek izin istediler. Rumî bu kişilere teşekkür ettikten sonra şöyle dedi:

'A dostlar, söyleyin gökkubbeden daha iyi bir türbe var mıdır?' Bu sözler üzerine dostları tekliflerini geri çektiler. Ama aradan yıllar geçip Muhammed Celaleddin Rumî de

1273 yılında ölünce, oğlu Sultan Veled, babasının mezarı üzerine türbe yapılmasına razı oldu. Böylece 'Kubbe-i Hadra' yani 'Yeşil Kubbe' olarak adlandırılan türbe, dört fil ayağına benzeyen dört kalın sütun üzerine Tebrizli Mimar Bedrettin tarafından inşa edildi. O tarihten sonra Rumî'nin ailesi ve çevresindeki dostları bu türbeye defnedildi. Evet, şimdi içeri girelim, Büyük Rumî'nin türbesini yakından görelim."

Türbenin kapısına yaklaşınca kalabalık yoğunlaşmaya başladı; çünkü ziyaretçiler ayaklarına plastik galoş takmak zorundaydılar; bu da zaman alıyor, kapı önünde birikmelere yol açıyordu. O karmaşada geride kaldım. Neden sonra türbenin kapısından içeri girdiğimde, eskimiş kumaş, toprak ve ahşap kokusuyla birlikte derinlerden gelen bir ney sesi karşıladı beni. Sarı bir ışıkla aydınlanan, sanki duvarları altından bir odaya girdim. Duvarlarda babamın yazmaya çalıştığı Arapça ve Farsça sözcüklerin en mükemmel örnekleri sergileniyordu. Angelina grubunu az ileride, gümüş bir kapının önünde toplamıştı. Usulca yanlarına yaklaştım.

> Bu makam âşıkların kâbesidir. / Buraya noksan gelen tamamlanır.

Gümüş kapının üzerindeki elyazması metni, arkadaşlarının anlayabileceği hale getiriyordu Angelina.

"Bu sözler Molla Câmî'ye ait" dedi sadece çevresindekilerin duyabileceği kadar kısık bir sesle. "Anlamının derinliği kadar biçimiyle de gönüllerde haklı bir yer eden bu benzersiz güzellikteki yazı, ünlü hattatlardan Yesarizade Mustafa İzzet Efendi'nin kaleminden çıkmış."

"Noksan gelen tamamlanır, ne demek?" diye sordu elinde bastonu olan top sakallı adam. "Yani burası büyülü bir yer mi? Bu ışıklı mekân eksiklerimizi mi giderecek?"

Güldü Angelina ama hiç de küçümser gibi bir hali yoktu. Bu ifadeyi çok iyi tanıyordum; babamın, Şah Nesim'in, Rumî'nin ve Şems'in yüzünde de aynı ifadeyi görmüş, aynı anlamı okumuştum. Sorulan soru ne kadar saçma gelse de ciddiye alıp açıklamak gerektiğini düşünen insanların sakin ve sabırlı tavrı vardı hepsinde.

"Öncelikle şunu açıklığa kavuşturalım" diyerek arkadaşının kafasındaki karışıklığı gidermeye çalıştı Angelina. "Molla Câmî adındaki İranlı ulema, 'Buraya gelen' derken türbeyi ziyaret edenlerden söz etmiyor. Dergâha gelenlerden, yani hakikati arayan âşıklardan söz ediyor. Yani bir kez bu mekâna girince, türbede yatan kutsal ölüler bir mucize gerçekleştirerek, büyük sırrı kulaklarınıza fısıldayacak, sizleri birer kâmil insan haline getirecek demiyor. Kâmil insan olmak o kadar kolay değil. Çile doldurmak, hak derdinin taşıyıcısı, ilahi aşkın yorulmaz yolcusu olmak gerek..."

Büyük sır, hakikat, ilahi aşk, kâmil insan, çile doldurmak... Daha önceleri babamdan, Şah Nesim'den ve rüyalarımdaki Rumî'den, Şems'ten duyduğum sözleri dile getirmişti Angelina. Ama ben de tıpkı top sakallı yaşlı adam gibi hâlâ anlamını kavrayamamıştım bu sözlerin.

Yeni bir soruyla karşılaşmayan Angelina gümüş kapıdan geçerek türbenin içine yürüdü. Meraklı arkadaşlarıyla birlikte ben de takıldım peşine. Türbeye girince altın rengi ışık iyice süzüldü, koyulaştı, bal rengine dönüştü. Geniş salonda ilk gözüme çarpan iki tarafta yan yana, art arda sıralanan üzerleri atlas kumaşlarla örtülmüş sandukalar oldu. O zaman hatırladım, evet, babam beni buraya getirmişti. Küçük bir kızken mezarlıklardan çok korkmama rağmen, üzerlerinde beyazlı yeşilli sarıkların bulunduğu yüze yakın sandukasıyla küçük bir mezarlığı andıran bu ışıklı mekânı gördüğümde hiç korkmamıştım. Bırakın korkmayı, kendimi bir masal âleminde sanmıştım; babamın anlattığı hikâyelerin yaşandığı Doğu saraylarından birinin en görkemli salonunda. Tavandan sarkan avizeler, sandukaların yanlarındaki şamdanlar, türbeyi taşıyan dört fil ayağı sütunun üzerinde halı gibi işlenmiş kırmızı, kahverengi, sarı renkli desenler, sandukaları kaplayan atlas kumaşlarda altın simlerle işlenmiş türlü çeşit çiçekler, bu büyüleyici ortamı tamamlayan ilginç harfler, anlamını bilmediğim Kuran ayetleri, ne dediğini anlamadığım şiirler. İlk gelişimden bu yana geçen onlarca yıl içinde hiç değişmemiş, belki de sonsuza kadar değişmeden hüküm sürecek o etkileyici, mistik atmosfer. Angelina'nın okuduğu dizeler pekiştirdi hissettiklerimi.

> Gel, gel, ne olursan ol yine gel / İster kâfir ol, ister ateşe tap, ister puta / Ne olursan ol, yine gel / İster yüz kere tövbe etmiş ol / İster yüz kere bozmuş ol tövbeni / Ümitsizlik kapısı değil bu kapı / Gel ne olursan ol yine gel

Çok eski, çok bildik bir duanın hiçbir zaman unutulmayacak sözleri gibiydi bu dizeler. Kaç kez işittim bu şiiri babamdan, kaç kez ezberlemeye çalıştım. Şimdi dinlediğimde bile beni etkiliyor. Ama içerinin serinliğine rağmen dışarıdaki sıcağın izlerini, hâlâ kırmızı yanaklarında taşıyan kısa saçlı tombul teyze benim gibi düşünmüyor olacak ki, "Kâfir sözünü beğenmedim" diye cesaretle dile getirdi görüşlerini. "Kim o kâfir, Hıristiyanlar mı, Yahudiler mi, yoksa dini inancı olmayan kişiler mi? Ateşe tapanı, puta tapanı küçümseyen bir yan var bu şiirde. Hiç hoş değil. Gel dediği yer neresi? Rumî'nin kendi inancı mı? Ya ben tanrıtanımazlığımla gelirsem, yani inancımı değiştirmeden gelmeye kalkarsam, bana yine yer var mı bu hoşgörü Kâbe'sinde?"

Angelina'nın dinginliği hiç etkilemedi bu sözler; başı dik, gözlerinde kendi kendine yeten insanların güveniyle, "Senin söylediğin yerlere takılmadım ben" diye mırıldandı. "Kâfir derken belki kendi inancından olmayan kişileri kastediyor ama onları aşağılamak yerine kendi sofrasına çağırıyor. Dikkat edersen bu sözlerde dayatma yok, benim düşüncemi kabul edeceksin de yok. 'Benim dinim aşktır' der Rumî. O aşk, hangi dinden olursa olsun bütün insanları birleştirecek ortak paydadır."

Siyah gözlerindeki kuşku bulutları dağılmamıştı tombul teyzenin ama Angelina daha fazla açıklama yapmaya gerek duymadan salonun sonuna doğru yürüdü. Ve hep birlikte biz de peşi sıra sürüklendik. Angelina salonun sağ köşesine gelince yüzünü bize dönerek durdu. Sağ eliyle, üzerinde iki sarık bulunan, sim işlemeli atlas kumaşla örtülü iki sandukayı gösterdi.

"Bu sandukalar Mevlâna Celaleddin Rumî ile oğlu Sultan Veled'e aittir."

Sultan Veled şu asi olmayan büyük oğuldu, Şems'in karşısında bir genç kız gibi utanç içinde ürperen saygılı çocuk. Ötekinin mezarı neredeydi acaba? Adı Alaeddin olanın... Hani şu Kimya'nın peşinden ayrılmadığı deli dolu gencinki?

"Atlas kumaşların altında iki mermer sanduka var. Bu sandukaları 1565 yılında Muhteşem Süleyman yaptırmış." Arka taraftaki görkemli ahşap sandukalardan birini gösterdi. "Bu sandukanın altında ise Mevlâna'nın babası Sultanü'lUlema Bahaeddin Veled yatmaktadır." Mavi gözlerine yansıyan altın sarısı ışıklar tuhaf bir gizem katmıştı yüzüne. "Aslında bu ahşap sanduka, Mevlâna Celaleddin Rumî'nin sandukasıydı. Rumî vefat edince, onu defnetmek için babasının yanına getirdiler. Ve oğlunun geldiğini hisseden baba Sultanü'l-Ulema Bahaeddin Veled, büyük bir saygıyla mezarında doğrularak onu selamladı."

Gruptakilerin bu söylenceye itiraz edeceklerini düşündüm, yapmadılar ama az önceki sorularına doyurucu yanıtlar alamayan tombul teyze, "Neden Şems-i Tebrizi'nin mezarı Rumî'nin yanında değil?" diye sordu merakla. "Rumî en güzel şiirlerini ona yazmış, neden yaşamındaki en önemli insan başka bir türbede yatıyor?"

Grubun en aykırı üyesi olan bu tombul teyzeyi sevmeye başlamıştım. Benim daha önce düşündüğüm soruları dile getiriyordu. Büyük bir merakla Angelina'nın söyleyeceklerini dinlemeye hazırlandım ama grubun lideri sanki soruyu duymamış gibi, "Başkaları da burayı görmek istiyorlar" diyerek eliyle öteki taraftaki eşyaların, kitapların sergilendiği salonu gösterdi. "Şöyle Semahane bölümüne geçelim, orada daha rahat konuşuruz" dedi.

Artık kendimi grubun bir parçası saydığımdan hiç çekinmeden onlarla birlikte, cam vitrinlerin içinde muhtemelen Mevlâna'nın ve yakınlarının eşyalarının sergilendiği Semahane'ye geçtik. İçinde elyazması bir *Mesnevi*'nin bulunduğu tenha bir köşedeki vitrinin önünde bizi toplayan Angelina, sevimli teyzenin sorusunu yanıtlamaya başladı.

"Şurası bir gerçek ki, Şems-i Tebrizi o dönemin Konya halkı tarafından pek sevilmezmiş." Bunları anlatırken gözlerimiz karşılaştı. Onu ilgiyle dinleyen bu kadın da kimdi? Kahretsin diye geçirdim içimden, şimdi beni uzaklaştıracak. Hayır, yapmadı, bakışlarını yeniden tombul arkadaşına çevirerek anlatmayı sürdürdü: "Nasıl sevilsin ki, bir gün ansızın ortaya çıkan bu Tebrizli, onların büyük uleması, şeyhi, adeta kutsal kişisi olan Mevlâna Celaleddin Rumî'yi ellerinden alıyor. Biliyorsunuz, Celaleddin Rumî, Şems'le karşılaşmadan önce önemli bir mutasavvıftı. Namaz kılar, oruç tutar, camide vaaz, medresede ders verirdi. Ama Şems'le karşılaşmasının ardından bunları bıraktı, şiir okumaya, aşktan bahsetmeye, şehir halkının duymaya hazır olmadığı konuları dile getirmeye merak sardı. Bütün bunlar yetmezmiş gibi Şems-i Tebrizi'yi her fırsatta, her yerde, herkesin içinde överek göklere çıkarmaya başladı. Bununla ilgili bir hikâye vardır. Hani otelden çıkınca önünden geçtiğimiz Karatay Medresesi var ya, işte orayı yaptıran Selçuklu Veziri Celaleddin Karatay bir gece konağında bilginleri, sanatçıları, devletin ileri gelenlerini çağırarak büyük bir şölen vermiş. Çağrıya Mevlâna Celaleddin Rumî de katılmış ama yanına Şems'i de almış. İçeri girince herkes Mevlâna'ya büyük bir ilgi göstermiş, onu gönül arkadaşından kopartarak sofranın üst tarafına oturtmuşlar. Şems ise büyük bir engin gönüllülükle kapıda ayakkabıların konulduğu yere çökmüş. Sohbet sırasında 'Başköşe neresidir?' diye bir tartışma çıkmış. Herkes görüşünü açıklamış. Sıra Rumî'ye gelince, 'Bilginlerin başköşesi sofranın ortasıdır, ariflerin başköşesi evin herhangi bir köşesidir, sufilerin başköşesi sofranın kenarıdır, âşıkların mezhebinde ise başköşe dostun kucağıdır' diyerek kalkıp Şems-i Tebrizi'nin bulunduğu kapı girişine oturmuş."

Angelina'yı dinlerken anlattığı öykünün gerçek olabileceğini düşünmekten kendimi alamadım. Rüyalarımda gördüğüm Mevlâna, Şems'e o kadar tutkundu ki, kesinlikle bunu yapabilecek cesarette bir adamdı.

"Peki davete katılan öteki insanlar ne demiş bu duruma?"

Soruyu soran kızıl saçlı adamdı; hikâyeden fazlasıyla etkilemiş görünüyordu.

"Yüzlerine bir şey söylememişler ama o günden sonra Şems'e karşı açık bir düşmanlık gütmeye, kin beslemeye başlamışlar. Kim olduğunu bilmedikleri bu gezgin dervişi, bazıları ahlaksızlıkla suçlamış, bazıları Moğol ajanı olduğunu ileri sürmüş, büyücü olduğunu söyleyenler bile çıkmış. Kimileri bu kara giysiler içindeki meczubu şehrimizden atalım demiş, kimileri onu korkutmayı denemiş, kimileri ise açıkça öldürmekten söz etmiş. Bu tehditler o dereceye varmış ki, işin ciddi olduğunu anlayan Şems, Mevlâna Celaleddin'le karşılaşmalarının üzerinden bir buçuk yıl bile geçmeden bir gece kimseye haber vermeden sessizce Konya'yı terk etmek zorunda kalmış."

"Yani kaçmış mı?"

Yine kızıl saçlı adamdı soran. Şems gibi güçlü bir dervişin, efsanevi bir adamın kaçmasını kabul edemiyor olmalıydı. Ne yalan söyleyeyim aslında ben de onun gibi düşünüyordum. Benim tanıdığım Şems öyle kuru gürültüye pabuç bırakacak biri değildi.

"Belki de Rumî'yi korumak istiyordu" diye belirsiz bir yanıt verdi Angelina. "Bilmek zor tabii. Kesin olan bir şey varsa o da Şems'in Konya'dan ayrıldığı. Mevlâna gönül yoldaşının gittiğini öğrenince çılgına dönmüş, yemeden içmeden kesilmiş, gözüne uyku girmemiş, bir çılgın, bir mecnun gibi her yanda onu aramış. Ne yazık ki bulamamış. Şems gittiğinde, ondan kurtuldukları için mutlu olan Mevlâna'nın müritleri, şeyhlerinin artık kendileriyle hiç ilgilenmediğini görünce bin pişman olmuşlar. Mevlâna'nın makamına varmışlar.

'Biz Şems'i tanıyamadık, ona huzur vermedik, yanlış yaptık. Bizi bağışla ya Pir' demişler. Rumî de onlara inanmış ve onları bağışlamış. Ama aradan bir yıldan fazla zaman geçtiği halde Şems hâlâ ortalıkta yokmuş. Sonunda müjdeli haber gelmiş; Mevlâna, Şems'in Şam'da olduğunu öğrenmiş. Hemen bir kervan hazırlatmış, büyük oğlu Sultan Veled'i yola çıkarmış. Günler süren zorlu bir yolculuktan sonra Şam'a varan Sultan Veled, Şems'in huzuruna çıkmış. Türlü diller dökerek, Şems'in kırgın gönlünü onarmış, hiçbir yerde uzun süre kalamayan bu gezgin dervişi, Konya'ya dönmeye razı etmiş. "Şems'in gelmesiyle birlikte Mevlâna yitirdiği mutluluğu yeniden bulmuş, bahar gülleri karşısında aşktan sarhoş olarak türküler yakan genç bülbüller gibi her gün coşkulu şiirler yazmaya başlamış ama öte yandan aklını da kullanarak, halkın dedikodularını önlemek için kendince bir önlem almak istemiş. Şems'le akraba olursak, evime girip çıkması yadırganmaz düşüncesiyle evlatlığı Kimya'yı bu gönül dostuna eş olarak vermiş."

Tombul teyzeciğim yine araya girdi.

"Yanılmıyorsam, daha önce Şems'in o sıralar altmış yaşlarında olduğunu söylemiştin. Peki şu Kimya adındaki kız kaç yaşındaymış?"

"Bilmiyorum" dedi Angelina. Canı sıkılmış gibiydi. "O kadar yaşlı olmasa gerek."

"On sekizinden daha küçük" diye yanıtladım sanki üstüme vazifeymiş gibi. "Daha büyük değil."

Herkesin bakışları üstüme toplanmıştı. Tuhaf bir şeyle karşılaşmış gibi tedirginlik içinde bakıyordu gözleri. Ne olmuştu ki, alt tarafı bir bilgi aktarmıştım. Angelina eliyle karnımı gösterdi.

"Bluzunuz" dedi telaşlı bir sesle. "Bluzunuz kan olmuş!"

Panik içinde gömleğime baktım, tıpkı Ziya'nın ofisindeki gibi kana bulanmıştı. Bakışlarım yüzüğün takılı olduğu parmağıma kaydı hemen. Evet, yanılmamıştım, Şems'in yüzüğü yine kanıyordu.

29
Size dokunan ölüyor Miss Karen

Türbeden apar topar kaçarak otele kendimi zor atmıştım. Bluzumu ve yüzüğü çıkartıp duşun altına girmiş, yüzüğün üzerimdeki izlerinden kurtulmak istemiştim. Saçlarımı yeni kurutmuştum ki Mennan aradı. Ofisten çıkmış, beş dakikaya kalmaz otelin önünde olurmuş. Sorun yoktu, ben de beş dakikaya kadar giyinmiş olurdum zaten. Biraz gecikirsem de kıyamet kopmazdı herhalde. Ama gecikmedim. İkonion Turizm'e vardığımızda saat tam üçtü.

Ziya'nın kapısını çalarken, babamın eski bir arkadaşıyla karşılaşacağım için biraz tedirgindim. Ama bizi kötü bir sürpriz bekliyordu. Uzay çağına öykünen odasında Ziya yapayalnızdı. İzzet Efendi gelmemişti. Dün oturduğumuz parlak derili koltuklara bizi buyur ettikten sonra utana sıkıla açıkladı.

"Babam rahatsızlandı, tansiyonu çıkmış."

Böyle söylemesine rağmen hiç de üzgün görünmüyordu, biraz gergindi o kadar.

"Geçmiş olsun" diye mırıldandım ama bu işin içinde başka bir iş var diye düşünmekten de kendimi alamadım. "Önemli bir şey değildir umarım?"

"Yok, yok değil, yaşlılık işte, günü gününü tutmuyor."

Mennan, Ziya'dan daha fazla etkilenmişti yaşlı adamın hastalanmasından.

"Allah Allah ne olmuş İzzet Amca'ya?" diye söylendi üzüntüyle. "Gençlere taş çıkartırdı valla. Nesi varmış?"

"Abartacak bir şey yok" diyerek hastalık meselesini geçiştirmek istedi Ziya. "Zaten yine de görüşmek istiyor sizinle. 'Dergâha gelsinler' dedi."

Aslında bu beni daha çok mutlu ederdi. Ziya'nın yanında babam hakkında konuşmak istemiyordum. Bir yolunu bulup Mennan'ı da uzaklaştırabilsem çok iyi olacaktı ama bu biraz zor görünüyordu.

"Gideriz tabii" diye hevesle atıldı iş arkadaşım. "Ben götürürüm Miss Karen'ı."

Adamcağız bizi bekliyorsa hemen toparlanmak lazımdı.

"Babanız dergâhta mı?"

"Yok, evde dinleniyor. Serinlik çökünce inecek dergâha. Beş gibi orada olursanız yeterli sanırım." Bu aksaklığı anlayışla karşıladığım için rahatlamış gibiydi. "Olanlar için çok özür dilerim Miss Karen ama yapabileceğim bir şey yoktu."

"Hiç önemli değil, hatta belki böylesi daha iyi oldu. Ben de Serhad ve Cavit'le konuşmak istiyordum."

Yüzündeki gerginlik derinleşti. "Niye ne oldu ki?"

Soruyu bana sormuştu ama bakışlarını Mennan'a dikmişti. Ondan yardım ister gibiydi. Hiç sesimi çıkarmadan bekledim; Mennan'ın ne söyleyeceğini merak ediyordum. Ağzını bile açmadı, duygularını açığa vurmadan öylece oturdu Ziya'nın karşısında. Mennan'a güvenmekle hata yapmamıştım, yetkili acentemiz çok geç olmadan gerçeği fark etmeye başlamıştı galiba. Şimdi kendimi daha rahat hissediyordum.

"Önemli bir sorun yok aslında" dedim sakin bir tavırla. "Sigorta şirketinin yazmamı istediği raporda her konuyu açıkça belirtmek zorundayım. Yangınla ilgili birkaç karanlık nokta kaldı, onları aydınlatmak için Serhad ve Cavit'in yardımına ihtiyacım var."

"Ne gibi karanlık noktalar?" diye sordu endişesine yenilerek. "Belki ben yardımcı olabilirim size."

Minnetle gülümseyerek bacak bacak üstüne attım.

"Sağ olun Ziya Bey ama bu defa sizin değil, adamlarınızın yardımı gerekli. Çünkü bu rapor sizden bağımsız yazılmalı. Yoksa kabul edilebilir olmaktan çıkar."

"Anlıyorum." Bir şeylerin ters gittiğini de sezinlemeye başlamıştı. "Biliyorsunuz amacım sadece size yardımcı olmak."

"Biliyorum, oluyorsunuz zaten, teşekkür ederim."

Ziya'nın tedirginliği geçmemişti ama açıklamam onu ikna etmiş gibi davrandı; telefonla sekreterini aradı.

"Alo Gülşen, Serhad ile Cavit'i bana yolla. Ne... Yok gitmesinler bir yere, hemen gelsinler. Ha dur bir dakika." Özür dilercesine baktı. "Sormayı unuttum, ne içersiniz Miss Karen?" Kadirlerde o kadar yiyip içmiştik ki, ağzıma hiçbir şey koyacak halim yoktu.

"Teşekkürler, ben böyle iyiyim."

Mennan'ın durumu benden daha kötüydü. Şişmiş göbeği ceketinin altından bile belli oluyordu. Halimizi anlayan Ziya ısrar etmedi, sekreterine, "Belki daha sonra söyleriz" diyerek telefonu kapattı. Gözlerinde kararsız bir ifade geziniyordu.

"Şey Miss Karen, eğer benim bulunmam sakıncalıysa, odamı size bırakabilirim."

Tersine adamlarını sorgularken Ziya'nın da burada olması istiyordum. Sorgu sırasında üçünün de yüzlerini görmek, tepkilerini ölçmek yararlı olabilirdi. Bazen sözcüklerin gizlediği gerçeği, küçük bir mimik, bir anlık bir bakış kolayca ele verebilirdi.

"Rica ederim Ziya Bey. Sizden saklayacak neyimiz olabilir ki? Lütfen kalın. Açıklamaya çalıştığım gibi bunlar küçük ayrıntılar. Hepsi birer formalite."

Doğru mu söylüyordum, yoksa başka bir niyetim mi vardı, anlamak isteyen gözlerle inceliyordu beni.

"Bizim işimizin tatsız yanı da bu" diye sürdürdüm sözlerimi. "Kendi müşterinizin söyledikleriyle yetinememek. Namuslu, dürüst insanlara bile paranoyakça yaklaşmak... İster istemez kabalaşıyoruz tabii, insanların kalbini kırıyoruz."

Hemen itiraz etti Ziya.

"Olur mu öyle şey Miss Karen? Her işin bir gereği var. Siz de işinizi yapıyorsunuz, inanın bana sizin bu titizliğiniz, bir müşteriniz olarak şirketinize duyduğum güveni artırıyor."

Sanırım rahatlamaya başlamıştı. Tuhaf dizaynlı koltuğuna yaslanarak hemşehrisine baktı.

"Bugün sesin hiç çıkmıyor Mennan?" Gözlerinde küçümseyen, alaycı bir parıltı vardı. "Hiç uyumamış gibisin, ne oldu, beşik mi salladın bütün gece?"

Şaka kaldıracak durumda değildi bizimki.

"Yok" dedi manidar bir sesle. "Polislerle uğraştık sabaha kadar."

Ziya'nın hayret etmesini beklerdim, o kadar şaşırmadı.

"Polis mi?" diye sordu sadece. "Hayırdır, kötü bir şey mi oldu?"

"Miss Karen'ın çantasını çaldılar."

İlk duyduğunda tepki vermedi, gözlerini birkaç kez kırptıktan sonra, "Ne?" diye söylendi. "Nerede? Ne zaman? Niye bizim haberimiz olmadı?"

Yanıtlarını beklemeden ardı ardına sıralamıştı soruları.

"Dün akşam" diye açıkladı Mennan. "Şems-i Tebrizi'nin Mevlâna Hazretleri ile buluştuğu yerde."

Tuhaf bir şey duymuş gibi çarpıldı suratı.

"Şems'le ne alakası var bu olayın?"

Mennan oturduğu koltukta geniş bedenini Ziya'ya çevirdi.

"Bilmiyorum Ziya." Sesinde bu sabah Şems hakkında konuşurkenki gizem vardı. "Miss Karen Konya'ya geldiği günden beri, her olay bir şekilde Şems Hazretleri'ne bağlanıyor."

Eyvah, yine mistik konulara girecekti.

"Abartıyor" diyerek müdahale etmek zorunda kaldım. "Bir kapkaççı çantamı çaldı işte. Hepsi bu."

Ziya üzgün bir maske geçirdi yüzüne.

"Geçmiş olsun Miss Karen... Bulundu mu bari çantanız?"

"Bulundu, pasaportum dışında hiçbir eksik yok. Üstelik hırsız da yakalandı."

"Ama öldürülmüş olarak." Mennan'ın yeşil gözlerindeki ifade en az sesinin tonu kadar gizemliydi. "Kuran'da söylendiği gibi adamın hırsızlık yaptığı elini kesmişler, sonra da boğazına sokarak boğmuşlar."

İnsanı dehşet içinde bırakacak bu olay, Ziya'yı o kadar etkilemedi.

"Yapma ya!" demekle yetindi. "Peki kimmiş bu hırsız? Kimmiş onu öldüren?"

Mennan'ın yüzündeki gizem yerini kuşkuya bırakmıştı. "Sen bu olayı duymadın mı?" diyerek soruya soruyla karşılık verdi. "Bütün Konya bu haberle çalkalanıyor."

Önemli bir olayı kaçırmış birinin çaresizliğiyle söylendi: "Çatalhöyük'e gitmiştim, Japon turistleri gezdirmeye. Hiçbir şeyden haberim olmadı valla."

Mennan bakışlarını hemşehrisinin koyu renkli gözlerine dikerek, "Adamın adı Kâmil" diye açıkladı. "Kâmil Tenekeci, namı diğer Solak Kâmil."

Bu ismi ilk kez duyuyormuş gibiydi Ziya; ne bir heyecan, ne bir kıpırtı vardı yüzünde.

"Ee yani, tanımam mı lazım bu Solak Kâmil'i?"

"Hani yıllar önce Konya'da korkunç cinayetler işlenmişti. Adamın biri, annesiyle iki kardeşini öldürmüştü?.."

"Hatırlamıyorum" dedi Ziya omuzlarını silkerek. "Belki burada bile yoktum. Belki de Amerika'da okurken olmuştur."

"İşte Solak Kâmil, o cinayetleri işleyen adam. Akşam da Miss Karen'ın çantasını çarptı."

"Sonra da öldürüldü, öyle mi?" Ziya'nın yüzünde korku dolu bir ifade belirmişti. Önce sahici sandım ama ardından gülmeye başladı. "Valla korktum şimdi. Desenize size dokunan ölüyor Miss Karen." Yapmacık bir neşeyle hemşehrisine döndü. "Yoksa Şems mi cezalandırdı kapkaççıyı diyorsun?"

Ne Mennan, ne de ben güldük.

"Solak Kâmil turist taşıyormuş" diyerek keyfini kaçırdım. "Bir minibüsü varmış, turizm şirketleri için iş yapıyormuş."

Ziya'nın gülümseyişi anında soluverdi.

"Beni suçlamıyorsunuz değil mi Miss Karen?" diye sordu alıngan bir tavırla. "Biz kanunsuz işlere bulaşmayız."

Sinirlenmeye başlamıştı, bu işime gelmezdi.

"Sizi suçladığımı da nereden çıkardınız?" dedim rahat bir tavır takınarak. "Belki adam size de iş yapmıştır diye düşündüm de."

O anda kapıya ardı ardına iki kez vuruldu; Ziya'nın gir demesini bile beklemeden Serhad ile Cavit içeri daldı.

"Gelin çocuklar" dedi Ziya eliyle onları çağırarak. "Miss Karen sizinle konuşmak istiyor. Geçin şöyle oturun."

Bizi görünce suratları asılmıştı. Sanki sözleşmiş gibi ikisi de bedenlerini kasarak ağır adımlarla yaklaştılar.

"İyi günler" dedi Serhad tatsız bir ses tonuyla, Cavit ise sadece başını sallamakla yetindi; elleri yine kahverengi süet eldivenlerin içindeydi.

"İyi günler Serhad Bey." Ayağa kalkarak elimi uzattım. "Nasılsınız dünden beri?"

Neden bu kadar yakın davrandığımı anlayamamıştı ama elimi sıkmamazlık da etmedi.

"Teşekkür ederim Miss Karen, siz nasılsınız?"

"Ben de iyiyim, dün yarım kalan sohbetimizi artık tamamlasak diyorum."

Kirpiksiz, çipil gözleri arsızca ışıldadı.

"Tabii, tabii, dün için de kusura bakmayın, biraz gergindim."

"Önemli değil" diyerek kel kafalı, süet eldivenli Cavit'e döndüm. "Ben Karen..."

Kendisine uzanan elime şöyle bir baktı. Paniklemiş gibiydi. Ne yani şimdi ona uzatılan bu elle tokalaşmak zorunda mıydı? Elimi geri çekmek üzereydim ki, eldivenini çıkarmadan, elimi belli belirsiz sıktı. Ama ben bırakmadım var gücümle kapattım parmaklarımı. Hayır, beklediğim gibi çıkmadı. Yüzünde canının yandığını gösteren hiçbir belirti görememiştim. Elinde yangın nedeniyle bir yara ya da yanık olmasını ummuştum, yoktu.

"Ben de Cavit, memnun oldum" diyerek telaşla çekti elini. Belki başka birinin daha elini sıkmak zorunda kalırım korkusuyla, hemen Mennan'ın yanındaki parlak sarı derili koltuğa çöktü. Serhad ise benim yanımdaki metal rengi koltuğa yerleşmişti bile. Ama Ziya'nın aklı akşam öldürülen kapkaççıda kalmıştı.

"Yav Serhad" dedi iyi bilmediği bir konudan bahseden bir adamın kararsızlığıyla. "Bizim transfer işlerini yapan minibüsçüler arasında Kâmil..." Çıkaramadı, Mennan'a çevirdi bakışlarını. "Neydi soyismi?"

"Tenekeci, Kâmil Tenekeci."

"Hah işte, bu isimde biri var mıydı bizim minibüsçüler arasında?"

Serhad'ın griye çalan mavi gözleri telaşla kıpırdandı. "Bilmiyorum ki Ziya Bey, muhasebeye sormak lazım. Gider makbuzu filan kesiyorlar, eğer öyle biri varsa hemen bulurlar." Bana kaçamak bir bakış attıktan sonra yeniden patronuna döndü. "Niye, n'olmuş ki?"

"Adam bir cinayete kurban gitmiş. Konya bu olayla çalkalanıyormuş. Biz Çatalhöyük'teydik ya farkında değiliz."

"Namus meselesi filan mı?"

"Belli değil." Konuyu çok uzatmak istemiyordu Ziya. "Yakında çıkar kokusu. Neyse, biz işimize bakalım." Başıyla iki adamını işaret etti. "Buyrun Miss Karen, ne isterseniz sorun arkadaşlara."

Biraz da meydan okumaya benzeyen bu çağrıya kibarca gülümseyerek karşılık verdim.

"Teşekkür ederim Ziya Bey." Bakışlarımı önce Serhad'a sonra karşımdaki Cavit'e çevirdim. "Konuyu biliyorsunuz, Yakut Otel yangını."

"Ama" diyerek sözümü kesti Cavit. "Yangın sırasında ben otelde değildim. Olay hakkında hiçbir şey bilmiyorum."

"Nasıl?" Şaşırmış gibi Mennan'a döndüm. Sakın yanlış yapma dercesine gözlerinin içine sertçe baktım. "Kadir Gemelek, Cavit'i yangın yerinde gördüm demedi mi?"

"Kadir kafayı sıyırdı Miss Karen" diye girdi araya Serhad. "Yangında delirdi adamcağız. Bir delinin söylediklerine mi inanıyorsunuz?"

"İyileşmiş" diye atıldı Mennan. Nefret ettiği Serhad'ı endişelendirmekten aldığı mutluluk gözlerinden okunuyordu. "Son derece aklı başında görünüyordu."

Üçünün de yüzünde aynı panik vardı ama söze başlayan patronları oldu.

"Emin misin Mennan?" Ziya'nın sesindeki kaygı fark edilmeyecek gibi değildi. "Yanlış anlama, Kadir keşke iyileşse ama doktorlar akıl sağlığını tümüyle yitirdi diyorlardı."

Adamları zayıf yerlerinden yakaladığımızı anlayan Mennan, "Valla Ziya" dedi neşesini gizlemeye bile gerek duymadan. "Yeniden kazanmış galiba. Hem de eskisinden daha akıllı olmuş ki göreceksin. Yangından evvel, karısı Nimet susturup dururdu bunu. Şimdi bir dillenmiş. Daha kadıncağız leb demeden leblebiyi anlayıp sokuyor lafı."

"Lafı soksa ne olur abi" diyerek karşı çıktı Cavit. "Ben yangında yoktum. Eğer Cavit'i gördüm diyorsa herif hâlâ delidir işte."

Gözlerimi temizlik manyağı bu kel güvenlik elemanının yüzüne diktim.

"Ayrıntı verdi" diyerek blöfüme başladım. "Lobideymişsiniz." Başımla Serhad'ı gösterdim. "İkiniz. Serhad Bey günlük giysileri içindeymiş ama siz tuhaf bir kıyafet giyiyormuşsunuz."

Hazırlıksız yakalanmış bir suçlu gibi koltuğunda küçülmeye başladı Cavit ama dibe vurmasına izin vermediler.

"İmkânsız" diyerek yetişti Serhad. "Kadir ve ekibi lobiye hiç çıkmadı ki. Ben bile yangından sonra fark ettim onları."

"Evet" diye destekledi adamını Ziya. "Kadir'in ekibi pazartesi günü çalışacaktı ama oğluna nişan yapacak diye bize haber vermeden salı günü geldiler işe. Kimseye görünmemek için de gizlice girmişler içeri. Yani Kadir asla lobiye çıkamazdı. Serhad'a yakalanmaktan çekinirdi."

Üçlü hızla toparlanmaya başlamıştı.

"Aslında bütün kabahat Kadir'in" diye karşı saldırıya bile geçti Serhad. "Eğer pazartesi günü işini yapsaydı, yangında kimse ölmemiş olurdu."

Hiç beklemediğim bir girişimde bulunarak zeki biri olduğunu bir kez daha gösterdi iş arkadaşım.

"Sanki yangının salı günü çıkacağını biliyormuş gibi konuştun."

Katil olduğundan emin olduğu zanlıyı sorgulayan bir polisin kararlılığı okunuyordu yüzünde.

Serhad'ın kafası karıştı, açık verdiğini sanarak kekelemeye başladı.

"Ne... Ne diyorsun be? Ben... Ben nerden bileyim yangının hangi gün çıkacağını?"

İpin ucu kaçmak üzereydi. "Saçmalıyorsun" diyerek toparlamaya girişti Ziya. "Mennan öyle bir şey söylemedi. Kabahat de Kadir'in filan değil. Kim arkadaşlarının ölmesini ister? Kaza işte."

Öylece durmuş onları izliyordum. Söyledikleri sözler, yüzlerindeki mimikler, beden dilleri, heyecanları, korkuları, tepkileri, her şey ama her şey kafamdaki senaryoyu doğruluyordu. Ama ne bu sonuç, ne de Kadir Gemelek'in tanıklığı yeterliydi, eğer somut bir kanıt ya da doktorların akli melekeleri yerinde değildir raporu vermedikleri inanılır bir tanık bulamazsam, öğrendiklerim hiçbir işe yaramayacaktı. O nedenle şimdi geri çekilmeli, Londra'dan gelen, bütün afra tafrasına rağmen aslında aptal bir kadından başka bir şey olmayan, yeteneksiz sigorta eksperi rolüne geri dönmeliydim.

"Ziya Bey haklı" diyerek onayladım patronlarını. "Bu bir kaza, Kadir'i sorumlu tutmamalısınız. Tamam bana da pek mantıklı gelmedi sözleri. Sanırım hâlâ travması devam ediyor." Ne yapmaya çalışıyor bu kadın diyerek hayretler içinde yüzüme bakan Mennan'a döndüm. "Evet, karısına laf yetiştiriyor ama dikkat ettiysen zaman zaman dili dolanıyordu. 'S' ve 'r' harflerini söylerken zorlanıyordu. Bu, tipik kafa travması belirtisidir."

Sonunda anladı bizimki, muzipçe ışıldadı yeşil gözleri.

"Valla çok dikkatlisiniz Miss Karen" diyerek o da katıldı oyuna. "Ben fark edememiştim, şimdi siz söyleyince anladım. Haklısınız, zaman zaman dili dolanıyordu."

Soruşturmayı hemen kesmek kuşku uyandırabilirdi, Cavit'e döndüm.

"Yanlış anlamazsanız, size son bir sorum daha var."

Yitirdiği cesareti yerine gelirken yeni bir sınava girecek olması canını sıkmıştı.

"Sorun ama ben peşinen söyleyeyim, o gün yangın yerinde değildim."

Onunla tartışmak gibi bir niyetim yoktu ama salak kaşınıp duruyordu işte.

"Size inanıyorum" dedim usulca başımı yana eğerek. "Ama Kadir'in sözleri raporumda yer alacağı için sizin yanıtınızın da yer alması lazım, o yüzden soruyorum."

Bu herif gerçekten de gerzeğin biriydi.

"Tamam da yani ben orada yoktum" diye papağan gibi tekrarladı.

Adamının huysuzluk yapmasına daha fazla katlanamadı Ziya.

"Önce soruyu dinlesene Cavit!" diye azarladı. "Ne kem küm ediyorsun!"

Keline kadar kızardı Cavit; sadece saygı değildi bu, açıkça korkuyordu patronundan.

"Kusura bakmayın Ziya Abi, yani ben..."

"Tamam Cavit, uzatma. Miss Karen'ın sorusuna cevap ver yeter."

Derin bir sessizlik çöktü odaya. Elinde kesik başı tutan Perseus'un mozaiği önünde, bu odanın mutlak hâkimi gibi oturuyordu Ziya. Dünkü saygılı genç işadamı gitmiş, yerine güvenlikçilerini bile korkudan titreten bir tiran gelmişti. İşte bu Ziya'nın öteki yüzüydü. Bizden saklamaya çalıştığı gerçek kimliği. Sessizliği ben bozdum.

"Hepinizden çok özür dilerim" dedim hem çekingen, hem de mahcup olmuş bir tavırla. "İş buraya varsın istemezdim. Ben sadece raporumu tamamlamak istiyorum."

Konuşmama daha fazla izin vermedi Ziya.

"Lütfen Miss Karen. Hiçbir şey açıklamak zorunda değilsiniz." Öfkeli bakışlarını kel adamına çevirdi. "Bizim Cavit'in kafası kalındır, biraz geç anlar. Lütfen aklınızda ne varsa sorun. Biz hepsini yanıtlamakla yükümlüyüz. Ayrıca bunu yapmak da istiyoruz. Sizin aklınızda bizimle ilgili en küçük bir kuşku bile kalmamalı."

"Yok zaten." Yeniden kafası kalın Cavit'e döndüm. Suratı hâlâ kıpkırmızıydı. "Sizden tek öğrenmek istediğim, yangın sırasında nerede olduğunuz. Bana bulunduğunuz yeri söylerseniz konu kapanacak."

Gergin bir tavırla oturduğu yerde kıpırdandı Cavit, yine abuk sabuk konuşacak Ziya'yı sinirlendirecek, ortamı gerginleştirecek diye geçirdim aklımdan, yapmadı, tane tane konuşarak yanıtladı sorumu.

"Ziya Bey'le birlikteydik. Sille'ye gitmiştik. Aya Eleni Kilisesi'ne. Ziya Bey fotoğraf çekiyordu, ben de üç ayaklı tri... şeyi taşıyordum."

"Hay, dilini eşek arısı soksun!" diye yarı şaka yarı ciddi gürledi Ziya. "Tripod oğlum, tripod. Ulan Cavit, bütün deterjanları bilirsin, zeytinyağlı, defneli, lavantalı sabunların adını ezbere sayarsın, bir tripodu öğrenemedin." Herkesi bir gülmedir aldı. Kendi sözlerine kendi de gülüyordu Ziya. "Evet, benimle beraberdi. Yeni sezon için hazırlayacağımız broşürde kullanmak amacıyla fotoğraf çekmeye gitmiştik Sille'ye. Muhteşem bir yer Sille. Altı bin yıllık bir yerleşim yeri. Hıristiyanların zamanında dini merkezmiş. Sonra Türkmenler gelmiş, Rumlarla birlikte yaşamışlar. Aya Eleni Kilisesi de var. Bizans İmparatoru Konstantinos'un annesi Helena yaptırmış. Vaktiniz olursa sizi de gezdirmek isterim."

Konudan uzaklaşmak için şahane fırsattı:

"Tabii neden olmasın" diyerek ilgilenir gibi göründüm. "Demek fotoğraf çekiyorsunuz ha?"

Utanır gibi oldu Ziya; demek sanatçı olma hayalleri vardı sigorta şirketini kazıklamaya çalışan bu turizmcinin.

"O kadar da iyi değilim. Hobi düzeyinde filan işte..."

"Hobi olur mu?" diye yaltaklandı Cavit. "Ziya Abi çok güzel fotoğraf çeker. Bir herif gelmişti İstanbul'dan, atkuyruklu bir lavuk. Güya ünlü bir fotoğrafçıymış. Pis bir adam, kötü kötü kokuyordu. Eminim ayda bir filan yıkanıyordur. İki hafta çalıştı. Bir çuval parayı aldı, gitti. Bir baktık ki çektiği fotoğraflar Ziya Abi'ninkilerin yanında hiç kalır. Zaten broşürde de, afişte de Ziya Abi'nin çektiklerini kullandık."

Hayranlıkla süzdüm Ziya'yı.

"Zamanımız olursa fotoğraflarınızı görmek isterdim."

Yeniden o kibar, ilgili genç işadamı olmuştu.

"Ne demek Miss Karen, benim için zevk olur."

Dört erkekle bu kadar sohbet yeterdi. Mennan hariç herkesi tek tek süzdüm.

"Teşekkür ederim, soracaklarım bu kadardı. Zamanınızı aldığım için lütfen beni bağışlayın."

Ziya ile Cavit memnundu. "Biz teşekkür ederiz" gibilerden bir şeyler geveleyerek gülümsediler ama deminden beri sessizce konuşulanları dinleyen Serhad'ın çipil mavi gözleri kuşkuyla kıpırdanmayı sürdürüyordu.

30
Savaşların en büyüğü kendi nefsimizle olandır

Mevlevi dergâhının iki kanatlı ahşap kapısına ulaştığımızda gündüzün boğucu sıcağı sona ermiş, hoş kokulu bir serinlik çökmüştü her yana. Geniş bahçeye girer girmez anladım; burası Konya'ya ilk geldiğimizde babamın beni getirdiği o büyük evdi. Üstlerinde Arapça yazılar bulunan sarıklı mezar taşları, uzun servi ağaçlarının yan yana sıralandığı taş yol, geniş bahçe, bahçedeki havuz, iki katlı kerpiç ev, hepsi buradaydı. İşte o evi bulmuştum sonunda. Evin önünde kırmızı mayıs gülleri karşıladı bizi. Kokuları bütün bahçeyi tutmuştu.

"Merhaba" dedi yumuşak, yaşlı bir ses güllerin içinden. "Buradayım."

Sesin geldiği yöne dönünce gördüm. Duvarın dibindeki ahşap masayı çevreleyen dört iskemleden birinde oturuyordu. İncecikti, yakasız bir gömlek, koyu renk, gösterişsiz bir takım elbise giymişti. Zayıf yüzünün en ilgi çekici kısmı tarçın rengi, iri gözleriydi. Bozulmamış bir masumiyet, çocuksu bir ışıltı, abartısız bir heyecanla bakıyordu.

Güzel bir sürprizle karşılaşmış gibi, "Aa İzzet Amca orda mıydın?" diye söylendi Mennan. "Kusura bakma, seni göremedik."

Saygıyla eğilerek İzzet Efendi'nin elini öptü. Yaşlı adam da daha Mennan doğrulmadan dudaklarını genç hemşehrisinin eline değdirdi. Yıllar önce geldiğimde de tanık olduğum bu davranışa artık şaşırmadım ama niye böyle yaptıklarını da merak etmekten kendimi alamadım.

"Merhaba" diyerek ben de yaklaştım yaşlı adama. "Nasılsınız?"

Sanki karşısında çok iyi tanıdığı biri varmış gibi aşina gözlerle süzüyordu beni.

"Poyraz" diye fısıldadı. "Poyraz yüzündeki anlamı vermiş sana."'

"Evet, gözlerimin babamınkilere benzediğini söylerler."

Yanlış değerlendireceğimden korkar gibi usulca salladı başını.

"Gözlerin değil kızım, gözlerindeki hüzün, yüzündeki solgun ışık da babana benziyor."

Kederli bir insan sayılmazdım, dün geceki uykusuzluk nedeniyle öyle görünüyordum herhalde.

"Babamdan çok anneme benzetirler beni" diyecek oldum. "Susan Hanım'ın da seninki gibi çok güzel bir yüzü vardı" diyerek kibarca kesti sözümü. "Kızıla çalan sarı saçlar, deniz yeşili gözler, geniş özgür bir alın, aklına geleni söylemekten çekinmeyen dudaklar..." Hayret, nasıl da hatırlıyordu annemi! Sevmeye başlamıştım bu ihtiyarı. Aklımdan bunlar geçerken o sözlerini sürdürdü. "Ama ben görünenin güzelliğinden bahsetmiyorum, ben görünmeyenin manasından söz ediyorum. O mana ki ancak sezgiyle kavranabilir." Sustu. Tuhaf bir ifade belirmişti yaşlılığın ele geçiremediği gözlerinde. "Belki saçmaladığımı düşünüyorsun ama inan bana, senin yüzüne ışığı vuran mana, bizim Poyraz'dan miras kalmış." Ansızın sağ elini uzattı.

"Hoş geldin."

Şaşırdım; şimdi ne yapacaktım? Uzattığı eli öpmeli miydim, yoksa tokalaşmakla mı yetinmeliydim? Öpmek içimden gelmiyordu, dostça sıkmakla yetindim. Hiçbir alınganlık belirtisi göstermedi.

"Buyrun kızım, şöyle oturun, evet karşıma. Işığınız yüzüme vursun da Poyraz'a duyduğum hasreti gidereyim biraz."

Bir şair gibi konuşuyordu İzzet Amca; yirmi küsur yıl önce beni bırakıp giden arkadaşını övüyordu sözleri. Oysa ben babamın bu övgüyü hak ettiğinden emin değildim. Ama yüzümün gölgelerinde babamın silüetini arayan bu yaşlı adama, "Kusura bakmayın, yere göğe konduramadığınız o arkadaşınız, daha çocuğuna karşı görevlerini bile yerine getiremeyen sorumsuzun biri" diyecek halim de yoktu. Sesimi çıkarmadan gösterdiği yere oturdum. Yaşlı adam, benden önce soldaki iskemleye teklifsizce yerleşen Mennan'a döndü.

"Size bir şeyler ikram etmek isterdim ama ocakçı gelmemiş daha, ben kahve yaparım dersen..."

"Siz isterseniz yaparım" diyerek hareketlendi Mennan. "Ne dersiniz Miss Karen?"

"Teşekkürler, ben istemem."

"Ben de istemem, çarpıntı yapıyor" dedi İzzet Efendi. "Hem sohbetin vereceği tat, köpüklü bir kahveden daha lezzetlidir." Özlem yüklü bakışlarını bana çevirdi. "Baban da öyleydi, az yer, az içer, az konuşur, çok dinler, çok okur, çok düşünürdü. Bedeninden çok, gönlünü beslemeye çalışırdı. Çünkü beden tüketir, gönül ise çoğaltır."

Mennan'ın yorgun gözleri yeniden canlanmaya başlamıştı. "Ziya sağlığınızın bozulduğunu söyledi" diye mırıldandı endişeyle. "Önemli bir şey değildir inşallah?"

Yüzünü ince bir gölge kapladı İzzet Efendi'nin.

"Her duyduğun söze inanma evladım" dedi boş vermiş bir tavırla. "Sözün ne dediğinden çok, söyleyen kim, ona bak."

Bu ilginçti işte, demek İzzet Efendi de pek hoşlanmıyordu oğlundan.

"Ziya Bey, size pek benzemiyor" dedim aralarındaki ilişkiyi anlamak için. "Yani kişilik olarak diyorum."

Derinden bir iç geçirdi.

"Bir çocuğa beden verebilirsin ama onun kalbine, ruhuna tesir edemezsin. Herkes kendi hayatını yaşar, herkes kendini yaratır. Ama insanı kendisine götüren köprü çok incedir, çok dar. Bir tek kendisinin geçmesine izin verir. Kan bağı bir imtiyaz değildir bu yolculukta. Aksine çoğu zaman aşılması zorlu bir engeldir, kırılması imkânsız kalın halkalardan oluşmuş bir zincir. İnsanın elini kolunu öyle bir bağlar ki, hiçbir zaman kurtulamazsın."

"Şu Kâbe'deki dervişin hikâyesini hatırlattı sözlerin bana" diye katıldı konuşmaya Mennan. "Hani sen anlatmıştın ya İzzet Amca. Şu, oğlunun ölümünü isteyen adamın hikâyesi."

Zekice kıpırdandı çocuk gözleri.

"Eksik hatırlıyorsun cancağızım" diyerek uyardı. "Hikâye öyle değil."

Hayal kırıklığı yerine derin bir merak belirdi Mennan'ın yorgun yüzünde.

"Unutmuşum herhalde" dedi ilgili bir öğrencinin iyi niyetiyle. "Bir daha anlatsana İzzet Amca. Eminim Miss Karen'ın da hoşuna gider."

Bana kalsa babam hakkında konuşmayı seçerdim ama iş arkadaşımın öyle istekli bir hali vardı ki, "Ben de merak ettim şimdi" dedim mecburen. "Anlatır mısınız lütfen."

"Madem istiyorsunuz anlatayım o zaman" diyerek başladı hikâyeye. "Bir zamanlar Bağdat'ta kendi halinde yaşayan bir adam varmış. Sağlığı yerinde, varsıl, mutlu bir evlilik süren bir adam. Tek dileği bir evladının olmasıymış. Ama bir türlü çocuğu olmuyormuş. Doktorlara gitmiş, büyücülere taşınmış, adaklar adamış, yok, zavallı adamcağızın hanımı bir türlü hamile kalamıyormuş. Tam umudunu kestiği sırada gezgin bir dervişle karşılaşmış Bağdat'ın bedestenlerinden birinde."

Gezgin derviş lafını duyunca İzzet Efendi'nin sözünü keserek sordum.

"Şems-i Tebrizi gibi mi?"

Hiç bozulmadı araya girmeme, tersine mutlu olmuş gibi gülümsedi.

"Demek Şems-i Tebrizi Hazretleri'ni biliyorsun. Evet, Allah onun sırrını kutsasın Tebrizi hazretleri gibi gezgin bir derviş. Neyse biz hikâyemize dönelim. Yoksul giysiler içindeki gezgin derviş, adama yaklaşmış, 'Ey Allah'ın cömertliğine nail olmuş kişi, bu fakirin karnını doyurur musun?' diye sormuş.

Gönlü yüce olan adam hiç tereddüt etmeden kabul etmiş bu isteği: 'Elbette, söyle bana canın ne yemek ister?'

Derviş sevgiyle bakmış adama. 'Yağsız bir paça çorbasıyla bir parça kuru ekmek, gerçek bir ziyafettir bana.'

Birlikte oturmuşlar çorbacıya. Derviş kuru ekmekten bir ısırık, çorbadan iki kaşık aldıktan sonra tabağı önünden itmiş, kendisine yemek ısmarlayan cömert adama bakmaya başlamış. Adamın yüzündeki mutsuz çizgileri, gözlerindeki kederi görünce sormuş: 'Çocuğun olmasını neden bu kadar çok istiyorsun?'

Dervişin derdini bilmesine adam çok şaşırmış. Samimi bir tavırla açıklamış. 'Hamdolsun malım mülküm var, sağlığım yerinde, sevdiğim bir de eşim var ama mutlu değilim. Hayatım, yıldızsız bir gökyüzü gibi boş, güneşsiz geçen bahar mevsimi gibi yavan, çiçeksiz bahçe gibi acınacak halde. Belki diyorum bu eksikliğin nedeni çocuktur. Çünkü her şeyim var, çocuğum yok sadece.'

Gezgin derviş derinden bakmış adamın gözlerine.

'Sen çocuk değil, mana peşindesin' diye açıklamış. 'Allah sana çocuk verirse mutlu olacağından emin misin?'

İkisi arasındaki farkı nereden bilsin adamcağız?

'Eminim, bir çocuğum olsa eksikliğim gider, mutlu olurum' demiş.

'Peki o zaman' diye fısıldamış derviş. 'Sana derdinin ilacını söyleyeceğim.'

Adamcağızın gözleri parıldamış, pürdikkat dervişin ağzından çıkacak sözleri dinlemeye başlamış.

'Yarın uyandığında tertemiz yıkanarak çık sokağa. Ne kimseye yalan söyle, ne de kötü bir söz sarf et. Kurnazlık yapma, haram yeme, kötülüğü kalbinden uzak tut, yoksulları sevindir ama böbürlenme. Akşam eve dönünce, bütün saflığınla, bütün kalbinle, bütün inancınla secdeye eğil. Allah'a yakarmaya başla. Ona de ki: 'Ey göğü ve yeri yaratan. Ey rahman ve rahim olan. Ey cömertliklerini saymakta dilimin aciz kaldığı sultan. Bana hakikat kapısının yolunu aç. Ama bilirsin ki, her kulun hakikate ulaşma yolu farklıdır. Seni bulmam için çocuk özlemimi gidermem gerek. Bana bir çocuk ver. Bu lütfu benden esirgeme.' Sabah namazı vaktine dek yakarmanı sürdür, tekrar tekrar isteğini dile getir. Sabah namazını kıldıktan sonra hanımının yanına var, onu yatağına al. Dokuz ay, on gün sonra bir oğlun olacak.'

Adamcağız, dervişin ayaklarına kapanmış.

'Eğer bu söylediklerin gerçek olursa, dile benden ne dilersen.'

Derviş, adamı ellerinden tutup kaldırmış.

'Bizim iyiliğimiz de, kötülüğümüz de karşılıksızdır' demiş mağrur bir ifadeyle. 'Yaptıklarımızın ödülünü de, cezasını da kendimiz veririz kendimize.'

Adamcağız hiçbir şey anlamamış dervişin sözlerinden ama çocuk sahibi olmak için her umudun peşinden koştuğundan, ertesi gün harfi harfine yerine getirmiş dervişin söylediklerini. Yunmuş, arınmış tertemiz çıkmış sokağa, ne bir kalp kırmış, ne kul hakkı yemiş, ne yalan söylemiş, ne kimsenin canını yakmış. Evine dönünce de secdeye varıp sabaha kadar tövbe istiğfar eyleyerek Yaradan'a dileğini söylemiş. Sabah namazını kıldıktan sonra da varmış hanımının yanına. Ve dervişin dedikleri gerçek olmuş. Hanımı hamile kalmış. Adamcağız çok mutlu olmuş, ödüllendirmek için her yerde gezgin dervişi aramış ama bulamamış. Dokuz ay on gün sonra, karısı adama nur topu gibi bir erkek çocuk doğurmuş. Adam, oğlunu kucağına almış, öpmüş, koklamış, karısına değerli taşlar, altınlar hediye etmiş. Oğlunu görmek için her gün erkenden eve geliyormuş, bebeğini seviyor, henüz dünyadan haberi olmayan bu minik canla oynuyormuş. Mutluymuş mutlu olmasına ya, bir yandan da derviş bu mucizeyi nasıl gerçekleştirdi diye düşünüp duruyormuş. Doktorların, büyücülerin, feraset sahibi kocakarıların yapamadığını o giysileri yırtık pırtık, saçı sakalı birbirine karışmış derviş nasıl yapabildi acaba diye merak ediyormuş. Aklında günden güne büyümüş bu soru. İşin içinden çıkamayınca ulemalara taşınmış, bilginlere danışmış, deri kaplı elyazması kitaplar okumuş ama bir cevap bulamamış. Cevap bulamadıkça sorular çoğalmış, karışık bir hal alarak büyük bir sırra dönüşmüş; işte o sır, adamın hayatının manası oluvermiş. Artık eli işe güce varmıyor, ne güzel karısıyla, ne taparcasına sevdiği oğluyla vakit geçiriyormuş. Mecnun gibi dolaşıp duruyormuş şehrin sokaklarında.

Bir gece uykusunda dervişin sesini duymuş. 'Aradığın benim sırrım değil, Allah'ın aşkıdır. Allah'ın aşkına ulaşmak için dünya sevgisinden vazgeçmelisin' diyormuş. Odada biri mi var diye kalkmış yatağından ama kimseyi görememiş. Bütün gece dervişin sözlerini düşünmüş, gün ışırken kararını vermiş. Hanımını kaldırmış, başına gelenleri tek tek anlatmış. 'Benim, o dervişi bulmam gerek' demiş kararlı bir tavırla. 'Olup biteni bir tek o derviş anlatabilir bana.' Zavallı kadının yalvarıp yakarmasına, saçını başını yolup ağlamasına aldırmadan, 'Bu benim kaderim, bunu yaşamam lazım' diyerek malını mülkünü hanımına bırakmış. 'Ben dönmezsem sana da, oğluma da yetecek kadar paramız var, bunları harcarsın' diyerek düşmüş yollara. Gidiş o gidiş.

Kadın oğlunu yalnız başına büyütmüş. Gün gelmiş o küçük bebek eli işe, aklı dünyaya eren güçlü kuvvetli bir delikanlı olmuş. Ve annesinin huzuruna varıp, 'Babama ne oldu?' diye sormuş. 'Öldüyse mezarını bileyim, sağsa gidip onu getireyim.'

Annesi anlatmak istememiş ama oğlu ısrarcıymış, kadıncağız sonunda olanı biteni açıklamak zorunda kalmış. İşittiklerinden bir mana çıkaramayan delikanlı, 'Yok' diye söylenmiş, 'Bu işin içinde başka bir iş var. Ben gidip babamı bulacağım.' Kadın tıpkı kocasına yaptığı gibi oğluna da yalvarmış. 'Hayatta senden başka kimsem yok. Sen de gidersen ben ne yaparım' diye ağlamış, söylenmiş.

Ama çocuk Nuh diyor peygamber demiyormuş. Bir hafta sonra da yollara düşmüş. Babasını sora sora, şehirler, kervansaraylar, mescitler, dergâhlar dolaşmış. Öğrendikleri onu sonunda Mekke'ye kadar sürüklemiş. Mekke'de bir mescide inmiş, ilk iş olarak babasını sormuş. Mescitteki hoca hemen tanımış babasını. 'Onu Kâbe'de bulursun' demiş saygılı bir tavırla. 'Dünya nasıl güneşin etrafından dönerse, baban da bütün gün ve gece dolaşır Kâbe'nin çevresinde.'

Delikanlı hemen koşmuş Kâbe'ye. Oradaki Müslümanlara babasının adını söylemiş. Derhal göstermişler yaşlı adamı. Bakmış saçı sakalı birbirine karışmış, yırtık pırtık giysiler içinde bir adam; elleri gökyüzüne açılmış, dudaklarında mırıl mırıl bir dua, küçük adımlarla dönüyor Kâbe'nin etrafında. Heyecanla yaklaşmış babasına. Dokunmaya çekindiğinden, 'Baba' diye seslenmiş ürkek bir sesle. Duymamış ihtiyar, delikanlı sesini biraz yükseltmiş. 'Baba...' Ama ihtiyar öyle bir âlemde ki yine duymamış oğlunun sesini. İyice bağırmış delikanlı. 'Baba!'

Adam durmuş, gözlerini kısarak bakmış gölgesiyle güneşini engelleyen delikanlıya. Tanıyınca oğlunu, sanki zemheri rüzgârı esmiş gibi titremiş yaz sıcağında. Gözlerinden yaşlar boşanmış. Hemen bakışlarını gökyüzüne kaldırarak, 'Ey Allah'ım' demiş yalvaran sesiyle. 'Senin aşkını kimseyle paylaşamam, ya benim canımı al, ya onunkini.' Neler olduğunu anlayamayan delikanlı şaşkın bakarken, ansızın nefesinin kesildiğini hissetmiş, gözleri kararatak, yere yığılıp ölmüş."

İzzet Efendi'yi dinlerken tüylerim diken diken olmuştu. Bu bir vahşetti ama o benim gibi düşünmüyor olacak ki gülümseyerek Mennan'a açıkladı.

"Sandığın gibi adam Allah'a, oğlumun canını al demiyor, hatta önce benimkini al diye rica ediyor. Ama Allah takdirini oğlunun canını alarak kullanıyor."

Artık bu kadarına dayanamadım, "Adam da bundan mutluluk mu duyuyor?" diye çıkıştım. "Bir baba, tek günahı kendisini aramak olan oğlunun ölümünü nasıl isteyebilir?"

Hiç sinirlenmedi İzzet Efendi.

"Perdenin öteki tarafından bakıyorsun kızım. Oradan bakınca bu misal vicdansızlık gibi görünür ama perdenin bu tarafına geçecek olursan, bu, gizli hikmet içeren derin bir hikâyedir."

Yaşlı adamın sakinliği beni iyice sinirlendirdi.

"Hikmet mi?" diye sordum sesimi yükselterek. "Kusura bakmayın ama burada gizli hikmet filan yok, açıkça bir cinayet var."

Temposu giderek yükselen konuşmamızı kaygıyla dinleyen Mennan, "Ama Miss Karen" diye araya girecek oldu, İzzet Efendi sağ elini usulca kaldırarak susturdu onu.

"Dur evladım, izin ver Kimya kızımız düşündüklerini söylesin. Başka türlü birbirimizi nasıl anlarız."

Evet, Kimya da olmuştuk işte.

"Delikanlının varlığı neden engel oluyormuş adamın aşkına, anlayamadım." Sinirden sesimi kontrol edemiyordum. "Hem benim bildiğim Tanrı kıskanç değildir. Masumları yok etmez, gözetir."

İzzet Efendi kendinden emin bir gülümsemeyle dinliyordu beni.

"Sakin ol kızım" dedi tatlı bir sesle. "Aklını öfkenin hükmünden kurtar. Öfke, aklının gözlerini kör eder, gönlünü yılanların çöreklendiği taşlı bir tarlaya çevirir." Sustu; anlamak istercesine bir süre sessizce beni süzdükten sonra sordu: "Neden bu kadar sinirlendin?"

Babamın bizi terk edip gittiğini biliyor muydu bu adam? Onu mu ima ediyordu şimdi? Baban seni bırakıp gittiği için mi bu kadar sinirlendin demek istiyordu? Amacı köşeye mi sıkıştırmaktı beni? Hayır, öyle bir niyeti yoktu; yüzünden okunuyordu bu; içtendi.

"Sinirlenmedim" diye ilk aklıma geleni söyledim. "Sinirlenmedim ama sizce bir babanın kendi çocuğunun ölmesini istemesi doğru mu?"

"Değil." Sanki bu suçu kendisi işlemiş gibi utançla kaplanmıştı yüzü. "Öz oğlunun değil, herhangi bir canlının ölümünü istemek de doğru değil. Herkes kendi ömrünü tamamlamalıdır. Ama bu hikâye hayatımızın nasıl biteceğiyle değil, nasıl yaşanacağıyla ilgili."

Ne demek istiyordu şimdi bu adam? Gözlerimde çoğalan soru işaretlerini görünce daha bir hevesle açıklamayı sürdürdü.

"Hazreti Muhammed, bir hadisi şerifinde şöyle buyurmuştu: Ölmeden önce ölünüz."

Yüzümdeki değişimden bu deyimi duyduğumu anladı.

"Belki bu hadisi sen de duymuşsundur. Poyraz söylemiş olabilir, çünkü çok sık dile getirirdi bu mübarek sözleri. 'Ölmeden önce ölünüz.' Bu sözler, Allah'ın gerçek sevgilileri nasıl olmalıdır, onu anlatır. Manası şudur: Bu görünür dünyaya dair ne varsa hepsinden vazgeçin. Ama sadece maldan mülkten, sevdiklerinizden, sevinçten ve mutluluktan değil, aynı zamanda acıdan, kederden, yastan ve üzüntüden de vazgeçin. Şu hikâye bu durumu çok güzel dile getirir.

Bir gün Allah'ın saklı dostlarından biri, çadırında bir misafiriyle sohbet ediyormuş. İçeri bir hizmetkâr girmiş, iki eliyle dizlerine vurarak, 'Felaket ya Seyid' diye feryat etmiş, 'kırk deveniz sele gitti.'

Seyid'in yüzünde tek bir kıl oynamamış, sadece dönmüş kalbine bakmış, sonra sağ elini göğsüne koyarak, 'Hamdolsun' diye mırıldanmış. Yeniden konuğuna dönmüş, hiçbir şey olmamış gibi hoş sohbetine devam etmiş. Güneş biraz daha yükselmiş, çadıra güle oynaya başka bir hizmetkâr girmiş. 'Müjdeler olsun ya Seyid' diye sevinçle haykırmış. 'Kırk dişi keçiniz, kırk dişi oğlak doğurdu.' Seyid'in yüzünde yine tek kıl oynamamış, yine dönmüş kalbine bakmış, yine sağ elini göğsüne koymuş, 'Hamdolsun' demiş. Konuğu çok şaşırmış bu davranışa. 'Ya Seyid' demiş merakla. 'Az evvel bir felaket haberi aldın ama üzülmedin, hamdolsun deyip geçtin, ardından bir müjde geldi ama sevinmedin, yine hamdolsun dedin. Bana davranışını açıklar mısın?' Bir yaz sabahı gibi aydınlanmış Seyid'in yüzü. 'Kötü haber geldiğinde kaygılandım, hemen gönlüme baktım, bir üzüntü, bir kararma var mı diye: Yoktu, şükrettim, hamdolsun dedim. İyi haber gelince yine kaygılandım, yine hemen gönlüme baktım, bir şişkinlik, bir taşkınlık var mı diye: Yoktu, şükrettim, yine hamdolsun dedim. Deve, keçi, mal mülk gelir gider sevgili konuğum ama gönlün bir kez karardı mı ya da kabardı mı, onu eski haline zor getirirsin.'

Seyid'in bu sözleri, 'ölmeden önce ölünüz' hadisini çok iyi açıklar. Çünkü bu dünya geçicidir, gerçek yaşam perdenin öteki tarafındadır. Perde dediysem öyle kalın bir şey değil; bir soğan zarından daha ince, bir kelebek kanadından daha hafif, bir örümcek ağından daha zayıf, şeffaf bir duvar. Ama gözleri dünyanın geçici renkleriyle kör olanlar ne o sır perdesini, ne de arkasındaki mutlak hakikati görebilirler."

Sözleri etkileyiciydi, anlattığı hikâye ilginçti ama bunların hiçbiri bir babanın, oğlunun ölümünü istemesini haklı kılmıyordu.

"Sır perdesini görenler" dedim alaycı bir tavırla. "O delikanlı gibi hakikati göremeyen zavallılara karşı biraz merhametli davransalar daha iyi olacak. Perdenin bu tarafında insanları mutsuz edecek yeterince kötülük var zaten."

Sessizce gülmeye başladı İzzet Efendi.

"Vicdanlısın" dedi neşeyle. "Başkaları için üzülüyorsun, bu iyi bir huy. Bu, Allah'ın niteliklerinden biri. Ama aynı zamanda çok da inatçısın. Baban da öyleydi, lakin senden farklı olarak Poyraz, kolay kolay öfkelenmezdi. Nefsine hâkim olmasını hepimizden iyi bilirdi."

Babamın hiçbir zaman çatılmayan kaşlarını, sevecen bakışlarını hatırladım, boğazıma doğru bir şeylerin yükseldiğini hissettim, gözlerim nemlenmeye başlamıştı.

"Babamı çok iyi hatırlamıyorum" diye bastırdım ruhumu ele geçirmeye çalışan üzüntüyü. "Bizi bırakıp gittiğinde çok küçüktüm."

Bunu neden itiraf ettiğimi bilmiyorum; belki anlattığı hikâyedeki delikanlıyla benzerliğimi vurgulamak için, belki babamdan bahsederken daha dikkatli olmasını istediğim için. Ama hiç etkilenmedi sözlerimden. Mennan bile sinirlenmemin nedenini anlamış, masanın üzerine yayılmış ellerini önüne çekerek toparlanmak gereği duyarken, yaşlı adam bir çocuk gibi safça gülümsemeyi sürdürdü.

"Ben de çok küçüktüm onunla tanıştığımızda" dedi düzgün takma dişlerini göstererek, "İlk o karşılamıştı beni bu dergâhın merdivenlerinde."

Kafam karışmıştı, İzzet Efendi yetmişinde gösteriyordu, babam ise şimdi ancak altmışlarında olmalıydı. Ne düşündüğümü anlamış gibi hemen açıkladı.

"Poyraz yaş olarak küçüktü benden, ben ise baş olarak küçüktüm ondan. Onun ufku daha genişti, gönlü daha büyüktü." Eliyle arkamızdaki dergâhı gösterdi. "Buranın bir parçası gibiydi baban. Şu serviler, şu aşıboyalı balkon, kırmızı güller, şu taştan havuz gibi." Emin olamadı, bakışlarını yüzüme dikti. "Babanın buraya nasıl geldiğini biliyorsun değil mi?"

Geçen gece annemden duyduklarımı söyledim. "Bir sepetin içinde bırakılmış."

"Bir sepetin içinde bırakıldı" diye onayladı. "Tıpkı Nil Nehri'ne bırakılan Hazreti Musa gibi."

"Kimin bıraktığı belli olmadı değil mi? Yani sonradan ailesi ortaya çıkmadı?"

Gizemli bir ışık belirdi gözlerinde.

"Rüzgâr" diye fısıldadı. "Babanı buraya rüzgâr bıraktı. Nasıl ki nehir Musa'yı firavunun sarayına götürdüyse, rüzgâr da Poyraz'ı dergâha getirdi."

O kadar derin bir sevgi, o kadar büyük bir saygıyla bahsediyordu ki babamdan birazdan onu peygamber ilan ederse şaşırmayacaktım.

"Yapmayın İzzet Bey" dedim kibarca karşı çıkarak. "Babamın bir ailesi vardı elbette."

Birden ciddileşti, sağ eliyle arkamızdaki binayı gösterdi. "Babanın ailesi bu dergâh kızım. Babanın kardeşi benim. O burada doğdu, burada büyüdü, burada yaşadı."

Manidar bir ifadeyle ekledim. "Ve burayı terk etti."

Gözlerindeki ışık kayboldu. Onu etkilemeye başladığım için sevinerek sürdürdüm sözlerimi.

"Üstelik bir İngiliz kızı için, maddi dünyaya ait bir aşk için."

Başını sallayarak tekrarladı.

"Evet, bu madde âlemine ait bir aşk için." Gözleri güllere dalıp gitmişti. Düşüncesi o kadar yoğundu ki ne Mennan, ne de ben cesaret edip sessizliği bozabiliyorduk. Sonunda başını kaldırdı, sağ tarafa bakarak, "Şu ağacın altında durmuştuk" diyerek söze başladı. "Tıpkı böyle bir bahar akşamıydı. Poyraz o gün Hikmet Efendi'yle konuşmuş, annenle evlenmek için şeyhinden destur istemişti. Annenin ikinci gelişiydi Konya'ya, ilkinden tam üç ay sonra. İlk geldiğinde âşık olmuşlardı birbirlerine. Poyraz, semada ak tennure içinde hak için savrulurken, rüzgârı annenin gönlünü de sürüklemişti peşinden. Üç ay sonra Konya'ya yeniden geldiğinde annen, Poyraz'ı da alıp gitmek istiyordu. Haklıydı, Poyraz'ı seviyordu, haklıydı Poyraz da onu seviyordu. Gel gelelim, Poyraz'ın yolu başkaydı, anneninki başka. Poyraz'ın edebi, erkânı, meşrebi başkaydı, anneninki başka. Ama geçici gerçek şuydu ki; birbirlerine âşık olmuşlardı."

İhtiyarın, annem ve babamın aşkları hakkında geçiciydi diye yorumda bulunması canımı sıktı. Anlatacaklarını çok merak etmeme rağmen, "Geçici olduğunu nereden biliyorsunuz?" diye sözünü kestim. "Babamı bilmiyorum ama annem hâlâ âşık ona."

Yaşlı başını anlayışla öne doğru salladı.

"Onunki sadece hasret. İnsana duyulan aşk ölümlüdür, tıpkı beden gibi. Ölümsüz bir aşk için, ölümsüz bir varlığı sevmek gerek. Hiçbir zaman senin olmayacak, hiçbir zaman anlayamayacağın, hiçbir zaman doyamayacağın, hiçbir zaman kavuşamayacağın, hiçbir zaman terk edemeyeceğin bir varlığı."

Dinin bu şekilde açıklanmasını hiç duymamıştım, yine de yaşlı adamla tartışabilirdim ama işittiği sözlerden sarhoş olan Mennan, "Yani Yüce Yaradan'a duyduğumuz aşk değil mi?" diye coşkuyla söylendi. "Yani Allah aşkı..."

"Allah aşkı" diye coşkusuz bir sesle onayladıktan sonra bana döndü yaşlı adam. "Baban Allah aşkı ile kul aşkını birbirine karıştırmıştı. Belki de bu yüzden, Hikmet Efendi'nin huzuruna vardı, şeyhinden destur istedi. Belki de, 'Benim kalbimle gönlüm birbirine karıştı, kalbimin isteğini, gönlümün isteği sanıyorum, beni düzelt pirim' demek istiyordu. Ama söylediğim gibi herkes kendi yolculuğunu kendisi tamamlamalıdır. Hikmet Efendi, Poyraz'ın bir süre kendi mecrasında akması gerektiğine inandı. Londra'ya gitmesi için ona izin verdi."

İzzet Efendi, şeyhin bu kararını onaylamıyor gibiydi.

"Şeyhin yanlış yaptığını mı düşünüyorsunuz?"

"Nasıl?" diyerek dalgınlığından sıyrıldı. "Yanlış mı? Yok, hâşâ bu konuda karar vermek bana düşmez. Mürşit ile müridinin arasına kimse giremez. Mevlâna Hazretleri, 'Mürşit, müridi Hakk'a götüren kapıdır' diyor. Elbette, Hikmet Efendi'nin bildiği bir şey vardı. Zaten Hikmet Efendi'den çok, baban emin değildi aldığı karardan."

"Nerden biliyorsunuz?" diye atıldım. "Emin olmasa yabancı bir kadının peşinden hiç bilmediği bir ülkeye gider mi?"

"Gider güzel kızım, gider" dedi gözlerini uysalca kırparak. "Çünkü insana duyulan aşk da Allah'a duyulan aşkın bir suretidir. O aşkın sureti bile o kadar güçlüdür ki, kişinin aklını başından alır. Babana da öyle olmuştu işte. Yok, benim tefsirim değil bu, bizzat Poyraz anlattı, şu çınarın dibinde. 'Aklım karışık' dedi pişmanlık içinde, 'Kalbim karışık, gönlüm karışık. Ben ne yapıyorum İzzet? Nefsim için dergâhımı, şeyhimi terk ediyorum. Ben ne yapıyorum, bir insanın aşkı için, ilahi aşktan vazgeçiyorum.'

O kadar üzgündü ki inanmadığım sözleri söyledim ona. 'Böyle düşünme' dedim, aslında tam da böyle düşünmesini istediğim halde. 'Sen merdivenin ilk basamaklarındasın. Allah'ın aşkına ulaşmak için insanın aşkını öğreniyorsun. Külli aşka ulaşmak için, cüzi olanı yaşıyorsun. Yaşamadan aşkı nasıl bileceksin?' Sevgiyle baktı bana. 'Bunları düşünmedim mi sanıyorsun? Bunları kendime sormadım mı? Ama şimdi iki gün sonra Londra'ya uçacakken sorular tersine dönüyor aklımda. Ama öte yandan Susan'ı gerçekten seviyorum. Bazen tıpkı senin söylediğin gibi düşünüyorum, belki de Allah beni külli aşka hazırlıyor diyorum. Her ne kadar Mevlâna

Hazretleri, içindeki damlayı yok et ki, deniz olasın, dese de deniz de damlalardan oluşmuyor mu diye düşünüyorum. Tanrısal olana, insandan ulaşamaz mıyız diye soruyorum. Sonra bütün bu akıl yürütmelerimin bir tür çaresizlik olduğunu anlıyorum. Hakikat aşkının özlemiyle yanarken, kalbindeki küçük sevdaya yenilen bir dervişçiliğin çaresizliği.'

"Sözleri içime dokunmuştu. 'Gönlünü karartma' dedim omuzlarından yakalayarak. 'Yolculuk sürüyor. Arayışın bitmedi ki çaren de bitsin. Yol çaredir. Yol aktığı sürece çare tükenmez.'

Buruk gülümsedi. 'Sen gerçek bir dostsun ama sözlerin gerçeği anlatmıyor. Her yol çare değildir, bizi hakikate götüren yol çaredir. Londra'nın beni hakikate götüreceği şüpheli ama bu yola girmekten kendimi alamayacağımı da çok iyi biliyorum. Savaşların en büyüğü kendi nefsimizle olandır, buyurmuştu Hazreti Muhammed. Söylemek zoruma gidiyor ama galiba o mücadelenin ilk muharebesini kaybettim ben.'

'Ama savaş hâlâ sürüyor' diye moral vermeye çalıştım Poyraz'a. 'Mücadele hiç bitmez.' Yüzü ışımaya başlamıştı. 'İşte bu doğru' dedi umutla, 'İlk muharebeyi kaybetsem de savaş hâlâ sürüyor.' İki gün sonra da annenle birlikte Londra'ya gitti."

İzzet Efendi'nin sesi boğuklaşmış, gözleri yaşarmıştı: "O günden sonra da bir daha görmedim babanı."

Sözleri sona erince, "Görmediğiniz süre içinde savaşını sürdürdü babam" dedim sitemkâr bir ifadeyle. "Hiç ara vermedi savaşına. Ve Konya'da kaybettiği savaşın intikamını, yirmi iki yıl önce Londra'da aldı. On iki yaşındaki kızını ve karısını hiçbir açıklama yapmadan öylece bırakıp Pakistanlı bir şeyhle hakikat yolculuğuna çıkarak."

İzzet Efendi'nin tarçın rengi gözlerindeki ışık solar gibi oldu, masaya oturduğumuzdan beri yüzünde ilk kez bozguna benzer bir ifade belirmişti.

"Senin için kötü olmuş" dedi üzgün bir sesle. "İşte bu sebepten dervişe yalnızlık gerek buyrulmuştur. Dervişin dermanı, kendi derdinin içindedir. Ama bu derdi tek başına çekmelidir. Yoksa yakınları da ortak olur bu derdi çekmeye. Ki dert onlar için derman değil, illettir."

Yalnızlığı seçmediği için babamı mı suçluyordu, yoksa biz yakınlarını mı aşağılıyordu anlayamadım ama her iki olasılık da fena halde kızdırdı beni. Tam yanıt veriyordum ki, cep telefonum çalmaya başladı. Telefona baktım, ekranda tanımadığım bir numara vardı. Açtım.

"Alo..."

"Alo Miss Karen" dedi bir kadın sesi. "Ben Komser Zeynep."

Heyecanlandım: Beni aradığına göre önemli bir gelişme vardı. İzzet Efendi ile Mennan'ın yanında konuşmak doğru olmazdı.

"Merhaba" dedim telefona. "Bir saniye bekler misiniz?" İzzet Efendi'ye çevirdim bakışlarımı.

"Özür dilerim, telefonla konuşmam gerekiyor."

"Tabii kızım" dedi nazik bir tavırla.

İskemleden kalktım, güllerin öteki tarafına geçerken, "Evet Zeynep Hanım" dedim merakla. "Sizi dinliyorum."

"Görüşmemiz gerekiyor, rica etsem Emniyet'e kadar gelebilir misiniz?"

"Hemen mi?"

Duraksadı.

"Ne yazık ki hemen. Bazı gelişmeler oldu, sizin bilgilerinize ihtiyacımız var."

Anlamak için sordum. "Hangi konuda?"

"Şu Serhad Gökgöz hakkında..."

"Hayrola, yoksa bir şey mi buldunuz?"

Sorum hoşuna gitmemişti, sıkıntılı bir sesle söylendi.

"Buraya gelirseniz daha rahat konuşuruz."

Galiba Serhad'la ilgili bazı bilgilere ulaşmışlardı.

"Tamam" dedim sevinçle. "Hemen geliyorum."

Telefonu kapatıp yeniden masaya dönünce, "Kusura bakmayın" diye açıkladım. "Önemli bir telefon aldım, gitmem gerekiyor." Gözlerini merakla bana dikmiş Mennan'a döndüm. "İsterseniz siz kalabilirsiniz, İzzet Bey'i yalnız bırakmayalım."

Şimdi ne desin Mennan? Bir yandan gelen telefonu merak ediyor, öte yandan İzzet Efendi'nin sohbetini kaçırmak istemiyordu. Sonunda merakı ağır bastı.

"Yok" dedi oyun dışına düşmek istemeyen bir çocuğun gizli tutkusuyla. "En iyisi ben sizinle geleyim, İzzet Amca yabancı değil, bağışlar beni." Duraksadı. Dilinin altında bir şey var da söyleyemiyor gibiydi. Sonra cesaretle bakışlarını bana çevirdi. "Ama gitmeden şu yüzük meselesini sorsaydık İzzet Amca'ya."

O yüzüğün neden kanadığını en az Mennan kadar merak etmeme rağmen, şimdi bu konuyu konuşmanın ne yeri, ne sırasıydı ama ağzımı açmama bile fırsat vermeden atıldı yaşlı adam:

"Ne yüzüğü?"

Yüzümdeki memnuniyetsiz ifadeyi gören Mennan işi şansa bırakmadı.

"Taşı kanayan bir yüzük" diye açıkladı aceleyle. "Şems Hazretleri'nin Türbesi'nin önünde, yaşlı bir adam verdi Miss Karen'a."

İzzet Efendi heyecanlanır gibi olmuştu.

"Şems Hazretleri'nin Türbesi'nin önünde mi?"

Artık konuşmasam ayıp olacaktı.

"Belki bir meczuptu" diye geçiştirmeye çalıştım. "Ya da bir dilenci. Yüzüğün kanadığından da emin değiliz. Belki de ucuz bir yüzüktü..."

Sözlerim yaşlı adamı hiç etkilememişti.

"Yanında mı bu yüzük?"

Çantamdaydı, türbede taşı kanadıktan sonra naylon bir poşetin içine koymuştum. Yüzüğü çıkarıp İzzet Efendi'ye uzattım. Gümüş yüzüğü aldı, gözlerine yaklaştırdı.

"Güzelmiş" diye mırıldandı. "Ama böyle göremiyorum. Dur, gözlüklerimi takayım." Ceketinin cebinden gösterişsiz, metal çerçeveli bir gözlük çıkardı, burnunun ucuna yerleştirdi. Yeniden baktı yüzüğe. "İnce bir işçiliği var." Taşını inceledi. "Topaz mı? Yok lal olmalı. Değil, değil akik, akik taşı bu."

Başını yüzükten kaldırıp bana baktı.

"Nasıl biriydi sana bu yüzüğü veren kişi?"

"Tanımadığım biri, siyah saçlı, siyah sakallı, siyahlar giymiş bir adam."

Eksik bilgi verdiğimi düşünen Mennan heyecanla ekledi.

"Sır gibi: Göründüğü anda kayboldu."

İzzet Efendi bir sonuca ulaşmış gibi başını salladı.

"Şems-i Tebrizi Hazretleri'nin *Makalat* adında bir kitabı vardır. O kitapta taşı kanayan bir yüzükten bahseder."

Mennan ile İzzet Efendi'nin heyecanı bana geçmişti, merakla sordum.

"Nasıl bahsediyor yüzükten?"

Üzüntüyle boynunu eğdi.

"Tam hatırlayamıyorum kızım. Yaşlılık işte ama *Makalat*'ta Şems Hazretleri'nin kanayan bir yüzükten bahsettiğinden eminim."

Her zamanki iyimserliğiyle atıldı Mennan.

"Kitabı buluruz Miss Karen. Çarşıda sahaf arkadaşlar var, onlar bize yardımcı olurlar."

Bu iyiydi işte, belki şu *Makalat* adlı kitaptan kanayan yüzüğün sırrını öğrenebilirdik.

"Akşam ben de bakarım kütüphaneme" diye hevesle söylendi İzzet Efendi. "Kitabın bir nüshası da bende olmalı. Çok merak ettim şimdi, bir daha okuyayım bakayım şu kanayan yüzük hikâyesini."

"Teşekkür ederiz" diyerek yaşlı adama elimi uzattım. "Güzel bir sohbetti."

Ayağa kalkan İzzet Efendi, "Asıl ben teşekkür ederim kızım" diyerek sağ elimi, iki avucunun arasına aldı. "Seni gördüğüm için çok mutlu oldum. Bana Poyraz'ın kokusunu getirdin, Allah senden razı olsun." Elimi hâlâ bırakmamıştı. "Ama böyle kuru kuruya gidilmez" dedi yalancıktan kaşlarını çatarak. "Büyükler, küçüklere hediye verir ayrılırken."

Bir eşya verecek sandım ama İzzet Efendi etkili sesiyle bir şiir armağan etti bana.

> Sana dilsiz, dudaksız sözler söyleyeceğim / Bütün kulaklardan gizli sırlardan bahsedeceğim / Bu sözleri sana, herkesin içinde söyleyeceğim / Ama senden başka kimse duymayacak / Kimse anlamayacak.

Şiir bitince oyunbaz bir ifade belirdi gözlerinde. "Mevlâna Hazretleri'nin şiiri" diye açıkladı. "Bakalım bu büyük insanın sözlerini sen duyacak mısın?"

31
Bir soruşturmaya başlamak için şüphe etmek yeterlidir

Zeynep Komser'in odasına yaklaştığımızda Ragıp Başkomser'le burun buruna geldik. Yanında kendisi gibi iri yarı iki sivil polisle dikildi karşımıza.

"Geldiniz mi Miss Karen, Zeynep içeride sizi bekliyor." Sesi sabahki yorgunluğundan sıyrılmış gibiydi ama uyumaktan göz kapakları şişmiş, küçük gözleri iyice ufalmıştı. Bir sırrı paylaşır gibi sesini kısarak sürdürdü sözlerini. "Bildiğiniz ne varsa anlatın ona. Galiba işi çözüyoruz."

Ne demek istemişti şimdi bu adam? Sormaya yeltendim ama ne mümkün. Ragıp bunları söyledikten sonra iki polisi de peşine takarak hızla uzaklaşmıştı yanımızdan. Zeynep Komser anlatır umuduyla içeri girdik. Yine masasının başında bulduk onu. Ceketini çıkarmıştı, lila gömleğinin sol koltuk altında silahının boş kılıfı görünüyordu. Omuzuna dökülen kumral saçlarını atkuyruğu yaparak başının arkasında toplamıştı. Sabahki gibi gülümseyerek karşıladı bizi ama yüzünde giderek etkisini artıran bir yorgunluk vardı. Nazik bir tavırla ellerimizi sıkarak, "Sizi böyle apar topar çağırdığımız için kusura bakmayın" dedikten sonra lafı fazla dolaştırmadan sordu: "Şu Serhad Gökgöz hakkında ne biliyorsunuz? İkonion Turizm'de çalıştığını söylemiştiniz değil mi?"

Tahmin ettiğim gibi önemli bir bulguya ulaşmış olmalılardı.

"Evet, İkonion Turizm'de çalışıyor. Yakut Otel yanmadan önce güvenlik şefiymiş."

Serhad adını duyan Mennan da heyecanlanmıştı. "Aslında şirketin her işine koşturur" diye hemen katıldı konuşmaya. "Şoförlük yapar, inşaatların başında durur, ne iş olsa yapar yani. Şirketin sahibi Ziya Bey çok güvenir ona."

Zeynep, gözlerini hevesle iş arkadaşıma çevirdi.

"Serhad için karanlık biri demiştiniz?" Sabahki sözlerini hatırlatıyordu Mennan'a. "Neden öyle söylediniz? Bildiğiniz bir şey mi var?"

Oturduğu koltukta sinirli sinirli ayaklarını kıpırdatan meslektaşım, "Çünkü öyle" diye hırsla söylendi ama arkasını getiremedi. "Çünkü bu Serhad itin biri. Hayat kadınlarıyla düşer kalkar, onların parasını yer... Ahlaksız yani..."

Söyledikleri, Serhad hakkında hiçbir suçlama içermiyordu. Zeynep işi kolaylaştırmak için sorusunu basitleştirdi.

"Serhad ne zamandır İkonion Turizm'de çalışıyor?"

"Beş yıldır." Tiksinti verici birinden söz ediyormuş gibi yüzünü buruşturdu. "Zaten Konyalı değil bu. Memleketi bile belli değil şerefsizin. Antalyalıyım filan diyor ama o da yalan. Ziya Bey nereden bulduysa, başımıza bela etti işte."

Mennan duygularını işe karıştırmıştı yine. Tabii, Zeynep bunu atlamadı.

"Size de mi zararı dokundu?"

Bereket yanıt vermeden önce bana bakmayı akıl edebildi Mennan, yüzümdeki kızgın ifadeyi görür görmez de kızından bahsetmemesi gerektiğini anladı.

"Sözün gelişi öyle diyorum" diye bağladı. "Bana ne zarar verecek o herif."

"Siz ne zamandır tanıyorsunuz Serhad'ı?"

"İki yıldır, İkonion Turizm bizim müşterimiz olduğundan beri. Oraya gittiğimde görmüştüm. İş dışında da bir hukukum yoktur zaten."

"Peki, bildiğiniz, duyduğunuz yasadışı bir eylemi oldu mu? Silahlı çatışma, gasp, soygun diyorum?"

Alnı kırıştı Mennan'ın.

"Yok" dedi duraksayarak. "Yukarıda Allah var, öyle bir şey duymadım."

Mennan'ın anlattıklarından umduğunu bulamayan Zeynep'in canı sıkılmaya başlamıştı.

"Bir de arkadaşı var Serhad'ın" diyerek onu canlandırmak istedim. "Cavit. Soyismini bilmiyorum. Tuhaf bir adam... Aşırı titiz, temizlik manyağı bir şey. Görseniz siz de kuşkulanırdınız. Serhad da, Cavit de tipik suçlu profiline uyuyor."

Yarı alaycı bir tavırla sordu.

"Nasıl oluyormuş o tipik suçlu profili?"

"Bilirsiniz işte, sosyopat davranışlar, tehditvari abartılı hareketler, caka satarak yürümeler, külhanbeyi bir ağız..."

"Ah Miss Karen" dedi gülümsemesini sürdürerek. "Sizde nasıldır bilmiyorum ama Türkiye'de bu tür erkekleri içeri atacak olsaydık, ülkenin yarısı hapiste olurdu."

"Erkekler dünyanın her yerinde aynıdır" dedim konuyu dağıtmamak için. "Ama Cavit ve Serhad gerçekten de kuşku uyandıran tipler. Üstelik Ziya Bey'le de çok yakınlar."

"Normal değil mi? Birlikte çalışıyorlar."

İnce eleyip sık dokumaya mı çalışıyordu, yoksa bizim görüşlerimizi umursamıyor muydu? Davranışları moralimi bozmaya başlamıştı. İnatla başımı salladım.

"Hayır, öyle değil. Sanki gizli bir iş çeviriyorlar."

Yorgun bakışları canlanır gibi oldu.

"Ne gibi?"

"Kanımca Ziya Bey pis işlerini onlara gördürüyor. İki saat önce yanlarındaydık. Konuşurken onları izledim. Ziya, patrondan çok bir mafya şefi gibi davranıyordu onlara."

"Evet, evet" diye destekledi beni Mennan. "Aynı mafya şefi gibi."

"Çok emin görünüyorsunuz" dedi inanmayan bir sesle. "Bildiğiniz bir şey mi var?"

"Şüphe" dedim ellerimi yana açarak. "Sadece şüphe...

Ama sizin de bildiğiniz gibi bir soruşturmaya başlamak için şüphe etmek yeterlidir. Eğer işin peşini bırakmazsak, kanıtlar da, deliller de olacak."

"Bırakmazsak! Yani biz mi?"

"Neden olmasın?" dedim doğal bir tavırla. "İç içe geçmiş suçlar söz konusu. Tuhaf bir cinayetle karşı karşıyayız."

"Ve tabii Yakut Otel yangınıyla..."

"Yakut Otel'in yakılması ya da Solak Kâmil'in öldürülmesi, ikisi de suç değil mi?" diye açıklamaya çalıştım. "Birinde iki işçi yaşamını yitiriyor, ötekinde bir hırsız. Üç ölü var."

"Ölüler değil Miss Karen." Önemli bir kuraldan bahseder gibi son derece ciddi bir tavırla konuşuyordu. "Cinayet Masası'nın ilgilendiği konu öldürülmüş insanlardır. Tabancayla vurularak, bıçaklanarak, zehirlenerek, dövülerek, boğularak, bir yerden atılarak ve aklınıza gelmeyecek daha başka yöntemlerle öldürülmüş insanlar..."

Hayal kırıklığı içinde dinliyordum. Hayır, Zeynep benimle işbirliği yapmayacaktı. Onun hakkında yanılmış mıydım? Yoksa hırs küpü, züppe bir polisten başka bir şey değil miydi bu genç kadın?

"Solak Kâmil'in öldürülmesi bir cinayet" diye sürdürdü vaazını. "Ama Yakut Otel yangınını bilmiyoruz. İtfaiye olayı kaza diye rapor etmiş, savcılık takipsizlik kararı vermiş. Bunlara rağmen yangın bir kundaklama olabilir mi? Evet, itfaiye de, polis de, savcılık da önemli bir ayrıntıyı gözden kaçırmış olabilir. Evet, her soruşturma sezgiyle başlar, evet, siz de haklı olabilirsiniz, belki de yangını Serhad çıkarmıştır. Ama bu varsayımların hiçbir karşılığı yok. Sabah da söylediğim gibi kanıt ya da tanık olmadan elimizden bir şey gelmez."

"Ama bir tanık var" diyerek araya girdi iş arkadaşım. "Evet, bir tanık var. Bizim Kadir."

İnanmayan gözlerle baktı Zeynep.

"Kimmiş bu sizin Kadir?"

"Otelde temizlik yapan dört işçinin ekip şefi. Yangın çıktığında oradaymış. Aslında çalışmaya pazartesi günü gideceklermiş ama oğlunun nişanını pazartesi yapmaya karar verince, salı günü gitmişler. Anlıyor musunuz Zeynep Komserim, yani yangının çıktığı gün çalışmışlar..."

Konunun detaylarını bilmeyen Zeynep, bağlantıyı kuramadı.

"Ne var bunda, ha salı gitmişler, ha pazartesi?"

Mennan toparlayamayacak gibiydi.

"Salı günü gitmiş olmaları çok önemli" diyerek sözü ben aldım. "Pazartesi günü gitselerdi kimse ölmeyecekti. Çünkü Ziya ve adamları kimsenin işe gelmeyeceğini düşünerek, oteli salı günü kundaklamayı planlamışlardı. Böylece yangında kimsenin ölmeyeceğini düşünüyorlardı. Ancak Kadir ve ekibi nişan nedeniyle çalışma gününü salıya kaydırınca, üstelik bunu Serhad'a da haber vermeyince iki kişi öldü."

"Sadece bir varsayım" diye dudak büktü Zeynep. "Yangının salı çıkması bir raslantı olabilir."

"Ama Kadir'in başına vurulması bir raslantı değil." Tam yerinde girmişti söze Mennan. "Evet Zeynep Komserim, Kadir, arkadaşlarını kurtarmak için uğraşırken birini görmüş. İşte o anda bir başkası da arkadan başına vurmuş."

Anlatılanlar etkilemişti genç kadını ama temkini elden bırakmak istemiyordu.

"Peki kimmiş o gördüğü kişi?"

"Tanıyamamış, çünkü adamın üzerinde itfaiyecilerin yangında giydikleri her yanı kapalı giysilerden varmış."

"Teşhis edememiş yani adamı."

Yine o lanet olası alaycı ifade belirmişti yüzünde.

"Nasıl etsin?" Çileden çıkmak üzereydim. "Adam her tarafını gizlemiş. Bakın size şöyle anlatayım. Alt katta büyük bir patlama oluyor. Tinerler, boya kutuları alev alıyor. Kadir, hafif yaralanan Nezihe adındaki işçiyi sırtlayıp yukarıya, lobiye çıkartıyor. Lobide Serhad var. Kadir'i görünce şoka uğruyor. Çünkü otelde kimsenin olmadığını düşünüyor. O sırada yangını çıkartan Cavit aşağıda olmalı."

"Yangını Cavit'in çıkardığını nereden biliyorsunuz?"

Sorusu mantıklıydı. Yanıtım biraz karmaşık olsa da Zeynep gibi zeki bir polisin anlayacağını umarak açıkladım:

"Cavit temizlik konusunda o kadar takıntılı ki, yüzüne bulaşacak bir is, elini karartacak bir alev parçası onu deli eder. Evet, kundaklamayı bizzat Cavit yapıyor, çünkü ondan başka hiç kimse, her yanı kapalı o itfaiyeci kıyafetini giymez. Neyse, Kadir, Nezihe'yi lobiye getirince Serhad panikliyor. Yangını kendilerinin çıkardığının anlaşılacağından korkuyor, Kadir'in peşinden aşağı iniyor. Kadir de tam o sırada itfaiyeci giysileri içindeki Cavit'i görüyor. Cavit de Kadir'i görüyor tabii. İşte o anda Serhad arkadan gelerek Kadir'in başına sert bir cisimle vuruyor. Kadir bayılınca da Cavit elbiselerini çıkarıp otelden kaçıyor."

"Ya Serhad ne yapıyor? Aşağı inip Kadir'i kurtarmayı denemiyor mu?"

Sonunda anlamaya başlamıştı.

"Hayır. Aslında yapması gereken bu ama yapmıyor. Kadir'i kurtarmayı denemiyor bile. Sadece itfaiyeye haber vermekle yetiniyor. Kadir'in de öteki iki işçi gibi yangında ölmesini istiyor. Çünkü Kadir'in itfaiyeci giysileri içindeki Cavit'i gördüğünü biliyor. Ama Kadir'e şans yardım ediyor, alevler ona ulaşamadan itfaiye yetişip kurtarıyor."

"Peki Kadir ifadesinde bunu söylemiyor mu?"

"Söylemez mi? Savcı, Kadir'in akıl sağlığı yerinde değil diye ifadeyi kabul etmiyor."

"Akıl sağlığı yerinde değil mi Kadir'in?"

"Darbeyi aldığı günlerde küçük bir travma geçirmiş ama şimdi her şeyi hatırlıyor."

"Sizden başka kimse de onu ciddiye almıyor tabii."

"Ne yazık ki hayır."

Sağ elinin başparmağını dudağına değdirerek bir süre düşündü.

"Ve sizin bu bilgiye ulaşacağınızı düşünen Ziya ve adamları, Solak Kâmil'i üzerinize salıyor."

Aklımdakileri birer birer açıklıyordu.

"Aynen öyle" diyerek düşündüklerini tamamlamak istedım. "Beni korkutarak raporumu bir an önce tamamlamamı sağlatmak için. Konya'dan ne kadar çabuk gidersem, gerçeği ortaya çıkaracak ayrıntılardan o kadar az haberim olacaktı."

Ellerini önündeki sümenin üzerinde birleştirerek mırıldandı.

"Akıllıca bir tahmin ama bütün bunlar birer varsayım. Bana somut bir şeyler vermediğiniz sürece de varsayım olarak kalacaklar."

İçimde kabaran umut çabucak sönmüştü.

"Belki Serhad ile Cavit'in evini ararsanız, o somut şeyleri siz bulabilirsiniz. Örneğin bir itfaiyeci elbisesi."

Güzel gözleri gizli bir öfkeyle yaladı geçti yüzümü.

"Merak etmeyin, gerekirse onu da yaparız."

Gerekirse dediğine göre böyle bir olasılık vardı.

Meydan okuyan bir tavırla sordum:

"Sahi, bizi buraya niye çağırdınız?"

"Serhad'ı sormak için."

"Neden? Serhad ile Solak Kâmil arasında bir bağ mı var?"

Gülümseyerek, artık omuzlarına ağır gelmeye başlayan başını avuçlarının içine aldı.

"Bakıyorum da rolleri değiştik Miss Karen. Siz sorgucu oldunuz, ben soruşturulan."

"Sadece yardımcı olmaya çalışıyordum."

Derin bir nefes alarak sırtını koltuğuna yasladı.

"Evet, Serhad ile Solak Kâmil arasında ilişki olduğunu gösteren kimi bulgulara ulaştık."

"Alçak herif!" diye nefretle söylendi Mennan. "Bize de Solak Kâmil'i tanımadığını söylemişti iki saat önce."

Pürdikkat kesilmişti Zeynep: "Tanımıyorum mu dedi?"

Kuşkuya düştü Mennan, öyle değil mi dercesine yeşil gözlerini bana çevirdi.

"Tanımadığını söyledi" diye onayladım onu. "Hayatında böyle bir ismi duymamış."

Kendi kendine mırıldandı Zeynep:

"Bu iyi, belki buradan kıstırırız onu."

Merakıma yenilerek yine sordum: "Yani arkadaş mıymış bunlar?"

Sanki ilk kez tanışıyormuşuz gibi uzaklaştı. "Kim?" diyerek anlamamazlığa vurdu.

Bu kadarı da fazlaydı.

"Serhad'la Solak Kâmil" diye söylendim.

"Daha belli değil, soruşturuyoruz."

İnatlaşmak değil, uzlaşmak istiyordum.

"Yardımlaşsak daha iyi olmaz mı?" dedim anlayışlı bir tavır sergileyerek. "Biz, size bildiklerimizi söyledik. Siz de öğrendiklerinizi söyleseniz belki yardımımız dokunur."

"Sadece ayak bağı olursunuz Miss Karen" diyerek kestirip attı.

Ters ters baktığımı görünce, "Hiç öyle bakmayın." Artık gerginliğini gizlemiyordu. "Siz kendi işinizi yapın, ben de benimkini."

"Ama çıkarlarımız ortak..."

"Hayır" dedi başını sallayarak. "Çıkarlarımız ortak falan değil. Siz, şirketinizin şu üç milyon poundunu kurtarmak için uğraşıyorsunuz, bizse adaleti sağlamak için."

"Yanlış düşünüyorsunuz..."

"Lütfen sözümü kesmeyin" diye uyardı. "Belki sizi motive edenin para olduğunu, bu işten doğrudan kazanç sağlayacağınız için de benden daha hevesle çalıştığınızı düşünüyorsunuz. Benim bir devlet memuru olduğumu, işin üzerine kararlılıkla gidemeyeceğimi sanıyorsunuz. Fakat tamamen yanılıyorsunuz. Tam yirmi dört saatir uykusuzum ve hâlâ bu işle uğraşıyorum. Sigorta şirketinizin soruşturması olsa da olmasa da bu işin sonuna kadar gideceğiz. Hem sadece Solak Kâmil'in değil, şu kendilerine dinci görüntüsü veren canilerin öldürdüğü karı kocanın da, eğer varsaydığınız gibiyse, yangında ölen o iki zavallı işçinin de katilini bulacağız. Ama şirketinizin üç milyon poundunu kurtarmak benim işim değil Miss Karen, o tamamıyla sizin işiniz. O yüzden çıkarlarımız ortak filan demeyin bana. Çünkü değil."

Öylece kalakalmıştım. Haksızlığa uğradığımı düşünüyordum ama bunu nasıl dile getireceğimi bilemiyordum. Mennan'ın hali benden de beterdi; ellerini bacaklarının arasına sokmuş, kıpkırmızı bir suratla hiç kımıldamadan öylece oturuyordu.

"Çok şaşırdım" diyebildim sonunda. "Ben bunu hak etmemiştim. Bana bir suçlu gibi davrandınız."

Son derece rahat bir tavırla açıkladı.

"Yanılıyorsunuz Miss Karen, suçsuz birine asla suçlu gibi davranmam. Siz de suçlu değilsiniz zaten ama polis de değilsiniz. Anlamanız gereken şu; soruşturmayı siz yürütmüyorsunuz. Hiçbir şekilde bu soruşturmayı yönlendiremezsiniz. Eğer bize yardımcı olmak istiyorsanız, bugün yaptığınız gibi bildiklerinizi anlatırsınız. Yapacağınız en büyük iyilik budur."

Alaycı bir sesle sordum. "İşe yarar mı bari?"

"Yarar tabii." Sanki az önce beni azarlayan o değilmiş gibi dostça gülümsüyordu. "Anlattıklarınız o kadar önemli ki. Serhad ile Cavit'i sorgularken artık daha fazla malzeme olacak elimizde."

Bizimle dalga mı geçiyordu bu kadın?

"Nasıl yani, Serhad ile Cavit'i gözaltına mı alacaksınız?"

"Ragıp Başkomserim şu anda ne yapıyor zannediyorsunuz?"

Mennan'ın da, benim de neşemiz yerine geldi.

"O zaman evlerinde arama da yapacaksınız?"

"Yapacağız, yapacağız" dedi gizli bir gülümsemeyle. "Tabii, evlerinde arama yaparken, yangında kullanılmış bir itfaiyeci giysisi de arayacağız."

32
Çünkü güneşimizi kaybettik

Akşam karanlığı, şehrin üzerine sessizce çöküyordu. Konya'nın ışıklı caddelerinden birinde ilerliyordu Mennan'ın siyah Mercedes'i. Artık arkada değil, bir arkadaş gibi, onun yanındaki koltukta oturuyordum. İki tarafımızdan akan ışıklı mağazaların önünden aceleci kalabalıklar geçiyordu; kaldırımları dolduran insanlar, ellerinde küçük paketleri, yüzlerinde evlerine gidiyor olmanın rahatlığı, omuzlarında günün yorgunluğu.

Ben de onlar gibi yorgundum, uykusuzdum. Çöken karanlıkla birlikte göz kapaklarıma yayılan ağırlığa karşı koymak giderek imkânsız hale geliyordu. Mennan'ın da benden çok farklı olmadığını biliyordum. Emniyet'ten çıktığımızda bir süre Zeynep Komser'in bizi şaşırtan davranışları üzerine konuşmuştuk. Zavallı Mennan her zamanki ezikliğiyle Zeynep Komser adına benden özür bile dilemişti. Ama buna gerek yoktu. Her ne kadar tartışma sırasınd kabul etmesem de aslında Zeynep haklıydı. Polisler, yürüttükleri soruşturmaya dışarıdan birilerinin karışmasından hiç hoşlanmazlardı. Hele benim gibi bu işe taraf olan birinin bulaşmasını hiç istemezlerdi. Zeynep sabırlı çıkmıştı yine de, Tate Gallery'den çalınan Picasso eskizleri için yürüttüğüm soruşturmada Londra polisi, onun gösterdiği anlayışın birazcığını bile göstermemişti bana. Yine de Zeynep'in davranışından bir parça alındığımı saklayacak değilim, çünkü o genç kadını nedense kendime yakın hissediyordum.

Otele gitmeden önce Mennan'ın sahaf arkadaşına uğradık. Şems-i Tebrizi'nin *Makalat* adlı kitabını bulmak için. Gittiğimiz sahafta kitap yoktu ama dükkân sahibi başka bir kitapçıyı aradı, on dakika sonra kitap elimizdeydi. Hemen *Makalat*'ın kapağını açıp içindekilere baktım. Ne yazık ki başlıkların hiçbirinde kanayan bir yüzükten bahsedilmiyordu. Demek ki bütün kitabı taramak gerekiyordu, bunu da ancak akşam otelde yapabilirdim. Bu kararla kitabı çantama koymama rağmen kanayan yüzük hakkında yazılanları merak etmekten kendimi alamadım. Ama şehre çöken yumuşak karanlık gibi tatlı bir uykunun usulca beynimi ele geçirdiği şu anlarda artık ne kanayan yüzüğü, ne de onun sırrını saklayan kitabı düşünecek haldeydim. Üstelik Mennan'ın arabasında uyuyakalmanın hiç de güzel bir durum olmadığını bilmeme rağmen göz kapaklarımın ağır ağır kapanmasına engel olamıyordum.

Nerdeyse kendimden geçmek üzereydim ki telefonuma mesaj geldiğini bildiren melodiyle irkildim. Belki de abuk sabuk reklamlardan biriydi ama hiç değilse kendimi toparlamama yardımı olur, uykum açılır diye telefonumu çıkardım. Mesaj Nigel'dandı. Evet, bugün onunla hiç konuşmamıştım. Dahası Konya'ya geldiğimizden beri hep o aramıştı beni. Artık aramıyor, mesaj yolluyordu demek. Göz ucuyla beni süzen Mennan'a gülümsedikten sonra mesajın içeriğini gösterecek tuşa dokundum. Okuduğum ilk sözcük tüylerimi diken diken etti.

Şems'im, ayım geldi.

Konya'da Şems adını duymak, insanların ondan bahsetmesi son derece normal bir durum olabilirdi ama hayatında bu gezgin dervişin adını bir kez bile duymamış Londralı bir adamın sevgilisine çektiği mesajın Şems adıyla başlaması gerçekten garipti. Yüzümdeki değişikliği Mennan da fark etmiş olacak ki, endişeyle sordu:

"Ne oldu Miss Karen? Kötü bir haber mi?"

Tam da Şems'ten bahsedilecek kişiydi Mennan.

"Yok" dedim yüzümdeki gerginliği silmeye çalışarak. "Yok bir şey, Londra'dan bir arkadaş mesaj yollamış."

Yeniden telefonumun ekranına döndüm.

> Şems'im (güneşim), ayım geldi / Gözüm, kulağım geldi / Gümüş bedenlim geldi / Altın madenim geldi / Başımın sarhoşluğu geldi / Yolumu vuran geldi / Tövbemi bozan geldi / Gözümün nuru geldi / Başka ne dilediysem / İşte o dilediğim geldi...

Şiir burada sona eriyordu. Ama mesaj Nigel'ın sözleriyle devam ediyordu.

> İşte böyle çağırıyor Rumî, Şems adındaki sevgilisini. Peki Karencım, sen ne zaman geleceksin?

Tümüyle uyandırmıştı beni Nigel'ın mesajı. Ne gözlerimde uykunun ağırlığı kalmıştı, ne başımda günün sersemliği. Romantik bir âşık olup çıkmıştı bizim cerrah. Arada bir uzaklaşmak gerekiyormuş demek ki.

Geri tuşuna basarak mesajın başına gittim. *Şems'im (güneşim)* kısmına takılmıştım. Şems'e neden güneş diyordu Mevlâna? Şems gerçekten de güneş anlamına mı geliyordu, yoksa büyük şairin kullandığı bir metafor muydu bu sadece? Yanımdaki Konyalı iş arkadaşım, kuşkusuz çok iyi biliyordu bu sorunun yanıtını. Ama ona sormak doğru muydu, bundan emin değildim işte. Böyle düşünürken aracımız köşeyi dönerek daha geniş ama daha sakin bir yola çıktı. Sol tarafımızda bir duvar uzanıyordu. Az sonra aralıklı demirlerden yapılmış bir kapı gördüm, arkasında sarıklı mezar taşları göze çarpıyordu. Ne kadar büyük bir mezarlıktı burası böyle. Mezarlığa baktığımı anlayan Mennan açıkladı.

"Üçler Mezarlığı. Çok eski bir mezarlıktır Miss Karen."

"Neden Üçler Mezarlığı deniyor?"

"Eski bir hikâye. Yedi yüz küsur yıl önce Hazreti Mevlâna'ya tutkun Horasanlı üç genç onu görmek için Konya'ya gelir. Ama ne yazık ki geldiklerinde Hazreti Mevlâna öteki dünyaya göçmüştür. Hazreti Pir'e kavuşamamak, içlerindeki aşkı iyice alevlendirir. 'Madem ki Hazreti Pir'i görmedik, biz de onun yattığı toprağa gömülmek istiyoruz' diyerek Konya'da ölmeyi dilerler. Dilekleri kabul olunur, üç genç bu topraklarda can verir. Onları da işte bu mezarlığa defnederler. Böylece mezarlığın adı da 'Üçler Mezarlığı' olur."

Başımı çevirdiğimde ışıklarla aydınlanmış binalar gözüme çarptı.

"Burası neresi?"

"Tanıyamadınız değil mi?" dedi gülümseyerek. "Mevlâna Hazretleri'nin Türbesi. Değişik yoldan getirdim sizi. Oteliniz de hemen şurada."

Demek gelmiştik, o halde konuyu çok uzatamaz diye kurnazlık ederek sordum.

"Mennan Bey, Şems ne demek? Bildiğim kadarıyla Türkçe bir sözcük değil."

"Haklısınız" dedi bakışlarını yoldan ayırmadan. "Şems, Arapça bir sözcük, anlamı da güneş demek."

Güneş mi? Sunny geldi aklıma, çocukluğumun mucize arkadaşı. Güneş ışığı gibi parıltılı sarı saçlar, gökyüzü kadar derin mavi gözler... Londra'nın her daim bulutlu, puslu günlerinde ışığı özleyen bir kız çocuğunun, güneşi çağrıştıran bir isim yakıştırdığı hayali arkadaşı Sunny.

"Şems'le ilgili çok güzel bir mesel anlatır Mevlâna Hazretleri" diyerek sözlerini sürdürdü, ne Sunny'den ne de içimde kabarmaya başlayan o tuhaf duygudan haberi olan Mennan.

"Bir gün gökyüzünden Mevlâna'ya gel olmuş. Ulu Hazret çağrıya uymuş, tek tek çıkmaya başlamış gökyüzünün katlarını. Dördüncü kata gelmiş ki her taraf karanlık. Hemen sormuş Mevlâna Hazretleri: 'Ne oldu? Neden burası böyle karanlık?'

Göğün dördüncü katındaki melekler üzüntüyle açıklamışlar. 'Çünkü güneşimizi kaybettik.'

'Nasıl oldu bu iş?' diye merak etmiş Mevlâna. 'Güneşi nasıl kaybedersiniz?'

'Hiç sorma Tanrı dostu" demiş yaslı melekler. 'Bizim güneşimiz Tebrizli Şems'ti. Gökyüzünün bu katını onun ışığı aydınlatırdı. Yeryüzünde soğuk kalpler varmış, onları ısıtayım diye aşağıya indi, o yüzden burası böyle tekmil karanlıkta kaldı.'

Mevlâna Hazretleri'nin içi aydınlanmış.

'Merak etmeyin Tanrı'nın masum varlıkları' diye seslenmiş onlara. 'Şems'in ışığı öyle güçlü, öyle parlak, öyle sıcaktır ki, yeryüzündeki kalpleri de ısıtmaya yeter, gökyüzündekileri de...'"

Mennan bayılıyordu bu tür hikâyelere. İster kendisi anlatsın, ister başkasından dinlesin, konu mistik söylenceler olunca bu dünyayı unutuyor, adeta kendinden geçiyordu. Ama ne yazık ki, otelimin önüne gelmiş bulunuyorduk.

"İşte Şems Hazretleri böyle ulu bir ermiştir Miss Karen" dedi arabanın frenine basarken. "Onun lütfuna eren insanlar Allah'ın şanslı kullarıdır."

Farkında değilsiniz ama siz de onlardan birisiniz demek istiyordu aklınca. Onunla tartışacak ne gücüm vardı, ne de vaktim.

"Öyle olmalı" diyerek toparlandım. "Bu gece rahatça dinlenelim. Bakalım Zeynep Komser'in soruşturması nasıl sonuçlanacak? Umarım Serhad ile Cavit'in evinde işe yarar bir şeyler bulur. Neyse, yarın anlarız nasıl olsa. Sabah on gibi otelin önünde buluşalım."

"Tamam, daha önce bir gelişme olursa size haber veririm."

"Anlaştık, hadi iyi akşamlar."

"İyi akşamlar..."

İnmek için kapıya yönelmişken durdum.

"Tanışmıyoruz ama karınıza, kızınıza çok selam söyleyin."

İçten bir gülümseme belirdi yüzünde.

"Sağ olun, söylerim. Ama bir gün bizim eve yemeğe de bekleriz. Enfes yemekler yapar bizim Semra."

"Bakalım, şu işleri bir halledelim de..."

Arabadan inince akşamın serin havası çarptı yüzüme. Gündüzün sıcak havası yerini gecenin ayazına bırakmaya başlamıştı. Biraz da yorgunluktan olacak içim üşüdü. Hızlı adımlarla otele girdim. Eyvah, meraklı görevli işbaşı yapmıştı. Önünden geçerken, "İyi akşamlar Miss Karen" dedi soru dolu gözlerini yüzüme dikerek. "Gününüz nasıl geçti?"

"Çok güzel geçti." Ağzını açmasına bile fırsat vermeden ekledim. "Ama odama söğüş salata, yoğurt, kepek ekmeği yollarsanız daha da güzel olacak. Ayrıca taze portakal suyu varsa kocaman bir bardak da ondan rica edeyim."

O kadar hızlı sıralamıştım ki, bunlar benim görevim değil bile diyemedi.

"Emredersiniz Miss Karen, restoranı arayıp derhal bildireceğim isteklerinizi."

"Teşekkürler."

Hiç oyalanmadan doğruca asansöre yürüdüm. Dün gece yaşananlardan sonra başıma neler geldiğini öğrenmek isteyen görevlinin hevesi kursağında kalmıştı.

Asansörün önünde, kucağında bebekleri, genç bir çift bekliyordu. Geride durdum, asansörü onlara bırakmak istedim.

"Gelsenize" dedi genç anne teklifsizce. "Hepimize yetecek kadar yer var burada."

"Rahatsız etmeyeyim..."

"Buyrun" diye ısrar etti bebeği taşıyan eşi. "Lütfen buyrun."

"Teşekkür ederim" diyerek geçtim içeri. Bakışlarım bebeğe takıldı. Uyuyordu, ay gibi yuvarlak bir yüzü, daha şimdiden belli olan biçimli kaşları, uzun siyah kirpikleri vardı.

"Kaçıncı kata çıkıyorsunuz?" Soran genç anneydi.

"Birinci kat."

Birinci katın düğmesine basarken açıkladı: "Biz de aynı kattayız."

Nedense sesi biraz utangaç çıkmıştı. Yeniden bebeğe bakarak sordum:

"Çok güzel bir bebek? Kız mı?"

Gülümsedi genç baba.

"Yok" dedi övüngen bir sesle. "Erkek."

"Adı ne?"

"Celaleddin."

"Mevlâna Hazretleri'ninki gibi" diye açıkladı genç kadın. "Muhammed Celaleddin."

İlgilenmem hoşlarına gitmişti. Bebeği görmem için iyice benden yana döndüren genç adam sevgiyle oğluna bakarak mırıldandı.

"Bir adı daha var."

Yoksa Şems mi diye geçirdim içimden ama, "Ali" dedi genç baba. "Hazreti Muhammed'in damadı Hazreti Ali gibi."

"Kaç aylık?"

"Sekiz ayını dolduracak iki gün sonra."

"Umarım, mutlu bir hayatı olur."

"Sağ olun" dedi genç anne. "Sizin var mı?"

Ne diyeceğimi bilemedim. Sorusunu anlamadığımı sandı.

"Çocuğunuz diyorum..."

"Henüz yok."

Galiba sesim biraz buruk çıkmıştı.

"Üzülmeyin, daha gençsiniz, sizin de olur."

Başka koşullarda hiç tanımadığım biri bana bunu söylese çok kızardım ama genç kadın o kadar iyi niyetliydi ki doğal karşıladım. Üç gün Konya'da kalınca Türkleşmeye başlamıştım galiba.

"Teşekkür ederim."

Genç çiftin küçük oğluna bakarken, bizim bebeğimizin sekiz aylıkken neye benzeyeceğini gözümün önüne getirmeye çalıştım; kaşı gözü, boyu posu, elleri, ayakları acaba nasıl olacaktı? Hiçbir şey canlanmadı kafamda. Ne kadar tuhaftı; içimde her an, her dakika büyüyen bir bebek vardı ama ben onun nasıl bir varlık olacağını hayal bile edemiyordum. Asansörden birlikte indik. Odam onlardan önceydi.

"İyi akşamlar" diyerek kapıma yöneldim. Anahtarımı kilide sokarken Konya'ya geldiğim ilk günküne benzer bir burukluk hissettim içimde. Derin bir yalnızlık, bir terk edilmişlik duygusu. Odaya girer girmez, Nigel'ı aradım. İkinci çalışında açtı.

"Alo, Karen?"

Sesi canlıydı, sevgi doluydu.

"Merhaba Nigel, nasılsın?"

"İyiyim. Bugün yoğun bir gündü. İki zorlu ameliyata girdim ama sesini duydum ya, şimdi iyiyim. Sen nasılsın?"

Sözleri ilaç gibi gelmişti, şimdi kendimi daha iyi hissediyordum.

"Sağ ol, ben de iyiyim."

"Sesin yorgun geliyor biraz."

Normal; dün gece bir kapkaççının saldırısına uğradım, karakolda polise ifade verdim, uyudum ama yolladığın şiirde bahsedilen Şems, yakamı bırakmadı, uykumun kâbusu oldu; o sırada gerçek hayatta, gördüğüm kâbustan daha dehşet verici olaylar gerçekleşiyordu, bana saldıran kapkaççı vahşi bir şekilde öldürüldü, polisler de doğal olarak otelimi basarak beni sorguya çektiler, sabaha karşı ise kafasını yedi yüz yıl önce yazılmış bir kitaba takan Mennan gelip mistik komplo teorileriyle canımı sıktı, aklını başına toplamasını öğütleyerek onu sepetledikten sonra huzur içinde banyo yapıp kendime gelmek istedim, ne gezer... İçinde çocukluğumun hayali arkadaşı Sunny'nin de bulunduğu yine Şems'li bir kâbus bela oldu başıma; sabah bir daha karakola gittim; yazılı ifade verdim, çilem yine bitmedi; yangın soruşturması için iki ayrı mekânda dört ayrı insanla konuştum; ikinci konuşma oldukça gergin geçti, bir ara da Mevlâna Türbesi'ne gittim; çok ilginç ve öğretici bilgilerle dolu olan bu gezi Şems'in verdiği yüzüğün kanamasıyla heyecanla sona erdi, akşamüzeri ise babamın çocukluk arkadaşı İzzet Efendi'yle buluştum; babam hakkında hiç bilmediğim konulardan bahsetti; sarsıldım, üzüldüm, sinirlendim ama yaşlı adam hiç alınmadı, böylece ben daha çok sinirlendim, onunla tartışırken telefonum çaldı, yeniden karakola çağrıldım, Zeynep adındaki güzel komserle sinir bozucu bir konuşma yaptık ve az önce karnımda bir bebek taşıdığımdan habersiz olan genç bir anne, çocuğum olması dileğinde bulunarak duygularımı altüst etti... İşte bütün bunlardan dolayı çok yorgunum Nigelcım, diyemedim. Elimden geldiğince sesime dinç bir hava vermeye çalışarak, "Benim için de yoğun bir gündü" dedim.

Ama ikna olmadı Nigel.

"Karen iyisin değil mi? Yani hamilelikle ilgili bir sorun yaşamıyorsun? Bulantı, baş dönmesi filan..."

Hamileliğimle ilgilenmesi hoşuma gitti.

"Bugün biraz bulantım vardı, bir kez de başım döndü, düşecek gibi oldum."

"N'olur dikkat et. Zaten gelir gelmez de aldıracağız bebeği. Böylece bu sorunlardan tümüyle kurtulacaksın."

Ne diyeceğimi bilemedim, sessizlik uzayınca, "Karen orada mısın?" dedi.

"Buradayım."

"Neden cevap vermiyorsun?"

Yine ne diyeceğimi bilemedim.

"Karen, sen iyi misin?"

"İyiyim, iyiyim, yolladığın mesajı alınca daha iyi oldum."

"Güzel şiir değil mi? Ne kadar büyük bir aşk!" Sesi hayranlık içinde yüzüyordu. "Yalnız anlayamadığım bir şey var. Şems erkekmiş, Rumî bütün o aşk şiirlerini bir erkeğe mi yazmış?"

"Senin okuduklarını ona yazmış."

"Yani bunlar..."

"Sandığın gibi değil" diye ağzında koydum sözünü. "Mistik bir bağlılık. Hıristiyanlıktaki azizlerin birbirine duyduğu sevgi gibi bir şey..."

"Hıristiyanlıkta birbirine böyle şiirler yazan azizler olduğunu hiç duymadım."

Ben de duymamıştım, sadece açıklayıcı olur diye o örneği vermiştim ama olmamıştı.

"Tanrı sevgisi diye düşün. Tanrı'yı, onun yarattığı birinde görmek gibi bir şey... Bir tür sır..."

"Ne sırrı?" diye sordu merakla.

"Hayatın anlamına dair bir sır. İnsan ile Tanrı arasındaki gizem..."

Anlatamamıştım farkındaydım, çünkü Mevlâna ile Şems'in arasındaki bağın ne olduğunu ben de tam olarak bilmiyordum. Şems hakikate ulaşmaktan bahsediyordu, babam Tanrı aşkı derdi, İzzet Efendi, bütün kulaklardan gizli bir sırdan söz ediyordu. Ama ne demek istiyorlardı bilmiyordum.

"Neyse" diye kestirip attım. "Gidiyor musunuz annemle yemeğe?"

"Gidiyoruz, bu sabah telefonla konuştuk. Sesi gayet iyi geliyordu. Öğleden sonra, Trafalgar Meydanı'ndaki barış yürüyüşüne katılacakmış. Eğer polis içeri atmazsa, akşam beni evden alabilirsin, dedi."

"Çılgın kadın" diye söylendim endişeyle. "Başını belaya sokmasa bari."

"Ona hiçbir şey olmaz tatlım. O kadar gösterilere katıldı, bir kez polise yakalandığını gördün mü?"

Haklıydı, annem kadar uyanık bir kadın görmemiştim; eşcinsel haklarından sokak kedilerini savunmaya Yağmur Ormanları'nı korumaktan, Müslümanların aşağılanmasına karşı çıkan eylemlere kadar aklınıza gelebilecek ne kadar protesto yürüyüşü varsa, hemen hemen tümüne katılmış olmasına rağmen, sadece bir kez gözaltına alınmıştı. O da otuz yıl önce bir barda herkesin gözü önünde marihuana içerken. Yine de belli olmazdı, artık genç değildi.

"Ne olur ona göz kulak ol Nigel" diye yalvardım. "Matthew'ün ölümünden beri fazla hassas. Yanlış bir şeyler yapmasından, kendine zarar vermesinden korkuyorum."

"Merak etme tatlım" dedi o güven verici boğuk sesiyle. "Londra'ya döndüğünde bıraktığın gibi neşe içinde teslim edeceğim sana Susan'ı. Sahi ne zaman dönüyorsun?"

"Yakında dönmeyi umuyorum" diye geçiştirmeyi denedim. Olmadı. Nigel ısrarcıydı.

"Yakında, yani hangi gün?"

Sevdim bu ısrarcı tavrını ama elimde pasaportum bile yokken Londra'ya nasıl dönebilirdim?

"Üç gün sonra diyelim..."

Beğenmemişti yanıtımı.

"Diyelim..."

"Tamam üç gün sonra, işim erken biterse daha önce de gelirim."

"Bitmezse..."

İşi şakaya vurdum.

"Sen buraya gelirsin. Birlikte araştırırız Şems ile Rumî'nin büyük sırrını."

Hayret hoşuna gitti, gülmeye başladı.

"Bir gün mutlaka Konya'ya gidelim zaten. Gerçekten çok merak ettim Rumî'yi. Onların büyük sırrını... Yaşadıkları yerleri. Hem..." Duraksadı. "Hem sen de yarı Konyalı sayılırsın, baban oralı. Babanın şehrini birlikte gezmek ilginç olurdu."

Nigel gelse ne yapardım bilmiyorum ama sonunu düşünmeden atıldım.

"İyi ya atlayıp gelsene işte. Birlikte döneriz sonra."

"İmkânsız" dedi mutsuz bir sesle. "Bu hafta o kadar yoğunum ki. Sadece yarın boşum, sonra bir ameliyattan çıkıp ötekine gireceğim. Ama ne olur, sen geç kalma. Bak üç gün dedin..."

"Tamam, tamam canım, üç gün sonra Londra'dayım."

33

Bedenlerinin güzelliği başlarını döndürmüş

Nigel'la telefon görüşmem biter bitmez, Şems'in kitabını açara, taşı kanayan yüzük hikâyesini aramaya başladım. Hiç de kolay bir iş değildi bu; beş yüz sayfalık bir kitapta bir hikâye bulmak ama şansım yardım etti; yaprakları çevirirken kırk dördüncü sayfada taşı kanayan yüzüğün öyküsü karşıma çıkıverdi. Şöyle anlatıyordu Şems:

> Bir gün şeyhi, Derviş'e dedi ki: 3Halife sana semayı yasak etti." Bu yasak, Derviş'in yüreğinde bir düğüm oldu. Derviş hastalandı, yatağa düştü. Derviş'i uzman bir hekime götürdüler. Hekim, Derviş'in nabzını tuttu, hastalığının sebeplerini araştırdı. Bildiği hastalıklardan hiçbirine benzemiyordu. Farklı tedavi yöntemleri denedi ama Derviş'e yardım edemedi. Gün geldi Derviş öldü ama hekim iyileştiremediği bu hastalığın peşini bırakmadı. Derviş'in mezarını açtırdı, cesedini muayenehanesine taşıttı. Orada cesedin göğsünü yardı. Kalbini çıkardı. Baktı ki Derviş'in kalbi düğümlenmiş. Düğüm sertleşmiş, tıpkı bir akik taşı gibi olmuş. Hekim, bu akik taşını uzun yıllar sakladı ama sonra yoksul düştü ve taşı sattı. Akik taşı elden ele dolaştıktan sonra, Halife'ye kadar ulaştı. Halife bunu yüzük taşı yaptırdı. Bir gün bir sema âleminde aşağı bakarken

elbisesinin kan içinde kaldığını gördü. Kendini yokladı, hiçbir tarafında yara bere yoktu. Elini yüzüğüne götürdü, yüzüğün taşı kan olup akmıştı.

Hikâye bu kadardı ama aklımı altüst etmeye yetmişti.

"Nasıl yani" diye mırıldandım korkuyla. "Bendeki yüzüğün taşı da bir insanın kalbinden mi yapılmış?"

Kitabın başından kalktım, çantama yöneldim, yüzüğe bakmak istiyordum ama bir türlü cesaret edemiyordum. Sonunda açtım çantayı, yüzüğü çıkardım. Dikkatle taşına baktım; hiç de insan kalbinden yapılmışa benzemiyordu. Gözlerimin önünde iki kez kanamış olmasa, son derece güzel bir yüzük deyip geçerdim ama değildi. Peki kimin kalbinden yapılmıştı bu yüzüğün taşı? Kimin olacak, Şems'in. Niye Şems'in olsun? Onu, semaya çıkmasını önleyecek ne olabilirdi ki? Onun kalbi neden düğümlensin? O, Tanrı'nın sevgili kuluydu. Büyük sırrı bilen erenlerden biriydi. Ama beni ilgilendiren asıl soru başkaydı: Şems bu yüzüğü neden vermişti bana? Sanki sorumun yanıtıymış gibi odamın kapısı vuruldu. İrkildim. Bu da kimdi böyle?

"Oda servisi" diye seslendi kapıyı vuran kişi. "Yiyeceklerinizi getirdim."

Aklım neredeydi benim? Ismarladığım yemeği unutacak kadar şapşallaşmış mıydım? Kendimi toparlayarak kapıyı açtım. Garsonun içeri girmesine izin vermeden, hesap fişini imzalayarak elindeki tepsiyi aldım. Tepside istediklerim eksiksiz olarak yer alıyordu; söğüş salata, yoğurt, kepek ekmeği ve taze portakal suyu. Ama bütün iştahım kaçmış, aklım Şems'te kalmıştı. Belki de yardım istiyordu benden? Neden istesin ki? Hem ben, nasıl yardım edebilirdim ki ona? Saçmaladığımı fark ettim. Ne yani gördüğüm o kâbuslara inanmaya mı başlamıştım? Gerçekler değil de rüyalar mı yön verecekti hayatıma? Meczubun teki ucuz bir yüzük vermişti bana, hepsi bu. Boşboğaz Mennan da dilini tutamamış, olanı biteni anlatmıştı İzzet Efendi'ye. Böylece basit bir olay önemli bir hal almıştı. Ama asıl salaklık bendeydi, niye konuşuyordum ki bu konuları onlarla? Konuştuğum yetmezmiş gibi bir de önerdikleri kitapları okuyordum. Aklımı başıma toplamalıydım, ne bu yüzük kanıyor, ne de Şems benden yardım istiyordu, bunların hepsi halisünasyondu, hepsi karabasan. Elimdeki yüzüğü yeniden çantama koydum, masanın üzerindeki kitabı da komodinin çekmecesine tıktım. İşte hepsi bu kadardı. Aklımı abuk sabuk konulara yoracağıma, Yakut Otel soruşturmasını düşünmeliydim. Oh, şimdi daha iyi hissediyordum. Hayır, kendimi kandırmıyordum, gerçekten rahatlamıştım.

Yemeğimin başına oturdum, iştahım hâlâ yerine gelmemiş olsa da tepsidekileri inatla son kırıntısına kadar bitirdim.

Artık Simon'a gelişmeler hakkında bilgi verebilir, pasaportumla ilgili neler yaptığını öğrenebilirdim. Ama bilgisayarı açıp ona bilgi gönderecek enerjiyi kendimde bulamıyordum. Yemekten sonra bir ağırlık çökmüştü üstüme, yorgunluğum iyice açığa çıkmıştı. Daha kolay bir yol seçtim; telefonla aradım, hayret kapalıydı. Ne olmuştu acaba? Tam bir işkolik olan Simon'ın telefonu yedi gün yirmi dört saat açık olurdu. Yapacak bir şey yoktu, yarın konuşacaktık demek ki.

Kalktım banyoya girdim, yıkandım, dişlerimi fırçaladım. Artık kendimi uykunun huzurlu kollarına bırakabilirdim. Odanın lambalarını kapattım. Yatağa giderken aynanın içinde yanıp sönen bir ışık çarptı gözüme. Çok parlak değil ama inatçı, sarı bir ışık. Nereden geliyordu bu ışık böyle? Bir lambayı açık mı bırakmıştım? Arkaya baktım, hayır bütün lambalar kapalıydı. Aynanın bulunduğu yer nedeniyle dışarıdan bir ışık yansıması da mümkün değildi. Yeniden aynaya döndüm. O anda kendimi, içeride yanan kandillerin titrek aydınlığını dışarı yansıtan ahşap bir pencerenin önünde buldum. Yine o bahçede. Yine o iki katlı kerpiç ev, o çinili havuz, o uzun boylu kavak ağaçları, parlak dolunay... Yakınımda, çok yakınımda birinin nefes aldığını hissettim; döndüm, bakındım. Yanılmamıştım, bir kalbin heyecanla, korkuyla çarptığını işittim. Daha önce gördüğüm bir rüyayı yeniden yaşar gibiydim. Hayır, bu farklıydı; bütün aklımı ele geçiren habis bir duyguyla titriyordu bedenim. Öfkeyle birilerini arıyordum. Buralarda bir yerlerde olmalılardı. Birbirine karışan nefeslerini hissediyordum, fısıltıları kulaklarıma kadar geliyordu. Uzakta olamazlardı. Arkadaki devasa ceviz ağacına baktım. Cevizin dalları öyle kalın ve çatallı, yaprakları öyle büyük ve sık, gölgesi öyle koyu ve derindi ki dolunayın ışığı gibi bakışlarımı da engelledi, ağacın altını göremedim. Ama görmesem de biliyordum, aradıklarım o karanlığın içindeydi. Umudu kırılmış bir çocuk, incinmiş bir gönül, hayal kırıklığına uğramış bir candım ki, bildiğim, kutsal saydığım her şeyi unutmuş, tepeden tırnağa nefrete dönüşmüştüm.

Gözlerimi kıstım, aradıklarımı görmeye çalıştım. Boşuna, o yapış yapış koyu gölge izin vermiyordu bana. Ayaklarım kendiliğinden sürükleyip götürdü beni cevizin gölgesine. Yaprakların nemli serinliği yüzüme çarparken gördüm onları. İç içe geçmişlerdi; iki genç insan tek bir akıl, tek bir yürek, tek bir beden olmuştu. Durdum. Utancım engel oldu adımlarıma. Karanlıkta bir gölge, bir silüet olarak beliren görüntülerine baktım bir süre. Öyle sarılmışlardı ki birbirlerine ne beni, ne bu aydınlık geceyi, ne de onları gizleyen ceviz ağacını görecek halleri vardı. Ama bütün bu gizli beraberliğin, bu kaçak sevişmenin, bu yasak aşkın, bakanı cezbeden tuhaf bir güzelliği de yok değildi. Kıskançlığımdan, zavallılığımdan, aldatılmışlığımdan sıyrılıp baktığımda doğal bir bütünlük gibi duruyordu iki gencin tekleşmiş bedeni. “Çek git” dedi içimden bir ses. “Onları görmedin varsay. Olmamış varsay bu olanları. Onlar daha çok genç, bedenlerinin güzelliği başlarını döndürmüş, kalplerindeki ateş sarhoş etmiş akıllarını. Bırak böyle kalsınlar. Bırak işledikleri günah, versin onların cezalarını. Bırak pişmanlık alsın senin kararmış yüreğinin intikamını. Bırak, kendi vicdanları parçalasın onların bu lanetli aşkını.”

Kabaran öfkem dinmeye başlamıştı, nefretim söndü sönecek, kırgınlığım geçmese de hoşgörüm ağır basmıştı.

Neredeyse çekip gidecektim ama ah o dolunay, ah o gökyüzündeki lanetli göz, izin vermedi bana yakışanı yapmama. Tek gözlü bir iblisin bakışları gibi soğuk ışıkları, cevizin gümrah yapraklarını delerek, ağacın iri gövdesinin dibinde birbirine dolanmış iki bedeni aydınlattı. Dolunay dokununca şehvetin ateşiyle usulca kıpırdanan iki beden, gümüşten bir yılana dönüşüverdi gözlerimin önünde. Bir an öylece kaldım, bir an toprağın üzerinde şehvetle sürünen bu yılanın uyumlu kıpırdanışlarını izledim. Sonra sönen öfkem deli bir volkan gibi patladı, dinmiş kıskançlığım fırtınalı bir deniz gibi kabardı, hoşgörüm direnemeyince kızgınlığım acımasız bir nefrete dönüştü. Aynı anda durdu çıplak gövdelerin dişi olanı, kıpırtısız kaldı bir süre, ürkmüş bir hayvan gibi geceyi dinledi, sessizliğime rağmen öfkemin soluyuşunu hissetti. Gövdelerin erkek olanını attı üstünden. Gümüşten yılan bölünerek iki insan bedenine dönüştü yeniden.

"Biri var" diyerek giysisinin düğmelerini kapatmaya çalıştı. "Karanlıkta biri var."

Hiç utanmadan, cesurca doğruldu erkek olanı. Ayın aydınlığında dünyaya meydan okuyan vahşi bir hayvan gibi görünüyordu. Üzerine atlamak, hemen orada, günahını işlediği yerde cezasını vermek geçti içimden. Ama ya evlerden duyan biri olursa? Vazgeçtim, iyice karanlığa çekildim. Genç erkek gözlerini kısarak baktı karanlığa ama aydınlıkta olduğu için beni seçemedi.

"Yok" dedi dişi olana sarılmaya çalışarak. "Korkma, kimse yok."

"Var... Orada, eminim orada biri var."

Bunları söylerken giysisini iliklemeyi sürdürüyordu.

"Gidiyor musun?" dedi erkek olanı. "Beni böyle bırakıp gidiyor musun?"

Çok korkmuştu dişi.

"Gitmem lazım" dedi telaşla. "Gelir de beni göremezse kıyameti koparır."

Erkek olanı artık sevgilisinin gideceğine inanmıştı ama sormadan da duramadı.

"Ne zaman görüşeceğiz?"

Aceleyle toparlanarak ayağa kalkan dişi, "Bilmiyorum" dedi nefes nefese. "Hemen eve gitmem lazım."

O böyle deyince döndüm. Ondan önce eve gitmek için hızlı adımlarla az önce penceresinden baktığım odaya yöneldim. Kırmızı bir ışık vardı içeride, kandilden yansıyan bir ışık; olacakları odanın kerpiç duvarına titrek alevleriyle yazan bir ışık. İçimdeki öfke, kara gölgem gibi büyüyerek odanın bütün zeminini kaplamıştı. Öfkemin karanlığına sokuldum, beklemeye başladım. Çok sürmedi. Bu sabah benim yanımdan kalkarken iliklediği düğmeleri, bu gece bir başkasının yanında çözen dişi süzüldü içeri. Önce görmedi beni, soluğunu düzenledi, göğsünü yatıştırdı. Odanın ortasındaki aynanın karşısına geçti; yasak aşkının isyan bayrağı gibi dalgalanan kınalı saçlarını oyalı yazmasının içine sokmaya çalıştı.

"Neredeydin?"

Sesim ikinci bir uyarı gibi çınladı yüksek tavanlı odanın içinde.

"Neredeydin?"

Döndü, bulunduğum karanlığa baktı. Yüzümü henüz görmemişti ama niyetimi hemen anladı. Kapıya yöneldi, engelledim, pencereye seyirtti, durdurdum. İncecik bir dal gibi titredi kollarımın arasında.

"Sana onunla görüşmeyeceksin demedim mi?"

Öpülmekten kızarmış dudaklarını araladı.

"Ben kimseyle görüşmedim. Ben, Ayakyoluna gitmiştim."

"Yemin edeceksin" diyerek pencerenin önündeki rahlenin üzerinde duran Kuran'a sürüklemeye çalıştım onu.

"Allah'ın huzurunda yemin edeceksin."

Korkmuştu, karşı koydu. "Bırak" diye döndü. "Bırak beni." Sesi yüksek çıkmıştı, böyle giderse bütün ev halkı başımıza yığılacaktı. Elimle ağzını kapamaya çalıştım. Başını geriye atarak bağırdı.

"Yetişin, yetişin beni öldürecek."

Ağzını kapatamayınca boğazına sarıldım.

"Sus" diye fısıldadım. "Sus, bağırma."

Beni dinlemedi, elimden kurtulmak, herkesi başımıza toplamak istedi. Buna izin veremezdim, onu odanın ortasına sürükledim, minderin üstüne yığıldık, boğazını daha güçlü sıkmaya başladım.

"Sus, Allah aşkına sus!"

Dinlemiyordu, beni üzerinden atmak için çırpınıp duruyordu. Ellerim boğazında öfkeyle sarstım. Bir çıtırtı sesi duyuldu, vakitsiz kopartılan bir gülün dalından ayrılırken çıkardığı ses. Hazan bahçesinde dolaşan rüzgârın her dokunuşunda yaprakların derin yankısı. Bulutundan kopan damlanın düştüğü toprakta çoğalan küçük çığlığı. Sonra sessizlik, sonra kıpırtısızlık, sonra ceylanın donmuş gözlerinde ağlayan kendi suretim; karalar giymiş, kara sakallı, kara gözlü, kara kalpli, karanlık bir derviş. Sonra açılan kapı. Kapının önünde dikilen genç bir adamın silüeti. İçerideki kandillerin alevinde yanan genç bir adamın çılgına dönmüş yüzü. Çılgına dönmüş sözleri.

"Onu öldürdün... Onu öldürdün. Onu karnındaki bebeğiyle öldürdün!"

Sonra kucağımda derin bir uykuya dalmış gibi kıpırtısız yatan genç kadının incecik bedenine doğru inen bakışlarım. Sonra odanın içinde ağlayan bir bebek sesi. Odanın yüksek tavanlarından taş zeminine, kerpiç duvarlarından ahşap kapısına çarpıp usulca ruhumdaki cehenneme sızan bir bebeğin ısrarlı sesi. Susmak bilmeyen, teselli edilmeyen, yitip giden annesini isteyen bir bebeğin, yaşam gibi cesur, umut gibi kadim, açlık gibi kutsal sesi.

34
Hayat kadınlara acımasız davranıyor Karen

Bebek sesine uyandım. Gözlerimi araladım, oteldeki odamda, yatağımdaydım. En son hatırladığım aynada gördüğüm ışıktı. Ne zaman yatağıma uzanmış, ne zaman uyumuştum? Hatırlamıyordum. Ama rüyamda yaşadıklarım bütün canlılığıyla gözlerimin önündeydi. O genç kızın güçlü parmaklarımın arasında bir gül dalı gibi kırılan incecik boynu. Benim parmaklarımın arasında mı? Hayır, benim değil Şems'in. Gerçekten de Şems mi öldürmüş Kimya'yı? Eğer öyleyse, kanayan yüzüğün sırrı bu olayla ilgili olabilir. Suçsuz bir kızı öldürdüğü için Şems semaya çıkamıyordur. Semaya çıkmanın anlamı belki de cennete gitmek filandır. Bu büyük günahından ötürü Şems arafta kalmıştır. Ve benden yardım istemektedir. O yüzüğü bana vermesinin nedeni de budur. İkinci adımın Kimya olması ya da babamın Şems gibi bir derviş olması veya kavrayamayacağım bir nedenle beni seçmiştir. İyi de ben ona nasıl yardım edebilirim ki? Sufilik hakkında bilgilerim o kadar az ki, annem bile benden daha çok şey biliyor. Bütün bunlar aklımdan hızla geçerken, bebek sesini yeniden duydum. Tüylerim diken diken oldu. Kâbus sürüyor muydu yoksa? Hızla ayağa kalktım, ışıkları açtım. Evet, burası benim odamdı. Ama yine de emin olamadım, bakışlarımı aynaya çevirdim. O siyah saçlı, siyah giysili dervişi değil, kendimi görünce rahatladım. Ama bebek hâlâ inatla ağlamayı sürdürüyordu. Odanın ortasında durdum, kulak kesildim; sesin nereden geldiğini anlamaya çalıştım. Yan taraftan geliyordu. Ansızın hatırladım. Asansörde karşılaştığımız genç çiftin bebeği Celaleddin ağlıyordu. Duymuyorlar mıydı acaba çocuğun sesini? Belki de benim gibi uyuyup kalmışlardı. Acaba uyarsam mı, diye düşünürken çalmaya başladı telefonum. Tuhaftır telefon zilinin duyulmasıyla birlikte Celaleddin bebek sustu. Bu iyiydi işte, ben de gönül rahatlığı içinde açtım telefonumu. Annemin öfke dolu sesi doldu kulaklarıma.

"Karen, o bebeği doğuracaksın!"

Eyvah, demek öğrenmişti hamile olduğumu.

"Ne bebeği?" diyerek anlamazlığa vurdum. "Sen neden bahsediyorsun anne?"

"Bir de utanmadan yalan söylüyorsun. Nigel ağzından kaçırmasa haberim bile olmayacak hamile olduğundan. Bana hiçbir şey söylemeden gidip aldıracaktın çocuğu öyle mi?"

Bağırmak istiyor ama yapamıyordu çünkü sesi cılız çıkıyordu. Hem konuyu değiştirmek için, hem de merakımdan sordum: "Sesine ne oldu senin? Kısık çıkıyor? Bir yerlerde üşütmedin değil mi?"

"Kaynatmaya çalışma" diye azarladı. "Üşütmedim, barış mitingi vardı bugün, fazla bağırmışım. Bırak şimdi sesimi de söyle bakalım, bana haber bile vermeden aldıracak mıydın çocuğu?"

Sahi mitinge katılacaktı bugün, neyse ki başı belaya girmemişti, saalt tarafı sesi kısılmıştı ama benim bu işi atlatmam zor görünüyordu.

"Sana haber vermeden olur mu?" diyerek gönlünü almaya çalıştım. "Biz de yeni öğrendik. Konya'ya gelmeden bir hafta önce."

"Bir ay önce öğrenmiş olsan da aynı şeyi yapardın. Böyle önemli bir konuda annenin fikrine niye ihtiyaç duyasın ki? Annen ne anlar bu işlerden?"

"Yapma annecim böyle ya. Seni üzmek istemedim."

"Üzmek istememiş. Kızının hamile olduğunu elin herifinden öğrenmekten daha üzücü ne olabilir?"

Hakikaten çok kızmış olmalıydı, yoksa Nigel'a asla elin herifi demezdi.

"Söyleyecektim, gerçekten, Konya'dan döner dönmez seninle bu meseleyi konuşacaktım. Bu konuda senin fikrine çok ihtiyacım var."

Yatışacak gibi değildi.

"Niye benim fikrime ihtiyacın olsun ki, bebeği aldırmaya çoktan karar vermişsiniz."

"Aslına bakarsan ben kararımı vermedim daha."

"Vermedin mi?"

"Vermedim. Nigel aldıralım diyor ama ben emin değilim."

"Emin olma zaten." Sesi yumuşamaya başlamıştı. "Yaşın otuz beşe geliyor kızım. Bu çocuk belki de senin son fırsatın."

"Biliyorum anne, bunları düşünmediğimi mi sanıyorsun?"

"Düşünüyorsundur ama bu Nigel'a zaafın var senin. Öteki sevgililerinden çok farklı bu herif. Seni etkilemesinden korkuyorum. Bak sana açık söylüyorum, o bebeği sakın aldırma Karen. Bu çocuğu doğur. Bu çocuk, senin mutluluğun olacak kızım."

"Ne kadar da emin konuşuyorsun anne. Nereden biliyorsun doğmamış bir çocuğun benim mutluluğum olacağını?"

"Biliyorum Karen, bundan eminim" diye tekrarladı. Sesi şefkatle kaplanmıştı. "Altmış yaşındayım ben, dünyanın macerası geçti başımdan. Çok insan tanıdım, çok insan gördüm; her türlüsünü, çeşit çeşidini. Erkeğini, kadınını, eşcinselini, biseksüelini, aseksüelini. Çok hayat yaşadım ben kızım. Çok hayatlara girdim, çıktım. Bunu söylediğim için beni bağışla, çok erkekle birlikte oldum ama onların içinde en çok iki kişiyi sevdim, Matt ile babanı. İlle de babanı. Matt öldü, baban kim bilir nerede? Günü gelince sevgililer birer birer çekip gidiyor kızım."

Sesi iyice boğuklaşmıştı, acı çekiyordu, işi alaya vurmak, konuşmanın ağırlığını hafifletmek istedim.

"Ne yani, Nigel da seni terk edecek mi diyorsun?"

"Umarım hiçbir zaman etmez ama en kötüsünü düşünmekte yarar var."

O kadar karamsar konuşuyordu ki, ciddi ciddi kuşkulanmaya başladım.

"Kötüsünü düşünmek de ne demek anne? Bildiğin bir şey mi var?"

"Saçmalama, bildiğim bir şey yok" diye sesini yükseltti. "Ben sadece nelerle karşılaşabileceğini hatırlatmak istiyorum. Evet, Nigel iyi bir adam, evet, seni de seviyor. Bu gece bir kez daha anladım bunu. Ama sorumluluk istemiyor. Onun için yaşam bir eğlenceden ibaret. Gezelim tozalım, yiyelim içelim, dünyaya gelmişken tadını çıkartalım diyor. Haksız değil, herkes bunu ister. Öte yandan dünyaya gelmenin bir bedeli, bir sorumluluğu var. Aldığımız her solukta, içtiğimiz her yudum suda, çiğnediğimiz her lokma ekmekte başkalarının da hakkı var. Tükettiğimizin yerine yenisi koymamız gerek."

Haksızlık ediyordu, hemen karşı çıktım.

"Yapma anne, Nigel her gün hayat kurtarıyor. Onun, senden benden, daha fazla yararı dokunuyor insanlığa."

Ne diyeceğini bilemedi.

"Haklısın" diye sürdürdü sonra. "O her gün başkalarının yaşamını kurtarıyor ama bunu mesleğini yerine getirmek için yapıyor. Yanlış anlama, Nigel'ı her şeyi para için yapan, kalpsiz biri olarak görmüyorum ama başkalarının yaşamını kurtaran bu adam, kendi bebeğinin yaşamasına niçin izin vermiyor? Çünkü rahatı bozulacak, tatillere çıkamayacak, belki de seninle evlenmek zorunda kalacak. Nigel kimseye bağımlı kalmadan yaşamaya alışmış biri. Güya üç yıldır birliktesiniz ama hâlâ ayrı yerlerde yaşıyorsunuz. Ne sen onun evine taşındın, ne de o gelip seninle yaşamayı seçti. Ya elli yaşına gelince, otuz yaşında bir meslektaşına âşık olup senden ayrılmaya kalkarsa ne yapacaksın?"

"Ne yapacağım, hayatıma kaldığı yerden devam edeceğim."

"Onu söylemiyorum. Sen o zaman kırk beşinde olacaksın. Yani çocuk doğurma çağın çoktan geçmiş olacak. Ama o siyahi beyefendinin isterse otuzlarındaki yeni sevgilisiyle, isterse başka bir kadınla bu işi yapmak için bol bol zamanı olacak. Hayat, kadınlara acımasız davranıyor Karen, artık bunu anla. Sadece hayat değil, erkekler de acımasız davranır. Bulunduğun şehrin altmış kilometre uzağında Çatalhöyük diye bir yer var. Konya'ya ikinci gelişimde babanla gitmiştik. On bin yıllık bir yerleşim birimi. Belki de yeryüzünde insanların yerleşik yaşamaya başladığı ilk yer. İşte o Çatalhöyük'te on bin yıl önce tanrılar kadındı. Ana tanrıçalar hükmediyordu dünyaya. Ama sonra ne oldu? Erkekler dünyayı ele geçirdi. Tabii tanrıların cinsiyeti de değişmeye başladı. Babillilerin Marduk'u, Yunanlıların Zeus'u, İbrahim'in tanrısı, İsa Mesih'in babası, Muhammed Peygamber'in Allah'ı, hepsi erkek oldu. Oysa daha önce Sümerlerde İnanna, Babil'de İştar, Mısır'da İsis, Hititler de Hepat vardı. İnsanların yazgılarını belirleyen bu tanrıçalardı, onlar bereketin, servetin, mutluluğun, doğurganlığın, gizemin yani yaşamın simgeleriydi. Son on bin yılda erkekler bunları aldılar elimizden ama hâlâ alamayacakları bir yeteneğimiz var; doğurganlık. Bir insanı dünyaya getirmek ayrıcalığı. Tabii biyolojik saati geçirmemek şartıyla. Eğer geç kalırsak erkeklerin yapamayacağı şeyi bu kez doğa yapacak. Ve sen istesen de doğuramayacaksın. Bak Karencım, umarım Nigel'la sonsuza kadar mutlu yaşarsınız ama ya tersi olursa? Ya benim lanet kehanetim doğru çıkar da Nigel'la ayrılırsanız ve doğurman için artık çok geç olursa..."

O kadar haklıydı ki, ne diyeceğimi bilemedim. Suskunluğum onu iyice cesaretlendirdi.

"Bana kalırsa Nigel'ı değil, kendi kalbinin sesini dinle kızım, lütfen istemediğin bir şeyi yapma Karen. Beni gözünün önüne getir, yaşlanıyorum, sevdiklerim birer birer çekiliyor hayatımdan ama dert değil, çünkü sen varsın."

"Benim için de sen varsın anneciğim."

"Aynı şey değil bebeğim." Sesi iyice duygusallaşmıştı. "Benim zamanım senden önce dolacak. Bir süre sonra ben olmayacağım. Evet olmayacağım, gerçek bu, yapayalnız kalacaksın. Nigel ya da başka bir erkek yalnızlığını paylaşabilir ama bir çocuğun olursa... Yapma Karen, bu çocuğu doğur."

Derinden bir iç geçirdim. "Tamam anne, düşüneceğim."

"Düşün ama Nigel'ı mutlu edeceğim diye de kendine ihanet etme."

Gülmeye çalıştım, beceremedim.

"Merak etme anneciğim, yapmam."

Bir sessizlik oluştu aramızda.

"Sağ ol anne" diyerek bozdum sessizliği. "Sahiden ihtiyacım varmış öğütlerine."

"Biraz sert olsa da işe yaradılar demek." Sesi duygusallığından sıyrılmaya başlamıştı. "Umarım Nigel'da da işe yaramıştır."

"Ne, yoksa kötü bir şey mi söyledin ona?"

"Hemen de savunur sevgilisini. Ne söyleyeyim Nigel'a? Adam kibarlık yapmış yemeğe çıkarmış beni. Dilimin döndüğünce çocuk yapmanın erdemlerini anlattım. O da sözümü bile kesmeden dinlemekle yetindi söylediklerimi. En küçük bir tartışma bile geçmedi aramızda."

"Çünkü karşı çıkmamıştır" diye açıkladım yanlarında bulunmasam da neler olup bittiğinden adım gibi emin olarak. "Bütün gece canına okumuşsundur."

Hiç pişmanlık duymadan: "Gerekiyormuş" diye mırıldandı. "Umarım yararı olur da çocuk konusunda fikrini değiştirir."

"Çok acımasızsın anne."

"Acımasız değil tatlım, tecrübeli. Ve gelmekte olan torunumun hayatını savunacak kadar da cesur."

Cesur deyince aklıma babam geldi, şeyhinin gizli karşı çıkışına aldırmadan sevdiği kadının peşinden hiç bilmediği bir ülkeye giden derviş Poyraz Efendi.

"Anne bugün bir adamla tanıştım" deyiverdim birdenbire. "Babamın eski arkadaşıymış. İzzet Efendi. Seni de tanıyor."

"İzzet mi? Haa, evet, kuyumcu İzzet, onu hatırlıyorum. Babanın en iyi arkadaşıydı. Kardeş gibiydiler. Zayıf bir adam, çok güzel tarçın rengi gözleri vardı. Bakışları insanın içine işlerdi." Kısa bir sessizlik oldu. "Babandan bahsetti mi? En son ne zaman görmüş onu?"

Belli belirsiz bir umut tınısı vardı sesinde.

"Babamdan bahsetti ama onu yıllardır görmemiş."

"Hayret, halbuki çok iyi arkadaşlardı." Doğduğu gibi çabucacık sönüvermişti sesindeki umut. "Babanın ona uğrayacağını sanırdım. İyi bir insandı İzzet... Ama biliyor musun, o zamanlar babanın benimle gelmesini hiç istememişti."

"Onu bugün ben de hissettim."

Küçük bir kahkaha attı.

"Hâlâ mı böyle düşünüyor?"

"Sanırım öyle, arkadaşının bir kadının aşkı için Tanrı aşkından vazgeçmesini hâlâ anlayamamış."

"Bir kadının aşkı için Tanrı aşkından vazgeçmek." Sesine iyice abartılı bir ton vermişti. "İyi de bu gerçek değil ki. Baban Tanrı aşkından hiçbir zaman vazgeçmedi ki. Bana duyduğu sevgi her zaman Allah'a duyduğu aşkın bir parçası olmuştu."

İzzet Efendi'nin, "Külli aşka ulaşmak için, cüzi olanı yaşamalısın" diyen sözleri çınladı kulaklarımda ama bunu anneme söylemedim, aksine, "Bundan emin olamazsın" diye karşı çıkmaya çalıştım. "Olurum tatlım" diyerek susturdu beni. "Çünkü bizzat baban söyledi bunu bana."

"Senin aşkın önemli değil, ben Allah'a duyduğum büyük aşka hazırlanıyorum mu dedi?"

Tatlı tatlı güldü.

"Öyle demedi ama ona benzer bir şey söyledi. Babanın Mevlâna'dan sonra çok sevdiği başka bir ozan daha var. Anadolulu mistik bir şair; Yunus Emre. Bu ozanın bir dizesi şöyle der: 'Yaradılanı severiz yaradandan ötürü.' Baban bana bu dizeyi okuduktan sonra, 'Ben de seni seviyorum, Allah'ın sonsuz aşkından ötürü' dedi. Yani anlayacağın, senin derviş baban benim aşkım için asla inancından vazgeçmedi."

"Ama şeyhini, dergâhını bırakıp seninle gelmiş."

"Geldi, çünkü o sıralar nefsiyle mücadele edecek kadar güçlü değildi. Bu babanın açıklaması tabii. İşin aslına gelince, evet bana âşık olmuştu, ben de ona. Ama sonra bu aşk ona yetmedi ya da eski şiddetini yitirdi. Ne aşk, ne aile, ne de Londra'daki yaşam artık ilgisini çekiyordu. Aramaya başladı; şanslıydı, kendine bir gönül yoldaşı buldu: Şah Nesim. Senin de tanık olduğun gibi bir süre hep birlikte idare ettik. Fakat ben artık böyle bir hayata dayanamayınca, baban yeniden bir tercih yapmak zorunda kaldı. Konya'dakinden oldukça farklı bir tercih. Küçük aşkını bırakıp büyük aşkına döndü."

"Şah Nesim'le gitti" dedim manidar bir sesle. "Yani Konya'da terk ettiği yaşamına geri dönmüş oldu."

"Çünkü Şah Nesim, onu Tanrı'ya götürecek kapıyı temsil ediyordu. Baban bir süre sonra iyice olgunlaşacak, artık Şah Nesim'e de ihtiyaç duymayacaktı."

Kafam karışmıştı ama beni asıl şaşırtan annemin bu konular hakkındaki derin bilgisiydi.

"Bütün bunları nereden biliyorsun anne?"

"Ne demek nereden biliyorum? Ben, tam on üç sene bir sufiyle yaşadım kızım. Aslında bu konuları senin de biliyor olman lazım. Çünkü bu meseleler senin yanında konuşuldu, senin yanında tartışıldı."

"Ne bileyim, unutmuşum herhalde. Ama burada bazı konuları yeniden hatırlıyorum. Bazılarını rüyamda görüyorum."

"Rüyanda mı görüyorsun?" Sesi kaygılıydı. "Ne tür rüyalarmış bunlar?"

Konya'ya geldiğimden beri başıma gelenleri anlatmak geçti içimden. Bana verilen yüzüğü, kâbuslarımı, Şems'i, Mevlâna'yı, Kimya'yı, Alaeddin'i. Belki de anlatsam çok rahatlayacaktım. Ama bunları duyunca ertesi sabah soluğu burada alırdı annem. Çünkü küçükken kâbuslar görerek uyanırmışım, bazı geceler de uykumda gezermişim. Yeniden kâbuslar gördüğümü söyleyecek olsam kaygıdan ölürdü kadıncağız. Yok, dişimi sıkmalı, şu mesele halloluncaya kadar ne anneme, ne de Nigel'a bir şey anlatmalıydım.

"Önemli değil, dervişler, semazenler, dergâhlar filan."

"Kültür şoku desene şuna." Sesi rahatlamış gibiydi. "Bunları kafana takma kızım. Şu İzzet Efendi'den de uzak dur. İyi adamdır filan da aklını karıştırmaktan başka işe yaramaz onun sözleri... Neyse, üç gün sonra dönüyormuşsun ha?"

"Nigel mı söyledi?"

"Evet, kızımız söylemeyince erkek arkadaşından öğreniyoruz mecburen... Şaka şaka, dönecek olmana çok sevindim. Gittiğinden beri gözümde tütüyorsun. Bak, gelir gelmez bana geleceksin. Sevgilimle görüşeceğim filan anlamam. O da bize gelsin, hep birlikte yemek yeriz. Şu senin çok sevdiğin Japon yemeklerinden yaparım size."

"Miso çorbası da pişirecek misin?"

"Tabii, Miso çorbasız Japon sofrası mı olur? Sonra Onigiri ve Domburi..."

"Domburi hangisiydi ya? Hani benim deneyip de beceremediğim, şu dana eti, yumurta ve tavukla yapılan yemek mi?"

"Ta kendisi şekerim. Yanında da sake içeriz artık."

"Tamam ama söz ver, o gece Nigel'ın yanında bebek konusunu hiç açmayacaksın. Bırak bu meseleyi ben halledeyim."

Hiç hoşlanmamıştı bundan ama benim inatçılığımı bildiğinden: "Nasıl istersen Karencım" dedi sakin bir tavırla. "Biliyorsun ben her zaman sana güvenmişimdir."

35
Ölüm yok oluş değildir kızım

Telefonu kapatıp aynanın karşısındaki koltuğa oturduğumda kulaklarımda hâlâ annemin sesi çınlıyordu: "Hayat, kadınlara acımasız davranıyor Karen." Yerden göğe kadar haklıydı annem. İşin garibi, onun tespitlerinin neredeyse tümünü ben çok önceden yapmıştım. Geleceği bulutsuz bir gökyüzündeki güneş gibi açık seçik görebiliyordum ama Nigel'a karşı nedenini kendime bile açıklayamadığım bir zaafım vardı işte. Sadece onun yanında olmak bile hoşuma gidiyordu. Öylece ona sarılmak, parkta küçük adımlarla dolaşmak, tembelce uzanıp müzik dinlemek, yemeğe çıkmak, birlikte yemek yapmak, sevişmek... Bunlardan acayip zevk alıyordum. Nigel'ın etrafındaki kadın doktorlarla karşılaşıyordum zaman zaman... İçlerinde benden daha güzel olanları vardı, daha genç ve zeki olanları. Onları gördüğümde kıskançlığa kapılmıyor değildim. Nigel bütün gününü onlarla geçiriyordu. Eminim aralarında Nigel'dan hoşlananlar da vardı. Bu kadınlardan birine kapılıp gitmesi işten bile değildi. Ama belki de bir gün ben Nigel'ı bırakırdım. Neden olmasın? İnsanların duyguları değişir. Hiç ummadığımız bir anda başka birine âşık olabiliriz. Önemli olan tek başına ayakta durabilmeyi başarmak. Tek başına ayakta durabilmek kısmında ise galiba kadınların yaşı ilerleyince çocuk meselesi önemli bir rol oynuyor. Annem açıklamadı ama çok iyi biliyorum ki, eğer babam bizi bırakıp gittiğinde yanında ben olmasaydım, o dönemi çok zor atlatırdı. Bana telefonda söylemek istediği tam olarak buydu işte. Çünkü hiçbir sevgili, tek başına bizi uzun süre mutlu edemez. Tabii babamın ilahi aşkından söz etmiyoruz burada. Onlar gerçek anlamda hiçbir zaman âşık oldukları varlığa ulaşamayacakları için içlerindeki sevda ateşi de hiç bitmeyecek. Her zaman bir ışığın peşinden düşe kalka yürüyecekler, yaklaştıkça ışık onlardan uzaklaşacak, tutkuları hiçbir zaman sona ermeyecek. Çünkü istekleri doyurulmayacak. Ama belki de öyle değildir. Çünkü aşka bakış açımız benzeşmiyor. Onların aşktaki doyumu tümüyle manevi. Ama bu durum, onların duygularının benimkinden daha zayıf olduğu anlamına da gelmiyor. Babam dönüp arkasına bakma gereği bile duymadan Şah Nesim'le gittiğine göre, onu da etkileyen güçlü bir duygu olsa gerek. Neler hissettiklerini tam olarak asla bilemem ama anladığım kadarıyla onların aşkında kesin bir perhiz var. Yememek, içmemek, sevişmemek, hatta uyumamak. Çünkü ilahi bir varlığı seviyorlar. O varlığa ulaşmaları için bedensel ihtiyaçlarından kurtulmaları gerekiyor, hatta bedenlerinden de vazgeçmeleri gerek. Bedeni olan bir varlığın, ruhani bir varlığa erişmesi olanaksızdır. Ya ruhani olan bedenli bir varlık haline gelecek ya da bedenli olan ruhani olana dönüşecek. Âşık olan bedenli varlık olduğuna göre, kuşkusuz özveri de ona düşecek. Babamın Mevlâna'nın ölüm gününü kutladığını hatırlıyorum. Çok şaşırmıştım, ölüm günü kutlanır mı diye. "Bizim için ölüm yok oluş değildir kızım. Ölüm sevgiliye kavuşma anıdır" demişti.

Anlamak zor. Peki anlamayı istiyor muyum? Galiba artık istiyorum. Konya'ya geldiğimden beri tanımadığım bir duyguyla çevrilmiş gibiyim. Kötü bir duygu değil bu, yaşadığım onca kâbusa rağmen korku yok içimde, heyecan var, daha çok da merak. Yoksa başıma gelen bunca olaydan sonra bir dakika bile kalmazdım bu şehirde. Gerçi pasaportum bile yok ama. Sahi ne oldu benim pasaportuma? Belki Şems saklıyordur, gitmemem için. Çünkü bana ihtiyacı var. O öyle söylemiyor ama. Güya benim yardıma ihtiyacım varmış. Benim ondan ne isteğim olabilir ki? Saçma sapan düşünmeye başlamıştım yine.

Canım sıkıldı, ayağa kalktım, gözlerim isteksizce baktı yatağa. Kısa süre de olsa uyumak iyi gelmişti, kendimi gayet zinde hissediyordum. Birden hoş bir koku çalındı burnuma, ardından insana canlılık veren o tatlı rüzgâr. Temiz havayı içime çekmek istedim; balkona çıktım. Serin havayı ciğerlerime doldurdum. Bakışlarım Şems'i gördüğüm şadırvanın önüne kaydı. Kimse yoktu. Caminin önündeki küçük alan bomboştu. Derken rüzgâr hızını artırdı, bir serinlik çarptı yüzüme; içim ürperdi. Yağmur mu yağacak yoksa diye düşünerek bakışlarımı gökyüzüne çevirdim. Hayır tek bir bulut bile görünmüyordu tersine lacivertî gökyüzünde irili ufaklı yüzlerce yıldız sanki göz kırpar gibi usulca yanıp sönüyordu. Bakışlarımı yeniden camiye çevirdiğimde gördüm onu, önce bir sokak köpeği sandım. Şadırvanın gölgesine sığınmış sahipsiz, evsiz zavallı bir hayvancağız. Ama dikkatli bakınca bunun bir çocuk olduğunu anladım. Gecenin bir yarısı ne arıyordu bu çocuk sokakta? Ona baktığımı fark etmişti galiba, gölgeden sıyrıldı. Daha önce Şems'i gördüğüm yere, caminin duvarlarını aydınlatan ışığın önüne geldi. İşte o zaman tanıdım geniş alnını, altın sarısı kıvırcık saçlarını, içim burkuldu; Sunny, benim Sunny'mdi bu. Ama Sunny Konya'yı hiç bilmez ki, burada ne işi vardı onun? Belli ki aklım yine bana bir oyun oynuyordu ama her şey o kadar gerçekti ki çocukluğumun hayali arkadaşına el sallamaktan kendimi alamadım.

"Sunny, ne yapıyorsun orada?"

Sanki sesimi duymuş gibi eliyle işaret ederek anlatmaya çalıştı. Galiba yanına gitmemi istiyordu. Kararsız kaldım. Gecenin bu vaktinde kendimi sokağa mı atacaktım? Daha dün saldırıya uğramıştım. Zeynep Komser, şeriat hükümlerini yerine getirmek için insan öldürmekten bile çekinmeyen bir çetenin sokaklarda dolaştığından söz etmişti. Otelden ayrılmak çılgınlık olurdu, öte yandan Sunny karşı kaldırımda durmuş, beni bekliyordu. Onu en son gördüğümde söylediği sözler çınladı kulaklarımda. "Sakın bir yere kıpırdama, hemen döneceğim, demiştin. O günden beri seni bekliyorum." Ne olursa olsun çocukluk arkadaşımı orada yalnız bırakamazdım. Elimle beklemesini işaret ederek odaya girdim. Böyle yarı çıplak sokağa çıkmayacak kadar aklım başımdaydı henüz. Sırtıma bluzumu, bacaklarıma kot pantolonumu geçirdim, ayakkabılarımı ayaklarıma takıp fırladım odadan. Merdivenlerden hızla aşağıya indim.

Lobiye girdiğimde meraklı görevliyi başını resepsiyon masasının üzerine koymuş uyurken buldum. Ses çıkarmamaya çalışarak otelin kapısından çıktım. Evet, işte oradaydı. Şadırvanın önünde, daha önce Şems'i gördüğüm yerde. Tek başına duruyordu, arkasından vuran sarı ışık, ona kederli bir görünüm veriyordu; gecenin karanlığında terk edilmiş bir çocuk. Hemen karşıya geçmek, ona sımsıkı sarılmak istedim. Caddeye adımımı atmıştım ki, nereden çıktığını kestiremediğim bir çöp kamyonu belirdi yolda. Korkuyla geri çekildim, kamyon gürültüyle geçti caddeden. Yeniden karşı kaldırıma yönelecektim ki Sunny'nin yerinde olmadığını fark ettim. Sağa sola bakındım, yok, ortalıkta görünmüyordu. Kaşla göz arasında nereye gitmişti bu çocuk? Belki şadırvanın arkasına geçmiştir umuduyla, karşı kaldırıma yürüdüm. Şadırvanın çevresini kontrol ettim; yok, orada da yoktu. Sultan Selim Camii'nin bahçesine baktım, ne Sunny, ne başka biri, hiç kimseyi göremedim. Yeniden şadırvanın önüne geldim. Her yan ıssız, her tarafta in cin top oynuyordu. Hayal mi görmüştüm yoksa. Birden komiğime gitti bu düşünce, hayali arkadaşımın hayalini görmek, tam benim gibi çatlak birine göreydi. İyi ki meraklı görevli fark etmemişti otelden çıktığımı, kadın tümüyle çıldırdı derdi. Gerçi hâlâ diyebilir, otele girdiğimde beni fark etme olasılığı daha yüksek. Otele girmesem mi? Daha neler, caminin önündeki banklardan birinde mi uyuyacağım? Fark ederse etsin, uyku tutmadı gezmeye çıktım derim. İster inansın, ister inanmasın, çok da umurumdaydı sanki. Yeniden karşıya geçmek için caddeye yönelirken, çocukluğumun tekerlemesi duyuldu gecenin içinden. Önce mırıltı halinde melodisi, ardından sözleri geldi kulağıma.

> Hu, hu, hu derviş / Derviş bir dergâh açmış / Eteği sırlar saçmış /Ama kimse bilmemiş / Hu, hu, hu derviş / Başı göklere ermiş / Sakalı yere değmiş / Dudağı sırlar saçmış / Ama kimse duymamış...

Ses tarihi caminin taş duvarlarına çarparak yankılanıyordu. Sesin geldiği yöne döndüm. İşte oradaydı; çocukluk arkadaşım sol tarafta, benden elli metre uzakta, kaldırımın karanlık bölümünde kalmış bir mezarın yanında duruyordu. Daha önce niye fark etmemiştim bu mezarı? Bunun önemi yoktu; Sunny'i bulmuştum ya. Hızla ona yöneldim. "Sunny, orada kal, beni bekle." Ama beklemedi Sunny; sanki az önce benden yardım isteyen o değilmiş gibi hızlı adımlarla kaldırımın karşısına geçti. Artık duramazdım, ben de peşinden koşturdum. Karşı kaldırıma geçince kısa duvarların yanı sıra yürüyerek ilerideki buz mavi rengindeki kapıya yöneldi. Buz mavi rengindeki kapı mı? Evet, geçen gün odamdaki duvarda beliren kapı şimdi karşıda nereye açılacağı konusunda hiçbir ipucu vermeden öylece duruyordu. Ama bu belirsizlik Sunny'ye engel olmadı. Sadece kapının önüne gelince biraz duraksadı, şöyle bir baktı bana, ardından hiç beklemeden içeri daldı. Daha önce girdiğimde tuhaf olaylar yaşadığım bu kapıdan bir kez daha geçmek pek de akıl kârı değil, diye düşündüm, sanki gecenin bu vaktinde çocukluk günlerinin hayali arkadaşını görüp sokağa fırlamak akıl kârıymış gibi. Ama son görüşmemiz hariç, bugüne kadar beni asla hayal kırıklığına uğratmamıştı Sunny. Ve ben de onu havuzun başında bırakıp yıllarca aramamam dışında asla terk etmemiştim. Şimdi de terk etmem için bir neden yoktu.

Az önce onun geçtiği kapıdan süzüldüm içeriye. İlk adımda bir serinlik çarptı yüzüme, ormanları yarıp geçen bir rüzgârın baş döndürücü uğultusunu hissettim yine, hızla ikinci adımımı attım ve kendimi bir mezarlığın içinde buldum. Mevlevilerin deyimiyle Hamüşan'da, yani suskunların mekânında.

Ağaçlar, mezar taşları, mezarların üzerindeki çiçekler, bu ölüler diyarında göze çarpan ne varsa aynı soğuk mavilikle kaplanmış gibiydi. Titredim, içim ürperdi. İyi de Sunny'nin ne işi vardı bu mezarlıkta? Etrafa bakındım; ilk gözüme çarpan, iki yanı mezarlarla kaplı dar, uzun bir yol oldu. Sessizce yürümeye başladım, bir yandan da Sunny'i görürüm umuduyla yolun iki yanına bakıyordum ki, sol tarafta o üç kişiyi fark ettim. Önce kalın gövdeli bir ağaca baktığımı sandım, hani üç kök birden topraktan fırlar da birbirine dolanarak kocaman bir beden oluştururlar ya, o devasa bitkilerden biri sandım ama değildi. Yüzlerini fark ettim; yüzlerce yıl öncesinin naifliğini taşıyan o ifadeyi, hiç konuşmayan ağızlarını, huzur içindeki gözlerini... Mennan'ın anlattığı üç kardeş olmalıydı bunlar. Mevlâna'yı görmek için gelen, onun ölmüş olduğunu duyunca bu topraklarda gözlerini yummak isteyen Horasanlı üç kardeş. Demek ki burası Üçler Mezarlığı'ydı. Ölen üç kardeşin adını alan o tarihi mezarlık. Başımı öteki mezarlara çevirince korkuyla irkildim. Mezar taşı sandığım karaltılar, o mezarların gerçek sahipleriydi: Yaşını başını almış erkekler, durulmuş orta yaşlı kadınlar, heyecanları içlerinde kalmış delikanlılar, cilveleri yüzlerinde donmuş genç kızlar, sevinçleri solmuş çocuklar, gülümsemeyi bile öğrenemeden göçüp gitmiş bebekler... Bir an dehşete kapıldım, bir an Sunny'yi unutup kaçıp gitmek istedim. Ama ölülerin yüzündeki derin huzuru fark edince vazgeçtim. Tuhaf bir duygu kapladı içimi. Sanki onlara bakarken ölümün ağırlığından kurtuluyordum. Ölümü bir son, bir bitiş, bir felaket değil de yaşamın bir parçası gibi algılıyordum. Gül ağacının her yıl yaşadığı bir döngü gibi; tomurcuk vermek, çiçek açmak, solmak, yaprakların dökülmesi ama bir yıl sonra yeniden goncalanmak gibi. Bu sessizler evinde insanlık ağacının bir parçası gibi hissediyordum kendimi. Sonsuzluk duygusu bu değilse neydi? Aynı anda duydum fısıltıyı, belli belirsiz bir mırıldanma. Benimle birlikte bütün mezarlık da duymuştu sesi. Nereden çıktığı belli olmayan bir rüzgâr belirdi mezarların arasında; geceyi buz mavisinden soyarak yeniden laciverdî karanlığına çevirdi. Ağaçlar fırtınaya tutulmuş gibi inledi, toprak gürültüyle sarsıldı, mezarlar birer birer açıldı, suskunlar usulca mekânlarına çekildi. Fısıltı onları ürkütmüştü. Merakla başımı sesin geldiği yöne çevirdim ve Sunny'i gördüm. Oradaydı, birkaç metre ötemde. Sırtı bana dönüktü, dev bir çınar ağacının dibinde durmuş, üzerindeki yazıları artık okunamayan bilmem kaç yüzyıllık siyah bir mezar taşına bakıyordu. Fısıltı hâlâ sürüyordu. Sunny, mezar taşıyla mı konuşuyordu? Temkinli adımlarla yaklaştım. Yaklaştıkça mezar taşı küçülmeye, Sunny'nin bedeni büyümeye başladı. Çekingen bir sesle, "Sunny" diye fısıldadım. "Sunny ne yapıyorsun orada?"

Bu defa uzaklaşmadı, sakin bir tavırla döndü. Ama o, Sunny değil Şems'ti.

"Gelin Kimya Hanım. Ben de sizi bekliyordum."

Bir de utanmadan hâlâ Kimya diye sesleniyordu bana.

"Ölüleri rahatsız ettiniz" diye çıkıştım öfkeyle. "Sessizler mekânında konuşulmaz."

Gizemli bir gülümseme yayıldı dudaklarına.

"Aferin Kimya Hanım" dedi takdir eden bir sesle. "Âdetlerimizi öğrenmişsin ama yanlış düşünüyorsun. Benim fısıltımdan değil, senin yüreğindeki korkudan kaçtılar."

Elini mezarların üzerinde dolaştırdı. "Onlar kabalık yapmaktan çekinirler. Varlıklarıyla sana korku verdikleri için utandılar. Bu yüzden, Hazreti Âdem'in ilk hali olan toprağa çekildiler."

Ne söylesem bir karşılık verecekti nasıl olsa, lafı dolaştırmadan sordum.

"Sunny nerede?"

Kederle uzun uzun baktı yüzüme.

"Hâlâ anlamadın mı?" dedi buruk bir sesle. "Sunny benim. Doğduğundan beri seninle beraberim. Baban, sen ve ben... Biz hep bir aradaydık."

Tüylerim diken diken olmuştu.

"Hayır" diye bağırdım. "Hayır, sen Sunny değilsin. Sen benim arkadaşım olamazsın, hiçbir zaman da olmadın. Sunny kimseyi öldürmez."

Haksızlığa uğramış birinin incinmişliği belirdi yüzünde.

"Benim öldürdüğümü nereden biliyorsun?"

"Gözlerimle gördüm" diye çarptım gerçeği suratına. "Zavallı kızın boynunu incecik bir dal gibi kırdınız."

Sağ elini siyah mezar taşının üstüne koyarak söylendi.

"Kâbuslarını gerçek sanıyorsun, gerçeği ise kâbus. Kimya'yı ben öldürmedim, onu öldüren kendi günahıydı."

Yüzüme baka baka inkâr ediyordu bir de...

"Günahın insan öldürdüğünü hiç duymadım" dedim alaycı bir tavırla. "Nasıl oluyormuş o iş?"

Sabırla açıklamaya başladı:

"Ona gitme dediğim yerlere gitti. Ona yapma dediğim şeyleri yaptı. Ona görüşme dediğim kişilerle görüştü. Ben sadece kınayan bakışlarla baktım gözlerine. Ben sadece üzgün, dertli, çaresiz gözlerimi diktim yüzüne. Ama zavallı kızcağız boynunu tutarak yere yığıldı. Ben, o ölsün istemedim, onu kaybetmek istemedim, onun ışığı sönsün istemedim ama Allah böyle takdir etti işte."

Artık bu kadarı da fazlaydı.

"Allah'ın takdiri demeyin şuna. Ellerinizle öldürdünüz kızı. Öfkenize alet oldunuz. Şimdi de size yardım etmemi istiyorsunuz."

"Ben senden yardım istemiyorum" dedi kesin bir ifadeyle. "Hem bunu niye yapayım?"

"Vicdanını temizlemek için."

Gururla süzdü beni.

"Eğer vicdan diye bir şey varsa, ben tepeden tırnağa vicdanım. Vicdandan meydana gelmiş bir adamın vicdanını temizlemeye ihtiyacı yoktur."

"Öyleyse niye verdiniz bana o yüzüğü?"

"Hiçbir şey anlamıyorsun" diyerek kırçıl saçlı başını salladı. "Hiçbir şeyin farkında değilsin. Farkında olmak için de çaba harcamıyorsun."

"Neymiş farkında olmam gereken şey?"

Tek sözcükle açıkladı:

"Hakikat."

"Hakikat, hakikat deyip duruyorsunuz" diye söylendim sesimi yükselterek. "Anlatın da öğrenelim artık, neymiş şu hakikat."

O kadar kolay değil, diyerek yine engeller çıkaracağını düşündüm, yapmadı.

"Yahuda'yı bilir misin?" diye sordu mutsuz bir sesle. "Hani Hazreti İsa'yı Romalılara ihbar eden havari. Otuz gümüş altına Mesih'i satan eski Yahudi."

"Biliyorum tabii, ne ilgisi var Yahuda'nın konumuzla?"

"Çok ilgisi var. Herkes Yahuda'yı hain zanneder."

Ne anlatmak istiyordu bu adam.

"Değil mi?"

"Eğer Yahuda, Hazreti İsa'yı ihbar etmeseydi, İsa nasıl göğe yükselecekti? Eğer İsa çarmıha gerilmeseydi, yani insanlığın bütün günahlarının bedelini kendi bedeniyle ödemeseydi, nasıl ölümsüz olacaktı? On iki havariden yükü en ağır olanı Yahuda'ydı. Öteki havariler, inançları için canlarını vermeyi göze alarak azizlik mertebesine ulaştılar. Elbette hayırlı bir işti yaptıkları ama asıl marifet inancın için iyi olmak kadar, kötü olmayı da başarabilmekte. İblis gibi lanetlenmeyi göze alabilmekte. Sadece senin bildiğin hakikatin ağır yükünü tek başına taşıyabilmekte. Bütün dünya seni hain bilirken, kadim sırrınla yapayalnız kalabilmekte. Yahuda bunu yapmıştı işte. Kutsal yazgının yerine gelmesi için sadece bedenini değil, ruhunu da kurban olarak sunmuştu İsa Peygamber'in ayaklarının dibine."

Galiba ne demek istediğini anlamaya başlamıştım.

"Siz de bunu Mevlâna için yaptınız yani."

Sanki karşısında kara cahil biri varmış gibi çaresizce baktı yüzüme.

"Sana nasıl anlatayım" diyerek umutsuzca söylendi. "Her şeyi akılla anlamaya çalışıyorsun, mantık acımasız bir kral gibi kurulmuş zihnine. Ne söylesem anlamayacaksın, ne desem altında başka bir anlam arayacaksın, dahası hep beni suçlayacaksın."

"Ama olanı biteni gözlerimle gördüm."

"Gözlerinle gördüklerin her zaman gerçek değildir. Bak sana bir hikâye anlatayım, belki daha kolay anlarsın. Bir gün bir erkek kırlangıç Süleyman Peygamber'in tapınağının üstünde sevdiği dişi kırlangıca aşkını ilan etmiş. Raslantı bu ya, Süleyman Peygamber de o sırada tapınaktaymış. Kırlangıcın sesini işitmiş, kulak kesilmiş. Erkek kırlangıç dişisine şöyle diyormuş: 'Senin aşkın beni öylesine sardı ki, şu kubbeyi Süleyman'ın üzerine yık desen, hiç tereddütsüz yıkardım.' Bu sözleri duyan Süleyman Aleyhisselam öfkelenmiş, kırlangıcı derhal yanına çağırmış. Ona demiş ki: 'Açıkla bakalım, az önce senden duyduğum o sözler neydi?' Kuş cesurca yanıtlamış soruyu: 'Ey Süleyman! Beni cezalandırmak için acele etme. Çünkü âşıklar öyle bir dille konuşur ki, o dili ancak deliler anlar. Doğru, senin işittiğin sözlerin hepsini ben söyledim. Doğru, bu tapınağı Süleyman Peygamber'in başına yıkarım dedim. Ama ben o kuşa âşığım. Ve âşıkların yolu, kanunu, ahlakı yoktur. Onların tek yolu vardır: Aşk. Onların tek yasası vardır: Aşk. Onların tek ahlakı vardır: Aşk. Onlar sadece aşkın diliyle konuşurlar, ilim ve aklın dili, aşkın bu renkli dilinin yanında sönmüş bir ateş gibi cansız kalır.' İşte böyle demiş kırlangıç Süleyman'a. Ve Süleyman Peygamber de bağışlamış onu. Çünkü aşkta kötülük, artık kötülük değil; iyilikse artık iyilik değildir. Bir tek hakikat kalmıştır ortalıkta; mucizeleri gerçek kılacak mutlak aşk."

"Peki siz hangi mucizeyi gerçekleştirdiniz, kötülük olmayan kötülüğü yaparak?"

Hiç aldırmadı kinayeli sözlerime. Başını kaldırdı; gözlerini, mezarlığın çok da yüksek olmayan duvarının arkasında kocaman bir yeşim taşı gibi gökyüzüne uzanan Mevlâna'nın türbesine dikti.

"Orası bir gül bahçesiydi. Eğer Hüdavendigâr, Mevlâna olmasaydı, şimdi gül bahçesi bile olmazdı. Şu çok katlı evlerden dikerdi açgözlü insanlar oraya. Hüdavendigâr ise bu topraklarda yüzlercesi bulunan türbelerden birinde yatıyor olurdu. Ama şimdi sanki hiç ölmemiş gibi âdemoğlunu etkilemeyi sürdürüyor. Şiirleri gönülleri ısıtıyor, sözleri ham insanları pişiriyor, ışığı kör karanlıkta anlamı arayanlara gezgin bir yıldız gibi yol gösteriyor. Onun için, 'Peygamber değildi ama kitabı vardı' deniyor. Böyle bir mucizenin yanında kötülük de, zalimlik de, katillik de anlamını kaybeder."

Kendi başyapıtına bakan bir yaratıcının gururuyla bakıyordu gözleri türbeye.

"Kaybetmez" dedim kibrini kırmaya çalışarak. "İster aşkta olsun, ister işte, kötülük kötülüktür, katillik de katillik. Kötülük yaparak iyi bir amaca ulaşamazsınız. Başkalarının yaşamına son vererek yeni bir hayat yaratamazsınız."

"Yeni bir hayat kurmaktan söz eden kim? Var olanı anlayayım bana yeter."

"Anlamak için kötü olmaya ihtiyacımız yok."

"Var!" dedi kesin bir ifadeyle. "Kötülüğün olmadığı bir yerde iyiliğin değeri bilinmez. Ve ne varsa hepsi içimizde. Celaleddin şu sözlerle anlatır bu hali. 'Bazen melekler kıskanır masumiyetimizi/bazen kötülüğümüzü görür de kaçacak yer arar şeytan.' Hayat şekle sokulamaz; nefes hapsedilemez, istek bağlanamaz, nefs hiçbir zaman tümüyle öldürülemez, iyi mi yararlıdır, yoksa kötü mü, her zaman bilinemez. Gün gelir bir kötülük, bin iyilikten daha faydalı olur."

Bir adım geri çekilerek alaycı bir gülümsemeyle süzdüm onu.

"Yani ne kötülük yaptıysanız Mevlâna için yaptınız, öyle mi?"

Acıyarak baktı yüzüme.

"Bak, yine anlamadın. Kötülük ya da iyilik, ne yaptıysam hepsini aşk için yaptım, Hüdavendigâr için değil."

"Aynı şey değil mi?"

"Değil, aşk yolculuğu tek kişilik başlar, maşukunu bulunca bir müddet iki kişiyle sürer ama yolun sonunda yine tek başımıza kalırız. Bizde başlayan, bizde sona erer."

"Ama Mevlâna sizin gibi düşünmüyor. O kadar çok aşk şiiri yazmış ki size. Adamın aklını başından almışsınız. Sahi o ilk buluşmanızın ardından, hani Merec-el Bahreyn diye anılan noktadaki karşılaşmanın ardından günlerce aynı odaya kapanıp kaldığınızda ona ne söylediniz ki, namazı, duayı, vaazı bırakıp şiire başladı?"

En küçük bir gurur bile belirmedi yüzünde.

"Hiçbir şey söylemedim. Suskun öylece oturduk. Ama ben söylemesem de o benim sırrıma erdi. Gönlümün aynasında kendi içindeki ateşi gördü. Onun aklını başından alan ben değildim, kendi içindeki ateşti. Herkes benim ışığımla yandığını düşünüyor, yanlış, Celaleddin kendi kendini yaktı. Ben sadece fırını hazırladım."

Kendini kaptırmış büyük bir engin gönüllülükle olanları anlatırken, ona hayranlık duymaya başladığımı fark ettim. Aynı anda Kimya'nın yüzü geldi gözlerimin önüne. Öfkeyle karşı koydum bu tuhaf adama duyduğum hayranlık hissine.

"Kimya'yı öldürerek mi?" diyerek kestim sözünü. "Genç bir kızın yaşam ateşini çalarak mı hazırladınız fırını?"

Sakalı mı titriyordu, gözleri nemlenmeye mi başlamıştı yoksa bana mı öyle geldi bilmiyorum ama şu sözler döküldü dudaklarından:

"Kimya'yı değil, kendimi öldürerek."

Şaşkınlıkla bakakaldım yüzüne.

"Siz kendinizi mi öldürdünüz?"

Yanıt verecekti ki, bakışları yukarı kaydı. Parıltılı bir ışık hızla üzerimize doğru geliyordu. Sanki gökyüzündeki yıldızlardan biri kopmuş yeryüzüne iniyor gibiydi. Işıktan gözleri kamaşan Şems, "Madde âleminin güneşi doğduğunda, mana âleminin güneşi kaybolur" diye fısıldadı sır dolu bir sesle.

Ve ben gözlerimi onun baktığı yöne çevirince, laciverdî gökyüzünün ışıklı bir maviliğe döndüğünü gördüm.

36
Nefretine yenilmiş bir dervişin utancı

Sabah olmuştu. Yıpranmış bir kara taştan oluşan, tümsekliği bile kalmamış bin yıllık bir gömüt ile yeni defnedilmiş bir çocuğun taze mezarı arasında duruyordum. Mor bulutların arasından çıkmaya çabalayan sabah güneşinin yumuşak ışıkları yüzüme düşerken, mezarların arasında yaptığım bu gece gezintisine bir anlam bulmaya çalışıyordum hâlâ. Hayır, hiçbir yerim acımıyordu. Ne kimse saldırmıştı bana, ne de gaspa uğramıştım bu kez. İyi de ne yapıyordum bu mezarlıkta? Bilinçaltım neyin peşindeydi? Gerçekten de Sunny'yi görmüş müydüm? O buz mavisi gecede bu mezarlıkta yatan ölüler, gerçekten de üzerlerindeki toprağı bir kefen gibi sıyırıp yeryüzüne çıkmışlar mıydı? Şems'le o tuhaf konuşmayı yapmış mıydım? Yoksa bunların hepsi zihnimin bana oynadığı gizemli oyunun yeni bölümleri miydi? İki tarafı, yeşilliklerini hiç yitirmeyen ince uzun servilerle kaplı mezarlık yolunda yürürken bunları düşündüm. Kapıya yaklaştığımda makul bir açıklama buldum. Dokuz yaşıma kadar uykumda dolaşırdım. Dün gece de öyle olmuştu işte. Uykuda gezmiştim. Güya kendimi rahatlatmak için bulduğum bu açıklama eğer doğruysa, aslında oldukça önemli sorunlarım olduğuna işaret ediyordu. Eğer yeniden uyurken dolaşmaya başladıysam, döner dönmez psikoloğumuz sevgili Oliver'in yanında almam gerekiyordu soluğu. Ama eğer uyurgezer değilsem, yani dün gece yaşadıklarım gerçekten olduysa o zaman da tası tarağı toplayıp hemen uzaklaşmam gerekiyordu bu şehirden. Ta başından beri mantıklı olan buydu tabii. Dünyanın değişik ülkelerinde, çok farklı sigorta davaları üzerinde çalışmıştım; rüşvet önermişlerdi, tehdit etmişlerdi ama bu kadar tuhaf, bu kadar gizemli, bu kadar ürkütücü olaylarla ilk kez karşılaşıyordum. Öyleyse neden ısrar ediyordum, neden raporumu yazmak için bekliyordum ki? Daha ne bulacaktım burada? Nigel haklıydı, belki de ilk uçağa atlayıp dönmeliydim Londra'ya. Beni Anadolu'nun göbeğindeki bu eski kente bağlayan ne vardı ki? Yangını Serhad ile Cavit'in çıkardığını henüz kanıtlayamamış olmam mı? İyi de ben dedektif değilim ki olayı ayrıntılarına kadar aydınlatabileyim. Zeynep Komser gibi emrimde silahlı polislerim de yok. Ben sadece bir sigorta eksperiyim. İnceler, araştırır, bulursam kanıtları sıralar, varsa tanıkların ifadelerine yer vererek rapor yazarım. Gerçi Zeynep Komser'in zanlıları tutuklama kararını küçümsüyor da değilim, aksine çok da merak ediyorum ama beni bu şehirde tutacak kadar önemli bir mesele değildi bu. Belki de artık Konya'da kalmamın sigorta şirketi için yazacağım raporla hiçbir ilgisi yoktu. Neyle ilgisi vardı o zaman? Babamın şehri olmasıyla mı? Yoksa bu şehrin babamın kaybolmasıyla ilgili bir sırrı barındırdığına mı inanıyordum gizliden gizliye? Ya da şu kanayan yüzüğün gizemini mi merak ediyordum? Belki... Belki de daha fazlasını merak ediyordum... Daha fazlası ne olabilir ki? Şems'in bahsettiği mutlak hakikate ulaşmak mı? İyi de ben babam gibi düşünmüyorum ki, hiçbir zaman da düşünmedim. Ben ne dünyadan elini eteğini çekebilecek bir sufiyim, ne de yaşamını dine adamış bir Müslüman. Daha hangi dine inanacağıma bile karar vermedim. Nigel'a protestanlık yetiyor. Çok da sorgulamıyor zaten. Gündelik hayatla o kadar meşgul ki, dine kafa yoracak zaman bile bulamıyor. Ya ben? Bilmiyorum. Belki annem ile babam bu meselelerin içinde olmasalar benim de umurumda olmazdı. Zaten değildi de, buraya gelinceye kadar. Öyle mi acaba?

Annem ikidir dinle ilgili tartışmaları hep benim yanımda yaptıklarını söyleyip duruyor. Konuşulanlardan hiç mi etkilenmedim? Etkilenmiş olsam bile Konya'ya gelinceye kadar bu konu üzerinde hiç derinlemesine düşünmedim. Neyse, bunları bırakalım şimdi. Ama annemle uyurgezerliğim hakkında konuşsam iyi olacak. Gerçi uyurgezerlerin sonradan hiçbir şey hatırlamadığını okumuştum. Oysa ben dün gece olanların hepsini ayrıntılarıyla hatırlıyorum ama ne zaman uyuduğumu, ne zaman uyandığımı birbirine karıştırdığım da bir gerçek. Bu durumda hatırladıklarımın ne hükmü var ki?

Mezarlığın kapısına yaklaştığımda, sağ tarafta etrafı demir çitlerle çevrelenmiş büyükçe bir mezar ilgimi çekti, üzerindeki tabelayı okuyunca dehşet içinde ürperdim. "Hazreti Mevlâna'yı görmek için Horasan'dan gelen üç kardeşin ruhuna El Fatiha" yazıyordu. Ne yani, dün gece yaşadıklarım gerçek miydi? Birbirine sarılmış üç ağaç gibi yekpare bir bedene dönüşen Horasanlı üç kardeşi, gerçekten de görmüş müydüm? Yok canım, Mennan anlatmıştı ya öykülerini, oradan biliyordum. Kapının hemen yanındaki kulübeden çıkan bekçinin şaşkın, uykulu gözlerle baktığını görünce adımlarımı hızlandırdım, adamın soru sormasına fırsat vermeden çıktım bu bin yıllık tuhaf mezarlıktan.

Ama otelden içeri girdiğimde meraklı resepsiyonistin gözlerini kuşkuyla yüzüme dikmesine engel olamadım. Aldırmadım, hızlı adımlarla yanından geçmek istedim.

"Günaydın Miss Karen" diyerek atıldı her zamanki işgüzarlığıyla. "Erkencisiniz bu sabah. Otelden çıktığınızı da görmedim."

"Göremezdiniz, çünkü ben çıkarken uyuyordunuz."

Kaşları çatıldı, aklı karışmıştı.

"Uyumak mı?"

"Evet, hem de mışıl mışıl." Uzaklaşırken döndüm. "Dikkat edin patronunuz fark etmesin."

Yanıt vermesini bile beklemeden asansöre yöneldim. Artık onu görmesem de asansörün kapısı kapanıncaya kadar asık bir suratla beni izlediğinden emindim.

Odama çıkar çıkmaz duş alıp giysilerimi değiştirdim. Bir süre öylece uzandım yatağa, uyuyup kalmışım. Kalktığımda saat dokuza geliyordu. Kahvaltı servisi başlamıştı aşağıda ama hiç açlık hissetmiyordum. Annem uyanmış olmalıydı. Son on yıldır erkenden açıyordu gözünü. Telefonumu çıkardım, numarasını tuşladım. İki kez çaldı, açmadı. Uyanmamış mıydı yoksa? Israrla ardı ardına çaldırdım. Telesekretere bağlandı. Nefret ederdim bu alete konuşmaktan ama annemi merak etmeye başlamıştım. Cep telefonu da kullanmadığından eğer dışarı çıktıysa onu gün boyunca bulamayacaktım. Hiç değilse geldiğinde beni arar umuduyla mesaj bırakmaya karar verdim.

"Annecim benim, eve gelince arar mısın? Sevgiler."

Nereye gitmişti sabahın köründe bu kadın? Belki bahçedeki çiçekleri suluyordur. Belki de Thames Nehri'nin temizlenmesi için yapılan yürüyüşte pankart taşıyordur ya da fokları kurtaralım projesine destek için yolları kapatan eylemcilerle birlikte asfalta uzanmıştır. Ne bileyim, her yerde olabilir. Yeter ki eylem olsun; yeter ki protesto edecek haklı bir neden olsun. Bir türlü uslanmıyor bu kadın. Hep uçlarda yaşayacak. Hep ben onu merak edeceğim. Sinirlerim gerilmişti, kalktım, odada dolaşmaya başladım. Bilgisayarımı görünce hatırladım. Simon'la da konuşamamıştım dün gece. Şimdi ise aramak için erkendi, müdürüm, annem gibi az uykuyla yetinecek yaşa gelmemişti henüz. En iyisi gelişmeleri elektronik postayla yollamak. Bilgisayarımı açtım, dün gece yazmaya üşendiğim gelişmeleri birkaç başlık altında Simon'a yolladım. Tabii pasaport meselesini sormayı da unutmadım. Bilgisayarımı kapatmaya hazırlanırken aklıma geldi, Şems'in Kimya'nın ölümüyle ilgili söylediklerini neden araştırmıyordum? İnternetteki arama motorlarından birine girdim. Neydi Mennan'ın bahsettiği şu kitap? Anlamak için önce Rumî yazdım, İngilizce sitelerde aradım. Onlarca kitap ismi sıralanıverdi önümde. Önce Rumî'nin kitaplarının ismini gördüm. *Mesnevi*, *Divan-ı Kebir*, *Fihi Mafih*, *Mecalis-i Seb'a* ve *Mektubat*, ardından Feridun Ahmed-i Sipehsalar adında bir yazarın kaleme aldığı *Risale*, Sultan Veled'in yazdığı *Veled-name*, *Rebab-name*, *Ma'arif* ve sonunda işte Mennan'ın sözünü ettiği kitap; Ahmed Eflaki'nin *Ariflerin Menkıbeleri*. Kitap tam metin olarak sitede yer alıyordu ama en az bin sayfalık bir metindi bu. Hemen Şems ve Kimya yazarak bul komutuna bastım. Şems-i Tebrizi'yle ilgili yüzlerce bilgi vardı ama zavallı Kimya'yla ilgili sadece üç başlık belirdi ekranda. Bu bilgilerin üçü de Şems'in kişiliğini vurgulamak için Kimya'dan bahsediyordu. İlkinde, Kimya'nın ölümünden sonra Şems'in Konya'yı terk ettiği yazıyordu. İkincisinde Tanrı'nın Şems'e Kimya olarak görünmesini hikâye ediyordu. Çok ilginç bir hikâyeydi; Şems ile Tanrı arasındaki yakın ilişkiyi çarpıcı örneklerle anlatıyordu ama beni ilgilendiren üçüncü gruptaki bilgilerdi. Tam olarak şunlar yazıyordu:

"Şemseddin'in nikâhlısı olan Kimya Hatun, çok güzel ve namuslu bir kadındı. Bir gün kadınlar, Şems'ten izin almaksızın Sultan Veled'in büyükannesiyle birlikte Kimya Hatun'u gezmek maksadıyla bağa götürdüler. Şemseddin eve geldi, onu bulamadı. Sultan Veled'in büyükannesiyle birlikte kadınların onu gezmeye götürdüğünü söylediler. Şemseddin fena halde kızdı. Kimya Hatun eve gelince hemen boynu tutuldu. Kuru bir ot gibi hareketsiz kaldı. Üç gün feryat ve figan edip öteki dünyaya göçtü."

Yazılanlar Şems'in sözlerini doğruluyordu. Yani rüyamda gördüklerim gerçek değil miydi? Aslına bakılırsa iki hikâye arasında sonuç bakımından pek fark yok gibi görünüyordu. Rüyamdaki Şems, Kimya'yı elleriyle öldürmüştü, Eflaki'nin anlattığında ise öfkesiyle. Sonuç değişmiyordu, bir adam, sözünü dinlemediği için karısının ölümüne neden oluyordu. İşin tuhafı Mevlâna gibi hoşgörü örneği, sevgi dolu bir insan, nasıl oluyor da daha on sekiz yaşına bile gelmemiş bir genç kızı altmış yaşındaki bir adama eş olarak verebiliyordu? Dahası bu zavallı kızın ölümü karşısında sessiz kalabiliyordu? Babam, İzzet Efendi ve Mennan aynı yanıtı verecekti; aşk için. Şems'in anlattığı hikâyeyi hatırladım. Aşktan başı dönen şu kırlangıcın Süleyman Peygamber'e söylediklerini. "... âşıkların yolu, kanunu, ahlakı yoktur. Onların tek yolu vardır: Aşk. Onların tek yasası vardır: Aşk. Onların tek ahlakı vardır: Aşk." Ama o hikâyedeki kırlangıç, kendisinden katbekat büyük bir otoriteye başkaldırıyordu, sevgilisi için canını ortaya koyuyordu. Oysa bu hikâyedeki kurban, kendini korumaktan bile aciz, zavallı bir genç kızdı. Kimya'nın ince boynu, narin bedeni, solgun yüzü canlandı gözlerimin önünde. Genç kızın donmuş gözlerinde, nefretine yenilmiş bir dervişin utancını bir kez daha gördüm. İçimde kabaran öfkemi bastırarak anlamaya çalıştım. O dönemin koşullarını düşünmek gerekir diye kendimi iknaya kalkıştım. Ama anarşist annemin sözleri izin vermedi buna. "Erkekler dünyayı ele geçirdi." Erkekler dünyayı ele geçirince de genç kızların gözyaşına kimse bakmadı. Teker teker toplumun saygın ya da zengin insanlarına eş olarak sunuldular. Onlara kimse fikrini sormadı. Sen bu adamı istiyor musun, demedi. Birden kendimi annem gibi hissettim. Her zaman öfkeli, her zaman isyankâr, her zaman kavgaya hazır. Hayır, ben annem gibi değildim, daha sakin düşünmeliydim. Ya bütün bunlar sandığım gibi olmadıysa? Ya bu evliliği bizzat Kimya'nın kendisi istediyse, ya Şems'e gerçekten de âşıksa? Olamaz mı? Bizim Simon'ın on altı yaşındaki kızı Jenny de altmışını çoktan geçmiş matematik öğretmenine âşık olmuştu mesela. Aynı şey değil, hem benim rüyalarımda gördüğüm Kimya'nın, hiç de Şems'e âşık olmuş gibi bir hali yoktu. O daha çok Mevlâna'nın ortanca oğlu Alaeddin Çelebi'yle ilgileniyordu. Sahi Alaeddin Çelebi neresindeydi bu hikâyenin? O delikanlıda olanları öyle sessizce kabullenecek göz yoktu. Alaeddin'e ne olmuştu acaba? Öte yandan Şems, kendini öldürdüğünü söyledi dün gece. Ne demek istiyordu acaba? Yoksa intihar mı etmişti? Yok canım, Şems kendini öldürecek birine hiç benzemiyor. Üstelik intihar inançlarına da terstir. Tanrı'nın verdiği canı ancak Tanrı alır. Peki nasıl öldü acaba Şems? Şu kahverengi taşlı yüzük yoksa Şems'in ölümüyle mi ilgili? O kanayan taş, bizim kara giysili dervişin düğümlenen yüreği olmasın?

Çalan telefon böldü düşüncelerimi. Annem mi arıyordu? Hevesle ahizeyi kaldırdım: "Alo?"

Annem değil, yorgun bir kadın sesi yanıtladı.

"Günaydın Miss Karen."

Bu sesi tanıyordum, Zeynep Komser'di.

"Günaydın, buyrun sizi dinliyorum." "Size iyi haberlerim var."

Vereceği müjde bile yorgunluğun ağırlığını silememişti sesinden.

"Yoksa itfaiyeci elbisesini mi buldunuz?"

İç geçirerek açıkladı:

"Hayır, pasaportunuzu bulduk. İstediğiniz zaman gelip alabilirsiniz."

Buna çok sevinmiş olmam gerekirdi ama aklım İkonion Turizm'in kundakçılarındaydı.

"Ya şu itfaiyeci elbisesi?"

Bezginlik içinde mırıldandı.

"Bakın Miss Karen, neredeyse iki gündür uyumuyorum. Son on saattir de bir sorgudan çıkıp ötekine giriyorum. Yani bir an olsun dinlenemedim. Daha birkaç saat dinlenmem de imkânsız gibi görünüyor. Lütfen bana telefonda böyle sorular sormayın. Gelin ve pasaportunuzu alın. Eğer hâlâ bir yerlerde uyuyup kalmamışsam, sorularınızı da yanıtlarım."

37
Babam, şeyhinin öldüğünü duyarsa yaşayamaz

Otelin kapısında Mennan'ı beklerken sabahki parlak güneşin kara bulutlarla kaplandığını fark ettim. Soğuk kış günlerinden kalma sert bir rüzgâr Mevlâna Türbesi yönünden Konya'nın eski mahallelerine doğru esip savurmaya başlamıştı. Deri ceketimin önünü ilikleyip uçuşan saçlarımı ellerimle toparlamaya çalışırken Mennan'ın arabası önümde durdu. Kapıyı açıp yanına oturdum.

"Günaydın..."

Solgun bir gülümsemeyle karşılık verdi selamıma.

"Günaydın Miss Karen."

Yan gözle şöyle bir süzdüm onu. İki gündür sırtında gördüğüm gri elbisesini değiştirmiş, lacivert bir takım giymişti ama dünkü yorgunluk olduğu gibi yüzünde duruyordu.

"Akşam iyi uyuyamadınız galiba?"

"Uyudum aslında."

Eliyle dalgalı saçlarını karıştırdı.

"Ama merakım ağır bastı, size bahsettiğim şu kitabı okudum yine."

"*Ariflerin Menkıbeleri*'ni mi?"

Yeşil gözleri hayranlıkla açıldı.

"Çok kuvvetli bir belleğiniz var, hemen hatırladınız ismini."

Daha bu sabah okudum diyemediğim için, "İlginç bir kitap, insan kolay unutamıyor" diye geçiştirdim. "Yeni bilgilere ulaştınız mı bari?"

"Çok şey öğrendim..." Arabayı hareket ettirirken ayrıntıları açıkladı. "Galiba siz haklıymışsınız. Kitapta gerçekler ile efsaneler birbirine karışmış."

Mennan'ın yüzüne baktım; ne olmuştu da böyle mantıklı konuşmaya başlamıştı bu adam?

"Ne gibi?"

Merak ettiğim kitapta anlatılanlar değildi aslında, iş arkadaşımın düşüncelerini neyin değiştirdiğiydi.

"Bazı konular bana saçma geldi biraz."

"Saçma mı?" diye söylendim neşelenerek. "Daha dün sabah bu kitaptaki bilgilere dayanarak katilin Şems olduğunu söyleyen siz değil miydiniz?"

Bakışlarını kaçırıp utana sıkıla açıkladı.

"Bir bölüm var mesela, Tanrı'nın Kimya görünümünde Şems'le buluştuğunu anlatıyor." Sustu, sıkıntıyla iri gövdesini oynattı. "Buluşma değil de, tövbe tövbe Tanrı'yla konuştuğunu, oynaştığını yazıyor."

Anlaşılmıştı, kitabın yazarının Tanrı'yı Kimya görünümüne sokmasını saygısızlık olarak değerlendiriyordu. Açık konuşmak gerekirse cüretkâr bir bölümdü. Ama benim için şaşırtıcı değildi, çünkü göz atabildiğim kadarıyla kitabın Şems'le ilgili bölümleri, bu gezgin dervişe yapılan güzellemelerle doluydu. Demek ki Mennan gibi insanlara itici geliyordu bu tür benzetmeler. Şems ile Mevlâna'nın ilişkisine de büyük tepki göstermişlerdi ya bir zamanlar.

"Şems alışıldık Müslümanlara pek benzemiyor değil mi?"

"Haşa!" dedi sanki dili ateşe değmiş gibi aceleyle. "Ben, Şems Hazretleri'ne bir şey demiyorum. Sadece kitabın yazarı Eflaki Dede biraz abartmış. Dün size anlattığım konular da abartılmıştı sanırım. Hani Şems Hazretleri'nin katil olma meselesi. Eğer yazılanlara inanacak olursak Şems Hazretleri'ni, kendisine zarar veren herkesi öldüren taş kalpli biri olarak görürüz."

Ne kadar saf bir adamdı bu Mennan!

"Merak etmeyin" dedim gülümseyerek. "Hiç kimse için, hakkında yazılanlara bakarak karar vermem. Kuşkusuz Şems, o kitapta yazılanlardan çok farklı biriydi."

Bu kadar kesin konuşmam kafasını karıştırmıştı. Ne demek istiyordum şimdi? Yoksa o gezgin derviş hakkında ondan daha fazla bilgiye mi sahiptim?

"Şems Hazretleri'nin kitabını okudunuz mu? Ne anlatıyor şu kanayan yüzük hakkında?"

"Önemli bir şey değil" dedim aklını yeniden karıştırmamak için. "Sema yapamadığı için yüreği düğümlenip ölen bir dervişi anlatıyor. Bizim yüzükle ilgisi yok yani."

Hayal kırıklığıyla söylendi.

"İzzet Amca yanlış mı hatırlıyormuş?"

"Yanlış değil, hikâyede bir yüzük var ama bizimkine benzemiyor."

Başını çevirip inanmayan gözlerle baktı, ikna olmamıştı yeniden soracaktı ki, ondan önce davrandım.

"Mennan Bey, şu okuduğunuz kitap... *Ariflerin Menkıbeleri* diyorum. Şems'in nasıl öldüğünü de anlatıyor mu?"

"Evet, *Ariflerin Menkibeleri*'nde bu konu naklediliyor. Hatırladığım kadarıyla anlatmaya çalışayım. Şimdi, Şems Hazretleri'nin Mevlâna Hazretleri'yle Konya'da ilk buluşmaları 1244 yılında gerçekleşiyor."

"Merec-el Bahreyn denilen yerde."

Başını usulca sallayarak tekrarladı: "Merec-el Bahreyn'de."

Manidar bir sesle mırıldandım.

"Gasba uğradığım ve Solak Kâmil'in cesedinin bulunduğu yerde."

Alay mı ediyordum, anlamak için dönüp baktı; yok, son derece ciddiydim.

"Haklısınız, aynı yerde. Bu iki Allah dostu buluştuktan sonra Şems, Mevlâna'nın yanından ayrılmaz oldu."

Buraları biliyordum türbe gezisinde Angelina anlatmıştı.

"Ve Mevlâna'nın tutucu müritleri kıskançlığa kapıldılar

Öyle ki, Şems-i Tebrizi'yi tehdit etmeye kadar vardırdılar işi. O da bir gece kayıplara karıştı."

Alıklaşmış bir suratla baktı.

"Ee biliyormuşsunuz ya!"

Yola fırlayan kadını o anda fark ettim.

"Dikkat!" diye uyardım. "Çarpacaksınız..."

Zamanında frene bastı Mennan, biraz daha geç kalsak zavallı kadın ezilecekti. Hızla kendini karşı kaldırıma atan kadını geride bırakırken, "Ne zaman çıktı bu kadın caddeye yav!" diye öfkeyle söylendi. "Göremedim bile."

"Gözlerinizi yoldan ayırmamanızda fayda var."

"Ayırmıyorum zaten, Şems hakkında bir şey bilmiyorum demiştiniz, sonra da..."

"Haklısınız, özür dilerim, biraz bir şeyler biliyorum. Şems ortadan kaybolunca Mevlâna deli divaneye dönmüş, bunun üzerine kıskanç müritleri yaptıkları hatayı anlayarak pişman olmuşlar. Bu arada Mevlâna da gönül dostunun Şam'da olduğunu öğrenmiş, büyük oğlu Sultan Veled'i yollayarak onu Konya'ya geri getirtmiş. Dedikoduları önlemek için de Şems'i Kimya adındaki evlatlığıyla evlendirmiş."

"Doğru, tam da böyle olmuş."

"Ama" dedim söyleyeceklerime nasıl tepki vereceğini merak ederek. "Kimya o sıralar henüz on sekizinde bile değilmiş, Şems ise altmışında..."

Sürücü koltuğunda huzursuzca kıpırdandı.

"Öyle olmalı, Şems Hazretleri biraz yaşlıymış... Ama o zamanlar bunlar normal sayılıyormuş. Hem Şems gibi ulu bir kişiyle hangi kız evlenmek istemez? Hangi aile onu damat olarak kabul etmez?"

"Gerçekten mi?" diye sordum yadırgayan bir sesle. "Kızınızı altmış yaşında bir adamla evlendirir misiniz?"

Böyle bir karşılık beklemiyordu, ne diyeceğini bilemedi.

"Günümüzde olmaz tabii" dedi gözlerini yoldan ayırmadan. "Eskiden normal sayılıyormuş. Şimdi kimse yapmaz." Emin olamadı. "Yani ben kızımı, altmış yaşında bir adama vermem."

Tartışmayı uzatmanın manası yoktu.

"Neyse, biz konumuza dönelim. Benim Şems hakkında bildiklerim buraya kadar. Şems ile Kimya evlendikten sonra neler oldu? Halk, Şems ile Mevlâna'yı rahat bıraktı mı? Şems'in Kimya'yla evliliği nasıl gitti? Bunların hepsi benim için birer bilinmez."

Hiç nazlanmadan, büyük bir hevesle açıklamaya koyuldu Mennan:

"Şems Konya'ya dönüp Kimya'yla evlendikten kısa bir süre sonra, ne yazık ki o kıskanç insanlar yeniden başlamışlar kötülük yaymaya. Konya'nın her yanında dedikodu meclisleri kurmuşlar, kimseye zararı olmayan bu iki ermiş hakkında akla hayale gelmez iftiralar yaymaya koyulmuşlar. Ne yazık ki Mevlâna'nın ortanca oğlu Alaeddin Çelebi de katılmış bu fitne çetesine. Kimileri Alaeddin Çelebi'nin Kimya Hanım'a âşık olduğunu yazıyor, kimileri ise bu isyankâr çocuğun, Şems'in, babası Mevlâna ile ağabeyi Sultan Veled'e bu kadar yakın olmasını kıskandığını söylüyorlar."

Dün gece rüyamda gördüklerimi hatırladım. Kimya'nın cansız bedenine bakarak haykıran Alaeddin'in acı içindeki yüzü geldi gözlerimin önüne. Evet, sevgilisinin öldürüldüğünü gören o çocuk her şeyi yapabilirdi. Nedense bu delikanlıyı savunmak geldi içimden.

"Kimya'nın ölümü de Alaeddin'i karşı tarafa itmiş olabilir" diye kederle söylendim. "Belki Kimya ölmeseydi..."

"Haklısınız, Kimya Hanım'ın beklenmeyen ölümü olmasa belki de Alaeddin Çelebi o fesat çetesine katılmazdı. Ama onun her zaman uyumsuz bir çocuk olduğu yazılmıştır. Mevlâna Hazretleri ile Sultan Veled, Şems Hazretleri'ne her türlü saygıyı gösterirken Alaeddin Çelebi hep uzak durmuş onlardan, hep ayrı baş çekmiş. Her neyse, işte aralarında Alaeddin Çelebi'nin de bulunduğu o yedi kişilik katil sürüsü bir gece Şems'in kapısını çalmış, onu dışarı çağırmışlar. Kendisine kurulan tuzaktan habersiz olan Şems Hazretleri kapıya çıkınca da başta Alaeddin Çelebi olmak üzere yedi kişi ellerindeki yedi bıçağı, o mübarek adamın gövdesine saplamışlar. Şems Hazretleri öyle güçlü bir nara atmış ki, yedi kişinin yedisi de ansızın kendinden geçmiş. Kendilerine geldiklerinde ise taşta bir damla kandan başka bir şey görememişler."

"Nasıl yani, ceset ortalıkta yok muymuş?"

"Yokmuş, sadece bir damla kan, hepsi buymuş."

Aklım karışmaya başlamıştı yine.

"İyi ama Şems'in bir türbesi var."

"Biraz sabırlı olun Miss Karen hepsini anlatacağım" diye kibarca gülümseyerek sözlerini sürdürdü Mennan. "Şems'in ölümünün üzerinden günler geçmiş, Sultan Veled Hazretleri bir gece rüyasında bu büyük dervişi görmüş. Şems ona demiş ki; 'Ya Bahaeddin, üşüyorum, sular içindeyim, beni bul. Ya Bahaeddin, bir kuyudayım, beni çıkar.' Kan ter içinde uyanan Sultan Veled, geceyarısı olmasına aldırmadan, kendisine kardeşinden daha yakın üç arkadaşını da yanına alarak Şems'in atıldığı kuyuyu bulmuş. Şems'in cesedini, gözyaşları dökerek kuyudan çıkarmış ama kalbinde kederinden daha büyük bir endişe varmış. 'Babam, şeyhinin öldüğünü duyarsa yaşayamaz' demiş üzüntüyle. 'Göçer gider bu dünyadan.' Üç arkadaşından bu sırrı gizleyeceklerine dair söz almış. Sonra Şems'in bedenini Bedreddin Gevhertaş adında iyiliksever bir zatın mezarına gömmüş. Arkadaşlarından hiçbiri bu sırrı söylememiş ama bir gece Sultan Veled yine gözyaşları içinde, haykırarak uyanınca, eşi Fatima Hatun neler olduğunu sormuş. Sultan Veled sırrını korumak istese de endişeli hanımı onu rahat bırakmamış. Bunun üzerine Sultan Veled, sırrını saklaması için eşine de Kuran üzerine yemin ettirerek Şems'in başına gelenleri anlatmış. Fatima Hanım da öteki tanıklar gibi bu sırrı yıllarca gizlemiş. Ta ki Mevlâna Hazretleri ve Sultan Veled yaşama gözlerini yumuncaya kadar. Onlar öldükten sonra bildiklerini oğlu Ulu Arif Çelebi'ye anlatmış. O da öğrendiklerini Eflaki Dede'ye aktararak bunları kaleme almasını istemiş."

Gülümseyerek söylendim.

"Bir de kızıyorsunuz Eflaki Dede'ye. Adam yazmasaymış Şems'in başına gelenler hep sır olarak kalacakmış."

Hemen savunmaya geçti.

"Kızmıyorum da, biraz abartmış diyorum."

"Peki Alaeddin'e ne olmuş?"

"Konya'yı terk etmiş, bir süre sonra da genç yaşta sıtmadan ölmüş. Eflaki'nin anlattığına göre Mevlâna Hazretleri oğlunun cenazesine bile katılmamış." Benden yana çekingen bir bakış atarak kendi görüşünü açıkladı. "Katılmaz tabii, hayatta en çok sevdiği adamı öldüren asi bir oğula nasıl sevgi besler ki insan?"

Ne kadar da acımasız konuşuyordu. Oysa benim rüyamda gördüklerimle Eflaki'nin anlattıkları uyuşmuyordu. Eflaki'ye göre, daha doğrusu ona bu kitabı yazdıran Mevlâna'nın torunu Arif Çelebi'ye göre amcası kötü niyetli, kıskanç bir oğuldu ama benim rüyalarımdaki Alaeddin tıpkı babası gibi, aklı aşk tarafından ele geçirilmiş çaresiz bir delikanlıydı sadece.

38
Mevlâna'nın ortanca oğlu Alaeddin Çelebi gibi asiydi

Arabadan indiğimizde saçlarımızı dağıtan, giysilerimizi hoyratça savuran sert bir rüzgâr karşıladı bizi. Hızlı adımlarla kendimizi emniyetin bahçesine atarken, "Poyraz..." diye mırıldandı gökyüzüne bakan Mennan. "Bunun arkası yağmurdur."

Bahçe daha korunaklıydı, caddedeki rüzgârın hükmü burada geçersiz kalmıştı. Ana kapıya yaklaşırken, içeriden iri yarı birinin çıktığını gördüm. Ragıp Başkomser değil miydi bu? Gözlerimi kısarak tanımaya çalıştım. Evet, ta kendisi; yine gergin, yine telaşlıydı; kaşları çatmış elindeki telsizle birilerine talimatlar yağdırıyordu. Kendini işine o kadar kaptırmıştı ki bizi fark etmedi bile. Hemen ardından çoğunluğu polis olan on beş kişilik bir erkek grubu geliyordu. Kalabalığın ön sıralarında iki polisin arasında dimdik duran, kırçıl saçlı, kalın bıyıklı, iri yarı, atletik yapılı bir adam dikkatimi çekti. Elindeki kelepçeye, koluna iki polisin sıkıca yapışmış olmasına rağmen dünyaya meydan okur gibi yürüyordu. Sanırım bu güruhun lideriydi. Mennan heyecanla kolumdan tuttu.

"Miss Karen, bakın."

Gösterdiği yöne bakınca, Serhad ile Cavit'i gördüm, tıpkı ön gruptaki zanlılar gibi onların yanlarında da ikişer polis vardı. Yoksa hepsi aynı çetenin elemanı mı diye düşünürken, Serhad'la göz göze geldim; yüzünde önce şaşkınlık, ardından kuşku, sonra da nefret dolu bir ifade belirdi. Cavit de bizi görmüştü, ne olduğunu anlayamadığından önce gülümser gibi oldu, sonra arkadaşının yüzündeki düşmanca ifadeyi görünce kafası karıştı. Serhad ise olanı biteni anlamış, giderek artan bir kinle, adeta küfredercesine bakıyordu yüzümüze. Yanında polisler olmasa bize bulaşacak, hatta belki de üzerimize saldıracaktı. Ama polisler yavaşlamasına bile izin vermeden, hızla sürükleyerek, onu ve Cavit'i az önceki güruhu doldurdukları büyük minibüse tıkıştırdılar.

"Tutuklanmışlar galiba" diye sevinçle söylendi Mennan. "Zeynep Komser sağlam kadınmış valla."

"O kadar heveslenme. Zeynep'le sabah konuştum, evlerinde hiçbir kanıt bulamamışlar."

Yüzündeki sevincin yerini düşünceli bir hal aldı.

"O zaman nereye götürüyorlar bunları?"

"Bilmiyorum" dedim yeniden yürümeye başlarken. "Zeynep Komser'i bulursak öğreniriz."

Zeynep Komser'i bulmak zor olmadı; odasındaydı. Üzerinde hâlâ lila rengi bluzu vardı, bacaklarında aynı kot pantolon; resmi giyimli bir polise talimatlar veriyordu. Mennan'dan da benden de daha yorgun görünüyordu. Kapıda bizi görünce belli belirsiz gülümsedi:

"Gelin" dedi eliyle masasının önündeki koltukları göstererek. "Şöyle oturun, sizinle hemen ilgileneceğim."

Biz gösterdiği koltuklara çökerken, polise savcılığa götürmesi gereken belgeleri açıklamayı sürdürdü. Masasının üzeri oldukça kalabalıktı ama her şey düzenliydi; bilgisayar sağ tarafta, evraklar solda, kalemlik önde, hiç durmadan cızırdamayı sürdüren telsiz sümenin kenarında duruyordu. Telsizin biraz berisinde dün fark etmediğim gösterişsiz bir çerçevenin içindeki bir fotoğraf dikkatimi çekti. İki erkeğin arasında duruyordu bizim Zeynep. İyi görmek için yaklaştım, adamlardan biri orta yaşlıydı, yorgun bir yüzü vardı ama sevimliydi, hani hemen kanınızın ısınacağı insanlar vardır ya, onlardan biri; öteki gençti, bakışları öfke doluydu; Mevlâna'nın ortanca oğlu Alaeddin Çelebi gibi asiydi.

"Fotoğraf ilginizi çekti galiba?"

Suçüstü yakalanmış gibi irkildim.

"Özür dilerim, bir an bakışlarım kaydı da."

"Önemli değil Miss Karen." Rahat bir gülümseme belirmişti dudaklarında. "Fotoğraf önünüzde duruyor, bakacaksınız tabii."

Madem öyleydi, açıkça sordum. "Aileniz mi?"

"Aslında ailemden daha yakınlar." Özlemle bakıyordu resimdeki iki adama. "Kır saçlı olan Başkomser Nevzat, İstanbul'daki amirim, şu deli deli bakan da bizim Ali, Komser Ali."

Ali derken gözleri dalgınlaştı. Anlaşılan iş arkadaşı olmanın ötesinde bir anlam taşıyordu bu genç adam.

"Başkomser Nevzat bu dünyada tanıdığım en iyi adamdır."

Zeynep Komser özel duygularını paylaşmaya başlamıştı bizimle, yakınlaşmak için bu fırsatı kaçıramazdım. Gülümseyerek sordum:

"Neden en iyi polisi değil de en iyi adamı?"

"Aslında dünyanın en iyi polisidir de ama vicdanı her zaman mesleğinin önünde gelir. Bize de hep bunu öğütler zaten. Önce insan olun, sonra polis."

"Ya genç olanı?"

Kestane rengi gözlerindeki yorgunluk bir anda silindi. "Ali mi?" Koltuğuna yaslandı; sanki güzel bir hayalin ortasındaymış gibi mutlu bir ifadeyle aydınlandı yüzü. "Ali delidir, çılgının biridir ama altın gibi bir kalbi vardır. Bence yaptığı en yanlış iş polis olmak." Duraksadı, kendini fazla kaptırdığını anladı. "Ama polisliği de çok iyi yapar" diyerek konuyu kapattı. Yeniden öne doğru eğildi, "Evet" dedi derinden bir iç geçirerek. "Biz konumuza dönelim." Sol taraftaki evrakların içinden bir zarf çıkarttı.

"Buyrun, pasaportunuz burada."

Zarfı alırken sordum.

"Nerede buldunuz?"

"Şu sizi gasp eden Solak Kâmil var ya, işte onu öldürenlerin evinde."

Hayranlıkla söylendim: "Yakaladınız yani katilleri?"

"Evet, iki kişi firarda ama önemi yok, çeteyi çökerttik. Onların yakalanması da an meselesi."

Mennan merakla yutkunarak sordu: "Hangi örgüttenmiş bunlar?"

Dikkat kesilen Zeynep'in alnı kırıştı. "Örgüt mü?"

"Dün dediniz ya Zeynep Komserim" diye sabırsızca söylendi Mennan. "Adamlar fanatik dinciymiş."

Yaramaz bir çocuk gibi gülümsedi Zeynep.

"Değillermiş. Aslında epeydir farkındaydık bunun ama operasyon sonuçlanıncaya kadar kimseye söyleyemezdik."

Ben de merak etmiştim şimdi.

"Peki neymiş işin aslı? Neden öldürmüşler Solak Kâmil'i?"

"Çeteler arası hesaplaşma..." diye açıklarken, rüzgâr arkamızdaki pencereyi ardına kadar açtı. Sözlerini sürdüremedi. "Özür dilerim, şu pencereyi kapasam iyi olacak." Koltuğundan kalktı. Bitkin adımlarla pencereye yaklaştı, açılmış kanadını sıkı sıkıya kapattı. Geri dönerken söylendi. "Kış geri mi geldi ne?" Koltuğuna yerleştikten sonra sanki hiç ara vermemiş gibi anlatmayı sürdürdü. "Daha önce de bu tür yasadışı çetelerle karşılaştığımız çok olmuştu. Ancak bu kez iyi organize olmuş bir grup çıktı karşımıza. Daha doğrusu çok zeki bir çete reisi. Ordudan atılmış bir yüzbaşı. Yılmaz Deresoylu, herkes onu Deli Yılmaz diye tanıyor."

Emin olmak istedim.

"Kırçıl saçlı, kalın bıyıklı biri mi bu Deli Yılmaz? Az önce bahçede gördük."

"Ta kendisi. Ragıp Başkomserim savcılığa götürüyordu onları. Şimdi bu Deli Yılmaz, isminin aksine son derece kurnaz bir adam. Jandarmada istihbarat subayı olarak çalışmış yıllarca. Güneydoğu'daki savaşta yolsuzluklara bulaşmış. Ordudan atılınca, sabıkalı birkaç polisi de yanına alarak Konya'da bir çete oluşturmuş. Ama karşılarına mensuplarından birinin de Solak Kâmil olduğu daha eski bir çete çıkınca işler sarpa sarmış."

Bu bilgi, dün söyledikleriyle çelişiyordu.

"Solak Kâmil bu işleri bıraktı demiştiniz..."

"Dün geceye kadar öyle sanıyorduk ama bırakmamış. Çok faal olmasa da çetenin kimi işlerini yapmayı sürdürmüş. Fakat minibüsü olduğu da doğru. Minibüsü hem turizm işinde, hem de çete faaliyetlerinde kullanıyormuş."

İkonion Turizm bu çetenin yan kuruluşu olabilir miydi?

"Bu çete dediğiniz kişiler ne tür işler yapıyorlarmış?"

"Meyhaneleri, birahaneleri kontrol ediyorlarmış, uyuşturucu da satıyorlarmış, fuhuş da var. Deli Yılmaz'ın gözleri ise daha yükseklerdeymiş. Zengin işadamlarını tuzağa düşürmek, devlet arazisine el koymak, çek-senet tahsili işleriyle uğraşıyormuş. Konya küçük yer, iki çetenin yolları bir gün kesişmiş. Solak Kâmil'in çetesi sert çıkmış bunlara. Deli Yılmaz geri adım atar gibi görünmüş, açık bir çatışmaya girmeyi göze alamamış. Eski istihbaratçılık deneyimlerinden yararlanarak, kurnazca bir plan yapmış. Rakip çetelerin elemanlarını tek tek avlamaya başlamış. Önce Afyon karayolunda muhabbet tellalı kadın ile kocasını taşlayarak öldürtmüş. Dün anlattığım gibi, cinayet yerine Müslüman fanatikler recm uyguluyor görüntüsü verdirtmiş. Ardından karşı çetenin meyhanelerini yaktırmış. Yangın yerinin karşısındaki duvara da Kuran'dan ayetler yazdırmış. Sonra da zaten herkesin nefret ettiği Solak Kâmil'i öldürterek, sanki şeriat hükmü uygulanmış gibi adamın sol elini kesip gırtlağına sokturmuş. Ama kendi kesik eliyle boğazını tıkadıklarında Solak Kâmil zaten ölüymüş. Çünkü daha önce bizzat Deli Yılmaz tarafından boynu kırılmış."

"Yani Solak Kâmil'i öldürmelerinin Miss Karen'ın gasp edilmesiyle hiç ilgisi yok muymuş?"

Duydukları karşısında benim gibi şaşkına dönen Mennan'dı soruyu soran.

"Tamamen raslantı. Ama katillerin Solak'ın Miss Karen'ı gasp ettiğini görmüş olmaları büyük olasılık. Çünkü o sırada Solak'ın peşindelermiş. Solak'tan sonra listede beş kişi daha varmış. Eğer çeteyi çökertemeseydik hepsini öldüreceklermiş. Deli Yılmaz kararlıymış, bütün çeteyi ortadan kaldıracak, bu işi de Hizbullah ya da El-Kaide gibi radikal İslamcı örgütler yapmış gibi gösterecekmiş."

İngiltere'de pek sık karşılaşamayacağımız türden ilginç bir suç öyküsüydü bu ama beni ilgilendiren üç milyon pound ödeyeceğimiz şirketti.

"Peki, Solak Kâmil ile İkonion Turizm'in ilişkisi var mıymış?"

Suratı asılır gibi oldu.

"Sadece Serhad ve Cavit'le ilişkisini tespit edebildik. Solak bu ikisiyle Eskişehir Cezaevi'nde bir yıl birlikte yatmış. Üçü sıkı arkadaşlarmış."

"Demek sabıkalıymış Serhad" diye öfkeyle söylendi Mennan. "Biliyordum zaten o herifte bir pislik olduğunu. Ya o titizlik manyağı Cavit'e ne demeli?"

"Adam yaralamaktan girmişler içeri" diye sürdürdü Zeynep. "Antalya'da Kayıkçılar çetesinin üyesiymiş bu ikisi. Üç yıl yatmışlar, onlar da Solak gibi aftan yararlanıp çıkmışlar. Sonra da Konya'ya gelerek, Ziya Bey'in yanında işe girmişler."

Bizi ilgilendiren konuya gelmiştik sonunda.

"Ya Ziya Bey, o da mı çeteye dahil?"

"Sanmıyorum" diyerek başını salladı. "Ne Deli Yılmaz'ın çetesinin ölüm listesinde adı geçiyor, ne de karşı çetede yer alan kişilerin arasında. Galiba Ziya Bey'in çetelerle bağı yok."

Hemen itiraz ettim.

"Çetelerle bağı olmayabilir ama Solak Kâmil'i üzerime salmakta hiçbir sakınca görmemiş."

Yorgun gözleri haklısınız der gibi baktı.

"Evet, muhtemelen Solak'ı size saldırtan Ziya Bey'dir. Tabii bu işi de Serhad ve Cavit aracılığıyla yaptırmıştır. Ancak hem Serhad, hem de Cavit bu suçlamayı reddediyor. Serhad, Solak'ı telefonla aradığını kabul ediyor ama 'Eski arkadaşım, buluşup yemek yiyecektik' diyor."

Çaresizlik sinirlerimi germeye başlamıştı.

"Yalan söylüyorlar" diye çıkıştım. "Daha önce Solak'ı da tanımadıklarını söylemişlerdi ama bakın hapishane arkadaşı çıktılar."

Gözlerinde yılgın bir ifade belirmişti.

"Biliyorum Miss Karen, boş yere öfkelenip kendinizi yıpratmayın. Telefonda da anlattım. Evlerinde yaptığımız aramalarda ne bu işi teşvik ettiklerine dair bir belge, ne de oteldeki yangını çıkardıklarını gösteren bir kanıt bulabildik. Yine de eski sabıkalı olmalarını da göz önünde bulundurarak ikisini de savcılığa yolladım."

Zeynep'in sesi umutsuzdu, o açıkça söylemese de savcılığın Serhad ile Cavit'i serbest bırakacağını düşünüyor, kendimi yenilmiş gibi hissediyordum. Bir süre kimse konuşmadı, odada duyulan tek ses masanın üzerindeki telsizin sinir bozucu cızırtılarıydı.

"Ne kadar işinize yarar bilmiyorum ama size İkonion Turizm hakkında kimi bilgiler vermek istiyorum" diyerek yine Zeynep başladı söze. "Mali Polis'ten ayrıntılı bir rapor aldım. İkonion Turizm finansal açıdan oldukça zor durumdaymış. Apart otel yapacağım diye fazla açılmış. Bankalara beş milyon dolara yakın kredi borcu varmış. Eğer önümüzdeki altı ayda ödeyemezse, bütün mal varlığına haciz gelecekmiş. Üstelik bu, Ziya Kuyumcuzade'nin ilk zora düşmesi de değil. Bundan beş yıl önce de ortakları arasında onun da bulunduğu Konya merkezli bir limited şirket, kendilerinin de Müslüman olduğunu söyleyerek Almanya'daki inançlı Türk vatandaşlarından toplanan on milyon euroyu batırmış. Yani Ziya Kuyumcuzade denen şahıs sütten çıkmış ak kaşık değil. Ve kişisel fikrimi soruyorsanız, evet, muhtemelen Yakut Otel yangınını çıkartan da o."

Bu defa umutsuz olan bendim. Son iki görüşmemizde Zeynep'in söylediklerini tekrarladım.

"Elimizde ne bir kanıt, ne de bir tanık var. Ziya her şeyi ayrıntısına kadar hesaplamış."

"Ne yani" diye patladı Mennan. "Göz göre göre sahtekârlığa boyun mu eğeceğiz Miss Karen?"

"Başka çaremiz var mı?"

Mennan kolay teslim olacağa benzemiyordu.

"Babasıyla konuşalım" diye inatla atıldı. "İzzet Efendi bu namussuzluğa göz yummaz."

Umutsuzca dudak büktüm.

"Ziya'nın babasını önemseyeceğini sanmıyorum."

"Bence yaşlı adamla konuşmanızda yarar var" diye araya girdi Zeynep. "Ziya, babasını önemsemeyebilir ama adam işinize yarayabilecek bilgiler verebilir."

Anlaşılan Ziya'nın bu işten üç milyon poundla sıyrılması onu da rahatsız ediyor, günün sonunda bir sahtekârın kazanacak olmasını içine sindiremiyordu.

"Önerinizi düşüneceğim Zeynep Hanım" dedim toparlanırken. "Biz artık kalkalım. Verdiğiniz bilgiler için çok teşekkür ederim."

Biz kalkarken o da doğrularak elini uzattı.

"Keşke daha fazlasını yapabilseydim ama elimden ancak bu kadarı geliyor."

Bakışları içten, sesi üzgündü.

39

Yaratmak da, yok etmek de sana mahsustur

Zeynep Komser'in yanından çıkar çıkmaz Mennan'a telefonla İzzet Efendi'yi arattırdım. Yaşlı adamla konuşmamızın soruşturmaya yararı olacağından değil, belki Şems ya da babam hakkında yeni bilgiler edinebilirim diye. Konuşmaları çok kısa sürdü; İzzet Efendi isteğimizi memnuniyetle karşılamıştı; iki saat sonra Mevlâna Müzesi'nin müdürüne gidecekmiş, adam eski ahbabıymış, orada görüşebilirmişiz. Saat on iki gibi müzede buluşacaktık. Aslında benim de Simon'ı aramam, gelişmeler hakkında bilgi vermem gerekiyordu ama nedense şimdi bunu yapmak içimden gelmiyordu. Yalnız kalmak, biraz düşünmek istiyordum. Sigorta soruşturmasında başarısız olmama rağmen, aklım işten çok Şems'e takılmıştı. Ona dair o kadar çok soru birikmişti ki kafamda, bunları neye göre sıralayacağımı, hangisine ne yanıt vereceğimi bilemiyordum. Ama emin olduğum tek şey yalnız kalmak istediğimdi. Mennan'a şehri dolaşacağımı söyledim.

"Nereye gitmek istiyorsunuz?" diye sordu hevesle.

Adam bayılıyordu bana yardım etmeye. Ama bu benim hikâyemdi, zaten yeterince katmıştım onu kendi meseleme, üstelik eminim bürosunda yapacak çok işi de vardı.

"Bilmiyorum" dedim kayıtsız bir tavırla. "Neresi olursa. Ama alınmayın lütfen, mümkünse tek başıma gezmek istiyorum. Sizinle ilgisi yok, yabancı şehirlerde yalnız gezmeyi severim."

Ne demek istediğimi anlamadı Mennan ama ısrar da etmedi, sadece, "Sizi bırakmamı istediğiniz bir yer varsa bırakabilirim" diyecek oldu,

"Yok" dedim kesin bir tavırla. "Sağ olun, ben başımın çaresine bakarım."

"Tamam o zaman. Ama bana ihtiyacınız olursa telefonum açık."

Mennan arabasına binip gidince bir süre sokaklarda amaçsızca dolaştım. Artık bu işin sonu gelmiş gibi görünüyordu. Pasaportumu da bulmuştum. İngiltere'ye dönmemek için hiçbir nedenim kalmamıştı. Simon'la konuşup yarın sabah bile yola çıkabilirdim; buradan İstanbul'a, oradan da ilk uçakla Londra'ya. Ama bunu istemediğimi fark ettim. Eksik kalan bir şeyler vardı. Ne olduğunu bilmiyordum ama yarım kalmışlık, tamamlanmamışlık duygusu gizli bir yara gibi zonkluyordu zihnimde. Yıllarca babamdan uzak kaldıktan sonra onun şehrinde, onun inancıyla, onun kendine rehber seçtiği kişilerin hayaletleriyle karşı karşıya kalmıştım. Hazırlıksız bir karşılaşmaydı bu. Haksız bir yüzleşme... İster misin diye sorsalardı, asla kabul etmezdim ama işin tuhafı şimdi bu karşılaşmayı bir sonuca bağlamadan gitmek istemiyordum. Çalan telefonum düşüncelerimden yaşama çağırıyordu beni. Açtım. Nigel'dı. Nedense büyük bir coşku hissetmedim.

"Alo Karen..."

"Merhaba Nigel." Sesim buruk çıkıyordu. "Nasılsın?"

Zeki adamdı sevgilim, hemen anladı bir şeylerin ters gittiğini.

"Ne oldu? Sesin bir tuhaf geliyor."

"Yok, ben iyiyim, soruşturmayla ilgili bir pürüz çıktı da."

"Öyle mi?"

Neşesi sönmüştü. Kim bilir hangi duygularla etmişti bu telefonu, belki de bana Mevlâna'nın şiirlerinden birini okuyacaktı yine.

"Boş ver" dedim gönlünü almaya çalışarak. "Dün geceki yemek için teşekkür ederim, annem çok mutlu olmuş."

"Sahi mi?" Sesi kuşku doluydu. "Bana pek öyle gelmedi. Başlarda çok neşeliydi ama hamile olduğunu duyunca sinirlendi."

Niye söyledin ona demedim, çünkü hamile kalmak gizlenmesi gereken bir kusur değildi, hatta benim yaşımda bir kadın için annemin de belirttiği gibi son şans bile sayılabilirdi.

"Bebeği aldıracağımızı söyleyince de tadı iyice kaçtı" diye sürdürdü sözlerini. "Sanırım annen bir torun istiyor. Bu konuyu onunla konuşsan iyi olacak. Boş yere umutlanmasın kadıncağız."

Sanki beni uyarır gibiydi. Ya da yaşadığım onca gerginlikten sonra ben öyle algılıyordum. Aslında ne yeri, ne de zamanıydı ama duygularımı daha fazla gizlemek içimden gelmedi.

"Nigel, sana söylemek istediğim bir şey var."

"Neymiş?"

Hayır, yanlış algılamamıştım, bir tür meydan okuma duygusu içine girmişti Nigel. Bu ses tonunu çok iyi tanıyordum, ne zaman onun istemediği bir konudan bahsedecek olsam aynı tonda konuşurdu benimle. Ama korkarım bu kez onun istediklerini yapamayacaktım.

"Bebeği aldırmak konusunda emin değilim" diye söylendim kararlı bir tavırla.

Aramızda binlerce kilometre de olsa yaşadığı hayal kırıklığını bütün ağırlığıyla hissedebiliyordum.

"Ama bu konuyu konuşmuştuk" dedi kısa bir sessizliğin ardından. "Hatta ben hastaneden randevu bile aldım."

"Özür dilerim Nigel. Haklısın, konuşmuştuk, daha doğrusu sen fikrini söylemiştin, ben de sessiz kalmıştım. Düşüncelerimi söylemediğim için hatalıyım. Ama bu bebeği aldırmak istediğimden emin değilim."

"Doğuracak mısın yani?"

Sesini yükseltmişti; çıkışır, azarlar gibiydi.

"Bilmiyorum" dedim ne ezik, ne de sinirli bir tavırla. "Biraz düşünmem lazım."

"Şimdiye kadar düşünmedin mi?"

Giderek daha kinci olmaya başlıyordu.

"Düşünmedim."

"Annen etkiliyor seni."

Onunla tartışmak istemiyordum.

"Sadece annem değil, her şey etkiliyor" diye kestirip attım. "Bana biraz zaman ver Nigel. Biraz düşüneyim, sen de düşün. Londra'ya döndüğümde yeniden konuşuruz."

Sakinliğim onu da etkiledi galiba, "Tamam" dedi sinirlerini kontrol etmeyi başararak. "Tamam, sen gelince konuşuruz o zaman."

"Bunun dışında nasılsın?"

"İyiyim, iyiyim, bugün ameliyat yok." Ruhsuz, duygusuz bir tavırla konuşuyordu artık. "Tenise gideceğim öğleden sonra. Şu senin psikologla maçımız var."

"Oliver'la mı?"

"Evet, biliyorsun en son fena yenmişti beni."

"Umarım bu defa sen kazanırsın."

"Biraz zor ama deneyeceğim."

"Bol şans."

Konuşuyorduk ama aramızdaki soğukluk bir türlü kalkmıyordu. Vedalaşmamıza da yansıdı. Seni çok özledim, ne zaman geliyorsun filan demedi bile. Öylesine söylenmiş, kuru bir, "Kendine iyi bak" çıktı ağzından.

Yüreğim sızlıyordu ama kendimi tuttum, "Sen de" demekle yetindim sadece. "Sen de kendine iyi bak."

Telefonu kapattığımda gözyaşlarıma engel olamadım. Neden böyle oluyordu? Neden böyle tıkanıp kalmıştık? Neden bitiyordu her şey? Birden kötümser düşündüğümü fark ettim, ilişkimizin bittiği filan yoktu. Sadece farklı düşünüyorduk. Belki de Londra'ya döndüğümde Nigel'ı ikna edebilirdim. Belki o da isterdi çocuğun doğmasını. Ona bu konuda fikrimi hiç söylememiştim ki. Belki de beni anlayacaktı. Ya anlamazsa, ya çocuğu istemezse? Bilmiyordum, ne yapacağımı bilmiyordum. Aklım bu karmaşık sorunla uğraşırken, sanki çabuk yürürsem çözümü daha kolay bulabilirmişim gibi adımlarım kendiliğinden hızlanmıştı. Şiddetini artıran rüzgârla yarışırcasına yürüdüm şehrin sokaklarında... Karnımda, hakkında vereceğim kararı bekleyen bebeğim, aklımda çözümsüz düşünceler, yürüdüm. Sonra kayboldum, evet, birbirine benzeyen caddelerin, sokakların arasında yolumu bulamaz hale geldim. Bir an panikledim, ne yapacağımı bilemedim. Ama çözüm birkaç metre önümdeki caddeden geçmekte olan taksideydi. Hiç duraksamadan taksiye işaret ettim. Arabaya binerken, "Nereye?" diye soran taksiciyi, kararlılıkla yanıtladım.

"Şems-i Tebrizi Camii'ne."

Taksiden inerken ilk yağmur damlası düştü alnıma. Gökyüzü lacivert bulutlarla kaplanmış, gün sanki geceye dönmüştü. Sabırsız bir sağanağa yakalanmamak için camiye girdim. Girişte ince sakallı, aydınlık yüzlü genç bir adam karşıladı beni. Kibar bir tavırla ayakkabılarımı çıkartmamı, başımı örtmemi rica etti. Eğer başörtüm yoksa kendileri verebilirmiş. Boynumdaki duman rengi uzun fuları çözerken, "Var" diyerek teşekkür ettim. Başımı örttükten sonra, ayakkabılarımı çıkardım, kapının iki yanında karşılıklı olarak duran raflardan sol taraftakinin en alt sırasına yerleştirdim. Mevlâna'nın Türbesi'yle kıyaslandığında son derece mütevazı bir ibadethaneydi burası. Hem cami, hem de türbe. Ama belki Şems'e yakışan da buydu. Belki ona sorsalar bir türbesi bile olsun istemezdi. Mevlâna, gökyüzünden daha güzel bir kubbe mi olur, dememiş miydi? Eminim Şems de onun gibi düşünürdü. Yine de Mevlâna türbesindeki o kalabalıktan sonra burada görevli dışında kimsenin olmadığını görmek keder vericiydi. Sadece keder verici değil, yüzlerce yıllık türbenin içindeki bu ıssızlık, aynı zamanda ürkütücüydü de. Çekingen gözlerle içerisini inceleyerek karşımdaki türbeye doğru ağır adımlarla yürüdüm. Sol tarafımdaki geniş kemerin altından geçilerek girilen caminin ahşap mihrabını fark ettim. Demek insanlar namazlarını burada kılıyorlardı. Mihrabın olduğu bölgeyle fazla ilgilenmedim, çünkü beş altı metre ötemde, ön cephesi fazla yüksek olmayan ahşap tırabzanla çevrilmiş, üstünde yeşil bir örtü ve kocaman bir sarık olan büyükçe bir sanduka duruyordu. Sandukanın ayakucuna yaklaşınca, sol taraftaki levhada yazılanlar gözüme çarptı.

> Yüce Peygamberimiz ile Hazreti Ali arasındaki dostluk, muhabbet, yakınlık ne ise Hazreti Şems ile Hazreti Mevlâna arasındaki dostluk odur.

Aradan yedi yüz küsur yıl geçmiş olmasına rağmen, insanların hâlâ onların arasındaki ilişkiyi savunmak zorunda kalmaları üzücüydü. Öte yandan, bu iki sıra dışı insanın ilişkisi merak edilmeyecek gibi de değildi. Onlar buna aşk diyorlardı ama onların bu duyguya yüklediği anlam ile bizim kavramlarımız arasında sanırım epeyce fark vardı. Belki de Şems ile Mevlâna arasındaki ilişkiyi çözebilsem, babam ile Şah Nesim arasındaki yakınlığı da kavrayabilirdim. Tabii babamın neden bizi hiçbir açıklama yapmadan bırakıp gittiğini de. Belki de İzzet Efendi'ye sormam gereken soru, babamın neden Şah Nesim'le gittiği değil, Mevlâna'nın Şems'e neden bu kadar büyük bir tutkuyla bağlandığı olmalıydı. Belki kanayan yüzüğün gizemi de bununla ilgiliydi, Şems'in hakikat dediği büyük sır da... Aklımdan bunlar geçerken, caminin kubbesi ardı ardına vuran gong sesleriyle yankılandı. Başımı sesin geldiği yöne çevirince, duvarda antika, ahşap bir saat gördüm. Saatin sarkacı sağa sola savruldukça, önemli bir olayın vakti geldi dercesine inatla çınlıyordu gong sesi. Gong sesi sona erince saatin altındaki bölme gıcırdayarak açıldı. Yine gizemli bir geçit duruyordu önümde. Kulaklarımda o bildik uğultuyu hissettim. Yine o tatlı esinti sardı ortalığı, yine o ıtır kokusu çalındı burnuma. Yine aynı ürpertiyle sarsıldı bedenim. Evet, kara giysili dervişin hayaleti yine etrafımda bir yerdeydi. Sakın gitme diyen içimdeki cılız sese aldırmadım bile. Bütün benliğimi ele geçiren merakımın eteğine tutunarak yürüdüm o güzelim ıtır kokusunun yoğunlaştığı yere. Saatin altındaki geçitten içeriye girince, toprağın derinliklerinden gelen bir nem çarptı yüzüme, bir titreme aldı bedenimi ama durmadım. Sarı kandillerin aydınlattığı dar, kemerli bir dehlizde ilerlemeye başladım. Birkaç adım sonra etrafı yaldızlı kalın ahşapla çevrili cam bir kapı çıktı karşıma. Ne tokmağı vardı, ne kilidi. Nasıl geçeceğim diye düşünürken bir gölge düştü cam kapının öteki tarafına. Dikkatli bakınca gölge bir insana dönüştü, insan bizim gezgin dervişe.

"Neden durdun?" diye sordu sanki aramızda cam yokmuş gibi. "Niye yürümüyorsun?"

Aramızdaki camdan engeli göstererek açıkladım.

"Görmüyor musunuz, cam var. Nasıl geçeyim?"

"O cam değil, ayna."

"O zaman bu aynanın sırrı dökülmüş; çünkü öteki tarafını görebiliyorum."

"Görmüyorsun" dedi çekik, siyah gözlerini iyice kısarak. "Çünkü bu aynanın öteki tarafı yok. Gördüğün kendi yansıman."

Bakışlarımı kendi bedenime çevirdim; haklıydı, yine siyah giysiler içindeydim, yine ellerim yaşlı birinin ellerine dönmüştü yine, suretim Şems'e dönüşmüştü. Başımı kaldırdım, aynanın içinde kendimi gördüm, bu kez şaşırmadım. Başımı kaldırdım, Şems'e dönüşmüş suretimin bir adım gerisindeki demir halkalı ahşap kapağı fark ettim, gitmem gereken yolu anladım. Döndüm, demir halkadan tutarak ahşap kapağı kaldırdım. Kıvrılarak toprağın derinliklerine inen bir merdiven belirdi ayaklarımın dibinde. Hiç duraksamadan, hiç yadırgamadan, sanki her gün bu merdivenleri kullanıyormuşum gibi ustalıkla inmeye başladım basamaklardan. Daha ilk adımda duydum fısıltıları.

"Bu İranlı derviş, büyü yaptı Mevlâna Hazretleri'ne... Başka türlü şeyhimiz bağlanmazdı ona."

Her basamakta başka bir ses, başka bir nefreti kusuyordu.

"Fiili livata yaptığını söylüyorlar, esasen erkek bedenine düşkünmüş bu Şems-i Perende..."

İndikçe daha güçlü duyuluyordu fısıltılar.

"Geçen gün çarşıda peygamberliğini ilan etmiş diyorlar..."

Kanatsız bir iblis gibi adımlarımı izleyen fısıltılar, homurdanmaya dönüşüyordu.

"Allah'a şirk koşuyormuş zındık. Tövbe tövbe, ben Allah'ım dediğini duymuşlar..."

Homurdanmalar açıkça düşmanlık ilan ediyordu.

"Moğolların adamıymış diyorlar. Konya'nın haritasını verecekmiş onlara, şehre rahatça girsinler diye..."

Düşmanlık tehdite varmıştı sonunda.

"Katli vaciptir bu kara dervişin. Tez zamanda, tez elden halledile!"

Merdivenin son basamağından taş bir zemine indiğimde sesler kesildi birdenbire. Odamdaydım. Celaleddin'in yaşamam için bağışladığı odamda. Ama hiç eşya yoktu ortalıkta. Ne duvarın kenarındaki sedir, ne yere serili kilim, ne Vezir Karatay'ın Celaleddin'e hediye ettiği rahle, ne işlemeli sürahi. Sadece bir tabut. Sanki içindekini herkes görsün de ibret alsın diye camdan yapılmış bir tabut. Tabutun içinde genç bir kız; benim karım Kimya. Sanki ölmemiş gibi taptaze, sanki az sonra gülerek uyanacakmış gibi yanakları pespembe. Belki de dokunsam gözlerini açacak, belki de seslensem kalkacak. Ama dizlerimin bağı çözülmüş, ben de o cesaret nerede? O anda duydum kapıya vuran insan elinin sesini.

"Şems Efendi... Ey Şems-i Tebrizi, kapıya gel az hele."

Hiç şaşırmadım duyduklarıma, korkmadım, telaşa kapılmadım. Demek vakit gelmişti. Yekindim, kapıya yürüdüm. Elimi kilide götürmeden döndüm, bir kez daha baktım, camdan tabutta yatan günahsızın kefensiz bedenine. Allah'a sözüm olmasaydı eğer hiç durmaz değiştirirdim kendi canımı onunkiyle. Ama vaat edilen yerine gelmişti, ben de vaat ettiğimi yerine getirmeliydim. Kapıyı açtım. Zemherinin soğuğu hücum etti içeri, ayaz alevsiz bir ateş gibi yaladı yüzümü. "Buyrun" dedim dolunayın kara gölgeler haline getirdiği yedi kişiye. "İşte geldim, deyin ne diyecekseniz."

Kimse bir şey diyemedi. Kış gecesinin sessizliği, katı bir ayaz gibi çöktü aramıza. En önde duranı seçer gibi oldum. Bu, Hüdavendigâr'ın asi oğlu Alaeddin'di.

"Alaeddin" dedim görmediğim gözlerinde hakkımda verilen hükmü okuyarak. "Alaeddin, sen misin?"

Bir adım öne çıktı Alaeddin sandığım gölge. Kendi yüzümü gördüm onun suretinde.

"Hatırla" dedi kendi dudaklarım bana. "Verdiğin sözü hatırla."

Dolunayla aydınlanan sessiz bir bahçe canlandı gözlerimin önünde. O ilahi gecede Allah'a şöyle yakarmıştım:

"Ey göğü ve yeri yaratan, ey olmazı olur kılan... Kendi gizli sevgililerinden birinin adını bana söyler misin?"

O ulaşıldıkça ulaşılmaz olan, bana şöyle demişti: "İstediğin can, herkesin gözünden saklı, güzel ve mağfirete nail olmuş, Belhli Sultanü'l-Ulema Baha Veled'in oğlu Muhammed Celaleddin'dir."

Ben de ona demiştim ki: "Ey umutların umudu, ey varlığımızın kutsal ışığı. O sevgilinin mübarek yüzünü, Muhammed Celaleddin'in suretini bana gösterir misin?"

Her şeyi görüp bilen, bildiğimizi kat kat çoğaltarak anlamlara ayıran bana demişti ki: "Buna teşekkür borcu olarak ne verirsin?"

Hiç düşünmeden uzatmıştım boynumu. "Başımı!"

Takdiri yaratan, takdir etmişti hediyemi ve demişti ki: "Mana budur işte. Aşk budur. Aşkın tek bedeli vardır, o da candır. Ölümle kutsanmayan aşk, aşk değildir. Bundan böyle Baha Veled'in oğlu Muhammed Celaleddin sana helaldir. Git ve onu bul. Git, onu bul ama bize verdiğin sözü de unutma." Unutmamıştım. Her nefes alışımda, her adım atışımda gerçekleşsin diye uğraştığım kutsal amacımı nasıl unutabilirdim. Alaeddin sandığım bedenden bana bakan kendime gülümsedim. "Vakit geldi mi?"

"Geldi" dedi benim suretimde görünen. "Hazır mısın?"

"Hazırım" dedim gözlerimi bile kırpmadan. "Yaratmak da, yok etmek de sana mahsustur."

Önce bir ses duydum; kınından sıyrılan bir bıçak, zehrini kusan bir engereğin tıslaması, yırtılan tenin yumuşak yankısı. Baktım, şimdi Alaeddin duruyordu karşımda. Gülümsemeye çalıştım, bırakmadılar; bakışlarımla anlatmak istedim, fırsat vermediler. Aynı anda yedi kez parladı yedi bıçak dolunayın ışığında. Aynı anda tam yedi kez sarsıldım. Yedi kez açıldı bedenimde yedi ateş çiçeği. Sonra yedi ateş çiçeğinden usulca gökyüzüne yükselen kendi ruhum. Sonra taşa damlayan kan. Sonra gökyüzünde dolunay, bahçede toprak kokusu, ürkütücü bir serinliğin içinde yüzen ağaçlar, katmerlenen kış gülleri, tazelenen nergisler, bedenimi parçalayan yedi kişi. Yedi öfkeli yürek, nefret tarafından ele geçirilmiş yedi akıl, yedi keskin bıçak. Ne yaptıklarının farkında bile olmayan yedi zavallı âdem. Ve sonra taştaki kan; canlı cansız ne kadar mahlukat varsa hepsini içine alarak koyulaşan o bir damla kan.

40
O kanayan yüzüğü bana niye vermişti?

Gözlerimi açtığımda Şems'in sandukasının ayakucunda, mavi nakışlı kırmızı bir halının üzerinde yatıyordum. Halıdan yükselen ağır boya kokusu başımı döndürüyor, midemi kaldırıyordu. Sırtımı türbenin duvarına dayarken ince sakallı görevli yetişti.

"Hanfendi... Hanfendi... İyi misiniz?"

Türbenin önündeki ahşap tırabzana tutarak doğruldum. "İyiyim, iyiyim" dedim gülümsemeye çalışarak. "Bir an kendimi kaybetmişim."

Sahici bir kaygıyla mırıldandı görevli: "Kalkmasaydınız... Renginiz sararmış."

Endişeyle başımda dikilen adama, aslında şu sandukanın sahibi yakamı bırakmıyor, az önce bana kendi ölümünü yaşattı, gördüklerimin şiddetinden bilincimi yitirmişim diyemeyeceğim için, "Merak etmeyin, şimdi geçer" dedim içimde yükselen bulantıyı bastırmaya çalışarak. "Bir bardak su verebilir misiniz?"

"Hemen" diye seğirtti genç görevli. "Hemen getiriyorum."

Yalnız kalınca kendimi daha iyi hissettim. Toparlanırken Şems'in sandukasının yanındaki başka bir levhaya takıldı bakışlarım.

Yedi kıskanç, cahil insan tarafından şehit edilen Şems-i Tebrizi Hazretleri'nin Makamı.

Belki de buraya ilk geldiğimde bu yazı gözüme çarpmış, bayıldığımda gördüklerim de okuduklarımın etkisiyle gerçekleşmişti. Gerçi bu yazıyı okumamış olsam bile Mennan'ın anlattıklarından Şems'in nasıl öldürüldüğünü biliyordum. Yani az önce gördüğüm kâbus ya da sanrı duyduklarımın etkisiyle yaşanmış da olabilirdi. Değilse bile, üç gündür başıma gelenlerden sonra Şems'in türbesini tek başıma ziyaret etmek bile sinir sistemimi altüst etmeye yetmiş, bilinçaltımı, aklıma karşı yine isyana kaldırmış olmalıydı. Mantığım her zamanki gibi açıklanabilir çözümler ararken, ruhum içten içe yaşadıklarımın bir hayal, bir kâbus değil, gerçeğin ta kendisi olduğuna giderek daha çok inanıyordu. Aklım ile ruhum arasındaki bu çetin savaşta benliğim tuhaf bir sessizliğe bürünüyor, çaresizlik içinde olacakları izlemekle yetiniyordu.

"Buyrun hanfendi."

Görevli elindeki su dolu bardağı bana uzatıyordu. Bardağı alıp dudaklarıma götürdüm. Tatsız, yavan bir suydu, yoksa kuyudan mı çekiyorlardı? Nemli toprak kokusunu burnumda duydum yeniden, yerin derinliklerine inen merdiven geldi gözlerimin önüne, tehdit eden fısıltılar, camdan tabutta yatan Kimya'nın taze cesedi, taşa damlayan kan... Bulantım artmaya başladı. Temiz havaya ihtiyacım vardı. Bardağı genç görevlinin eline tutuşturdum, yarım yamalak bir teşekkür ettikten sonra kendimi hızla dışarı attım. Ayakkabılarımı bile caminin önünde geçirdim ayaklarıma.

Caminin birkaç metre ötesindeki çeşmenin alçak duvarına yaslanıp derin derin nefes aldım. Açılır gibi olmuştum. Kaldırıma doğru yürüdüm. Galiba bütün bunlar hamilelikle ilgiliydi. Baş dönmesi, düşmeler, bulantı... İyi de kâbuslar ne oluyor? Benim bildiğim hamile kadınların olmayacak yiyecekler ister canı. Ne bileyim, kışın ortasında karpuz, yaz gününde kestane gibi. Hamilelik sendromu olarak hayaletler gören bir tek ben vardım herhalde. İngiltere'ye döndükten sonra da Londra'nın ölmüş azizlerinin hayaletleriyle mi uğraşacaktım? Yok canım daha neler! Bütün bunlar babamın Mevlevi olmasıyla ilgili. Annemin söylediği gibi yaşadıklarımın hepsi bizim evde konuşulmuş konular. Öğrendiğim bilgiler de bu bilmem kaç bin yıllık şehirde tuhaf hayaller yaşatıyor bana, hepsi bu işte. Ama öte yandan kabul etmem gerekir ki, hamilelik hakkında yeterli bilgiye sahip değildim. Dönünce hemen bir kadın doğum uzmanına görünsem iyi olacak. İnanmazdı ki söylediklerime. Deli deyip çıkardı işin içinden. Yok, kimseye anlatamam bu yaşadıklarımı. Belki anneme. O inanırdı ama psikolojik problemlerim olduğunu düşünürdü. Küçükken hayali arkadaşım Sunny ve uykuda yürüdüğüm için doktora götürmemişti, fakat bu kez bir dakika bile kaybetmeden Londra'nın seçkin psikiyatri kliniklerine taşırdı beni. Hayır, hayır anneme de anlatamazdım. Boş yere onu kaygılandırmanın bir anlamı yoktu, bu şehirden gidince her şey düzelecekti. Neden düzelsin? Kâbuslarımda yaşadıklarımdan hiçbir şey anlamamıştım. Şems bana ne söylemek istiyordu? Neden sürekli kendi yaşamını gösteriyordu bana? Neden Mevlâna'yla ilişkisine ait yaşanmışlıklara götürüyordu beni? Peki şu sır neydi? Herkesin erişemeyeceği şu mutlak hakikat. Kendi yaşamındaki bir olay mı? O kanayan yüzüğü bana niye vermişti? O yüzüğün taşındaki düğümlenmiş kalp kendisine ait olduğu için mi? Yoksa nasıl öldürüldüğünü açıklamamı mı istiyordu benden? Fakat bu, zaten biliniyordu. Ahmed Eflaki yüzlerce yıl önce yazmıştı bu konuyu. Öyleyse niye bırakmıyordu yakamı? Her fırsatta rüyalarıma sızmasının, kâbuslarımı kışkırtmasının, gecelerimi korkuya dönüştürmesinin bir nedeni olmalıydı? Babam yanımda olsaydı açıklardı eminim. Çünkü bu onun inancıydı, onun kültürüydü, o bilmezse kim bilecekti. Ama babam kim bilir neredeydi? Gerçi yanımda olsa, sözlerime nasıl bir tepki vereceğinden de emin değildim. Bana inanmayabilirdi de, çıldırmış olduğumu bile düşünebilirdi. Üstelik bunda haklı da olabilirdi; çünkü artık ben de kendimden emin değildim. Belki de bu yaşadıklarım ne hamilelikle ilgiliydi, ne de babamın inancıyla, belki de gerçekten ağır ağır aklımı yitiriyordum. Birden üç gün önce Şems'le ilk karşılaştığımız yerde bulunduğumu fark ettim. Şems'in yüzüğü bana verdiği yerde. Sanki yine karşıma çıkacakmış gibi etrafa bakındım ama etrafta ne o tuhaf derviş, ne de kara gölgesi vardı. Park oldukça sakindi, hızla yürümekte olan iki erkek ile pazar çantasını tıka basa sebzeyle doldurmuş çarşaflı bir kadından başka kimseyi görmedim. Yine bir damla yağmur düştü yüzüme. Başımı kaldırıp gökyüzüne baktım. Hayır, yağmur yoktu gökyüzünde, tersine lacivert bulutlar hızla dağılıyor, utangaç bir güneş ağır ağır parlak yüzünü gösteriyordu. Şems'in sözlerini hatırladım.

"Madde âleminin güneşi doğduğunda, mana âleminin güneşi kaybolur."

Evet yine onun sesi yankılanmıştı kulaklarımda, yine sözleriyle meşguldü aklım, bir türlü kurtulamıyordum ondan. Sanki görünmeyen varlığı beynimin kıvrımlarına yapışıp kalmıştı. Ama söyledikleri de doğruydu, ya gece çıkıyordu karşıma ya da gün ışığı kaybolduğunda. Çünkü aklımız gerçeği göremezse, kontrolü ele geçiren bilinçaltımız, abuk sabuk kâbuslar gösterir diye açıkladım kendi kendime. Bu açıklama biraz daha iyi hissetmemi sağladı. Saat kaç olmuştu acaba? Baktım On ikiye geliyordu. İzzet Efendi ile görüşme vaktine az kalmıştı. Seyrek ağaçlıklı parkın çıkışına yürümeye başladım. Kaldırıma yaklaşınca, beni Mevlâna Türbesi'ne götürecek bir taksi aranırken telefonum çaldı. Baktım, Simon'dı. Canım onunla hiç konuşmak istemese de artık bu lükse sahip değildim, telefonu yanıtladım.

"Merhaba Simon."

"Merhaba Karen... Nasıl gidiyor?"

Hiç çekinmeden, açıkça söyledim kötü haberi.

"Ne yazık ki durum berbat Simon. Adamların oteli kundakladığını kanıtlayamıyoruz..."

"Sabah yolladığın elektronik postada Ziya'nın adamlarının gözaltına alınacağını, evlerinde arama yapılacağını yazmıştın."

Sesindeki hayal kırıklığı sezilmeyecek gibi değildi. O kadar çaresizdi ki neredeyse beni suçlayacaktı. Olan biteni bütün çıplaklığıyla anlattım ona. Bütün beklentilerimizin boş çıktığını, Ziya'nın sandığımızdan da kurnaz bir adam olduğunu ayrıntılarıyla aktardım. Sessizce dinledi, aslında en başından beri bu sonucu bekliyor olmalıydı ama benim durumu değiştirebileceğimi ummuştu. Olmamıştı işte, mucize gerçekleştirecek halim yoktu. Ziya'nın otelini sigortalarken dikkat etmeliydiler. Adamın adı daha önce de yolsuzluklara karışmıştı; böyle birini müşteri olarak kabul etmemeleri gerekiyordu. Sözlerim sona erince, bir süre sessiz kaldı Simon. Düşünüyordu, aklından kim bilir ne tilkilikler geçiyordu.

Belki de uçağa atlayıp Konya'ya gelmeyi tasarlıyordu. Ama sandığım gibi çıkmadı.

"Sen ne öneriyorsun?" Sanırım yenilgiyi kabul etmekten başka çaresi olmadığını anlamıştı. "Ne yapmalıyız sence?"

"En akıllıcası uzlaşmak. Pazarlığa oturup üç milyon poundu ne kadar aşağıya çekebilirsek çekmeye çalışmak."

Yine suskun kaldı.

"Galiba haklısın" dedi söze başladığında. "En doğrusu pazarlık yapmak. Ama yine de ben biraz düşüneyim, bizim avukatlarla bir görüşeyim, belki onlar daha iyi bir yol bulurlar." Derinden bir iç geçirdi. "Bu arada sen de şu Ziya denen herifle bir görüş. Kafasında ne var öğrenmeye çalış. Ama sakın niyetimizi belli etme. Ziya tazminatta nereye kadar inebilir, bunu anlayabilirsen elimiz çok kuvvetlenir. Akşam yeniden konuşuruz."

"Oldu, bugün Ziya'yla görüşür, akşam sonuçları bildiririm sana."

"Anlaştık." Kapatacak sandım, yapmadı. "İş böyle sonuçlandı diye moralini bozma Karen. Elinden geleni yaptığını biliyorum. Hadi sana bol şans."

Ne yalan söyleyeyim şaşırmıştım; Simon iyi bir müdür olmasına rağmen en kötü özelliği başarısızlığı paylaşmaya yanaşmamasıydı; eğer iş olumsuz sonuçlanmışsa bunun sorumluluğunu size yüklemeye çalışırdı. Birlikte çalıştığımız süre içerisinde belki de ilk kez anlayış gösteriyordu.

"Teşekkür ederim" dedim takdir eden bir sesle. "Görüşürüz."

Simon'la vedalaşırken önümden geçmekte olan bir taksi gördüm ama durdurmadım, hazır telefon elimdeyken Ziya'nın numarasını tuşladım. Ardı ardına çalmaya başladı telefonun zili ama Ziya açmıyordu. İnat ederek bekledim, tam sekizinci çalışında açtı.

"Alo Miss Karen." Sesi soğuktu, aceleyle konuşuyordu. "Kusura bakmayın, bankada bir görüşmedeyim de..."

"Asıl siz kusura bakmayın Ziya Bey. Çok kısa konuşacağım. Buluşmamız gerekiyor, soruşturmayla ilgili kimi bulgulara ulaştım, raporumu yazmadan önce bunları size anlatmam gerek."

"Ne gibi bulgular?"

Telaşlanmaya başlamıştı, bu iyiydi, ağırdan almamda yarar vardı.

"Telefonda olmaz. Üstelik sizin vaktiniz de yok. Buluştuğumuzda anlatırım."

Sesimden durumun ciddi olduğunu anlamıştı. Üstelik iki adamı da gözaltına alınmıştı, elimde neler olduğunu merak ediyordu.

"Tamam o zaman, birkaç saat içinde görüşürüz."

"Nasıl? Nerede?"

Kendinden emin bir sesle yanıtladı:

"Merak etmeyin, Konya küçük yer, sizi bulurum. İyi günler."

Beni nerede, nasıl bulacaktı, sormama bile fırsat vermeden kapattı. Belli ki ona yüklü para getirecek bir iş görüşmesinin ortasındaydı. Ve müşterilerinin yanında işini bozabilecek bu tatsız konuya hiç girmek istemiyordu.

41
Mürşidi olmayanın imamı şeytandır

Dervişan Kapısı'nın önüne geldiğimde dün olduğu gibi küçük bir kuyrukla karşılaştım. Bu kez İngilizler değil, başlarına mor fesler takmış Fransız turistler doldurmuştu Mevlâna Müzesi'nin girişindeki bilet gişesinin önünü. Ama bizim Mennan ortalıkta görünmüyordu. Erken mi gelmiştim yoksa? Saatime baktım, yoo, tam on ikiydi. Nerede bu adam diye aranırken, gülümseyerek turnikelerin arkasından seslendi.

"Buradayım... Miss Karen burdayım."

Onu görünce turnikelere yaklaştım, yanındaki resmi giysili görevli beni içeri aldıktan sonra bizi yalnız bıraktı. Türbenin bahçesi yine tıklım tıklım ziyaretçi doluydu. Meraklı topluluğun arasından geçerken sordum:

"Erken geldiniz galiba?"

"Öyle oldu." Sanki suçluymuş gibi ezik konuşuyordu. "Sizden ayrıldıktan hemen sonra, İzzet Amca aradı. 'Beni türbeye sen götürür müsün?' dedi. Sesi üzgün çıkıyordu, belli ki tatsız bir şeyler olmuştu. Kabul ettim tabii. Onu evinden alıp müze müdürüne getirdim."

"Ne olmuş peki? Neden üzgünmüş?"

"Ne olacak!" diye söylendi öfkeyle. "Ziya alçağı, İzzet Amca'nın evine ipotek koydurmak istiyormuş. Beyefendi bankadan kredi alacakmış da teminat olarak babasının evini gösterecekmiş."

Ziya iyice sıkışmıştı demek, yapacağımız pazarlık için iyi bir kozdu bu ama aklım babasında kalmıştı.

"İzzet Efendi ne diyor bu işe?"

"Ne diyecek, zinhar olmaz diyor. Üstelik demekle de kalmıyor, kaç zamandır düşünüp de yapmadığı bir işi hemen uygulamaya koyuyor. Müzeye de bunun için gelmek istemiş zaten."

Ne söylemek istediğini anlamamıştım. "Ne için?"

Yüzünde tertemiz bir gülümseme belirdi; yeşil gözlerini tatlı bir aydınlık bastı.

"Evini müzeye bağışlamak için. Evet, malını mülkünü elinde ne varsa her şeyini Mevlâna Müzesi'ne bağışlamak istiyor. Müze Müdürü Saim Bey'le de onu konuştular. Kimi hukuki engeller varmış, buradan çıkınca benim avukata götüreceğim İzzet Amca'yı."

Takdir ettim İzzet Efendi'yi, oğlu dururken malını mülkünü bir müzeye bağışlamak kolay iş değil.

"Peki öteki akrabaları ne diyecek bu işe?" diye sordum. "Başka çocuğu var değil mi?"

Müjdeli bir haber verir gibi, "Yok" diye sevinçle söylendi. "Ziya'dan başka çocuğu yok."

Sessizce gülmeye başladım.

"Desenize çok bozulacak Ziya Bey bu işe."

"Bozulsun" dedi Mennan katı bir tavırla. "Çoktan hak etti bunları şerefsiz."

Renkli turist kalabalığını bahçede bırakarak bir koridora girmiştik. Eliyle sağ taraftaki ahşap kapıyı gösterdi.

"Burası Miss Karen. Müdür bey bu odayı bize ayırdı."

İzzet Efendi odadaki tek pencerenin önünde oturuyordu.

Mennan'ın anlattıklarından sonra onu gergin, öfkeli bulacağımı sanıyordum ama tıpkı dünkü gibi huzur dolu bir gülümseyişle karşıladı beni. Yanına yaklaşırken ayağa kalktı, saygıyla elimi uzattım.

"Merhaba."

"Merhaba kızım" dedi uzattığım eli güçsüz parmaklarıyla sıkarken. "Seni her gördüğümde, Poyraz'ın kokusunu duyuyorum. Allah senden razı olsun."

"Asıl teşekkür borcu olan biziz" dedim bu sevgi dolu adama bakarken. "Görüşme teklifimizi kabul ederek bizi mutlu ettiniz."

Yaşlı yüzü ışıdı.

"Ne demek, Poyraz'ın kızı benimle konuşmak isteyecek, ben de kabul etmeyeceğim. Olacak iş mi?" Eliyle karşısındaki iskemleyi gösterdi. "Buyur, otur şöyle."

İskemleye yerleşirken etrafa baktım: Oda küçük bir kütüphane gibiydi. Camlı raflarda altın yaldızlı, bez ciltli sıra sıra kitaplar, duvarlarda çerçevelenmiş Mevlâna ve dönmekte olan semazen resimleri, nereden geldiğini kestiremediğim hafif bir ney sesi.

"Ne güzel bir yermiş burası" diye söylendim. "Küçük ama sıcacık bir oda."

"Güzel olmaz mı? Mevlâna Hazretleri'nin makamı." Tarçın rengi gözleri kederlenir gibi oldu. "Bakıma ihtiyacı var ama para gerekiyormuş, çok para... Az evvel müze Müdürü Saim Bey söyledi."

"Umarım gereken para sizin gibi hayırseverler sayesinde bulunur" diyecek oldum, İzzet Efendi'nin yüzü asıldı; alınmış gözlerle Mennan'a baktı. Zavallı Mennan kıpkırmızı oldu, yerin dibine geçti. Sanırım büyük bir çam devirmiştim. "Özür dilerim" diyerek toparlamaya çalıştım. "Mennan'ı ben zorladım açıklaması için, onun bir suçu yok."

Yaz yağmuru gibi çabucak geçti İzzet Efendi'nin dargınlığı. "Kimsenin suçu yok" dedi ışıklı gözlerini güzelleştiren bir hoşgörüyle. "Hayır işini yapan kişinin bilinmesi iyi değildir ama mademki açığa çıktı, bunda da bir hayır vardır deyip geçmek lazım."

Kısa bir suskunluk oldu. Kötü bir başlangıç yapmıştık, şimdi de kırgın olduğu oğlu hakkında sorular sormak hiç hoş kaçmayacaktı. Belki Ziya hakkında konuşmayı bir yana bırakıp doğrudan Şems konusuna girmek daha iyi olur diye düşünürken, "Cenabı Allah Kuranı Kerim'in Hud suresinde, baba ile evlat arasındaki ilişkiye güzel bir örnek sunar" diyerek sormamayı düşündüğüm soruyu yanıtlamaya başladı İzzet Efendi. "Allah, Nuh Peygamber'e yaklaşmakta olan tufanı bildirir, kocaman bir gemi yapmasını buyurur. Kendisine inananları da bu gemiye davet etmesini söyler. Ama inanmayanlar Nuh Peygamber'in sözleriyle alay ederek, onun davetini kabul etmezler. Ne yazık ki daveti reddedenler arasında Nuh'un oğlu da bulunmaktadır. Nuh Peygamber'in tüm ısrarlarına rağmen oğlu gemiye binmez, 'Ben yüksek bir dağa sığınarak sulardan korunurum' der. Ama korunamaz, seller Nuh'un oğlunu sürükleyip götürür. Bunun üzerine Nuh Peygamber, Cenabı Hakk'a, 'O benim ailemdendi, neden onu korumadın' diyecek olur, Hak Teala ona şöyle seslenir: 'Ey Nuh, o senin ailenden değildir. Çünkü o hiç de doğru olmayan bir iş yapmıştır.' Bu sözler üzerine Nuh gerçeği anlar ve oğlu için Allah'a soru sormaktan vazgeçer."

Tarçın rengi gözlerini yüzüme çevirdi.

"Evet, güzel kızım. Ziya benim oğlum olmasına rağmen artık benim ailemden değildir. Allah, insanları onun şerrinden korusun. Biliyorum ki, onunla iş yapıyorsunuz ama benim Ziya hakkında söyleyeceklerim bundan ibarettir; eğer bana iyilik etmek istiyorsan lütfen onu benden sormayın."

Ne yalan söylemeli, beni utandırmıştı İzzet Efendi. "Merak etmeyin" dedim özür dileyen bir tavırla. "Ziya Bey hakkında konuşmayacağız. Benim sizden öğrenmek istediğim konu Mevlâna ile Şems arasındaki dostluk."

Başka bir konuyu hatırlamış gibi hemen atıldı.

"Şu kanayan yüzük hikâyesini okuyabildin mi? Şems Hazretleri'nin kitabındakini diyorum. Ben kitabı bulamadım da."

"Bulduk, bulduk" dedim ama şimdi bu konuya girmek istemiyordum. "Bahsettiğiniz hikâyeyi de okudum. İlginç bir hikâye ama bana verilen yüzükle ilgisi yok."

"İyi o zaman" dedi hiç ısrar etmeden. "Şimdi sorduğun soruya gelelim. Söyle bakalım, neden merak ediyorsun bu iki mana erinin arasındaki sevgiyi?"

Dürüst davranmak iyi olacaktı.

"Aslında babam ile size dün bahsettiğim şu Pakistanlı Şah Nesim arasındaki dostluğu merak ediyorum. Sanırım babam bu ilişkide, Mevlâna ile Şems'i örnek alıyordu kendisine."

İçtenliğim onu memnun etmişti.

"Haklısın, hepimiz onları örnek alırız. Peki sen tam olarak neyi öğrenmek istiyorsun?"

"İki erkek nasıl bu kadar yakın olabilir? Bu nasıl bir dostluktur ki, iki yetişkin insan birbirinden kopamaz hale gelir?"

Sanki sözlerim onu derinden etkilemiş gibi gözlerini kapatıp başını usulca sallayarak mırıldandı:

"Çünkü onları birbirine aşk bağlamıştı. Mevlâna Hazretleri bu konuda şöyle buyurmuştu. 'Bende bana dair hiçbir şey bırakmayan bu aşk hakiki hürriyettir.' Ama sadece gördükleriyle yetinen insanlar anlayamaz bunu." Göz kapakları aralandı, mahmurlaşmış gözlerini yüzüme dikti. "Çoğu kişi, senin gibi Şems Hazretleri ile Mevlâna Hazretleri'nin ilk buluşmalarının ardından bir odada halvete çekildiği günlerde neler yaptıklarını merak eder. O halvet günlerinde ne olmuştur ki, Mevlâna Hazretleri, odadan çıktıktan sonra ders vermeyi, vaaz etmeyi bir yana bırakıp en büyük sırrın peşine düşmüştür? O günlerde Mevlâna Hazretleri'nin hanımı Kira Hatun da merak içindedir; yaptığının yanlış olduğunu bile bile kendine engel olamaz, bu iki Tanrı dostunun kapandığı çilehanenin kapısının deliğinden içeriyi gözetler. Bakar ki Mevlâna Hazretleri ile Sems-i Tebrizi Hazretleri karşılıklı oturuyorlar. Ne bir ses, ne bir söz, çıt çıkmıyor aralarında. Yüzlerinde derin bir sükûnet, derin bir huzur, derin bir mutluluk. İki bedende saklı iki ruh, dilsiz, dudaksız, işaretsiz sadece bakışarak konuşuyorlar. Kira Hatun bu anlaşma yolunu bilmediği için, onların ne yaptığını da anlayamaz."

Sadece Kira Hatun değil ki, ben de anlayamıyordum. "Peki ne yapıyorlar?" diye atıldım heyecanla. "Ne oluyormuş öyle sessizce oturunca?"

"Arıyorlardı" diye mırıldandı sabırla. "O sessizlikte, hiç kıpırdamadan, hiç soru sormadan, hiç cevap vermeden öylece oturmuş kendilerini arıyorlardı. Ama kendileri diye aradıkları Cenabı Hak'tan başkası değildi. Bu yüzden biri âşık oldu, öteki maşuk. Çünkü aşk olmadan Hakk'a ulaşamayacaklarını biliyorlardı. Mevlâna Hazretleri o anı şu sözlerle dile getirmiştir: 'Gönül ile aşk, yüz perdeden soyundu / Her ikisi yan yana, can cana oturdu / O anda ikisinin arasına Cebrail girecek olsa dahi / Aşkın ateşinden kurtulamaz cayır cayır yanardı.' İşte böyle güzel kızım, onlar Hakk'ı bulmak için aşkı seçtiler."

İzzet Efendi'nin sözleri kafamı iyice karıştırmıştı. Anlayabildiğim kadarıyla sordum.

"Bu aşk, kadınla erkek arasındaki bildiğimiz aşktan farklı bir şey değil mi?"

Cahilliğime üzülmüş gibiydi ama en ufak bir küçümseme belirtisi bile görünmedi yüzünde.

"Dün de söyledim, kadın ile erkeğin aşkı cüzidir, sınırlıdır, geçicidir, ateşi zayıftır. İnsan ruhunu olgunlaştıramaz, pişiremez, yakamaz." Sağ elinin işaret parmağını usulca yukarı kaldırarak yeniden gözlerini yumdu. "Duyuyor musun?" Neyden yükselen kederli ezgiye dikkatimizi çekiyordu. "İşte aşk budur. Mevlâna Hazretleri diyor ki; 'Biz ney gibiyiz, bizdeki nağme senden.' O büyük insan, Allah'a götüren birçok yol olduğuna inanıyordu ama kendisi sema ve müziği seçtiğini söylüyordu.

Eflaki Dede'nin yazdığına göre, Mevlâna Hazretleri bir gün oturmuş müzik dinliyordu. O sırada bir dostu içeri girdi. Müzisyene dönerek sertçe uyardı. 'Ezan okunuyor, biraz sussana.' Mevlâna hemen araya girdi. 'Hayır' diyerek müzisyenin susmasına engel oldu. 'Bu da bir ezandır. Her ikisi de Allah'a sesleniyor. Biri dışarıdan ibadet etmeyi, öteki onu tanımayı, onun aşkını hissetmeyi istiyor. Müziği küçümseme, onun ritminde bir sır saklıdır, eğer açıklasaydım dünya altüst olurdu.' Evet, böyle söylüyor. Mevlâna'nın sözünü ettiği sır aşktır. Müzik ise onu aşka çağıran ezan. Bu yüzden *Mesnevi*'nin girişi neye bir güzellemedir: "Dinle neyden, hikâye etmekte, ayrılıklardan şikâyet etmekte." Neyin kamışını bir göl kenarından kesmişler. Kamışın gövdesine yedi delik açıp onu ses verecek bir hale getirmişler. Neyzen ne kadar usta olursa olsun, her üflediğinde, her değişik makamda ney kendi özlemini getirir dile. O, kesildiği göl kenarını özlemektedir. Çünkü o, göl kenarı denilen bir bütünün parçasıdır. Gerçek huzuru, gerçek mutluluğu, gerçek sevinci ancak o bütüne ulaştığında bulacaktır. Öte yandan ney de kesildiği göl kenarının niteliklerini kendi gövdesinde ve ruhunda taşır. Tıpkı Cenabı Hakk'ın çamurdan yaratıp gövdesinde yedi delik açtıktan sonra can nefesini üflediği Hazreti Âdem gibi. Allah, Hazreti Âdem'in burnuna yaşam nefesini verirken, kendi ruhundan bir parçayı da onun canına katmıştır. Yani yeri, göğü yaratan, dört iklim, yedi kıtanın, dokuz katlı göğün hâkimi olan Allah aynı zamanda içimizdedir. Ama nefsimizin istekleri bizi yanlış yola sürükler, yemeye, uykuya, şehvete duyduğumuz açlık, kabaran benliğimiz o kutsal parçayı ruhumuzun en derin kuyusuna iter ki, çoğu insan kendi içindeki bu cevherin farkına bile varmaz. İşte bu parçayı fark ederek aramaya başlayan kişiye âşık deriz. Aramanın kendisine de aşk. Yani aslolan aramaktır. Lakin arayış tek başına olmaz; bize bir öğretmen, bir mürşit, başka bir deyişle bir maşuk gerekir. Çünkü kimse o kıldan ince, kılıçtan keskin sevda köprüsünden tek başına geçemez. Ama bir kez geçti mi artık maşuka da ihtiyaç kalmaz. Âşık da, maşuk da, seven de, sevilen de sadece o kişi olur. Tıpkı Cenabı Hak gibi."

"Yani Şems, Mevlâna'yı Allah'a götüren kişiydi, öyle mi?"

Gülümseyerek başını salladı.

"Gösteren de diyebilirsin. Şems Hazretleri, mürit-mürşit ilişkisini şu misalle çok güzel açıklıyor: Bir gün bir müride sordular. 'Senin mürşidin mi daha iyidir, yoksa Bistamlı Bayezid mi?'

Mürit düşünmeye bile gerek duymadan yanıtladı. 'Mürşidim daha iyidir.'

'Ya mürşidin mi daha iyidir yoksa, hâşâ Hazreti Muhammed mi?'

Cevap aynıydı: 'Mürşidim.'

'Ya mürşidin mi daha iyidir yoksa Tanrı mı?'

Ağzından çıkan söz değişmedi: 'Mürşidim.'

'Böyle söyleyerek günaha girmiyor musun?' Mürit kendinden ve sözlerinden emin, gururla açıkladı: 'Girmiyorum: Çünkü bana Allah'ın varlığını, birliğini, tüm üstün niteliklerin onda toplandığını, eşi, benzeri bulunmadığını öğreten mürşidimdir. Çünkü mürşidi olmayanın imamı şeytandır.'"

Kısa öyküsünü tamamlayan İzzet Efendi bizi süzerek ekledi: "Bu meselin de anlattığı gibi mürit ile mürşit arasındaki ilişki en büyük sevgiden daha derindir."

İşittiği sözlerden etkilenen Mennan hayranlıkla mırıldandı.

"O sebepten Mevlâna benim dinim aşktır, diyordu."

Hemşehrisinin eline dostça dokundu yaşlı adam. "Mecnun'la düşüp kalkan, Leyla'dan başka ne konuşabilir ki?"

Şah Nesim de babamın maşukuydu o zaman. Onu Tanrı'ya götürecek olan kişi. Bu yüzden babam için bu kadar önemliydi. Mevlâna da yine aynı nedenle vazgeçemiyordu Şems'ten. Peki ya Şems? Kuşkusuz Mevlâna da Şems için aynı anlamı taşıyordu. Kim âşık, kim maşuk, kim mürşit, kim mürit, hepsi birbirine karışmış olmalı. Ama Şems, Mevlâna kadar güzel dile getiremiyordu duygularını. Onun kadar aşktan bahsetmiyor, coşkuya kapılıp kendinden geçmiyor. Ne de olsa Mevlâna gibi bir şair değil. Hayır, şairlikle ilgisi yok bunun. Sanki bir misyonu varmış gibi davranıyor, düşüncelerinde hep o kutsal görevin ağırlığı var. Görevini yerine getirinceye kadar kendini bırakmamaya kararlı. Görevi de belli, Muhammed Celaleddin adındaki ulemadan sözleri yüz yıllarca yaşayacak mucizevi bir derviş yaratmak, yani Belh doğumlu o din adamının ruhunun derinliklerinde gizlenen bildiğimiz Mevlâna Celaleddin Rumî'yi çekip çıkarmak.

"Bu yüzden mi öldürdüler onu?"

Sorum o kadar doğrudan olmuştu ki, İzzet Efendi şaşırır gibi oldu.

"Kimi?" Ama çabuk toparladı. "Şems-i Tebrizi Hazretleri'ni mi?"

Başımla onaylayınca, "Cahilliklerinden" diye söylendi. "Bilmezliklerinden... Onlar Kuran'da yazılanları olduğu gibi okuyorlardı. Oysa o yüce kitaptaki her bir harfin yüzlerce değişik anlamı, her sözcüğün binlerce manası vardır. Şems Efendimiz işte o anlamların sırrına eriştiği için bu softa sürüsünün kavrayamadığı derin anlamlar buluyordu Kuran'da. Ama cahiller ne Şems Hazretleri'ni ne de Kuran'ı layıkıyla anladıkları için ona düşman oldular. Onu günahkâr, sapkın ilan ettiler. Şems Hazretleri'nin nasıl büyük bir cevher olduğunu anlamaya çalışmadılar bile. Çünkü akılları ve yürekleri kararmıştı. Çünkü hepsi yobazdı. Ve ister Müslümanlıkta, ister Yahudilikte, isterse Hıristiyanlıkta, yobaz her yerde yobazdır, kızım."

"Ya Alaeddin Çelebi, o nasıl karışmış bu cinayete?"

Buruk bir gülümseme belirdi dudaklarında.

"Söze Hud suresiyle başlamıştık. Cenabı Hakk'ın Nuh Peygamber'e söyledikleri Mevlâna Hazretleri ile Alaeddin Çelebi için de geçerlidir."

Aslında bu yaşlı adamı hiç üzmek istemiyordum, ancak bütün suçun Alaeddin Çelebi'ye yüklenmesi de haksızlıktı.

"Ama İzzet Bey" dedim mümkün olduğunca sesimi yumuşatarak. "Alaeddin Çelebi de Kimya Hanım'a âşıkmış. Üstelik Kimya Hanım da ona karşı ilgi duyuyormuş. Mevlâna Hazretleri bunu bilmesine rağmen yine de Kimya Hanım'ı, Şems-i Tebrizi'ye vermekte sakınca görmemiş. Dahası, Şems-i Tebrizi de geçkin yaşına rağmen, henüz reşit bile sayılmayan Kimya Hanım'la evlenmeyi seve seve kabul etmiş. Üstelik Ahmed Eflaki'nin kitabında Kimya Hanım'ın ölümüne neden olan kişinin Şems olduğu yazıyor. Bunu bilmek her ne kadar imkânsızsa da böyle bir kuşku bile Alaeddin Çelebi'yi çıldırtmaya yetmiştir. Elbette, bütün bunlar bir insanın öldürülmesi için geçerli neden sayılamaz ama Alaeddin Çelebi'nin de ruh halini anlamamız gerekmez mi?"

İzzet Efendi'nin yüzü sararmıştı, bir süre alt dudağını çiğneyerek sessiz kaldı.

"Buna benzer hikâyeleri ben de duydum" diyerek başladı söze. Sesinde en küçük bir öfke belirtisi bile yoktu. "Bütün bunların, Şems Hazretleri hakkında uydurulan iftiralar olduğunu düşünüyorum. O iki dünya sarrafının, nefislerine yenileceklerini inanmıyorum. Böyle bir şey olmaz. Şems Efendimiz'in yeri geldiğinde acımasız olduğu bir gerçektir ama hak edenlere. Mevlâna Hazretleri ise bırakın kötülük etmeyi, kötülük düşünmeyi bile beceremez."

Neler olup bittiğini kesin olarak bilmemesine rağmen bu kadar kendinden emin konuşması doğru değildi.

"Ya bunlar birer söylenti değil de gerçekse" diyecek oldum, "Sanmam" dedi inatla başını sallayarak. "Ama velev ki söylediklerin doğru olsun, o zaman yaşananların hepsinin bizim gördüklerimizin ötesinde bir anlamı vardır. Olanlar sırlar kapısının öteki tarafıyla ilgilidir. O yüzden sırlar kapısının bu yüzünde olan bizler gerçeği asla kavrayamayız."

Evet, bütün dinlerde olduğu gibi tartışma, inanmak ile inanmamak ayrımına gelince, İzzet Efendi hiçbir kuşkuya kapılmadan kendi inancını seçiyordu. Daha fazla üstelemedim, çünkü bu konuşma hiçbir sonuca ulaşamazdı. Ama Mevlâna'nın katil oğluna nasıl davrandığını merak ediyordum.

"Peki Mevlâna, Şems'in öldürülmesine Alaeddin'in karıştığını öğrendikten sonra onu evlatlıktan redetti mi?"

Olmayacak bir söz etmişim gibi tuhaf tuhaf baktı yüzüme. "Mevlâna Hazretleri böyle bir şey yapar mı? Nasıl ki yüce dağların doruklarından süzülerek ovalara dökülen tertemiz kar suyu önüne çıkan çeri çöpü, kiri pası sürükleyip götürür de pislik tutmazsa, o yüce insanın gönlü de kin tutmaz. Hiç kuşku yok ki oğlunu affetti, Alaeddin Çelebi'nin mezarının üzerindeki sandukaya şöyle yazmıştı: 'Ey kerim olan Allah! Eğer sen yalnız iyileri kabul ediyorsan, suçlular kime yalvarıp yakarsın?' Neden böyle yazdığını söyleyen dostlarına da şu açıklamayı yaptı: 'Gayb âleminde o gül yüzlü Şems'le konuştum. Bana, Alaeddin Çelebi'yi affettiğini, bütün suçlarını bağışladığını söyledi.' Büyük şeyhi, Alaeddin'i bağışlayınca, Mevlâna Hazretleri de bu hayırsız oğlunu bağrına bastı."

İzzet Efendi buna inanıyordu ama bana göre Mevlâna'nın sözleri, yaptığı yanlışı anlayan bir babanın pişmanlığını dile getiriyordu.

42

Bütün mesele sahiden alçakgönüllü olabilmekte

Mevlâna Türbesi'nden çıktığımda ortalık yine kararmış, henüz vakit öğle olmasına rağmen güneş, gökyüzünü kat kat saran lacivert bulutların arasında kaybolup gitmişti. Sabahtan beri bir türlü yağamayan yağmur galiba sonunda damlalarını dökecekti. Çıkarken İzzet Efendi ile Mennan'ı sohbet ettiğimiz odada bırakmıştım. Müze müdürüyle miras konusunda konuşmaları gereken birkaç ayrıntı daha varmış, sonra da Mennan, yaşlı adamı avukatına götürecekmiş. Tam iskemleden kalkarken İzzet Efendi beni durdurmuştu.

"Hediyeni almadan gidiyorsun yine. Dünkü şiirden memnun kalmadın demek."

"Yok, yok aksine çok sevdim" demiştim yüzüm kızararak. "Sadece unutmuşum. Geleneklerinize alışmak zaman alıyor."

Alıngan bir tavırla bakmıştı.

"Onlar bizim değil, senin de geleneklerin kızım. Her şeyi unutabilirsin ama Poyraz'ın kızı olduğunu sakın aklından çıkarma. Kim ne derse desin, baban iyi bir insandı."

Yeni bir tartışma başlatmak niyetinde değildim, sessiz kalmayı seçince sözlerini sürdürmüştü.

"Yine Mevlâna Hazretleri'nden bir dörtlük okuyacağım sana, hediye olarak, tabii kabul edersen."

"Çok isterim" demiştim hevesle. "Lütfen buyrun."

Bakışlarım yanımda oturan Mennan'a kaymıştı; benden daha istekliydi, ellerini göğsünde kavuşturarak daha şimdiden dinleme pozisyonu almıştı bile.

> Aşk günahkârıyız biz, Müslüman başka / Minicik karıncayız biz, Süleyman başka / Solgun bir yüz iste bizden, bir ciğer parçası / İpekli kumaş satan bezirgân başka...

Şiiri okumayı bitiren yaşlı adam sormuştu: "Beğendin mi?"

"Beğendim" demiştim hayranlıkla. "Çok güzel bir şiir."

Görüşlerinin çoğuna katılmasam da İzzet Efendi'yle konuşmak hoşuma gidiyordu. Eğer müze müdürüyle işi olmasa daha saatlerce oturabilirdim yanında. Yaşlı adamın kibarlığı mı, ne söylerseniz söyleyin hoşgörüyle karşılaması mı, doğruluğu ya da yanlışlığı bir yana ömrünü bir inanca adamış olmasının yüzüne yansıyan huzuru mu, yaşlılığına rağmen parıltısını hâlâ koruyan bakışları mı bilmiyorum ama onunla vakit geçirmeyi sevmeye başlamıştım. Belki de sevmeye başladığım babamdı. Nasıl ki İzzet Efendi bana baktığında eski arkadaşını görüyorsa, ben de onda babamı görüyordum. Evet, babama duyduğum öfke sanırım yavaş yavaş geçiyordu. Belki gördüğüm bütün o kâbuslar, karabasanlar, abuk sabuk rüyalar da bu yüzdendi. Yıllardır bastırdığım babamla ilgili anılar ardı ardına uyanıyordu içimde. Hayır, babamın bizi bırakıp gitmesini hâlâ affedemiyordum ama onu özlediğimi hissediyordum, hem de her geçen gün biraz daha fazla. Oysa tersi olurdu, gün geçtikçe daha çok uzaklaşırdı insan, artık yanında olmayan yakınlarından. Aklımdan bunlar geçerken çaldı telefonum. Ziya Bey olmalıydı, babasına hiç benzemeyen hayırsız oğul. Telefonu çıkardım, hayır Ziya değil, arayan annemdi. Sevindim sesini duyacağıma.

"Alo anne."

"Alo Karen" dedi endişeli bir sesle. "İyi misin? Bebekte filan bir şey yok değil mi?"

"Yok annecim, iyiyim. Bebek de iyidir herhalde. Neden böyle konuşuyorsun?"

"Telesekretere bıraktığın mesaj... Sesin çok telaşlı geliyordu. Sanki başına kötü bir şey gelmiş gibi..."

Aslında öyleydi tabii ama geceyi mezarlıkta geçirdim diyemeyeceğim için, "Sana öyle gelmiş" dedim sesime yapay bir neşe katarak. "Her şey yolunda. Ben de senin için kaygılandım, sabah sabah evde bulamayınca. Yine hangi eylcme katıldın?"

"Eyleme katılmadım, mezarlıktaydım, Highgate'de."

Highgate Mezarlığı'na ilk kez annemle birlikte gitmiştim, yüzüncü ölüm yıldönümünde Karl Marx'ı anmak için. Aslında annem sıkı biri Marksist sayılmazdı, her türlü sol ve ilerici düşünceye açık biri olarak tanımlardı kendisini ama yakın arkadaşı Betty Teyze sıkı bir Troçkist'ti. Annemi de anma gününe götüren oydu zaten, benim bu iki çılgın kadına katılmam ise tamamen rastlantı sonucu olmuştu. Babam, Konyalı hemşehrileriyle buluşunca, ben de annemlerle bu eski mezarlığa gitmek zorunda kalmıştım. Şimdi annem Highgate Mezarlığı deyince aklıma o anma toplantısı gelmişti.

"Karl Marx'ın mezarını görmeye mi gittin yine?"

Annem büyük bir ciddiyetle açıkladı.

"Hayır, Matt'in mezarını görmeye gittim." İronik bir sesle sürdürdü. "Haklısın, Marx da orada. Matt hiç hoşlanmazdı radikallerden, tabii Marx'tan da. Ama mecburen aynı toprakta yatacaklar şimdi."

Baltayı taşa vurmuştum.

"Üzgünüm..." diye söylendim pişmanlık içinde. "Matt Amca'nın mezarına gitmezsin diye düşünmüştüm."

"Haklısın, ben de öyle düşünmüştüm ama dün gece onu rüyamda gördüm."

Ee kimin annesi; kızı rüyalarında ölülerle konuşur da Susan durur mu?

"Peki ne istiyormuş senden?"

"Çiçek..."

"Çiçek mi?"

"Şaka yapmıyorum, gerçekten çiçek istiyordu. Hem de türüne, rengine sayısına kadar açıkça belirterek."

"Ne tür bir çiçek istedi?"

"Gül, yedi adet sarı gül istedi benden. İsteğini yerine getirmek için sabah o kadar erken çıkmıştım evden."

Şaşırmıştım, belki de sabahleyin aynı saatlerde hem annem, hem de ben mezarlıktaydık. O Londra'daki yüz küsur yıllık Highgate Mezarlığı'nda ilk aşkının anısına çiçek koyarken, ben de Konya'daki bin yıllık Üçler Mezarlığı'nda ne aradığımı bilmeden dolaşıyordum.

"Güzel mi bari mezarının olduğu yer?" diye sordum ne diyeceğimi bilemediğimden. "Hatırladığım kadarıyla muhteşem bir mezarlıktı orası."

"Ne önemi var Karen? Mezarlık güzel olsa ne olur, olmasa ne olur. Orada yatan farkında olmadıktan sonra..."

Evet annem yine değişmişti; rüyasında gördüğü eski sevgilisinin dileği üzerine üşenmeden mezarına yedi adet sarı gül götüren romantik kadın gitmiş, yerine tepeden tırnağa mantık olan maddeci Susan gelmişti. Bu arada Sultan Selim Camii'nin önüne ulaşmıştım, on-on beş metre sonra otelin kapısına varmış olacaktım.

Annemle telefon görüşmemin bölünmemesi için otele girmeyi erteleyerek, yandaki küçük parkın içinde, ince uzun bir servi ağacının dibindeki kırmızı banka yöneldim.

"Anne" dedim servi ağacına yaklaşırken. "Ben kaç yaşına kadar uykumda yürüyordum?"

"Nereden çıktı şimdi bu?"

Sesi gerginleşmişti. Ne zaman çocukluğumda yaşadığım psikolojik problemler konuşulacak olsa hemen sinirlenirdi.

"Uykuda yürümek saçmalığı da ne demek?"

Onu sakinleştirmeye çalıştım.

"Saçmalık filan değil annecim. Belli bir yaşa kadar uyurgezer olduğumu ikimiz de biliyoruz. Sadece bu durum kaç yaşıma kadar sürdü onu öğrenmek istiyorum."

Annem yatışacak gibi değildi.

"Neden? Ne oldu da aklına çocuklukta yaşadığın hastalıklar geldi şimdi?"

"Hiçbir şey olmadı" dedim boş banka otururken. "Akşam televizyondaki filmde, uykusunda dolaşan bir kadın vardı, oradan aklıma geldi. Sahi, kaç yaşında bıraktım uykuda yürümeyi?"

"Kızım sen son derece normal bir çocuktun."

Ben ne soruyordum, o ne söylüyordu? Anlaşılan yine geçiştirmeye çalışacaktı.

"Normal olduğumu biliyorum annecim. Alt tarafı bir soru sordum."

Sözlerim onun kaygılarını yeniden uyandırmaktan başka bir işe yaramadı.

"Karen, sen gerçekten iyi misin? Yani benden bir şey gizlemiyorsun değil mi?"

"Niye gizleyeyim annecim, gayet iyiyim."

"Ya bebek?"

"Bebek de iyi, yani ters giden hiçbir şey yok. Boş yere tasalanıyorsun."

"Tamam o zaman. Yalnız şunu bilmeni isterim, sen o şehre gittiğinden beri içim hiç rahat değil."

Sezgileri çok güçlüydü annemin, sesimin bir anlık titreyişinden işlerin kötü gittiğini anlayıverirdi. Bu gibi durumlarda hep başvurduğum yöntemi denedim: İnkâr ettim.

"Rahat ol annecim, inan ki hiçbir sorunum yok. Olsa söylemez miyim sana?"

"Söylemezsin" dedi kendinden emin bir tavırla. "Sanki marifetmiş gibi sıkıntını kendine saklarsın. Babanın huyuydu bu, tıpkı ona çekmişsin. Poyraz'ın bir sürü iyi tarafı varken bula bula en kötü tarafını örnek almışsın kendine."

Gerginliği azaltmak istedim.

"Anladım" dedim şaka yollu. "Babama benzediğim için bu kadar kızıyorsun bana."

"Hiç de değil, babana bile kızmazken sana neden kızayım?"

Sesini yine keder kaplamıştı. Kısa bir suskunluk oldu.

"Onu gerçekten affettin değil mi anne?" diye açıkça sordum. "Artık ona kızmıyorsun değil mi?"

Hemen yanıtlayamadı.

"Ona kızmıyorum" dedi sessizliğini biraz daha koruduktan sonra. "Birini çok seversen Karen ama sahiden seversen, sana ne yapmış olursa olsun, eninde sonunda mutlaka bağışlarsın. Ben de babanı bağışladım. Kötü olan bunu Poyraz'ın bilmiyor oluşu. Keşke yüzüne söyleyecek fırsatı bulabilseydim."

"Belki de bulursun" dedim teselli olsun diye. "Belki bir gün..."

"Yoksa Konya'da babanla mı karşılaştın?" diye heyecanla kesti sözümü. "Sorduğun bütün o sorular bu yüzden mi?"

Sesi sanki gençleşivermişti. Ona olumlu yanıt vermeyi çok isterdim ama ne yazık ki, "Hayır anne" diyerek kırdım umudunu. "Babamla karşılaşmadım. Karşılaşmayı ister miyim onu da bilmiyorum..."

"Bence isterdin Karen." Sesi yumuşamış, şefkatle kaplanmıştı. "Bunu kendine bile itiraf etmek istemiyorsun ama babanla görüşmeyi isterdin."

Haklıydı, babamla konuşmayı, hiç değilse onu bir kez daha görmeyi çok isterdim ama nedense bunu anneme söylemeyi kendime yediremiyordum.

"Öyle olsa bile babamın bunu isteyeceğini hiç sanmıyorum, yoksa şimdiye kadar bizi çoktan bulurdu."

"Kendince nedenleri olabilir kızım... Bizim anlayamayacağımız nedenler."

Başkaları söz konusu olduğunda yırtıcı bir kaplan gibi dövüşe hazır olan annem, konu babama gelince kişiliğiyle hiç bağdaşmayan anlayış abidesi bir kadına dönüşüyordu. Bir de bana, Nigel'a zaafın var, der. Bu tür duygular karşılaştırılamaz ama onun babama olan tutkusunun yanında, benim Nigel'a olan zaafımın son derece sönük kalacağını hissediyordum. Babamın bize bütün yaptıklarından sonra annemin hâlâ ona olan bu bağlılığı, ne yalan söyleyeyim sinirlerimi bozuyordu. Çünkü babam bizi terk etmeden önce, onu durdurmak için kılını bile kıpırdatmamıştı.

"Yapma anne, anlayamayacağımız nasıl bir neden olabilir ki. Evliliğinizi yürütemediniz işte. Sen kaldın, teşekkür ederim ama babam benim ne olacağımı bile umursamadan gitti."

"Çünkü ben sensiz yaşayamazdım ama babana da acımasız davranma. Nelerle karşı karşıya olduğunu, neler yaşadığını bilmiyorsun."

Yine babamı savunmaya kalkmıştı işte.

"Madem onu bu kadar seviyordun, neden gitmesine izin verdin?" diye söylendim. "Neden onu durdurmaya çalışmadın?"

Hiç istemediğim halde sesim azarlar gibi çıkmıştı ama annem alınmadı.

"Çünkü o bizimle birlikte yaşayamazdı" diye açıkladı sakin bir tavırla. "Onun seçtiği yolla bizimki hiçbir zaman birleşemezdi."

Bakışlarım tam karşımda yer alan Sultan Selim Camii'nin kapısına takılmıştı. İçeriden çıkmakta olan sakallı iki adam gördüm; ikisi de ellerindeki uzun tespihlerini aynı anda ceplerine koydular, kapının önünde ayakkabılarını giyerken, sorumluluklarını yerine getirmiş insanların büyük huzuru içinde sohbet ediyorlardı. Onların yüzlerinde gördüğüm huzuru istediğimi fark ettim, onlar gibi mutlu olmak. Belki de bu yüzden, "Niye birleşmesin?" diye inatla karşı çıktım telefondaki anneme.

"Babam fanatik Müslümanlardan değildi, yıllarca senin ülkende yaşadı, senin kültürüne uyum sağladı. Hiçbir zaman inancını sana dayatmaya kalkmadı. Babamın herhangi bir Protestan'dan daha katı olduğunu sanmıyorum."

"Değildi."

"O zaman neden gitmesine izin verdin? Farklı inançlara sahiptik deme, çünkü senin inancının ya da inançsızlığının bile babamın dinine herhangi bir Hıristiyan mezhebinden daha yakın olduğunu düşünüyorum. Yanlış mı?"

Yanıtı yine kısaydı. "Doğru."

Söylediklerimi kabul ettikçe, sinirlerim daha çok geriliyor, sesim daha yüksek çıkıyordu:

"Doğruysa onu neden bıraktın anne? Neden o Şah Nesim denen adamın babamı sürükleyip götürmesine izin verdin? Biraz esnek davranamaz mıydın? Biraz hoşgörülü olamaz mıydın?"

"Olsam da fark etmezdi Karen" dedi çaresiz bir sesle. "Ben ne yaparsam yapayım baban gidecekti."

"Neden gitsin ki? Onun sevgi dolu bir adam olduğunu hatırlıyorum. Sana da, bana da çok düşkündü. Eğer, o zamanlar şimdiki gibi düşünebilseydin, şimdiki gibi davranabilseydin babam bizimle kalırdı."

"Özür dilerim Karen" dedi titreyen bir sesle. Güçlükle konuştuğu belli oluyordu. "Belki de dediğini yapmalıydım."

Söyledikleri değil de titreyen sesi beni kendime getirdi. Ne yapıyordum ben? Üzerinden yıllar geçmiş bir mesele için neden bu zavallı kadını suçluyordum? Eğer ortada bir suçlu varsa bu daha çok babamdı. Pişmanlık içimi kemirirken annem yeniden söze başladı.

"Ama dediklerini yapmış olsaydım bile baban yine giderdi. O yaptığı büyük yanlışı düzeltiyordu Karen."

"Hangi yanlışı?"

"Yıllar önce Konya'da dergâhını, şeyhini bırakıp benimle Londra'ya gelme yanlışını. Bana duyduğu aşk küllenince eski sevdası ortaya çıktı. Dergâhını, şeyhini, bir derviş gibi yaşamayı özledi."

Elimden geldiğince kırmadan, incitmeden konuşmaya çalıştım onunla.

"Sana katılmıyorum anne. Belki de babamla ters düşmeseydin, onu olduğu gibi kabul edebilseydin, ne dergâhını, ne şeyhini, ne de derviş gibi yaşamayı özlerdi."

"Hiçbir şey anlamıyorsun Karen" dedi kederini bastırarak. "Ne yaparsak yapalım baban bizi bırakıp giderdi. Evet, sadece ben değil, sen de istediği her şeyi yapsan, ikimiz de onunla büyük bir uyum içinde yaşasak bile giderdi."

Gerçekten anlamıyordum.

"Neden gitsin? Niçin sevdiği insanları terk etsin?"

"Çünkü baban, tıpkı öteki dervişler gibi büyük bir sırra inanıyordu. Senden de, benden de, hatta bütün insanlıktan da önemli bir sırra. Bu sırra sadece aşk yoluyla ulaşabilirdi ama benimkiyle değil..."

Babanım, Şah Nesim'in, rüyalarımdaki Şems ile Mevlâna'nın ve İzzet Efendi'nin yüzü teker teker geçti gözlerimin önünden. O kendilerinden emin, engin gönüllü davranışları, derin bir hoşgörüyle süslenmiş dünyayı umursamaz tavırları ve neredeyse hepsinin dudaklarından kutsal bir saygıyla dökülen o büyük sırrı anlatan sözler.

"Tanrı'ya duyulan aşktan mı söz ediyorsun?" diye sordum anlamak için. "İlahi sevgiden mi?"

"Hayır tatlım, Tanrı olmaktan söz ediyorum. Aşk babanın Tanrı'ya duyduğu sevgi değildi, onu Tanrı olmaya götüren yolun kendisiydi."

Ansızın gökyüzünde güçlü bir şimşek çaktı, oturduğum bank gürültüyle sarsıldı; yağmur sonunda geliyordu galiba. Ama ne şimşeklerle parçalanan gökyüzü, ne de az sonra boşanacak yağmur umurumdaydı, aklım daha yarım saat önce İzzet Efendi'nin söylediklerini hatırlatıyordu bana.

"Allah, Hazreti Âdem'in burnuna yaşam nefesini verirken, kendi ruhundan bir parçayı da onun canına katmıştır. Yani Allah aynı zamanda içimizdedir. Ama nefsimizin istekleri bizi yanlış yola sürükler, yemeye, uykuya, şehvete duyduğumuz açlık, kabaran benliğimiz o kutsal parçayı ruhumuzun en derin kuyusuna iter ki, çoğu insan kendi içindeki bu cevherin farkına bile varmaz. İşte bu parçayı fark ederek aramaya başlayan kişiye âşık deriz. Aramanın kendisine de aşk. Yani aslolan aramaktır. Lakin arayış tek başına olmaz; bize bir öğretmen, bir mürşit, başka bir deyişle bir maşuk gerekir. Çünkü kimse o kıldan ince, kılıçtan keskin sevda köprüsünden tek başına geçemez. Ama bir kez geçti mi artık maşuka da ihtiyaç kalmaz. Âşık da, maşuk da, seven de, sevilen de sadece o kişi olur. Tıpkı Cenabı Hak gibi."

Evet, işte büyük sır buydu, Şems'in anlatmaya çalıştığı mutlak hakikat buydu. Babamın, Şah Nesim'in, Şems'in, Mevlâna'nın ve İzzet Efendi'nin ortak sırrı buydu: Cenabı Hak olmak... Bu kötü bir şey miydi? Bence bunun anlamı, bu sorudan da, verilecek yanıttan da daha genişti, daha derindi, daha katmanlıydı. Ne düşündüğümden habersiz olan annem sözlerini sürdürüyordu.

"Ve Tanrı'nın, insanların aşkına ihtiyacı yoktur Karen. Ne benim gibi bir eşe, ne senin gibi bir çocuğa..."

İzzet Efendi'nin anlattığı başka bir hikâye canlandı gözlerimin önünde. Hani yıllar sonra kendisini bulan oğlunu gördüğünde ya benim, ya onun canını al diyen dervişin hikâyesi. Acıklı bir hikâye, acımasız bir hikâye... Öfkeyle kovdum yaşlı adamın sözleriyle aklımda oluşan görüntüleri. Anneme seslendim yeniden:

"Sen inanıyor musun buna? Yani babamın Tanrı olacağına?"

Yorgun ama haklılığından emin birinin güvenli sesiyle yanıt verdi.

"Elbette inanmıyorum ama onun inancına saygı duyuyorum. Senin de söylediğin gibi babanın inancını, bugünkü dinlerin birçoğundan daha kabul edilebilir buluyorum..."

"Yine de" diye kestim sözünü. "İnsanın, Tanrı olabilmesini mantıksız buluyorsun."

"Yeni bir şey değil ki bu" diye mırıldandı. "Hitit kralları ölünce Tanrı olacaklarına inanırlardı, Roma imparatorları daha ölmeden kendilerini Tanrı ilan ederlerdi, Hıristiyanlık dini başlı başına bir insanın Tanrı'ya dönüşme hikâyesidir. İnsanın Tanrı olmayı istemesi belki de yeryüzünün en eski düşü. Üstelik doğru olan yanlar da var içinde. İster dinsel temelli olsun, ister bilimsel gerçeklerin üzerinde yükselsin dünyanın varoluşu hakkında bilgi üretebilecek tek canlı insandır, dünyayı değiştirebilecek olan tek varlık da insan. Ve unutma, bu nitelikler Tanrı'nın özellikleridir. Ama babanın söylediği anlamda bir Tanrı olma düşüncesini mantıklı bulmuyorum tabii. Yine de hoşgörülü olmaları, düşüncelerinin merkezinde Tanrı kaynaklı da olsa insan sevgisinin bulunması, Kuran'ı farklı anlamlarda yorumlayabilme yetenekleri ve cesaretleri onlara her zaman sempatiyle bakmamı sağlamıştı."

"Ama hiçbir zaman tümüyle benimsemedin."

"Benimsemedim. Çünkü ben basit bir yaşama inanırım. Dünya görüşüm de, ahlakım da son derece basittir. Ayrıcalık istemeden, iktidar olmadan, en doğru benim düşüncemdir demeden yaşamak. Yeryüzünün annemiz olduğuna inanırım, toprağın, suyun, gökyüzünün bütün canlılara ait olduğunu düşünürüm. Tıpkı toprak gibi, su gibi, gökyüzü gibi bilginin de hepimize ait olduğuna inanırım. Birilerinin öğrendiklerini sır adı altında kendilerine saklamasını ayrıcalık sayarım, bunu kabul edemem. Birilerinin nefislerini terbiye adı altında, yaşamı küçümsemelerini kabul edemem."

"Babamda hiçbir zaman insanları küçümseyen bir tavır görmedim" diye itiraz ettim. "O herkese karşı son derece kibardı."

"Kibarlığıyla onları kendinden ve düşüncesinden uzak tutuyordu. Kibarlık baban ve onun gibileri koruyan bir zırhtır. Çünkü gerçek düşüncelerini herkese açıklayamazlar, herkesle paylaşamazlar. Bu onların sırrıdır. Sırlarını paylaşmak için insan seçerler."

"Biraz haksızlık etmiyor musun anne?" diyerek kestim sözünü. "Bildiğim kadarıyla, inandıkları sır ya da mutlak hakikate ulaşmak veya kâmil insan olmak yahut senin deyiminle Tanrı olmak, öyle herkesin anlayabileceği bir şey değil. Bu bilginin de kendi içinde aşamaları, durakları, sonuçları var. Herkes hemen bu inancı kavrayamayabilir. Söylenenleri yanlış anlayabilir."

"Doğru söylüyorsun Karencım" diyerek şaşırttı beni. "Üstelik bilgilerini gizlemeleri için çok iyi bir gerekçeleri daha var. Canlarını korumak. Baban, bin küsur yıl önce Bağdat'ta korkunç işkencelerle öldürülen Hallac-ı Mansur adında bir sufiden bahsederdi. Hallac-ı Mansur inancının doruğuna ulaştığı, ilahi aşkından sarhoş olduğu bir anda,

'Ene'l Hak' diye bağırmaya başlamıştı. Yani 'Ben Tanrı'yım' diyordu. Ortodoks İslam'a bağlı Abbasi hanedanları bu inanmış sufiyi hemen tutukladılar, yıllarca hapishanelerde tuttuktan sonra halkın gözü önünde ellerini, ayaklarını kesip işkence ederek öldürdüler."

"Çok acımasızca" diye mırıldandım. "Bu nasıl bir vahşet böyle?"

"Dinler tarihi böyle vahşetlerle dolu kızım. Yahudi, Hıristiyan, Müslüman fark etmez, ülkelerin tarihi gibi, dinler tarihi de kanla yazılmıştır. Neyse, diyeceğim şu ki, baban gibilerin bu acımasız dünyada aykırı inançlarını sır gibi saklamaları için çok iyi nedenleri vardı. Ama sorun bu değil. Sorun, onların yaşadığımız hayatı küçümsemelerinde. Onlar gerçek yaşamı değil, perdenin ötesinde var olduğuna inandıkları öteki yaşamı önemserler. Onlara göre, bizim gibi nefslerinin kölesi olmuş insanlar göremese bile, bir perde vardır ve o perdenin ötesinde gerçek özgürlüğün, gerçek huzurun, gerçek mutluluğun olduğu bir dünya vardır. Onlar için önemli olan o dünyadır. Çünkü orada herkes Tanrı'nın bir parçası olacaktır."

"Fakat sen böyle bir dünyanın var olduğuna inanmıyorsun."

"İnanmam için bir kanıt var mı? En küçük bir belirti, bir işaret, bir mesaj, bir ses, bir görüntü. Yok, hiçbir zaman da olmadı. O mucizelerin hepsi güzel birer efsane, etkileyici birer masal, insanların duymak istediği birbirinden renkli öyküler. Dinleri bu yüzden seviyorum, hiç amaçlamadıkları halde, insanı anlamamız için bize ipuçları sunuyorlar. Bizi korkularımızla yüzleştiriyor, ruhumuzun zayıflıklarını ortaya çıkartıyor, cesaretimizi sınıyorlar. İnsanı anlamak için, yarattığı dinleri anlamak lazım."

Annemden bu sözleri duymak tuhafıma gitmişti. "Anlamak lazım" diye tekrarladım şaşkınlıkla. "Yani dinlerin gerekli olduğunu mu söylemek istiyorsun?"

"Gerekli ya da değil Karen ama biliyoruz ki varlar. İnsanları hâlâ derinden etkiliyorlar. Var olanı görmezden gelemezsin, bu, başını kuma gömmek olur. Ama bildiğim başka bir gerçek daha var ki, dinlerin hiçbiri perdenin arkasındaki vaat edilen o muhteşem yaşamı kanıtlayamıyor. Hepsi, olmayan bir dünyayı vaat ediyor bize. Ama şu an yaşadığımız dünya gerçek; sadece zenginlikler değil, yoksulluklar da gerçek. Açlıktan ölen çocuklar gerçek, hastalıklar gerçek, savaşlar gerçek, giderek daha mutsuz olan insanlık gerçek. Yeryüzünün her sabahında insanlar gözlerini böyle bir hayata açarken, bunca acımasızlık, bunca yoksulluk, bunca umutsuzluk varken, perdenin öteki tarafındaki cenneti düşünerek yaşamayı ben kendime yediremiyorum Karen. Böyle bir cennet olsa bile kendime yediremiyorum. Ben iyiliği, sadece iyilik olsun diye yapmayı seviyorum, kötülükten kaçınmayı, kötü olmadığım için yapmayı istiyorum. İyi olduğumda birinin bana ödül vermesi ya da kötü olduğumda birinin beni cezalandırmasından korktuğumdan değil. İyi olmak için bir efendiye ihtiyacımız yok kızım. İyilik de kötülük de içimizde, bizimle beraber doğdu, bizimle birlikte yok olacak. Önemli olan yaşarken neyi seçtiğin, hem de cennet ödülü ya da cehennem cezası olmadan. Hem de ölüp gideceğini bile bile. Perdenin ötesi diye bir yer olmadığının farkında olarak. Üstelik senden sonra gelecekleri hiç kıskanmadan, üstelik biz görmesek de onlar daha mutlu olsun diye çabalayarak. Benim payıma düşen de buymuş, teşekkürler hayat diyerek. Bence yaşamak bu kadar basit, aynı zamanda bu kadar güzel, bu kadar heyecan verici. Bütün mesele sahiden alçakgönüllü olabilmekte."

43
Bir elinde Ziya'nın kesik başı, öteki elinde kocaman bir kılıç

Konuşmamız bittikten sonra bir süre daha kalkamadım ince uzun servi ağacının altındaki kırmızı banktan. Giderek kararan havaya, öfkeyle homurdanan gökyüzüne, birbiri ardınca çakan şimşeklere aldırmadan öylece oturup annemin söylediklerini düşündüm. Demek babam Tanrı olmak istiyordu. Demek ne yaparsak yapalım, her durumda gidecekti. Demek ne annem, ne de ben umrundaydık... Demek... Ama bunlar annemin sözleriydi, gerçekte babamın neler düşündüğünü, niçin böyle hareket ettiğini bilmiyordum. Nasıl bilebilirdim, babam bana hiçbir açıklama yapmamıştı ki. Belki de annemin söyledikleri yanlıştı. Belki de kendini rahatlatmak için böyle bir gerekçe bulmuştu. Buna inanmayı çok isterdim ama İzzet Efendi'nin anlattıkları birinci seçeneği doğruluyordu. Babam, kendi ideali için bizi gözden çıkarmıştı, bu kadar açıktı işte. O, mutlak hakikate ulaşmak, kâmil insan olmak için ne karısının yalnız yaşamasına aldırmıştı, ne de küçük kızının babasız kalmasına. Hatta bunları yaptığı için kendisiyle gurur duyuyor olmalıydı. Nefsine karşı verdiği savaştan zaferle çıkmıştı. Bu dünyaya ait bütün bağlarından kurtulmuş, özlemleri, acıları, kederleri umursamaz olmuştu. Ölmeden önce ölmeyi başarmış, kutsal yolculuğunda çok önemli bir aşamayı geride bırakmıştı. Peki Şems'in rolü neydi bu işte? Hâlâ böyle düşünüyor olmak sinirlerimi bozdu. Ne Şems'i diye, çıkıştım kendime, o sadece bir hayal, bir kâbus, bir karabasan, aklımın bana oynadığı bir oyun. Ansızın fark ettim, bak, annem bile ne yapıp etmiş, yine söylememişti kaç yaşıma kadar uykumda yürüdüğümü. Çünkü onun kafasında da böyle bir korku vardı. Kızının psikolojik saplantılarının yeniden uyanması korkusu. Ama bu işin peşini bırakmak niyetinde değildim, yeniden anneme telefon açıp sormayı düşünürken bastırdı yağmur. Ama ne yağış, sanki gök delinmiş de başımıza geçecekmiş gibi.

Aceleyle banktan kalkarak otele doğru koşmaya başladım. Sultan Selim Camii'ni geride bırakıp şadırvanın önünden geçerek kaldırımın kenarına gelmiştim ki siyah bir cip durdu ayaklarımın dibinde. Önce cipin kapısındaki, beyaz boyayla çizilmiş figürü gördüm. Sağ elinde kocaman bir kılıç, sol elinde ise yılan saçlı, ateş gözlü Medusa'nın kesik başını tutan savaşçı; İkonion Turizm'in Medusa logosunu aldığı Perseus resminin tamamı. Bakışlarımı aracın camına çevirirken kapı açıldı ve içeriden Ziya'nın yüzü belirdi.

"Buyrun, arabaya binin."

Başımı uzatıp içeri bakınca sürücü koltuğunda oturan Cavit'i gördüm, o da beni fark etmişti, yarım yamalak bir gülümseyişle selam verdi. Bardaktan boşanırcasına yağan yağmura rağmen cipe binmemem gerektiğini düşündüm bir an.

"Niye duraksadınız" diye ısrar etti Ziya. "Görüşecektik ya... Dakikalardır sizi bekliyorduk otelinizin önünde. Telefonunuz hep meşgul çıkıyordu."

Haklıydı, onunla görüşmeyi ben istemiştim, şimdi neden kararsız davranıyordum ki.

"Merhaba" diyerek girdim içeri. "Tam zamanında yetiştiniz. Otele ulaşmadan sırılsıklam olacaktım."

Yana çekilerek kendi yerini bana bıraktı Ziya. Üzerimden süzülen sular koltuğu ıslatırken, beni dehşet içinde izleyen titizlik manyağı Cavit'e döndüm.

"Özür dilerim, arabayı mahvettim."

"Önemli değil" diyerek kestirip attı Ziya. "Tek meselemiz bu olsun." Cavit'e döndü. "Hadi gidelim."

"Nereye gidiyoruz?" diye sordum sesimdeki endişeyi gizlemeye çalışarak. "Otelimde konuşsaydık."

Yüzüme bile bakmadan yanıtladı Ziya.

"Küçük bir gezinti yapacağız."

Başka hiçbir açıklama yapmadan önüne döndü. Artık yüzünde ne o davetkâr ifade, ne de sevimli görünmek için dudaklarına yapıştırdığı yapay gülümseme vardı. Bakışları ön cama çarpan yağmur damlalarını silmek için çırpınan sileceklere takılmış gibiydi ama onları izlemediğini biliyordum. İhanete uğramış birinin, patlamaya hazır öfkesini büyütüyordu içinde. O an anladım cipe binmekle ne kadar büyük bir yanlış yaptığımı. Aracın içinde kıpırdanan tek kişi Cavit'ti; patronunun emriyle vites değiştirip gaza basarak cipi hızla hareket ettirdi. Galiba beni kaçırıyordu bu adamlar? Yok canım buna cesaret edemezlerdi. Cavit daha birkaç saat önce çıkmış olmalıydı içeriden. Başıma bir şey gelse ilk kuşkulanılacak kişiler onlar olurdu. Kötü düşünceleri aklımdan uzaklaştırarak sakin olmaya çalıştım. Başımı çevirip ben de camdan süzülen damlaların arasından dışarıda akıp gitmekte olan Konya'yı izledim. Ama ne Ziya, ne de Cavit ağzını açıp tek kelime etmeyince soğukkanlılığımı yitirmeye başladım. Belki olanı biteni anlarım umuduyla, yüzüme meraklı bir ifade yerleştirerek şoförümüze seslendim.

"Cavit Bey, yanılmıyorsam sabah sizi Emniyet'in kapısında gördüm."

Titiz sürücümüz ne diyeceğini bilemedi, dikiz aynasından bir bana, bir patronuna baktı.

"Öyle değil mi?" diye cesaretlendirmek istedim. "Hatta yanınızda Serhad Bey de vardı."

Yanıt Ziya'dan geldi:

"Serhad tutuklandı Miss Karen."

Duygusuz bir sesle, hüküm bildiren bir savcı gibi mekanik bir tonda konuşmuştu.

"Öyle mi?" dedim üzülmüş gibi yaparak. "Neden? Niye tutukladılar Serhad Bey'i?"

"Numara yapmayı bırakın." Tehditkâr bir sesle konuşmuştu Ziya. Başını sertçe çevirmiş öfkeden çakmak çakmak yanan gözlerini yüzüme dikmişti.

"Neler çevirdiğinizi biliyoruz."

Cavit'in cipi biraz daha hızlandırdığını fark ettim. Evet, artık kartlar açılmıştı, adamlar düpedüz suçluyorlardı beni. Cipe bindiğim için kendime lanetler yağdırarak masumu oynamayı sürdürdüm.

"Anlamadım... Neyi biliyorsunuz?"

"Anlamazlıktan gelmeyin!" diye çıkıştı. Yüzü bir bıçak gibi keskinleşmiş, sağ gözü sinirden seğirmeye başlamıştı. O kibar, bilgili, girişimci işadamı gitmiş, yerine her türlü kötülüğü yapabilecek gerçek bir zorba gelmişti. "Onu siz ihbar ettiniz."

"Beni de" diye homurdandı Cavit eldivenli elleriyle direksiyona vurarak. "Yangını Serhad'la benim çıkardığımı söylemişsiniz polise. Evimizin altını üstüne getirdiler."

"Bir de utanmadan dostumuz gibi davranıyordunuz" diye adamını destekledi Ziya. "Ben de aptal gibi inandım sözlerinize."

"Yanılıyorsunuz" diyecek oldum, Ziya hızla dönüp sağ eliyle, sol kolumdan yakaladı. "Benimle oyun oynamayın!" Gözleri gözlerimin içindeydi. "Çok bunaldım Miss Karen, inanın çok bunaldım. Sabahtan beri bankacılarla toplantı yapıyorum. Ama hiçbir işe yaramadı. Kredi vermiyorlar. Öz babam bile bana sırtını çevirdi. Her şeyimi alacaklar elimden. Sigortanın vereceği para tek umudumdu. Onu da siz engellemeye çalışıyorsunuz. Beni çaresiz bırakıyorsunuz Miss Karen. Anlıyor musunuz, beni köşeye sıkıştırıyorsunuz..."

Beni sarsarken ceketinin eteği yana kaymış, belindeki siyah kabzalı tabanca ortaya çıkmıştı. Belki de görmem için özellikle bu hareketi yapmıştı, beni korkutmak için. Ama artık iyimser ihtimaller yaratarak kendimi oyalayacak aşamayı çoktan geride bırakmıştık. Adamlar son derece ciddi görünüyordu.

"Bakın... Bakın Ziya Bey, büyük bir yanlışlık yapıyorsunuz" diye kekeledim. "Ben, Emniyet'e pasaportumu almaya gitmiştim."

"Bırakın maval okumayı!" diyerek beni sertçe itekledi. Dengemi yitirerek sağa savruldum. Omuzum kapının koluna çarptı. "Ah!" Canım yanmıştı.

"Ne yapıyorsunuz?" diye bağırdım. "Bu barbarlık... Durdurun cipi, durdurun, ineceğim."

Yanıt olarak aracı biraz daha hızlandırdı Cavit. Bunu yaparken dikiz aynasından pis pis sırıtmayı da ihmal etmemişti.

"Buradan çıkış yok" diye yeniden elini bana uzattı Ziya, vuracak sandım, sakındım ama vurmadı. Uzanıp emniyet kemerini aldı. Ne yapıyor bu dememe kalmadan, kemeri bağladı. Can güvenliğim için değil, cipten atlamamam için yapmıştı bunu.

"Ya söylediklerimizi yapacaksınız ya da bu cip sizi ölüme götürecek Miss Karen." Miss Karen derken sesine vahşi bir tını yerleşmişti.

"Beni öldürerek hiçbir şey elde edemezsiniz" dedim sesimin titremesini önlemeye çalışarak. "Başıma bir şey gelirse, ilk siz tutuklanırsınız."

Kin dolu bir gülüş döküldü Ziya'nın gergin dudaklarından: "Tabii cesedinizi bulurlarsa."

"Bulurlar" dedim kesin bir tavırla. "Cavit tanımıştır, orada bir Zeynep Komser var, müthiş bir polis. Sizden de fena halde kuşkulanıyor, onun elinden hiçbiriniz kurtulamazsınız." Cavit'in dikiz aynasından bakan gözlerindeki kararsızlığı görünce devam ettim. "Siz konuşmasanız bile..." Başımla sürücümüzü göstererek ekledim. "O mutlaka konuşur."

"Beni karıştırma" diye söylenecek oldu Cavit, o anda araba sağa doğru hissedilir biçimde kaydı.

"Sus da yola bak" diye uyardı patronu. "Çarpacaksın." Bakışlarını yeniden yola çeviren Cavit, korkunç bir yaratık görmüş gibi, "Bu da ne?" diye söylendi.

Ziya'yla birlikte Cavit'in gözlerinin dikildiği noktaya baktım. Çok da iyi seçilmeyen yolun ortasında, sicim gibi indiren yağmura aldırmadan siyahlar giymiş bir adam duruyordu. Tam olarak göremesem de anladım kim olduğunu. Onunla karşılaştığıma ilk kez bu kadar çok seviniyordum.

"Şems" diye mırıldandım umutla. "Bu Şems."

Ziya ne dediğimi duymadı bile:

"Bas gaza" dedi öfkeden deliye dönmüş bir sesle. "Üzerine sür."

Cavit emin değildi, gözlerini kısarak yolun ortasındaki silüete baktı.

"Ziya Abi bu adamın kaçmaya niyeti yok, baksana herif üzerimize yürüyor."

Eliyle Cavit'in koltuğuna vurdu Ziya:

"Başlatma şimdi Ziya Abi'nden, ne diyorsam onu yap."

Cavit vites değiştirip yeniden dokundu gaza, araba uğuldayarak ileri atıldı. Artık ikisi de beni unutmuş, gözlerini yoldaki tuhaf adama dikmişlerdi. Hiç kuşkum yoktu, bu Şems'ti ya da ikide bir yoluma çıkan o meczup adam, her kimse... Cip adeta uçarcasına adama yaklaşırken aniden büyük bir gürültü koptu, ardından gözlerimizi alan bir parlaklık belirdi. Siyahlı adamın hemen arkasına düşen yıldırımı gözlerimle gördüm. Artık önümüzde sadece o tuhaf adam değil, bizi yutmaya hazır kocaman bir ateş topu duruyordu. Cavit işte o anda bastı frene. Önce hızla öne doğru savrulduk, sonra cip çılgınca kendi etrafında dönmeye başladı. Yapabileceğim hiçbir şey yoktu, sanki beni koruyabilirmiş gibi çaresizce kapı koluna sımsıkı tutundum. Cip takla atmadan önce işittiğim son ses Ziya'nın sözleri oldu.

"Salak herif ne yaptın!"

Gözlerimi açtığımda derin bir sessizlik içinde buldum kendimi. Çok iyi göremiyordum, renkler, şekiller birbirine karışıyordu ama yağmur sonrası beliren hoş kokulu o bildik rüzgârın, yoldaki su birikintilerinde gezinirken çıkardığı hafif hışırtıyı duyuyordum. Doğrulmaya çalıştım, başaramadım. Kemer beni sıkı sıkıya tutuyordu. Uzanıp düğmesine bastım, şanslıydım, mekanizma çalışıyordu, açıldı. Oturduğum yerden doğruldum. Cipin takla attığından emindim ama tuhaf şey, şimdi yine tekerleklerinin üzerinde duruyordu. Bakışlarım ön camdaki kırmızı lekeye kaydı, tam seçemedim. Gözlerimi kısarak yeniden baktım. Gördüğüm kızıllığın ne olduğunu anlayınca, irkilerek geri çekildim. Bu, Cavit'ti. "Aman Tanrım!"

Kazadan önce Cavit'in yüzünün olduğu yerde kan ve kemik yığınından oluşan kırmızı bir pelte vardı sadece. Korkuyla başımı Ziya'nın olduğu yere çevirdim. Oturduğu koltuk boştu, yanındaki kapı ardına kadar açılmıştı. Kapının üzerindeki cam paramparça olmuştu. Korkunç bir manzarayla karşılaşacağımdan emin olarak, usulca açık kapıya yaklaştım. Biraz ilerleyince Ziya'yı gördüm: Kapının bir metre kadar uzağında sırtüstü yatıyordu. Bedeninde kan göremeyince rahatladım ama toprak engebeliydi, yüzünü göremiyordum; başı geriye kaykılmış olmalıydı. O anda duydum mırıltıyı. Dikkat kesildim, bu Sunny'le söylediğimiz tekerlemeydi.

"Hu, hu, hu derviş / Derviş bir dergâh açmış / Eteği sırlar saçmış /Ama kimse bilmemiş..." Sesin geldiği yöne dönünce, Sunny'i gördüm, asfaltın üzerinde usulca öne arkaya sallanarak tekerlemeyi tekrarlayıp duruyordu.

"Hu, hu, hu derviş / Başı göklere ermiş / Sakalı yere değmiş / Dudağı sırlar saçmış / Ama kimse duymamış..."

Sunny'nin birkaç metre ötesindeki karaltı çekti dikkatimi. Asfaltın tam ortasında duruyordu, bu Şems olmalıydı. Bakışlarımı ona çevirdim ama gözüme ilk çarpan Ziya oldu. Daha doğrusu Ziya'nın başı. Saçları insanı tehdit edercesine kıvrılan birer yılan haline gelmiş, kan çanağına dönüşen gözlerinden dehşet fışkırıyordu. Sonra Ziya'nın başını tutan eli fark ettim, sonra elin sahibini; siyahlar giymiş o tuhaf adamı. Yağmur sonrası ortalığı kaplayan sisin içinden, bir elinde Ziya'nın kesik başı, öteki elinde kocaman bir kılıçla bir efsane kahramanı gibi kendinden emin gülümseyerek bana bakıyordu.

44

Artık semaya çıkabilirsin

Buz mavisi bir ışığın içindeydim; lekesiz, soğuk, aşina olduğum bir parlaklık. Ayağımı bastığım zemin daha açık renkti, neredeyse beyaz. Giysilerimden kurtulmuştum ama çıplak değildim, aynı buz rengi mavilikle sarılmıştı gövdem. Ağaçlar, tepeler, kayalar, taş parçaları gözümün gördüğü ne varsa, aynı renk kristalden yapılmışçasına parıldıyordu. Sanki başka bir dünyada gibiydim. Bedenim ağırlığından kurtulmuş, adımlarım tüy kadar hafiflemişti; nereye gittiğimi bilmeden yürüyordum. Bir rüzgâr vardı; yüzüme dokununca pul pul damlacıklara dönüşüp avuçlarıma dökülüyordu. Avuçlarımda bir serinlik vardı. Bütün bedenim tepeden tırnağa ürperiyordu. Bir koku çalınıyordu burnuma; keskin, genzimi yakan bir koku. Koklamamak istiyordum, başımı geri atıyordum, boşuna; koku genzimi yakarak gırtlağıma kadar iniyordu. Öksürmeye başladım ama sesim çıkmıyordu. Sesim sessizliğin bir parçası olmuştu. Etrafı saran bu soğuk mavilik gibi, o derin sessizliğin de içine hapsolmuş gibiydim. Sarı ışığı o anda fark ettim. Ayaklarımın altındaki beyaz zemini usulca eriterek ağır ağır yaklaşıyordu; derin bir uçurumun karanlıklarına düşmekten korkarak gerilerken, duydum sessizliği bölen fısıltıyı.

"Ayılıyor galiba..." Bir kadın sesiydi. "Öksürmeye başladı."

"Serum işe yaradı." Bu konuşan erkekti. "İkinciyi taksak iyi olacak."

Gözlerimi açınca, küçük bir el lambasını andıran tıbbi bir cihazı yüzüme tutan, kumral bir kadınla karşılaştım, hemen gerisinde beyaz önlüklü, kır saçlı, zayıf bir adam duruyordu. "Geçmiş olsun" dedi kadın gülümseyerek. "Sonunda kendinize geldiniz."

Beyaz önlüklü erkek sağ elimi tutmuştu. "Serbest bırakın lütfen."

Bakışlarım adamın beyaz plastik eldivenlerine kaydı, Cavit'i hatırladım; her şey gözümün önünde canlanıverdi. Bardaktan boşanırcasına yağan yağmur, beni kaçıran cip, yolun ortasında dikilen siyah giysili derviş, aracın takla atması, Sunny'nin söylediği tekerleme, Medusa'ya dönüşmüş Ziya'nın kesik başını tutan Şems... Olanları bütün ayrıntılarına kadar hatırlamama rağmen yine de sordum.

"Ne oldu bana?"

"Kötü bir kaza geçirmişsiniz" diye mırıldandı adam, yeni serum torbasını takarken.

"Çok şanslıymışsınız, ucuz atlatmışsınız."

Kendiliğinden karnıma uzandı ellerim.

"Bebek?" dedim telaşla. "Bebeğim nasıl?"

"Sakin olun" diye yatıştırdı kumral kadın. "Bebeğiniz de iyi, siz de iyisiniz. İkinizi de Allah korumuş."

Sakinleşerek yeniden yatağa uzanırken yanıtını bile bile sordum.

"Ya ötekiler?"

Ne diyeceklerini bilemediler. Ziya ile Cavit'in yakınım olabileceğini düşünerek kötü haberi söylemek istemiyorlardı.

"Öldüler değil mi?" diye işlerini kolaylaştırdım. "Çekinmeyin söyleyin, onları kaybettik değil mi?"

"Başınız sağ olsun" dedi kır saçlı adam. "İkisi de ölmüş."

"Nasıl? Nasıl ölmüşler?"

Şaşkınlıkla yüzüme baktılar. Neden bu kadar merak ediyordum ki ayrıntıları?

"Cavit başını ön cama çarpmıştı, onu gördüm" dedim açıklamalarımı onaylamalarını bekleyerek. "Ziya'nın ise başı..."

Israrlarıma dayanamayan kır saçlı adam bakışlarını kaçırarak onayladı:

"Evet, çok feci, zavallının başı kopmuş."

"Nasıl?" diye yineledim ısrarla. "Nasıl olmuş bu iş?"

İkisinin de yüzünde aynı tuhaf ifade belirdi; büyük bir travma geçirdiğimi düşünüyorlardı, umrumda bile değildi, beni gerçek ilgilendiriyordu.

"Lütfen söyleyin, nasıl kopmuş başı?"

"Nasıl olacak!" diye sinirle söylendi adam. "Pencereden fırlarken kopmuş. Çok süratliymişsiniz, arabanın camı giyotin gibi kesip atmış adamın başını. Sizin kurtulmanız bir mucize."

"Ya kılıç?"

İnsanların sınırlarını zorluyordum ama başka çarem yoktu: "Kaza yerinde kılıç buldular mı?"

Adam ters ters bakmaya başlamıştı.

"Ne kılıcı, siz neden bahsediyorsunuz Allah aşkına?"

"Bir kılıç olması lazım, orada bir kılıç vardı."

Beni dinlemiyorlardı bile; önce birbirlerine baktılar, sonra kadın yandaki küçük masanın üzerinden şırıngayla cam bir ampul aldı. Ampulün tepesini kırıp içindeki sıvıyı şırıngaya çekti. Anlamıştım, sakinleştirici vereceklerdi. Son bir umutla sordum:

"Kaza yerinde, siyahlar giyinmiş bir adam görmüşler mi?"

Yanıt vermek zahmetine bile girmediler. Kadın şırınganın içindeki sıvıyı damarlarıma enjekte ederken yineledim:

"Biliyorum, bana inanmıyorsunuz ama orada elinde kılıç olan bir adam vardı. Bir derviş. Siyahlar giymiş bir derviş, ince uzun biri, kıvırcık sakallı, sürmeli siyah gözleri..." Dilim dolaşıyordu, kadının yüzündeki çizgiler teker teker siliniyor, görüntüsü bir silüete dönüşüyordu. Aklımı diri tutmaya çalışarak anlatmayı denedim. "Sürmeli siyah gözleri..."

Sürmeli siyah gözlerini yüzüme dikmiş, yolun kenarında duruyordu siyah keçeler içindeki derviş. Dolunayın ışığı, yüzünün yarısını gölgede bırakarak onu uçsuz bucaksız bozkırın bir parçası haline getiriyordu.

"Neden beni hep bir katil suretinde görüyorsun?" diye sordu hoşnutsuzca. "Neden rüyalarında hep birilerinin canına kastediyorum?"

Sanki bütün bunların sorumlusu benmişim gibi bir de karşıma geçmiş soruyordu.

"Bilmiyorum" dedim aklımı toparlamaya çalışarak. "Belki siz söylersiniz."

"Ben söyleyemem" dedi kıvırcık saçlı başını sallayarak. "Bunların benimle alakası yok. Tamam sulh ehli bir adam değilim; öfkem burnumdadır, hak edene, ettiğini söylemekten geri durmam, lakin önüme çıkan herkesin canına kastetmek gibi bir huyum da yoktur. Kaldı ki Azrail Aleyhisselam bile sebepsiz can almaz."

"Kim öldürdü o zaman Ziya ile Cavit'i?"

Gülümsedi, düzgün dişleri ay ışığında yanıp söndü.

"Sürat. İnsan yağmurda öyle araba kullanır mı?" Bakışlarında gerçek bir şefkat belirdi. "Neyse ki sana bir şey olmadı." Duraksadı, sözcüklerin üstüne basarak sürdürdü. "Sana ve karnında büyüyen cana."

Alay etmesi neyse de bebeğimden bahsetmesi sinirlendirmişti beni.

"Benden ne istiyorsunuz?" dedim kaşlarımı çatarak. "Niye hep peşimdesiniz?"

Eliyle sakalını sıvazlayarak süzdü beni: "Senden hiçbir şey istemiyorum."

"Hayır, istiyorsunuz" diyerek ona yaklaştım. "Yoksa benimle bu kadar uğraşmazdınız. Size yardım etmemi mi istiyorsunuz yoksa? Eğer öyleyse çekinmeyin söyleyin. Elimden gelirse onu da yaparım."

Öfkelenir gibi oldu, hafifçe bana doğru eğildi, siyah gözlerinde yalımlanan küçük kıvılcımlar gördüm.

"Sen kimsin ki bana yardım edesin?" diye çıkıştı. "Sen daha karnındaki bebeği doğurmaya bile karar veremezken bana nasıl yardım edeceksin?"

"Özel hayatım sizi ilgilendirmez."

"Ben her zaman senin hayatının içindeydim" dedi sanki bilinen bir gerçeği açıklar gibi doğal bir tavırla. "Daha Sunny ortaya çıkmadan önce de senin yanındaydım. Lakin, sen bunun farkında bile değildin. Hep bir şaşkınlık içinde geçti günlerin. Hep kararsızdın. Babanın yanında mı yer alacaktın, yoksa annenin yanında mı? Aradan onca zaman geçti, güya büyüdün ama hâlâ aynı çıkmaz içindesin." Eliyle karnımı işaret etti. "Bebeğini mi doğrucaksın, yoksa cerrah sevgilinin gönlünü mü edeceksin? Kendi hayatını mı yaşayacaksın, yoksa sevgilininkini mi? Bana yardıma kalkışacağına, kendine iyilik et de bir karar ver artık."

Nasıl zehir dilli bir adamdı bu, ne kadar da küstah. Üstüne atlayıp yüzünü gözünü paralamak istiyordum. Ama kendimi tuttum.

"Doğru, bazı konularda kararsızım" dedim sakin konuşmayı başararak. "Ama en azından ben kimseyi öldürmüyorum. Çok şükür ki o kadar merhamet duygum var. Hele sevdiklerime asla zarar vermem."

Yüzü karardı, gözlerini kaçırdı:

"Kimya Hanım, yine ondan mı bahsediyorsun?"

"Ondan bahsediyorum ya... O günahsız kızdan. Başka birini sevdiği için kocası tarafından öldürülen genç gelinden." Yanıt veremiyordu, bunu fırsat bilip içimdeki öfkeyi kustum: "Belki de benden kirli vicdanınızı temizlememi istiyorsunuzdur, kanlı ellerinizi yıkamamı."

Çökmüş omuzlarının üzerindeki ince boynu iri başını güçlükle taşıyordu sanki.

"O bir ahitti. Muhammed Celaleddin'i bana gösteren Allah'a verdiğim sözü tutmak zorundaydım. Yaradan bana demişti ki, 'Celaleddin'i sana gösterirsem bana ne verirsin?' Ben de ona, 'Başımı' demiştim. Çünkü aşkın tek pahası, kandır. Dediğimi de yaptım. Kefaretimi, kendi canımla, kendi ruhumla, kendi günahımla ödedim."

"Genç bir kızı öldürerek... Onun ne suçu vardı bu işte?"

"Hiçbir şey anlamıyorsun" diye mırıldandı çaresiz bir

halde. "Sana gösterdiklerimi hep yanlış yorumlamışsın. Gönül gözün kapanmış olduğu için, aklın sınırları dışına çıkamıyorsun. Gerçek aşkın ne olduğunu bilmediğin için, fedakârlığın da ne demek olduğunu bilmiyorsun. Çoktan bitmiş, heyecanı sönmüş, ancak ilginç ülkeleri gezerek, eğlenceler düzenleyerek, lezzetli yemekleri midenize indirerek, bedenlerinizi yaralarcasına sevişerek birbirinize katlanabildiğiniz cüzi aşkına bakarak benimkini yargılıyorsun."

Şems bunları söylerken, Mevlâna'yla bir odaya kapanıp aylar boyunca dışarı çıkmadıkları o günlere mi gönderme yapıyor diye düşünmekten kendimi alamadım. Ne düşündüğümü bilmeyen, bilmese de umursamayan siyah giysili derviş hırsla sürdürdü sözlerini:

"Sen gerçek aşk nedir tanımadın ki, beni yargılayabilesin. Sen elini hiç ateşe sokmadın ki, aşk yangınının insan yüreğini nasıl sönmez bir çerağa çevirdiğini görebilesin. Sen, sevgilin için ölmedin, öldürmedin ki, beni anlayabilesin."

Evet, yine aynı yöntem, onu suçlayınca anlayamamış, görünenin ardındaki hakikati kavrayamamış oluyordum. Ama bu defa boyun eğmeye hiç niyetim yoktu. Ne olacaksa, olsundu. Kararlılıkla diklenmeyi sürdürdüm.

"Cinayetin kötü bir şey olduğunu anlamak için katil olmam gerekmez. Cinayet her zaman cinayettir. İster yedi yüz küsur yıl önce işlenmiş olsun, ister günümüzde. Katil her zaman katildir, ister gizemli bir derviş olsun, ister sıradan bir cani."

Onu yeniden sinirlendirmeyi başarmıştım.

"Lafına dikkat et hanım!" diyerek üzerime yürüdü. "Benimle böyle konuşamazsın."

"Konuşurum" dedim bir milim bile gerilemeyerek. "Gerçekleri söylüyorum."

Dolunayın altında birbirine meydan okuyan iki düşman gibi karşı karşıya durduk. Bana istediği kötülüğü yapabilirdi ama umrumda değildi, artık bu kâbuslar, karabasanlar sona ermeli, artık bu gizemler labirentinden kendimi kurtarmalıydım. Ansızın gülmeye başladı.

"Cesur kadınsın" dedi gülmesi sona erince. "Cesur kadınları severim. Ama hatalısın, senden yardım istemiyorum. Çünkü benim vicdanım temiz, ellerim de öyle. Benden yardım isteyen sensin." Gözlerimin iri iri açıldığını görünce, "Evet, henüz farkında değilsin ama sana yardım etmemi istiyorsun. Senin gibiler isteklerini her zaman açıkça söyleyemez, hatta bazen ne istediğini bile bilemez, bazen de istediğinin farkında olmadan ister."

Saçmalıyordu, bu defa ben gülmeye başladım. Alaycı bir ifadeyle sordum:

"Peki ne tür bir yardım istiyormuşum sizden?"

Eğilip gözlerimin içine baktı; evet, tıpkı akıp gitmekte olan bir nehre bakar gibi sakince gözlerimin içine baktı.

"Anlatmakla olmaz" dedi aptal öğrencisinin yine başarısız olacağından emin olan bir öğretmenin bıkkınlığıyla. "Görmen lazım, gel ve beni izle."

Gözleri kısa bir süre daha üzerimde kaldı, sonra ne diyeceğimi merak bile etmeden döndü, yürümeye başladı. Kara giysili dervişin ince bedeni önümden çekilince uçsuz bucaksız bir beyazlık belirdi karşımda.

"Tuz Gölü" diye mırıldandım. "Konya'ya ilk gelişimde gördüğüm göl."

Şems sözlerimi duymamış gibi kararlılıkla yürüyordu. Beni çağırmış olmasına rağmen gelip gelmeyeceğimi umursamıyordu bile. Adımlarımı hızlandırarak ona yetişmeye çalıştım. Yanına yaklaşmıştım ki, kederli bir neyin inlemesiyle bozuldu gecenin sessizliği. Nereden geliyordu bu müzik? Etrafa bakındım, hiç kimseyi göremedim. Huzursuzluğumu hisseden Şems, eliyle ilerideki aydınlığı gösterdi.

"Semaya hazırlanıyorlar" dedi yumuşak, tatlı bir sesle. "Ney başlamış bile."

Gösterdiği yöne bakınca, elli metre kadar uzakta dolunayın ışığıyla aydınlanan gölün üzerine, seyrek aralıklarla oturarak genişçe bir daire oluşturan yedi adam gördüm. Başlarında sikkeleri, sırtlarında siyah hırkalarıyla dizlerinin üzerine çökmüşlerdi. Dudaklarımın kuruduğunu, avuçlarımın terlediğini hissettim. Midem burulmaya, ayaklarım titremeye başlamıştı, zihnimde ardı ardına uyanan düşüncelerin, varsayımların ağırlığını daha fazla kaldıramadım.

"Bir dakika" diye yalvardım. "Bir dakika durur musunuz?"

"Ne oldu? Yoruldun mu yoksa?"

"Yok, yorulmadım da..." Boğazıma doğru bir şeylerin yükseldiğini hissettim. "Biraz dursak iyi olacak."

"Ama onlar bizi beklemezler" dedi içten bir tavırla. "Semaya kalkmadan orada olmalıyız."

"Neden orada olmalıyız?"

Siyah gözleri sanki bir açıklama yapacakmış gibi süzdü beni. "Senin görmen lazım, benim sözlerim bu meydanda hükümsüzdür."

Nefesimi toplayarak yeniden yürümeye başlayan Şems'in adımlarına ayak uydurdum. Küçük bir engebeyi aşıp göle yaklaşınca renkler değişti, o aşina olduğum buz mavisi aydınlık her yana hâkim oldu. Sanki dolunay göle düşmüş de katılaşmış tuz tabakasını aşağıdan aydınlatmaya başlamıştı. Ama ışıklanan meydan yedi semazenin oluşturduğu daire büyüklüğünde olduğundan, gecenin karanlığında göl sanki küçülmüş de sadece bu çember kadar kalmış gibi görünüyordu. Çemberin kıyısına gelince durduk, yedi insanın oluşturduğu daireyi oradan izlemeye başladık. Tam karşımda oturan semazenin yüzüne baktım ve hayretler içinde kaldım; bu Şems'ti. Yanındakine çevirdim bakışlarımı, evet o da Şems'ti. Yedi semazenin yedisi de rüyalarımın kâbusu olan dervişin görünümündeydi. Bir açıklama yapmasını umarak beni buraya getiren Şems'e döndüğümde, siyah giysili dervişin içtenlikle bakan gözleriyle karşılaştım.

"Hiç şaşırma" dedi yatıştırıcı bir sesle. "Hepimiz aynı sebebin neticesiyiz, hepimiz aynı ışığın zerrecikleri; hepimiz aynı Tanrı'nın nefesinden var olduk, suret nedir ki?"

Bakışlarını yeniden kendi suretindeki yedi semazene çevirdi. Aynı anda ney sesi, yağı tükenen bir kandil gibi ağır ağır söndü. Müzik kesilince yedi semazen aynı anda derin bir ah çekerek, ellerini usulca yere vurup aynı anda doğruldular. Sadece biri; şu tam karşımda oturanı kalkamadı, denedi ama doğrulamadı, olduğu yere çökerek boynunu büküp dizlerinin üzerinde öylece kaldı. Öteki semazenler siyah hırkalarını çıkartarak beyaz tennurelerini ay ışığında dalgalandırdılar. Müzik yeniden başladı, sadece ney sesi değil, vurmalı bir çalgının derinden gelen ritmi de duyuluyordu. Bakışlarım yerinden doğrulamayan semazene dikildi yeniden. Nefesim kesilecek gibi oldu. Semazenleri ilk gördüğümde aklıma gelen varsayım gerçeğe dönüşmüştü. Evet, semaya kalkamayan derviş, yıllar önce bizi terk edip giden babamdı. Öldük mü, kaldık mı sormayan, yıllardır bizi merak etmeyen babam. Düşmemek için, yanımda dikilen Şems'in ince bedenine tutundum. Gözlerim hâlâ babamdaydı; hiç değişmemişti, tıpkı bizi bırakıp gittiği günkü gibiydi. Sanki hiç zaman geçmemiş, sanki hiç yaşlanmamıştı. Sikkesinin örttüğü saçlarını göremiyordum ama dar alnında uyumlu iki çizgi gibi duran kaşlarının altında üzüm karası iri gözler, kemerli, sivri bir burun ve çenesini sarmalayan bakıra çalan kırçıl sakallar aynıydı... Ve ince uzun yüzünden hiç eksik olmayan, annemin çok sevdiği o müzmin keder.

"Onu bulmak istiyordun, işte buldun" diyen Şems'in sözleriyle koptu bakışlarım babamdan. Söylediklerinin doğruluğundan emin olan bir adamın kararlılığı vardı sesinde. Nemli gözlerimi ona çevirdim. "Artık inkâr zamanı değil Kimya Hanım. Konya'ya geldiğinden beri aklında bu vardı. Sen, babanı düşünüyordun, şu yangın meselesi bile bahaneydi. Sen bu şehre onu bulmak için geldin. Ve işte buldun."

O kadar şaşkın, o kadar sevinçli, o kadar heyecanlıydım ki, artık ona karşı koyamadım.

"Evet" dedim boyun eğerek. "Doğru, babama ne olduğunu çok merak ediyordum." Minnetle sürdürdüm sözlerimi. "Siz de bana yardım ettiniz."

Ne dost, ne düşman, soğuk bir tavırla baktı.

"Sana değil, babana, Poyraz Efendi'ye yardım için buradayım."

Neden hâlâ kalbimi kırıyordu bu adam? Neden hâlâ bu hoyrat tavrını sürdürüyordu? Yoksa yine bir tür oyun mu oynuyordu benimle, aklımı karıştırmaya mı çalışıyordu? Emin olmak istedim.

"Babamın niye yardıma ihtiyacı olsun ki? O da sizin gibi bir Tanrı eri."

"Şüphesiz ki öyledir" dedi bildiği bir gerçeği duymuş gibi. "Ama 'savaşların en büyüğü kendi nefsimizle olandır' buyrulmuştur. Tam ışığa eriştiğimizi düşündüğümüz anda, bakarsın gönlümüzde bir ağırlık peydah olur, bizi yolumuzdan alıkoyar. Nilüfer çiçeklerinden bir pranga sarılır ayaklarımıza, yürümemize engel olur. Oysa bizim yolculuğumuzda esas olan hafifliktir; gönlünümüz o ilahi aşktan başka yükü taşıyamaz. Ruhumuza pranga olacak her türlü bağı çözüp atmak gerekir. Derviş odur ki, bedenden soyunsun, candan sıyrılsın, duygudan kurtulsun. Lakin bu iş kolay değildir, derviş düşe kalka yürür, gün gelir turna olur gökyüzünde kolayca uçar, gün gelir yalçın dağların arasında yolunu kaybeder, gün gelir güçlü nehirler gibi gürül gürül akar, gün gelir susuz çöllerde sürünür. İşte senin baban şimdi susuz çöllerdedir, dipsiz kuyularda çıkış aramakta, dalgasız denizlerde rüzgâr beklemektedir. Onun vicdanında bir leke vardır, kalbinde bir düğüm. İşte o düğüm sensin. Bedeninden soyunduğu, canından sıyrıldığı halde, sana olan duyguları onu aşağı çekmekte, semaya çıkmasına engel olmakta."

Yüzüğün kanamasıyla ilgili hikâyeyi hatırladım; semaya çıkamadığı için yüreği düğümlenerek taşa dönüşen dervişin hikâyesini.

"Bana verdiğiniz yüzük de o nedenle kanıyor değil mi?" Yanıt vermeyince aklımdaki başka bir soruyu dile getirdim. "Ama kızına bağlı biri, ölmeden önce ölmüş sayılabilir mi? Böyle bir kişi insanı kâmil makamına erişebilir mi?"

"Erişemediği için semaya kalkamıyor. Sen de o sebepten buradasın ya."

Döndüm, yıllardır görmediğim babama bir daha baktım. Öyle mutsuzdu ki ne beni, ne Şems'i fark edecek haldeydi;

sanki gözleri kendi içine çevrilmişti, kalbinin katılaşarak bir taşa dönüşmesini büyük bir çaresizlikle izliyordu.

"Lakin bizim yolumuzda zorlama yoktur" diye sözlerini sürdürdü Şems. "Biz meseleyi anlaman için gayret ettik, yaşanmışları gösterdik, kendimizi sana anlatmak için çabaladık. Artık her şey senin meşrebine kalmış. Poyraz Efendi'nin kalbi kızına duyduğu sevgiyle bağlanmış, bu düğümü çözmek senin elinde. Ya bu düğümü çözersin yahut gider kendi hayatını yaşarsın."

Bunları söylerken Şems'in yüzünde en küçük bir duygu ifadesi bile belirmemişti, sanki beni etkilemekten çekiniyor, kendi kararımı alabilmemi istiyordu. Uzanıp sağ elimi tuttu, sol avucunun içine yatırdı. Elimi açtı, içine kim bilir nerede bıraktığım kahverengi taşlı gümüş yüzüğü koydu. "Eğer düğümü çözmek istersen, bu yüzüğü de sahibine vermelisin."

Yüzüğü avucumda sıkarak sema meydanına baktım. Ayin sürüyordu; semazenler birbirlerini selamlamaya başlamışlardı. Zaman hızla akıyordu, kararsız kalmak gibi bir seçeneğim yoktu. Heyecanımı bastırarak sema meydanına yürüdüm. Ayağım çemberin içine girer girmez müzik aniden kesildi; ayaktaki semazenler oldukları yerde donakaldılar. Sadece babamla ben hareket edebiliyorduk. Müziğin kesildiğini fark eden babam, neler olup bittiğini anlamak için yanındaki semazene baktı. Yoldaşının öylece donup kaldığını anlayınca, başını çevirdi ve beni gördü. Tanıyacağını sanmıyordum; çünkü yıllar önce terk ettiği küçük kıza artık hiç benzemiyordum. Ama gözlerini benden alamayan babamın yüzü heyecanla çarpılmıştı, titreyen ellerini uzatarak, "Kimya!" diye güçlükle mırıldandı.

"Kimya, küçük kızım!"

Küçük kız mı, kendime baktım, evet, değişmiştim, artık genç bir kadın değil, babamın bizi terk ettiği günlerdeki gibi küçük bir çocuğa dönüşmüştüm. Üstümdeki lacivert çizgili ekose etek, kırmızı pabuçlarım bile o günlerden kalmaydı. İçimden koşup babama sarılmak geliyordu ama bir şey bana engel oluyordu bunu yapamıyordum. Ağır adımlarla yaklaştım. Babamın gözlerinden yaşlar akıyordu, bir yandan da ellerini gökyüzüne açmış, mırıldanıyordu. Beni gönderdiği için Tanrı'ya dua ettiğini sandım. Ama, hayır dua etmiyor, yalvarıyordu. Yıllar sonra kendisini bulan oğluyla karşılaşınca, ya benim, ya onun canını al diyen dervişi hatırladım bir kez daha. Yoksa babam da aynı istekte mi bulunuyordu Tanrı'dan? Büyük bir hayal kırıklığına kapıldım, derin bir mutsuzluğa. Neden merak etmiştim ki ben bu adamı? Bizi terk edip gitmişti işte, şimdi de aynı şeyi yapıyordu. Böyle düşünmeme rağmen yine de ne söylediğini duymak için dikkatimi ona vermekten kendimi alamadım.

"Allahım lütfen onu bağışla" diyordu içten bir sesle. "Eğer birinin canını alacaksan, lütfen benimkini al. Ben, seni gerektiği gibi sevemedim. Bu Kimya'nın suçu değil."

İçimi derin bir sevinç dalgası kapladı. Hayır, babam beni unutmamıştı, o derviş gibi olmamıştı. Bana duyduğu sevgiden kurtulamıyordu. Şems'in söylediği gibi babamın Tanrı'ya ulaşmasını önleyen bendim. Ne yaparsa yapsın küçük kızından vazgeçemiyordu. Beni bırakıp gitmesine rağmen, o terk edişin acısını hiçbir zaman yüreğinden söküp atamamıştı. Bu acı, kolunu kanadını kırmış, elini ayağını zincirlemiş, kalbini düğümlemiş, semaya çıkamaz olmuştu. Önünde durdum. Tanrı'ya açılan ellerini tuttum: Üşümüşlerdi, kararsızdılar, güçsüzdüler. Islak gözlerini yüzüme çevirdi. Ona gülümsemek istedim, yapamadım, onu yatıştıracak sözler söylemek istedim, yapamadım, boğazımdan yukarı doğru yükselen hıçkırığı durdurmak istedim, yapamadım, ona sarılarak ağlamaya başladım. Sımsıkı kucakladı beni. Zayıf bedeninden yayılan ıtır kokusunu içime çektim. Doya doya, hıçkıra hıçkıra, terk edilmiş bir çocuk nasıl hiç utanmadan, çekinmeden, içinden geldiği gibi ağlarsa, dakikalarca işte öyle ağladım. O da ağlıyordu ama benim gibi değil, sessizce, ağladığı için utanarak için için döküyordu gözyaşlarını.

Ağlamak iyi geldi, gözyaşlarının yüreği yatıştıran bir sihri olmalıydı. Ağladıkça açıldım, ağladıkça rahatladım, ağladıkça yapmam gerekeni hatırladım. Usulca çözüldüm babamın bedeninden. Yeniden ellerini tuttum.

"Kalk baba" dedim sonunda gülümsemeyi başararak. "Kalk."

Umutsuzca başını salladı.

"Yapamam kızım" dedi ezik bir sesle. "Bu çemberin dışına çıkamam. Seninle gelemem."

"Benimle gelmen için değil" dedim ıslak sakallarını elimle kurulayarak. "Sema için kalk."

Sanki gölün dibindeki ayın bütün ışığı ona vurmuş gibi aydınlandı yüzü. Ama tuhaftır bana değil, bakışlarını gökyüzüne çevirdi.

"Beni bağışladın mı?" diye sordu kuşkuyla. "Artık bitti mi?"

Ona benden başka kimsenin yanıt vermeyeceğini biliyordum.

"Seni bağışladım."

Sesimin titreyişine engel olamasam da söyledim bunu. Elimle avucunu açtım, kahverengi taşlı gümüş yüzüğü parmağına taktım.

"Senin olanı sana getirdim, düğüm çözüldü, bütün bağlarından kurtuldun, artık semaya çıkabilirsin."

Şaşkınlıkla baktı yüzüme, sonra gözlerini yüzüğe çevirdi. O yüzüğe bakarken sessizce çekildim önünden, saygılı adımlarla yürüdüm, çıktım sema çemberinden.

Çemberden çıkar çıkmaz yeniden başladı müzik. Semazenler kaldıkları yerden birbirlerini selamlarken, babam bir tüy gibi hafifçe doğruldu çöktüğü yerden. Sevincini belli etmekten çekinerek katıldı yoldaşlarına. Kendi boyundaki bir semazenin karşısında durdu. Usulca selamını verdi. Selamı alan semazen başını kaldırınca babamın suretini onun yüzünde gördüm. Öteki beş semazene de baktım, evet hepsinin yüzünde babam vardı. Gülümseyerek yanımda dikilen Şems'e döndüm. Ama siyah giysili, sürmeli gözlü derviş çoktan gitmişti, onun yerinde mavi gözleri ay ışığında neşeyle parıldayan çocukluk arkadaşım Sunny duruyordu.

45
Rüzgârla gelen babam, yine rüzgârla gitmişti

Biri elime dokunuyordu, merakla açtım gözlerimi. Beyaz ışıklarla aydınlanan o sevimsiz hastane odasındaydım yine. Ne sema meydanına dönüşen Tuz Gölü vardı, ne mutluluk içinde semaya başlayan babam, ne de Sunny. Demek rüya sona ermişti. Yatağımın kenarındaki iskemlede bütün gerçekliğiyle Mennan oturuyordu. Uyandığımı fark etmedi bile, elimin üzerindeki serum hortumuyla uğraşıyordu.

"Merhaba Mennan Bey" diye seslendim rüyanın etkisinden kurtulmaya çalışarak. "Ne yapıyorsunuz orada?"

Suçüstü yakalanmış gibi sıçradı iskemlenin üzerinde.

"Şey... Serum şişesi bitmiş, iğnesini çıkarıyordum. Doktor tembihlemişti de."

Takdir dolu bir ifadeyle söylendim.

"Demek sonunda hastabakıcım da oldunuz."

Mahcup olmuştu, bakışlarını kaçırdı. "Kimse olmayınca, yanınızda kalsam iyi olur dedim."

"Teşekkür ederim" dedim, koluna usulca dokunarak. "Siz iyi bir insansınız Mennan Bey."

"Yok, estağfurullah." İyice utanmıştı. "Siz bizim misafirimizsiniz. Yani bize emanetsiniz ama iyi koruyamadık sizi. Ölümden dönmüşsünüz." Ciddileşerek sordu: "Nasıl oldu bu iş Miss Karen?"

Olay daha yeni olmasına rağmen sanki üzerinden günler geçmiş gibi sakin bir tavırla anlatmaya başladım.

"Sanırım Ziya ile Cavit beni kaçırmaya kalkıştılar. Emin değilim, belki de sadece korkutmak istiyorlardı. Arabayı Cavit kullanıyordu, çok hızlıydı, yollar da ıslaktı."

Öfkeyle kendi tahminini yürüttü.

"Tabii kontrolü kaybetti, frene basınca da..." Gördüklerimi anlatmayı denemedim; çünkü gördüğüm, duyduğum hiçbir şeyin gerçekliğinden emin değildim. Başımı usulca sallayarak onun sözlerini tamamladım.

"Takla atmaya başladık, sonrasını öğrenmişsinizdir zaten."

"Öğrendim, öğrendim" diye yineledi dalgın bir tavırla. "Allah rahmet eylesin, ikisi de öldü gitti ama işi sizi kaçırmaya kadar vardırdıklarına göre, yangını da bunlar çıkarmıştır."

"Sanırım öyle, fakat hâlâ kanıtlayamıyoruz bunu. Galiba şirketimiz, sonunda İkonion Turizm'e tazminatı ödemek zorunda kalacak."

Umursamazcasına omuzlarını silkti.

"Kime ödeyeceğiz ki, Ziya Bey öldü, ortağı filan da yok."

"Karısı, çocukları..."

"Ziya bir kez evlendi, iki yıl sonra da boşandı, çocuğu filan da yok. Borçlu bankalar alır artık parayı."

"Ödeyeceğimiz para bankaların alacağından daha fazla, üstelik Yakut Otel'in arsası, eski Konya evleri de var."

Çocukça bir gülümseme yayıldı dudaklarına.

"Hepsi İzzet Efendi'ye kalacak desenize." Şimdi aklına gelmiş gibi sevinçle sürdürdü sözlerini. "O da Mevlâna Müzesi'ne bağışlar kalan parayı. Çok da ihtiyacı var türbenin."

İyi bir sonuçtu. Simon duymasın ama şirketin tazminat ödeyecek olmasından ilk kez memnun oluyordum. Ya yaşlı adam, o da mutlu olacak mıydı bu sonuçtan? Araları iyi olmasa da oğlunu yitirmişti.

"İzzet Efendi olayı öğrendi mi?" diye sordum merakla. "Ziya Bey'in öldüğünü biliyor mu?"

Mennan'ın canı sıkıldı.

"Hiç sormayın Miss Karen, olayı öğrendiğinde birlikteydik. Evin müzeye bağışlanmasını konuşmak için avukata gitmiştik. Haberi duyar duymaz olduğu yere yığıldı kaldı zavallı adamcağız. Ölecek diye korktum, doktora zor yetiştirdik, hastanede kendine geldi. Fakat hali perişan. Nasıl atlatacak bunu, bilmem? Anlaşamıyorlardı filan ama Ziya onun tek oğluydu."

Daha sürdürecekti ki, çalmaya başlayan telefonun sesi konuşmasını böldü. Bu benim cep telefonumdu. Israrla, ardı ardına çalıyordu. Etrafa bakındım, telefonumu göremedim. Ses yakınlardan bir yerlerden geliyordu. Bakışlarım yatağın bir metre kadar solundaki ahşap dolaba kaydı. Mennan da telefonun orada olduğunu anlamıştı. Dolaba yöneldi, kapağını açarken, "Çantamda olmalı" diye söylendim. "Çantam oradaysa içine bakın."

İçine bakmadı, dolaptan çıkardığı çantayı doğrudan bana uzattı. Çantanın içine bakmanın kabalık olacağını düşünmüştü herhalde.

"Teşekkür ederim."

Çantamı alıp hâlâ deli gibi çalmakta olan telefonu çıkardım. Ekranda annemin ismi vardı.

"Annem arıyor" dedim paniğe kapılarak. "Kazayı öğrendi mi?"

Sanki kendisi neden olmuş gibi ezik bir ifade belirmişti yüzünde.

"Bilmiyorum Miss Karen. Annenizle ben konuşmadım, hastanedekiler söylediyse..."

Galiba öyle olmuştu, annemin bu kadar inatla çaldırması hayra alamet değildi. Telefonu açmadan önce derin bir nefes aldım. Mennan sıkıntılı bir yüzle bana bakıyordu.

"Miss Karen, izin verirseniz, ben çıkayım."

"Tamam Mennan Bey, yaptıklarınız için çok teşekkür ederim. Siz de evinize gidin artık, bundan sonrasını ben hallederim."

Yeşil gözleri kararsızca yüzümde kaldı.

"Hiç öyle bakmayın" diye ısrar ettim. "Bir şeye ihtiyacım olursa, söz hemen sizi arayacağım." Hâlâ karşımda dikilecekti ki, "Hadi ama" diye dostça çıkıştım. "Bakın siz burada olduğunuz için telefonu bile açamıyorum."

"Bir şeye ihtiyacınız olursa arayacaksınız ama..."

"Arayacağım, hadi iyi geceler."

Mennan odadan çıkarken açtım telefonu.

"Alo" dedim sesime yapay bir sakinlik vererek. "Alo anecim."

"Ah Karen" dedi üzüntülü bir sesle. "Neyse ki sonunda açtın."

Eyvah, galiba annem gerçekten de öğrenmişti başıma gelenleri. Olayda iki kişinin öldüğünü de duyunca kim bilir nasıl paniklemişti zavallı...

"Karen" diye yineledi, güçlükle konuşuyordu. "Karen, sana bir şey söyleyeceğim ama üzülmeyeceksin."

Hayır, konu ben değildim, başka bir şey vardı. Telaşla sordum.

"Anne ne oldu? Kötü bir şey mi var?"

"Lütfen sakin ol Karen" dedi üzüntüsünü gizlemeye çalışarak. "Lütfen metin olmaya çalış."

"Anne, beni korkutuyorsun."

"Az önce bir telefon geldi. Pakistan'dan... Şah Nesim aradı. Babanla ilgili bir haber verdi. Baban..." Sesi titriyordu. "Baban ölmüş kızım." Kendini daha fazla tutamayarak ağlamaya başladı.

Elimde telefon, öylece kalakaldım. Babamın sema ederken gülümseyen yüzü belirdi gözlerimin önünde. Belki de bu yüzden hiçbir şaşkınlık duymuyordum. Evet, üzülüyordum tabii ama derin bir keder yoktu içimde. Babamın mutlu olduğunu düşünüyordum; istediği gibi yaşadığını, istediği gibi öldüğünü. Böyle düşünmeme yol açan sadece bir rüya olsa bile buna inanıyordum, daha doğrusu inanmak istiyordum. Üstelik babamın semaya çıkarak özgürlüğüne kavuştuktan sonra ölüm haberini alıyor olmam, rüyama inancımı artırıyordu. İnanınca da üzülmek için neden kalmıyordu.

Çünkü rüyamdaki babam huzurluydu. Annem biraz sakinleşince, "Nasıl olmuş?" diye sordum.

"Pakistan'da Amerikalı askerler bir köyü bombalamışlar. Kuzey Veziristan'da bir yeri. Baban ile Şah Nesim'in yaşadıkları dergâh da yıkılmış. Yedi kişi ölmüş, insanlar yaralanmış, Poyraz da yaralılar arasındaymış. Bir ay kadar hastanede kalmış."

"Bir ay kadar mı?" Yüreğimi öfke kaplar gibi oldu. "Şah Nesim neden aramamış bizi?"

"Baban izin vermemiş, üzülmemizi istemiyormuş. Durumu oldukça kötüymüş, bir ay boyunca acılar içinde kıvranmış. Ölmek istiyormuş ama ölemiyormuş bir türlü. Sonunda bugün yaşama gözlerini yummuş. Bir rüzgâr çıktı diye anlatıyor Şah Nesim, kuzeyden esen bir rüzgâr. Poyraz yatağında rüzgârın sesini duyunca sevinmiş. 'Beni getirenler, geri götürecek' diye mırıldanmış. Sonra gözlerini kapamış, rüzgârın giderek artan sesini dinlemeye koyulmuş. Son nefesini verirken gülümsüyordu diyor Şah Nesim."

"Bu da bir teselli annecim" dedim onu yatıştırmak için. "Herkes mutlu ölemiyor."

"Ama çok acı çekmiş Karen..."

"Öyle ama son nefesine kadar da bizi üzmemeye çalışmış."

"Öyle olmuştur değil mi?" diye sordu, evet dememi bekleyerek. "Bizi üzmemek için yaralandığını duyurmak istememiştir."

Babamın bizi hiç umursamamış olabileceğine inanmak istemiyordu.

"Tabii öyle olmuştur, bizi üzmemek, telaşlandırmamak için haber verdirmemiştir."

"Kendi yolculuğunu, kendisi tamamlamak istemiştir. Kimseye yük olmak istemezdi."

Sesi titremeye başlamıştı, yeniden ağlayacak, kendini harap edecekti. Dikkatini başka yöne çekmek için sordum.

"Peki cenaze ne olacak? Töreni nerede yapacağız?"

"Tören istememiş kızım, mezarının yerini kimseye söylememesi için söz verdirmiş Şah Nesim'e. Bilmiyorum... Sen ne dersin? Yoksa Pakistan'a gidip onu almalı mıyız?"

Bu, babama saygısızlık olurdu.

"Hayır anne, onun isteklerini kabul etmeliyiz."

"Haklısın. Baban, bedenin önemli olmadığını söylerdi, onun için önemli olan ruhtu." Sesi sakinleşmeye başlamıştı.

"Onun ruhu hep yanımızda olacak anne."

Kederle örselenmiş bir metanetle mırıldandı.

"Ruhunu bilmem ama anıları hep bizimle olacak."

Telefonu kapattıktan sonra arkama yaslanarak düşünmeye başladım. Kimdi benim babam? Nasıl bir insandı? Gerçekten Tanrı mı olmak istiyordu? Kaderi onu bu yola sürüklediği için mi bu yaşam biçimini seçmişti? Annem ile beni yeterince sevmemiş miydi? Yoksa rüyamda gördüğüm gibi inancıyla ailesi arasında mı kalmıştı? Bu sorulara, annem, ben, Şah Nesim, hatta İzzet Efendi oldukça farklı yanıtlar verebilirdik ama kesin olan bir şey vardı ki; rüzgârla gelen babam, yine rüzgârla gitmişti.

46

Çünkü her çocuk bir umuttu

Uçağın inişe geçmesine sadece yarım saat kalmıştı. Hava açıktı; ufukta batmakta olan kıpkırmızı bir güneş, aşağıda incelmiş bir bulut kümesinin binlerce metre altında koyu kahverengi bir toprak parçası uzanıyordu. İrkilerek sıyrıldım dalgınlığımdan. Bu hangi uçaktı? Yanımdaki kadına baktım, hayır artık benimle ilgilenmiyordu; gözlerini yukarıdaki elektronik tabelaya dikmiş, yere ne zaman ineceğimizi öğrenmeye çalışıyordu. Merakla arkaya döndüm... Arkadaki iki koltuk boştu. Ön tarafa baktım... Genç bir kızla erkek arkadaşı oturuyordu. Kızın açık kumral saçları, erkeğin siyah saçlarıyla birbirine karışmıştı. Sanki anlayabilirmişim gibi telaşla başımı cama yaslayarak uçağın küçük penceresinden aşağıdaki toprak parçasına baktım yeniden. Neresiydi burası; Anadolu mu, yoksa doğduğum ada mı? Nereye inecekti bu uçak; güneşler şehri Konya'ya mı, sisler şehri Londra'ya mı? Bilmiyordum, sorsam hostes hemen söylerdi ama bilmek istemiyordum. Neydi o yaşadıklarım, iç içe geçmiş sanrılar, karabasanlardan oluşan kocaman bir rüya mı, yoksa gerçeğin ta kendisi mi? Madde neydi, mana neredeydi? Yaşam nerede başlıyordu, hayal nerede bitiyordu, artık kestiremiyordum. Parmağıma baktım, Şems'in verdiği yüzük yoktu. Şems gerçekten de görünmüş müydü bana, babamla buluşmuş muyduk, onu bağışlamış mıydım, o artık semaya çıkabiliyor muydu, o ölmüş müydü? Hiçbir şeyden emin değildim ama bu rahatsız etmiyordu beni. Çünkü derin bir huzur vardı içimde, büyük bir mutluluk. Bilmemenin mutluluğu, anlamadan kabul etmenin huzuru, düşünmeden hissedebilmenin doygunluğu. Bilmek her zaman güzel değildi. Anlamak sevinç vermiyordu her zaman. Çözmek aklı doyursa da ruha iyi gelmiyordu. Ellerimle karnıma dokundum, henüz kendini belli etmekten çok uzak olan bebeğimi hissetmeye çalıştım. Hissedemedim ama hissedemesem de oradaydı. Zaten bu hikâyede gerçekliğinden emin olduğum tek şey oydu; kalbimin her atışında, her soluk alışımda, gözlerimi her açıp kapayışımda karnımda anbean büyümekte olan bu bebek. O gerçekti, sahiciydi, vardı; üstelik bütün sanrılardan, bütün kâbuslardan, bütün sulardan daha gizemliydi, daha heyecan vericiydi, daha güzeldi. Ve ben kararımı vermiştim, onu doğuracaktım. Kâbuslarımın kara cübbeli dervişi ne derse desin bu konuda annem haklıydı; Tanrı olmak diye bir şey varsa işte buydu; bir insanı dünyaya getirmek, birine can vermek, yaşamın sürekliliğine katkıda bulunmak. Çünkü her çocuk bir umuttu. Ve yaşam ne kadar acımasız, insanlar ne kadar kötü olurlarsa olsunlar onları kendilerinden başka kurtaracak kimse yoktu.

Kaynaklar

Ahmed Eflakî, *Ariflerin Menkıbeleri*, Çev. Tahsin Yazıcı, Kabalcı Yayınları, 2006.

Armstrong, Karen, *Tanrı'nın Tarihi*, Çev. Oktay Özel, Hamide Koyukan, Kudret Emiroğlu, Ayraç Yayınları, 2008.

Aşkın Kitabı (Haz. Coleman Barks), Çev. Züleyha Geels, Doğan Kitap, 2007.

Atçeken, Zeki, *Konya'daki Selçuklu Yapılarının Osmanlı Devrinde Bakım ve Kullanılması*, TTK Yayınları, 1998.

Balivet, Michel, *Ortaçağ'da Türkler*, Çev. Ela Güntekin, Alkım Yay, 2005.

Barks, Coleman ve John Moyne, *Sudaki Kitap / Bahaeddin'den Oğlu Mevlâna'ya Öğütler*, Çev. Özgür Atılım Turan, Doğan Kitap, 2007.

Bayram, Mikail, *Selçuklular Zamanında Konya'da Dinî ve Fikrî Hareketler*, NKM Yayınları, 2007.

Bayram, Mikail, *Sosyal ve Siyasal Boyutlarıyla Ahi Evran -Mevlâna Mücadelesi*, Nüve Kültür Merkezi, 2005.

Bayram, Mikail, *Türkiye Selçukluları Üzerine Araştırmalar*, Kömen Yayınları, 2005.

Bobaroğlu, Metin, *Dinle Ney'den*, Ayna Yayınevi, 2006.

Bugünün Diliyle Mevlâna (Haz. A. Kadir), Say Yayınları, 2008.

Cahen, Claude, *Osmanlıdan Önce Anadolu'da Türkler*, Çev. Erol Üyepazarcı, Tarih Vakfı Yurt Yayınları, 2004.

Can, Şefik, *Mevlâna Hayatı-Şahsiyeti-Fikirleri*, Ötüken Yayınları, 2005.

Çamuroğlu, Reha, *Tarih Heterodoksi ve Babailer*, Kapı Yayınları, 2005.

Çelebi, Asaf Halet, *Mevlâna ve Mevlevilik*, Hece Yayınları, 2002.

Çiçekli, Meltem, *Konya Bir Şehrin İki Hikâyesi*, Dipnot Yayınları, 2007.

Dayıoğlu, Server, *Galata Mevlevihanesi*, Yeni Zamanlar Dağıtım, 2003.

Eliade, Mircea, *Dinsel İnançlar ve Düşünceler Tarihi*, cilt1-3, Kabalcı Yayınlari, 2003.

Elmalılı Hamdi Yazır, *Kur'ân-ı Kerim ve Yüce Meali*, Merve Yayınları, 2005.

Ergun, Sadettin Nüzhet Mehmet Ferit Uğur, *Konya Vilayeti Halkiyat ve Harsiyatı*, TC Konya Valiliği İl Kültür Md.

Eyüboğlu, İsmet Zeki, *Bütün Yönleriyle Mevlâna Celaleddin*, Özgür Yayınları, 1998.

Feridun bin Ahmed-i Sipehsalar, *Risale*, Çev. Tahsin Yazıcı, Tercüman 1001 Temel Eser.

Feridüddin Attar, *Mantık at-Tayr*, Çev. Abdülbaki Gölpınarlı, Türkiye İş Bankası Yayınları, 2005.

Fiş, Radi, *Bir Anadolu Hümanisti Mevlâna*, Çev. Mazlum Beyhan, Evrensel Basım Yayınları, 2005.

Fürüzanfer, B. *Mevlâna Celaleddin*, Çev. Prof. Dr. Feridun Nafiz Uzluk, MEB Yay.

Gölpınarlı, Abdülbaki, *Mevlâna Hayatı-Sanatı-Yapıtlarından Seçmeler*, Varlık Yayınları.

Hidayetoğlu, A. Selahaddin, *Hazret-i Mevlâna Muhammed Celaleddin-i Rumi Hayatı ve Şahsiyeti*, TC Konya Valiliği İl Kültür Md.

İdris Şah, *Sufinin Yolu*, Çev. Nurullah Yakut, Doğan Kitap, 2005.

İhtifalci Mehmet Ziya Bey, *Yenikapı Mevlevihanesi*, Haz. Murat. A. Karavelioğlu, Ataç Yayınları, 2005.

Karamustafa, Ahmet T., *Tanrının Kural Tanımaz Kulları*, Çev. Ruşen Sezer, Yapı Kredi Yayınları, 2006.

Mevlâna, *Divan-ı Kebir*, Çev. Abdülbaki Gölpınarlı, Anadolu Üni. Yay.

Mevlâna, *Fihi Ma Fih*, Çev. Melika Ülker Ambarcıoğlu, Ataç Yayınları.

Mevlâna, *Mesnevi*, çeviri ve şerhi Abdülbaki Gölpınarlı, İnkılap Yayınları.

Mevlevi Adab ve Erkânı, Konya ve Mülhakatı Eski Eserleri Sevenler Derneği Yayını.

Meyerovitch, Eva de Vitray, *Konya Hz. Mevlâna ve Sema*, Çev. Abdullah Öztürk, Melek Öztürk, TC Konya Valiliği İl Kültür Md.

Muhyiddin İbnüıl Arabî, Fusüsuıl Hikem, Çev. M. Nuri Gençosman, Ataç Yayınları, 2007.

Ocak, Ahmet Yaşar, İslam, *Türk İnançlarında Hızır yahut Hızır-İlyas Kültü*, Kabalcı Yayınları, 2007.

Ocak, Ahmet Yaşar, *Osmanlı İmparatorluğunda Marjinal Sufilik: Kalenderiler*, TTK Yayınları, 1999.

Özkan, Senail, *Mevlâna ve Goethe*, Ötüken Yayınları, 2008.

Panayotopulos, I. M., *Benzersiz Mevlâna*, Çev. Kriton Dinçmen, Arion Yayınları, 2003.

Schimmel, Annemarie, *Ben Rüzgârım Sen Ateş*, Çev. Senail Özkan, Ötüken Yayınları, 1999.

Schimmel, Annemarie, *İslamın Mistik Boyutları*, Çev. Ergun Kocabıyık, Kabalcı Yayınları, 2001.

Sultan Veled, *İbtidaname*, Çev. Abdülbaki Gölpınarlı, Ankara, 1976.

Şemsî Tebrizi, *Makâlât*, Çev. M. Nuri Gençosmanoğlu, Ataç Yayınları, 2006.

Tanpınar, Ahmet Hamdi, *Beş Şehir*, Dergâh Yayınları, 2006.

Yücebaş, Hilmi, *Edebiyatımızda Mevlâna*, L-M Yayınları, 2005.

YAPI KREDİ YAYINLARI / YENİLERDEN SEÇMELER

Alexis Gritchenko
İstanbul'da İki Yıl - 1919-1921 –
Bir Ressamın Günlüğü

Haz. Kemalettin Köroğlu - Erkan Konyar
Urartu: Doğu'da Değişim

İnan Çetin
Vadi

Tony Judt
Kusurlu Geçmiş – Fransız Entelektüelleri 1944-1956

Ian McEwan
Sahilde
Kefaret
Amsterdam'da Düello

James Wood
İyi Bir Hayat

George Eliot
Middlemarch – Taşra Hayatı Üzerine Bir İnceleme

Ezra Pound
Kantolar

Tahir Alangu
Türkiye Folkloru El Kitabı

Eugène Ionesco
Beyaz ve Siyah

Javier Marías
Tüm Ruhlar
Berta Isla

Cem Behar
Orada bir musiki var uzakta…
XVI. Yüzyıl İstanbulu'nda Osmanlı/Türk Musıki
Geleneğinin Oluşumu

Manuel Benguigui
Alman Koleksiyoncu

Edip Cansever
Umutsuzlar Parkı
Kirli Ağustos

Doğan Hızlan
Hatırlamak – Günlük Yaşamdan Dipnotlar

Mehmet Rifat
Sait Faik'i Yorumlayanlar: Eleştirinin Eleştirisi

Derya Bengi
80'li Yıllarda Türkiye: Sazlı Cazlı Sözlük –
"Yaprak döker bir yanımız"
70'li Yıllarda Türkiye: Sazlı Cazlı Sözlük –
"Görecek günler var daha"
50'li Yıllarda Türkiye: Sazlı Cazlı Sözlük –
"Şimdiki zaman beledir"

Haz. Bahanur Garan Gökşen - Murat Yalçın
Bir Yalnız – 100. Doğum Yılında İlhan Berk

İlhan Berk
Bir Limandan Üç Resim
Galileo Denizi
Şiirin Çizdiği

Max Frisch
Mavi Sakal
Montauk

Sándor Márai
İşin Aslı, Judit ve Sonrası

Ahmet Ümit
Bir Ses Böler Geceyi
Kukla
Çıplak Ayaklıydı Gece
Beyoğlu'nun En Güzel Abisi
Şeytan Ayrıntıda Gizlidir
Ninatta'nın Bileziği
Kar Kokusu
Aşkımız Eski Bir Roman

Orhan Pamuk
Babalar, Analar ve Oğullar – Cevdet Bey ve Oğulları -
Sessiz Ev - Kırmızı Saçlı Kadın
Şeylerin Masumiyeti
Balkon / Fotoğraflar ve Yazılar

YAPI KREDİ YAYINLARI / YENİLERDEN SEÇMELER

YAPI KREDİ YAYINLARI / YENİLERDEN SEÇMELER